ullstein

ERIC VAN LUSTBADER ist Autor zahlreicher *New York Times*-Bestseller und wurde von Robert Ludlum's Estate ausgewählt, dessen Bourne-Reihe fortzuführen. Er lebt mit seiner Frau auf Long Island.

Von Eric van Lustbader ist in unserem Hause außerdem erschienen:
Das Nemesis-Manifest

ERIC VAN LUSTBADER

DIE KOBALT-AKTE

THRILLER

Aus dem Amerikanischen
von Barbara Ostrop

Ullstein

Besuchen Sie uns im Internet:
www.ullstein.de

Deutsche Erstausgabe im Ullstein Taschenbuch
1. Auflage Juni 2023

Die amerikanische Originalausgabe erschien 2021 unter dem Titel:
The Kobalt Dossier (Forge)
Umschlaggestaltung: zero-media.net, München
Titelabbildung: © Stephen Mulcahay / Arcangel (Frau mit Pistole); © Rekha Garton / Arcangel Images (rennende Frau); © Rekha Garton/ Arcangel Images (Kopf der rennenden Frau); © FinePic®, München (Skyline, Washington DC)
Gesetzt aus der Quadraat pro powered by *pepyrus*
Druck und Bindearbeiten: ScandBook, Litauen
ISBN 978-3-548-06674-5

Für Victoria, die Eine, mein Ein und Alles.

Rache ist zu unserer Lebensweise geworden.
Jetzt betreten wir das Reich der Dunkelheit.

Lyudmila Alexeyevna Shokova

Prolog

Dreieinhalb Jahre früher

»Es ist entscheidend, das Gesicht zu zerstören«, sagte Anouk. Sie musterte Bobbi Fisher mit ihren mattgrauen Augen. »Das kann ich gar nicht genug betonen. Wird es nicht vollständig vernichtet, kann die Forensik die Zähne zurückverfolgen.« Sie hob ihren langen Zeigefinger. »Schon ein einziger Zahn genügt unter Umständen zur Identifikation, und dann sind Sie erledigt. Die Ausschleusung wäre nicht mehr möglich.«

Sie hielt inne, eine breitschultrige Frau mit muskulösen Armen, kräftigen Beinen und Gesichtszügen, die so hart waren wie eine Waffe. Bobbi hatte den Kopf zur Seite gedreht, um sich zu vergewissern, dass die Tür zu dem quadratischen Raum geschlossen war – einer Küche, die man zu einem improvisierten Kursraum umgemodelt hatte. Sie saß auf einem Barhocker an der zentralen Kochinsel aus Beton. Neben ihr standen ein Krug mit Eiswasser und ein Glas. Der Regen trommelte mit Fäusten gegen die schmutzigen Fenster und ließ die Umrisse der schwankenden Bäume verschwimmen, die zwischen dem zweigeschossigen Haus und seinen gleichförmigen Nachbarbauten standen. Die vom Regen gepeitschten Straßen waren so sauber und leer gefegt, als lägen sie in Virginia in einer neu errichteten Vorstadt von Washington D. C.

»Bobbi.« Anouks Stimme war messerscharf. »Was schauen Sie nach draußen? Sie sollen hier genau aufpassen.«

»Wo ist Leda?«, fragte Bobbi, ohne sich umzuschauen.

»Jetzt bin ich hier, Bobbi.« Kerzengerade wie ein Wachtposten stand Anouk neben dem Kühlschrank, die Hände halb zu Fäusten geballt. »Die Person, der Sie Bericht erstatten, bin ich.«

Bobbis Kopf fuhr herum. »Als ich mich rekrutieren ließ, war meine Bedingung, dass Leda – und nur Leda – meine Führungsoffizierin ist.«

Beim Lächeln entblößte Anouk die kleinen weißen Zähne. »Das liegt Jahre zurück«, erklärte sie. »Leda ist weitergezogen.«

»Dann hätte ich mit ihr zusammen weiterziehen sollen.«

Anouk verzog angewidert die Lippen. »Sie hatten eine Affäre mit Leda, oder?«

»Das geht Sie nichts an.«

»Alles, was Sie betrifft, geht mich etwas an, Bobbi. Das sollten Sie wissen.« Als keine Antwort erfolgte, fuhr Anouk fort: »Nach den Berichten, die ich gelesen habe, war das zwischen Ihnen eine richtig heiße Kiste.«

»Zum Teufel mit Ihnen.«

»Ah.« Anouk grinste wie ein Krokodil. »Endlich habe ich Ihre ungeteilte Aufmerksamkeit.«

»In der Tat.«

»Nun, also, Sie sollten wissen, dass Leda tot ist.«

»Tot? Nein.«

»Eine Säuberung.« Anouk lächelte höhnisch. »Und ich kann mühelos dafür sorgen, dass Sie ihr folgen.«

Bobbi erhob sich von ihrem Hocker. »Ist das eine Drohung?«

Anouk zuckte mit den Schultern. »Besser, Sie gewöhnen sich gleich daran. So ist meine Methode.«

Bobbi packte das Glas und leerte es. »Ich möchte ein anderes

Getränk«, sagte sie. »Etwas Süßeres.« Sie schob sich an der Theke entlang zu der Stelle, wo Anouk stand. »Wenn Sie gestatten.«

Anouk trat gerade so weit zur Seite, dass Bobbi an den Griff des kleinen Kühlschranks kam, der unter der Theke stand.

Als Bobbi die Kühlschranktür aufzog, zerschmetterte sie das Trinkglas an der Thekenkante. Anouks Arm schoss vor, doch Bobbi hatte das erwartet und packte sie am Handgelenk. Anouk war stärker als Bobbi, doch Bobbi hatte sie im Griff. Ohnehin brauchte sie nur den Bruchteil einer Sekunde, um eine messerscharfe Scherbe in Anouks linkes Auge zu stoßen. Anouk sprang hoch, als hätte sie einen elektrischen Schlag erhalten. Bobbi hielt den Glasboden umklammert und trieb die Scherbe immer tiefer, bis sie sich in Anouks Gehirn bohrte.

Sie trat geschickt zurück und wich dabei sowohl der zusammenbrechenden Leiche als auch den letzten Blutspritzern aus. Die Küchentür ging auf. Als Bobbi sich umdrehte, sah sie Leda schwungvoll eintreten. Leda schloss die Tür hinter sich.

Sie lächelte. Alles an ihr war normal: mittlere Statur, mittleres Gewicht, unauffällige Gesichtszüge, und doch hatte sie etwas an sich, eine Ausstrahlung, die beinahe körperlich zu spüren war. Vielleicht würde man sich nicht an sie erinnern, wenn sie auf der Straße an einem vorbeiginge, doch wenn man ihr in einer Bar oder einem Restaurant gegenübersäße, würde man nur ungern aufstehen wollen.

Sie machte sich nicht einmal die Mühe, die am Boden liegende Leiche zu überprüfen, sondern trat beim Durchqueren des großen quadratischen Raums einfach nur über sie hinweg. »Wie ich sehe, sind deine Reflexe so scharf wie eh und je«, sagte sie.

»Oder mein Zorn.«

Die beiden Frauen umarmten sich.

»Fisher. Ich konnte mich nie an deinen Ehenamen gewöhnen.«

Bobbi zuckte mit den Schultern. »Was bedeutet schon ein Name?«

Leda lachte glucksend. »Unsere letzte Begegnung liegt lange zurück.«

Bobbi nickte, das Gesicht von einem Lächeln verschönt. »Zu lange. Textnachrichten sind kein Ersatz für ein echtes Treffen.«

Sie küssten sich und trennten sich dann. Es war zwar ein neutraler Kuss, doch ihre Augen glänzten in der Erinnerung an das, was einmal zwischen ihnen gewesen war.

Ein Mann und eine Frau in Overalls und mit Gummihandschuhen an den Händen traten ein, doch Leda forderte sie mit einer gebieterischen Handbewegung zum Warten auf. Jetzt kniete sie sich nieder und untersuchte Anouks Leiche so gründlich wie eine Gerichtsmedizinerin. Als sie wieder aufstand, sagte sie: *»Idem.«* Und dann: »Komm mit.«

Leda führte sie durch das karg möblierte Wohnzimmer in einen Raum, der wohl einmal der Bereich für Fernsehen und Unterhaltungselektronik werden würde. Das Paar im Overall blieb zurück, um das Blut aufzuwischen und die Leiche zu entsorgen.

Bobbi zog die Augenbrauen zusammen. »Sie wusste von unserer Affäre.«

»Ach ja?«

»Sie sagte, sie hätte Berichte darüber gelesen.«

»Das war rundweg gelogen.«

»Wirklich?« Bobbi legte den Kopf schief. »Aber ist das nicht dein Job: Menschen durch Verführung rekrutieren?«

»Verführung ist nur ein Teil meiner Aufgaben. Ein kleiner Teil – oder, genauer gesagt, ein sorgfältig ausgewählter Teil. Ich stehe viel höher als eine Schwalbe, sonst wäre ich jetzt nicht mit dir hier. Ich bin deine Führungsoffizierin.«

»Aber du hast andere verführt.«

Ledas Gesichtsausdruck wurde rätselhaft, als wären ihr zwei oder noch mehr Gedanken gleichzeitig gekommen. »Du bist eifersüchtig.«

»Auf deine Zeit, nicht auf deine Reize.«

»Mag sein«, antwortete Leda. »Hör mir zu, Bobbi. Ich habe dich wirklich verführt. Keine Frage. Aber drücken wir es klar aus: Du wolltest verführt werden.«

Bobbi dachte über Ledas Worte nach, darüber, wie recht sie hatte. Sie wollte *wirklich* verführt werden. Unbedingt. Vielleicht sogar verzweifelt. War dieses Bedürfnis eine Schwäche? Falls ja, würde sie gut daran tun, es auszulöschen. Andererseits befand sie sich da, wo sie sein wollte, warum sollte sie sich also wegen des Rests scheren? Und doch störte es sie. Sie hatte einen angeborenen Abscheu vor Schwäche in jeder Form. Sie gab sich einen fast schon körperlichen Ruck und wandte ihre Gedanken wieder der Gegenwart zu. »Du hast meine Frage nicht beantwortet: Woher konnte Anouk von unserer Affäre wissen?«

»Nun«, sagte Leda mit einem Funkeln in den Augen, »das ist eine ausgezeichnete Frage.«

Zwischen ihnen entstand Schweigen. Hinter der Küchentür hörte man Scharren und gedämpfte Geräusche der Reinigungsarbeiten. Ansonsten war es im Haus, das ja neu war, ganz still.

Dann begriff Bobbi. »Du hast es ihr erzählt.«

Leda lachte leise. »Es hat dich aufgebracht, dass sie Bescheid wusste, oder?«

Plötzlich erschien Bobbi alles offensichtlich. »Das war also ein Test.« Der Satz war keine Frage.

»Oh, es war mehr als das.«

»Ernsthaft?«

»Du warst immer für Größeres bestimmt, Bobbi. Ich habe dich sorgfältig ausgewählt. Ich habe dich nicht aus einer Laune heraus verführt oder weil ich bei dir eine Schwäche entdeckte. Du warst in keiner Position, die für uns von Vorteil war.«

»Nein.« Ein bedächtiges Lächeln. »Evan ist wie ein fest verschlossener Tresor.«

»Nun«, sagte Leda, »wollen wir mal schauen.«

Bobbi runzelte die Stirn. »Was soll das bedeuten?«

»Das wirst du sehen.« Leda ging wieder in die Küche und kehrte mit einer eisbedeckten Flasche Wodka, zwei getüpfelten Wassergläsern und einem Umschlag aus Manilapapier zurück, ebenfalls von Eis bedeckt. Sie gab einen dreifachen Wodka in beide Wassergläser und reichte eines davon Bobbi. Leda prostete ihr mit erhobenem Glas zu, und Bobbi erwiderte die Geste. Sie tranken auf die russische Art, alles in einem einzigen Zug. Offensichtlich feierten sie etwas. Bobbis bestandene Prüfung? Anouks Tod? Bobbi hatte keine Ahnung.

Leda stellte ihr Glas weg. »Anouk war dein Abschlussexamen«, sagte sie, als hätte sie Bobbis Gedanken gelesen. »Deine Ausbildung hat viel Zeit in Anspruch genommen, das weiß ich. Und jetzt hast du die Prüfung summa cum laude bestanden. Im Gefolge davon wird Bobbi Ryder Fisher in zwei Wochen aufhören zu existieren. Sie wird sterben. Und von da an wird man dich nur noch unter dem neuen Decknamen kennen, den ich dir geben werde, wenn du von hier aufbrichst.«

»Ein neues Leben.« Ihr Blick wanderte zum Umschlag, doch sie sagte nichts. Sie war klug genug, zu warten.

Leda nickte. »Genau das hatten wir dir versprochen. Du wolltest es mehr als alles andere. Ist es immer noch so?«

Die Frage machte Bobbi fassungslos. »Natürlich!« Als sie heiratete, hatte sie gewusst, dass das eines Tages geschehen würde. Paul hatte auf Kindern bestanden, und als Bobbi Leda konsultierte, hatte die seinen Wunsch unterstützt und klug angemerkt, dass Bobbis Deckgeschichte dadurch nur umso glaubwürdiger würde. *»Aber es gibt ein Risiko«*, hatte sie gewarnt. *»Mutterliebe kann …«*

»Ich besitze nicht die geringste Spur von Mutterinstinkt«, hatte Bobbi sie unterbrochen. *»Ich verstehe nicht, wieso man Kinder haben sollte, nicht in unserer Zeit.«* Das hatte Leda zufriedengestellt.

»Seit man mir die Bedingungen meiner Rekrutierung vorgelegt hat, hat sich absolut nichts geändert.«

»Dann zu deinem ersten – und letzten – Auftrag in Washington.« Leda öffnete den Umschlag, zog ein Foto im Format 5 x 7 heraus und reichte es Bobbi. Es war ein Bild von Kopf und Schulterpartie einer Frau. Es wies eine matte Färbung auf, und da es sich um die Weitwinkelaufnahme einer Überwachungskamera handelte, fehlte die Tiefenschärfe. »Du kennst diese Frau?«

»Natürlich«, antwortete Bobbi. »Das ist Benjamin Butlers Frau Lila.«

»Sie ist eine Freundin von dir, oder?«, fragte Leda.

»Du möchtest, dass ich nach Berlin fliege?«

»Mrs Butler ist heute Morgen hier eingetroffen«, erklärte Leda. »Ihrem Vater geht es nicht gut.«

Bobbi dachte kurz darüber nach. »Dafür hast du gesorgt, oder?«

»Nun, nicht persönlich«, antwortete Leda halb gekränkt. »Aber der Befehl ging von mir aus.«

»Das Ziel war also, dass sie hierherkommen sollte, wo ich mich aufhalte.«

Ledas Lächeln wurde langsam breiter, so wie Butter, die in der Sonne verläuft. »Du bist meine beste Schülerin, Bobbi. Das wusste ich schon, als ich dich damals mit siebzehn zum ersten Mal in Kopenhagen gesehen habe. Jetzt ist es, als gehörten wir zur selben Familie.«

»Wie kam das?«, fragte Bobbi. »Woher konntest du wissen, dass ich deine beste Schülerin werden würde?«

»Da waren deine Schwester und du, aber du warst diejenige, die Spaß hatte.«

»Ich habe das Leben genossen.«

»Nein«, entgegnete Leda. »Du hast es verschlungen.«

Achtundvierzig Stunden später hielt der Regen trotz kurzer Pausen noch immer an, jetzt allerdings nur noch als ein Nieseln. Die Einwohner Washingtons eilten mit aufgespannten Regenschirmen über glitschige Bürgersteige. Wer so tapfer oder so dumm war, keinen Regenschutz zu haben, suchte dicht gedrängt mit anderen in Hauseingängen oder unter Vordächern Schutz.

Bobbi entdeckte Lila Butler, bevor diese sie bemerkte. Sie hatte Lila am Vortag eine Nachricht geschickt und ein Treffen vorgeschlagen, gemeinsames Shopping mit anschließendem Lunch, »um dich von deinem Vater abzulenken«, wie sie sagte. Lila war unverhohlen dankbar gewesen, sowohl für die Ablenkung als auch für die Gesellschaft einer alten Freundin, was Bobbi das Gefühl vermittelte, dass das Leben in Berlin ihr allmählich auf die Nerven ging. Dagegen hatte Bobbi ein Mittel.

Sie schaute nach rechts und links und warf einen Blick auf ihre Armbanduhr. Beim Überqueren der Straße im Gegenlicht beschleunigte sich ihr Herzschlag, denn sie wollte Lila abfangen, bevor die sich in das Kaufhaus begab, in dem sie verabredet waren.

Sie umarmten sich unter Lilas Regenschirm. Lila war schon immer zart wie ein Vögelchen gewesen, doch nun war sie noch schmaler und blasser als sonst, und ihre Wangen waren von Tränen feucht, nicht vom Regen. Bobbis Vermutung war richtig gewesen: Berlin gefiel ihr nicht.

Als Erstes erkundigte sich Bobbi nach dem Befinden von Lilas Vater. Sein Gesundheitszustand verschlechterte sich zusehends. Bobbi fragte sich, was Ledas Leute ihm wohl verabreicht hatten. Erst danach fragte sie nach dem Leben in Berlin.

Lila seufzte tief. »Berlin ist so grau«, sagte sie. »Und die Leute …« Lila schauderte. »Oberflächlich betrachtet sind sie freundlich. Darunter aber scheint es etwas Dunkles zu geben – eine Art Unterwelt. Und jetzt hat die Migrationsfrage der Neonazi-Bewegung neuen Auftrieb gegeben.«

Schulter an Schulter standen sie unter Lilas Regenschirm am Bordstein, um den Passanten auszuweichen. Bobbi legte sanft die Hand auf Lilas Arm, der so knochig war wie ein Spatzenflügel.

»Es tut mir leid, dass du unglücklich bist«, sagte sie, ein Auge auf den entgegenkommenden Verkehr geheftet. »Wie steht es mit Zoe? Wie kommt sie zurecht?«

»Im Gegensatz zu mir gefällt es Zoe dort drüben sehr. Aber sie ist ja auch erst vier, und ihre Welt ist entsprechend klein.«

»Vergiss nicht, sie von mir zu grüßen, auch wenn sie sich wohl kaum an mich erinnern wird.«

»Natürlich erinnert sie sich an dich«, rief Lila aus. »Sie erinnert sich an alles und an jeden.«

Bobbi lächelte. Sie sah den SUV. Seine regennassen, getönten Scheiben reflektierten das Bild der Gebäude und des niedrigen Himmels wie in einem Spiegelkabinett. »Was meinst du, wann kommt ihr alle wieder nach Hause?«

Lila zuckte mit den Schultern. »Ich weiß es nicht. Ben hat dort immer noch beruflich zu tun.«

»Selbstredend. Und wie lange bleibst du jetzt in Washington?«

»Das hängt vom Gesundheitszustand meines Vaters ab. Aber Zoe fehlt mir schon jetzt.«

»Natürlich macht dein Vater dir Sorgen, und natürlich vermisst du Zoe«, sagte Bobbi. »Aber davon abgesehen glaube ich, dass der Aufenthalt hier dir guttun wird, selbst wenn er nur ein paar Tage dauert. Berlin ist so düster, oder?«

»*Furchtbar* düster.« Lila lächelte. Bobbi hatte ganz vergessen, wie sich alles um Lila aufhellte, wenn sie lächelte. »Ich bin so froh, dass du dich bei mir gemeldet hast.« Lila drückte kurz Bobbis Arm. »Ich kann dir nicht sagen, was für ein gutes Gefühl es ist, ein freundliches Gesicht zu sehen. Bei meinen Eltern steht es ziemlich schlimm.« Damit beugte sie sich vor und gab Bobbi ein Küsschen auf die Wange.

Das war der Moment, in dem Bobbi vom Bordstein zu taumeln schien. Sie schleuderte Lila herum. Lila verlor das Gleichgewicht, und ihr Regenschirm kippte herunter und schirmte sie vor den Blicken des Menschengedränges auf dem Bürgersteig ab. Bobbi ließ Lilas Ellbogen los und versetzte ihr einen kräftigen Stoß mit der Hüfte, der sie direkt in die Bahn des auf sie zuschießenden SUV katapultierte.

Bobbi ging sofort weg, noch bevor das Geräusch des Aufpralls ihr Ohr erreichte, ein schwerer, Übles verheißender Schlag. Im exakt gleichen Tempo wie der restliche Passantenstrom schob sie sich mit der Menge weiter. Hinter ihr ertönten das Schrillen quietschender Reifen, Schreien und Rufen. Von der Szene angelockt drängte die Menge zum Bordstein. Als die Sirenen der Notfallfahrzeuge heulten, befand Bobbi sich bereits im dritten Geschoss des Kaufhauses, abgeschirmt durch einen Wald teurer Designerklamotten. Von dort begab sie sich zur Rolltreppe, die zum Ausgang auf der anderen Seite des Kaufhauses führte.

Erster Teil

1

Washington D. C.

Gegenwart

Benjamin Butler hatte einen Fehler begangen. Einen großen Fehler. Und zwar getrieben von Zoes Entschlossenheit. Seine Tochter, acht Jahre alt, aber so selbstsicher wie eine Sechzehnjährige, hatte ihm das Versprechen abgenommen, dass es im Haus immer Oreo-Kekse geben würde. Weil sie beide gerade von einer Woche im Hotel Atlantis auf Paradise Island zurückgekehrt waren, wo sie Zoes achten Geburtstag gefeiert hatten, waren die Kekse heute Abend jedoch ausgegangen. Daher ging Ben, von einer ungeduldigen Zoe gefolgt, im Washingtoner Costco-Supermarkt an der Market Street NE gerade durch den breiten Mittelgang. Es war beinahe zwanzig Uhr, und sie hatten nur noch wenig mehr als dreißig Minuten Zeit, um die Oreos zu finden und zu bezahlen, bevor der Laden schloss. Er hätte wissen sollen, wo die Kekse sich befanden, er kaufte sie ja oft genug. Aber Costco hatte die ärgerliche Gewohnheit, die Waren immer wieder umzuräumen.

Nach langen Minuten der Suche entdeckte Zoe sie endlich in der Mitte des Süßigkeitengangs.

»Da, Dad! Da sind sie!«

Er schob den Einkaufswagen hinter seiner davonstürzenden Tochter her und holte sie vor einem riesigen Stapel der übergroßen blauen Schachteln ein, gefüllt mit Sechsunddreißigerpacks der Kekse, die Zoe so sehr liebte. Er packte eine Schachtel in den Wagen, betrachtete Zoes glückliches, gieriges Gesicht und beschloss, gleich zwei mitzunehmen, damit er die nächsten Wochen nicht mehr daran denken musste, Oreos zu kaufen. Als er sich nach der Kasse umschaute, entdeckte er einen Anzugträger, der am Ende des Ganges stand. Bei einem Blick über die Schulter bemerkte er am anderen Ende den Zwillingsbruder des Mannes – oder jemanden, der ihm fast so ähnlich sah. Ben arbeitete lange genug im Geheimdienst, um vom Staat angestellte Bodyguards auf den ersten Blick zu erkennen. Außerdem roch er sie – eine Mischung aus billigem Aftershave, billigem Stoff und Schweiß. Außer ihm selbst und Zoe befand sich niemand im Gang. Er entschied sich vernünftigerweise dafür, an Ort und Stelle zu verharren und abzuwarten, bis die Situation durchschaubarer wurde. So blieb er mit den Händen auf den Griffen des Einkaufswagens stehen, Zoe vor ihm zwischen seinen Armen, und wartete ab.

Kurz darauf trat ein neuer Mitspieler hinter einer Auslage von M&M-Schachteln hervor, die jede das Volumen seiner Brust hatten. In dem halslosen Koloss erkannte Ben General Ryan Aristides, seinen Chef im Verteidigungsministerium, der sich als Wunder an Rückgratlosigkeit erwiesen hatte, als Bens Stelle und Ruf vor einigen Monaten unter Beschuss geraten waren. Statt Ben gegen Brady Thompson, den Verteidigungsminister, zu Hilfe zu kommen, hatte Aristides seine Hände in Unschuld gewaschen, um nicht in Mitleidenschaft gezogen zu werden, wenn Brady Ben fertigmachte und den von Ben geleiteten Geheimdienst in den Orkus beförderte. Dann gelang es Ben und Evan Ryder jedoch, Thompson unschädlich zu machen, denn sie fanden Beweise, dass er für die Russen arbeitete, und drehten ihn um. Als Doppelagent lieferte er Aristides nun wichtige Erkenntnisse, während er seine ehemaligen russischen Herren mit Falschinformationen fütterte.

Unter dem harten, blauweißen Deckenlicht wirkte das große, breite Gesicht des Generals bleich. Er ging leicht o-beinig mit einem etwas schwankenden Gang, was seiner Zeit auf See geschuldet war.

»Du bist ja ein richtiges Schleckermaul, Ben«, sagte er und deutete auf die Oreos.

Ben. Aristides nannte ihn immer Benjamin. Etwas war im Busch. Erst als der General sich näherte, wurde Ben bewusst, dass Aristides keine Uniform trug: Er hatte einen eleganten Anzug an, der auch bei der Hochzeit seiner Tochter gepasst hätte.

»Zoe«, sagte Ben.

»Ach ja, die süße Zoe.«

Der General hätte lächeln sollen, doch das tat er nicht. Jeder andere hätte das Mädchen begrüßt und es gefragt, wie es ihm gehe, doch Aristides war damit beschäftigt, eine Auslage von Gummibärchen zu studieren. »Als Kind hab ich die gehasst«, sagte er mit tiefer, grollender Stimme. »Widerliches Zeug, findest du nicht? Der ganze Zucker, der einen ruiniert.« Doch es war klar, dass er keine Antwort erwartete. Tatsächlich war nicht einmal vollständig sicher, ob er überhaupt über Gummibärchen sprach.

Seufzend wandte der General sich wieder Ben zu. »Ich glaube, am besten macht Zoe jetzt einen kleinen Spaziergang mit Wilson hier.« Einer der Anzugträger trat vor. Er war jung, hatte ein munteres Gesicht, und im Gegensatz zu seinem Chef lächelte er Zoe an.

Ben nahm sich einen Moment Zeit für die Lageeinschätzung. Die war nicht schwierig; Aristides ließ ihm kaum eine Wahl. Er beugte sich vor und legte den Mund an Zoes Ohr: »Wie wär's, Schatz? Der General und ich müssen ein bisschen plaudern.« Er kleidete die Aufforderung in eine möglichst harmlose Formulierung.

Zoe, die intelligent war und den geheimniskrämerischen Aspekt der Arbeit ihres Vaters kannte, nickte. »Okay.«

»Ich bin kein Kind mehr«, sagte sie, als sie zwischen ihrem Vater und dem Einkaufswagen herausschlüpfte, überging Wilsons ausgestreckte Hand und fixierte ihn mit ihrem verstörend direkten Blick.

»Sorry, mein Fehler.« Wilson reagierte sofort.

Als die beiden außer Sichtweite waren, räusperte sich Aristides. »Ben, ich habe leider schlechte Nachrichten.«

Ben hob sich der Magen, als stünde er in einem schnell nach unten rauschenden Lift. »Dann mal los«, sagte er.

Der General griff nach einer riesigen Tüte von Mini-Snickers, betrachtete sie so intensiv, als wäre sie eine Kristallkugel, und schob sie dann beinahe verärgert zu ihren Schwestern zurück. Als er sich Ben zuwandte, war sein Blick auf einen Punkt mitten auf dessen Stirn geheftet.

Er schafft es nicht, mir in die Augen zu sehen, dachte Ben und machte sich auf das Schlimmste gefasst.

Aristides stieß einen Seufzer aus. Sein Hals schwoll so stark, dass er drohte, aus dem Kragen zu platzen. »Ab heute ist dein Geheimdienst aufgelöst.«

»Was? Moment mal.« Ben traute seinen Ohren nicht. »Das kann nicht dein Ernst sein.«

»Allen außer Evan wurden bereits neue Jobs zugewiesen.«

»Nachdem wir Thompson umgedreht und zum Doppelagenten gemacht haben? Den Verteidigungsminister? Das war der größte Spionagecoup seit ...« Ben schüttelte den Kopf. »Wie ist das möglich?«

»Du hast Thompson an mich persönlich überstellt. Außer mir

weiß keiner, dass wir ihn haben auffliegen lassen, und um ihn zu schützen, muss es so bleiben.«

»Das verstehe ich. Natürlich. Aber trotzdem ...«

»Hör mir zu, Ben. Zunächst einmal gefällt es dem US-Präsidenten nicht, dass du mit Agentinnen arbeitest, mit Frauen.« Aristides zählte die Punkte an den Fingern auf. »Zweitens hast du die Kontrolle über eine von ihnen verloren, Brenda Myers. Sie ist durchgedreht und hat einen Zivilisten getötet. Drittens hast du dir und Ryder mit dem Vordringen deines Geheimdienstes ins Ausland samt den unerfreulichen Folgen einige extrem gefährliche Feinde hier zu Hause geschaffen – Milliardäre mit dem Geld und der Macht, den Präsidenten zu beeinflussen.«

Ben knurrte angewidert. »General, bei allem gebührenden Respekt, aber Sie brauchen mich und meinen Geheimdienst weiter. Diese Leute sind noch nicht fertig. Samuel Wainwright Wells steht im Zentrum derselben evangelikal-konservativen Verschwörung, die Nemesis' Neonazi-Ableger hier in Amerika finanziert. Der rechte Flügel hat den Plan, seine Art von Konservativismus mit einer Ideologie der Vorherrschaft der weißen Rasse zu verschmelzen. Wells ist der Anführer. Ich habe ihn im Blick, da seine Leute ihren evangelikalen Rassismus in seinen Fernseh- und Radiosendern ausspeien.«

»Zweifellos. Dennoch haben diese evangelikalen Konservativen das Ohr des Präsidenten, Ben. Wells Super PAC hat massenhaft Wahlkampfspenden eingesammelt und bei der Unterstützung seines Wahlkampfs eine entscheidende Rolle gespielt. Seit Wells vor einem Jahr seine dritte Frau geheiratet hat, die vormalige Lucinda Horvat, engagiert er sich noch mehr für den Evangelikalismus.«

Ben schüttelte den Kopf. »Stimmt. Sie haben ihre Hochzeit unter Ausschluss der Öffentlichkeit gefeiert, in einem Washingtoner Hotel, das einer Firma des Präsidenten gehört. Wie ich hörte, hat er ihnen das Hotel gratis angeboten – als Hochzeitsgeschenk.«

Aristides nickte. »Eine Liste handverlesener Gäste – eine Versammlung seiner Mitstreiter, aber niemand von ihrer Familie; ihre Leute sind alle tot. Wahrscheinlich, weil Lucinda erst Ende zwanzig ist, hat die Hochzeit in den Mainstream-Medien für Aufmerksamkeit gesorgt.«

»Was zur üblichen Gegenreaktion in den Medien der extremen Rechten geführt hat. Aber nicht einmal die durften Fotos schießen.«

Der General nickte. »Wells ist bekannt dafür, dass er zurückgezogen lebt, die Medien konnten also keine große Story daraus machen. Und Wells' eigenes rechtes Mediennetzwerk hat den Altersunterschied natürlich gar nicht erst erwähnt. Jedenfalls hat die neue Mrs Wells nicht lange gebraucht, um sich ins Eheleben einzufinden. Wie man hört, benutzt er sie gern als seine Sprecherin. Und der Präsident scheint richtiggehend verliebt in sie zu sein. Sie leitet oft seine private Gebetsgruppe. Es heißt außerdem, sie übernähme inzwischen eine aktivere Rolle bei Wells' Geschäften. Sie erscheint öfter zu hochrangigen Firmentreffen als er.«

»Na also. Dass die beiden Verbindungen zu Nemesis haben, ist eine logische Schlussfolgerung, General. Auch dir kann das nicht entgehen.«

Aristides' Gesichtsausdruck blieb unverändert. »Das alles sind nur Indizien und Schlussfolgerungen. Du hast keine Beweise, Ben. Soweit wir es beurteilen können, haben die Wells saubere Hände.«

»Ihre Hände sind so schmutzig, wie es nur geht.« Ben schüttelte den Kopf. »Das ist doch verrückt, General. Ich weiß es, und du weißt es.« Ben bemerkte, dass er unbewusst eine Verteidigungshaltung eingenommen hatte: die Beine hüftbreit aufgestellt, die Arme herabhängend und die Hände leicht geballt. Doch das half nichts – Aristides hatte seinen Schlag bereits geführt. Ben taumelte auf die Fersen zurück. Man hatte ihm den Boden unter den Füßen weggezogen, und er fiel in einen Abgrund.

»Ich wünschte, es wäre so, Ben, aber die Tatsachen sind nun einmal, wie sie sind. Diese Verschwörung extrem reicher Konservativer, wer auch immer sie sein mögen ...«

»Die nicht zufälligerweise außerdem dieses Land ausplündern, ganz in der Tradition der Räuberbarone des frühen neunzehnten Jahrhunderts.«

»Das spielt hier keine Rolle. Entscheidend ist, dass du ihnen in die Quere gekommen bist, als du Nemesis zu Fall gebracht hast«, fuhr Aristides fort, ohne Bens wütenden Ausbruch zu beachten. »Das werden sie nicht so schnell vergessen. Sie sind nicht daran gewöhnt, zu verlieren.«

Und das ist mein Dank, dachte Ben. *Ich werde abserviert, während sie straflos davonkommen.* Doch das sagte er nicht. Aristides stand nicht auf Selbstmitleid. Dennoch spürte Ben Wut wie Galle in sich aufsteigen. Sie brannte ihm im Magen und in der Kehle, sodass er kurze Zeit stumm war.

Er hatte ein Jahrzehnt als Agent im Einsatz gearbeitet und dabei zahllosen Gefahren in die Augen gesehen, die ihn dem Tod so nahe gebracht hatten, dass er seinen eisigen Herzschlag spüren konnte. Dann hatte er bewusst beschlossen, sich von den Einsätzen zurückzuziehen – obwohl er sich in dieser Rolle zu Hause fühlte –, um Karriere in der Geheimdienstwelt zu machen. Und endlich hatte er seine Belohnung erhalten: seinen eigenen verdeckt operierenden Geheimdienst.

Nun war er weg, von einer zynischen, eigennützigen Führung vernichtet.

»Ich habe ein paar Beziehungen spielen lassen und ein paar Regeln umgangen, um dir eine extrem großzügige Abfindung zu sichern.«

Ben verzog die Lippen. »Soll ich dir dafür jetzt dankbar sein?«

Aristides hob und senkte die fleischigen Schultern. »So oder so, das Geld gehört dir. Es liegt schon auf deinem Konto.«

»Und das war's?«, fragte Ben mit unverhohlener Feindseligkeit.

»Es ist eine verdammte Menge Geld«, erklärte Aristides gleichmütig.

»Was ist mit Evan?«

»Sie hat die Wahl. Entweder lässt sie sich in eine Behörde des Energieministeriums versetzen, oder sie akzeptiert eine Abfindung.«

»Ins Energieministerium, Scheiße noch mal? Das soll wohl ein Scherz sein. Was soll sie denn da?«

Der General zuckte mit den Schultern. »Politik, Ben.«

»Du weißt bereits, wie sie entscheiden wird, General.«

Aristides nickte. »Das Geld trifft morgen früh auf ihrem Konto ein.«

Aristides trat noch einen Schritt näher. »Noch eine Warnung. Diese Leute werden das, was ihr beide, du und Ryder, getan habt, niemals verzeihen«, erklärte Aristides in einem rauen Flüsterton. »Niemals.«

Ben wischte sich mit der Hand über die feuchtkalte Stirn. Er war froh, dass Zoe ihn nicht in dieser Verfassung sah. Der General hatte immerhin etwas getan, um Bens Schmerz zu lindern – und es war keine Kleinigkeit.

»*Aber* …«, Aristides sprach nun wieder normal. »Aus etwas Schlechtem muss man das Beste machen.«

Ben zog die Augen zusammen. Jetzt war nicht die Zeit für Wortspiele. »Bitte.«

Die Gesichtszüge des Generals wurden weich wie ein Karamellbonbon. Ben erkannte echtes Mitgefühl in seinen Augen.

»In einem anderen Licht betrachtet, kann diese Wendung der Ereignisse auch ein Glücksfall sein«, sagte Aristides.

Ben starrte ihn an. Ein bitteres Lachen entfuhr seinen Lippen. »In welchem anderen Universum?« Er konnte es nicht fassen.

»In deinem.« Aristides breitete die Hände aus. »Ein neuer Anfang, neue Möglichkeiten. Dazu hattest du immer Talent.«

Aristides' Gesicht wirkte im Kunstlicht bleich. Einen Augenblick fragte sich Ben, ob er selbst vielleicht ebenso schlecht aussah.

General Aristides schaute auf seine Armbanduhr; ihre gemeinsame Zeit war aufgebraucht. »Evan Ryder ist die einzige Agentin, die sich derzeit in einem Auslandseinsatz befindet, oder?«, fragte er.

Ben nickte.

»Um deiner selbst und um Evan Ryders willen, hol sie so schnell wie möglich zurück.«

2

Unterwegs

Drei Tage später

Aus zehntausend Meter Höhe sah der Pazifik aus wie ein flaches Messingblech. Doch kurz darauf breiteten sich Wolken aus, die einem unbekannten Ziel entgegeneilten, und der Blick aus dem Fenster fiel nur noch auf eine weiße Fläche wie auf einen Wüstenhimmel am Nachmittag.

Evan Ryder, die angeschnallt auf ihrem Platz saß, schob die Kunststoffjalousie vor dem Fenster nach unten und schloss die Augen. Sie dachte an Lyudmila und ihre gemeinsamen Wochen auf Sumatra. Als Evan an Bord der Fähre nach Bali ging, hatten sie sich vermutlich für viele Monate voneinander verabschiedet.

Lyudmila Alexeyevna Shokova, eine von zwei weiblichen Apparatschiks im Inneren Führungszirkel, hatte dort so viel Macht angehäuft, dass der russische Souverän ihre Eliminierung befohlen hatte. Doch ihre Kontaktleute hatten sie gewarnt und sie mit einem Privatflugzeug in einer Kiste aus Moskau ausgeflogen. Dann wurde sie an Bord eines Frachters aus Odessa geschmuggelt und überquerte das Schwarze Meer nach Istanbul, wo sie im Menschengewimmel untertauchte.

Lyudmila hatte Evan berichtet, dass deren jüngere Schwester

Bobbi eine Schläfer-Agentin für eine extrem geheime Abteilung des russischen Geheimdiensts gewesen sei.

»Was?« Evan war erbleicht. *»Ich … ich kann mir nicht vorstellen, wie das möglich sein sollte.«*

Doch die Akte, die Lyudmila ihr gezeigt hatte, hatte ihre Worte belegt. Die Kobalt-Akte, denn *Kobalt* lautete der Deckname der Verräterin. *»Wir werden herausfinden, wie es dazu kommen konnte«*, hatte Lyudmila erklärt. *»Du wirst meine Hilfe brauchen. Bobbi gehörte zu einer Abteilung 52 123, vermutlich innerhalb des SVR.«*

»Aber im Auslandsgeheimdienst SVR oder auch im Inlandsgeheimdienst FSB gibt es meines Wissens keine Abteilung 52 123.«

»Richtig, und deswegen sind wir uns auch nicht sicher, ob die Abteilung 52 123 wirklich zum SVR gehört. Tatsächlich ist sie so streng geheim, dass keiner, den ich kontaktiert habe, von ihr wusste oder irgendeinen Hinweis auf sie entdecken konnte. Der einzige Beweis für die Existenz der Abteilung 52 123 steht in dieser Akte, die tief in den Eingeweiden des SVR-Servers verborgen war.«

»Ich muss unbedingt wissen, wie sie rekrutiert wurde. Und warum.«

»Du bist entsetzt, und mir tut es ebenfalls weh, pchelka. *Rache ist nun unser Lebensinhalt geworden. Jetzt betreten wir das Reich der Dunkelheit.«*

Evan starrte aus dem Perspex-Fenster in das weiße Nichts. Hätte Ben sie nicht heimbeordert, wäre sie noch immer mit Lyudmila zusammen. Sie hatten sich darauf vorbereitet, weiterzuziehen und sich heimlich und auf Umwegen zu dem Ort zu begeben, an dem Lyudmila ihren unabhängigen Geheimdienst aufgebaut hatte.

Evan schloss die Augen. Sie vermied das Nachdenken über die Frage, was hinter dem Signal stecken mochte, das Ben an ihr Handy geschickt hatte. Sie sehnte sich danach, mit Lyudmila zusammenzubleiben und mit ihr gemeinsam in den dunklen Kern von Bobbis Rätsel vorzudringen. Wie konnte ihre Schwester nur …? Es war unausdenkbar und unaussprechlich. Seit sie von Lyudmila die Akte über ihre Schwester erhalten und sie gelesen hatte, fühlte sich Evan, als wäre sie von einem Eiszapfen durchbohrt worden.

Aber was, wenn …

Was wenn die in der Akte dargestellten Tatsachen eine absichtliche Fehlinformation wären? Möglich war das; die Russen waren Experten für *dezinformatsiya*, eine finstere Kunst, die ihren Ursprung in der geheimen Propagandaabteilung von Stalins KGB hatte.

Das einzige Problem bei dieser Theorie war, dass Evan sich beim besten Willen nicht vorstellen konnte, warum sie sich die Mühe machen sollten. Was bedeutete Bobbi ihnen, außer dass sie Evans Schwester war? Ihre kleine Schwester, die vor gut drei Jahren – zehn Tage nach einem ähnlichen Unfall von Bens Frau Lila – in Washington von einem Fahrerflüchtigen totgefahren worden war? Evan und Ben waren immer überzeugt gewesen, dass diese beiden Todesfälle miteinander in Beziehung standen – dass sie Morde waren, Vergeltung für die Zerstörung, die sie beide bei ihrem letzten gemeinsamen Einsatz in Russland angerichtet hatten. Was würden die Russen durch eine solche *dezinformatsiya* gewinnen, selbst wenn sie ihren Weg zu Evan fand?

Also entsprach die Akte wahrscheinlich der Wahrheit.

Evan riss sich von dem Versuch los, ihre Schwester freizusprechen, nahm ihre Handtasche auf den Schoß und holte die Geschenke heraus, die sie auf dem Pasar-Atas-Markt in Bukittinggi gekauft hatte. Für Bens Tochter Zoe ein Bündel alter Hotelzimmerschlüssel – einige angeblich von Hotels, in denen Gespenster umgingen. Zoe hatte ihre Begeisterung für Dinosaurier hinter sich gelassen – das erschien ihr jetzt kindisch – und interessierte sich nun für Hotels, in denen Geister hausten – Gespenster von Menschen, die man dort ermordet hatte oder denen dort großes Unrecht widerfahren war. Daher sammelte sie jetzt Hotelzimmerschlüssel. Hatte sie früher die Namen jeder Dinosaurierart gekannt, die je über die Erde gestreift war, kannte sie nun die Herkunft jedes einzelnen Schlüssels in ihrem Besitz, einer Sammlung von Hunderten sorgfältig etikettierten und katalogisierten Exemplaren. Für ihre Nichte Wendy hatte Evan ein Batiktuch besorgt und für ihren Neffen Michael ein T-Shirt mit der Aufschrift *Rettet den Sumatra-Tiger*. Wendy war elf und Michael neun. Sie wurden so schnell groß. Evan schloss die Augen und stellte sich die Frage, die ihr so oft zu schaffen machte: Was, wenn sie Bobbis Lebensweise gewählt hätte – Ehe, Kinder, ein Haus in der Vorstadt, zwei Autos und vielleicht ein Hund? Dieselbe alltägliche Fron. Sie hatte nie begriffen, wieso Bobbi sich für ein so langweiliges Leben entschieden hatte, und noch viel weniger, wie sie es hatte ertragen können.

Doch nun war Evan klar, dass Bobbi sich für etwas ganz anderes entschieden hatte. Sie hatte ein Doppelleben gewählt – verheiratet und Mutter zweier Kinder, ein Ehemann, der eine konservative Wahlspendenorganisation – einen Super PAC – zugunsten von Kandidaten leitete, die von Samuel Wells unterstützt wurden, und ein Leben der Geheimnisse und Schatten in den Zwischenräumen, wo keiner hinschaute. Was an Evan nagte, war die Frage, wie ihre Schwester sich nur für die andere Seite entscheiden konnte. Was hatte Russland so verlockend für sie gemacht? Diese Fragen schossen Evan ständig durch den Kopf. Doch da Bobbi tot war, würde es keine Antworten mehr geben. Diese Endgültigkeit machte Evans Zorn auf ihre Schwester nur umso quälender.

Noch immer in Gedanken, steckte sie die Geschenke wieder in ihre Handtasche. Natürlich hatte sie vergessen, ein Geschenk für Paul zu besorgen. Er kam ihr immer als Letzter in den Sinn, falls überhaupt. Sie hatte nie begriffen, warum Bobbi ihn anziehend gefunden hatte. Tatsächlich konnte Evan ihn nicht ausstehen; an guten Tagen fand sie ihn herablassend, und respektlos an schlechten. Er hatte sie einmal aufgefordert, ihre aggressive und streitlustige Haltung aufzugeben. Offensichtlich war ihm Bobbis Art lieber, die jedes Mal umkippte, wenn er ein Machtwort sprach. Je weniger Kontakt Evan mit Paul hatte, desto besser. Wenn sie seit Bobbis Tod die Kinder besuchte, gab sie sich um Wendys und Michaels willen immer herzlich gegenüber dem Vater, dennoch waren ihre Begegnungen stets kurz und kühl. Vermutlich konnte Paul sie ebenso wenig ausstehen wie sie ihn. Und allmählich schien ihr, dass er ihr ihre Zeit zusammen mit den Kindern missgönnte. Nicht dass er sich selbst viel um sie gekümmert hätte, soweit Evan das beurteilen konnte. Aber dennoch hatte er ganz unverblümt verkündet: »Es gefällt mir nicht, wie du hier im ganzen Haus deine Duftmarken setzt.«

Doch Paul war Evan gleichgültig. Sie vermisste die Kinder: Wendys strahlend blaue Augen, ihr gewinnendes Lächeln und den Zitronengrasduft ihres dichten, blonden Haars; Michaels ernste Miene, seine Neugier und Intelligenz und die Art, wie er ihr die Arme um den Hals schlang und sein Gesicht an ihrer Halsbeuge vergrub. Sie vermisste es auch, wie die Geschwister ihre Gedanken gegenseitig zu Ende brachten, als wären sie Zwillinge und nicht Wendy die um zwei Jahre ältere. Seit Bobbis Ermordung hatte Evan Wert darauf gelegt, die beiden regelmäßig zu besuchen, wann immer sie in Washington war. Und auch mit Zoe verbrachte sie Zeit. Manchmal brachte sie sie zu den beiden mit. Vor allem die Mädchen verstanden sich ausgezeichnet, doch zum Glück hatten sie eine unausgesprochene Abmachung, Michael nicht außen vor zu lassen. Trotz aller Besuche hatte Evan allerdings immer das Gefühl, den Kindern nicht genug Zeit zu widmen. Tatsächlich war es so, dass sie Washington verabscheute und sich so selten wie möglich in der Hauptstadt aufhielt. Wenn die Kinder nicht wären, würde sie wahrscheinlich Bens neue Aufträge aus der Ferne annehmen.

Noch immer von Gedanken an die drei Süßen erfüllt, döste sie schließlich ein.

Zwanzig Reihen weiter hinten starrte ein Mann – unauffällig, harmlos und so wenig bemerkenswert, dass selbst seine Sitznachbarn seine Anwesenheit kaum wahrnahmen – so angestrengt auf Evans Hinterkopf, als prägte er sich jede einzelne Haarsträhne ein. Wann immer eine Stewardess oder ein Passagier durch den Mittelgang gingen und ihm die Sicht versperrten, schloss er die Augen, als versuchte er, das Gesehene unauslöschlich in sein Gedächtnis einzugravieren.

Von einem Kribbeln, das vom Nacken bis zum Scheitel reichte, aus dem Schlaf geweckt, öffnete Evan die Lider. Sie war sofort hellwach und drehte sich auf dem Sitz herum. Beim Mustern der Reihen hinter ihr entdeckte sie niemanden, der in ihre Richtung schaute. Dennoch stand sie auf und ging zur Toilette hinten im Flugzeug. Sie kam an einer jungen Frau vorbei, die in der neuesten Ausgabe der Zeitschrift *Vogue* las, an einem Mann im Anzug, der in den Bildschirm seines Laptops vertieft war, an einem Kind, das Nintendo spielte, an einem jungen Paar, das Händchen haltend miteinander flüsterte, und an einem schmalen Mann, der in einer alten, gebundenen Ausgabe von *The Ugly American* schmökerte. Zur Zeit seiner Erstveröffentlichung hatte der Roman einen Skandal verursacht, da er die Korruptheit und Inkompetenz der US-Außenpolitik in Südostasien beschrieb. Keiner dieser Menschen wirkte ungewöhnlich, keiner schien das Kribbeln ausgelöst zu haben. Und doch hielt es auch noch an, als sie im Heck des Flugzeugs stand und auf eine freie Toilette wartete. Sie musterte die Passagiere von hinten, registrierte jedes Detail, jede Bewegung von Kopf oder Hand, entdeckte aber nichts Außergewöhnliches oder Auffälliges.

Eine Stewardess lächelte sie an und deutete auf die Toilettenkabine zu ihrer Rechten. »Es ist jetzt frei«, sagte sie.

Bevor ihr Flugzeug in Singapur abhob, hatte Evan ihr Handy eingeschaltet, durch die Liste eigens zusammengestellter Bilder gescrollt und Benjamin Butler – seit einigen Jahren ihr Chef in einem namenlosen, vom Verteidigungsministerium finanzierten Geheimdienst – das Bild für Singapore Airlines geschickt, zusammen mit der Flugnummer.

Nach der Landung auf dem Dulles Airport passierte sie rasch die Zollabfertigung und schaltete ihr Handy ein, während sie am Gepäckband wartete. Ben hatte seine Antwort bereits geschickt, als sie noch in der Luft war: eine Uhr ohne Stunden- oder Minutenzeiger. Sie benutzten Bilder mit vorher festgelegten Bedeutungen, damit ihre Abmachung selbst dann geheim bliebe, sollte das Handy gehackt werden. Für Evan und Butler war der Sinn jedoch klar:

Treffen um eins.

Alle Diensthandys galten als sicher, da die Software zweimal wöchentlich upgedatet wurde, doch in dieser Zeit ständig geschickter werdenden Hackings von feindseligen Kräften in China, Nordkorea, Russland, Kasachstan, Iran und sogar Israel zahlte es sich aus, paranoid zu sein.

Sie schnappte sich ihren Koffer und schlängelte sich durch die Menge zum Ausgang. Draußen angekommen atmete sie die milde

Mailuft in tiefen Zügen ein. Der Himmel war bewölkt und die Atmosphäre feucht, doch im Vergleich zum schwülwarmen Klima Sumatras, in dem sie beinahe zwei Monate lang versunken war, fühlte die Luft sich beinahe kühl und trocken an. Rudel weiterer frisch eingetroffener Passagiere wimmelten herum und schoben und drängten auf dem Weg zu ihren Taxis, Ubers oder Shuttlebussen.

Evan verharrte und zwang sich, sich gelassen umzuschauen, als hielte sie nach jemandem Ausschau, mit dem sie verabredet war. Inzwischen kribbelte es sie schon wieder am Hinterkopf, und jetzt noch stärker als zuvor. Doch über der herumwimmelnden Menschenmenge sah sie nur den nächtlichen Washingtoner Himmel und die frisch belaubten Zweige im leichten Wind schwankender Bäume.

Sie hatte ihren Wagen auf einem Hotelparkplatz in Herndon stehen lassen, wo man Langzeitparkplätze dreimal billiger als direkt am Flughafen bekam. Mit winselnden Bremsen und einem pneumatischen Seufzen der Türen traf ihr Shuttlebus ein, und erschöpft von den langen Flügen sowie besorgt über Bens plötzliche Rückkehraufforderung beeilte sie sich, in das Fahrzeug zu steigen. Sie setzte sich der Falttür gegenüber und beobachtete jeden einzelnen einsteigenden Passagier. Wieder beschlagnahmte ihre Schwester ihre Gedanken; kaum dass Evan das Flughafengebäude verlassen hatte, erhob Bobbi sich wie ein schwarzer Schatten. Der Verrat, den sie an Evan und den Idealen ihres Landes begangen hatte, war unfassbar. Evans Gefühle wurden keineswegs dadurch gemildert, dass Bobbi seit drei Jahren tot war. Warum hatte Evan nicht gesehen, was aus Bobbi geworden war? Die Antwort auf diese Frage war natürlich offensichtlich. Die Nähe war zu groß gewesen; Geschwisterkonflikte hatten sie für die größere Wahrheit blind gemacht.

Der Fahrer griff gerade nach dem Hebel, um die Türen zu schließen, als sie Ben entdeckte. Er stand vor dem Flughafengebäude, den Rücken ihr zugekehrt, und reckte den Hals, wahrscheinlich, weil er nach ihr Ausschau hielt. Sie wusste, dass er es war – sie erkannte ihn zweifelsfrei.

»Anhalten!«, rief sie und sprang auf. »Ich muss raus.«

Mit einem Satz war sie aus dem Bus und traf bei Ben ein, als er sich gerade umdrehte.

»Ben, was machst du hier, gegen alle Regeln?«

»Ah, wie gut, dass ich dich gefunden habe.« Er ergriff sie am Ellbogen und steuerte sie vom Randstein weg zu einer freien Stelle, wo sie von anderen Passagieren unbehelligt waren.

»Hör zu, Ben, ich habe eine Neuigkeit, die mir schon auf dem ganzen Flug zu schaffen gemacht hat.«

»Was immer es ist, es kann warten.« Er räusperte sich. Sein Blick verhakte sich mit ihrem. »Wir müssen deine Nichte und deinen Neffen suchen.«

»Was?« Ihr Herz machte einen Satz und hämmerte so schnell und heftig, dass sie es bis in den Hals spürte. »Was hast du gesagt?«

»Wendy und Michael sind verschwunden.«

Sie zwinkerte verstört. Ihre Lippen zitterten, und ein eiskalter Schauer durchlief sie. »Ich verstehe nicht ...«

»Da geht es dir nicht anders als allen«, erwiderte er. »Nicht einmal die Leute vom FBI, die auf den Fall angesetzt wurden, kapieren, was los ist. Die beiden Kinder sind so spurlos verschwunden, als hätte es sie niemals gegeben.«

»Aber das ist doch unmöglich. Was ist mit Paul?«

»Paul Fisher ist verschollen. In seinem Büro hat keiner eine Ahnung, wo er sich befindet. Seine Mitarbeiter haben nichts von ihm gehört, und auch sonst niemand, die Betreuerin der Kinder eingeschlossen. Und bevor du nachfragst, Fisher hat sein Handy entweder ausgeschaltet oder zerstört. Kein Signal, keine Ortung, nichts.«

»Wie lange sind sie schon weg?« Ihre Augen glänzten, von sich ankündigenden Tränen geweitet.

»Jetzt ist Montagnacht … zwischen Freitagabend und heute früh, als die Kinder nicht in der Schule erschienen sind, ist also jeder Zeitraum möglich.«

»Ich möchte, dass wir zu ihnen nach Hause fahren. Sofort.«

Er nickte. »Komm. Ich fahre dich.«

»Mein Auto steht auf einem Parkplatz in Herndon. Ich möchte es nicht dort zurücklassen.«

»Dann lass uns hinfahren.«

Sie gingen zum Mittelstreifen, wo sein Auto mit blinkenden Warnleuchten stand. Als sie eingestiegen waren, fädelte Ben sich in den langsam rollenden Verkehr ein.

Auf dem Beifahrersitz war Evan sich seines warmen, kräftigen Körpers neben ihr bewusst. Während ihrer ganzen Reise hatte sie nicht an Ben gedacht, doch jetzt, da sie wieder in Washington war, überfielen sie die Erinnerungen an ihre gemeinsame Zeit im Einsatz, als bohrten sie sich mit Nadeln in sie. Ganz besonders quälte sie der Fehler, den sie bei ihrer letzten gemeinsamen Mission begangen hatten.

Eine Viertelstunde später hielten sie an der Einfahrt des Parkplatzes.

»Ich warte hier auf dich, und wenn du kommst, fahre ich vor dir her.«

Sie nickte stumm, ein Schwirren von Gedanken im Kopf. Was konnte Wendy und Michael zugestoßen sein? Hatte Paul sie weggebracht? Aber warum? Und wo um alles in der Welt könnte er sie hingebracht haben?

Am Rande des Parkplatzes blieb sie stehen und versuchte, einen klaren Kopf zu bekommen. Wie ihr hartes Training es verlangte, musterte sie die gerade ausgerichteten Reihen der parkenden Wagen und registrierte jeden Einzelnen genau. Eine vierköpfige Familie kam lärmend aus der Seitentür des Hotels. Mit Gepäck beladen blafften sie sich auf dem Weg zu ihrem Ford Explorer gegenseitig an. Ein Geschäftsmann schwang seinen Aktenkoffer in einen Audi und stieg anschließend ein.

Sonst rührte sich nichts. Sie sah die beiden Schweinwerfer des Wagens, in dem Ben sie erwartete.

Sie schloss den mattschwarzen Dodge Charger SRT 8, Baujahr 2013, auf, setzte sich hinters Steuer und dachte müßig *ich muss die Rückleuchte reparieren lassen.* Von außen mochte der Charger wie ein Schrotthaufen aussehen, doch das war einfach nur Tarnung. Sein Innenleben war raffiniert, er war mit einem neuen, 650-PS-Turbomotor, modernsten Dreipunktgurten und Airbags sowie einer Reihe weiterer Raffinessen ausgestattet. Sie schnallte sich an und steckte den Schlüssel in die Zündung. In diesem Moment, leicht vorgebeugt, nahm sie aus dem linken Augenwinkel einen Schatten wahr, der aus der Dunkelheit auftauchte. Er bewegte sich rasch. Sie auch. Doch sie war nicht schnell genug. Gerade hatte sie sich im Sitz zur Seite gewandt, da sah sie sich der Mündung einer Sig Sauer P320 Compact gegenüber, die mitten auf ihre Stirn zielte.

Sie versuchte, den Kopf zu heben, um zu sehen, wer die Pistole in der Hand hielt, doch er sorgte dafür, dass sie nicht höher als bis zu seiner Brust schauen konnte.

»Die hinteren Wagentüren entriegeln«, sagte er mit einer verschleimten Raucherstimme.

Sie tat wie geheißen. Ihr Körper war angespannt und ihre Muskeln verkrampft, obwohl sie sich nach Kräften bemühte, locker zu bleiben. Sie befand sich in keinem Einsatz und in keiner Kampfzone. In Gedanken war sie halb bei ihrer Nichte, ihrem Neffen und Ben gewesen und halb noch mit Lyudmila auf dem sonnigen Strand der Küste von Sumatra. Sie verfluchte sich dafür, dass sie nicht wachsamer gewesen war.

»Hände ans Lenkrad«, befahl er. »Bei zehn Uhr und bei zwei Uhr.« Er setzte sich unmittelbar hinter ihr auf die Rückbank, ohne sich die Mühe des Anschnallens zu machen. Das unterließen die Leute auf der Rückbank eines Fahrzeugs oft, und gerade er würde sich nicht in seiner Bewegungsfreiheit einschränken wollen.

Ein Blick in den Rückspiegel erwies sich als fruchtlos; er hatte sich eine wollene Skimaske über den Kopf gezogen. Von seinem Gesicht sah sie nur seine Augen und seinen Mund, die beide nichts preisgaben.

»Fahr los«, kam die Anweisung von der Rückbank.

»Und dann?«

»Das wirst du bald genug erfahren.« Ein hartes Lachen. »Eins nach dem anderen.«

Ihre Gedanken waren in Aufruhr, als rasten sie in einem Looping im Kreis. Wie hatte sein Kommen ihr entgehen können? Sie meinte doch, den Parkplatz in alle Himmelsrichtungen überprüft zu haben. Ihre Erschöpfung, der Jetlag, Bens schockierende Nachricht, das alles hatte zu ihrem Fehler beigetragen. Aber er hätte trotzdem nicht passieren sollen.

»Jetzt sofort!«

Sie spürte die Mündung der Sig kalt wie einen Eiszapfen im Nacken. »Oder sonst? Bringst du mich um?« Sie zwang sich zu einem Lachen, es klang metallisch. »Wenn das deine Absicht wäre, hätte ich bereits eine Kugel im Hinterkopf.«

»Und wie ist das?« Mit einem Knurren versetzte er ihr einen

Schlag mit dem Pistolengriff, seitlich am Kopf direkt hinterm Ohr.

Ihr Oberkörper kippte zur Seite, und sie unterdrückte einen Aufschrei, vom Schmerz wie von einem elektrischen Schlag getroffen.

»Das gefällt dir wohl, was?«

Sie versuchte, etwas zu sagen, doch zwischen ihren Lippen drang nur ein Keuchen hervor.

»Na dann. Fahr jetzt.«

Sie legte den Gang ein und setzte aus der Parklücke. Plötzlich begann es zu regnen, die Tropfen machten die Straße rutschig und erschwerten die Sicht durch die Windschutzscheibe. Sie schaltete die Scheibenwischer ein und musste sie auf schnell stellen.

»Okay«, knurrte ihr Entführer. »Nimm die östliche Ausfahrt.«

Als sie den Parkplatz verließ, fädelte Bens Wagen sich vor ihr ein. Ihrem Entführer fiel es gar nicht auf; er war vollständig darauf konzentriert, seinen Auftrag auszuführen und sie zu bewachen. Er befahl ihr, nach links abzubiegen. Der Regen erschwerte die Orientierung im Verkehr, da das Scheinwerferlicht der entgegenkommenden Fahrzeuge die nasse Windschutzscheibe überschwemmte. Die Straße führte geradeaus, so weit ihr Blick reichte, was überhaupt nicht weit war. Der Regen donnerte aufs Fahrzeugdach.

In diesem Moment hörte sie das Klingeln ihres Handys. Ben!

»Denk nicht einmal daran.« Die Pistolenmündung grub sich schmerzhaft in ihren Nacken. Sie zuckte zusammen und ärgerte sich sofort, erneut, dass sie sich vom Schmerz hatte beeindrucken lassen. Gleichzeitig wusste sie, dass sie aufhören musste, sich Vorwürfe zu machen, doch ihre Geistesverfassung war ungewöhnlich, ihre Gedanken überstürzten sich förmlich. *Ich muss klar denken*, sagte sie sich. *Schnell und strategisch denken, sonst endet das hier für mich mit Tränen.*

Gerade noch hatte er sie im Rückspiegel gesehen, doch jetzt war sie verschwunden. *Was zum Teufel*, dachte Ben. Er gab ihre Nummer in sein Handy ein, doch als sie nicht reagierte, drehte er in einer gefährlich schnellen Wende auf der Straße um. Bremsen quietschten, Hupen kreischten, und im Verkehr stießen Fahrer Flüche aus, die von den Autofenstern verschluckt wurden. All das ignorierend kehrte Ben zu der Kreuzung zurück, an der er sie verloren hatte. Er schaute nach links, dann nach rechts, erkannte den Charger sofort an seiner kaputten Schlussleuchte und trat aufs Gas. Beim schnellen Abbiegen geriet er auf der nassen Straße ins Schlingern. Er riss am Steuer, bekam den Wagen wieder unter Kontrolle und schoss los.

Autos kamen ihr entgegen, doch weder Fahrer noch Beifahrer hatten eine Ahnung von der tödlichen Gefahr, in der sie schwebte.

»Was willst du von mir?«, fragte sie. Das Beste – das Einzige –, was sie jetzt noch tun konnte, war, ihn zum Reden zu bringen. Vielleicht würde er versehentlich etwas Wichtiges preisgeben.

»Fahr einfach.«

»Wo fahren wir hin?«

»Dorthin, wo du hinmusst«, antwortete er mit einem glucksenden Lachen. »Und nach allem, was ich gehört habe, wirst du dir wünschen, ich hätte dich immer weiterfahren lassen.«

Das war so etwas wie ein winziger Lichtblick. »Das könntest du, weißt du.«

»Was?«

»Mich weiterfahren lassen«, antwortete sie. »Wir könnten ...«

»Ach was. Wir könnten nirgends hin, wo sie uns nicht finden würden.«

Sie. Sie hatte also recht. Es gab ein »sie«.

»Wer sind diese Leute, die mich so dringend sehen wollen?«

»Weiß ich nicht, mir egal.«

Er dirigierte sie in nördliche Richtung.

»Eines ist jedenfalls sicher, sie werden dich auf eine sehr unangenehme Weise töten. Auf eine schrecklich langsame und schmerzhafte Weise. Sie hassen dich.« Mit dem Lauf der Sig tippte er ihr auf die linke Schulter. »Bei dieser Gabelung nach links abbiegen. Und bei der ersten Ampel nach rechts.«

»Warum hassen sie mich? Was wissen sie über mich?«

»Alles.« Er lachte erneut. »Jede verdammte Kleinigkeit.«

Konnte das stimmen? Oder hatte man ihm das einfach nur gesagt? Ein Schauer lief ihr den Rücken hinunter. In dieser immer tiefer werdenden Finsternis brauchte sie noch einmal einen Lichtblick. »Was denn genau?«

Sie sah die Ampel weiter vorn, eines dieser neuen Dinger aus Stahl mit LED-Lampen.

In der verzweifelten Hoffnung, Ben könnte hinter ihr sein, zuckte ihr Blick nach links. Doch im Seitenspiegel bemerkte sie keine Scheinwerfer. Sie war allein mit einer Pistolenmündung am Hinterkopf und dem Wissen, von nichts als einem sicheren und grauenhaft schmerzhaften Tod erwartet zu werden.

Mit einem Blick in den Rückspiegel vergewisserte sie sich, wo genau ihr Entführer saß. So gut sie konnte, berechnete sie die Geschwindigkeitsvektoren, sein Gewicht und die Auswirkung der Fliehkraft. Außer sich vor Entsetzen zählte sie die Sekunden.

»Alles, was du je getan hast, von deiner Geburt bis heute früh.« Endlich beantwortete er ihre Frage.

Das Blut stockte ihr in den Adern. »Wie das?«, brachte sie mit einer sich dick und pelzig anfühlenden Zunge heraus.

Jetzt oder nie, dachte sie.

»Sie können zaubern, verdammt noch mal, so haben sie ...«

Er hätte den Satz zu Ende gebracht, doch Evan trat aufs Gas und riss das Steuer, so heftig sie konnte, nach links herum. Der Charger geriet auf der regennassen Straße ins Schleudern. Sie hatte es genau richtig kalkuliert. Die rechte Rückseite des Wagens schleuderte so heftig gegen den Stahlpfosten der Ampel, dass die hintere Tür eingebeult wurde. Der Wagen ruckte, zuckte und kreischte wie ein Tier in Todesqualen. Glas und verbogene Metallteile flogen über die Rückbank. Wie Speere, Pfeile und scharfkantige Waffen bohrten sie sich in Oberschenkel, Leiste, Bauch und Brust ihres Entführers. Ein Schuss löste sich aus der Sig, als sein Zeigefinger automatisch zuckte. Die Kugel jagte durch die Luft. Ein Sprühregen von heißem Blut, ein süßlicher, kupferartiger Geruch, und dann ein heißer Schmerzstrahl.

Ganz schwach roch sie Rauch und spürte von hinten eine Hitze wie von Feuer. Sie versuchte, den Kopf zu drehen, doch Sicherheitsgurt und Airbag hatten sie zu fest im Griff und fixierten sie an Ort und Stelle. Sie versuchte es energischer, und ...

Alles verschwand in einem großen, schwarzen Wirbel.

3

Moskau, Russische Föderation

Fast schon auf der anderen Seite der Welt fiel gerade Schneeregen vom Himmel. Der Eismatsch sammelte sich in Ecken, auf Treppen, Dächern und in Türeingängen, bevor er langsam dahinschmolz, bläulich im trügerischen Licht der Stunde vor dem Tagesanbruch. Der Frühling in Moskau konnte wunderbar sein, oder aber trübe und noch halb im Griff des langen Winters.

In den Privatgemächern des Kreml, wo sie sich in einem bodentiefen Spiegel betrachtete, herrschte eine Bruthitze. Der Souverän wollte es so. Sie musterte ihr Gesicht und vergewisserte sich, dass sie weder zu wenig noch zu viel Make-up aufgetragen hatte. Kein Lidschatten, aber deutlich Mascara. Ihre grünen Augen schauten sie unerbittlich und undurchdringlich an.

Das Haar hatte sie sich bei ihrer Ausschleusung blond gefärbt. Da die Farbe ihr gefallen hatte, hatte sie sie beibehalten und trug eine kinnlange Bobfrisur. Ein betulicher Haarknoten kam für sie nicht infrage.

Sie fragte sich nicht zum ersten Mal, wer sie eigentlich war und wann genau sie die eine Welt verlassen hatte und in die andere eingetreten war. Vielleicht hatte sie sich aber auch schon immer in dieser zweiten Welt aufgehalten, denn dreieinhalb Jahre in Moskau hatten sie nicht verändert. Ihr war mehr als einmal der Gedanke gekommen, dass sie mit Moskau im Blut geboren war. Tief in ihr vergraben hatte ein Samenkorn darauf gewartet, dass Russlands wässrige Sonne es herauslockte. Und nun würde gleich der Moment kommen, in dem sie leuchten und selbst eine Sonne werden würde, die unter dem vergoldeten Deckengewölbe von Russlands Palast der Macht hell loderte. Sie hatte weniger als eine halbe Stunde gebraucht, um sich in der barocken Maßlosigkeit dieser Innenräume wohlzufühlen, die einen so krassen Gegensatz zu den nüchternen Straßenzügen jenseits des Platzes bildeten.

»Sie sehen großartig aus!«

Ihr Blick wanderte von ihrem Spiegelbild zu dem von Dima Nikolaevich Tokmakov, einem Mann mit riesigem Ego. Er war zwar schon in den mittleren Jahren, doch noch immer so schlank wie in seiner Jugend. Er sah gut aus und wusste es. Sein Vollbart und sein Haarschopf waren so dicht wie eine Heckenlandschaft und von silbernen Strähnen durchzogen.

Lächelnd wandte sie sich ihm zu und wirbelte dabei herum wie ein Model auf dem Laufsteg.

»Ich bin stolz auf Sie«, sagte Dima. »Sie sind genauso gut geworden, wie Leda es versprochen hat.«

»Und besser«, erwiderte sie ein wenig prahlerisch.

Dima ergriff lachend ihre Hand. »Das werden wir sehen, *moya malen'kaya osa.*« *Meine kleine Wespe*, der Name, den nur er für sie verwendete. Keiner nannte sie bei dem Namen, den ihre Eltern ihr gegeben hatten. In der Außenwelt war sie unter verschiedenen Decknamen bekannt, die die Abteilung für Tarnung für sie erfand. Innerhalb der Abteilungen nannte man sie nur bei ihrem Einsatznamen. Doch Dima nannte sie so, wie es ihm gerade passte, je nach Stimmung.

»Mein Stich hat nichts Niedliches«, sagte sie. Und dann ganz ernst: »Ich werde Sie nicht enttäuschen, Dima. Was immer Sie von mir verlangen, wird erledigt.«

Seine dunklen Augen glommen wie schwarze Opale. »Alles?«

Sie nickte mit derselben Miene wie er. Sie war Furcht einflößend, wenn sie diese Art von Maske aufsetzte. »Alles und jedes.«

Seine Augen wurden schmal. »Leda hat mich gewarnt. Sie glaubte, dass Sie einen Todeswunsch haben.«

»Und doch«, entgegnete sie, »ist jetzt Leda tot und nicht ich.«

Dima stieß die Luft aus. »Sie haben sie auf äußerst einfallsreiche Weise beseitigt.«

»Ihr Tod wurde als ›Unfall‹ behandelt.«

»Na ja, dafür haben Sie gesorgt«, erwiderte Dima mit einem Schmunzeln. »Ihr beide seid klettern gegangen. Mit dem Fußknöchel verfing sie sich in einem Seil, sie stolperte und fiel von der Felswand.« Sollte er erwartet haben, dass sie ihn erkennen ließ, was sie dabei empfand, wurde er enttäuscht. Er stieß einen Seufzer aus; der stand ihm nicht gut zu Gesicht. »Leda war eine meiner fähigsten Agentinnen. Sie wird mir fehlen.«

»Ach, Scheiße, Dima. Wer hat mir denn den Befehl erteilt, sie mit einem gezielten Schlag auszuschalten?«

»Es hieß Sie oder Leda. Ich fand das Ergebnis erhellend und auch erbaulich.«

Sie schwieg kurz und starrte ihn an. »Sie haben gegen mich gewettet. Wie viel haben Sie verloren?«

»Das ist absurd«, schalt er sie.

Sie trat einen Schritt auf ihn zu. »Hoffentlich war es eine *Menge*, Dima.« Ihr Blick ließ den seinen nicht los. »Ich hoffe, es war wirklich *erbaulich*.«

Er gab sich mit einem Lachen geschlagen, doch es war ein unbehagliches Lachen, in dem etwas Unheilvolles mitschwang, das nur sie erkennen konnte. Sie wusste, dass sie ihn nicht zu sehr bedrängen durfte. Sie hätte beinahe seine rote Linie überschritten. Das wäre schlecht für sie, gerade in Anbetracht ihrer ehrgeizigen Ziele hier im Herzen von Mütterchen Russland.

Sie wollte sich rundheraus entschuldigen, beschloss dann aber, die Sache einfach auf sich beruhen zu lassen.

Die Tür zum Vorzimmer schwang auf, und einer von Dimas Untergebenen tauchte auf. »Es ist Zeit, Genosse Direktor.« Tokmakov war der Chef von Zaslon, das im SVR – dem russischen Auslandsgeheimdienst – tief im Inneren der Abteilung für Einsätze beheimatet war. Offiziell gab es Zaslon gar nicht, weder in Russland noch außerhalb. Selbst in den wenigen existierenden Dokumenten lief es unter dem Namen Abteilung 52 123. Zaslon war eine fast schon legendäre Geheimorganisation, die gefürchtetste weltweit, zumindest versuchte der Genosse Direktor das seinen Leuten einzureden. Sie hatte sich bereits an die Doppelzüngigkeit in den russischen Behörden gewöhnt. Man musste einen sechsten Sinn entwickeln, um in dem Dickicht von Übertreibungen, absichtlicher Desinformation und offenen Lügen, das im Kreml und seiner Umgebung wucherte, die Wahrheit zu wittern.

Dima, der auf seine Armbanduhr geschaut hatte, blickte auf. »Ah, richtig.« Er lächelte sie an. »Zeit für Ihren Auftritt.«

Als sie gerade durch die Tür treten wollten, streckte der Untergebene Dima ein in der Mitte gefaltetes und versiegeltes Papier hin. »Aber erst ist da noch das hier«, sagte er.

»Ach was!« Fast hätte Dima das Papier zur Seite geschlagen. »Sie haben den falschen Zeitpunkt gewählt, Feliks. Vielleicht nachher, wenn …«

»Es kommt aus der Abteilung für Einsätze.« Feliks hielt das Dokument hoch. »Und es ist mit *Dringend* gekennzeichnet.«

Dima schnaubte. »Na gut, schon gut.« Er schnippte mit den Fingern. »Geben Sie es mir schon.«

»Ich bitte um Entschuldigung, Genosse Direktor.« Feliks' Gesicht war inzwischen weiß wie ein Bettlaken. Seine Hand zitterte. »Das dringende Dokument ist an Kobalt adressiert.«

Dima sah sie an, das Gesicht von kaum unterdrücktem Zorn verdunkelt. »Dann mal los, Kobalt.« Er nickte ihr zu. »Schauen Sie, worum es bei diesem Theater geht.«

Kobalt, seine kleine Wespe, nahm die Nachricht entgegen, und sobald Feliks aus dem Raum geeilt war und die Tür hinter sich geschlossen hatte, schlitzte sie das Papier auf und las. Wie immer bei solchen als *dringend* gekennzeichneten Nachrichten war der Inhalt knapp und präzise.

Sie las die Nachricht zweimal, bevor sie sie wirklich begriff. Dann wurde ihr wie mit einem Donnerschlag alles auf einmal klar. Sie zeigte das Blatt Dima.

»Was haben Sie vor?«, fragte er.

»Der Omega-Auftrag, den Sie mir gegeben hatten, hat damit geendet, dass ich aufgeflogen bin.«

Dima schnalzte mit der Zunge. »Sie hatten die Aufgabe, das Gelände dieser mysteriösen Gruppe in Odessa zu infiltrieren, herauszufinden, welche Art von Bedrohung sie für die Föderation darstellt, und eine Liste des Führungspersonals zu erstellen. Sie haben versagt.«

»Ich bin verbrannt worden«, entgegnete sie. »Auf dem Omega-Gelände habe ich keinen Fehler begangen.«

Dima winkte ab. »Sie haben es nicht geschafft, die geforderten Informationen zu beschaffen.«

»Omega ist uns aufgefallen, weil sie russische Bürger von der Straße weg rekrutiert haben«, erklärte Kobalt gleichmütig. »Manchmal gegen deren Willen.«

»Die Entführung russischer Bürger ist nicht tolerierbar«, erläuterte Dima überflüssigerweise, nur um es gesagt zu haben.

»Ich habe herausgefunden, dass Omega, soweit das für mich ersichtlich war, keine terroristische Gruppe ist. Es ist eher eine religiöse Sekte. Und zwar eine fanatische.«

»Nicht weniger gefährlich«, knurrte Dima. »In mancher Hinsicht sogar noch gefährlicher.«

»Außerdem verbirgt die Gruppe Geheimnisse, zu denen ich mir Zugang verschaffen wollte, als ich verbrannt wurde«, beharrte sie. »Tatsache ist, dass ich entscheidende Informationen mit nach Hause gebracht habe.«

»Mit eingezogenem Schwanz. Das ist ein Scheitern, Kobalt. Ende. Punkt.«

»Aber mein neuer Plan, den ich Generaldirektor Baev vorschlagen wollte, könnte das in Ordnung bringen.« Sie deutete auf das Blatt mit der dringenden Nachricht, das Feliks ihr gebracht hatte. »Dahinter steckt Omega, das weiß ich.«

»Beweise?«

»Mein Bauchgefühl. Das hier ist die Rache dafür, dass ich so tief bei ihnen eingedrungen bin. Sie können nicht wissen, welche Geheimnisse ich vor meiner Flucht aufgedeckt habe. Ich an ihrer Stelle würde das Schlimmste vermuten. Eine andere logische Schlussfolgerung ist nicht möglich.«

»Sie schließen daraus also …«

»Ich habe eine zweite Chance erhalten, mich ihnen zu nähern, Dima«, antwortete sie. »Eine Chance, herauszubekommen, wer ihr Anführer ist und wo sie ihr Hauptquartier haben. Das ist meine Schlussfolgerung.«

»Sie scheinen sich sicher zu sein, dass das, was gerade geschehen ist, und Ihr Eindringen bei Omega miteinander verknüpft sind.«

»Alles andere ergibt keinen Sinn.«

»Da bin ich mir nicht so sicher. Sie sind bereits seit zwei Monaten zurück.«

»Die Planung und Ausführung von Omegas Operation hat Zeit benötigt.« Ihre Augen leuchteten vor Dringlichkeit. »Dima, Sie müssen mir hier vertrauen.«

»Hüten Sie Ihre Zunge, Kobalt«, fuhr er sie an. »Ich muss gar nichts.«

Sie hatte sich an seine raschen Stimmungsumschwünge gewöhnt, insbesondere im Verhältnis zu ihr. Sie führte sie, wahrscheinlich zu Recht, auf sexuelle Frustration zurück. Sie hatte die Übersicht über die vielen Gelegenheiten verloren, bei denen sie seine Annäherungsversuche abgewiesen hatte. Wie alle Männer im FSB war er nicht daran gewöhnt, dass eine weibliche Unterstellte ihm etwas abschlug. Sie wusste, dass es ihm zu schaffen machte, und befeuerte seinen Frust absichtlich, denn damit linderte sie die Hilflosigkeit, die sie in dieser von Männern dominierten Organisation, die Frauen bei jeder sich bietenden Gelegenheit herabsetzte, oft überkam.

Dima hatte sich von ihr entfernt und befand sich nun auf der anderen Seite des Raums. Er stand mit hinter dem Rücken verschränkten Händen da und schaute aus dem Fenster. Indigoblaues Zwielicht hatte sich über den Zwiebeltürmen ausgebreitet und umhüllte die Moskauer Plattenbauten dahinter. Ja oder nein, welche Entscheidung würde ihm am meisten nutzen? Der Omega-Auftrag war ein schwarzer Fleck auf ihrer Leistungsbilanz und dadurch auch auf seiner. Den musste er auslöschen, je früher, desto besser. Ihr neuer Plan war gut, aber dieses Eingreifen des Himmels mochte sogar noch besser sein.

Sein Gesichtsausdruck war unverändert, als er zu ihr zurückkehrte, doch sie sah, dass etwas in seinen Augen sich wandelte.

»Dann ist das hier Ihr neuer Auftrag. Er hat Vorrang vor allen anderen.«

Kobalt nickte. »Und das Treffen mit Direktor General Baev ...«

»Sie werden den Chef des SVR ein andermal treffen, das verspreche ich Ihnen«, antwortete Dima. »Ich sorge dafür, dass er Ihr Ausbleiben jetzt nicht krummnimmt.« Er legte ihr die Hand auf die Schulter. »Wenn Sie recht behalten, werden Sie Ihren ursprünglichen Auftrag mithilfe der neuen Gelegenheit, die Omega Ihnen eröffnet, doch noch ausführen.« Er packte ihre Schulter. »Flieg, meine kleine Wespe. Flieg jetzt.«

4

Washington D. C.

Ben verkrampfte sich am ganzen Körper, seine Muskeln wurden hart wie Stahl.

»Was zum Teufel?«, schrie er in seinem Wagen. »Was zum Teufel denkt sie sich eigentlich dabei?«

Er sah, wie Evans Charger mit dem Heck direkt in den Stahlpfosten der Ampel krachte, fast als geschähe es mit Absicht. Er sah, wie die rechte hintere Tür eingedrückt wurde, als träfe sie eine riesige Faust, sah, wie der Charger ruckte und zuckte, und hörte ihn wie ein Schwein beim Schlachter kreischen. Die Front des Wagens mit Evan auf dem Fahrersitz ragte fast in einem Fünfundvierzig-Grad-Winkel in die Straße hinaus. Doch so etwas durfte – und würde – sie nicht bewusst versucht haben.

Er bremste wild, rammte die Parkstellung ins Getriebe und rannte die zwanzig Meter bis zur Unfallstelle. Die linke hintere Tür des Chargers war aufgesprungen, und eine Gestalt, durchbohrt von so vielen Metallteilen, dass Ben sie nicht zählen konnte, hing halb heraus, das Rückgrat so stark nach hinten verbogen, dass die Arme auf den Boden baumelten. Blut färbte die Straße schwarz und glänzte im Licht der Straßenlaternen wie Öl. Auf dem Rücksitz züngelten Flammen.

In seiner Eile, zu Evan zu gelangen, stolperte Ben über die Arme des Mannes und stieß mit dem Fuß gegen etwas – vielleicht seine Pistole. Doch er hatte keine Zeit, danach zu schauen. Jede Sekunde zählte. Er zerrte an der Fahrertür, doch sie war verschlossen. Was er nun tat, hatte er schon viele Male zuvor gemacht, von Berlin bis Bratislava. Er holte sein Universalmesser hervor und zertrümmerte mit dem Griff das Sicherheitsglas. Im Charger und außerhalb rieselten kieselsteinkleine Scherben herunter. Er öffnete die Verriegelung und schwang die Tür auf. Die Hitze der Flammen schlug ihm entgegen, denn diese hatten inzwischen den durchbohrten Mann erreicht und fraßen sich gierig durch Haut, Fettgewebe und Muskeln. Es klang, als schmatzte das Feuer mit den Lippen. Der Gestank war ekelerregend.

Evan war bewusstlos. Blut sickerte aus einer Wunde auf der linken Seite ihres Schädels. Das sagte ihm, dass die Verletzung nicht tief war. Ihr Schädel war nicht durchbohrt worden. Er hantierte mit dem Gurt, schaffte es aber nicht, die Arretierung zu lösen. Evan war wie gefesselt. Das hintere Ende des Wagens brannte. Vielleicht war der schwarze Tümpel, der sich auf dem Boden ausbreitete, tatsächlich eine Mischung aus Blut und Diesel. In diesem Fall könnte das Fahrzeugwrack jeden Moment in die Luft fliegen.

Er ging in die Hocke, um den Gurtverschluss genauer zu untersuchen. In diesem Moment entdeckte er den Gegenstand, gegen den er eben mit dem Fuß gestoßen war. Es war doch keine Pistole. Sondern etwas Kleines und Glattes, das in der Dunkelheit glänzte, als wäre es aus Metall. Etwas baumelte davon herab. In der Ferne hörte er das leise Heulen von Sirenen. Ohne den Gegenstand genauer anzusehen, hob er ihn auf und steckte ihn ein. Von dort, wo er kauerte, konnte er die widerspenstige Stahllasche des Gurts aus dem Verschluss ziehen. Rasch löste er ihn. Er nahm Evan auf den Arm und rannte mit ihr nach hinten zu seinem Auto.

»Evan«, sagte er, und dann dringlicher: »Evan!«

Ihre Augenlider öffneten sich flatternd, und sie versuchte, den Blick auf ihn zu heften.

»Ben?«

»Ich bin da. Du bist in Sicherheit.«

Nun war er beinahe bei seinem Wagen.

»Wo …« Sie hielt inne und leckte sich die Lippen. »Wo warst du?«

»Hinter dir.«

»Ich hab nach dir Ausschau gehalten … ich hab geschaut, aber dich nicht gesehen. Sonst hätte ich nicht …« Doch ihre Stimme versagte. Ihre Lider schlossen sich halb.

»Evan, Evan! Bleib wach!« Er hatte Angst, sie könnte eine Gehirnerschütterung erlitten haben.

Er gelangte zu seinem Wagen, schaffte es, die Tür zu öffnen, und bugsierte sie sanft auf die Rückbank. Inzwischen heulten die Sirenen laut, nur noch einige Kreuzungen entfernt.

»Evan!« Ihre Augen waren jetzt geschlossen. Er schlug sie auf die Wange. »Aufwachen! Schau mich an.« Er nickte ihr zu und lächelte mit zusammengebissenen Zähnen. »Du musst wach bleiben, okay?«

Sie murmelte etwas, was er nicht verstand.

Er beugte sich über sie. »Es ist wichtig, dass du wach bleibst, ja?«

Krachend schlug er die Tür zu, eilte nach vorn und glitt hinters Steuer. Er legte den Gang ein und raste in einer Sprühwolke schmutzigen Regenwassers davon.

Sie waren nicht mehr da, als die Sanitäter um die Ecke bogen und auf die blutige Szene stießen. Die Einsatzleute sahen nur noch, wie der Charger in einem Feuerball in die Luft flog.

5

Kubinka, Moskau

Der Regen hatte nachgelassen und war von einem Wind abgelöst worden, der durch alle Kleiderschichten schnitt. In Moskau war der Mai ein launischer Monat. Auf dem Militärflugplatz Kubinka eilte Kobalt über das Rollfeld. Der Jet des SVR, den Dima für den Anlass vorgesehen hatte, war bereits betankt und stand bereit. Ihr schwer gepanzerter Dienstwagen hatte die siebzig Kilometer der Anfahrt in der Morgendämmerung zurückgelegt, als die Sonne noch darum kämpfte, die verquollenen Augen zu öffnen und zwischen den Hochhausblocks der Stadt an den Himmel zu steigen.

Zwei SVR-Subalterne standen bereits zu beiden Seiten der mobilen Fluggastbrücke des Flugzeugs. Als einer der beiden ihr beim Einsteigen helfen wollte, schlug sie seine Hand weg. Der andere Mann, der sich um ein ausdrucksloses Gesicht bemühte, reichte ihr einen Hartschalen-Aktenkoffer. Das Äußere bestand aus Titan und war von innen mit Blei beschichtet, um den Inhalt gegen zudringliche Röntgenstrahlen abzuschirmen.

Im Flugzeug setzte Kobalt sich an einen Schreibtisch, während die Fahrgasttreppe eingezogen wurde. Weitere Passagiere gab es nicht. Der Pilot und der Navigator hatten bereits ihre Anweisungen erhalten und arbeiteten den Flugplan aus.

Kobalt legte die Aktentasche auf den Schoß. Sie gab den Code des elektronischen Schlosses ein und klappte den Deckel auf.

Drinnen lag, in graues Styropor eingebettet, eine Neun-Millimeter-GSh-18 – eine Pistole mit achtzehn Schuss im Magazin und mit Munition, die kugelsichere Westen durchschlagen konnte. Außerdem drei Messer – ein großes mit gezahnter Klinge, ein mittelgroßer Dolch und ein kleines Messer, das mit seiner Scheide am Fußknöchel befestigt wurde. Außerdem gab es zwei Garrotten, jede gut einen halben Meter lang. Bei der ersten bestand die Schlinge aus einem Nylon-Monofilament, bei der zweiten war sie aus einem ein wenig dickeren Stahlkabel gefertigt und zu einer Spirale aufgewickelt. Beide hatten an ihren Enden kleine Holzgriffe.

In einer Mappe, die in einer an der Innenseite befestigten Tasche steckte, waren alle Dokumente, die sie für ihre neue Legende brauchte: Reisepässe und Führerscheine für Russland, die Türkei, Deutschland und die USA, alle mit ihrem Gesicht und ihrem Namen: Karin Wagner. Sie war mal Kulturattachée, mal Import-Export-Kauffrau, mal Vertreterin einer Onlinemarketing-Firma. Sollte jemand sie überprüfen, so besaßen die beiden Unternehmen Websites, die so aussahen, als würden sie ständig gepflegt. E-Mails, Textnachrichten und telefonische Erkundigungen würden direkt in der Abteilung für Tarnung eingehen, die die Dokumente für sie hergestellt hatte. Sie behielt die Mappe draußen, schloss den Aktenkoffer wieder ab und stellte ihn auf den Sitzplatz neben ihr. Dann prägte sie sich Karin Wagners Biografie ein.

Die Triebwerke liefen an, und der Jet fuhr über die Rollbahn zur Startbahn. Doch dann blieb er unvermittelt stehen, und die Triebwerke erstarben. Kobalt – Karin – blickte auf und sah, dass der Steward die Tür entriegelte. Ein Blick nach draußen zeigte ihr, dass die Fluggasttreppe wieder heruntergelassen wurde. Gleich darauf eilte jemand, der mit einem schwarzen Koffer bewaffnet war, die Stufen hinauf und betrat das Flugzeug.

Anton Antonovich Zherov.

Mit einem Lächeln wie eine geschmeidige Katze, die einen aufsässigen Kanarienvogel verschluckt hat, schlenderte er durch den Mittelgang auf sie zu. Er war hochgewachsen und schlank, bewegte sich so lautlos und anmutig wie ein Tänzer und hatte eine Gesinnung wie eine Stahlfalle. Er vergaß nie und grollte bis in alle Ewigkeit oder zumindest so lange, bis er es denen heimgezahlt hatte, von denen ihm seiner Meinung nach Unrecht zugefügt worden war. Er war gefährlich unberechenbar und hatte noch nie einen Befehl erhalten, dem er nicht widersprochen hatte. Das war so weit gegangen, dass *spetsnaz* ihn rausgeworfen hatte. Die einzige Abteilung, in der er danach noch Fuß fassen konnte, war Zaslon, wo Dima, der ihm seine ständigen Mätzchen durchgehen ließ, zu Zherovs verehrtem Mentor wurde und das Beste aus ihm herausholte.

»Na, Natasha« – er nannte sie nie bei ihrem Einsatznamen, sondern tat so, als wäre sie Natasha Fatale, die Partnerin von Boris Badenov in der amerikanischen Comicserie *The Rocky and Bullwinkle Show* – »was haben wir vor?«

»Mein derzeitiger Deckname ist Karin. Karin Wagner«, erwiderte sie kühl, als er sich ihr gegenüber niederließ.

»Ich wiederhole mich, was haben wir vor, *Karin?*«, formulierte er mit der übertriebenen Präzision eines Rhetoriklehrers.

»Schnallen Sie sich besser an, Anton«, sagte sie, als die Triebwerke wieder anliefen. Als er ihrer Aufforderung gefolgt war, fügte sie hinzu: »Heißt das, dass Sie nicht informiert worden sind?«

Er nickte. »Dima sagte, wir hätten keine Zeit.«

Die Triebwerke heulten laut, als das Flugzeug über die Startbahn raste, abhob und im watteartig grauen Himmel verschwand.

»Wenn ich es recht verstehe, sind Ihre Instruktionen sehr persönlich«, sagte Anton, schlug die Beine übereinander und wischte eine imaginäre Fluse von der Hose.

»Das stimmt.« Kobalt starrte ihn an. »Was zum Teufel machen Sie also hier?«

»Befehl von Dima, Natasha.« Er lächelte sein kaum die Haut ritzendes Lächeln, so undurchschaubar wie Porzellan.

»Ich brauche Sie so dringend, wie ich eine dritte Titte brauche. Wir setzen Sie in Istanbul ab. Von dort können Sie nach Hause zurückkehren.«

Statt einer Antwort hievte Anton den mitgebrachten Koffer auf seinen Schoß, klappte ihn auf und drehte ihn so, dass sie den Inhalt sehen konnte. Mit seinem dunkelgrauen Styroporbett sah er im Inneren fast so aus wie ihrer. Doch statt kleiner Waffen barg Antons Koffer eine Scorpion-EVO-3-Maschinenpistole. Sie verschoss 9 x 19-Millimeter-Parabellum-Patronen und besaß zwei Dreißig-Schuss-Magazine, die um des schnelleren Ladens willen miteinander verklammert waren. Der Schaft lag derzeit abgetrennt in einer anderen Aussparung des Styropors. Die MP war leicht, da einige ihrer Teile aus Kunststoff bestanden. Es handelte sich um eine großartige, verdeckt tragbare Waffe, die extrem gefährlich war. Sie feuerte je nach Wunsch in halbautomatischen Salven von drei Schuss oder aber vollautomatisch.

»Oh, Sie werden mich brauchen, Natasha.« Sein Grinsen war so hungrig wie das eines Tigers. Es ging das Gerücht um, Anton Zherov sehe gern Blut fließen. »Das ist gewiss.«

»Hören Sie, Anton, wir müssen zu einer Art Verständigung kommen«, sagte sie, als sie aus der Toilette zurückkehrte. »Ich habe schon genug Sorgen, da will ich nicht auch noch fürchten müssen, Sie könnten mir einen Dolch in den Rücken stoßen.«

Er blickte zu ihr auf. Als sie sich wieder setzte, sagte er: »Das hier war weder meine Idee noch ein Auftrag, für den ich mich jemals freiwillig gemeldet hätte.« Sein Blick schien der Bewegung ihrer Augen zu folgen. »Ich mag Sie nicht. Sie können Ihren Namen noch so oft wechseln, ich mag Sie trotzdem nicht. Und ich vertraue Ihnen nicht. Sie sind das Produkt eines Rekrutierungsprogramms, dessen Rahmen nicht mehr existiert – zum Glück, da so viele von Ihresgleichen aufgeflogen sind und uns Schaden zugefügt haben. Tatsächlich sind Sie die Letzte Ihrer Sorte, der einzige lebende Beweis, dass das Programm je existiert hat.«

Sie hütete sich, sich ihren Zorn anmerken zu lassen. »Ich bin Ihnen also peinlich.«

»Nein, nicht peinlich. Sie sind eine eindeutige und gegenwärtige Gefahr – für mich und jeden anderen im SVR. Vielleicht haben Sie Dima hypnotisiert, aber mit mir wird Ihnen das niemals gelingen, wie breit Sie die Beine auch immer machen mögen.«

Kaum waren die Worte aus seinem Mund, da beugte sie sich vor und verpasste ihm eine so heftige Ohrfeige, dass sein Kopf zur Seite schnellte. Auf seiner Wange blühte ein weißer Fleck auf, der rot anlief. Er machte keine Anstalten, den Schlag zu erwidern, sondern stand wortlos auf und ging zum Heck des Flugzeugs.

Zu ihrem Entsetzen bemerkte sie, dass ihre Hand zitterte. Sie spürte den Schlag, der Antons Wange getroffen hatte, bis in den Arm hinauf oder bildete es sich zumindest ein. Ihr Puls raste, und ihre Gedanken stoben in alle Richtungen auseinander wie Fische, zwischen die ein Hai fährt.

Sie biss sich auf die Unterlippe und ballte die Hand, die nicht geschlagen hatte, so fest zur Faust, dass die Fingernägel sich in ihre Haut gruben. Als sie das hervorquellende Blut roch, führte sie die Hand an den Mund und leckte es ab. Der Kupfergeschmack erinnerte sie daran, wer sie war und was sie tun musste, um dem Rudel rachsüchtiger Männer, die nach ihren Fersen schnappten, immer einen Schritt voraus zu sein.

6

Washington D. C.

Die dreigeschossige Villa im italienischen Stil war aus cremefarbenem Stein erbaut und mit milchkaffeebraunem Stuck verziert. Sie stand nahe der Ecke California Street NW und Massachusetts Avenue, zwei oder drei Kreuzungen vom Rock-Creek-Park entfernt. Ein zufälliger Passant könnte das Gebäude fälschlich für die Botschaft einer ausländischen Nation halten. Doch das war es keineswegs. Ein kleiner, mit achteckigen Fliesen gepflasterter Hof wurde von zwei Steinkrügen geschmückt, in denen je eine Stechpalme wuchs. Ihr winterlicher roter Beerenschmuck war jetzt verschwunden, doch die dunkelgrünen Blätter glänzten saftig. Zweieinhalb Meter hohe immergrüne Hecken bewachten die Front des Gebäudes.

Dies war das Heim von Isobel Lowe. Und zu Isobel trug Ben Evan jetzt. Isobel und Ben hatten sich vor über zehn Jahren in Israel kennengelernt. Er war damals Agent eines amerikanischen Geheimdienstes gewesen, und sie hatte für den Mossad gearbeitet. Zu jener Zeit kannten Ben und Evan sich noch gar nicht. Enttäuscht von der damaligen israelischen Regierung verließ Isobel den Mossad später und zog nach Washington. Ihr von Misstrauen geprägter Hass gegenüber Russland blieb jedoch erhalten und passte gut zu Bens Widerwillen. Inzwischen arbeitete sie für eine jener Firmen im Silicon Valley, die weltweit mehr persönliche

Daten von mehr Menschen gesammelt hatten als die NSA und das US-Verteidigungsministerium zusammengenommen. Ben und Isobel standen einander inzwischen näher als damals in Haifa.

Er hatte ihr auf dem Weg von Herndon eine Textnachricht geschickt. Sie erwartete die beiden an der Seitentür und schwang sie auf, als Ben mit Evan in den Armen zwei Stufen auf einmal nehmend die Treppe heraufkam. Von vorn durfte er sich dem Haus nicht nähern, da der vordere Eingang aus Sicherheitsgründen beleuchtet war.

»Ich übernehme sie«, sagte Isobel, und Ben, der unter normalen Umständen erwidert hätte, er werde Evan selbst ins Haus und die Treppe hinauftragen, fügte sich ohne Widerspruch. Tatsächlich war er emotional, körperlich und in jeder beliebigen anderen Hinsicht am Ende.

Als er Isobel, die Evan in den Armen trug, an der Speisekammer vorbei durch die Küche folgte und dann über die makellos schimmernden Pekannussdielen des Flurs zur großzügigen Eingangshalle ging, fühlte er sich ausgelaugt und leer.

Nun endlich holte ihn der Schock ein – das zweifache Trauma, seinen geliebten Geheimdienst zu verlieren und zu sehen, wie Evan mit Karacho gegen den Ampelpfosten krachte und dabei beinahe starb. Eine unnatürliche Kälte durchdrang seinen Körper bis ins Innerste. Die Angst, Evan zu verlieren, und die damit verbundene Erkenntnis, wie viel sie ihm bedeutete und was er für sie empfand, hatten ihn fertiggemacht. Die tief in ihm verankerten Gefühle hatten nun endlich ihre Klauen in sein Bewusstsein geschlagen, und er wusste, dass er nie wieder derselbe sein würde.

Er blieb stehen und beobachtete, wie Izzy Evan die Treppe hinauftrug. Sein Herz tat einen Sprung, und er eilte den beiden in eines von Isobels Gästezimmern nach, wo sie die Verletzte sanft aufs Bett legte. Im Zimmer befand sich bereits eine weitere Person. An der professionellen Art, mit der der Mann Evans Wunde untersuchte, erkannte Ben, dass er ein Arzt sein musste. Ein Krankenhaus war nicht infrage gekommen. Das war ihm klar gewesen, als er seinen Wagen von dem Feuerball weglenkte, der einmal Evans Charger gewesen war. Es gab zu viele Fragen, auf die er keine Antwort hatte, und über eine Schusswunde wurde automatisch der Polizei Bericht erstattet. Inzwischen war Isobel aufgrund ihrer gemeinsamen Geschichte, ihrer Kontakte und ihrer Kompetenz die einzige Person, der er abgesehen von Evan vertrauen konnte.

Wenig später wandte Isobel sich vom Arzt und seiner Patientin ab, zweifellos, um Ben zu fragen, was zum Teufel passiert war. Jetzt erst bemerkte sie, wie bleich er war. Sie führte ihn durch den Flur in ihr eigenes Schlafzimmer, setzte ihn in einen übergroßen Sessel und brachte ihm einen doppelten Whisky. Sie legte seine Finger um das Glas.

»Trink«, forderte sie ihn auf. »Sie ist in guten Händen.« Dann ließ sie ihn allein.

Ben trank den Bourbon, ohne ihn zu schmecken. Schließlich jedoch wurde ihm von dem feurigen Getränk wärmer. Er bemerkte, dass seine freie Hand die Armlehne des Sessels so fest gepackt hielt, dass seine Fingerknöchel bleich und skelettartig hervorstanden.

Er nahm sein Handy heraus und schickte Zoe eine Nachricht. Sie übernachtete heute bei ihrer besten Freundin Rose, die wie Zoe in Georgetown lebte, nur fünf Blöcke weiter. Roses Mom Mae Rand nahm Zoe immer bereitwillig bei sich auf, wenn Ben nicht da sein konnte. Die Mädchen genossen das Zusammensein, und so fanden alle diese Regelung gut. Es war schon spät, und Ben erwartete vor dem nächsten Morgen keine Antwort, doch Zoe sollte gleich nach dem Aufwachen erfahren, dass mit ihrem Vater alles in Ordnung war.

Er steckte sein Handy weg, legte den Kopf zurück und schloss die Augen.

Während seiner Zeit als Agent im Einsatz war Evan sehr häufig seine Partnerin gewesen, gerade auch wenn es blutig wurde. Sie hatten viele schlaflose Nächte mit Beschattungsaufträgen verbracht – ein grauenhaft langweiliger Job, aber notwendig. Sie hatten gemeinsam Schießereien durchgestanden, waren verwundet worden und hatten sich an den gottverlassensten Orten Trost suchend aneinander festgehalten. Ein einziges Mal hatten sie sich im Dunkeln immer wieder leidenschaftlich geliebt. Nun ja. So war die Welt – die Welt des Bösen, der Lügen und des Verrats, in der Evan und er aus freiem Willen lebten.

»Nie wieder, Evan. Ich habe in dieser Nacht bereits meine Treue zu Lila gebrochen. Meine Liebe für Zoe kann ich nicht auch noch verraten.«

Sie hatte seine Hand in ihrer gehalten. *»Es ist unser gemeinsamer Verrat; ich bin daran nicht weniger schuld als du.«*

Und um wie viel mehr machten ihre Schuldgefühle ihnen zu schaffen, als Lila getötet wurde. Er hatte ihr das Geheimnis niemals erzählt, hatte es der Frau, die er liebte, nicht gestehen können. Evan und er waren Hüter vieler Geheimnisse. Was bedeutete da eins mehr oder weniger? Ihre Last war bereits unermesslich schwer.

Und doch bedeutete dieses eine Geheimnis alles.

Als General Aristides Ben seinen eigenen Geheimdienst gegeben hatte, hatte dieser sofort Evan als erste Agentin eingestellt. Wie vorherzusehen, machte diese Wahl Aristides nicht glücklich. *»Ihr beide habt eine gemeinsame Geschichte«*, hatte der General sich beschwert. *»Wenn es um sie geht, kannst du gar nicht objektiv sein.«* Das war nur zu wahr. Aber es ging Ben am Arsch vorbei. Evan war die beste Agentin, mit der er je zusammengearbeitet hatte. Ihre Leistungsbilanz war makellos. Wenn sie einen Auftrag erhielt, führte sie ihn aus, komme, was wolle. Manchmal hegte er den Verdacht, irgendwo am Grund ihrer Psyche lauere Todessehnsucht. Vielleicht wegen ihrer Schwester. Zwischen Evan und Bobbi hatte eine heftige Geschwisterrivalität getobt, bevor ihre Eltern getötet wurden und Evan zwangsweise in eine neue Rolle schlüpfte – Bobbis Schwester, Mutter und Vater in einer Person.

Ben schaute auf seine Armbanduhr und rieb sich das Gesicht. Evan hatte sein Leben so kompliziert gemacht und ein Gebirge aus Schuldgefühlen in ihm aufgetürmt, das sich niemals abtragen ließ. Und doch war ihm jede Sekunde ihrer gemeinsamen Zeit lieb und teuer.

Tatsächlich begriff er heute so wenig wie am Tag ihrer ersten Begegnung, welche Flamme sie antrieb. Sie war und blieb ihm ein Rätsel. Für ihn, der sein ganzes Erwachsenenleben damit verbracht hatte, die Rätsel menschlicher Motivationen, ihres Hangs zu Verrat, Schwäche und Gier zu lösen, war sie wie ein Tresor, dessen Code er nicht kannte. Eine unwiderstehliche Nymphe im tiefsten Urwald der Nacht.

Jetzt gingen ihm Aristides' prophetische Worte durch den Kopf. *»Wenn es um sie geht, kannst du gar nicht objektiv sein.«*

Nein, das konnte er nicht, absolut nicht. Und in jenem schrecklichen Moment, in dem der Charger zusammengestaucht wurde und er aus seinem Wagen sprang und so schnell rannte, dass er meinte, das Herz werde ihm in der Brust zerspringen, in jenem Moment, in dem er fürchtete, sie sei tödlich verletzt worden oder sogar schon tot, verstand er endlich, warum. Er verstand, wieso er das schreckliche Risiko eingegangen war, mit ihr zu schlafen und damit Lila und Zoe, die liebsten Menschen seines Lebens, zu verraten.

Er schlug die Augen auf, kaum gewahr, wo er sich befand. Er hatte gelernt, seine Emotionen unter Kontrolle zu halten und im Angesicht auch extrem grotesker oder abstoßender Situationen stoisch zu bleiben.

Doch das hier war anders.

Hier ging es um Evan.

Mit einem Stöhnen, das aus seinem tiefsten Inneren aufstieg, schleuderte er das leere Glas quer durchs Zimmer gegen die Wand mit ihrer Tapete von tropischen Blüten und Vögeln.

Das Klirren, mit dem es zerbrach, rief Isobel zurück. Sie betrachtete die Sauerei, die er angerichtet hatte, trat zu ihm und sagte mit ihrer rauchigen Stimme: »Wie ich sehe, kommst du wieder zu dir.«

Als er zu der gertenschlanken Frau mit den weit auseinanderstehenden, bernsteinbraun funkelnden Augen und dem rätselhaften Lächeln aufblickte, das ihn auf so vertraute Weise willkommen hieß, wusste er, dass seine Entscheidung, Evan zu ihr zu bringen, richtig gewesen war.

»Tut mir leid«, sagte er und lächelte sie mit tränenfeuchten Augen an.

»Schon gut.« Sie warf den Kopf mit dem dichten dunklen Haarschopf zurück. »Dr. Braun würde gern mit dir reden.«

Er sprang auf, sofort wieder von Angst ergriffen. Isobel beruhigte ihn sofort. »Es geht ihr gut. Sie muss einfach nur ruhen. Du kannst mit ihr reden, wenn Dr. Braun weg ist.«

Sie führte ihn nicht durch den Flur, sondern wandte sich nach rechts und trat durch eine Flügeltür aus glänzendem Mahagoni, die mit Türklopfern in Gestalt von Messingfäusten ausgestattet war, in ein großes Zimmer. Es war der Raum, in dem Isobel immer ihre nächtlichen Pokerrunden abgehalten hatte, bei denen Washingtons Elite mit hohen Einsätzen spielte. Vor mehreren Monaten hatte sie diese Abende eingestellt, und jetzt war der Raum wieder ein Arbeitszimmer wie früher. Ein Mahagonischreibtisch stand zwei Ledersofas und zwei dazu passenden Lehnsesseln gegenüber, an einer Seitenwand war eine Bar eingerichtet, und die hintere Wand wurde von einem sorgfältig geordneten Bücherregal eingenommen.

Dr. Braun stand am Schreibtisch, die Arzttasche neben sich auf die glänzende Holzplatte gestellt. Ben, der allmählich wieder zu sich fand, trat quer durch den Raum auf den Arzt zu, schüttelte ihm die Hand und stellte sich vor. »Danke, dass Sie gekommen sind.«

Dr. Braun winkte ab. »Bei einem Freund von Isobel …« Er war ein kleiner, untersetzter Herr. Wenn Ben nicht genau hinsah, wirkte er ein bisschen wie Mel Brooks in den mittleren Jahren. Seine Augen sprühten, und zu beiden Seiten des Mundes hatte er tiefe Lachfalten.

»Ich mache es kurz und schmerzlos«, sagte er, während Isobel sich neben Ben stellte. »Erstens, Ihre Freundin befindet sich nicht in Gefahr; sie hat weder eine ernsthafte Kopfwunde noch ein Schädel-Hirn-Trauma. Zweitens habe ich die Schusswunde gereinigt und desinfiziert. Außerdem habe ich einen Sprühverband aufgebracht. Er enthält ein Antibiotikum und ist wasserdicht.« Er verlagerte sein Gewicht, und jetzt senkte sich seine Stimme und nahm einen warnenden Tonfall an. »Nachdem das alles gesagt ist, muss ich drittens klarstellen, dass sie ein Riesenglück gehabt hat. Hätte die Kugel nur eine Winzigkeit tiefer getroffen und mehr als die oberen beiden Epidermisschichten vom Schädel gerissen, sähe unser Gespräch jetzt ganz anders aus. Oh, und keine Sorge wegen der Prellung hinter dem linken Ohr. Die geht in ein paar Tagen von allein weg.« Er kramte in seiner altmodischen Arzttasche aus Schweinsleder und reichte Ben zwei Kunststofffläschchen. Mit dem Zeigefinger tippte er auf das erste. »Darin ist dasselbe Antibiotikum wie in dem Sprühverband. Vermutlich wird sie es nicht brauchen, aber Vorsicht ist besser als Nachsicht.« Er berührte das zweite Fläschchen. »Schmerzmittel. In den nächsten ein bis zwei Tagen wird sie schreckliche Kopfschmerzen haben, daher bitte nur leichte Bewegung und viel Ruhe.« Er klappte seine Tasche zu. »Nun, das war's.« Er wandte sich zum Gehen. »Isobel, wenn du mich brauchst ...«

»Danke, Stephen«, erwiderte sie, während alle in den Flur traten. »Komm, ich begleite dich hinaus.«

Er schüttelte den Kopf. »Ich finde den Weg selbst, Izzy. Du hast Wichtigeres zu tun.«

So blieben Ben und Isobel gemeinsam zurück.

Da Ben nun wusste, dass Evan nicht ernstlich verletzt war, hatte sein Gesicht fast schon wieder seinen normalen Farbton. »Hör zu ...«

»Ich weiß, was du sagen willst. Du brauchst dich nicht zu bedanken.«

Er sah sie ernst an. »Na gut, dann danke ich dir in Evans Namen.«

Sie nickte. »Es ist besser, wenn Evan und ich uns nicht begegnen, Ben. Sie war schon einmal hier, bei dieser unglückseligen Pokerrunde. Ich habe keine Ahnung, was sie von mir denkt, und für den Versuch, ihr alles zu erklären, ist jetzt nicht der richtige Moment.«

Er nickte. »Einverstanden. Sie braucht nichts über unser Bündnis zu wissen. Aber irgendwann könnte es nötig werden.«

»Das verstehe ich.«

»Na dann.« Sie küssten sich auf die französische Manier auf beide Wangen. Es kam ihm wie ein feierlicher Abschied vor.

Ben blieb nur einen Augenblick allein, dann ging er leise durch den Flur und betrat das Zimmer, in dem Evan lag.

Sie hörte weit entfernte Stimmen, die so klangen wie das Plätschern des Flüsschens, in das Bobbi und sie sich als Kinder gern gegenseitig gestoßen hatten. Selbst damals hatte das Schubsen eine dunkle Seite gehabt, und ihr Gelächter hatte nadelspitz geklungen. Es steckte mehr dahinter als reine Geschwisterrivalität. Zwischen ihnen hatte immer etwas gestanden, eine Dunkelheit, ein Schatten, den Evan nicht verstand und den sie später, als sie sich nach dem Tod ihrer Eltern um ihre Schwester hatte kümmern müssen, als kindliche Einbildung abgetan hatte.

Durch einen roten Nebel sieht sie sich den steilen Hang zum Ufer des Flüsschens hinabjagen. Bobbi rennt unmittelbar hinter ihr, als es passiert. Hinterher hatte Bobbi behauptet, sie sei über eine Baumwurzel gestolpert und gegen Evan getaumelt. Es ist Frühling, es hat heftig geregnet, und das Flüsschen führt Hochwasser. Evan wird mit dem Kopf voran in die Wellen geschleudert, schluckt spuckend und keuchend Wasser, schlägt vergebens mit den Armen um sich und bekommt keine Luft mehr. Die Strömung donnert gegen sie und verwehrt ihren Füßen den Halt auf dem kiesigen Flussgrund. Sie versucht, zum Ufer zu gelangen, hat aber die Orientierung verloren. Jedes Mal, wenn sie mit Armen und Beinen Schwimmbewegungen macht, schlägt die Strömung ihr ins Gesicht, und sie geht erneut unter. Was wäre wohl passiert, hätte Bobbi ihr nicht den Arm um die Taille geschlungen und sie in die sonnenhelle Luft hinaufgezogen? Das wird sie niemals erfahren. Sie liegt auf dem Ufer, die Füße immer noch im Wasser, und würgt keuchend, bis Bobbi sie auf die Seite dreht. Da erbricht sie alles Wasser, das durch ihre Nasenlöcher in Kehle und Lunge geflossen ist.

»Na, na«, sagt Bobbi, die neben ihr sitzt. »Na, na.«

Am nächsten Nachmittag läuft Bobbi ihr auf dem Weg den Hang hinunter voran. Ein Baum wächst dort nicht. Bobbi war gar nicht gestolpert.

Und jetzt war Bobbi tot. Bobbi war eine Verräterin. Sie war eine russische Spionin gewesen, eine Schläferin oder ein Maulwurf. Welche Geheimnisse hatte sie im Laufe der Jahre über Pauls politische Arbeit gesammelt und verraten? Wann war sie indoktriniert worden? Und wie? Wer hatte sie auf die Seite des Feindes gelockt, und was war der Köder gewesen? Was hatte Bobbi dazu gebracht, ihre Kinder und Evan fortwährend zu belügen, jene Menschen, die sie am meisten liebten?

Evan tat alles weh, als wäre sie von einem Schwergewichtsboxer zusammengeschlagen worden. Ihr Kopf fühlte sich an, als wollte er in zwei Teile zerspringen. Der Schmerz war so schlimm, dass sie kaum denken konnte. Sie schlug die Augen auf und sah über sich Ben, der sie anlächelte. Doch selbst in ihrer gequälten Verfassung merkte sie, dass an dem Lächeln etwas nicht stimmte – es wirkte angespannt und war voller Sorge.

»Hallo«, sagte er.

Sie öffnete den Mund, um ebenfalls *Hallo* zu sagen, doch es kamen nur die Worte »mein Kopf« heraus.

»Genau.« Er entfernte sich kurz aus ihrem Gesichtsfeld und kehrte mit einem Glas Wasser und einem biegbaren Trinkhalm zurück. »Mund auf.« Er legte ihr eine Tablette auf die Zunge und steckte ihr den Trinkhalm in den Mund. »Runter damit«, sagte er.

»Schlucken.« Sie tat wie geheißen. Kurz darauf verwandelte sich der Schmerz in ein dumpfes Murren.

»Ben«, sagte sie und zuckte dabei nur leicht zusammen. »Was ist passiert?«

»Der Mann auf der Rückbank«, antwortete Ben. »Das ist passiert.«

»Er hat mir eine Pistole an den Hinterkopf gesetzt. Und mich mit dem Griff geschlagen. Ich ... ich musste entkommen, solange mein Gegner allein war.«

»Hättest du dir nicht etwas weniger Drastisches überlegen können als die Totalzerstörung deines Autos?«

»Zu dem Zeitpunkt erschien es mir als die einzige Erfolg versprechende Idee.« Als er ihr nicht einmal die Andeutung eines Lächelns schenkte, sagte sie: »Verdammt, ich möchte mich aufsetzen.«

Er wollte ihr aufhelfen, doch sie schlug seine Hände weg. Stattdessen schichtete er hinter ihrem Rücken Kissen auf und bemühte sich, ihr bei ihrem mühsamen Kampf nicht zuzusehen.

Sie hatte seiner Stimme offensichtlich die ausgestandene Angst angehört oder sie in seinem Gesicht gesehen. Der stoische Ben. Der emotionslose Ben. Wie immer.

»Er hat mich auf dem Parkplatz überfallen, als ich ins Auto stieg, mir eine Pistole an den Hinterkopf gesetzt und mir befohlen, loszufahren.«

»Wohin?«

»Keine Ahnung. Nachdem du uns aus den Augen verloren hattest, sind wir nicht mehr weit gekommen.«

»Ich habe gewendet und bin so schnell gefahren, wie das bei dem Regen möglich war. Als ich dich erreichte, konnte ich gerade noch den Unfall sehen und dich vor der Explosion rausholen.«

»Es ist also nicht möglich, ihn anhand der Leichenreste zu identifizieren?«

»Es sei denn, du kennst einen guten Geisterbeschwörer.«

»Google?« Ein bitteres Lächeln huschte über ihr bleiches Gesicht. Sie berührte ihren Kopfverband mit der Hand. »Der Schuss?«

»Nur ein Kratzer. Du hast wieder mal Glück gehabt.«

»Glück hatte nichts damit zu tun. Es lag daran, dass ich ihn aus dem Gleichgewicht gebracht habe. Seine Welt brach zusammen.«

Ben ging nicht auf ihre Worte ein, lehnte sie vielleicht spontan ab. Zorn stieg in ihr auf, und schon zappelte sie wieder in dem dahinschießenden Flüsschen, schnappte nach Luft und kämpfte um ihr Leben.

»Hast du sein Gesicht gesehen?«, fragte Ben. »Hatte er irgendwelche besonderen Merkmale?«

»Er trug eine Skimaske.« Evan versuchte, ihren Zorn zurückzudrängen, doch er schien in rasendem Tempo zu wachsen.

»Was ist mit seiner Stimme? Hatte die irgendwas Besonderes?«

Sie grub in ihrer Erinnerung. Zu viele Bilder drängten sich in ihrem Kopf wie Menschen in einem Stadion, in dem Panik ausgebrochen ist, sodass alle zum Ausgang rennen. »Sie klang durch und durch amerikanisch.«

»Konntest du hören, aus welcher Gegend?«

»Sie war ziemlich neutral, das ist alles.«

Ihr kam plötzlich ein Bruchstück des Gesprächs in den Sinn, das sie mit ihm geführt hatte.

»Wer sind diese Leute, die mich so dringend sehen wollen?«

»Weiß ich nicht, mir egal. Eines ist jedenfalls sicher, sie werden dich auf eine sehr unangenehme Weise töten. Auf eine schrecklich langsame und schmerzhafte Weise.«

»Was wissen sie über mich?«

»Alles. Jede verdammte Kleinigkeit.«

Als sie Ben von dem Gespräch berichtete, wuchs seine Anspannung sichtlich. »Wenn sie alles über dich wissen ... ich meine, natürlich sollten wir das, was er gesagt hat, mit mehr als Vorsicht betrachten. Aber trotzdem müssen wir unbedingt herausfinden, für wen dieser Kerl gearbeitet hat.«

»Es ist mir scheißegal, wer er war oder für wen er gearbeitet hat.«

»Nun, es muss dich aber interessieren, weil das jetzt unsere Priorität ist. Wir schweben beide in Gefahr. Aristides hat mich gewarnt, die Demontage von Nemesis werde für uns nicht ohne Folgen bleiben. Der Anführer der Verschwörung konservativer Milliardäre, die Nemesis finanzierten, war anscheinend Sam Wells. Und vielleicht ist auch seine dritte und derzeitige Frau Lucinda daran beteiligt.«

Mehr brauchte es nicht, um Evan endgültig auf die Palme zu bringen. Ihr Zorn nahm Gestalt an wie ein Dämon in der Nacht. »Mir egal. Mich interessiert nur, was mit meiner Nichte und meinem Neffen passiert ist.«

»›Sie werden dich auf eine sehr unangenehme Weise töten. Auf eine schrecklich langsame und schmerzhafte Weise.‹ Hat dein Entführer dir nicht genau das gesagt?«

Sie starrte ihn wütend an. »Unsere ganze Konzentration muss der Aufgabe gelten, Wendy und Michael zu finden. Bobbi ist nicht hier, um sie zu beschützen. Der Vater der Kinder ist verschwunden. Jetzt bin ich für ihr Wohlergehen verantwortlich.«

»Das verstehe ich. Wir sind da einer Meinung, Evan.«

Sie nickte, doch sie musste ihm noch mehr sagen. »Hör zu, meine Reise nach Sumatra war nicht nur eitel Sonnenschein.«

Er runzelte besorgt die Stirn. »Ich erinnere mich, dass du etwas von einer Neuigkeit gesagt hast, als ich dir das Wort abgeschnitten und dir von den Kindern erzählt habe.«

Sie holte tief und schaudernd Atem und stieß die Luft wieder aus. »Bobbi war eine Schläferin für den SVR.«

»Was?« Nur Bens Augen bewegten sich. Sie weiteten sich vor Bestürzung. Sein Körper spannte sich an, als müsste er eine unmittelbare Bedrohung abwehren. »Nein. Das kann nicht wahr sein. Es muss sich um eine russische Desinformation handeln.«

»Ich wünschte, du hättest recht, Ben. Aber es stimmt.« Sie setzte sich auf und rieb sich die Augen. »Ich habe die Akte mit eigenen Augen gesehen und kann die Zeichen für Authentizität beurteilen.« Jetzt sah sie ihm direkt in die Augen, anders konnte sie seine Reaktion nicht erkennen.

Er stieß einen langen Atemzug aus, der fast schon ein Pfiff war. »Es fällt mir schwer, das zu begreifen. Was du dabei empfinden musst, kann ich mir nicht mal vorstellen.«

Sie schüttelte den Kopf. »Es ist wie ein Brennen tief im Inneren, an das ich nicht herankomme – und ich werde auch niemals daran herankommen, weil Bobbi tot ist.«

»Es ist ein echter Tiefschlag.« Ben beugte sich vor. »Herzliches Beileid. Noch einmal.«

Sie nickte, doch jetzt wollte sie seinem Blick nicht begegnen. Dennoch war sie ihm dankbar, dass er nicht von Mitgefühl sprach. Sie wollte niemandes Mitleid und schon gar nicht seines.

Ben verstand das, denn er machte eilig weiter. »Wir können spekulieren, dass ihre neuen Herren sie aus irgendeinem Grund unzureichend fanden.«

Evan nickte. »Vielleicht ist ihr klar geworden, dass sie einen Fehler gemacht hat, und sie wollte aussteigen.« In ihrer Stimme schwang ein Hauch von Sehnsucht mit.

»Das ist Wunschdenken. Viel wahrscheinlicher ist, dass sie

beim Spionieren einen Anfängerfehler begangen hat. Vielleicht ist Paul ihr auf die Schliche gekommen.«

»Nein.« Das konnte Evan sich nicht vorstellen. »Bobbi war in allem, was sie tat oder sagte, äußerst akribisch.«

»Aber denk doch darüber nach, Evan. Wenn Bobbi ihre Meinung geändert hätte, wäre sie dann nicht zu dir gekommen? Du bist der eine Mensch, der sie beschützt hätte, ohne Fragen zu stellen.«

Ben hatte recht. Ihre ewigen Streitereien hin oder her, Bobbi war der Inbegriff praktischen Denkens. Sie wäre auf der Stelle zu Evan gekommen. Aber das hatte sie nicht getan.

Bens Miene war genauso düster wie ihre. »Und du bist dir absolut sicher, dass die Akte echt ist.«

»Ja. Außerdem stammt sie aus einer äußerst zuverlässigen Quelle.«

»Und die wäre?«

»Tut mir leid.«

Er wich zurück. »Ehrlich?«

»Ben, bitte vertrau mir.«

Der Ausdruck in ihren Augen brachte ihn zum Einlenken. Außerdem vertraute er ihr tatsächlich. Bei gemeinsamen Einsätzen hatte er sein Leben oft genug in ihre Hände gelegt.

»Das tue ich.« Er seufzte. »Nur sieht es dir überhaupt nicht ähnlich, mit so etwas Entscheidendem hinter dem Berg zu halten.«

»Es ist persönlich. Es würde zu viele Menschen in Gefahr bringen, wenn ich noch mehr sagte.«

Er hob die Hände. »Okay, okay. Was stand noch in dieser SVR-Akte?«

»Etwas sehr Eigenartiges. Bobbi gehörte der Abteilung 52 123 an.«

»Na also, siehst du. Eine Abteilung 52 123 existiert nicht.«

»Unseres Wissens«, entgegnete Evan. »Aber es gibt so viel, was wir nicht über den FSB, den SVR oder *spetsnaz* wissen. Oder über Zaslon. Existiert diese Einheit überhaupt? Und wenn ja, was hat sie für Aufgaben? Ich könnte ewig so weitermachen, und du auch. Jedenfalls hat mir meine Kontaktperson versichert, dass die Abteilung 52 123 vielleicht gar nicht zum SVR gehört, sondern zu einer anderen geheimnisvollen Einheit, vielleicht zu Zaslon. Vorausgesetzt, Zaslon gibt es wirklich.«

In diesem Moment traf die Schockwelle sie mit voller Wucht, und sie ließ sich in die Kissen zurückfallen und schlug die Hände vors Gesicht. »Meine eigene Schwester. Ich meine, mein Gott, Ben, wir sind zusammen aufgewachsen. Nachdem Mom und Dad ermordet wurden, habe ich mich um Bobbi gekümmert. Ich war ihr gleichzeitig Schwester und Mutter. Wie konnte sie nur ... ich meine, diese Falschheit ... es ist unsäglich, undenkbar.« Sie sah ihn an. »Warum in aller Welt sollte sie ... Was können sie ihr angeboten haben?«

»Evan«, bemerkte er mit möglichst ruhiger Stimme, »du weißt ebenso gut wie ich, dass es für Bobbis Verhalten nur drei Motive geben kann: Geld, Sex oder Ideologie.«

Sie nickte düster und zuckte zusammen, weil die Bewegung ihr wehtat. »Ich kann es immer noch nicht fassen.«

»Hör mir zu, Evan, es gibt einen Grund dafür, dass wir herausfinden müssen, wer deine Ermordung befohlen hat. Wenn mein schleichender Verdacht richtig ist, dass es ein Racheakt von Samuel Wainwright Wells war, müssen wir ebenso in Erwägung ziehen, dass Wells Wendy und Michael entführt haben könnte.«

»Was? Wie das?«

»Damit ich – oder wir beide, falls der Anschlag auf dein Leben scheitern sollte – mit unseren eigenen Problemen beschäftigt sind, während sie ihren nächsten Plan, welchen auch immer, ohne unsere Einmischung durchziehen.«

Evan stieß ein leises Geräusch in der Kehle aus. »In deiner Theorie klafft ein so riesiges Loch, dass man mit einem Sattelzug hindurchfahren könnte.«

Ben versteifte sich. »Und was für ein Loch, bitte sehr?«

»Paul. Mein Schwager. Er ist ebenfalls verschwunden. Wells' Super PAC gehört zu seinen wichtigsten Klienten. Warum sollte Wells Paul von der Bildfläche verschwinden lassen und damit seinen besten Lobbyisten einkassieren?«

»Wer weiß, aber ...« Ben starrte sie an, weil sie die Bettdecke von sich geworfen hatte und die Beine aus dem Bett schwang.

»Was zum Teufel treibst du?«

»Wonach sieht es aus?«

Als sie unsicher aufstand, versuchte er, sie zurückzuhalten, doch erneut schlug sie seine Hand weg.

»Hör mal, Evan, Dr. Braun hat gesagt, du sollst es langsam angehen lassen. Viel schlafen. Dich ausruhen.«

»Hör auf, mich wie ein Kind zu behandeln.«

»Ich habe dich nicht wie ein Kind behandelt.« Es war eine automatische Antwort, ein bedeutungsloser Reflex, der ihm sofort leidtat.

Sie starrte ihn wütend an. »Ich bin allein klargekommen, als mein Charger gekapert wurde, und ich komme auch jetzt allein klar.«

»Wirklich? Du wärest um ein Haar gestorben.«

»Fick dich ins Knie. Ich hab getan, was ich tun musste.«

»Wie du meinst.« Er fuhr schneidend mit der Hand durch die Luft. »Tatsache ist, dass du verletzt bist.«

»Mir geht es bestens.«

»Du bist angeschossen worden.«

»Ein Kratzer. Das hast du selbst gesagt.« Doch bei diesen Worten schwankte sie ein wenig.

»Bitte, setz dich einfach nur für einen Moment hin. Lass deinem Körper und deinem Gehirn Zeit, alles zu verarbeiten und wieder in den richtigen Takt zu finden.«

Von einer Welle von Schwindel ergriffen, war ihr klar, dass es ein guter Vorschlag war. Aber sie wollte verflucht sein, wenn sie es zugeben würde. Sie holte tief Luft und setzte sich so auf die Bettkante, als wollte sie jeden Moment wieder hochschießen.

»Ich weiß, was du empfindest.«

Ihr Zorn ging in Weißglut über. »Du hast keine Ahnung, was ich empfinde.« Der Schock hatte die psychische Wunde wieder aufgerissen, die entstanden war, als Lyudmila ihr die SVR-Akte über Bobbi zeigte. Dabei hatte Evan die Blessur so sorgfältig verbunden. Doch von damals bis jetzt hatte der Zorn unter dem Verband geschwärt. Die Momente des Entsetzens hatten die Wunde nun aufplatzen lassen, und ihr Zorn brach aus ihr heraus.

Sie sprang vom Bett, packte Ben bei den Schultern und schüttelte ihn. »Verstehst du denn nicht? Bobbi ist nicht nur tot, sie hat vielmehr niemals existiert. Sie war gar nicht Bobbi – das Mädchen, um das ich mich kümmerte, das ich versorgte und das ich liebte. Sie war ein Fake, nur eine Hülle, eine Legende, verdammt noch mal!«

»Das weißt du nicht mit Sicherheit.« Bens Mund formte die Worte, bevor sein Gehirn so weit war.

Evan schlug ihn ins Gesicht. »Du Idiot! Ich muss Wendy und Michael finden, weil sie die einzigen Verwandten sind, die ich noch habe, und ich werde nicht zulassen, dass ihnen das Gleiche angetan wird wie Bobbi. Ich lasse nicht zu, dass sie umgedreht werden.«

Ben war von ihrem Verhalten so schockiert, dass er nicht einmal die Hand an seine rot angelaufene Wange führte. »Umgedreht? Wovon zum Teufel redest du?«

»*Mein* Verdacht, Ben, lautet, dass die Russen sie entführt haben. Und zwar der Inlandsgeheimdienst FSB. Darum verlasse ich mich nicht darauf, dass das FBI sie findet.«

»Was?« Ben sah sie so an, als hätte sie ihn ein zweites Mal geohrfeigt. »Wie kommst du auf diese Theorie?«

»Bobbi gehörte zu ihnen und war auf Mütterchen Russland eingeschworen. Jetzt ist sie tot. Da liegt es nahe, nun ihre Kinder zu indoktrinieren.«

Ben riss die Augen auf. »Mein Gott, Evan, sie sind doch noch Kinder!«

Sie ließ ihn los, bevor sie noch etwas tat, was sie mit Sicherheit bereuen würde. »Man schnappt sie sich besser früh, Ben. So ist die Gehirnwäsche umso leichter.«

Er schüttelte den Kopf. »Der Gedanke ist verrückt. Du stehst unter Schock. Du bist überreizt.«

»Das sagst du mir?« Ihr pechschwarzer Zorn loderte glühend auf. »Das kommt ausgerechnet von dir?« Am liebsten würde sie jemandem die Augen aus den Höhlen reißen, und er war in Reichweite. Ihre Finger krümmten sich zu Klauen.

»Evan«, sagte er, um einen ruhigen Tonfall bemüht. »Ich bin immer noch dein Chef.« Es war ein Zeichen, wie verzweifelt er war, und zeigte, dass er immer wieder die rote Linie überschritt, vor der Aristides ihn gewarnt hatte. In Bezug auf Evan war er nicht länger objektiv. Er versuchte, in einer Situation, die ihn ins Chaos seiner eigenen Emotionen verstrickt hatte, die Ordnung zu wahren.

»Wirklich? Dann kündige ich.«

»Komm schon. Das ist nicht dein Ernst.« Er erkannte es, wenn er einen Kampf verloren hatte.

Sie trat einen Schritt auf ihn zu, und er wich zurück. Sein Instinkt sagte ihm, dass ein wütender Tiger weniger bedrohlich wäre. »Sag mir niemals, was mein Ernst ist und was nicht.«

Zu seinem Entsetzen bemerkte er, dass er in seinem Versuch, die Ordnung wiederherzustellen, ständig das Falsche sagte. »Dir ist klar, dass ich nicht ...«

Ihre blitzenden Augen waren ein Warnsignal. »Ich möchte nicht, dass du mir bei der Suche nach Wendy und Michael hilfst. Ich arbeite allein, das weißt du genau.«

Ben sah so aus, als triebe er haltlos im Meer, ein Waisenkind, das sich mitten in einem Sturm, mit dem es nicht gerechnet hat, an einem Balken festklammert. »Wir haben schon oft bei Einsätzen zusammengearbeitet.«

»Das ist ewig her. Ich hab jedenfalls die Nase von Regeln und Vorschriften voll.«

»Du schlägst einen gefährlichen Weg ein.«

»Sag mir etwas Neues.« Sie wandte sich ab. »Ich tue, was ich tue. Punkt.«

»Ich habe nicht gesagt, dass ich dir nicht helfen würde.«

»Ich will deine Hilfe nicht.«

»Evan.« Sein Blick war flehend, obwohl seine Stimme ruhig blieb. »Ich weiß, dass du das allein schaffst. Du bist die fähigste Agentin, die ich je kennengelernt habe. Aber ich bin der Einzige, auf den du jetzt noch zählen kannst.«

»Ach ja?«

Er nickte. »Ich habe dir immer zur Seite gestanden, Evan. Das wird sich niemals ändern.«

Sie schob die Lippen vor. »Beweise es. Mach keine halben Sachen, Ben. Bist du dabei oder nicht?«

Ben holte tief Luft und stieß den Atem wieder aus. »Also, ich meine, was ist mit Paul? Wie passt er zu deiner Theorie?«

»Gar nicht.« Sie entfernte sich von ihm und trat zu dem Stuhl, wo wie durch ein Wunder ein ordentlich gefaltetes, neues Outfit auf sie wartete. »Wem gehört dieses Haus hier eigentlich?« Sie blickte sich um. »Irgendetwas kommt mir daran bekannt vor.«

Er musste sie auf das Thema zurücklenken. »Paul passt also nicht zu deiner SVR-Theorie?«

Sie warf ihm einen fragenden Blick zu. »Wer immer hier wohnt, ich schulde der Person großen Dank.«

»Den habe ich bereits übermittelt.« Er deutete auf sie. »Was ist jetzt mit Paul?«

»Wenn ich recht habe, ist Paul tot.«

»Das ist eine mögliche Theorie.«

»Nun.« Sie atmete noch immer heftig, war noch immer mit Adrenalin vollgepumpt, während sie ein Kleidungsstück nach dem anderen hochnahm und inspizierte. »Okay, finden wir es heraus.«

7

Istanbul, Türkei

Wie ein Schleier breitete sich das Sonnenlicht über dem kobaltblauen und umbrabraunen Bosporus aus, der seinerseits Strahlen wie gleißende Krummsäbel zurückwarf. Schwer beladene Schiffe, stampfende Fähren und Gulets mit glänzenden Holzrümpfen, wie sie in Bodrum gebaut wurden, fuhren zwischen Asien und Europa hin und her. In der Ferne stiegen die Rufe von Verkäufern auf wie Nebel am frühen Morgen.

All dies spielte sich vor Anton Zherov und Karin Wagner ab, die auf einem Felsvorsprung, der aufs Wasser hinausging, unter einer fröhlich gestreiften Markise auf einer breiten, sonnenbeschienenen Terrasse saßen. Hinter ihnen war der Frühstücksbetrieb in vollem Gange. Mit Tabletts, die sie hoch über den Köpfen trugen, schlängelten sich die Kellner zwischen Küche und Tischen hin und her. Das leise Klirren von Gläsern und Besteck erzeugte zusammen mit dem Stimmengewirr der Gäste eine beruhigende Melodie.

Zherov rutschte auf seinem Stuhl vor. »Zum hundertsten Mal, was machen wir hier?«

Kobalt steckte tief in ihrer neuen Legende. »Wir importieren Waren und exportieren andere Waren.«

Er sah sie mit hochgezogenen Augenbrauen aufgebracht an. »Wirklich, Karin!«

»Geduld, mein Guter.«

»Ich bin nicht Ihr Guter!« Röte überzog seine Wangen, und er versuchte wütend, die aufsteigende Hitze zu unterdrücken.

Sie lachte lautlos. Sie trug eine schwarze Jeans, ein weißes T-Shirt und darüber eine selbst entworfene, leichte Jacke, die mehr Innentaschen aufwies als Batmans Werkzeuggürtel. Zherov für seinen Teil war mit einem anthrazitgrauen Sportsakkko und einer in zwei Grautönen gestreiften Krawatte eindeutig overdressed. Der Kellner stellte eine große Schale gelblichen Joghurt mit sorgfältig geviertelten, frischen gelben Feigen vor ihr ab. Sie griff nach einem Löffel und kostete. »Mmh«, sagte sie und schluckte. »Das ist köstlich. Sie müssen es wirklich probieren.« Mit erhobener Hand winkte sie den Kellner erneut herbei, und als er wieder zu ihrem Tisch trat, fuhr sie fort: »Nichts geht über frischen türkischen Joghurt mit reifen Feigen.« Diese Worte waren an niemanden Bestimmten gerichtet. Dann wandte sie sich dem Kellner zu: »Mein Partner nimmt dasselbe.«

»Sehr wohl.« Der Kellner deutete eine respektvolle Verbeugung an und verschwand in die Küche.

Zherov erzeugte ein Geräusch tief in der Kehle. »Hören Sie auf mit dem Scheiß, ja?«

Sie aß noch einen Löffel von ihrem Frühstück und kaute nachdenklich, als lauschte sie dem klagenden Tuten eines Tankers, der das Goldene Horn passierte. Sie legte den Löffel weg und sah Zherov über den Tisch hinweg an. »Hören Sie mir gut zu, denn ich sage es nur einmal. Ich habe nicht um Ihre Unterstützung gebeten. Ich brauche Sie nicht. Wenn Ihnen meine Einstellung nicht passt, ziehen Sie ruhig Leine; nichts würde mich glücklicher machen. Bleiben Sie entweder und nehmen Sie, was ich Ihnen auftische, oder verziehen Sie sich.« Ihr Blick hielt den seinen für einen spannungsgeladenen Moment fest. »Verstehen wir uns?«

Er presste die Zähne so fest zusammen, dass seine Kaumuskeln sich wölbten. Er wandte den Blick ab.

»Verstehen. Wir. Uns. Zherov.«

Sein Blick wanderte zurück, glimmend vor Abscheu und Hass. »Ja.«

Scheinbar zufrieden tauchte sie den Löffel erneut in ihr Frühstück und aß weiter, als hätte es nie eine Verstimmung gegeben. Zherovs Frühstück wurde serviert, und ihr wurde starker türkischer Kaffee nachgeschenkt. Sie schob ihm ihre Tasse hin. »Trinken Sie aus, Anton.«

»Diese schlammige Brühe rühre ich nicht an.«

»Kein richtiger Mann also, hm?« Sie wollte die Tasse zu sich zurückziehen, da schnappte er sie sich und kippte den Inhalt in einem einzigen Zug herunter. Er schluckte und verzog das Gesicht zu einer Grimasse.

Sie lachte. Mit einer Geste umfasste sie die sich ihnen bietende Aussicht. »Vor beinahe vier Jahren war Istanbul mein erster Zwischenhalt nach meiner Ausschleusung aus den USA. Damals habe ich meine erste Tasse echten türkischen Kaffee getrunken, genau hier in diesem Restaurant. Deshalb habe ich es auch heute ausgewählt.« Sie entblößte die Zähne und rief nach einem weiteren Kaffee. »Ich habe mich von Anfang an in diesen Ort verliebt.« Das Problem mit Zherov war, dachte sie bei sich, dass er intelligenter war, als ihm guttat. Seine Erfolge bei den Einsätzen gaben ihm das Gefühl, Anrecht auf alles Mögliche zu haben. Wenn er zu Hause in Moskau war, ließ er sich gern als siegreicher Held feiern.

Sie sah ihm direkt in die Augen. »Sie haben etwas gegen starke Frauen, oder, Anton?«

»Nein.« Er schüttelte den Kopf. »Ich habe etwas gegen Sie.«

Wieder ein Schweigen, so voll Spannung wie ein Bogen im Einsatz, dessen Pfeil auf ein Ziel gerichtet ist – aber auf welches?

»Weil ich in den USA geboren wurde und dort aufgewachsen bin.«

»Amerika fließt in Ihren Adern«, erwiderte er mit angeekelter Stimme. »Sie sind davon verseucht, irreparabel beschädigt.«

Sie schnaubte. »Anton Antonovich, Ihre persönliche Abneigung gegen mich interessiert mich nicht im Geringsten. Bleiben Sie professionell – mehr verlange ich nicht.«

Zherov versteifte sich. Sie hatte einen Nerv getroffen. »Mehr als alles bin ich professionell.« Barscher hätte ein Offizier der Roten Armee sie auch nicht abkanzeln können.

Ihr Kaffee kam, sie gab vier Würfel Zucker hinein und rührte langsam und so präzise, dass der Löffel niemals die Innenseite der Tasse berührte. Gemächlich trank sie einen Schluck, dann setzte sie die Tasse nieder und sah Zherov an.

»Ich habe Ihr Wort?«

»Das hab ich Ihnen bereits gegeben.«

»Sprechen Sie es aus«, beharrte sie, und er leistete ihrer Aufforderung widerwillig mit zusammengebissenen Zähnen Folge.

In diesem Moment wurden sie beide eines beleibten Mannes gewahr, der sich langsam auf sie zubewegte. Er hatte ein Mondgesicht, kleine, affenartige Öhrchen und misstrauische Augen in der Farbe von Kobalts Kaffee. Er war elegant gekleidet. Der cremefarbene Anzug sah mit seinem breiten Revers und den ausgestellten Beinen allerdings so aus, als käme er aus einer anderen Zeit. Er trug ein sandfarbenes Seidenhemd und eine taubengraue Strickkrawatte mit einem riesigen Knoten, der sein Doppelkinn teilweise verdeckte.

Er kam zum Tisch, sah Kobalt an und deutete eine Verbeugung an. »Meine Teuerste, ich wünsche Ihnen einen guten Morgen.« Er hatte eine tiefe, tragende Stimme. Dann wandte er seine

Aufmerksamkeit Zherov zu. »Sie kenne ich nicht. Aber was ich sehe, gefällt mir nicht.«

»Guten Morgen, Ermi«, mischte Kobalt sich ein. »Das ist Anton Zherov.«

»Tun Sie einfach so, als wäre ich eine Fliege an der Wand«, sagte Zherov, der diese Bemerkung für witzig hielt.

»Eher schon ein Ungeziefer unter meiner Schuhsohle.« Ermi wandte sich wieder Kobalt zu. Sie forderte ihn nicht auf, sich zu setzen, und er schien das auch nicht zu wünschen.

»Wo sind sie?«, fragte Kobalt knapp.

Ermi breitete die Hände mit ihren Wurstfingern aus. »Leider weiß ich das nicht, meine Teuerste.«

Etwas veränderte sich in Kobalts Blick, etwas Dunkles und Rastloses rührte sich. »Und doch haben Sie mich kontaktiert. Obwohl Sie an diesem schönen Morgen nutzlos für mich sind.«

»Oh, aber meine Teuerste, für Sie habe ich immer einen Nutzen. Bei der Sache, die Sie erwähnt haben, könnte ein Geschäftspartner von mir helfen, der ihren Aufenthaltsort vielleicht kennt.« Gleichzeitig mit dieser Erklärung legte er einen gefalteten Zettel neben ihre Kaffeetasse.

Kobalt musterte das Papier, als läse sie im Teesatz oder deutete eine Handvoll hingeworfener Knochenstücke. Dann griff sie danach und las. Ohne ein Wort zu sagen, langte sie in ihre Innentasche und zog einige zu einem Bündel gefaltete Geldscheine heraus.

Ermi steckte sie so schnell und geräuschlos ein wie ein Zauberer, der den Trick mit der verschwundenen Münze vorführt.

»Es war mir wie immer ein Vergnügen, meine Teuerste.« Wieder deutete er eine Verbeugung an, zog sich rückwärts zurück, drehte sich um und verließ die Terrasse überraschend flink und gewandt.

»Ein reizender Kerl«, sagte Zherov lachend und warf einen Blick auf die Adresse, die auf dem Zettel in Kobalts Hand stand. »Wo ist das übrigens?«

»Auf der anderen Seite der Stadt«, antwortete sie stirnrunzelnd. »Wir müssen jetzt los.« Doch der Kellner war nirgends zu sehen.

Während Zherov nach drinnen ging, um die Rechnung zu begleichen, wandte sie ihren Blick der Stadt Istanbul zu, die sie einmal sehr geliebt hatte. Jetzt aber erzeugten der ungute Zeitgeist, der starke Mann an der Staatsspitze, die vom Islam inspirierten harten Maßnahmen und die spannungsgeladene, nervöse Atmosphäre ein Gefühl der Traurigkeit in ihr.

Die Adresse, die Ermi ihr gegeben hatte, war ein Laden im östlichen Bereich von Istanbuls berühmtem labyrinthischen Großen Basar. In dem weitläufigen Markt schien es sogar noch mehr von Menschen zu wimmeln als bei ihrem letzten Besuch, falls das überhaupt möglich war. Während sie sich durch das Gewirr schmaler Gassen schlängelten, winkten von allen Seiten lächelnde Händler und bedrängten sie, Seidentücher und mit Gold- und Silberfäden durchwirkte Stoffe, Filz- und Wildlederpantoffeln mit hochgebogenen Spitzen und Quasten an der Ferse, Kupferkessel, Bronzefigürchen, fein ziselierte Hängelampen oder Perlenketten aller Art zu kaufen, mal gefertigt aus billigen Glasperlen, mal aus Halbedelsteinen. Sie kamen an Cafés vorbei, in denen plaudernde Männer mit schweren Lidern beisammensaßen und tranken, an Schaufenstern, die mit Wasserpfeifen aller Größen und Formen vollgestopft waren, von traditionell bis fantasievoll, und an unzähligen Teppichhändlern. Hier und dort ragte unter dem Deckengewölbe das filigrane Holzgeländer eines Balkons über einem Café oder Restaurant heraus. Und überall drängelten sich Menschen in einem nicht enden wollenden Strom. Die von exotischen Düften wie Zimt, Nelken, Piment, Myrrhe, Salbei, Kumin, Sumach und Mint geschwängerte Luft war berauschend, und dazu kam das Gewirr der werbenden, lockenden und wortreich feilschenden, aber immer gutmütigen Stimmen.

»Wer sind die ›*sie*‹, über die Sie mit diesem schmierigen Scheißkerl verhandelt …«

»Halten Sie die Klappe«, fuhr sie ihn an.

»Diesen Ausdruck kenne ich nicht …«

Sie wandte sich ihm zu. »Wissen Sie, womit man eine Öffnung verschließt?«

»Ja.«

»Dann wissen Sie, was eine Klappe ist«, schloss sie.

»Wieder einer von Ihren dämlichen Amerikanismen«, knurrte er.

»Halten Sie die Klappe, bis ich etwas anderes sage.«

Er wollte etwas erwidern, aber der sengende Blick, den sie ihm zuwarf, brachte ihn davon ab. Stattdessen zuckte er mit den Schultern und bemühte sich, einen Rest von Gesicht zu wahren.

Als sie die Gasse zu ihrem Ziel zu drei Vierteln hinter sich hatten, gelangten sie zu einem Messerladen, dessen Auslage aus kleinen Stichwaffen aus Damaszenerstahl bestand, dem Stahl, aus dem die japanischen Katana geschmiedet werden. Die Methode, Edelstahl und Kohlenstoffstahl schichtweise miteinander zu verarbeiten, verlieh diesen Klingen Stärke und Flexibilität. Der Prozess war zwar von den Japanern bis zur erlesensten Raffinesse verfeinert worden, stammte aber ursprünglich aus der syrischen Stadt, von der das Produkt seinen Namen hatte.

Kobalt verbrachte eine Weile vor dem Schaufenster und musterte eine Klinge nach der anderen. Als der Ladenbesitzer ihr Interesse bemerkte, kam er heraus und erkundigte sich, ob sie etwas von seiner Ware kaufen wolle.

»Nichts von dem hier«, antwortete sie. »Ich möchte sehen, was Sie drinnen haben.«

Er warf ihr einen durchdringenden Blick zu. Er hatte ein hartes Gesicht, leblose Knopfaugen und kurz rasiertes Haar. Er musterte sie nachdrücklich. »Kenne ich Sie bereits, Madame?«

»Ich war vor vier Jahren in Istanbul.«

»Damals war das Wetter schlecht, wenn ich mich recht erinnere.«

»Es war zu heiß«, antwortete sie. Das war der letzte Teil der Parole, der Erkennungssätze, die vorher vereinbart worden waren.

Der Ladenbesitzer stellte sich als Ali Khan vor. Kobalt nannte ihm selbst keinen Namen.

»Warten Sie hier«, forderte sie Zherov auf, als er Anstalten machte, dem Ladenbesitzer und ihr zu folgen.

Es war ein düsterer, enger Raum, in dem es nach geöltem Metall und Räucherstäbchen roch. Das Licht stammte von zwei Schirmlampen, die an den beiden Seitenwänden befestigt waren. Ein aromatischer Rauchfaden stieg aus einem plumpen Räucherstäbchenhalter aus getriebenem Messing auf, der auf dem einen Ende der Theke stand. Kleine Stäubchen schwebten in der Luft, so träge wie Betrunkene in einer Kneipe.

Ali Khan trat hinter die Theke. Er schaltete eine moderne Schreibtischleuchte ein, die mit einer Schraubzwinge an der Thekenmitte befestigt war.

»Erzählen Sie mir, was Sie wissen«, sagte sie. »Aber unterdessen zeigen Sie mir Ihre besten Messer mit gerader Klinge, nicht die albernen Taschenmesser, die Sie den Touristen verkaufen.«

Sollte Ali Khan gekränkt sein, ließ er es sich nicht anmerken. Er griff einfach nur unter die Theke und zog eine Walze aus Filz heraus. Die entrollte er auf der glänzenden Holztheke und brachte Taschen zum Vorschein, in denen jeweils ein einziges Messer steckte. Doch er hatte ihr keinen Tee angeboten, und das war das erste Zeichen, dass nicht alles so war, wie es sein sollte.

Mit ihrem grellen, leicht bläulichen Licht erhellte die Lampe eine längliche Fläche, die den gesamten Filzstoff umfasste. Er zog eines der Messer heraus und hielt es so unters Licht, dass sie es untersuchen konnte. Als er sich vorbeugte, bemerkte sie, dass ihm ein Blutstropfen vom Ohr herunterrann. Das war das zweite Zeichen. Ein Blick nach unten zeigte ihr blutige Halbmonde unter seinen Fingernägeln. *Aller schlechten Dinge sind drei*, dachte sie.

Mit ruhiger, fester Stimme sagte sie: »Ich möchte das Messer nehmen, sehen, ob es gut in der Hand liegt.«

»Natürlich, Madame.« Doch in diesem Moment schlug er nach dem Blutstropfen auf seiner Wange, als wäre der eine Mücke.

»Sie bluten«, bemerkte Kobalt, als wäre sie verärgert, von ihrer Musterung des Messers abgelenkt zu werden.

»Vergessen Sie es, es ist nichts«, antwortete er energisch.

Doch er zog das Messer aus dem Lichtschein zurück. Sie entriss es ihm, trieb es mit der Spitze voran durch seine Hand und nagelte sie auf der Holztheke fest. Der Mann, der eindeutig nicht Ali Khan war, riss die Augen auf. Auch sein Mund öffnete sich, doch es kam kein Laut heraus. Es sah so aus, als gähnte er.

»Wer sind Sie?«, fragte Kobalt, rollte die restlichen Messer zusammen und zog sie aus seiner Reichweite. »Was haben Sie mit Ali Khan gemacht?«

Der Mann starrte sie giftig an. Ansonsten ließ er allerdings nicht erkennen, dass er sie gehört hatte.

»Anton Antonovich!«, rief Kobalt über die Schulter zurück.

Zherov kam eilig herein. Er registrierte die Szene mit einem einzigen Blick. »Gut gemacht! Was ist los?«

»Der hier ist nicht der Ladenbesitzer«, sagte sie und ging um die Theke herum. »Behalten Sie ihn im Auge. Sorgfältig. Irgendetwas ist merkwürdig an ihm.«

»Inwieweit merkwürdig?«, fragte Zherov, doch sie war bereits durch einen Perlenvorhang in ein Hinterzimmer getreten.

Der Mann starrte vor sich hin und tat so, als bemerkte er Zherov gar nicht. Zherov lehnte sich über die Theke und schlug ihn ins Gesicht. Ohne sichtbare Reaktion.

Er packte den Mann am Unterkiefer und drehte seinen Kopf so, dass ihm gar nichts anderes übrig blieb, als ihn anzusehen. Zherov musterte die Gesichtszüge des anderen eine Weile und schien darin etwas zu erkennen. »Wer zum Teufel sind Sie?«

Als der Mann die Zähne fletschte, brach Zherov ihm mit dem Handballen die Nase. Es geschah so schnell, dass der Verletzte kurz die Augen verdrehte. Blut spritzte aus der Nase wie aus einer Kunststoffflasche zum Drücken. Zherov gab es nicht gern zu, aber Kobalt hatte recht. An dem Kerl war etwas merkwürdig. Entweder war er einer dieser Menschen, die keinen Schmerz empfinden, oder das Ausbleiben jeder Reaktion bedeutete etwas anderes. Etwas Finsteres.

»Hmm.« Zherov trat hinter die Theke, ergriff ein Messer, schnitt das Shirt des Mannes auf, riss es ihm vom Körper und entblößte ihn bis zur Taille.

Der Mann stand reglos da, als wäre er daran gewöhnt, entkleidet und abgesucht zu werden.

»Tattoos«, murmelte Zherov in sich hinein. »Ich suche Tattoos.« Doch auf dem Rücken und den Armen des Kerls war nichts zu sehen, obgleich Zherov jeden Quadratzentimeter untersuchte und sich vergewisserte, dass kein Tattoo mit einem Backstein weggeschmirgelt oder mit einer Glasscherbe weggekratzt worden war.

Während Zherov beschäftigt war, packte der Mann den Griff des in seinem Fleisch vergrabenen Messers mit der freien Hand und riss es mit einer mächtigen Anstrengung, von der sich die Muskeln in seinem Arm und seiner Schulter wölbten, heraus. Er fuhr herum, das blutige Messer erhoben, um es Zherov ins Herz zu stoßen, doch Zherovs Faust schoss bereits los. Sie schlug krachend gegen seine Kehle und zerriss ihm die Luftröhre. Des Sauerstoffs beraubt, hätte alle Energie den Körper des Mannes verlassen sollen, doch das Messer folgte noch immer seinem Bogen. Obgleich Zherov inzwischen anders stand, war es zu spät, um die Bahn des Messers zu verändern, und es vergrub sich in seinem linken Bizeps. Zherov starrte knurrend in Augen, die wie flache, steinerne Scheiben waren. Ein Hieb in die Herzgegend des Mannes hielt diesen endlich auf. Mit vor Schmerz gefletschten Zähnen zog Zherov stöhnend das Messer aus seinem Arm. Der Mann fiel rücklings auf die Theke. Er schnappte nach Luft wie ein Fisch auf dem Trockenen, vollkommen erledigt.

In diesem Moment entdeckte Zherov das Tattoo. Halb verdeckt vom Blut aus der gebrochenen Nase, sah er die Tätowierung eines den Hals des Mannes durchstoßenden Dolchs: Der Griff und ein Teil der Klinge waren auf der rechten Seite, die Spitze der Klinge auf der linken. Es war eine russische Gefängnistätowierung, primitiv, aber wirkungsvoll. Sie war mit Pigment gestochen, einer Mischung aus in einem Küchenherd geschwärztem Gummi und Urin. Jedes Tattoo hatte eine ganz bestimmte, sehr gewichtige Bedeutung. Dieses hier kennzeichnete den Mann als jemanden, der in der »Zone«, wie das russische Gefängnis hieß, einen Mithäftling ermordet hatte und für den richtigen Preis bereit war, erneut zu töten.

Offensichtlich hatte er im selben Beruf weitergemacht, als er aus der »Zone« entlassen wurde. Wer ihn angeheuert hatte, um Kobalt abzufangen, wussten sie nicht, und da seine Befragung durch Zherov zu Gegenwehr geführt hatte, war es nun nicht länger möglich, diese Information zu erlangen. Zherov riss einen Stoffstreifen vom Shirt des Mannes, fertigte daraus eine Aderpresse und schnürte diese oberhalb seiner Armwunde mithilfe der Zähne zu einer engen Binde.

Der Killer sackte nach unten, glitt von der Theke herunter und brach zu Zherovs Füßen zusammen, so tot wie nur irgendetwas in diesem deprimierenden Messerladen des Grauens.

Apropos Grauen, der echte Ali Khan erwartete Kobalt geduldig.

Eine Falle, dachte sie. *Der verdammte Ermi hat uns in eine Falle gelockt.*

Khan lag auf dem Boden des Hinterzimmers, das mit Regalen voller fertiger Klingen und nicht befestigter Messergriffe vollgestellt war. Schleifmaschinen, Sandstrahlgeräte, eine Drechselbank und eine Werkbank mit dicker Holzplatte nahmen den größten Teil des Platzes ein. Nach Ali Khans abgebrochenen Fingernägeln und aufgeschürften Fingerknöcheln zu schließen, hatte er den Mann vorn im Laden nicht gekannt und sich so heftig gewehrt, wie er es vermochte. Doch Kobalt, die neben der verstümmelten Leiche kniete, war klar, dass er keine Chance gehabt hatte. Wer auch immer der Kerl war, der sich als Ali Khan ausgegeben hatte, er war jedenfalls ein professioneller Sadist.

Schon lange bevor Kobalt aus den Vereinigten Staaten ausgeschleust worden war, hatte sie Bekanntschaft mit Sadismus und den verheerenden körperlichen und seelischen Misshandlungen gemacht, die ihm entsprangen. Doch diese Verheerung hier war etwas ganz anderes. Das unverhohlene Vergnügen, mit dem dieser unaussprechliche Schrecken angerichtet worden war, verriet eine sadistische Geisteshaltung höherer Ordnung. Khan war aufgeschnitten und ausgeweidet worden.

Sein Mörder hatte ihn praktisch umgestülpt.

8

Moskau, Russische Föderation

Es war eine in der ganzen riesigen und einschüchternden Lubyanka – dem Dienstgebäude des FSB – bekannte Tatsache, dass Dima Tokmakov ein rastloses Naturell besaß. Ebenso bekannt war, dass er einmal pro Woche, ob nun bei Sonnenschein, bei Regen, bei Hagel oder bei Schnee, ausgiebig mit seiner aktuellen Geliebten zu Mittag speiste. Diese Position rotierte so häufig wie das Rad in der Fernsehshow *Wheel of Fortune* und wurde derzeit von einer anmutigen Blondine namens Nadya eingenommen.

Mit seinem schweren Mantel bekleidet nahm Tokmakov den Lift zum Erdgeschoss und überquerte auf dem Weg zum U-Bahnhof Lubyanka den Lubyanka-Platz. Etwa zwei Minuten später bestieg er einen Zug der K-Linie und verließ ihn eine Haltestelle weiter am Teatralnaya-Platz. Diese Strecke hätte er auch zu Fuß gehen können, und bei schönem Wetter fand er den Gedanken verführerisch, doch wegen Sicherheitsbedenken gestattete er sich diesen Luxus nicht. In den riesigen unterirdischen Tunneln und Bahnhöfen war es viel einfacher, mit der Menge zu verschmelzen und sicherzugehen, dass man nicht geortet wurde.

Nadya erwartete ihn zur verabredeten Zeit in der Christian-Louboutin-Boutique in der Petrovka-Straße. Sie lachte, als sie ihn erblickte, und küsste ihn vor all den die Auslagen betrachtenden Touristen kühn auf den Mund. Sie alle, Männer wie Frauen, spürten einen Stich der Eifersucht im Herzen. Was nur natürlich war. Nadya war ein umwerfender Anblick: Groß, schlank, blond und blauäugig hatte sie die Figur einer Pole-Tänzerin, und das war sie auch tatsächlich gewesen, bevor sie Dima kennenlernte. Durch seinen Einfluss war sie zum Topmodel einer erstklassigen internationalen Modelagentur aufgestiegen. Die Frau mit der perfekten Figur deutete auf das Paar Schuhe, das sie in dieser Woche begehrte, und er kaufte sie ihr bereitwillig.

Hinterher schlenderten sie wie jede Woche Arm in Arm zu der Wohnung, die er anderthalb Straßenzüge vom Bolschoi-Theater entfernt für seine wechselnden Geliebten angemietet hatte. Sobald sie drinnen waren, legte sie erotische Musik auf, zog ihre Schuhe aus, schlüpfte in die neuen Louboutin-Stiefeletten und entkleidete sich langsam. Dima, noch immer in seinem schweren Mantel, beobachtete sie mit vor Begehren funkelnden Augen.

Als sie, von den Louboutins abgesehen, nackt war, ging sie auf alle viere nieder und krabbelte zu dem noch immer stehenden Dima, der den Blick unverwandt auf sie geheftet hielt. Auf den Knien verharrend, richtete sie den Oberkörper auf, bis er kerzengerade war. Sie führte die Hände unter ihre Brüste und bot sie ihm dar.

Es folgten vierzig Minuten anstrengender, um nicht zu sagen akrobatischer Sex unter Einbeziehung einer erstaunlichen Menge von erotischem Spielzeug, doch schließlich lag Dima nach Luft schnappend flach auf dem Rücken, während Nadya sein rotes, schwitzendes Glied mit einem feuchten Gesichtshandtuch abrieb. Das führte zu einer erneuten Erektion, um die sie sich so sorgfältig kümmerte wie eine Ikebana-*iemoto* – eine Großmeisterin.

Später tranken sie eisgekühlten Wodka und verspeisten ein leichtes Mittagsmahl. Danach brach Dima wortlos auf, ohne sich noch einmal nach der anmutigen Gestalt der schlafenden Nadya umzuschauen.

Es war jetzt genau vierzehn Uhr. Ihn erwartete ein siebenminütiger Spaziergang vom Teatralnaya-Platz zur Nikolskaya-Straße. Er machte einige Umwege und kehrte mehrmals auf der eigenen Spur zurück, bevor er das riesige Postamt betrat, in dem es zuging wie in einem Bienenkorb. Dort durchquerte er die von Echos erfüllte Halle und trat zu einer Reihe kleiner Schließfächer mit Messingtür, die sich an der linken Wand entlangzogen. Er schloss sein eigenes Fach auf, nahm ein ordentlich eingepacktes Päckchen in der Größe zweier Backsteine aus seinem weiten Mantel, schob es in das Fach und schloss es wieder ab.

Dann ging er zur anderen Seite der Halle und stellte sich in einer Schlange an, wie um Briefmarken zu kaufen. Er wartete geduldig. Hin und wieder ließ er netterweise jemanden vor, sodass er sich dem Fenster mit dem Bronzerahmen, hinter dem die Briefmarken verkauft wurden, niemals näherte.

Um genau 14:45 Uhr betrat ein uniformierter Bote das Postamt und marschierte, ohne sich umzuschauen, auf direktem Wege zu der Messingtürreihe von Schließfächern. Mit einem Schlüssel, der dem von Dima verwendeten entsprach, öffnete er Dimas Schließfach, nahm das Päckchen heraus, stellte eine Quittung mit der Nachverfolgungsnummer aus, legte sie in das Schließfach und schloss es ab.

Als er weg war, löste Dima sich aus der Schlange, öffnete das Schließfach und schob die Quittung in seine Manteltasche. Achtzehn Minuten später saß er wieder an seinem Schreibtisch in der Lubyanka und beschäftigte sich mit den Berichten der Fernmelde- und Elektronischen Aufklärung. Diese befasste sich im Wesentlichen mit dem Erfassen und Auswerten von Funksignalen, der

Risikoeinschätzung in Bezug auf Zielpersonen und dem Ordnen denkbarer Missionen in der Reihenfolge ihrer Wichtigkeit.

Gerade dachte er darüber nach, wie einfach es heutzutage war, Funkkommunikation zu stören oder sogar abzuhören, was bei einem privaten Botendienst zum Glück ausgeschlossen war, da klopfte Feliks an die Tür.

»Herein.«

Feliks legte zwei Akten in roten Umschlägen vor Dima. »Wie war das Mittagessen?«

Dima bemerkte sein leises Kichern. »Besser als das Ihre, da bin ich mir sicher.« Er blickte nicht auf und tat so, als wäre Feliks gar nicht da.

9

Washington D. C.

»Tatsache ist, dass ich wirklich nicht mehr dein Chef bin.«

»Das hatten wir bereits geklärt.«

Ben und Evan saßen in seinem Wagen und fuhren zum Haus der Fishers im Washingtoner Stadtviertel Cleveland Park. Ben saß am Steuer, Evan auf dem Beifahrersitz. Sie starrte geradewegs nach vorn, als könnte sie Bobbis Haus bereits sehen. Sie trug eine schwarze Röhrenjeans, ein schwarzes T-Shirt, auf dessen Brust in weißen Buchstaben *THE WHO* stand, und einen schicken, oberschenkellangen Car Coat mit Stehkragen, jadegrün. Dieses Outfit hatte in dem Zimmer, in dem sie sich erholt hatte, sorgsam gefaltet über dem Stuhl gehangen. Zu ihrer großen Überraschung hatte alles perfekt gepasst, was bedeutete, dass es von Isobel und nicht von Ben ausgewählt worden war. Natürlich war es Isobel; sie erinnerte sich von ihrem letzten Besuch her an das Haus. Es kam ihr eigenartig vor, dass Ben Isobel nicht namentlich erwähnt hatte. Versuchte er, seine Beziehung zu ihr geheim zu halten? Und wenn sie schon darüber nachdachte, was für eine Beziehung hatten die beiden eigentlich?

Ben warf ihr einen Blick zu. »Ja, aber tatsächlich wollte ich sagen, dass wir entlassen worden sind.«

Damit gewann er Evans Aufmerksamkeit. »Wie bitte?«

»Sie haben meinen Geheimdienst aufgelöst. Die anderen sind

versetzt worden, arbeiten jetzt wahrscheinlich als Bürohengste irgendwo in den Tiefen des NSA, wo sie Berichte abheften, die keinen interessieren.« Er berichtete ihr, warum der US-Präsident entschieden hatte, Bens Geheimdienst den Todesstoß zu versetzen. »Zum Teil hasst er Frauen in jedweder Machtposition, und es war ihm ein Dorn im Auge, dass ich ebenso viele Agentinnen wie Agenten eingesetzt habe. Außerdem ist er ohnehin damit beschäftigt, den Geheimdienstbereich systematisch auszuhöhlen. Aber es ist darüber hinaus auch die Quittung dafür, dass wir vor drei Monaten in den bayrischen Alpen Nemesis haben auffliegen lassen.«

Diese Nachricht riss sie zumindest kurzfristig aus ihrer Fixierung auf ihre Nichte und ihren Neffen. »Du bist bestimmt am Boden zerstört. Ich weiß, wie viel dein Geheimdienst dir bedeutet hat. Du hast jahrelang auf ihn hingearbeitet.«

Er hielt an einer roten Ampel. Es war so früh am Morgen – gegen vier Uhr – dass kaum Verkehr herrschte. »Ich möchte wirklich nicht darüber reden.«

»Okay, ja klar.« Sie wandte sich ab.

Die Ampel sprang um, und sie fuhren weiter.

Als sie sich ihrem Ziel näherten, nahm Ben den Fuß vom Gas. »Wie geht es deinem Kopf?«

»Besser denn je.« Sie hörte ihre eigenen Worte, als drängen sie durch lautes Donnern in ihre Ohren. Die Wirkung des Schmerzmittels, das Ben ihr gegeben hatte, ließ nach, und sie wollte ihre Reflexe nicht dadurch beeinträchtigen, dass sie eine weitere Tablette nahm.

Er parkte am Straßenrand und schluckte ein hartes Lachen herunter. »Ich weiß gar nicht, warum ich frage.«

»Offensichtlich kannst du nicht anders.«

Es war eine ätzende Bemerkung, gewiss eine von vielen, die sie ihm nach dem Unfall entgegengeschleudert hatte. Aber diese hier war anders; sie traf ihn wirklich. Sie sah es seinem Gesicht an, obgleich er sich sehr bemühte, sich nichts anmerken zu lassen. Plötzlich wurde ihr etwas bewusst, das sie schon längst hätte wahrnehmen sollen. Ben war ein Meister darin, seine Emotionen zu verbergen – außer wenn es um sie ging. Sie spürte, dass etwas ihr Herz berührte, als tippte er mit dem Zeigefinger dagegen. Vielleicht war es das Gefühl, dass Ben und sie noch einmal ein Agententeam sein könnten. Das hätte ihr Herz erwärmen sollen. Doch es hatte die gegenteilige Wirkung: Es brachte sie in Rage. Sie fühlte sich verletzlich und seinem Blick ausgeliefert. Als hätte er ihr auf eine unerklärliche Weise Gewalt angetan.

Sie stieg rasch aus. Es regnete erneut, jedoch nur leicht. Evan stand breitbeinig vor dem Haus der Fishers auf dem Bürgersteig, ähnlich einem Seemann auf rauer See. Das Schwindelgefühl, das sie beim Verlassen des Wagens ergriffen hatte, hatte sich gelegt. Sie sog die Luft tief ein und füllte ihre Lunge, bis sie wieder richtig klar im Kopf war.

Ben stellte sich neben sie. »Hast du eine Möglichkeit, ins Haus zu gelangen?«

»Ja.«

»Na ja, dann fangen wir besser an. Aber ich habe keine Ahnung, was wir noch finden könnten. Zweifellos haben die Leute vom FBI dort bereits jeden Quadratzentimeter abgesucht.«

»Ich kenne das Haus besser als sie.« Evan hatte ihn immer noch nicht angesehen. Sie registrierte eine Art elektrischer Spannung zwischen ihnen, die nicht völlig neu und nicht besonders angenehm war. *Was ist denn das jetzt, nach allem, was wir bereits durchgemacht haben*, fragte sie sich. *Und was fangen wir damit an?* *Nichts*, antwortete etwas aus ihren tiefsten Tiefen. *Überhaupt nichts, ver-*

dammt noch mal. Setz einfach einen Fuß vor den anderen, geh wie immer in die Dunkelheit hinein, und schau, wohin dich das führt. Doch die Dunkelheit führte in Bobbis Haus, wo Gespenster begraben waren, Gespenster, die ihr fremd waren. Die ihr feindselig gesonnen waren. Ein Schauer durchlief sie. Ihre Hände fühlten sich steif an, waren trotz des warmen Frühlingsabends eiskalt.

Ben deutete nach vorn. »Sollen wir?«

Sie wollte schon zustimmen, als sie aus dem Augenwinkel den schwarzen Chevy Tahoe bemerkte. Sie selbst und bestimmt auch Ben wussten, wer darin saß. Sie traten rasch in tiefen Schatten, um verborgen zu bleiben.

Sie legte Ben die Hand auf den Arm. »Lass uns erst einmal die Konkurrenz beobachten.«

Zwei Anzugträger vom FBI stiegen aus, den Blick auf ihre Handys geheftet, und begaben sich auf den gepflasterten Gartenweg zum Haus der Fishers. Einer von ihnen war größer, stämmiger und älter. Der Jüngere war schlank, füllte seinen Anzug aber genau richtig aus. Evan hätte jederzeit gewettet, dass der Ältere ein ehemaliger Soldat und der beste Schwergewichtsboxer seiner Einheit gewesen war. Seine Kieferpartie war wie der Bug eines Schiffs.

»Okay«, sagte Evan, als die beiden durch die Haustür getreten waren. »Gehen wir rein.«

Ben war verblüfft. »Du möchtest reingehen, während sie noch da sind?«

»Hast du eine bessere Idee?«

»Ja. Lass uns abwarten, bis sie gehen.«

»Und was, wenn gleich eine weitere Spurensicherungsmannschaft zu ihnen stößt? Nein, wir müssen so schnell wie möglich rein und uns umschauen.«

Sie führte ihn am Haus vorbei nach hinten. Eine Armee hoher

immergrüner Bäume schirmte den Garten gegen Einblicke der Nachbarn ab. Paul legte Wert auf seine Privatsphäre und hatte die Bäume daher so hoch wachsen lassen, dass die Nachbarn sich beschwerten. Das hatte er einfach übergangen, und schließlich hatten sie aufgegeben und riefen nicht mehr an.

Der Garten hatte einen Bereich für die Erwachsenen und einen für die Kinder. In der Nähe des Hauses gab es eine Feuerstelle, einen Gartentisch, Stühle, Sonnenschirmständer und einen gemauerten Grillofen. Den hinteren Bereich nahmen ein Gestell mit mehreren Schaukeln, ein weitläufiges Klettergerüst, eine Rutsche und ein mobiles Fußballtor ein. Am Rand des Gartens blühten Bobbis schön gepflanzte Ziersträucher – Rosen, Azaleen, Berglorbeer, Zierquitte und Hibiskus. Drei breite Stufen führten zur hinteren Veranda hinauf, die die ganze Rückseite des Hauses einnahm und von einem Geländer mit kannelierten Stahlstäben gesäumt war.

Evan ging zum Grillofen, steckte die Hand in eine der Nischen an seiner linken Seite und zog einen Schlüssel heraus.

Sie deutete auf die Hintertür, und Ben und sie stiegen die Stufen hinauf. Sie schlossen auf und schlüpften lautlos in die Küche. Einen Moment lang war drinnen alles totenstill. Die Leere wirkte absolut und griff Evan ans Herz. Kurz darauf offenbarten sich die Geister. Sie hörte das leise Sich-Heben und Senken zweier Stimmen im Gespräch. Alle Lichter in den vorderen Räumen waren eingeschaltet worden. Evan führte Ben durch die Küche. Die Schachtel einer Pizza zum Mitnehmen lag zerknüllt im Mülleimer. Küchengerüche hingen keine in der Luft. Als sie verstohlen ins Esszimmer schlichen, um den Flur zum Wohnzimmer und Fernsehzimmer zu betreten, wirkte das Haus tot. Kein Duft von Wendys Zitronengras-Shampoo, kein Hallen von Michaels lauter Stimme. Der todtraurige – schreckliche – Verlust traf Evan erneut wie ein Hieb in die Magengrube, und sie erneuerte ihr Gelöbnis, dass sie die Kinder finden würde. Sie untersuchte alles so gründlich wie ein Sherlock Holmes.

Inzwischen hörten sie die Stimmen deutlicher, und zum Rhythmus des Nonsens-Gedichts *The Owl and the Pussycat*, das sie den Kindern gern aufgesagt hatte, als sie noch klein waren, sang Evan lautlos: »Der Dachs und das Frettchen, in einem großen, schwarzen SUV.«

Doch die Stimmen näherten sich, und so zogen sie sich zurück, betraten, nach rechts abbiegend, erneut die Küche und stiegen eine schmale Treppe zum Obergeschoss hinauf. Drei Schlafzimmer – für jedes Kind eines und das Elternschlafzimmer. Stumm gingen sie eines nach dem anderen methodisch durch, fanden aber nichts Verwertbares.

»Nicht mal ein einziges Foto an der Wand«, sagte Evan traurig. »Sie haben die Leiche nackt ausgezogen.«

»Etwas anderes wäre vom FBI nicht zu erwarten gewesen«, antwortete Ben.

In Pauls Arbeitszimmer fanden sie einen teuren Schreibtisch mit einem teuren Chefsessel und teuren Möbeln – genau wie Paul Fisher es liebte. Und auf diesem teuren Schreibtisch lagen nur noch Kabel, alle Geräte waren verschwunden.

»Das FBI muss jetzt also den Laptop haben«, überlegte Ben laut. »Zweifellos gehen die IT-Forensiker inzwischen bereits die Festplatte, die Auftritte in den sozialen Medien, die E-Mails und so weiter durch.«

»Oder das machen die Leute, die die Kinder entführt haben. So oder so wird es ihnen nichts helfen.« Evan schaute in den leeren Papierkorb. »Ich kenne Paul. Was seine Arbeit betraf, war er geradezu paranoid, von seinem Privatleben ganz zu schweigen, falls er nach Bobbis Ermordung überhaupt noch eines hatte. Er ist zu geschickt, um auch nur die geringsten Spuren zu hinterlassen.«

Ben nickte. »Es hilft, dass du ihn kennst, aber ich hatte gehofft, die Leute, die die Kinder entführt haben, könnten vielleicht versehentlich etwas von sich selbst zurückgelassen haben.«

»Fingerabdrücke bestimmt nicht. Hier ist alles bestäubt worden. So oder so dürften sie Handschuhe getragen haben.«

»Und Einweg-Überschuhe.«

Evan ging auf alle viere nieder und suchte in den Zimmerecken. Dazu schaltete sie die Taschenlampen-App ihres Handys ein. Tief zu Boden gebeugt drehte sie den Kopf zur Seite, um unter Couch und Bürosessel zu schauen. Nicht einmal eine Staubmaus. Aber es war ein Fehler, sich so tief zu bücken. Ihr Kopf pochte jetzt noch schlimmer.

Sie stand auf und schaltete die Taschenlampen-App aus. »Das wär's.«

Auf dem Weg die Treppe hinunter fragte Ben: »Bist du dir sicher, dass das eine gute Idee ist?«

»Wir müssen wissen, was sie bisher gefunden haben.«

Sie traten aus der Düsterkeit des hinteren Treppenhauses in die inzwischen buttergelb erleuchtete Küche. Das Schwergewicht und der Schlanke standen dort und schauten in den Kühlschrank.

Evan lachte grimmig in sich hinein. »Wenn Sie nach einer Leckerei suchen, meine Herren, finden Sie bestimmt Butter-Brickle-Eiscreme im Gefrierfach.«

Bei diesen Worten fuhren beide herum. Der Schlanke zog seine Dienstwaffe, eine Glock neun Millimeter, und zielte auf die Eindringlinge.

»Wer sind Sie, zum Teufel?«, fragte das Schwergewicht. »Und dürfte ich fragen, was Sie hier machen?«

»Dies ist ein vom FBI gesicherter Tatort.« Der Schlanke hatte eine unerwartet tiefe Stimme. »Sie begehen Hausfriedensbruch und können deswegen festgenommen werden.« Mit der freien Hand holte er ein Paar Handschellen hervor.

»Moment mal.« Ben zeigte ihnen seinen Dienstausweis. Er bat um den ihren, und sie zückten ihn ebenfalls. Das Schwergewicht hieß Jon Tennyson und der Schlanke Jason Leyland.

»So.« Tennyson zog die Augenbrauen zusammen. »Mir egal, zu welchem Teil der behördlichen Buchstabensuppe Sie gehören. Verschwinden Sie von meinem Tatort. Das sage ich nur einmal.«

»Sie gehören ebenso zu dieser behördlichen Buchstabensuppe«, bemerkte Evan und trat auf ihn zu.

Tennyson sah sie an. »Kenne ich Sie?«

»Das bezweifle ich. Aber schauen Sie doch im Gefrierfach nach, ob die Butter-Brickle-Eiscreme dort steht.«

Leyland stieß ein Knurren aus, drückte jedoch das Gefrierfach mit einem Zucken seiner muskulösen Schulter auf. »Na, da soll mich doch ...« Er legte Pistole und Handschellen weg und holte zwei Halbliterbehälter heraus.

»Und?« Tennyson hielt den Blick auf die Eindringlinge geheftet.

»Butter Brickle«, berichtete Leyland. »Genau wie sie sagte.«

»Ich kenne dieses Haus. Ich kenne Wendy und Michael seit ihrer Geburt. Sie sind meine Nichte und mein Neffe.«

Tennyson schnippte mit den Fingern. »Natürlich! Sie sind die verschollene Tante. Evan Ryder.«

»Wohl kaum verschollen. Ich bin gerade von einem langen Urlaub auf Sumatra zurückgekehrt.«

»Das muss ja ein wahrer Höllentrip gewesen sein«, bemerkte Leyland und deutete auf ihre Kopfwunde.

»Ich habe mit einem Komododrachen gekämpft.«

Leyland zog die Stirn kraus. »Was zum Teufel ist ein Komododrache?«

»Eine Eidechse«, erklärte Tennyson. »Die größte derzeit lebende, wenn ich mich nicht irre.«

»Sie irren sich nicht«, sagte Evan.

Leyland verdrehte die Augen. »Sie nimmt uns auf den Arm.«

»Klarer Fall.« Tennyson deutete mit dem Daumen über die Schulter. »Schauen Sie sich noch einmal in Mr Fishers Arbeitszimmer um. Vielleicht hat die Spurensicherung etwas übersehen.«

»Aber ...«

»Suchen Sie nach einem losen Bodenbrett.«

»Ja, klar«, sagte Leyland mit zusammengebissenen Zähnen.

»Okay, Ms Ryder«, fuhr Tennyson fort, als meinte er es wirklich so. Er deutete erneut mit dem Daumen über die Schulter. »Jason kann manchmal etwas grob sein, aber glauben Sie mir, er wird einmal ein guter Agent.«

»Jetzt verstehen Sie, was für ein Interesse wir hier haben«, sagte Ben.

Tennyson schüttelte den Kopf. »Ihr persönliches Interesse verstehe ich, ja natürlich. Aber nicht, weshalb Sie hier sind. Entführungen sind Sache des FBI. Es wäre in aller Interesse, wenn Sie das uns überlassen.«

Evan stemmte die Hände in die Hüften. »Nicht, wenn eine feindselige ausländische Macht involviert ist.«

Tennyson blinzelte, als hätte sie ihm mit einem Scheinwerfer ins Gesicht geleuchtet. »Entschuldigen Sie bitte. Das hier ist eine rein inländische Angelegenheit. In neun von zehn Fällen ist es so, dass der verbliebene Elternteil mit den Kindern im Schlepptau abgehauen ist.«

Ben umfing den Raum mit einer Handbewegung. »Warum sollte ein Mann wie Paul Fisher so etwas tun?«

»Spielschulden, eine Kokainsucht, die aus dem Ruder gelaufen ist, oder er hat ein, zwei Mädchen geschwängert. Oder mit einem jungen Mann rumgemacht. All so etwas wäre Gift für Paul Fishers Ruf.« Tennyson zuckte mit den Schultern. »Es könnte irgendetwas davon sein oder alles zusammen. Die Liste ist praktisch endlos, aber das sind die häufigsten Gründe.«

»Ich glaube nicht, dass sie in diesem Fall zutreffen«, sagte Evan.

»Was wissen Sie bisher, Agent Tennyson?«, fragte Ben gleichzeitig.

Tennyson zog seufzend ein Notizbuch hervor. »Diesen Gefallen tue ich Ihnen nur ungern.« Er blätterte in dem Büchlein. »Wir haben bereits mit dem Kindermädchen gesprochen, Dominica Sanchez. Sie ist außer sich vor Sorge. Sie hat keine Ahnung, wohin der Vater die Kinder gebracht haben könnte. Er hat ihr keine Nachricht hinterlassen, hat sie nicht kontaktiert, und sein Handy ist ausgeschaltet. Das alles haben wir überprüft, und es stimmt. Außerdem überwachen wir Mr Fishers Kreditkarten. Sein Bankkonto wurde nicht angerührt – in den letzten beiden Wochen wurde kein Geld abgehoben. Natürlich haben wir sofort eine Suchmeldung für die Kinder herausgegeben, doch bisher hat auch das nichts erbracht. Ich gebe es nicht gern zu, aber im Moment stecken wir in einer Sackgasse.«

Er steckte sein Notizbuch wieder ein. »Übrigens wird Ihre Anwesenheit hier zu nichts führen. Sie werden nichts finden. Unsere Spurensicherung hat jedes Zimmer Zentimeter für Zentimeter abgesucht. Alle Kleidung ist noch da. Dasselbe gilt für die Koffer. Außerdem steht Mr Fishers Wagen in der Garage, die Spurensicherung hat ihn ebenfalls auseinandergenommen. Mr Fishers Laptop dagegen fehlt.«

Ben und Evan wechselten einen vielsagenden Blick. Pauls Laptop war also in der Hand der Entführer.

»Wir konnten weder einen Safe noch irgendwelche Geheimfächer finden«, fuhr Tennyson fort.

»Sie haben also nichts«, bemerkte Evan. »Gar nichts.«

»Es sei denn, Jason findet ein loses Bodenbrett, aber das ist, ehrlich gesagt, der Stoff von Romanen und Fernsehserien.«

»Na gut, dann beantworten Sie mir bitte folgende Frage«, fuhr Evan fort. »Wenn Paul sich mit seinen Kindern aufgemacht hat, wieso hat er dann sein Auto hier zurückgelassen?«

Tennyson zuckte mit den Schultern. »Vielleicht weil es zu leicht wäre, nach seinem Auto zu fahnden. Und im Vorgriff auf Ihre nächste Frage, ja, wir erkundigen uns bereits bei den Taxi-, Uber- und Lyft-Fahrern, ob sie ihn irgendwann in den letzten drei Tagen hier abgeholt haben.«

Tennyson musterte sie nun seinerseits. »Gibt es sonst noch was?«

»Ja«, brachte Ben vor. »Ms Ryder hat mehr Erfahrung mit Einsätzen in feindseliger Umgebung, als Sie sich vorstellen können.«

Ein unbehagliches Schweigen entstand, als wäre die Zugbrücke einer Burg hochgezogen worden. Alle musterten einander misstrauisch. In diesem Moment kam Leyland herein, und ohne die Spannung, die in der Luft lag, zu bemerken, sagte er: »Leider nichts Neues. Keine losen Bodenbretter im Arbeitszimmer oder sonst irgendwo oben.«

»Das war zu erwarten«, antwortete Tennyson erschöpft. Er machte eine Geste. »Was können Sie mir über Mr Fisher berichten, Ms Ryder?«

»Nicht viel. Wir waren in etwa wie Katz und Hund.«

Das weckte sofort Tennysons detektivischen Spürsinn.

»Warum das? Gefiel es Ihnen vielleicht nicht, wie er die Kinder erzog?«

Evan lächelte ihn schmallippig an. »Ich mochte seine politische Einstellung nicht. Er ist Lobbyist für eine elitäre Gruppe mit ultrakonservativen Interessen, die von Samuel Wainwright Wells unterstützt wird.«

»Der Medienmogul. Den kennen wir.« Tennyson zog die Augenbrauen zusammen. »Sie glauben also, dass er die Kinder mit seiner Ideologie imprägniert?«

»Worauf wollen Sie hinaus?«, fragte Ben unüberhörbar verärgert. »Evan hat keine Verbindung ...«

Tennyson beachtete ihn nicht. »Sie waren zwar weg«, sagte er zu Evan, »aber vermutlich hatten Sie trotzdem Kontakt mit Michael und Wendy Fisher. Was können Sie mir ...«

»Wieso vermuten Sie das?«

Tennyson breitete die Hände aus. »Butter-Brickle-Eiscreme?« Er machte eine Pause. »Sie sind alles, was Sie seit dem Tod Ihrer Schwester noch an Familie haben, verdammt noch mal.«

»Mehr als das kann ich Ihnen nicht sagen. Ich habe die Kinder gelegentlich besucht. Ich liebe sie. Natürlich liebe ich sie. Aber ich rufe normalerweise weder meine Verwandten noch meine Freunde an, wenn ich unterwegs bin. Das wissen Wendy und Michael. Sie akzeptieren es.«

Tennyson nickte. Er blickte vom einen zum anderen. »Lassen Sie es mich glasklar sagen. Ich mag Ihresgleichen nicht. Insbesondere gefällt es mir nicht, dass Sie sich an einem Tatort des FBI aufhalten, und es kotzt mich verdammt noch mal an, dass Sie davon ausgehen, Sie könnten meinen Fall kapern.«

»Leben Sie wohl, Tennyson«, sagte Evan. »Die Begegnung mit Ihnen war ungefähr so nett wie eine Wurzelbehandlung beim Zahnarzt.«

Als Ben und sie zur rückwärtigen Tür gingen, ertönte Tennysons Stimme hinter ihnen: »Kommen Sie uns nicht in die Quere, Sie beide.«

»Ist das eine Drohung?«, fragte Ben.

Tennyson zuckte mit den Schultern. »Nennen Sie es einen Warnschuss vor den Bug. Wenn ich das nächste Mal auf Sie ziele, könnte es anders ausgehen.«

Po und Oberschenkel von ihrem Mantel geschützt, setzte Evan sich auf die Verandatreppe hinter Bobbis Haus. Der Tagesanbruch vertrieb die letzten Reste der Dunkelheit, die noch immer um die Stämme der Kiefern und in der Senke des Privatspielplatzes der Fishers verharrte.

Ben setzte sich neben sie. »Was jetzt? Wir haben keine Ahnung, wo die Kinder sich befinden.«

»Ich weiß, wo du mich hingebracht hast«, sagte Evan, als hätte sie ihn nicht gehört. »Und ich weiß, wessen Kleider ich gerade trage.«

»Ach ja?«

»Ja. Ich habe das Haus bei unserem Aufbruch erkannt. Es gehört Isobel Lowe. Du hast mich damals dort abgeholt, nachdem das Pokerspiel, in das ich mich gedrängt hatte, aus dem Ruder gelaufen war.« Sie sah ihn an. »Du hast mir nie erzählt, dass du sie kennst.«

»Du brauchtest es nicht zu wissen.«

»Und jetzt? Hätte ich es nicht verdient gehabt, jetzt Bescheid zu wissen?«

»Mag sein.«

»Mag sein. Mhm.« Sie nickte, als habe sich eine Vermutung bestätigt.

Sie hörten, wie sich die Tür hinter ihnen öffnete, und sahen

Leyland herauskommen. Er erstarrte, eindeutig überrascht, sie zu sehen. Dann lehnte er sich über ihnen gegen den Außenpfosten des Verandageländers, schüttelte eine Zigarette aus der Packung und zündete sie an.

»Warten Sie auf Ihre Limousine?« Er blies eine Rauchwolke über ihre Köpfe. »Haben Sie nicht gehört, was Special Agent Tennyson gesagt hat?«

Evan bemühte sich, ihn zu ignorieren. Sie schaute auf den Garten, der über die Spitzen der Kiefern hinweg von immer mehr Morgenlicht erhellt wurde. »Okay, du bist wegen der Kinder gekommen – um sie geht es dir. Aber der Vater der beiden ist zu Hause. Was stellst du mit ihm an?«

Ben hörte ihr aufmerksam zu, versuchte aber nicht, eine Antwort zu geben. Sie fragte sich das selbst, und er wollte ihren Gedankengang nicht unterbrechen. Er hatte diesen Denkprozess oft genug beobachtet, als sie noch zusammen in Einsätzen waren – im Kaukasus, in Belgrad und in den Außenbezirken von Kiew, den FSB dicht auf den Fersen. Er stützte das Kinn in die Hand, schaute auf den Garten hinaus und versuchte, dasselbe zu sehen wie sie.

»Schneidest du ihm die Kehle an Ort und Stelle durch? Das würde den Verdacht gar nicht erst aufkommen lassen, dass er selbst die Kinder mitgenommen hat. Doch praktischerweise denkt das FBI ja genau das. Die aussichtslose Suche nach ihm würde gar nicht erst anfangen.« Sie tippte sich mit dem Zeigefinger an die Lippen. »Entführst du ihn zusammen mit den Kindern? Zu riskant. Je länger er in deiner Obhut ist, desto mehr Probleme macht er.« Sie holte tief Luft. »Also.« Sie sah sich im Garten um. »Was machst du mit ihm?«

»Verraten Sie es uns?« Leyland stand hinter ihnen und hörte ihr zu.

Sie deutete in den Garten. »Siehst du diese Kiefern dort, Ben?

Siehst du, wie hoch sie sind? Auf drei Seiten bilden sie eine lebende Wand.« Sie blinzelte. »Paul hat sie pflanzen lassen, um seine Privatsphäre zu schützen, nicht wahr? Er wollte nicht, dass jemand seinen Kindern nachspioniert. Oder den Gästen, die er zu Privattreffen einlud. Und so ist hier der perfekte Ort, um ...«

Sie verließ die Treppe und ging auf alle viere nieder wie schon vorhin in Pauls Arbeitszimmer, den Kopf seitlich gelegt und so dicht über dem Boden, dass der ungemähte Rasen sie wie mit kleinen Speeren an der rechten Wange kitzelte. Sie krabbelte langsam übers Gras, ohne das Hämmern unter ihrer Kopfwunde zu beachten.

»Ben.« Sie richtete sich auf, die Stimme war erregt. »Der Code der Garagentür ist 6 163. Bobbi hatte dort immer ihre Gartengeräte. Schau mal, ob du zwei Blumenkellen findest.«

Leyland verfolgte, wie Ben in der Garage verschwand, blieb aber stumm. Er war nun ein interessierter Zuschauer.

Ben kehrte mit einer abgenutzten Blumenkelle in jeder Hand zurück. Inzwischen kauerte Evan vor der Rutsche. »Schau dort.« Sie deutete auf die Stelle.

»Frisch umgegrabene Erde.«

»Genau.« Evan nickte. »Lass uns loslegen.«

Jeder grub nun mit seiner Blumenkelle. Zunächst behutsam, dann energischer.

Leyland war die Treppe hinuntergekommen und sah ihnen zu. »Was machen Sie da?«

»Hier liegt was.« Ben benutzte inzwischen nur noch die Spitze der Blumenkelle. Sie hatten höchstens dreißig Zentimeter nach unten gegraben, doch nun tauchte ein Umriss auf, als erhöbe sich jemand aus der Unterwelt.

»Das Gesicht zuerst.« Evan schabte die letzte Schicht Erde mit der Kante der Kelle von einer Wange. Sie wollte gerade mit den Fingerspitzen weitermachen, da hielt Ben sie zurück.

»Hier.« Er reichte ihr ein Paar medizinische Handschuhe und zog seinerseits auch selber eines an.

»Wo hast du die her?«, fragte Evan.

»Von Stephen Braun, dem Arzt, der dich behandelt hat.«

Evan nickte. Vorsichtig wischte sie den letzten Rest Erde vom Gesicht des Toten.

Sie beugte sich tiefer über ihn. »Es ist Paul.«

»Du hattest recht.«

Das bereitete ihr kein Vergnügen. Nun legte sie Pauls Hände frei. Unter den Fingernägeln war Erde und drunter etwas anderes, etwas Dunkleres.

Ben holte tief Luft. »Warum stehen seine Augen offen?«

»Und der Mund ebenfalls«, erwiderte Evan, die den letzten Rest Erde wegwischte. »Es steckt etwas darin.«

»Was zum Teufel ist bei Ihnen los?« Leyland trat einige zögernde Schritte auf sie zu. Er wirkte hin- und hergerissen zwischen dem Impuls, sofort zu ihnen zu gehen oder erst seinen Chef zu holen.

»Lass ihn nicht in unsere Nähe.« Evans Finger beförderten das, was in Paul Fishers Mund steckte, vorsichtig nach draußen. »Zumindest noch nicht.«

Ben stand auf und wandte sich um. »Sie sollten vielleicht besser Tennyson holen.«

Leylands Stirn runzelte sich so tief wie die Furchen eines Ackers. »Er telefoniert gerade mit dem Hauptquartier. Was haben Sie gefunden?«

Ben trat einen Schritt vor. »Holen Sie ihn einfach, seien Sie so gut.«

Sobald Ben sah, dass der Agent kehrtmachte und zum Haus

zurückeilte, wandte er sich wieder Evan zu. Sie hielt ein Knäuel aus Zeitungspapier in der Hand. »Wir werden die Gerichtsmedizin des FBI brauchen. Der Todeszeitpunkt wird uns sagen, wann die Entführung stattgefunden hat.«

»Nach dem Zustand der Leiche zu schließen, liegt er höchstens ein oder zwei Tage zurück.« Ben deutete mit einer Kopfbewegung auf Evans Hand. »Was zum Teufel ist das?«

Evan sah von ihrer Arbeit auf. Ihr Blick war düster. »Paul Fisher ist ganz säuberlich enthauptet worden.«

Zweiter Teil

10

Wendy

Ich träume, ich flöge mit Peter Pan nach Nimmerland, genau wie die Wendy, nach der ich benannt bin. »Beim zweiten Stern nach rechts, dann geradeaus bis zum Morgen.« Das Problem ist, dass diese Nacht niemals endet. Der Tagesanbruch scheint weit weg zu sein, unerreichbar. In meinem Kopf herrscht ein schrecklicher Nebel. Wenn ich erwache, oder meine, zu erwachen, gerate ich nur in einen neuen Traum. Unter mir ein stetes Dröhnen wie vom Motor eines großen Wagens, und die kalte Luft ist so trocken, dass ich an den Film *Lawrence von Arabien* denken muss, den ich erst letzte Woche gesehen habe. Befinde ich mich also in einer Wüste – wie ich gelesen habe, sollen Wüsten nachts sehr kalt sein (eigenartig) –, oder fliege ich mit Peter Pan? Ach, ich möchte unbedingt mit Peter Pan fliegen, denn dann wird auch Michael dabei sein. Falls ich aber in der Wüste bin, der Wüste aus *Lawrence von Arabien*, wird Michael anderswo sein, weil er zu klein ist, um den Film zu verstehen. Ich bin schon elf, deshalb verstehe ich ihn.

War ich nicht gerade noch mit Mikey zusammen? Habe ich Paul nicht schreien gehört? Habe ich nicht die Stimmen unbekannter Männer bei einer Unterhaltung gehört? War vielleicht der Fernseher an? Ich kann mich nicht daran erinnern, dass der Fernseher eingeschaltet gewesen wäre. Vielleicht hat ja Mikey ihn angestellt, Paul bestimmt nicht. Aber ich erinnere mich mit Sicherheit daran, dass Mikey geweint hat.

Jetzt sage ich etwas und rufe nach Mikey. Vielleicht war es nur ein Murmeln, als träumte ich noch, aber ist das überhaupt möglich? Ich habe Angst, ja, ich habe Angst, aber ich muss um Mikeys willen tapfer sein; er ist der echte Angsthase. Unwillkürlich wünsche ich, Tante Evan wäre da. Sie wüsste sofort, was zu tun ist, und würde uns hier rausholen. Außerdem kann sie Mikey besser trösten als ich. Vom Trösten habe ich schnell genug, und deswegen habe ich im Moment ein schrecklich schlechtes Gewissen.

In diesem Moment spüre ich, dass irgendjemand sich über meinem Kopf bewegt. Ich versuche, die Person zu erkennen, kann aber nur ganz verschwommen sehen. Vielleicht träume ich ja *wirklich* immer noch. *Bist du das, Peter? Wo bist du, Mikey?*, murmele ich benommen. Ich muss mich vergewissern, dass Mikey nicht verloren gegangen ist. Ich habe die Verantwortung für ihn. Aber wie sehr ich es auch versuche, ich kann ihn in der nächtlichen Dunkelheit nicht erkennen. Wo ist der Mond? Und wo sind die Sterne? Wenn ich die Sterne nicht sehe, wie sollen wir dann den Weg nach Nimmerland finden?

Dann fühle ich einen winzigen Stich wie von einer Mücke. Ich versuche, sie wegzuschlagen, kann aber die Arme nicht bewegen. Es ist, als hätte jemand sie in Zement getaucht. Ich kann mich überhaupt nicht bewegen, was mich zutiefst erschreckt. Die Angst wächst wie ein loderndes Feuer, das auf mich zukriecht. Doch gleich darauf durchdringt mich eine eigentümliche Wärme, als hätte ich die Hand vollständig in einen von Pu der Bärs Honigkrüge getaucht. Ich habe Pu den Bären eine Ewigkeit nicht mehr besucht. Hoffentlich ist er mir nicht böse.

Der Zorn. Daran habe ich mich eben nicht erinnert, aber jetzt schiebt sich der Gedanke plötzlich in meinen benommenen Kopf.

Mom und Paul streiten sich. Mal wieder. Paul wollte immer, dass wir ihn Paul nennen. Nicht, dass er das nachdrücklich hätte einfordern müssen – ich habe ihn nie als Daddy gesehen. Er hat nie Zeit mit mir oder Mikey verbracht und auch kaum mit uns gesprochen, außer um uns zu schelten, der Fernseher sei zu laut. Er nahm es mir auch übel, wenn ich in sein Arbeitszimmer kam, wo ich überhaupt nicht sein sollte, niemals. Ich war damals noch ein so kleines Kind. Ich hätte schlafen sollen. Vielleicht schlafe ich ja jetzt gerade, und ihr Streit weckt mich auf. Nicht die Worte, aber der Zorn, der durchs Haus rast wie ein berittener Ringgeist.

Ja, der Zorn, der hatte mich geweckt. Während ich zur Treppe tappe, höre ich Mom und Paul nun deutlicher. Vor allem Paul. Ich packe das Treppengeländer, weil Mom mich ermahnt hat, mich schön festzuhalten und erst unten loszulassen – ich bin ein braves Kind. So rutsche ich Stufe für Stufe auf dem Po nach unten.

»Warum zum Teufel hast du mich überhaupt geheiratet?«, fragt Paul mit seiner schrecklichsten Stimme. »Du liebst mich nicht.«

»Das ist doch lächerlich.« Moms Antwort klingt gleichzeitig honigsüß und bissig, was sich seltsam anhört. »Du weißt ja nicht einmal, was Liebe bedeutet.«

»Ich weiß, dass du von deiner Seite nichts zur Liebe beiträgst.«

Mom lacht, wieder diese honigsüße Bissigkeit, die ich nicht verstehe. »Und was sollte der Beitrag sein?«

»Zum einen, Partys für meine Freunde ausrichten.«

»Du hast keine Freunde, Paul. Für dich gibt es nur Spender für den Super PAC der Wells, die gestreichelt werden müssen, und du möchtest, dass ich sie streichele.«

»Verdammt, ja, das will ich!«, donnert Paul.

»Was auch immer ich tue, wie sehr ich mich auch bemühe, es ist nie genug.«

Paul spricht jetzt langsamer, als wollte er sie schelten. »Weil sie die wichtigsten Menschen in meinem Leben sind, Bobbi, und das bedeutet, dass sie auch in deinem Leben die wichtigsten Menschen sein sollten.«

»Die Kinder sind dir wirklich vollkommen egal.«

»Und du brauchst dich nicht mit ihnen zu belasten. Ich bezahle Kindermädchen, die sich um sie kümmern. Und bist du dankbar dafür? Weit gefehlt.«

»Vielleicht wäre ich dir ja dankbar, wenn du nicht eine nach der anderen ficken würdest.«

In diesem Moment höre ich den Schlag, der klingt wie damals, als Paul eine ganze Melone auf die Betonplatten hinter dem Haus hat fallen lassen. Ich zucke zusammen. Ich höre Mom ächzen. Sie klingt wie ein Tier, das einen Schmerzlaut ausstößt. Ich zucke erneut zusammen. Meine Augen sehen nur verschwommen, und mein Mund ist voller Tränen.

Dann ist Mikey neben mir und reibt sich mit den Fäusten die Augen. Er murmelt etwas, aber ich verstehe es nicht. Er ist erst drei. Er weint. Wie lange ist er schon da, und wie viel von dem Streit hat er mit angehört? Hat er gehört, wie Paul Mom geschlagen hat? Ich nehme ihn in die Arme, küsse ihn auf den vom Schlaf verschwitzten Kopf und auf die nassen, salzigen Wangen. Ich trage ihn hoch, eine Stufe nach der anderen, und lege ihn ins Bett. Ich gebe ihm einen Gutenachtkuss, aber er streckt die Arme nach mir aus, und so schlüpfe ich neben ihm ins Bett und schmiege mich an ihn. Es dauert nicht lange, bis er wieder einschläft.

Doch ich bin noch nicht so weit. Ich bin zu wütend, aufgeregt und verängstigt. Das Wort »Zorn« hallt durch meinen Kopf wie eine Flipperkugel und scheucht Echos und Schatten auf. Zorn wird auch aufgewühlt, wenn Tante Evan zu Besuch kommt. Mom und Tante Evan lieben sich, da bin ich mir sicher, denn so muss es sein – Mom und Paul lieben sich nicht, daher müssen Mom und Tante Evan sich lieben, sie müssen einfach! Doch es gibt eine Unterströmung wie einen eiskalten Fluss, der macht, dass ich mich zitternd abwende, wenn sie einander anschreien. Ihr Zorn unterscheidet sich von dem zwischen Mom und Paul. Er ist wie ein Spinnennetz, langsam und sorgfältig Faden um Faden gewebt, aus Seide, aber stark.

Ich habe einmal zugeschaut, wie eine Spinne am Rand unseres Gartens ein Netz zwischen zwei benachbarten Bäumen gewebt hat. Die Fäden wirkten so dünn und empfindlich, wie sie im Wind schwankten. Doch an jenem Tag erfuhr ich, wie stark sie waren. Eine arglose Fliege verfängt sich im Netz. Je heftiger sie zappelt, desto energischer halten die Fäden sie fest. Ich beobachte fasziniert, wie der Kampf der Fliege einen wilden Höhepunkt erreicht, und dann aufhört – einfach aufhört. Ich frage mich, ob der Fliege die Kraft ausgegangen ist oder ob sie schon tot ist. Die Fliege bewegt sich eine Ewigkeit nicht, und dann reckt die Spinne, die am Rande des Netzes gekauert hat, ihre Beine und krabbelt geschickt zu ihr.

An die Spinne und die Fliege muss ich denken, wenn Tante Evan zu Besuch kommt und sie und Mom sich in der Küche oder im Garten gegenüberstehen. Was immer das zwischen ihnen ist, die Fäden wurden über einen langen Zeitraum hinweg gewebt. Manchmal muss ich weinen, vor allem dann, wenn ich etwas mitbekommen habe, das nicht für meine Ohren bestimmt war.

»Du weißt, was mit unseren Eltern los war«, sagt Tante Evan und bemüht sich nach Kräften, mit ruhiger Stimme zu sprechen.

»Nein«, antwortet Mom. »Du erfindest Geschichten, wie immer.«

»Du hast mir damals in der Höhle nichts davon gesagt«, hält

Tante Evan ihr vor. Ihre Stimme klingt wie eine Stahlstange – kalt, hart und unerbittlich.

»Ich habe dich einfach nur angestachelt. Ich hatte keine Ahnung.«

»Du lügst.«

»Ich kann mit dir nicht bei jeder Begegnung wieder über das gleiche Thema streiten«, sagt Mom. »Du versuchst, mein Selbstbewusstsein zu unterminieren.«

»Warum sollte ich das tun?«

»Ich habe ein wunderbares Leben. Ein Leben, wie du selbst es gern führen würdest. Du dagegen hast nichts. Keinen Mann, keine Kinder, kein Zuhause. Keine Liebe.«

»Was bist du doch für eine Heuchlerin«, gibt Tante Evan zurück, jetzt in einem noch finstereren, noch härteren Tonfall. »Weißt du, was ich glaube?«

»Mir egal, was du glaubst.«

»Ich glaube, dass du dieses Leben hasst. Ich glaube, dass Paul dich schlägt. Ich glaube, dass du in einer Lüge lebst. Ich glaube, du musst da raus ...«

Mom ist inzwischen natürlich tot, aber ich habe immer noch diese Erinnerungen. Sie ähneln sich insoweit, als es lauter schlechte Erinnerungen sind. Habe ich eine einzige gute Erinnerung an Mom? Manchmal versuche ich, eine zu finden, aber davon bekomme ich nur Kopfschmerzen. Andererseits waren wir ja noch so klein, als sie gestorben ist, insbesondere auch Mikey. Ich glaube nicht, dass er sie überhaupt noch irgendwie im Gedächtnis hat. Vielleicht ist das ganz gut so. Manchmal wünschte ich, für mich gälte dasselbe.

11

Washington D. C.

Von allen Neonschildern in Washington und Umgebung hatte vielleicht eines einen besonderen Kultstatus, wenn auch nur für eine kleine Zahl von Fans: das Art-déco-Schild des Motels Lethe, das vor mehr als sechzig Jahren am Rande der Hauptstadt in der Nähe der Interstate erbaut worden war. Seit seiner Eröffnung war das Motel mehr oder weniger durchgehend in Betrieb gewesen. Es hatte zwar mehrmals den Besitzer gewechselt und war einige Male renoviert worden, doch der Stil des Hauses war erhalten geblieben, und genau das suchten die Gäste. Es wurde von Geschäftsleuten und Politikern mit ihren Dates beiderlei Geschlechts frequentiert, von Handelsreisenden, die für ein, zwei Stunden Pause ein Callgirl riefen, und von verschiedenen Trunkenbolden, die Zuflucht vor ihrer Ehefrau oder ihrem Sponsor bei den Anonymen Alkoholikern suchten. Die einzige feste Regel des Hauses war: Keine harten Drogen. Nie.

Die Zimmer in dem lang gezogenen zweigeschossigen Gebäude waren zwar nur matt erleuchtet, aber tadellos sauber und mit Mobiliar aus der vergangenen Jahrhundertmitte ausgestattet, ein schäbiger Schick. Die Böden bestanden aus glänzenden Holzdielen statt der schmuddeligen Auslegeware, die sonst in solchen billigen Motels üblich war. Die Betten, die seit jeher ein Pluspunkt des Lethe waren, erinnerten an Wolken und waren perfekt für den Liebesakt und anschließenden erschöpften Schlaf geeignet.

Aus dem nach vorn hinausgehenden Fenster ihres Zimmers im Obergeschoss hatten Evan und Ben Sicht auf das blaue und grüne Schild, dessen Farben gut zum Namensgeber des Hauses passten, dem in der Unterwelt strömenden Fluss des Vergessens.

Im Moment war Ben jedoch losgegangen, um etwas zu essen zu besorgen, während Evan eine Nachricht an Lyudmila in ihr Handy tippte. Sie berichtete ihr von der Entführung ihrer Nichte und ihres Neffen und von der Ermordung des Vaters der beiden Kinder. Dazu schickte sie die neuesten Fotos von Wendy und Michael. Die Kommunikation war hundertprozentig sicher, da sie in einer Sandbox-Umgebung stattfand. Das hieß, dass sie gegen die restliche Software des Handys komplett abgeschottet war. Auch auf Lyudmilas Seite galt vollständige Ende-zu-Ende-Verschlüsselung, die sich alle zwanzig Sekunden änderte.

Als Evan fertig war, steckte sie ihr Handy weg und wandte sich dem eng zusammengeknüllten Ball aus zerrissenem Zeitungspapier zu, den sie Paul Fishers Mund entnommen hatte. Es war ihr gelungen, ihn heimlich einzustecken, bevor Tennyson zur Hintertür herauspolterte, über den Rasen stürmte und versuchte, gleichzeitig das Kommando zu übernehmen und für Ordnung zu sorgen.

Ben hatte ihm rasch die Luft herausgelassen. »Evan hatte recht, Tennyson. Wie Sie nun sehen, hat Paul Fisher seine Kinder nicht entführt. Er liegt hier, wo Evan ihn gefunden hat, zu allem Überfluss auch noch enthauptet. Dies ist kein routinemäßiger Fall, Tennyson, und sollte Evan erneut recht behalten und eine feindliche Macht involviert sein, sind Sie und Ihr Kumpel außen vor.«

Tennyson hatte ihn voll monströser Wut angeblitzt. Er sah so aus, als könnte jeden Moment eine Ader in seinem Kopf platzen. Er rieb sich die schweißnasse Stirn mit dem Ärmel trocken und sagte mit einer vor Verachtung triefenden Stimme: »Nur für den Fall, dass Sie falschliegen, Freundchen, werden wir die Archive nach einem Serienmörder mit demselben Modus Operandi durchsuchen. *Falls* Sie nichts dagegen haben, selbstredend.«

Nun saß Evan auf der Kante eines Holzstuhls, den sie gegenüber dem Doppelbett an den Schreibtisch geschoben hatte, und drehte eine Schwanenhalslampe so, dass das Licht direkt auf den Papierball fiel. Er war inzwischen beinahe vollständig trocken, und sie löste vorsichtig einen Papierstreifen nach dem anderen. Dabei achtete sie sorgfältig darauf, jede weitere Beschädigung zu vermeiden. Auf der linken Seite des Schreibtischs legte sie die Schnipsel nebeneinander.

Als sie halb fertig war, kehrte Ben mit Burgern, Fritten und Getränken zurück. Er stellte die Tüten auf die Schreibtischplatte und packte den Inhalt aus, doch sie beachtete ihn nicht.

»Ich weiß ja nicht, wie es mit dir steht, aber ich bin kurz vorm Verhungern.« Er legte das Essen und die Tütchen mit Ketchup auf den Tisch und stellte die großen Becher mit Limonade daneben. Der Duft war überwältigend, und er schnappte sich einen der Burger und stopfte so viel wie möglich auf einmal in den Mund. »Iss«, sagte er. »Und danach brauchen wir beide etwas Ruhe.«

Als sie nicht antwortete und weiterhin vorsichtig die Zeitungsstreifen voneinander löste, trat er hinter sie und betrachtete die Schnipsel. Kauend beugte er sich vor, um sie genauer in Augenschein zu nehmen.

»He«, sagte er und deutete auf einen Artikel. »An diese Story erinnere ich mich. Sie stand in der Sonntagsausgabe der *Post*.«

Evan hielt sofort in ihrer Tätigkeit inne, nahm den fraglichen Streifen in die Hand und betrachtete ihn prüfend. »Bist du dir sicher? Damit hätten wir den Beginn unserer Chronologie. Wir wissen jetzt, dass Wendy und Michael am Sonntag entführt worden sind.« Evan griff nach ihrem Burger und biss hinein, ohne ihn zu schmecken. Er war ein Energielieferant, mehr nicht. »Ich glaube immer noch, dass der FSB unser Hauptverdächtiger ist.«

»Möglich. Ja. Aber es bleibt trotzdem auch denkbar, dass Sam Wells und seine Leute dahinterstecken.«

Evan blickte auf. »Ben, das hatten wir doch bereits. Warum sollte Wells Paul loswerden wollen? Wie kommst du zu dieser Annahme?«

»Ich habe zwei zuverlässige Quellen: General Aristides und dich.« Er nahm sich noch mehr Fritten. »Dass sie Paul getötet haben, könnte einfach eine falsche Spur sein – ein unerfreulicher Kollateralschaden, das schon, aber in dieser Stadt hier sind Lobbyisten nicht unbedingt schwer zu ersetzen. Wie ich dir sagte, hat Aristides mich vor der amerikanischen Verschwörung hinter Nemesis gewarnt. Sie war es, die die Abwicklung meines Geheimdienstes erwirkt hat. Er sagte, diese Leute hätten ein Elefantengedächtnis und würden niemals vergessen, was wir getan haben. Und glaub mir, das war keine beiläufige Warnung. Er hat geschwitzt, und es war ihm todernst damit. Und dann hast ja auch du selbst mir erzählt, was dein gescheiterter Entführer über ›sie‹ gesagt hat. ›Sie‹ wollten, dass du eines langsamen und qualvollen Todes stirbst. ›Sie‹ wissen alles über dich. Das klingt nicht nach einer feindseligen ausländischen Macht – zumindest nicht nach einer, von der wir etwas wüssten. Aber es klingt sehr nach Nemesis. Deine Entführung wurde also vielleicht von dieser von Sam Wells angeführten Verschwörung angeordnet. Das alles könnte ein Teil ihres Bestrafungsplans gegen uns sein.«

»Mag sein ... ich meine, zum jetzigen Zeitpunkt ist noch alles möglich.«

Ben zuckte mit den Schultern. »Genau. Das Problem ist nur, dass wir nicht genug Informationen haben, um uns über unseren nächsten Schritt klarzuwerden.«

Während sie versuchte, etwas zu essen, unterbrach Evan ihre Arbeit. Gleich darauf legte sie den Burger wieder weg. Der Schmerz hatte ihren Kopf fest im Griff. Nicht nur die Kopfwunde schmerzte, sondern auch die Prellung hinter dem Ohr. Vor ihren Augen brachen Farben auf, als hätte sie LSD genommen.

Als Ben sie im Sitzen schwanken sah, griff er so schnell zu, dass er einen der Frittenkartons umstieß. Es folgte eine Kettenreaktion. Der erste Karton kippte gegen den zweiten, und Fritten breiteten sich über die Tischplatte aus. Einige von ihnen purzelten so heftig gegen den Zeitungsball, dass er über den Tisch kullerte. Er fiel herunter und traf mit einem hörbaren Plumps auf dem Boden auf. Ben hatte ihr den Arm um die Schultern gelegt, und in dieser Haltung erstarrten die beiden.

»Alles in Ordnung?«

»Hast du das eben gehört?«

Ben nickte. »Ja.«

Evan drehte langsam, ganz langsam den Kopf zur Seite. »Lass uns herausfinden, was da so laut aufgeprallt ist.«

Ben drückte sie fester an sich. »Lass uns erst sichergehen, dass mit dir alles in Ordnung ist. Der Ball rollt uns nicht davon.«

Sie legte die Hände vor die Augen. »Ich brauche nur ein kleines bisschen Zeit.«

Ben ließ sie los, bückte sich und hob den Papierball vom Boden auf. Dabei wurde er auf etwas aufmerksam, das in seiner Hosentasche steckte. Es war der harte Gegenstand, den er Evans gescheitertem Entführer abgenommen und gedankenlos eingesteckt hatte. Es war eine rein automatische Reaktion gewesen; er hatte nur Evan im Kopf gehabt, nur sie und ihre Rettung aus dem qualmenden Charger.

Er stand auf und legte den Ball neben Evans Ellbogen auf den Tisch. Dann zog er den harten Gegenstand aus der Hosentasche und betrachtete ihn zum ersten Mal. Es war ein blaues Sechseck, das mit der Zahl 512 gekennzeichnet war. Daran hing ein Schlüssel. Gewiss der Schlüssel zu einem Hotelzimmer. Allerdings war fraglich, welches Hotel auch heute noch einen Metallschlüssel statt einer Schlüsselkarte verwendete. Selbst das Lethe hatte inzwischen Schlüsselkarten. Der Rezeptionistin zufolge hatten sich zwar einige Stammgäste des Motels beschwert, doch sie hatte ihnen erklärt, dass Schlüsselkarten sicherer waren. Die konnte niemand nachmachen lassen.

In welchem Hotel hatte Evans gescheiterter Entführer also übernachtet? Ben drehte und wendete das blaue Sechseck zwischen den Fingerspitzen, doch außer der Zimmernummer war nichts zu entdecken. Na egal, zufällig kannte er eine Person, die ihm vielleicht die Antwort geben konnte. Mit dem Handy machte er eine Nahaufnahme von Schlüssel und Anhänger.

Er warf einen Blick auf Evan, die noch immer in der Haltung von eben am Schreibtisch saß. Ihr Atem war tief und regelmäßig. Beruhigt zog er sich zu dem Bett auf der von ihr abgewandten Seite zurück und gab eine Kurzwahlnummer ein.

»Moment mal, Dad, ich bin gerade im Unterricht.« Er blieb am Gerät, während Zoe sich entschuldigte und anscheinend in den leeren Schulflur ging. So etwas kam öfter vor. Nachdem Ben ihren Lehrern in einer extrem bereinigten Version geschildert hatte, in welcher Lage er sich befand, durfte sie seine Anrufe entgegennehmen, wenn sie nicht gerade einen Test schrieb. Zum Glück war das heute Vormittag nicht der Fall.

»Hi, Schatz, wie geht es dir?«

»Alles cool. Ist Tante Evan inzwischen zurück?« Seit Evans Aufbruch nach Sumatra stellte sie ihm diese Frage praktisch täglich.

»Ich bin gerade mit ihr zusammen.«

»Cool. Gib sie mir doch bitte mal.«

»Im Moment haben wir ein dringendes Problem, bei dem ich deine Hilfe brauche.«

»Wirklich?«

Wie sich in einem einzigen Wort Enttäuschung und Erregung verbinden konnten, war ihm ein Rätsel. »Hast du das Foto bekommen, das ich dir mit Whatsapp geschickt habe?«

»Einen Moment ... da ist es.«

»Wir brauchen dein Spezialwissen. Den hier haben wir gestern Nacht gefunden. Natürlich wissen wir, dass es sich um einen Hotelschlüssel handelt. Wahrscheinlich von einem ganz üblen Schuppen. Jedenfalls muss das Hotel irgendwo hier in der Gegend liegen.«

»Vielleicht spukt es dort auch.«

»Möglich ist das immer.« Ben bemühte sich, nicht zu lachen. Seine Tochter nahm ihr derzeitiges Steckenpferd ernst.

»Hm.« Die Stille dauerte ein paar Sekunden an.

»Zoe?«

»Ich glaube ... hmmm. Ich glaube, der Schlüssel könnte vom Sans Serif stammen oder vom Majestic. Sie sind Schwesterhotels ... Moment noch. Beide liegen in Washington-Anacostia.« Sie las die Adressen vor, vermutlich von ihrer Google-Maps-App.

»Toll, Zoe. Wie hast du das gemacht?«

»Was soll ich dir sagen, Dad.« Sie lachte. »Es ist eine Gabe, was ich allerdings einmal damit anfangen werde, weiß ich noch nicht.«

»Danke, Schatz. Das war eine Riesenhilfe.«

Sie lachte erneut, ein fröhliches Glucksen, das er liebte. »Alles für König und Vaterland, Dad. Ich hab dich lieb.«

»Ich dich auch.«

Er wollte ungern auflegen, doch sie musste in den Unterricht zurück. Das Handy lag warm in seiner Hand. Er brauchte einen Moment, um es einzustecken.

»Evan?« Er stand auf und ging zum Schreibtisch, wo sie noch immer saß.

Mit einem Trinkhalm leerte sie langsam einen der Getränkebecher. »Ich bin einfach nur dehydriert.« Sie wandte sich ihm zu und lächelte ihn matt an. »Was hatte mein liebes Herzchen zu sagen?«

»Na ja, erst hat sie zum hunderttausendsten Mal gefragt, ob du zurück bist, und dann wollte sie mit dir sprechen.«

»Ich hätte ihre Stimme gern gehört.«

»Weiß ich, aber ich hab sie aus dem Unterricht geholt.«

Evan zog die Augenbrauen zusammen. »Wieso denn?«

»Deswegen.« Er warf den Hotelschlüssel auf den Tisch. »Der stammt von deinem mordlustigen Freund. Beim Unfall wurde er auf die Straße geschleudert. In meiner Hast, zu dir zu kommen, wäre ich fast darüber gestolpert.«

»Hm, sein Hotelzimmerschlüssel. Geradezu antik.«

»Zoe zufolge stammt er aus dem Majestic-Hotel oder dem Sans Serif in Anacostia. Sie hat mir die Adressen gegeben.«

Mit Ben am Steuer fuhren sie nach Anacostia im ärmeren, fast schon gefährlichen südöstlichen Quadranten von Washington. Evans Fußraum war inzwischen von Zeitungspapierstreifen übersät. Sie war zur Mitte des Papierballs vorgedrungen. Wie der dumpfe Laut, mit dem er auf den Hotelboden gefallen war, schon angekündigt hatte, gab es einen harten Kern.

»Der letzte Streifen Papier, Ben. Diesmal nicht von einer Zeitung.« Sie entfaltete ihn. »Darauf steht Fishers Name.« Sie betrachtete ihn genauer: **FISHER**. Mit einer altmodischen Schreibmaschine getippt.

»Eindeutig ein Mann oder Männer mit einem Plan«, sagte Ben.

Evans Finger waren kalt geworden. Sie steckte den Zettel ein und wandte ihre Aufmerksamkeit dem zu, was darin eingewickelt gewesen war.

»Und, was ist das?« Ben konnte nur einen kurzen Blick riskieren, der nicht aufschlussreich war.

»Keine Ahnung. Es ist schwarz, aus Metall, hat ungefähr die Größe eines Pokerchips und dieselben vertikalen Rillen am Rand, aber es ist dicker – ungefähr dreimal so dick. Auf der einen Seite ist es leicht gerundet, auf der anderen flach.«

Der Regen war vorbei. Die bedrohlich tief hängenden Wolken waren einer fedrigen Schicht durchscheinender Zirrus hoch oben am Himmel gewichen. Beim Verlassen des schummrigen Lethe hatten sie das Sonnenlicht genossen.

»Keine Aufschrift, nichts?«

»Nein. Nichts.«

Er hielt vor einer Ampel und griff nach dem Objekt, um es sich genauer anzusehen. »Geheimnisvoll. Es muss etwas zu bedeuten haben.«

»Aber was?«

Die Ampel sprang um, und sie fuhren los. Inzwischen waren sie in Anacostia. Ben hatte die Adresse des Sans-Serif-Hotels, die Zoe ihm gegeben hatte, in sein Handy eingetippt. Aus Sicherheitsgründen verwendete er niemals das eingebaute Navi des Wagens.

Er bog nach rechts ab. »Jetzt sind wir noch ungefähr sechs Kreuzungen entfernt.«

Evan drehte das Objekt lotrecht, beugte sich nach rechts und hielt es ins durchs heruntergelassene Fenster einströmende Sonnenlicht. Sie drehte es langsam zwischen den Fingerspitzen. »Weißt du«, sagte sie nach einer Weile. »Mir scheint, es gibt eine haardünne Rille, die am Rand entlangläuft.«

Ben hielt am Straßenrand. Er reichte ihr sein Messer, ein sehr nützliches Multifunktionswerkzeug. Sie wählte die kleinste Klinge, klappte sie auf, schob die Spitze in die Rille und drehte. Nichts geschah. Also versuchte sie es noch einmal ein wenig kräftiger.

Die beiden Hälften klappten auf wie eine Muschelschale.

Ben beugte sich vor. »Was zum Teufel?«

In ein schwarzes Styroporbett geschmiegt, das eigens dafür gefertigt war, lag ein aus Gold geschmiedeter Buchstabe. Er bildete einen offenen Kreis mit zwei Füßen.

»Das ist der griechische Buchstabe für ...«

»Omega«, beendete Ben den Satz für sie. Die nächsten Worte entfuhren ihm unwillkürlich. »Das Ende von allem.«

12

Istanbul, Türkei

Ermi Çeliks Kanzlei wirkte eher wie ein Londoner Herrenklub als wie das Büro eines türkischen Rechtsanwalts: große Räume, mit teuren, aus England und Frankreich importierten Möbeln luxuriös eingerichtet. Feine englische Stofftapeten bedeckten die Wände mit Ranken von Kletterrosen und Efeu, der Schreibtisch im Chefbüro war aus glänzendem Mahagoni und so groß, dass ein Elefant darauf hätte stehen können. Stehlampen mit Fransen an den Schirmen tauchten alles in ein weiches Licht. Kobalt hatte sie eingeschaltet, als Zherov in die Räumlichkeiten im ersten Stock eingebrochen war. Die letzte Lampe, die sie einschaltete, stand auf Ermis Schreibtisch: eine alte Bankerlampe aus Nickel und Glas mit einem länglichen Fuß, der eine Vertiefung für Stifte aufwies. Die Lampe warf eine rechteckige Lichtfläche auf die mokkabraune Schreibtischunterlage.

Es war nach Büroschluss, und niemand befand sich in der Kanzlei. Das war ein wenig enttäuschend, da Kobalt gehofft hatte, Ermi noch anzutreffen. Sie glaubte zwar nicht, dass es seine Art war, bis tief in die Nacht zu arbeiten, aber es wäre nachlässig gewesen, nicht nach ihm zu schauen.

»Da wir schon mal hier sind«, sagte Kobalt, »sollten wir überprüfen, ob Ermis Unterlagen uns nicht irgendwas verraten, das er nicht preisgeben wollte.«

»Wie zum Beispiel die Antwort auf die Frage, wer ihn dafür bezahlt hat, Sie zu verraten.«

Kobalt warf ihm einen bissigen Blick zu. »Als wenn es Ihnen selbst noch nie passiert wäre, dass ein Boris sich gegen Sie wendet.« Boris war die Sammelbezeichnung für jede geheime Kontaktperson.

»Aber der Ihre hat mich beinahe umgebracht«, knurrte Zherov.

Kobalt schüttelte den Kopf. Der Mann war ein unverbesserlicher Egozentriker. Alles drehte sich nur um ihn. Ohne ihn weiter zu beachten, ging sie den Aktenstapel auf Ermis Schreibtisch durch und nahm sich dann eine Schreibtischschublade nach der anderen vor. In der letzten auf der linken Seite lagen ein Humidor und eine Flasche Single Malt Scotch Whisky. In einem Land, das zu achtundneunzig Prozent von Muslimen bewohnt war, war der Genuss von Alkohol natürlich verboten. Ermi würde seine Klienten nicht durch eine sichtbar aufgestellte Flasche Whisky verärgern wollen. Sie klappte den Humidor auf. Die Zigarren waren nebeneinander aufgereiht wie dicke kleine Soldaten. Sie wollte die Schublade gerade zuschieben, da fiel ihr auf, wie flach das Innere im Vergleich zum Äußeren war.

Als sie den Humidor und die Flasche herausnahm, wurde Zherov aufmerksam und kam herbei. »Haben Sie etwas gefunden?«

Sie grub die Fingernägel in die Ritze zwischen dem Schubladenboden und dem Rand und hebelte den Boden heraus. Darunter lag ein ziemlich großer Manila-Umschlag. Mit wachsender Erregung öffnete sie ihn und griff hinein.

Zherov beugte sich vor. »Was ist drin?«

»Sieht aus wie ein Kassenbuch.« Sie las Seite um Seite, erst verblüfft, dann fasziniert. »Na, na, na, es sieht so aus, als hätte Ermi Geschäfte mit Dima gemacht.«

»Was?« Zherov war sofort neben ihr. »Das ist ausgeschlossen.«

Natürlich war das Kassenbuch von Hand geführt. Ermi war zu schlau, um eine Computerdatei anzulegen, die gehackt werden konnte, insbesondere eine mit derart gefährlichem Inhalt. »Hier, schauen Sie selbst.« Sie reichte ihm die Mappe. »Der Chef, den Sie vergöttern …«

»Er ist auch Ihr Chef«, fuhr Zherov sie an.

»Aber ich vergöttere ihn nicht.« Sie sah, wie das Blut aus Zherovs Gesicht wich. Das war der gerechte Lohn für dieses herrische Arschloch, einen besseren konnte sie sich gar nicht vorstellen. »Dima schaufelt über Ermi unrechtmäßig erworbene Gewinne aus Russland heraus, und Ermi lagert sie in einem Schließfach der Credit Cypriot. Und nicht nur das. Schauen Sie nur, wo das Gold herkommt.«

»Es ist vom laufenden Betrieb des FSB abgeschöpft.« Zherov bekam die Worte nur mit Mühe heraus; seine Zunge klebte am Gaumen.

»Oh, aber das ist noch nicht alles, Anton. Blättern Sie bitte um.« Sie deutete auf das Kassenbuch. »Eines muss ich Ermi lassen. Seine Buchführung ist tadellos. Wahrscheinlich will er das hier als Hebel verwenden, sollte er Geld brauchen oder sich für ein sorgenfreies Leben auf sein Boot zurückziehen wollen.« Sie stand auf, um Zherovs Miene besser einschätzen zu können. »Erinnern Sie sich an die Missionen bei Petersburg, Berlin, Kiew und Aleppo, die dem SVR um die Ohren geflogen sind? Alles im letzten Jahrzehnt. Das war Dimas Werk. Prüfen Sie die Einträge unter dem irreführenden Titel ›Versch. Trans‹. Die Daten entsprechen genau dem feurigen Ende jener Missionen.« Sie lachte freudlos. »Dima hat mich alle an den Missionen beteiligten Agenten überprüfen lassen, um eine undichte Stelle zu finden. Alles in allem fünfzehn von Ihren Kameraden. Dima war die undichte Stelle,

Anton. Unser guter Dima ist so korrupt, wie es nur geht, und verdient Geld am Tod anderer Russen.«

Zherov, der ganz in die Zahlen und Kalenderdaten vertieft wirkte, strich sich mit den Fingern durchs Haar. Sie wurden feucht davon. Er setzte sich so heftig hin, dass er fast gegen die weich gepolsterte Rücklehne des Sessels fiel. Wieder und wieder las er die Seiten mit Zahlen und Daten, als könnten sie sich dadurch zu Dimas Gunsten verändern oder gäben nicht Aufschluss über Dimas Verrat, sondern über den eines anderen.

Kobalt hätte vielleicht Mitgefühl empfinden können, oder ein Aufwallen von Triumph oder auch Verachtung, doch sie verspürte nichts dergleichen, obgleich all diese Gefühle angemessen gewesen wären. Jeder, der eine derart stahlharte Fassade aufrechterhielt, musste darunter instabil sein. Tatsächlich war die Instabilität ja gerade der Grund für die Fassade. Zherov versteckte sich hinter der Maske des harten, furchtlosen Killers. Dies war die Person, die Dima ihr auf den Hals gehetzt hatte und mit der sie klarkommen musste. Sie konnte es sich nicht leisten, ihm gegenüber irgendwelche Gefühle zu empfinden. Er war eine Last, ein schlanker, schöner Nerz, der auf ihrem Rücken saß und ihr jederzeit die Zähne in den Hals schlagen konnte.

Jedenfalls versuchte er es bereits. »Das ist eine Lüge«, sagte er zähneknirschend. »Das alles. Anders kann es nicht sein.«

»Aber nein, Anton, Sie denken nicht klar. Oder Sie sehen die Dinge nicht klar, um es genauer zu formulieren. Was Sie in Händen halten, sind die Aufzeichnungen eines Mannes, der in Zahlen, Bilanzen, Soll und Haben verliebt ist. Eines Mannes, der die Welt in den Begriffen der Mathematik erlebt. Würde Ermi westliche Musik hören, wäre er begeistert von Bach. Dies ist nicht der Mann, den ich bisher gekannt habe, aber er hatte mir ja so wenig von sich enthüllt. Nun aber kenne ich ihn bis ins Innerste. Mathematik lügt nicht. Sie ist scharfkantig, klar und tadellos sauber.«

Er schüttelte den Kopf, aber ob es Widerspruch war oder Verwirrung, konnte sie nicht erkennen.

»Sie sagen, das Kassenbuch sei eine Lüge. Sie halten Ihr Treueverhältnis zu Dima für vorbildlich, und vielleicht war es das auch einmal. Er war schließlich Ihr Mentor. Aber Sie laufen mit Scheuklappen herum.«

Aus der Nähe war Zherovs Geruch durchdringend, stechend wie der eines Zootiers. »Meinen Sie, ich wüsste nicht, warum Sie mich hassen? Nicht weil ich eine Frau bin. Meinen Sie, ich wüsste nicht, warum Sie mir nicht vertrauen? Nicht weil ich im Westen geboren und von amerikanischer Dekadenz infiziert bin.«

Er zuckte zurück. »Der Grund ist, dass Dima in Sie verliebt ist. Sie brauchen nur die Beine breit zu machen, und seine legendären fleischlichen Gelüste ...«

»Nein, Anton. Wieso beleidigen Sie mich so?«

Er war halb aus dem Sessel aufgesprungen, doch jetzt ließ er sich wieder zurückfallen, noch immer zur Weißglut gereizt.

»Hören Sie mir zu, Anton. Dima ist in seine *Idee* von mir verliebt, in das, wozu er mich zu formen glaubt. Doch für Sie ist entscheidend, dass mir ein unblutiger Coup gelungen ist. Ich habe Sie ersetzt. Jetzt bin ich sein Liebling. Und dafür brauchte ich nicht die Beine breit zu machen. Das würde ich jedenfalls niemals tun, nicht einmal unter Androhung des Todes. Der Kerl jagt mir einen Schauer über den Rücken.

Aber was macht das mit Ihnen? Jetzt klammern Sie sich an dem fest, was einmal war, wie ein Ertrinkender, der sich an einem modrigen Balken festhält. Wenn Sie dabeibleiben, werden Sie mit ihm untergehen.«

»Ist das eine Drohung?«

Sie schüttelte den Kopf. »Nur eine Feststellung. Das wird dabei herauskommen, wenn Sie weiter diesem Pfad folgen.« Sie lächelte, allerdings nur mit dem Mund. »Die Wahrheit ist jedoch, dass ich im Gegensatz zu Ihnen ich selbst geblieben bin – mein eigener Herr. Auch wenn Dima sich etwas anderes einbildet, hat er keine Gewalt über mich.« Sie schob den Kopf ruckartig vor. »Wenn Sie Ihr eigener Herr werden, bieten sich Ihnen neue Alternativen.«

Er blickte sie mit zusammengezogenen Augen an. Der Gesichtsausdruck stand ihm nicht.

Sie deutete auf die Seiten in seiner Hand und sagte beinahe sanft: »Lesen Sie das Kassenbuch noch einmal, Anton. Diesmal mit offenen Augen.«

Sie wandte sich ab, ging zum Bücherregal, strich mit dem Finger über die Buchrücken und verharrte schließlich bei *Jane Eyre*, das sie vor vielen Jahren gelesen hatte. Sie klappte das Buch auf und überflog die Seiten, bis sie den Abschnitt fand, an den sie sich am besten erinnerte: *... und man wird mich unzufrieden nennen. Ich konnte nicht anders: Die Ruhelosigkeit gehörte zu meiner Natur; sie trieb mich manchmal an, bis es schmerzte ...* Und weiter unten: *Man sagt vergebens, der Mensch solle mit Beschaulichkeit zufrieden sein: Ein Mensch muss handeln, und er wird sich die Gelegenheit dazu verschaffen, wenn er sie nicht vorfindet. Millionen sind dazu verurteilt ...*

Sie spürte Zherov hinter sich aufragen, bevor er zuschlug, und ihr Instinkt bewahrte sie vor der vollen Wucht seines Angriffs. Der Hieb glitt seitlich an ihrem Kopf ab und schleuderte sie gegen Ermis riesigen Schreibtisch. Mit der Hüfte schlug sie gegen die Kante, und der Schmerz schoss ihre Taille hinauf und an ihrem Bein hinunter.

Bevor sie nach Luft schnappen konnte, war Zherov auf ihr, die Hände um ihre Kehle gelegt. Seine Augen leuchteten wild, und seine schönen Lippen waren raubtierhaft gefletscht. Sie sah ihn gelassen an.

»Anton, hören Sie auf«, sagte sie, und als er ihr die Kehle zuschnürte, flüsterte sie noch einmal: »Anton, hören Sie auf.«

Doch er ließ nicht erkennen, dass er innehalten würde oder sie auch nur gehört hatte, und so riss sie die Arme hoch und schlug ihm mit den Handballen auf beide Ohren. Der Druckschmerz war heftig. Sein Griff lockerte sich, und sie riss seine Hände von ihrer Kehle und ohrfeigte ihn kräftig.

Er blinzelte und blinzelte noch einmal. Sein Blick wurde wieder klarer. Er keuchte und legte die zitternden Hände an die Ohren, zu spät, um sie zu schützen.

Ihr Blick hielt den seinen fest. »Hören Sie jetzt auf. Anton. Hören. Sie. Auf.«

Eine Zeit lang reagierte er nicht. Sie wartete ab, lauschte auf seinen keuchenden Atem und sah, wie er die Zunge vorschob, um seine aufgerissenen Lippen zu befeuchten. Ihr Hals fühlte sich an, als hätte er ihn von innen mit Schleifpapier abgeschmirgelt, und ihre geprellte Hüfte brannte, doch sie achtete darauf, den Blick ruhig auf ihn geheftet zu halten und sich kein Unwohlsein, geschweige denn Schmerz, anmerken zu lassen.

Nach einer beträchtlichen Zeit schaute er weg und blickte auf das Kassenbuch, das geöffnet auf dem Boden lag und ihn beschuldigte, in einer wesentlichen Sache gescheitert zu sein.

Er rieb sein Gesicht. »Und jetzt?« Seine Stimme klang so dumpf, als wäre er weit weg. Er bot ihr keine Entschuldigung an; sie erwartete auch keine, nicht von einem Mann wie ihm, dem es so schwerfiel, seine Fehler einzugestehen, und der sie stattdessen lieber angegriffen hatte.

Sie beugte sich vor, ergriff das Kassenbuch, faltete es der Länge nach und verstaute es sorgfältig in einer Innentasche ihrer

Jacke. »Als Nächstes schauen wir bei Ermi zu Hause vorbei.« Sie machte sich auf den Weg zur Tür. »Sie müssen sich zügeln. Sie dürfen ihn auf keinen Fall töten, bevor ich nicht auch den letzten Informationsschnipsel über seine Beziehung zu Dima aus ihm herausgequetscht habe.«

»Ich hoffe bei Gott, dass Sie sich keinen Scherz auf meine Kosten erlauben«, knurrte er.

»Ehrlich gesagt, wäre mir nie der Gedanke gekommen, dass Sie Humor haben könnten.«

13

Washington D. C.

Das Sans Serif lag neben einer Kneipe an einer Straßenecke. Vor nicht allzu langer Zeit hatte jemand einige harte Gegenstände – Backsteine, Bierflaschen oder was auch immer – durch die Frontscheibe der Kneipe geschleudert. Ein Schiebegitter versperrte die ganze Front. Drinnen war es leer und dunkel.

Das Sans Serif wirkte auch nicht einladender. Es war schmal geschnitten, abstoßend und dreckig. Die Lobby, falls man sie so nennen konnte, stank nach verschüttetem Bier, Katzenpisse und Zigarettenqualm. Es war dort heißer als im Hades an einem Sommernachmittag. Doch wie sich herausstellte, war das Sans Serif nicht der Ort, zu dem sie wollten. Der Mann am Empfang, ein uralter Kerl in einem schmuddeligen Unterhemd, aus dem sich graues Brusthaar in alle Richtungen reckte, zeigte ihnen einen Zimmerschlüssel. Er hatte dieselbe Größe und Form wie der, den Ben eingesteckt hatte, doch war er grün, nicht blau. Sie konnten gar nicht schnell genug von diesem Ort verschwinden.

Eine halbe Meile Luftlinie weiter warb das Majestic mit einem senkrecht verlaufenden Neonschild. Inzwischen war dieses allerdings erloschen, vermutlich für immer. Würden die Nachbarhäuser – eine Autowerkstatt, die wohl in Wirklichkeit gestohlene Wagen als Ersatzteile verhökerte, und ein Kleiderladen, der überschüssige Army- und Navybestände verkaufte – das Hotel nicht stützen, wäre es inzwischen vermutlich eingestürzt.

Die Vortreppe war baufällig, und drinnen war die Enge zwar nicht ganz so bedrückend wie im Schwesterhotel, doch das Majestic war beinahe ebenso heruntergekommen. Zwei Stühle mit abgenutzten Sitzkissen flankierten eine Topfpalme, deren Blätter von Staubschichten gebeugt waren, als hätten sie, von all dem Leid getränkt, das durch die Lobby passierte, ihren Geist aufgegeben. Das galt auch für den alten Mann, der wie tot auf einem der Stühle zusammengesackt war, aber vielleicht auch nur schlief. Er könnte schon seit Jahren dort kauern.

»Der Gast in Zimmer 512 ist nicht da«, sagte die beleibte Dame hinter der Theke, ohne sie anzusehen. Sie war unbestimmten Alters, hatte helle Haut, gewelltes orangerotes Haar und gerötete Wangen. Offensichtlich interessierte sie sich mehr für den Film, der auf dem tragbaren Fernseher lief, als für sie.

»Wir haben den Schlüssel.« Ben legte zwanzig Dollar auf die Theke. »Wir gehen hoch.«

Sie winkte mit ihrer fetten Hand ab. »Als wär mir das nicht scheißegal.« Die zwanzig Dollar waren bereits verschwunden.

Sie traten aus dem asthmatischen Aufzug in einen Gang, der intensiv nach Grillfleisch und Müll roch. Zimmer 512 lag ganz am Ende, wo ein dreckiges Fenster auf das Gewirr eines nicht zu Ende gebauten Gerüsts hinausging. Vielleicht war es aufgegeben worden, als das für das Projekt vorgesehene Geld versiegte. Dahinter lagen die Backsteinwand und die mit Pappe abgeklebten Fenster des Gebäudes, das ursprünglich saniert werden sollte.

Ben schob den Schlüssel ins Schloss, und sie überschritten die Schwelle zu einer kleinen Zweizimmersuite. Die Luft war muffig und dumpf. Sie zogen Handschuhe an. Evan ging zum Fenster hinüber, entriegelte und öffnete es. Rußgeschwängerter Wind drang in den Raum und fuhr neugierig in alle Ecken, doch wenigstens konnte man die Luft jetzt atmen.

Evan übernahm das Schlafzimmer, während Ben das Wohnzimmer durchkämmte. Sie stellte fest, dass der Kleiderschrank leer war. Ebenso die Schubladen der Frisierkommode. Sie zog sie ganz heraus und überprüfte die Unterseiten und die Rückseiten. Auf dem Fußende des ungemachten Betts stand eine kleine Reisetasche. Sie öffnete sie und fand einmal Kleidung zum Wechseln, ein Seifenstück, einen hauchdünnen Waschlappen und ein Buch. Es war eine gebundene Ausgabe von *The Ugly American*. Eine Überprüfung der Etiketten der Kleider ergab, dass sie alles andere als amerikanisch waren – billige asiatische Marken. Aber der Mann brauchte ja nichts Langlebiges; er hatte nicht beabsichtigt, lange zu bleiben. Das wichtigste Objekt allerdings, das sie zu finden gehofft hatte, sein Reisepass, war nicht zu entdecken, obgleich sie auch die Säume der Reisetasche abtastete. Die Durchsuchung des restlichen Zimmers – Matratze, Bettfederung, das Abklopfen nach losen Bodenbrettern und das Spähen in schattige Winkel – ergab nichts.

Sie hörte, dass Ben nach ihr rief, und kehrte ins Wohnzimmer zurück. Er saß am schmalen Schreibtisch, mit der Hand in der Schublade, die er halb herausgezogen hatte »Dadrinnen liegt etwas, ganz hinten, aber es hat sich verklemmt.« Sein Gesicht zeigte angestrengte Konzentration.

Evan stand unmittelbar links von ihm. »Während du bastelst, habe ich eine Neuigkeit für dich. Dieser Kerl, wer immer es war, ist mir ab Singapur gefolgt.«

Ben sah mit einem überraschten Blick zu ihr auf. »Was hast du gefunden?«

»Sein Handgepäck. Mit einer Ausgabe von *The Ugly American*

darin. Er hat darin gelesen, hinten im Flugzeug, in dem ich vom Changi Airport heimgekehrt bin.«

»Du erinnerst dich an ihn?«

»Ja, aber ich habe ihn nur im Sitzen gesehen. Sein Haar war kurz und dunkel. Er hatte einen kleinen Kopf, oval wie eine Honigmelone. Kleine Ohren wie ein Äffchen. Sein Gesicht ist mir entgangen, weil ich von hinten auf ihn geschaut habe.«

»Die Frage ist allerdings, wie konnte er sich an dich heften? In Singapur bist du nur umgestiegen.«

»In Denpasar auf Bali auch.«

»Und was heißt das? Hat er dich schon auf Sumatra beschattet?« Ben runzelte die Stirn. »Ist das möglich?«

»Ich weiß es nicht, Ben. Die Sache macht mich nicht glücklicher als dich, glaub mir. Über das Wie mache ich mir später Gedanken, aber beim Wer setze ich jetzt wie du auf die Leute, die alles über mich wissen, was es über mich zu wissen gibt. Nemesis. Wells.« Sie stockte. »Das Ganze hat allerdings noch eine andere Seite. Wenn sie hinter mir her sind, werden sie auch hinter dir her sein. Wir beide hatten den entscheidenden Anteil daran, Nemesis zur Strecke zu bringen.«

Ben holte sofort sein Handy heraus und rief Mae Rand an, Roses Mutter, bei der zu Hause Zoe zu Gast war. Er umriss in groben Zügen den Inhalt seiner Bitte: ein Auge auf unbekannte Menschen oder Fahrzeuge auf der Straße haben, besonders bei Nacht, nicht zulassen, dass Zoe und Rose bei anderen Freundinnen übernachteten, und könnte sie so nett sein, die beiden von der Schule abzuholen? Er beruhigte sie, dabei handele es sich nur um routinemäßige Vorsichtsmaßnahmen.

Nach dem Gespräch kehrte er zu dem zurück, womit er eben beschäftigt gewesen war. Gleich darauf holte er das verklemmte Objekt heraus.

Evan runzelte die Stirn. »Eine Rolle Isolierband?«

Ben schüttelte den Kopf. »Nicht gerade das, was ich erwartet hatte.«

Sie musterte die Rolle schwarzes Band. Sie war frei von Staub und brandneu. Evan schnippte mit den Fingern. »Das Bad.«

Beide traten dort ein. Weiße Wände, grau-weiße Kacheln, an den Ecken vergilbt. Evan ging sofort zum Spülkasten der Toilette und tastete dahinter. Nichts. Ben beugte sich übers Waschbecken. Auf dem Rand stand ein fleckiger Kulturbeutel, der einen billigen Kunststoffkamm, eine Bürste mit ein paar fehlenden Borsten, eine Reisezahnbürste, eine kleine Tube Zahnpasta und ein ungeöffnetes deutsches Päckchen Marlboro enthielt.

»Alle Bequemlichkeit eines Zuhauses«, sagte Evan und betrachtete eine Zigarettenkippe, die auf dem Waschbeckenrand ausgedrückt worden war.

Ben zog das Ablaufventil heraus. »Frei«, sagte er.

Evan trat in die Duschwanne und beugte sich über den Abfluss. Sie zog den Gummistöpsel heraus. »Frei.«

Als sie sich genauer im Bad umschaute, fiel ihr auf, dass am Wasserkasten der Toilette der Abzug nach unten hing. Stirnrunzelnd stellte sie sich rittlings über den Sitz und hob den Deckel des Kastens an.

»Bingo!«

Sie legte den Deckel beiseite und angelte ein in zwei Tüten doppelt verpacktes Päckchen heraus, das mit einem Stück Isolierband innen am Kasten befestigt war. Nachdem sie das Band abgerissen hatte, trocknete sie das Tütchen ab, trug es ins Wohnzimmer und legte es auf den Schreibtisch.

Der erste Gegenstand, den sie herausbeförderte, war ein Reisepass. Sie klappte ihn auf. »Das hier ist der Kerl, der im Flugzeug gesessen hat. Ohne jede Frage. Das erkenne ich an seiner Kopfform, wie schon gesagt, wie eine Honigmelone. Ein amerikanischer Reisepass. Er reiste unter dem Namen William Onders – aber ich würde nicht darauf wetten, dass das sein richtiger Name ist.«

Ein Führerschein lag ebenfalls in der Tüte, doch der gehörte nicht zu William Onders.

»Der Kerl auf dem Foto wirkt so zäh und mager wie ein Ast, kein Honigmelonenkopf.«

»Jon Pine. Sie waren also zu zweit. Onders und Pine.« Sie dachte kurz nach. »Vermutlich hat Pine am Flughafen einen Wagen für Onders bereitgehalten. So konnte Onders mir folgen.«

Ben schaute ihr über die Schulter. »Ich glaube, dass der Führerschein ebenfalls gefälscht ist.«

Er deutete auf die Tüte: »Was ist sonst noch drin?«

»Etwas Geld – US-Dollar, Euro, indonesische Rupien – und das hier.« Ihr Herz klopfte lauter, als sie einen weiteren aus Zeitungsstreifen zusammengepressten Ball hochhielt.

Ben zog die Augenbrauen zusammen. »Noch ein Totenknebel.«

Evan holte tief Atem und stieß ihn wieder aus. »Schauen wir mal, was sich hinter der zweiten Tür befindet.«

Sie nahm das Zeitungsknäuel, verharrte aber, bevor sie mit dem Auspacken anfing. »Aber Moment noch.« Sie wandte sich Ben zu. »Wie schon gesagt, der gute William und ich saßen im selben Flugzeug.«

»Und?«

»Wie sind seine Sachen dann hierhergekommen? Pine muss sie für Onders mitgenommen haben, als er ihm den Wagen gab.«

»Pine ist also immer noch unterwegs und immer noch gefährlich.« Ben deutete auf das Knäuel. »Und vielleicht sollte Pine den Todesknebel verwenden, nicht Onders.«

»Onders hat mir klar und deutlich gesagt, dass er mich nicht selbst töten würde. Er hatte den Auftrag, mich an einen Ort zu bringen, wo man das erledigen würde. Also ja, ich bin deiner Meinung, wahrscheinlich soll Pine den Knebel verwenden. Schließlich hat er seinen Führerschein hiergelassen, es ist also wahrscheinlich, dass er noch einmal zurückkommt, um ihn zu holen.«

Sie legte die schwarze Metallscheibe, die sie aus Paul Fishers Mund geklaubt hatte, neben dem Zeitungsball auf den Tisch, hebelte den Deckel auf und brachte das goldene Omega zum Vorschein.

Dann löste sie die Zeitungsstreifen des Papierballs, den sie gerade eben gefunden hatten. »Der Text ist englisch. Er stammt aus der *Washington Post.*«

»Hmm. Dann wurde der Knebel hier im Land hergestellt. Aber wir haben ein deutsches Zigarettenpäckchen gefunden.«

Evan nickte. »Wahrscheinlich war Pine kürzlich in Deutschland – vielleicht in der Zeit, in der Onders mich auf Sumatra beschattet hat.«

Ben runzelte die Stirn. »Aber für wen ist der Todesknebel bestimmt?«

Evan hantierte immer schneller, bis sie beim letzten Papierstreifen angekommen war. Wie beim vorherigen Ball stammte dieser nicht von einer Zeitung. Er umhüllte eine weitere schwarze Metallscheibe, die genau gleich aussah wie die erste. Mit Bens Messer hebelte sie sie auf.

»Ein weiteres goldenes Omega.« Ben zappelte unruhig hinter ihr herum. »Nun, damit klebt jetzt das Etikett ›Verschwörung‹ ganz oben an unserer virtuellen Wand.«

Evan saß ganz still da, doch ihr Herz hämmerte seinen viel zu schnellen Rhythmus laut wie ein Schmiedehammer gegen ihren Brustkorb. »Wie um alles in der Welt konnten Wendy und Michael ins Zentrum einer weltweiten Verschwörung geraten?« Ihre geflüsterten Worte waren ebenso sehr für sie selbst bestimmt wie für Ben. »Ich habe einen Todesknebel aus Pauls Mund gezogen. Jetzt finde ich die gleiche Art Knebel im Hotelzimmer jenes Mannes, der mich entführt und mit dem Tod bedroht hat. Geht es hier um mich, Ben? Ist das alles meine Schuld? Habe ich Wendy und Michael in Gefahr gebracht?«

»Immer eins nach dem anderen, Evan«, antwortete Ben sanft. »Okay?«

Sie holte tief Luft und nickte.

Er langte von hinten an ihr vorbei und ergriff den letzten Papierstreifen, der den Kern des Knäuels umhüllt hatte. »Hier muss der Name des Opfers stehen, auf das Pine angesetzt ist. Jetzt können wir ihn oder sie warnen, bevor ...«

In ihre eigenen Gedanken über ihre Nichte und ihren Neffen versunken, dauerte es einen Augenblick, bis Evan bemerkte, dass Ben mitten im Satz verstummt war. Als sie sich ihm zuwandte, sah sie, dass er vollkommen reglos verharrte. Er starrte auf den Papierstreifen hinunter.

»Was denn? Für wen ist der Todesknebel bestimmt?«

Als Ben nicht antwortete, zog sie das Papier zwischen seinen Fingern hervor und schaute auf das darauf getippte Wort.

»Oh Gott.«

Der Zettel fiel taumelnd auf den Schreibtisch und lag dann lose zwischen den Zeitungsstreifen.

»Ich bin gemeint.« Bens Stimme klang dumpf und tonlos.

Und von unten starrte der Beweis zu ihr herauf.

BUTLER

14

Istanbul, Türkei

Ermis Haus blickte auf die West Istanbul Marina hinaus, was praktisch für ihn war, da seine Jacht dort lag. Er hatte Kobalt einmal mit hinaus aufs Meer genommen, ihr einen üppigen Lunch serviert und sich dann auf sie gestürzt, um sie zu ficken. Ein kurzer Stoß mit dem Knie in den Schritt hatte seinen miesen Bemühungen ein Ende bereitet und ihre Beziehung wieder ins richtige Gleis gebracht.

Von Villen gesäumte Straßen durchschnitten die Ebene im ziemlich hässlichen modernen türkischen Stil. Als sie ankamen, war es einundzwanzig Uhr. Der Sicherheitsdienst war typisch türkisch. Mehr als ein bisschen Bakschisch war nicht nötig, um den Wächter dazu zu bewegen, die Nase wieder in sein Handy zu stecken und zu vergessen, dass es sie überhaupt gab.

Die Villa war aus sandsteinfarbenem Beton errichtet und hatte hohe Fenster. Sandsteinsäulen bewachten den Eingang. Das Grundstück war zwar erleuchtet, das Haus selbst jedoch lag im Dunklen. Da war es auch nicht überraschend, dass die Haustür verriegelt war. Ein Blick durch die Scheiben ließ nüchterne, moderne italienische Möbel erkennen, niedrig und schlank, die eher an Kunstobjekte erinnerten als an etwas Nützliches. Das Ambiente war das genaue Gegenteil von Ermis Kanzlei. Aus welchem Blickwinkel sie auch schauten, sie entdeckten nirgends Leben.

Hinten schimmerte der Pool mit seinen Unterwasserleuchten aquamarinblau. Ein Floß trieb drehend auf der Wasseroberfläche, niemand lag darauf.

»Offensichtlich ist er nicht zu Hause.« Das waren Zherovs erste Worte, seit sie Ermis Büro verlassen hatten. Seine Ohren waren noch immer rot, und sie vermutete, dass sein Körper noch damit kämpfte, das Druckempfinden auf normal zurückzufahren. Jemand anders hätte vielleicht Reue empfunden, doch für sie existierte ein solches Gefühl nicht. Sie hatte die Wahrheit absichtlich in die härtesten Worte gekleidet, um ihn zu testen. Sie wollte sehen, welche Knöpfe sie drücken musste, um seine Schwächen aufzudecken. Jetzt wusste sie, dass sie ihn zur Weißglut reizen konnte, und hatte begriffen, wie. Das waren wertvolle Erkenntnisse, insbesondere, da sie es mit einem verräterischen Arschloch zu tun hatte.

Sie ging die flache Treppe zur Reihe von Schiebetüren hinauf und probierte eine nach der anderen aus. Die letzte links glitt auf. Mit einer Kopfbewegung bedeutete sie Zherov, ihr zu folgen, und überschritt die Schwelle. Sie forderte Zherov mit einer Geste auf, sich das Erdgeschoss vorzunehmen, und ging selbst die Glastreppe zum Obergeschoss hinauf. Dort fand sie in Ermis Schlafzimmer geöffnete Schubladen und Kleidung vor, doch seine großen Koffer lagen noch auf einem Bord im Wandschrank. In dem Stapel klaffte nur eine einzige kleine Lücke, wie wenn bei einem Kind ein Milchzahn ausgefallen ist.

Nach unten zurückgekehrt, sagte sie: »Er hat gepackt.«

Zherov wandte sich ihr angewidert zu. »Er könnte überall sein.«

»Nein. Er hat seinen Weekender genommen.« Kobalt eilte bereits zur offenen Schiebetür. »Jetzt kommt nur noch ein einziger Ort infrage.«

Die West Istanbul Marina war riesig. Zu ihr gehörten zehn schwimmende Stege mit Liegeplätzen für Jachten, dazu Reparaturwerften und Läden für Marinebedarf, Hebebühnen, Kräne und Rampen, Tennisplätze, eine Fitnesshalle und ein Restaurant. Das Mondlicht lag schimmernd auf dem Wasser und betonte die Strukturen des Geländes mit Licht und Schatten. Jachten schaukelten mit eingerollten Segeln, die nackten Masten zum Himmel gereckt, träge an ihren Tauen. Es war kaum ein Windhauch zu spüren. Ermis Jacht lag am sechsten Kai auf drei Viertel des Weges an ihrem Platz.

»Sie ist noch da.« Eiligen Schrittes deutete Kobalt darauf. Rennen kam allerdings nicht infrage, das würde nur den Hafenmeister aufmerksam machen. Oben leuchteten Lampen. Es war kurz vor Mitternacht, und sonst befand sich niemand auf den Stegen.

Ermis Jacht war eine fünfzig Fuß lange Ketsch mit Kuttertakelung. Sie hatte zwei Masten und bot unter Deck Raum für mehrere Kajüten. Der Rumpf war rot gestrichen, die Kabine weiß. Kobalt stieg vorsichtig auf das glänzend polierte Teakholzdeck, stand dann reglos da und lauschte. Eines nach dem anderen ordnete sie die leisen Geräusche der Jacht ein: das Klirren, mit dem das Fall gegen den Hauptmasten schlug, das Plätschern des Wassers am Rumpf, das ganz leise Knarren, das zu jedem Boot gehört. Sie lauschte auf die Stille. Deren Qualität war eigenartig, als hätte etwas sie aus dem Gleichgewicht gebracht und sie hätte etwas zu erzählen. Kobalt erinnerte sich daran, wie Evan und sie am Flüsschen bei ihrem Haus gekauert hatten, geduckt wie zwei Frösche am Ufer, und dem Rauschen des Windes in den Baumwipfeln lauschten, überzeugt, dass es ihnen etwas von nahen und fernen Orten berichtete. Sie erinnerte sich an eine Nacht im Schlafzimmer, das Licht war schon ausgeschaltet, und ihre Schwester schlief. Da hatte Kobalt geflüstert, wie der Wind sonst flüsterte, und als Evan ihr am nächsten Morgen aufgeregt berichtete, sie habe geträumt, der Wind hätte ausschließlich zu ihr gesprochen, hatte Kobalt sich heimlich darüber amüsiert, dass sie ihre mächtige Schwester ausgetrickst hatte. Damals hatte sie beschlossen, sogar noch mächtiger zu werden als Evan.

Kobalt wischte das Spinnennetz aus Erinnerungen beiseite, trat zur gegenüberliegenden Reling und stützte sich mit den Unterarmen darauf, die Hände verschränkt. Sie hielt Zherov nicht auf, als er nach unten ging. Dort allein herumzuschnüffeln, würde ihm guttun. Sie starrte auf das Wasser zwischen den Stegen und die schlanken Boote, die sich zufrieden an ihren Liegeplätzen wiegten und von schönen Wogen und günstigen Winden träumten. Sie wandte den Kopf nach links, folgte dem Schwung des Rumpfs mit dem Blick bis zum Bug und entdeckte eine Metallklampe, an der eine Leine befestigt war. Um ein Ankertau konnte es sich nicht handeln, denn das Boot lag am Steg vertäut. Ein Anker war also überflüssig. Sie hätte nachschauen können, unterließ es aber. Zumindest vorläufig. Stattdessen wartete sie ab.

Als sie nach sich rufen hörte, ging sie nach unten und duckte sich dabei, um sich nicht den Kopf an der Luke anzustoßen. Mit ihren Teakholzwänden war die Kabine erstaunlich geräumig und außerdem bequem und luxuriös eingerichtet, was Kobalt nicht überraschte.

Vorn wurde eine Tür weit aufgerissen. Zherov deutete in den kleinen Raum. »Schauen Sie, was die Katze hereingeschleppt hat.«

Ermi saß zusammengesackt auf dem Toilettensitz. Sie konnte erkennen, dass es sich um Ermi handelte, obgleich die Leiche enthauptet und schlimm entstellt war, überzogen von nässenden Blasen, Stellen von rohem Fleisch und violett unterlaufenen Prellungen.

Sie sog die Luft ein und stieß sie langsam wieder aus. »Gottverdammt.«

»Jetzt wissen wir, warum er Sie verraten hat«, sagte Zherov.

Sie nickte. »Er ist gefoltert worden und hat ganz schön Prügel bezogen.« Der Mord an Ermi war das Werk eines waschechten Sadisten. Doch etwas passte nicht. Nach dem Gerinnungszustand des Bluts zu urteilen, hatte sie den Eindruck, Ermi sei wahrscheinlich zum selben Zeitpunkt getötet worden, an dem sie im Messerladen waren. Es gab hier ein Rätsel, eine Überschneidung, wo eine Überschneidung nicht zu erwarten war, und bis sie die Lösung nicht kannte, würde sie Zherov nichts davon sagen.

»Sehen Sie in seinen Taschen nach.«

Seine Augen flammten auf. »Ich werde dieses Stück Scheiße nicht anfassen.«

Sie schob sich an ihm vorbei, ging Ermis Taschen durch, fand den Bootsschlüssel an seinem schwimmfähigen Plastikring sowie ein dickes Geldbündel, und das war alles.

»Und? Finden Sie was?«, fragte Zherov.

»Wer immer ihn ermordet hat, hat sein Handy genommen. Das hatte Ermi immer dabei.« Sie ließ den Schlüssel in einer Hand baumeln und steckte die Geldscheine ein. »Möchten Sie ein Boot kaufen?«

»Zum Teufel, nein.« Zherov verzog das Gesicht. »Das hier jedenfalls nicht.«

»Na, was habe ich gesagt? Keinerlei Sinn für Humor.«

Er folgte ihr wieder an Deck. »Wenn Sie jemals etwas Witziges sagen würden, würde ich lachen wie andere Leute auch.«

»Das bezweifle ich.«

Sie begab sich erneut zur Reling und betrat das Vordeck, wo die Metallklampe aufragte wie der Stumpf eines kraftvollen Arms. Kniend packte sie die Leine, die mit einer Schlaufe um die Klampe gelegt war. Sie zog sie ein, bis sie ans Ende kam, das mit einer weiteren Schlaufe um Ermis Hals geschlungen war.

Zherovs Augen weiteten sich. »Also, das ist denkwürdig.« Er lachte. »Andererseits, richtig gut hat er ja noch nie ausgesehen.«

Kobalts Mundwinkel wanderten ganz kurz nach oben. »Ich spüre einer geheimnisvollen Gruppe nach, die sich Omega nennt. Das Enthaupten gehört zum rituellen Umgang Omegas mit den Feinden der Sekte. Es ist ein eindeutiges Statement. Weil ich ihnen nachgespürt habe, sind sie hinter mir her. Mich schnappt man nicht so leicht, daher haben sie ... ich habe zwei Kinder ...«

»Wendy und Michael, ich weiß«, sagte Zherov. »Dima hat mir Ihre Akte gezeigt.«

Kobalt war gleichzeitig überrascht und verärgert. Doch da sie Dima kannte, hätte sie damit rechnen sollen. Dann kam ihr ein Gedanke. »Dann müssen Sie auch etwas über Omega wissen.«

»Als Dima mich Ihnen zugewiesen hat, hat er mich auch den Bericht über Ihre Einsatzabschlussbesprechung lesen lassen. Sie haben sich in Omegas Gruppe in Odessa eingeschleust und dort ein bisschen herumgeschnüffelt, dann aber einen Fehler begangen.«

»Habe ich nicht.«

»Wie sind Sie dann aufgeflogen?«

»Genau das ist die Frage, Anton. Wie?« Sie winkte ab. »Jedenfalls verwendet Omega meine Kinder als Köder. Dessen war ich mir vorher noch nicht vollkommen sicher, jetzt aber schon.«

»Weil Ermi geköpft wurde ... steckt also Omega hinter seinem Tod.«

»Es hat den Anschein.« Sie sah sich den Kopf näher an. Ermis Mund war halb geöffnet. Sie klappte ihn ganz auf und erwartete, den Todesknebel zu finden, ein weiteres Kennzeichen der Omega-

Morde. Stattdessen fand sie gar nichts – zumindest nichts, was nicht dorthin gehörte.

»Warum schauen Sie in seinen Mund?«, fragte der stets aufmerksame Zherov.

»Bei einem Mord begutachte ich jedes Detail«, antwortete sie und behielt ihre Fragen für sich.

15

Washington D. C.

Evan saß im Hotelzimmer am Schreibtisch und starrte die beiden goldenen Omegas an, als der Anruf einging. Sie hatte sie aus ihren Medaillons genommen und drehte und wendete sie zwischen den Fingerspitzen, konnte aber keinen Stempel oder Hinweis auf einen Hersteller finden. Ben stand am Fenster und spähte durch die Vorhänge auf die Straße vor dem Hotel hinunter. Innerlich war sie noch erschüttert von der Erkenntnis, dass der Todesknebel für Ben bestimmt gewesen war und dass sowohl sie selbst als auch Ben Zielobjekte waren, entweder von Samuel Wells oder von einem seiner amerikanischen Nemesis-Kumpels. Als Ben nicht zu erkennen gab, dass er das Klingeln gehört hatte, begriff sie, dass er in ähnliche Gedanken versunken war.

Leise trat sie aus dem Wohnbereich ins Schlafzimmer, damit Ben nicht mithören konnte. Sie wusste, dass der Anruf von Lyudmila Shokova kam, da er die Sandbox in ihrem Handy aktiviert hatte.

»Ich habe Neuigkeiten.« Lyudmilas Stimme war wie ein frischer Wind.

Evans Herz setzte einen Schlag aus, und ihre Hoffnung stieg. »Zu Wendy und Michael?«

»Noch nicht, nein.«

So schnell, wie Evans Hoffnung aufgeflackert war, erlosch sie wieder. Sie fühlte sich innerlich leer.

»Hör zu«, sagte Lyudmila. »Es geht um die Akte in der schwarzen Mappe, die ursprünglich aus dem Zentralserver des SVR stammt. Die Abteilung 52 123 gehört nicht zum SVR.«

»Das hatten wir vermutet.« Evan riet. »Sie ist gleichbedeutend mit Zaslon, oder?«

»Wir haben es falsch herum betrachtet. Es gibt keine Abteilung 52 123, und deshalb konnten wir auch keine Spur davon finden.«

»Was ist dann …?«

»Dein Instinkt ist so gut wie immer. Abteilung 52 123 ist der Name eines von Zaslon geführten, streng geheimen Einschleusungseinsatzes. Diese Operation wurde von deiner Schwester geleitet.«

Evan war einen Moment lang sprachlos.

»Zaslon existiert als eine vollkommen separate Einheit«, fuhr Lyudmila fort. »Sie verfolgt ihre eigenen Ziele, ergreift ihre eigenen Initiativen und untersteht der Schirmherrschaft des SVR.«

»Und Bobbi hat dazugehört. Lyudmila, bist du dir hundertprozentig sicher?«

»Ich fürchte, dass wir uns jetzt sicher sind, ja.«

Evan zwang sich, zu atmen. »Weißt du etwas darüber, welches Zielobjekt sie infiltrieren wollte?«

»Nein. Ich weiß nur, dass die Gruppe anscheinend immer noch existiert. Sie heißt Omega und bezeichnet sich als Zaslon Vragi Gosudarstva – Feinde des Staates.«

Evan entfuhr ein Schwall Luft. »Es ist fast, als wäre Omega das Gegenstück zum Beinamen von Nemesis: ›Der Erste Stamm‹.«

»Das könnte einfach nur Zufall sein.«

»In unserer Welt gibt es keine Zufälle.« Evan hielt ihr Handy so fest gepackt, dass ihre Finger sich verkrampften.

»Da liegst du nicht verkehrt. Wie die Hydra hatte Nemesis viele Köpfe.«

Evan empfand eine Eiseskälte. »Vielleicht haben wir nur einen von ihnen abgeschnitten.«

»Wie ich schon auf Sumatra sagte, wir stehen das gemeinsam durch, Evan. Von Anfang bis Ende.«

»Lyudmila ...«

»Ich weiß, *dorogoy*. Ich tue alles in meiner Macht Stehende, um die Kinder zu finden.«

Evan schloss einen Moment lang die Augen. »Falls Omega sie hat.«

»Davon bin ich überzeugt. Das Problem ist, dass wir Omegas Hauptquartier nicht finden. Wir wissen nicht einmal, in welchem Land es liegt.«

Evans Gedanken arbeiteten fieberhaft. »Ich glaube allmählich, dass Omega in mehr als einem einzigen Land tätig ist und dass es auch eine Untergruppe hier in den USA gibt. Der Kobalt-Akte zufolge hatte Bobbi den Auftrag, mehr über Omega herauszufinden, doch soweit ich weiß, hat Bobbi die Vereinigten Staaten niemals verlassen.«

»Was bedeutet, dass du bestimmt recht hast«, sagte Lyudmila. »Eine Untergruppe von Omega ist bei euch drüben.«

»Genau.« Evan dachte einen Moment nach. »Eines passt allerdings nicht.«

»Schieß los.«

»Falls Omega tatsächlich ein Ableger oder ein Nachfolger von Nemesis wäre, warum sollte sich dann der FSB dafür interessieren?«

»Ich würde sagen, um Omega so wie früher Nemesis dafür zu

benutzen, eine kulturelle und religiöse Spaltung in der amerikanischen Bevölkerung zu erzeugen.«

Evan war sich da nicht so sicher, hielt es aber im derzeitigen Stadium für sinnlos, ihre Zweifel gegenüber Lyudmila auszusprechen. Stattdessen betonte sie noch einmal, dass es ihr vor allem um ihre Nichte und ihren Neffen ging.

»Wir werden sie finden, versprochen«, sagte Lyudmila. »Und jetzt muss ich los.«

Die Verbindung wurde getrennt. Evan versuchte, noch einmal anzurufen, jedoch vergebens. Als sie gerade erneut wählte, rief Ben aus dem Nebenzimmer nach ihr.

»Komm her!« Seine Stimme klang gedämpft, aber dringlich.

Sie eilte in den Raum und bemerkte zu ihrer Erleichterung, dass er noch immer mit dem Rücken zum Zimmer stand. Sie beeilte sich aber zu sehr und stieß im Vorbeigehen *The Ugly American* vom Tisch. Als das Buch auf dem Boden landete, blätterte es an der Stelle auf, wo eine Karte als Lesezeichen steckte.

»Evan!«

»Still«, zischte sie. »Ich bin da. Moment noch.«

Sie bückte sich und zog das Lesezeichen heraus: ein Schnappschuss. Den nahm sie mit und ging zum Fenster, wo Ben stand, noch immer ganz auf etwas konzentriert, was draußen ablief. Der Vorhang schirmte ihn vor Blicken von der Straße ab.

»Da unten, auf der gegenüberliegenden Straßenseite von meinem Parkplatz und ein Stück nach rechts, steht ein Auto«, flüsterte Ben.

Wie ein Iltis duckte sich dort ein schwarzer Chevrolet Tahoe. Das Kennzeichen verwies auf eine Behörde. »Tennyson und der Magere beschatten uns.«

»Die Idioten haben doch keine Ahnung«, sagte Ben.

»Oder sie glauben, wir sind schlauer als sie.«

Darüber mussten beide lachen.

»Schau mal, was Onders als Lesezeichen verwendet hat.« Sie zeigte ihm den Schnappschuss.

Ein Liebespaar vor ländlicher Umgebung – eine kleine, mit Bäumen bestandene Wiese. Im Hintergrund sah man ein großes, niedriges modernes Gebäude, verschwommen und undeutlich. Nur der Umriss war zu erkennen. Der Mann und die Frau hatten einander den Arm umgelegt. Der Mann lächelte in die Kamera, ein albernes Lächeln, das vermuten ließ, dass er gerade herzhaft gelacht hatte. Die Frau war eine Handbreit größer und hatte dichtes, gewelltes Haar, das ihr bis kurz unters Kinn fiel. Sie trug eine Art altmodischen weißen Kittel, der ihr bis knapp über die Fußknöchel reichte. Da er nicht gegürtet war, ließ er keinen Aufschluss über ihre Figur zu.

Ben rieb sich das Kinn. »Der Mann ist eindeutig Onders.«

»In glücklicheren Zeiten.« Evan tippte mit den Fingernägeln auf das Foto. »Und wer ist bei ihm? Seine Frau? Oder Freundin?«

»Vielleicht seine Geliebte.«

Er konnte recht haben. Sie war eine Schönheit im klassischen Sinn – herzförmiges Gesicht, große Augen von einem ungewöhnlich tiefen Blau und volle Lippen –, und außerdem wirkte sie faszinierend, was auf klassische Schönheiten nicht immer zutraf. Ihre Person hatte etwas unwiderstehlich Verlockendes. Evan spürte es noch durch das Foto hindurch. Vielleicht lag es an den Augen, die fast zu groß für das Gesicht wirkten, oder an ihrem rätselhaften Ausdruck. Wieso auch immer, ihr Gesicht war äußerst fotogen.

Evan warf Ben einen kurzen Blick zu. »Man sieht, warum er mit ihr zusammen war.«

Ben biss sich auf die Unterlippe. »Aber warum war sie mit ihm zusammen? Ich meine, er war ein ziemlich übler Kerl, milde ausgedrückt.«

»Hmm.« Sie drehte den Schnappschuss herum. Auf der Rückseite stand in einer ordentlichen weiblichen Handschrift: *Für W. Ich liebe dich. Anna.* Das Datum lautete auf den siebenundzwanzigsten Juni vorvergangenen Jahres. In der rechten unteren Ecke stand in kleineren Buchstaben: *Kölner Umland: ein wenig frische Luft.*

Evan runzelte die Stirn. »Was hat Onders vor zwei Jahren in Deutschland gemacht?«

»Falls das deiner Erinnerung auf die Sprünge hilft, Köln liegt in Westfalen, am Nordrhein«, sagte Ben. »Eine verdammt große Stadt.«

Evan beachtete seine Bemerkung nicht. »Anna ist eine Deutsche. Sie hat deutsch *Köln* geschrieben statt englisch *Cologne*. Und dann ist da noch Pines deutsches Zigarettenpäckchen. Alles weist nach Deutschland.« Sie tippte auf den Schnappschuss. »Wir müssen Anna finden.«

»Wirklich? Wer weiß, wo sie in Köln sein mag? Wie sollen wir sie finden? Wir kennen ja noch nicht einmal ihren Nachnamen. Und Anna ist in Deutschland kein gerade seltener Vorname.«

Evan fotografierte den Schnappschuss und verschickte das Bild in Verbindung mit einer Nachricht: ***Anna Onders(?) Köln nächste Station.*** Dann wiederholte sie das gleiche Prozedere mit den beiden goldenen Omegas und der Nachricht ***???.***

Ben beobachtete sie scharf. »Wem hast du das alles geschickt?«

»Derselben Person, die mir auf Sumatra die SVR-Akte gezeigt hat. Jemandem, der mir helfen wird.«

»Einen Namen bekomme ich nicht.«

»Jeder soll nur so viel wissen, wie er wissen muss, Ben. *Moskauer Regeln.*«

Er verzog das Gesicht. »Wir fangen also mit Onders an und machen von dort aus weiter. Aber komm schon. Seine Identität muss von Leuten in seiner Organisation zusammengepfuscht worden sein. Höchstwahrscheinlich liegt der echte William Onders seit Jahren sechs Fuß unter der Erde. So schaffen die Jungs in den Hinterzimmern die nötigen Legenden am liebsten.«

»Hör zu.« Evan wedelte mit dem Foto. »Das ist die erste echte Spur, auf die wir gestoßen sind. Der müssen wir folgen. Hast du eine bessere Idee?«

Widerstrebend schüttelte er den Kopf.

Als sie auf der Straße eine Bewegung entdeckten, wandten sie ihre Aufmerksamkeit wieder dem schwarzen Tahoe zu. Sie sahen, wie Leyland auf der Beifahrerseite ausstieg, sich umblickte und dann zum Hotel hinaufschaute. Evan und Ben erstarrten, aber anscheinend bemerkte er sie nicht. Er überquerte die Straße und ging zu Bens Wagen. Erneut blickte er sich um, hockte sich dann hin, zog etwas Kleines, Quadratisches aus seiner Jackentasche und griff unter den Wagen.

»Er bringt einen Peilsender an«, sagte Ben. »Diese Drecksäcke.«

Leyland trabte zum SUV des FBI zurück und signalisierte seinem Chef mit erhobenem Daumen Erfolg. Gleich nachdem er eingestiegen war, rollte das Fahrzeug in gemäßigtem Tempo davon, zweifellos, um in diskretem Abstand unauffällig zu warten.

»Zeit zum Aufbruch«, sagte Ben.

Evan sammelte die beiden Omegas auf und steckte sie zusammen mit den Fotos ein. Sie folgte Ben aus der Suite, doch als sie im Hotelflur waren, blieb sie stehen und legte Ben energisch die Hand auf den Arm, um ihn zurückzuhalten. Er warf ihr einen fragenden Blick zu. Sie hatte den Kopf leicht schief gelegt.

»Irgendwas stimmt hier nicht.« Er musste sich vorbeugen, um ihr Flüstern zu verstehen. »Ich spüre es in der Stille.«

»Ich höre nichts«, flüsterte er in einem neutralen Tonfall.

Sie legte den Kopf noch stärker schief. »Es kommt mit der Luft, ein Hauch aus dem Treppenhaus.« Sie schüttelte den Kopf. »Rückzug. Sofort!«

Sie zog ihn ins Zimmer zurück, schloss die Tür hinter ihnen und drehte den Schlüssel zweimal um.

»Was hast du gehört?« Die Frage war aufrichtig gemeint. Er war zu klug, um eine Warnung ihrer scharfen Sinne zu übergehen. Sie hatten ihnen beiden damals in ihrer gemeinsamen Zeit mehr als einmal das Leben gerettet.

»Jemand ist auf dem Weg hier hoch.«

»Nicht die Jungs vom FBI. Die sind weggefahren.«

»Ich tippe auf Onders Partner Pine.«

»Wir müssen hier raus.«

Evan nickte. »Gleich.« Sie flitzte ins Bad.

»Evan! Sofort!«

Doch sie stand schon wieder bei ihm. »Los geht's. Da entlang.«

Durchs Schlafzimmerfenster sah man auf denselben Ausblick, den auch das schmuddelige Fenster am Ende des Flurs gezeigt hatte. Sie entriegelte es und öffnete es weit. Vor ihnen lag die Gasse mit dem Gewirr von Gerüsten, die zwischen dem Hotel und dem mitten in seiner Sanierung stecken gebliebenen Gebäude standen.

»Los geht's.« Mit einem Fuß auf dem Fensterbrett warf sie sich vor, packte das nächste senkrechte Rohr und schwang sich von dort auf einen waagerecht verlaufenden Abschnitt, der provisorisch mit einem Holzbrett begehbar gemacht worden war. Ein paar Schritte weiter entdeckte sie Werkzeuge, die achtlos auf einem Haufen zurückgelassen worden waren. So etwas machen Arbeiter, die pro Stunde bezahlt werden, wenn plötzlich das Geld ausgeht und sie keinen Lohn mehr bekommen.

Ben, der auf dem Fensterbrett kauerte, schaute sich plötzlich erschrocken um. »Die Tür zur Suite wird eingetreten.«

Als er sich ungeschickt umdrehte, um das Fenster hinter sich zu schließen, verlor er das Gleichgewicht und musste sich oben am Fensterrahmen festhalten, um nicht zu fallen.

»Ben. Ben! Runter da! Sofort!«

Er schwang sich zu dem Rohr, das sie eben losgelassen hatte. In diesem Moment flog das Glas des Hotelzimmerfensters klirrend in einem Scherbenhagel nach draußen. In der leeren Fensterhöhle entdeckte Evan eine Gestalt – Pine? –, die sich im Zimmer bewegte. Sie schraubte einen Schalldämpfer auf die Mündung einer Glock. Ja, es war wirklich Pine mit seinem Bürstenschnitt, das hagere Gesicht entschlossen verkniffen. Sie reckte sich, legte die Hand um den Griff eines Hammers und warf ihn, als der Schütze mit der Glock zielte. Sie hörte seinen Schrei, gefolgt von einem Ächzen, und nun wehten in dem leeren Fenster nur noch die flatternden Vorhänge.

Ben folgte unmittelbar hinter ihr.

»Wo zum Teufel hast du das Hammerwerfen gelernt?« Sein Tonfall war gleichzeitig ungläubig und bewundernd. »Jedenfalls nicht auf der Farm.« Die Farm war das Gelände, auf dem sie beide ausgebildet worden waren.

Sie nahm sich einen Schraubenzieher und steckte ihn in die Gesäßtasche. »Im aktiven Einsatz lernt man das, woran den Ausbildern auf der Farm noch nicht einmal der Gedanke gekommen ist.«

Das wackelige Gerüst schwankte unter ihnen, als sie darüber zu dem halb sanierten Gebäude kletterten. Es war eine Konstruktion, in der man sich verirren konnte. Sie änderten ständig die Richtung von vertikal zu horizontal und zurück, und mit ihren geschärften Sinnen hatte Evan das Gefühl, dass sie nur im Schneckentempo vorankamen. Doch der Versuch, schneller zu gehen, wäre gefährlich gewesen.

Sie waren gerade zum mittleren Abschnitt des Gerüsts gelangt – dem unsichersten Teil –, als sie von unten eine Bewegung vernahmen. Ein hartes Beben durchlief das Gerüst und zwang sie, sich am nächstbesten vertikalen Rohr festzuhalten. Tief unten in der Gasse schwang Pine den Hammer, den Evan nach ihm geworfen hatte. Mit einem zweiten heftigen Hieb hackte er die Flügelschraube am Fuß eines der vertikalen Rohre ab. Der dritte Schlag galt der Innenseite des Rohrs an einer Kreuzverbindung und führte dazu, dass das horizontal verlaufende Rohr sich löste. Pine rüttelte am Gerüst, und es neigte sich wie ein Schiff auf stürmischer See.

»Runter mit euch!«, schrie er. Er schwang den Hammer. »Ich warte auf euch!«

Ein weiterer Hieb, und das Brett, auf dem sie standen, neigte sich und rutschte über die Träger, auf denen es auflag. Werkzeug und allerlei Gerümpel regneten auf die Gasse hinunter, und Evan und Ben nutzten die Gelegenheit, um sich zum vorletzten vertikalen Rohr zu schwingen, das kurz vor dem Sprung zum anschließenden Gebäude lag.

Doch Pine schlug noch immer mit dem Hammer auf das Gerüst ein, und unter dem Hagel von Hieben brach die Konstruktion allmählich zusammen. Vertikale Rohre beulten sich ein, bekamen einen Knick und falteten sich an den Knickstellen.

»Es ist nur eine Frage der Zeit!«, schrie Pine. »Ihr könnt nirgends hin!«

»Er hat recht«, sagte Ben. »Gleich stürzen wir ab.«

Evan sprang zum letzten vertikalen Rohr, doch der horizontale Träger, auf dem Ben stand, rutschte weg. Sie beugte sich so weit wie möglich vor, packte ihn am ausgestreckten Arm und zog.

Sein Gewicht kugelte ihr beinahe die Schulter aus. Von dem Ruck erhob sich ihr Kopfschmerz aus dem Grab, in das sie ihn gesteckt hatte. Mit einer Grimasse hielt sie Ben fest, dessen Füße panisch nach Halt suchten. Dann schaffte er es, den letzten vertikalen Ständer zu erreichen.

Doch inzwischen verlor die ganze Konstruktion ihren Halt. Teile flogen ab, krachten gegen die Gebäudewände und rissen Backsteinsplitter heraus.

»Ihr könnt auch gleich aufgeben!«, rief Pine. »Keine Ahnung, wie du Will entkommen bist, aber das spielt keine Rolle mehr, denn jetzt habe ich euch beide!«

In ihrer waghalsigen Höhe fünf Stockwerke über der Straße konnten sie nirgends hin. Sich am Gerüst festzuklammern, war nicht länger möglich.

Ben packte Evan. »Da entlang!« Keine zwei Meter entfernt hing ein Bündel Fernsehkabel vom Flachdach herab, wo die Satellitenantenne installiert worden war. Der letzte horizontale Träger schwankte unter ihnen. Ben sprang los und stürzte sich auf den Kabelstrang. Er packte ihn, doch sein Gewicht riss die Schüssel oben aus ihrer Verankerung, und sie schleifte übers Dach, bis sie an der Brüstung hängen blieb.

Ben war ein komplettes Stockwerk nach unten gestürzt und hing jetzt vier Stockwerke oberhalb der Gasse. Mit einem Blick zu Evan hinauf rief er ihr eine Aufforderung zu, und sie sprang im selben Moment los, in dem der Rest des Gerüsts zusammenbrach. Sie bekam das Kabelbündel zu packen und krachte so heftig gegen die Hauswand, dass sie nur noch japsen konnte.

Die Kabel senkten sich weiter nach unten. Mit ihrem vereinten Gewicht drohten sie, die Satellitenschüssel über die Brüstung zu zerren. Evan stemmte sich mit den Stiefelsohlen gegen die Backsteinwand, stieß sich nach oben ab und flog im Bogen nach unten zurück. Mit dem ausgestreckten Fuß durchbrach sie die Scheibe eines alten Fensters. Sie war drinnen.

Sie wandte sich um und sah, dass Ben zu ihr hinaufkletterte. Doch für jeden halben Meter, den er gewann, glitt das Kabelbündel ein paar Zentimeter nach unten, da nun die Satellitenschüssel zur Brüstungskrone hinaufgezerrt wurde. Nur noch wenige Sekunden, dann würde sie mit den Kabeln nach unten stürzen.

Gerade als die Schüssel herunterkrachte, schaffte Ben es, eine Hand auf den Fenstersims zu legen. Der Schüsselrand traf ihn links am Rücken, und gleich darauf gelang es Evan, Ben über den Fenstersims ins Gebäudeinnere zu ziehen.

Durch die geöffnete Tür hörten sie hallende Schritte, die das Treppenhaus heraufkamen.

»Die Bösen ruhen nie«, keuchte Ben.

Evan zog ihn von den Glasscherben unter dem Fenster weg. »Und die Guten auch nicht.«

16

Istanbul, Türkei

Die Ellbogen aufs Geländer gestützt, lehnte Kobalt sich zurück und blickte zum Himmel auf, den die Lichter der Stadt bleich färbten. Plötzlich wollte sie von hier weg – weg von Ermis Boot, von Istanbul und von Omegas brutaler Missachtung des Lebens, doch anscheinend konnte sie das Gefühl nicht abschütteln, einen Makel zu haben. Warum auch immer, sie war mit ihrem Auftrag gescheitert, Omegas Mission zu unterwandern. Sie wollte eine zweite Chance; und die hatten sie ihr unwissentlich geboten.

Hier und dort gelang es einem besonders hellen Stern, die menschengemachte Luftverschmutzung zu durchdringen. Am Himmel funkelten ein paar Lichtpunkte. Kobalt wusste, dass die Sterne auf sie hinabschauten und sie mit ihrem kalten, grausamen Licht beurteilten. Das Gefühl des Makels stammte noch aus ihrer Kindheit, wenn sie nach einem Fehlverhalten, das ihr mit Sicherheit eine übertrieben strenge Bestrafung eintragen würde, aus dem Haus gerannt war. Langsam schloss sie die Augen. Aus irgendeinem Grund hatte Ermis wassergetränktes Haupt, das neben ihr auf dem Sitz lag, eine beruhigende Wirkung auf sie.

Das Kind Bobbi hatte sich damals auf den Rasen geworfen und zu den Sternen hinaufgestarrt, ihr gnadenloses Licht in sich aufgenommen und ihr objektives Urteil akzeptiert. Es hatte zugelassen, dass diese Beurteilung durch den Himmel ein Teil von ihm wurde. Allmählich trat das Urteil der Sterne in einen geheimnisvollen Prozess ein und wurde von Bobbis Unbewusstem verwandelt, als hätte sich eine Klette unter ihre Haut geheftet und erinnerte sie stets daran, dass sie anders war als ihre Schwester und unwiderruflich von ihrer Mutter und ihrem Vater getrennt. Sie war in jeder nur denkbaren Weise das totale Gegenteil ihrer Eltern, und Jahre später musste sie nach deren Tod ständig darum kämpfen, Evan gegenüber nicht dasselbe zu empfinden. Evan hatte nichts davon gewusst und würde es auch hoffentlich niemals erfahren.

Deshalb gefiel es ihr damals, wenn ihre Schwester nach draußen kam und nach ihr schaute. Wenn Evan sich neben sie legte und ihre Hand ergriff, hatte sie keinen Zweifel, dass ihre Schwester sie liebte. Sie wusste, dass eine Zeit kommen würde, in der die Erwachsenen tot wären und Evan sich um sie kümmern würde. Man nenne es Vorahnung oder wie immer man will. Das Wissen, dass es Geheimnisse gab, die sie für sich behielt, sie Informationen besaß, die Evan nicht hatte, machte es ihr leichter, sich auf ihre ältere Schwester stützen zu müssen.

»Kobalt.«

Sie hörte Zherovs Stimme wie aus weiter Ferne. Dann nahm sie mehr in der Nähe den Wind wahr, der an den Masten der Jachten vorbeistrich, das Plätschern des Wassers gegen den Rumpf und den scharfen Schrei einer Möwe, die aus dem Schlaf geweckt worden war.

Sie schlug die Augen auf, schaute Zherov aber nicht an; ihr Blick war noch immer auf einen Punkt geheftet, den nur sie sehen konnte. »Hören Sie mir zu, Anton«, sagte sie mit einer nahezu verträumten Stimme, einer Stimme, die sie schon viele Male zuvor unter anderen schwierigen Umständen verwendet hatte. »Es waren einmal eine Katze und eine Ratte. Es ist lange Zeit her, aber die Welt unterschied sich gar nicht so sehr von unserer. Die Katze hat die Ratte in die Enge getrieben. Die Katze ist nicht besonders groß und die Ratte absolut nicht klein. So oder so, die Ratte sitzt in der Falle, weiß es und fleht um ihr Leben. Die Ratte hat etwas besonders Überzeugendes an sich, eine Aufrichtigkeit, die den meisten Ratten fehlt. Die Katze ist so beeindruckt, wie jede Katze es wäre.

›Ich wette, du magst Rattenfleisch nicht mal‹, sagt die Ratte. ›Du siehst wie jemand aus, der Geschmack hat, jemand, den ich sogar bewundern könnte. Du weißt, dass Rattenfleisch sehnig und knorpelig ist, überhaupt keine geeignete Mahlzeit für jemanden wie dich. Ich wette, Mäuse liegen dir schon eher. Für jemanden, der so klug ist wie du, ist eine hübsche fette Maus das richtige Gericht. Habe ich recht?‹ ›Zufällig ja‹, antwortet die Katze, wider Willen beeindruckt. ›Und du hast Hunger‹, sagt die Ratte. ›Nicht wahr?‹ ›Zufällig stimmt das ebenfalls‹, kommt die Antwort. ›Nun, dann lass uns einen Handel schließen. Du lässt mich laufen und versprichst, weder mir noch meiner Familie etwas zu tun, und ich führe dich zu einem Nest dicker, fetter Mäuse, die größten, die du je gesehen hast.

Die Katze ist einverstanden. Warum auch nicht? Es klingt wie ein großartiger Deal. Die Katze zieht sich also zurück und lässt die Ratte laufen. Und was macht die Ratte? Sie verschwindet um die Ecke, und die Katze guckt dumm. Doch auch die Katze ist raffiniert. Sie senkt die Nase zum Boden und folgt der Spur der Ratte so schnell zu ihrem Nest, dass sie noch ihr Hinterteil in einem Loch verschwinden sieht, das sie in die Bodendiele genagt hat.

Die Katze springt los, gräbt der Ratte die Krallen in den Rücken, zerrt sie heraus und beißt ihr den Kopf ab. Dann streckt die Katze die Vorderpfoten ins Nest, zerrt die Kinder der Ratte heraus und beißt einem nach dem anderen den Kopf ab.«

»Bin ich etwa ein Fünfjähriger, den man mit so etwas einschüchtern kann?« Zherov breitete die Hände aus, noch immer darauf bedacht, Ermis Kopf nicht zu nahe zu kommen. »Warum erzählen Sie mir diese Geschichte?«

Nun wandte Kobalt ihm endlich den Kopf zu. »Das ist nicht einfach irgendeine Geschichte. Sondern eine Fabel. Sie läuft auf etwas hinaus, hat eine Moral.«

»Und wie mag die wohl lauten?«

»Ihre Sympathie, Anton, liegt naturgemäß bei der Katze. Katzen sind nett, nicht wahr? Sie sind sauber, bringen einen zum Lachen und können sich in Menschen einfühlen. Ratten dagegen sind, nun ja, Ratten; sie sind dreckig, fressen Müll und verbreiten Krankheiten. Sie sind Nagetiere, Herrgott noch mal.«

»Und?«

Kobalt schnippte mehrmals mit den Fingern. »Stellen Sie sich absichtlich dumm, Anton? Wenn man die Sache richtig betrachtet, sind die Katze und die Ratte eine so schlimm wie die andere. Sie lügen, sie betrügen andere und sich selbst. Und sie sind verteufelt böse.«

Zherov saß eine Weile schweigend da. Erneut ertönte der Schrei der Möwe, diesmal gefolgt von anderen Rufen. Es war die Stunde vor Tagesanbruch, wenn das Licht am Himmel so unbestimmt ist wie die Zukunft.

»Dima«, sagte er schließlich.

»Ja, Dima. Unser Chef. In Ihren Augen war er eine Katze. Doch nachdem Sie in Ermis Kassenbuch gelesen und gesehen haben, wie Dima vom Betrug an seinem eigenen Volk profitiert hat, wissen Sie, dass er die Ratte ist. Die Katze und die Ratte sind ein und dasselbe.«

»Anders gesagt, auf Ihrer Seite steht niemand.« Er deutete mit einer Kopfbewegung auf Kobalt. »Außer Ihnen selbst, natürlich.«

»Ach, Anton, ich selbst am allerwenigsten.« Ausnahmsweise einmal war ihr Lächeln echt. »Aber das wussten Sie bereits über mich, als Sie zu mir ins Flugzeug gestiegen sind. Und ich weiß es über Sie. Das ist unser Vorteil. Keiner von uns tut so, als wäre er die Katze.«

»Ratten bis zum Ende der Nacht.«

»Und länger. Vielleicht.«

Zherov dachte eine Weile darüber nach. Er warf einen Blick auf den Kopf des armen Ermi. »Ratte«, sagte er.

»Nein, Anton. Es stimmt, dass er uns verraten hat. Aber er hat uns auch ein unschätzbar wertvolles Geschenk gemacht.« Sie holte das ledergebundene Kassenbuch heraus, das vernichtende Beweisstück, das Dima Nikolaevich Tokmakovs Machenschaften verriet. »Wir besitzen den elektronischen Schlüssel für sein Bankkonto auf Zypern. Mit diesem Schatz können wir uns ein Leben nach unseren eigenen Vorstellungen schaffen, unabhängig von Dima, dem SVR oder dem FSB.«

Zherov stand auf. »Ich brauche einen Drink.«

Sie kehrten unter Deck zurück und kramten in Ermis Alkoholvorrat, der hier umfangreicher war als vorhin die eine versteckte Flasche in seinem Büro.

»Wodka!«, erklärte Zherov und hielt die Flasche hoch, die er aus dem kleinen Gefrierfach genommen hatte. »Beluga! Eines muss ich Ermi lassen, bei Schnaps hatte er einen ausgezeichneten Geschmack.«

Kobalt holte zwei Gläser aus dem Schrank, und Zherov schenkte den Wodka ein. Sie musterten sich lange, erst dann stießen sie miteinander an und kippten den eiskalten Drink herunter. Zherov schenkte sofort nach, und Sekunden später waren auch diese Gläser geleert.

»Also.« Er schloss die Tür zur Toilette, sodass Ermis enthauptete Leiche außer Sicht war, wenn auch noch immer in ihren Gedanken anwesend. »Ich habe über etwas nachgedacht. Wenn Omega Ermi ermordet hat, sind diese Leute auch für den Ex-Sträfling im Messerladen verantwortlich.«

Sie runzelte die Stirn. »Das Problem bei dieser Theorie ist, dass Omega im Gegensatz zum SVR niemals jemanden dafür bezahlen würde, die dreckige Arbeit für sie zu erledigen. Und das gilt auch für russische Ex-Sträflinge.«

Er breitete die Hände aus. »Und was folgt daraus? Der SVR und Omega waren gleichzeitig hier in Istanbul und beide auf Sie konzentriert?«

»Bei Omega könnte ich es verstehen; sie wollen Rache.« Sie schüttelte den Kopf. »Aber der SVR? Das passt nicht.«

Sie schenkte beiden eine dritte Runde ein. Diesmal schlürfte sie den Wodka jedoch und genoss seinen einzigartigen Geschmack. Er wurde in Mariinsk hergestellt, wo die Transsibirische Eisenbahn den Fluss Kiya überquerte, und das für die Produktion verwendete Wasser war ausgezeichnet.

»Ehrlich gesagt, begreife ich es auch nicht.« Er betrachtete sie gleichmütig. »Hören Sie, was ich vorhin darüber sagte, Sie hätten Ihren Omega-Auftrag in Odessa vermasselt ...«

»Vergessen Sie es.«

Er nickte und trank aus.

Als sie ihre Gläser geleert hatten, stand sie auf. »Der Tag bricht fast schon an. Es wird Zeit, von hier zu verschwinden. Zherov, Sie trennen uns vom Landstrom ab und machen die Leinen los. Wir legen gleich ab.«

»Sie wissen, wie man so ein Ding steuert?«, fragte Zherov.

Sie sah ihn herausfordernd an. »Sie etwa nicht?«

Als sie den Jachthafen hinter sich zurückgelassen hatten und im tiefen Wasser waren, schaltete sie den Motor in den Leerlauf. Zherov hatte eine große Plane gefunden, in die sie Ermis Leiche wickelten. Gemeinsam schleppten sie sie an Deck. Kobalt fügte den Kopf und den Bootsanker hinzu, während Zherov noch seine Krawatte und sein Jackett hineinlegte, die beide blutverschmiert waren. Dann verschnürten sie das Bündel mit zwei Nylonleinen, eine um die Fußknöchel und die andere um die Schultern.

Nachdem sie die Leiche über Bord gewälzt, das laute Platschen gehört und Ermi in der Tiefe verschwinden gesehen hatten, setzten sie sich und leerten den Wodka, indem sie abwechselnd direkt aus der Flasche tranken. Der Himmel hatte sich rosa gefärbt, und das Licht wandelte sich ganz langsam von einem Blau- zu einem Goldton. Die Windstöße waren schwach und unstet. Kein guter Tag zum Segeln.

Schon eine ganze Weile hatten sie kein Wort mehr gewechselt, gänzlich von ihren Aufgaben in Anspruch genommen. Schließlich aber stellte Zherov die leere Flasche weg. »Erzählen Sie mir mehr von Ihrer Zeit bei Omega?«

»Mehr als sechs Wochen habe ich als Alina Kravets in Odessa gelebt«, hörte sie sich selbst sagen. »Ohne Deckung, ohne irgendwelche Unterstützung und sogar ohne einen auf Moskau gestützten Ausschleusungsplan, sollte ich Probleme bekommen.«

»Und Sie haben Probleme bekommen.«

Kobalt nickte. »Letztlich ja. Aber nicht so, wie Sie denken. Ich war nur eine *sluzhashchiy* – eine einfache Jüngerin. In den inneren Kreis war ich nicht vorgedrungen. Jemand muss mich verpfiffen haben. In der Stunde des Wolfs – direkt vor Tagesanbruch – kamen sie mich holen. Genau so, wie man es beim Training lernt. Sie meinten, zu dritt kommen zu müssen, doch das war ein Fehler. Ich habe einen nach dem anderen getötet und Fersengeld gegeben. Nichts wie weg aus Odessa.«

Es kam ihr so vor, als sähe Zherov sie jetzt in einem anderen Licht, aber vielleicht lag das auch nur am Sonnenaufgang.

»Was meinten Sie eben damit, die Probleme, die Sie bekommen hätten, seien nicht so gewesen, wie ich vermute?«

»Hm. Nun, wie schon gesagt, gründet Omega auf einem zutiefst religiösen Fundament.«

»Als Sie sich Jüngerin nannten, war das beredt genug. Jedenfalls ist das bei Extremisten nichts Neues.«

»Das Nächste aber schon. Die Liturgie wird in Kirchenslawisch gesprochen, das große Ähnlichkeit mit dem Russischen hat. Während eines der endlosen Gottesdienste habe ich mich hinausgeschlichen.«

Draußen auf dem Meer tauchten Boote auf. Erst wirkten sie nur wie Farbflecken vor der aufgehenden Sonne, doch allmählich wurden Einzelheiten erkennbar. Es war, als beobachtete sie einen Maler dabei, wie er Schicht um Schicht Farbe auf einer Leinwand auftrug. Das Wasser hatte sich von Schwarz zu Kobaltblau verfärbt, und wo der Morgen es berührte, war es noch heller.

»Man hat mich hingeschickt, damit ich Omega infiltriere, die Mission der Sekte aufdecke und sie unterwandere. Zu ihrer Mission bekannten sie sich ganz offen – die Welt vom Bösen zu reinigen, oder zumindest von dem, was sie für böse hielten –, doch ich hatte noch immer keine Ahnung, wie sie ihr Ziel erreichen wollten. Ich musste in den streng geschützten Bereich vordringen und Papiere, Dateien, E-Mails und Handynachrichten einsehen.

Alle Unterlagen wurden in einem zentralen Gebäude aufbewahrt – und dort durfte ich nicht hinein. Ich hatte mir einen Plan zurechtgelegt, wie ich während des Gottesdienstes unbemerkt eindringen könnte, doch so weit bin ich nicht gekommen. Eine Limousine passierte das Tor und rollte langsam, fast majestätisch, wie mir schien, übers Gelände. Ich konnte nur an Ort und Stelle verharren und beobachten. Sie hielt neben dem Eingang zum Zentralgebäude. Zwei große, breite Männer in glänzenden schwarzen Anzügen stiegen aus – zweifellos Leibwächter. Nachdem sie das Gelände überprüft hatten, verließ eine weitere Person den Wagen. Eine Frau.«

Ermis Jacht war die ganze Zeit steuerlos getrieben. Da der Verkehr auf dem Wasser inzwischen zunahm, stand Kobalt auf, ging zum Cockpit, fuhr den Motor aus dem Leerlauf hoch und schlug einen Kurs parallel zur Küste ein.

»Diese Frau, wer war das?« Zherov war neben sie getreten.

»Unbekannt.« Kobalt schaute nach vorn. »Aber ich vermute, dass sie die Sektenführerin war. Jedenfalls wurde sie so behandelt, nicht nur von ihren Leibwächtern, sondern auch von den Leuten, die aus dem Zentralgebäude auftauchten, um sie zu begrüßen.«

»Haben Sie ihr Gesicht gesehen? Würden Sie sie wiedererkennen?«

»Ich habe mich bemüht, aber gleich darauf war der Gottesdienst vorbei. Danach waren zu viele Leute auf dem Gelände. Sie war groß und schlank. Und sie ist nicht wie eine Frau gegangen.«

Zherov runzelte die Stirn. »Was heißt das? Sie ist wie ein Mann gegangen?«

Kobalt schüttelte den Kopf. »Genau genommen auch das nicht. Ehrlich gesagt, kann ich nicht recht den Finger darauf legen.«

Sie steuerte weiter an der Küste entlang.

»Wohin fahren wir?«

»Wir müssen die Jacht versenken.«

»Und wie sollen wir das machen und zum Strand zurückkehren, ohne gesehen zu werden?«, knurrte Zherov.

»Können Sie schwimmen, Anton?«

»Natürlich.«

»Dann ist ja alles gut.«

Er schüttelte den Kopf. Anscheinend hatte sie ihn vollkommen überrumpelt. Immer wieder sagte oder tat sie etwas, das ihn überraschte – oder sogar schockierte.

»Eine wichtige Tatsache habe ich entdeckt, bevor ich Omega verließ. Nämlich, dass Odessa nicht das Hauptquartier ist.«

»Wo liegt es dann?«, fragte Zherov.

Sie warf ihm einen durchdringenden Blick zu. »Um das herauszufinden, kehren wir nach Odessa zurück.«

17

Washington D. C.

Evan träumt erneut von ihrer Schwester. Diesmal ist sie mit Bobbi in Kopenhagen. Sie ist neunzehn, Bobbi zwei Jahre jünger. Sie halten sich an den Händen. Bobbis Gesicht leuchtet vor staunender Erregung. Sie waren auf Sumatra gewesen, hatten aber das Sonnenbaden am Strand abgekürzt, weil Bobbi plötzlich darauf bestanden hatte, noch mehr Zeit in der dänischen Hauptstadt zu verbringen, zwischen all den hochgewachsenen, gut aussehenden blonden Männern.

Also Kopenhagen. Gerade ist der Himmel noch sonnig und klar, doch im nächsten Moment hängt er düster herab. Von allen Seiten hört man es bedrohlich rumpeln, als käme das heraufziehende Unwetter aus allen Richtungen gleichzeitig. Noch bevor der Wind auffrischt, Mantelsäume hochweht, auch ordentlichste Frisuren zerzaust und Zeitungsseiten durch die Luft wirbelt, weiß Evan, dass sie Schutz suchen sollten. Doch die Straßen sind voll, sind von immer mehr Menschen verstopft. Außerdem weiß sie nicht, in welche Richtung sie sich wenden soll. Ihre Angst und Unentschlossenheit führen dazu, dass sie einfach stehen bleibt. Aus dem Nichts taucht ein Trupp von Menschen auf, die noch dichter gepackt sind als der Rest. Sie schieben sich vorbei, und Bobbis Hand wird ihr entrissen. Beinahe sofort wird Bobbi von der schwatzenden Gruppe verschluckt. Evan versucht, nach ihr zu rufen, bekommt aber kein Wort heraus. Sie schreit Bobbis Namen, doch es ist, als wären ihre Stimmbänder gelähmt. Sie versucht, ihrer Schwester hinterherzurennen, findet sich aber nicht zurecht und erinnert sich nicht, in welche Richtung Bobbi unterwegs war, als sie in dem dichten Gedränge von Fremden verschwand. Als dann der Himmel seine Schleusen öffnet und der Regen auf Evan herabprasselt, merkt sie, dass sie sich nicht einmal mehr an das Gesicht ihrer Schwester erinnert.

Sie war in kalten Schweiß gebadet. Die behandschuhten Hände um Pines Hals gelegt, wurde ihr Blick allmählich wieder klar. Sie hatten gehört, wie er das Gebäude betrat und seine erhobene Stimme immer näher erklang.

»Ihr seid jetzt in die Enge getrieben. Ich hab euch auf den Baum gejagt. Hier gibt es nur einen einzigen Ausgang, nämlich die Haustür. Glaubt mir, ich werde nicht zögern, euch die Kniescheiben zu zerschießen. Mein Befehl lautet, euch lebend zu bringen. Keiner hat etwas darüber gesagt, in welcher Verfassung ihr sein sollt. Hauptsache, ihr seid bei Bewusstsein.«

»Für wen arbeitest du?«, rief Evan und hastete dann mit Ben in den Nachbarraum.

»Diese Kleinigkeit erzähle ich euch, wenn eure Kniescheiben kaputt sind«, rief Pine zurück. Seine Stimme hallte durch das leere Gebäude.

»Will ist tot«, rief Ben. »Und du bist es auch bald.«

Diesmal verharrten sie an Ort und Stelle. Sie würden ihn kommen lassen und dann nach Plan handeln.

Evan warf Pine zu Boden, als der sich auf Ben stürzte und ihn gegen die hintere Wand schleuderte. Sie hörte das erstickte Gurgeln von Pines Atem und spürte, wie er hilflos mit den Armen auf den Boden schlug, während er darum kämpfte, Sauerstoff in seine ausgehungerte Lunge zu saugen. Sie konzentrierte sich auf Pines Gesicht – seine hervorquellenden Augen, seine zertrümmerte Nase, die schwarz und stummelartig aus dem Gesicht ragte, seine starre Grimasse und seine bebenden Lippen, die sich über blutverschmierten Zähnen öffneten.

Dann spürte sie, wie sich starke Hände auf ihre Schultern legten und versuchten, sie wegzuzerren. Sie wehrte sich. Eine Stimme in ihrem Ohr, doch die Worte blieben ihr unverständlich. Sie befand sich in einer anderen Zeit und an einem anderen Ort. Die Hände gaben ihre Schultern frei, packten ihre Handgelenke und versuchten, ihren Griff um Pines Kehle zu lösen. Erneut leistete sie Widerstand. Ihre Daumen gruben sich tiefer in Pines Luftröhre. Gleich würde sie ihm den Ringknorpel eindrücken. Dann wäre Schluss mit ihm.

»Evan. Evan!« Die Stimme, die in ihr Ohr drang, war die von Ben. »Lass ihn los. Evan, atme tief durch, und lass ihn los.«

»Warum?« Ihre Stimme klang wie geronnen und kam ihr selbst fremd vor.

»Wir brauchen das, was er uns sagen kann«, antwortete er. Seine Stimme hatte einen dringlichen Tonfall, war aber ruhig. So war ihr Ben.

Sie nickte benommen und ließ los.

Pine war von Streifen eines blassen, lavendelblauen Lichts übergossen. Es stammte von einer zurückgebliebenen Baulampe, die Ben gefunden und deren Kabel er eingesteckt hatte. Zum Glück hatte das Bauunternehmen den Strom nicht abstellen lassen.

»Jetzt wirst du uns alles sagen«, erklärte Ben über ihre Schulter hinweg.

Pine reagierte nicht auf ihn. Sein Blick war auf Evan geheftet, und er atmete tief und schaudernd ein. Dann lächelte er. Und knirschte dabei mit den Zähnen, sodass sein Lächeln sich in ein höhnisches Grinsen verwandelte.

Plötzlich nahm sie den scharfen Geruch nach Bittermandelöl wahr. Sie riss mit einem Ruck den Kopf zurück.

»Ben!«

Doch Pines Lippen liefen bereits blau an. Aus seinem zum Grinsen verzogenen Mund quoll babyblauer Schaum.

Ben zog Evan zurück. »Zyankali«, sagte er mit belegter Stimme.

»In einem falschen Zahn.«

»Eine uralte Methode.« Sie ließ sich in die Hocke zurücksinken. Ihre Muskeln schmerzten, und ihr Kopf brannte wie die lodernden Turmspitzen der Hölle. Plötzlich meinte sie zu spüren, wie Onders ihr die Pistole in den Nacken gedrückt hatte, und sie hörte seine Worte, die wie Gift von seinen Lippen getropft waren. Sie begann, am ganzen Körper zu zittern.

Ben ließ sich nach unten gleiten, den Rücken gegen einen nackten Holzpfeiler gelehnt. »Auch Jesus hat geweint, Evan.« Er legte den Arm um sie, und diesmal stieß sie ihn nicht weg, sondern schmiegte sich an ihn, bis das Zittern nachließ.

Sie blickte sich in dem durch Vandalismus beschädigten Raum des baufälligen Gebäudes um. So als sähe sie ihn gerade zum ersten Mal. Sie setzte sich aufrecht hin. »Sind wir allein?«

»Hier ist nichts Lebendiges außer den Ratten, den Küchenschaben und uns.«

Evan hielt sich an einem Stützpfeiler fest und stand auf. Sie sah von oben in Pines Gesicht. Das Blut aus Pines Nase, die vom Hammerwurf gebrochen war, war ein schwarzer Fleck, über den letzte Tropfen des Schaums liefen. Die Lippen des Vergifteten hatten ein leuchtendes Pflaumenblau. Sie beugte sich vor und sah genauer hin. Auf der linken Seite seines Halses verliefen vier parallele Kratzer, die von geronnenem Blut dunkel waren.

Ben krabbelte zu dem Toten und ging seine Taschen systematisch durch, fand aber nur Müll – die üblichen Restaurantquittungen und ähnlicher Kram, der dazu bestimmt war, seiner Legende Glaubwürdigkeit zu verleihen. Auf der Suche nach etwas, das vielleicht eingenäht worden war, strich er mit den Fingerspitzen über alle Säume von Pines Kleidung. Der letzte Saum, den er überprüfte, gehörte zu Pines Jackenkragen. »Hier ist was.« Mit dem Messer schlitzte er den Saum behutsam auf und holte ein kleines Foto von zwei mal drei Zoll heraus. Es zeigte die Halbkörperaufnahme einer Frau.

Er hielt das Bild so, dass Evan es sehen konnte. »Erkennst du sie wieder?«

Evan nahm das andere Foto hervor, das in der Nähe von Köln aufgenommen worden war, und hielt die beiden nebeneinander. »Es ist Anna«, sagte sie. »Dieselbe Frau, die vor zwei Jahren mit Onders zusammen war.«

»Ideen?«

»Hier ist ihr Haar kürzer. Ob beide Männer ihre Geliebten waren? Jedenfalls hat Pine ihn Will genannt, und das Foto trägt die Widmung *Für W*, ich denke also, dass William Onders sein richtiger Name ist.«

»Das wäre ein Durchbruch«, bestätigte Ben.

Er stand auf, ergriff sie am Ellbogen, und sie gingen gemeinsam weg und ließen Pine liegen. Es war eine offene Frage, wer als Erstes bei ihm sein würde – die Ratten oder die Küchenschaben.

»Als ich ihn gewürgt habe, dachte ich an Onders. Daran, wie er die Pistole auf mich gerichtet hatte und was er sagte. Ich war gleichzeitig entsetzt und freudig erregt.« Sie warf ihm einen forschenden Blick zu. »Ergibt das Sinn?«

»Absolut.« Ben räusperte sich. »Schau, dir sind gerade mehr traumatische Ereignisse widerfahren, als die meisten Leute – selbst in unserem Geschäft – im ganzen Leben einstecken müssen. Sei also ein bisschen nachsichtig mit dir.«

»Das kann ich nicht.« Evan legte den Kopf in die Hände. »Unmöglich, solange Wendy und Michael vermisst sind.«

Einen kurzen Fußmarsch vom Lethe-Motel entfernt, in dem sie die Nacht verbracht hatten, saßen sie einander am Tisch eines Diners mit Bar gegenüber. Sie hatten den Platz gewählt, der durchs Fenster die beste Sicht auf den Parkplatz und den Verkehr der Interstate dahinter bot.

Evan trank Mineralwasser; für Alkohol war es ihr noch zu früh. Ben drehte ein Glas Ingwerlimonade mit Bourbon in den Händen. Er beobachtete, wie das Licht sich in den Eiswürfeln spiegelte.

Stirnrunzelnd schaute sie in ihr Glas. »Da ist noch etwas. Etwas, das in der Vergangenheit vergraben war.«

Ben erwiderte nichts und sah sie erwartungsvoll an. Er würde sie nicht bedrängen.

Sie leerte ihr Glas. Ben tat es ihr nach, ohne den Blick von ihr abzuwenden. »Nach Bobbis sechzehntem Geburtstag«, begann sie, »habe ich ihr ein Geschenk gemacht. Ich sagte, ich würde mit ihr zu einem Ort ihrer Wahl reisen. Wir haben eine Weile geplant, und unerklärlicherweise – damals und noch Jahre danach war es mir jedenfalls unerklärlich – entschied sie sich für Kopenhagen. Ich hatte Sumatra gewählt, und dort flogen wir anschließend hin. Als wir die Reise unternahmen, war sie siebzehn.«

Ben schenkte ihr aus ihrer Mineralwasserflasche nach und ließ sich selbst einen weiteren Drink kommen. »Trink noch etwas«, sagte er, und sie folgte der Aufforderung.

»Damals kam es mir eigenartig vor. Eine so langweilige Wahl. Ich meine, es war unsere erste Auslandsreise«, fuhr Evan fort. »Aber dann war es dort in Kopenhagen toll. Bobbi – die mürrische Jugendliche – war dort so glücklich, glücklicher als auf Sumatra, obgleich sie die Insel ebenfalls genossen hat ... der Gedanke ist mir nie gekommen. Bis ich erneut auf Sumatra war und diese Akte sah.«

»Welcher Gedanke? Was ist deiner Meinung nach in Kopenhagen vorgefallen?«

Sie lehnten sich beide zurück und schwiegen, als die Kellnerin Bens Ingwerlimonade mit Bourbon, die beiden Teller mit Spaghetti und Frikadellen, Parmesan und italienisches Brot mit kleinen Butterpäckchen auf den Tisch stellte.

»Wünschen Sie sonst noch etwas?« Die Kellnerin wandte sich jedoch bereits ab, Bens leeres Cocktailglas auf dem Tablett, und ohnehin mussten sie zu ihrem Gespräch zurückkehren.

»Bobbi ist rekrutiert worden, genau das ist dort geschehen. Der FSB ist irgendwie an sie herangekommen.«

Ben wickelte mit seiner Gabel Spaghetti auf. »Das Treffen muss vorher arrangiert worden sein, Evan. Das ist dir doch klar.«

»Natürlich.« Sie biss sich auf die Unterlippe. »Wer immer es war, ich würde gern das mit ihm machen, was ich mit dem verdammten Pine angestellt habe.«

»Die Frage ist nur, wie weit reicht der Kontakt zurück?«

»Er muss offensichtlich stattgefunden haben, bevor sie sechzehn wurde. Schon vor unserer Reise nach Sumatra und Dänemark muss sie mit dem FSB Kontakt gehabt haben, denn sie bettelte damals, wir sollten mehr Zeit in Kopenhagen verbringen als zunächst geplant. Aber ich habe das Gefühl, dass ihre ursprüngliche Rekrutierung viel weiter zurücklag.«

»Warum glaubst du das?«, fragte Ben. »Da war sie ja noch ein Kind. Warum sollte sie empfänglich gewesen sein für …«

»Etwas war der Auslöser, etwas Tiefgreifendes«, antwortete Evan. »Ich weiß nicht, was, aber das ist die einzige logische Erklärung.« Ihr Blick wanderte zur Seite. »Weißt du, die Sache ist die, ich glaube, sie musste nicht überzeugt werden. Ich glaube, dass sie rekrutiert werden wollte.«

Ben zog die Augenbrauen hoch. »Was denn? Du meinst, sie hätte nur darauf gewartet?«

Evan nickte, doch dadurch flammten ihre Kopfschmerzen so heftig auf, dass sie den Kopf in die Hände legen musste.

»Schlimm?«

»Als ritte eine Bande verrückter Clowns durch mein Gehirn und feuerte auf jede Nervenendung in Sichtweite.« Sie leerte die Flasche Mineralwasser und rief nach einem Bier. Nun war sie bereit für etwas Stärkeres. Dann machte sie sich mit dem Appetit eines ausgehungerten Orcas über ihr Essen her.

Es war zwar schon nach drei Uhr morgens, doch das Lokal war tatsächlich voller Gäste – zumindest seine Bar. Von ihnen beiden abgesehen hatte niemand Essen bestellt. Männer in zerknitterten Anzügen, die von Partys, aus den Armen von Huren oder aus anderen Kneipen kamen, standen neben Arbeitern – Lastwagenfahrern und Handwerkern, die nach der Nachtschicht noch eine Verlängerung einlegten und sich betranken. Die Leute drängten sich an der Theke, und immer mehr kamen herein. Die Bar war ein Treffpunkt, eine Art Oase mitten in der postindustriellen Wüste der Interstate. Die Lautstärke nahm unaufhörlich zu. Im Hintergrund schmetterte Miley Cyrus' Stimme »Nothing Breaks Like a Heart« aus den neonbeleuchteten Lautsprechern einer digitalen Jukebox.

»Miley hat recht.« Evan riss eine Scheibe Brot in zwei Teile und bestrich sie heftig mit Butter. »Die Welt verletzt einen tief und hinterlässt eine Narbe.«

»Bobbi?«

Sie wischte sich Tomatensoße vom Mund, erwiderte aber nichts.

»Ich weiß, dass du Schuldgefühle hast, weil du nicht in Washington warst, um sie zu beschützen.«

Das trifft es nicht, dachte sie. *Das trifft es absolut nicht. Bobbi ist diejenige, die mich tief verletzt hat, nicht die Welt. Bobbi hat die Narbe hinterlassen, so wie ich in ihr eine Narbe hinterlassen habe.* Doch zu Ben sagte sie nichts dergleichen; das würde sie niemals tun. Nicht einmal unter Androhung des Todes.

Er nahm einen großen Schluck von seinem Drink. »Fangen wir noch einmal von vorn an.«

Evan nickte. »Onders hatte den Auftrag, mich zu entführen. Ich sollte gefoltert werden – von wem, weiß ich nicht. Aber ich wette, Onders war derjenige, der mir bei meiner Ermordung den Todesknebel in den Mund geschoben hätte.«

»Oh Gott.«

»Und du warst Pine zugewiesen, nach dem Todesknebel zu schließen, den wir in seinem Hotelzimmer gefunden haben.«

»Und der Knebel in Paul Fishers Mund?«

Sie dachte kurz nach und schüttelte dann den Kopf. »Das weiß ich nicht. Onders und Pine hatten den Auftrag, sich mit uns beiden zu befassen. Und Onders saß in meinem Flugzeug ... Aber Pine war bereits hier, als die Kinder entführt und Paul ermordet wurden. Vielleicht war Pine also an deren Verschwinden beteiligt, oder aber es gab noch ein weiteres Team, das die Kinder holen und Paul töten sollte.«

»Also vielleicht zwei Teams – aber eine einzige Gruppe.«

Evan nickte. »Meine Kontaktperson hat mich informiert, dass

Onders und Pine zu einer Organisation namens Omega gehörten. Und eben diese Organisation sollte Bobbi unterwandern.«

Bens Gesicht umwölkte sich. »Warum hast du das vor mir zurückgehalten?«

»Es war keine Zeit, Ben. Und jetzt erzähle ich es dir ja.«

»Vertraust du mir nicht?« Seine Miene war jetzt sogar noch finsterer. »Ist das so? Und noch einmal, wo kommen diese Informationen her?«

»Das hab ich dir doch gesagt – ich darf es dir nicht verraten. Um des Schutzes meiner Kontaktperson willen.« Er war noch immer angespannt, sah noch immer feindselig drein. »Komm schon, Ben. Sei nicht gemein. Du weißt, dass es korrekt ist, wenn ich ein strenges Sicherheitsprotokoll einhalte.«

Er wandte den Blick von ihr, doch seine hochgezogenen Schultern senkten sich.

»Okay. Tut mir leid. Lass uns bei der Situation bleiben, in der wir uns jetzt befinden. Bei dem, was wir wissen. Omega hat deine Nichte und deinen Neffen entführt, den Vater der beiden ermordet, und die Organisation hat – hatte – mindestens zwei Mitglieder, die in den USA lebten.« Er breitete die Hände aus. »Was noch?«

»Da ist diese Verbindung zu Deutschland, die aus den Fotos und den Zigaretten ersichtlich ist«, machte sie weiter. »Und ich könnte wetten, dass Onders und Pine dort ausgebildet worden sind.«

Seine Aufmerksamkeit fand ein neues Ziel. Er wandte ihr den Blick wieder zu. »In Deutschland. Natürlich. Das Foto aus dem Umland von Köln. Aber dieses Foto von Anna und Onders ist zwei Jahre alt.«

»Damals könnte seine Ausbildung stattgefunden haben.« Sie tippte mit dem Zeigefinger auf die Tischplatte. »Wir müssen Anna finden. Sowohl Onders als auch Pine haben ihr Foto bei sich getragen. Sie ist der Schlüssel.«

»Merk dir diesen Gedanken«, sagte Ben. »Unsere FBI-Beschatter haben uns endlich gefunden.«

Evan wandte sich um. Tennyson und Leyland hatten den Diner betreten. Tennyson zog die Hose hoch und blickte sich um. Dann entdeckte er sie und kam auf sie zu. Die lärmende Menge teilte sich vor ihnen wie die Wasser des Roten Meers.

Mit drohend zusammengezogenen Augenbrauen baute Tennyson sich vor ihnen auf. »Aufstehen.« Er schnippte mit den Fingern. »Sofort. Wir verhaften Sie für das Verwischen von Spuren an einem Tatort und die Verletzung der nationalen Sicherheit.«

Dritter Teil

18

Istanbul, Türkei

»Kinder.«

»Anton, wenn Sie das sagen, klingt es wie ›Marsianer‹.« Kobalt warf ihm einen eisigen Blick zu. »Wendy und Michael. So heißen meine Kinder.«

Zherov verlagerte sein Gewicht aufs andere Bein. »Wie alt waren die beiden, als Sie beschlossen haben, sie zu verlassen?«

»Dreieinhalb Jahre jünger als jetzt.«

Er gab ein Geräusch von sich, das möglicherweise Abscheu oder Verärgerung signalisierte, als wollte er sagen: *Frauen. Denen kann man nicht trauen.* »Aber Sie haben sie ohne das geringste Bedauern verlassen. Man hat Sie aus Washington und aus den USA ausgeschleust. Aus Ihrem bürgerlichen Leben. Das Sie verabscheut haben, falls die Berichte keine *dezinformatsiya* sind.«

Sie drehte das Ruder hart nach Steuerbord. »Ich habe mein Leben gehasst. Und meinen Mann.«

»Und Ihre Kinder?«

»Für die habe ich nichts empfunden. Und so ist es weiterhin. Jetzt halten sie mich für tot. So war es immer geplant.«

»Sie haben die Kinder bei einem Mann zurückgelassen, den Sie hassten.«

»Die beiden haben meine Schwester«, erwiderte Kobalt.

»Hassen Sie Evan nicht ebenfalls?«

»Vielleicht. Aber ich vertraue ihr auch.«

»Wie eigenartig.«

Kobalt holte tief Luft, stieß den Atem langsam wieder aus und ließ den Zorn auf Anton so aus sich heraus. »Sagen Sie mir, Anton, haben Sie Geschwister?«

»Ich bin ein Einzelkind.«

»Dann haben Sie keine Ahnung.« Ein einziger Atemzug reichte nicht, um ihren ganzen Zorn verströmen zu lassen. »Und? Haben Sie Kinder?«

Er stieß ein eigentümliches leises Lachen aus, das ähnlich klang wie Schluckauf. »Ich war nie verheiratet.«

Sie nahm drei Viertel vom Gas weg. Der Tag war bereits warm, und es wurde immer schwüler. Bald würde die feuchtwarme Luft wie eine Decke über der Stadt liegen. »Ich hatte nicht gefragt, ob Sie einmal verheiratet waren.«

Er wandte sich von ihr ab. »Ich will zurück an Land.«

»Wollen wir das nicht alle?« Sie schaltete den Motor aus.

Unter Deck öffnete sie die Inspektionsluke, setzte sich auf die Kante und trat kräftig gegen den Schlauch, der zum Seeventil führte. Der Schlauch und seine Verbindung zum Seeventil waren bei allen Schiffen eine Schwachstelle. Als unterhalb der Wasserlinie langsam Wasser einströmte, stand sie auf und kehrte an Deck zurück, wo Zherov auf sie wartete.

»Ich habe das Versenken eingeleitet«, sagte sie. »Bereiten Sie sich aufs Schwimmen vor.«

Sie traten zur Backbord-Reling. Sie band sich die Jacke um die Taille.

»Sie haben meine Frage nicht beantwortet, Anton.«

Er sprang, und sie folgte ihm sofort. Im Wasser zeigte sie ihm die Richtung. Sie schwammen etwa hundert Meter weit, und dann wirkte das Wasser unvermittelt aquamarinblau. Kurz darauf gelangten sie zu der Sandbank, die Ermi ihr während ihrer gemeinsamen Ausflugsfahrt gezeigt hatte.

»Mutige Jugendliche schwimmen manchmal hier raus, um von ihren Eltern wegzukommen«, erzählte sie ihm, als sie auf dem feuchten Sand Atem schöpften. »Und um sich um den Verstand zu rammeln.«

»Auf einer Sandbank hab ich es noch nie getrieben«, sagte Zherov.

»Und das werden Sie auch heute nicht tun.« Sie wrang das Wasser aus ihrer Jacke. »Aber machen Sie nur mit Ihrer Ablenkungstaktik weiter.«

Er setzte sich neben sie, öffnete sein tropfnasses Hemd und legte die Arme um die angezogenen Beine. »Okay«, begann er, verstummte aber plötzlich so abrupt, als wäre in ihm ein mechanisches Uhrwerk abgelaufen. Er schüttelte den Kopf und strich sich durchs Haar. »Okay. Es gibt ein Kind. Eine Tochter.«

Angesichts seiner vorangegangenen Reaktion war Kobalt nicht überrascht. »Wie alt ist sie?«

»Weiß ich nicht genau. Neun oder zehn, denke ich.«

»Wie heißt sie?«

»Keine Ahnung.«

Sie wandte sich ihm zu. »Sie kennen den Namen Ihrer eigenen Tochter nicht?«

»Ich hab sie noch nie gesehen. Meine ehemalige Geliebte hat es mir untersagt.«

»Sie hat es *untersagt*?«

»Sie ist ein hochrangiger Apparatschik im Kreml.« Seine Stimme hatte eine neue Färbung angenommen, tiefer und kräftiger, als hätte sein ganzes Draufgängertum einen Kurzschluss erlitten. »Und so war es mir, ehrlich gesagt, auch recht. Ich habe sie damals gehasst, dafür, dass sie mich verlassen hat, und dafür, dass sie schwanger wurde. Ich fand, dazu hatte sie kein Recht.« Seine Hand schnitt wie ein Messer durch die Luft. »Außerdem hatte ich genug mit meiner Arbeit zu tun. Ich war vollkommen darauf konzentriert, Feinde des Staates auf fremdem Territorium zu töten und lebend zurückzukommen. Meine Tochter war mir egal. Ich hab sie vergessen.«

Sie wusste, dass noch etwas fehlte. »Damals.«

»Ja, damals.« Er sah unglücklich aus, und plötzlich schien er mehr zu sein als nur eine Mordmaschine, die von Dima und seinen Ausbildern bei Zaslon feinjustiert worden war.

»Und jetzt?«

»Jetzt? Bin ich ein Jahrzehnt älter. Die Dreißiger sind nicht wie die Zwanziger, überhaupt nicht.« Er schob die Lippen vor. »Jetzt fühlt es sich so an, als hätte ich etwas verloren und wüsste nicht einmal, was es ist.«

So saßen sie da, umfangen von einer eigenartigen Stille, die mit Vergangenheit beladen war.

Kobalt hielt das Gesicht mit geschlossenen Augen der Sonne entgegen und dachte darüber nach, wie es wäre, mit ihren Kindern wiedervereinigt zu werden. Wie fremd ihr allein schon die Vorstellung war. Sie sehen zu wollen, mit ihnen reden und mit ihnen zusammen sein zu wollen.

Schließlich schlug sie die Augen auf. »Haben Sie jemals *Peter Pan* gelesen? Oder die Filme gesehen?«

»Was? Nein.«

»Peter Pan war einer von Londons *Verlorenen Jungs*, die niemals erwachsen wurden. Stattdessen fand er den Weg nach Nimmerland. Dann kehrt er nach London zurück und nimmt drei Kinder, Wendy, Michael und John, mit sich nach Nimmerland.«

Sie verschränkte die Hände, öffnete sie und verschränkte sie erneut. »Hier ist mein Angebot, Anton. Wir arbeiten zusammen.

Wir suchen Wendy und Michael, meine entführten Kinder, und wenn die beiden sich in Sicherheit befinden, finde ich eine Möglichkeit, Sie und Ihre Tochter zusammenzubringen.«

Er stieß ein leises Lachen aus, das wie elektrische Funken aufflog. »Wenn Sie sie nur nach Nimmerland bringen könnten. Ich habe letzthin Erkundigungen eingezogen. Die Mutter der Kleinen behandelt sie nicht gut. Vielleicht erinnert das Kind sie an mich.«

Sie betrachtete ihn vollkommen ernst. »Damit befassen wir uns, wenn es so weit ist.«

Er musterte ihr Gesicht eine Weile, vielleicht, um sich zu vergewissern, dass sie in dieser Sache aufrichtig war. Dann ergriff er die Hand, die sie ihm hinstreckte.

Kobalt stand auf und trat zum Rand der Sandbank. »Ich weiß nicht, wie es mit dir steht, aber ich brauche jetzt ein gutes Frühstück und eine starke Bloody Mary.«

Dann warf sie sich ins Wasser und schlug mit kraftvollen Schwimmzügen die Richtung zum Strand ein. Wenig später folgte ihr Zherov.

Hinter ihnen war die Jacht nur noch eine Erinnerung.

19

Washington D. C.

»Ich hoffe, du weißt, was du tust«, sagte Ben fast lautlos zu Evan.

»Du bist der Erste, der es erfährt, falls nicht.« Der Lärmpegel an der Bar übertönte ihre Bemerkungen. Dann wandte sie sich den Agents zu, als hätte sie Tennysons Kriegserklärung nicht gehört. »Was für eine Überraschung, meine Herren.« Sie deutete auf einen Stuhl. »Setzen Sie sich doch. Machen Sie mal Pause. Nach all der Beschattungsarbeit, die Sie heute geleistet haben, bringen Ihre Knie Sie bestimmt um. Habe ich recht?«

Tennysons Gesicht lief rot an.

Bens Miene war undeutbar. »Wie die Lady gesagt hat, Tennyson, nehmen Sie doch Platz.«

»Ich denke, wir stehen lieber. Wir wollen Ihnen das Essen nicht verderben.«

»Zu spät«, erwiderte Evan vollkommen ausdruckslos.

Leyland schob sich an seinem Chef vorbei und trat einen Schritt auf sie zu. Vorgebeugt sagte er: »Die Show ist vorbei.« Er legte die Hand an den Griff seiner Dienstwaffe, die im Halfter steckte. »Aufstehen. Sofort.«

Sie sah ihn mit klimpernden Augenlidern an. »Immer mit der Ruhe, Kumpel.«

Leyland glotzte sie an. Tennysons Mund war ein grimmiger Strich.

»Sie zieht ihn nur auf«, sagte Ben gleichmütig.

Leyland wandte sich seinem Chef zu, doch Tennyson sagte achselzuckend: »Das ist eine gute Erfahrung für Sie, Jason.«

Evan holte den Peilsender, den Leyland unter ihrem Wagen angebracht hatte, aus der Jackentasche und warf ihn auf den Tisch.

»Ich glaube wirklich, dass Sie sich gern setzen würden, Tennyson.« Ben deutete auf den Stuhl. »Sie möchten bestimmt hören, was Evan zu sagen hat.«

Der Agent starrte den Peilsender an, als wäre er ein Skorpion und würde ihn gleich stechen. »Ich habe nicht ...«

»Ich habe noch mehr Geschenke für Sie«, sagte Evan.

Ben nickte. »Und vermutlich brauchen Sie dann einen Drink.«

Tennyson sah Ben an, warf Evan einen wütenden Blick zu und schaute sich dann im Lokal um, als hoffte er, jemand würde die Kavallerie schicken und ihn retten. Dann sagte er »Scheiß drauf« und setzte sich.

Leyland rümpfte die Nase, als hätte er einen schlechten Geruch erschnuppert, hielt aber den Mund. Vielleicht lernte er dazu. Er blieb wie ein Wächter stehen und verfolgte die Entwicklung.

Die Jukebox war zu *Gimme Shelter* von den Rolling Stones übergegangen, und sie hörten Jaggers von Merry Clayton eindringlich verstärkte Stimme.

Tennyson rieb sich seufzend mit dem Handballen über die Stirn.

»Ich glaube, er braucht diesen Drink sofort«, sagte Evan.

Ben hob die Hand und bestellte einen klaren Bourbon, als die Kellnerin auf sein Winken reagierte.

»Bringen Sie einen Doppelten«, murmelte Tennyson. »Es war ein langer Tag.«

Als der Drink kam, kippte er ihn in einem einzigen Zug herunter und stellte das Glas auf dem Tisch ab. »Okay, schießen Sie los.« Seine Augen tränten, und seine Wangen färbten sich rosig.

Ben lehnte sich zurück. Dies war Evans Show, und er wollte sie genießen.

»Das Erste, was ich nach der Identifikation von Paul Fishers Leiche überprüft habe, war, ob unter seinen Fingernägeln Material sitzt.«

»Abwehrspuren. Die Forensik ist dran.« Tennyson nickte. Er sah vollkommen erschöpft aus, als wäre er an einem einzigen Tag um ein ganzes Jahr gealtert. »Erzählen Sie mir etwas, was ich nicht schon weiß.«

»Sie kennen die Identität von Pauls Mörder nicht.« Evan legte die kleine Tasche, in der der Reisepass, der Führerschein, das Geld und der Todesknebel gesteckt hatten, auf den Tisch. Jetzt lag die ausgedrückte Zigarettenkippe darin, die sie im Bad auf dem Waschbeckenrand gefunden hatten. Ihretwegen war Evan ins Bad zurückgekehrt, bevor Ben und sie durchs Fenster des Hotelzimmers geflohen waren.

Tennyson blickte auf die Tasche und warf Evan dann einen so stechenden Blick zu, dass er beim Football einen angreifenden Lineman hätte stoppen können. »Ja. Und?«

»Ihre Forensik wird die DNA an dieser Kippe untersuchen und feststellen, dass sie den Hautfetzen entspricht, die unter Paul Fishers Fingernägeln gefunden wurden.« Ausnahmsweise hatte Tennyson diesmal nichts zu sagen. Sein Mund stand offen. »Im dritten Stock eines aufgegebenen Gebäudes gegenüber dem Majestic-Hotel« – sie fügte die Adresse hinzu – »finden Sie die Leiche des Mannes, der Paul lebend begraben hat. Der Mann hat links am Hals mehrere parallele Kratzspuren. Dort hat Paul ihn erwischt, bevor er in die Grube geworfen wurde.«

»Mich trifft der Schlag.« Leyland schielte nach Evan.

»Jetzt sagen Sie mir bitte nicht, Sie wüssten auch noch, wer dieser Drecksack ist«, ergriff sein Chef das Wort.

Sie reichte ihm Pines Führerschein.

»Ein Amerikaner«, knurrte er.

»Oder jemand ganz anderes«, sagte Ben.

Leyland runzelte die Stirn. »Wie meinen Sie das?«

»Es gibt eine Verbindung nach Deutschland.« Sie schob das Zigarettenpäckchen, das Ben in Pines Hotelzimmer gefunden hatte, über den Tisch.

»Pine könnte Amerikaner sein«, sagte Ben. »Oder auch nicht.«

»So oder so«, fügte Evan hinzu, »ist der Tabak frisch. Pine war eindeutig vor Kurzem in Deutschland. Also ... unser Zuständigkeitsbereich.«

Tennyson steckte den Führerschein ein, zusammen mit den Zigaretten, der kleinen Tasche und dem inzwischen deaktivierten Peilsender.

Langsam drehte er den Kopf von einer Seite zur anderen. »Donnerwetter!«

Evan führte eine Gabel voll Spaghetti zum Mund. »Gern geschehen.«

Er betrachtete sie eine Weile, klopfte zweimal mit den Fingerknöcheln auf den Tisch und legte ihr dann seine Karte hin.

»Das FBI arbeitet mit allen Mitteln daran, Ihre Nichte und Ihren Neffen zu finden. Ich werde sie finden. Das ist ein Versprechen.«

Sie nickte.

Näher würde er dem Eingeständnis, dass er sie als Profi anerkannte, niemals kommen.

20

Nachtflug

»Du glaubst doch nicht wirklich, dass Wendy und Michael noch in den Staaten sind.«

»Nein«, antwortete Evan. »Aber es schadet nicht, wenn Tennyson es glaubt, denn falls ich mich irre ...« Der Satz war gewichtig genug, auch wenn sie ihn nicht beendete.

Sie saßen im Erste-Klasse-Bereich des Lufthansa-Flugs nach Frankfurt. Von dort wäre es nur noch ein Katzensprung nach Köln. Ben hatte die Flugtickets bezahlt. Als Evan ihm halb im Scherz gesagt hatte, wenn sie so weitermachten, hätte er seine Abfindung in Nullkommanichts verpulvert, hatte er nur achselzuckend geantwortet, deswegen solle sie sich mal keine Sorgen machen.

Wie immer hatten sie das Flugzeug als Letzte bestiegen. Das Protokoll verlangte, dass sie alle Passagiere in Augenschein nahmen, bevor sie selbst an Bord gingen. Während sie warteten, hörte Evan Ben mit Zoe telefonieren, obwohl er sich ein wenig abseits gestellt hatte. Sie wandte ihm den Rücken zu, damit er ungestört war, schaute übers Flugfeld und beobachtete ein Flugzeug, das mit blinkenden Lichtern zur Landung ansetzte.

Dann hörte sie Bens Stimme hinter sich. »Jemand möchte mit dir sprechen.« Er hielt ihr lächelnd sein Handy hin. Sie nahm das Telefon entgegen.

»Hallo, Püppchen.«

»Hi, Deckard.«

Fluch der Karibik und *Blade Runner*. Ihre beiden Lieblingsfilme, die sie bei jeder sich bietenden Gelegenheit gemeinsam schauten. Sie stritten sich darüber, ob Rick Deckard ein Replikant war, und schlossen sogar Wetten darauf ab, bis sie *Blade Runner 2049* sahen, wo die Frage geklärt wurde. Evan, die die Wette verloren hatte, war Zoe immer noch eine Einladung ins Restaurant schuldig.

»Läuft alles gut?«, fragte Evan.

»Alles läuft wie alles«, antwortete Zoe. Übersetzung: Es geht mir gut. »Ihr fehlt mir, ihr beiden.«

Evan drehte sich um und warf Ben einen Blick zu. »Du fehlst uns auch, Püppchen.«

»Evan …«

Sie packte Bens Handy fester. Jetzt kam gleich etwas Ernstes. »Was ist, Herzchen?«

»Ich habe gerade gehört, dass Wendy und Michael verschwunden sind. Ich vermute, dass …«

»Keine Vermutungen«, unterbrach Evan sie. »Trickversprechen.« Übersetzung: Ehrenwort. »Okay?«

»Ja. Hab ich verstanden.«

»So ist es recht.«

»Sehe ich euch bald?«

»Sobald wir heimkommen.«

Zoe war klug und ausreichend an Bens und Evans unregelmäßiges Auftauchen gewöhnt, um nicht nachzufragen.

Ben tippte auf seine Uhr.

»Wir müssen los.«

»Deckard, pass auf ihn auf.«

»Immer, Püppchen. Immer.«

»Du hast nicht unrecht«, setzte Ben ihr Gespräch fort, als sie ihr Essen beendeten. »Es wurde keine Lösegeldforderung gestellt.«

»Und so wird es bleiben«, bekräftigte Evan. »Tennyson kapiert nicht, dass diese Entführung aus dem Rahmen seiner normalen Richtlinien fällt. Sie passt nicht in das Bild, das er bereits zusammenfügt. Es wäre sinnlos gewesen, ihn darauf aufmerksam zu machen, er hätte es nicht verstanden.«

Sie hielt inne, als die Stewardess ihre Tabletts abräumte und ihnen mitteilte, dass der Nachtischwagen unterwegs sei.

»Worum geht es denn *deiner* Meinung nach bei dieser Entführung?«

»Was mich nachdenklich macht, ist Pauls Ermordung. Die war kein spontaner Einfall, damit er keinen Ärger machen konnte. Vielmehr war der Mord an ihm genauso sorgfältig geplant und durchgeführt wie die Entführung.«

»Durch Omega.« Ben wandte sich ihr zu. »So viel zu meiner Theorie, Wells könnte die Entführung eingefädelt haben.«

Evan schloss einen Moment lang die Augen, da sie spürte, wie ihr Herzschlag sich beschleunigte. Sie kämpfte darum, das Entsetzen über das unbekannte Schicksal von Wendy und Michael in einen abgelegenen Winkel ihres Hinterkopfs zu verbannen. Im Angesicht des Unbekannten neigte sie dazu, sich das Schlimmste vorzustellen. Wenn sie sich von dieser Tendenz überwältigen ließe, würde das ihre Fähigkeit beeinträchtigen, vernünftig und vorausschauend zu planen. Sie schlug die Augen erst wieder auf, als sie ihre Gefühle vollständig im Griff hatte.

»Von dieser Theorie habe ich nie sehr viel gehalten«, antwortete sie. »Über Wells' Super PAC hat Paul viel von Wells schmutziger Arbeit erledigt. Wells hat seinen Tod gewiss nicht gewünscht. Wir können also wohl ausschließen, dass Wells zu Omega gehört.«

Ben runzelte die Stirn. »Du machst nicht den Eindruck, als wärest du dir da sicher.«

»Ich wünschte, ich wäre es.«

Ben lehnte seinen Kopf gegen die Nackenstütze. »Ich möchte gern schlafen.« Er schloss die Augen.

Evan stand auf, ging nach vorn zur Toilette und schloss sich ein. Sie stellte sich vor den Spiegel. Ihr Blick heftete sich auf eine einzelne Orchidee, die in einer an der Wand befestigten, schmalen Glasvase steckte.

»Du Arme«, flüsterte sie der Blume zu. »Hier drin steckst du fest, ohne Sonne und ohne irgendeine Fluchtmöglichkeit.«

Plötzlich strömten ihr Tränen aus den Augen, rannen über ihre Wangen und hinterließen Spuren, die im Kunstlicht glänzten.

Ach, Wendy, ach, Michael, dachte sie. *Wo seid ihr?* Sie beobachtete ihr Spiegelbild beim Weinen und fragte sich, wer das war. *Ich werde euch finden. Wo immer sie euch hingebracht haben, wo immer ihr seid, ich werde euch finden.*

Ben hatte weder den Sitz in ein Bett verwandelt noch die Augen geschlossen. Die Trennscheibe zwischen ihren Bereichen war nicht hochgeschoben. Er warf ihr einen Blick zu, als sie sich wieder in ihren Sessel schob, und sah die roten Ränder um ihre Augen.

Er blickte nach vorn auf den Bildschirm, wo *Wendezeit* – 1989 stumm lief, doch er schien den Film nicht zu beachten.

Evan wischte sich übers Gesicht, eher eine Geste der Verärgerung als ein Zeichen, dass sie sich zusammenriss. »Tut mir leid, dass ich bei Pine die Beherrschung verloren habe.«

»Er hätte uns sowieso nichts verraten«, sagte Ben sanft. »Ich schätze, diese Vermutung hatten wir beide von Anfang an.«

»Trotzdem.« Sie holte tief Luft. »Wir hätten es versuchen können.«

»Was soll das, Evan?« Er wandte sich ihr zu. »Oder verschafft dir die Selbstbezichtigung einen masochistischen Kick?«

Sie sah ihm in die Augen. »Ich mache mir *wirklich* Vorwürfe, aber nicht so sehr deswegen.«

Er wartete ab, jetzt geduldig. Der Nachtischwagen kam, und sie fragte: »Gibt es Butter-Brickle-Eiscreme?«

Jetzt verstand Ben. Trotzdem würde er ihr Zeit lassen, bis sie so weit war und es ihm auf ihre eigene Weise erzählte.

»Leider nicht«, antwortete die Stewardess. »Aber wir haben Butter-Pekannuss.«

»Prima.« Evans Miene hellte sich ein wenig auf. »Einen Eisbecher mit zwei Kugeln und einer Extraportion heißer Karamellsoße.«

»Für mich das Gleiche«, sagte Ben.

»Ich wusste gar nicht, dass du Butter-Pekannuss magst?«, fragte Evan.

»Butter-Brickle wäre mir lieber«, erwiderte er. »Aber das hier tut es auch.«

Sie warf ihm einen fragenden Blick zu und nickte dann zustimmend. Als der Nachtisch serviert und sie wieder unter sich waren, warf sie zwei Schmerztabletten ein, aß ein wenig von ihrem Eisbecher und legte dann den Löffel weg. »Ich hab mir überlegt ... ich hab viel von meiner Freizeit mit Zoe verbracht.«

»Glaub nicht, dass sie dir nicht dankbar dafür ist. Sie betrachtet dich als ihre Tante. Du hast genau das für sie getan, was ein Mädchen, das seine Mutter verloren hat, braucht.«

»Aber auch Wendy und Michael brauchen so etwas. Ich habe so viel Zeit mit ihnen zugebracht, wie meine Arbeit es zulässt, aber ich bin so viel unterwegs ...« Sie schüttelte den Kopf. »Und jetzt, da sie weg sind, habe ich schreckliche Schuldgefühle.«

»Evan, du hast ihnen massenhaft Zeit gewidmet«, sagte Ben. »Wie oft hast du Zoe zum Spielen zu ihnen mitgenommen?«

»Aber trotzdem habe ich das Gefühl, dass etwas gefehlt hat.«

»Was könnte das sein?«

Sie starrte auf den kleinen Krater, den sie in das rasch schmelzende Eis gelöffelt hatte. »Mein Verdacht ist ... dass ich ihnen ... wegen meiner ... meiner ... komplizierten Beziehung zu Bobbi nicht so nahegekommen bin, wie ich es hätte können oder sollen.«

»Das ist Unsinn, und du weißt es. Zunächst einmal war da ihr Vater, der dich nicht mochte, um es milde auszudrücken. Und zweitens musst du dir nur in Erinnerung rufen, wie ihre Gesichter immer leuchteten, wenn sie dich sahen.«

Sie biss sich auf die Lippen. »Vielleicht war ich selbstsüchtig.« Vielleicht hörte sie nicht zu.

Er legte die Hand auf ihre. »Evan, du bist die am wenigsten selbstsüchtige Person, die ich kenne. Du hattest einfach nur begrenzt viel Freizeit – deine Arbeit hat keinen Moment länger zugelassen. Du hast Zoe, Michael und Wendy deine Liebe geschenkt, in gleichem Maße, da bin ich mir sicher, und das hat ihnen allen gutgetan.«

»Aber wenn die beiden weg sind. Wenn sie irgendwie ... für immer verschwunden sind.« Sie rang um Atem. »Ich würde mir das niemals verzeihen.«

»So wird dieses Kapitel unseres Lebens nicht enden.«

Ihre Augen, von drohenden Tränen vergrößert, hielten seinen Blick fest. »Das kannst du nicht wissen.«

»Wir werden dafür sorgen.« Er drückte ihre Hand. »Gemeinsam.«

Hinterher dimmten sie die Lichter und wandelten die Sessel in Betten um. Den Kopf auf ein Kissen gelegt und von einer Bettdecke gewärmt, schlief Evan ein und träumte.

Sie träumt, sie schwämme in dem Flüsschen bei ihrem Haus. Bobbi ist bei ihr. Bobbi lacht sie aus und wiederholt immer wieder: *Ich hab die Macht, nicht du. Niemals du.* Doch nach Art der Träume begreift Evan nicht, was das bedeutet. Angst baut sich in ihr auf und wird unerträglich stark.

Da reckt Bobbi sich nach ihr, legt Evan beide Hände auf den Kopf – *Du willst Macht? Hier ist Macht* – und drückt sie unter Wasser. Als Evan sich wehrt, schlingt Bobbi ihr die Beine um die Schultern und hält sie unten.

Unten ...

Unten ...

Unten ...

21

Tagsüber

Das in Russland gebaute Flugzeug, Teil einer kleinen Flotte, die der ganze Stolz des SVR war, stand wegen einer technischen Panne am Boden. Kobalt und Zherov hatten den Flieger bereits bestiegen, sich umgezogen und warteten auf das Abheben, als der Kapitän sie über das Problem informierte und ihnen anbot, in der Diplomatenlounge des Istanbuler Flughafens zu warten; dort sei es sicher angenehmer. Er hatte recht, denn da sie sich in der Türkei befanden und das Flugzeug ein russisches Fabrikat war, würde die Reparatur wohl nicht, wie versprochen, ein oder zwei Stunden dauern, sondern könnte sich zwanzig Stunden hinziehen.

An der halbkreisförmigen Bar, wo sie Seite an Seite auf luxuriösen, barhockerähnlichen Sesseln mit niedriger Rücklehne saßen, waren sie dabei, eine weitere Flasche eiskalten Wodka zu vernichten. Irgendwann stellte der Barkeeper eine Auswahl von *mezze* vor sie, von denen sie hin und wieder ein Häppchen aßen.

»Es gibt eine wichtige Frage«, sagte Kobalt. »Für wen hat der russische Kriminelle, der tätowierte Ex-Sträfling, gearbeitet?«

Die Lounge war modern und zu stark klimatisiert, ein offener, rechteckiger Bereich mit einigen verstreuten Sitzgruppen. An den Wänden hingen vergrößerte Fotos von Istanbul zwischen gerahmten Plakaten von Turkish Airlines. Sparsame, aber angenehme, unpersönliche indirekte Beleuchtung. Im Gegensatz dazu drang das Sonnenlicht grell durch die Fensterscheiben und warf buttergelbe rautenförmige Flecken auf den Teppichboden. Abgesehen von ihnen beiden und dem Barkeeper befand sich niemand in der Lounge. Draußen auf dem Rollfeld stand ihr Flugzeug. Unmöglich zu sagen, ob die Techniker, die seit Stunden darunter und darauf herumwimmelten, überhaupt wussten, was sie taten.

Kobalt versetzte ihrem Glas eine Vierteldrehung und trank daraus. »Es gibt eine Reihe von Organisationen, die dazu imstande wären, einen Mann wie ihn zu benutzen – einen, der sowohl im Gefängnis ein Killer war als es auch in der Außenwelt geblieben ist.«

Zherovs Miene war nachdenklich und vielleicht sogar besorgt. »Ich dachte gerade – seit einem halben Jahr oder so setzt der SVR Ex-Sträflinge für Auftragsmorde ein. Es ist ein praktischer Trick, denn falls der Schuss nach hinten losgeht, fällt nichts auf den SVR zurück. Seine Hände sind sauber.«

»Die Hände des SVR sind niemals sauber.«

»Sicher, aber du weißt, was ich meine.«

Sie legte die Stirn in tiefe Falten. »Mir war schon dieselbe Idee gekommen.«

»Nun, wenn du mich fragst, ist es die richtige«, erwiderte Zherov. »Offensichtlich war Ermi ein Anwalt von einigem Ansehen. Er war diskret und außerdem, wie wir selbst gesehen haben, so schmutzig wie die Sünde. Möglicherweise war er das Clearinghaus für alle möglichen führenden Mitglieder des SVR oder des FSB.«

»Du willst sagen, er hat mich im Auftrag eines Klienten verraten, der mehr bezahlt hat als ich.«

Zherov nickte. »Am wahrscheinlichsten ist, dass jemand im SVR oder FSB Wind von deiner Mission bekommen hat.« Er beobachtete sie. »Sie mögen es nicht, wenn jemand die Initiative ergreift. Das musst du wissen. Dima weiß es jedenfalls.«

»Aber die Nachricht über meine Kinder kam direkt von unserer eigenen Human-Intelligence-Abteilung«, hielt sie dagegen.

Er zuckte mit den Schultern. »Eine undichte Stelle? Jedenfalls hat jemand im SVR entschieden, dass du nicht vertrauenswürdig bist. Vielleicht hält derjenige dich für eine Doppelagentin.« Er musterte sie. »Das bist du nicht, oder?«

Sie schnaubte. »Eine absurde Idee. Mein Herz schlägt für Russland.« Sie machte eine Geste. »Eines ist allerdings merkwürdig.«

»Was denn?«

»Dass dieser Angriff des SVR gleich nach der Entführung meiner Kinder durch Omega erfolgt ist.«

»Solange du durch das, was ihnen zugestoßen ist, abgelenkt bist, bist du besonders verwundbar«, bemerkte er.

Sie rieb die Nasenwurzel zwischen Daumen und Zeigefinger. »Du mischst schon länger in diesem Spiel mit als ich. Vielleicht könntest du ein paar Kontakte anzapfen und herausfinden, wer mir gegenüber Misstrauen geäußert hat.«

Er dachte kurz nach. »Ich kann es versuchen«, sagte er. »Wenn ich recht darüber nachdenke, kann die Auswahl an Verdächtigen eigentlich nicht allzu groß sein. Wie ich es verstanden habe, waren in diesen Auftrag nur Dima und du eingeweiht.«

»Offensichtlich nicht.« Sie zog die Augenbrauen zusammen. »Da ist die Human-Intelligence-Abteilung, wer immer dort die Information auch erhalten und an mich weitergegeben hat. Und dann bist da natürlich du.«

Sein einsetzendes Gelächter erstarb ihm auf den Lippen. »Mich kannst du unmöglich im Verdacht haben. Ich bin Dimas

Mann, er hat mich geschickt. Und ich war derjenige, der diesen Verrückten im Messerladen unschädlich gemacht hat.«

Sie lächelte. »Inzwischen verdächtige ich jeden, sogar Dima, auch wenn Gott allein weiß, warum er seine Gans, die goldene Eier legt, schlachten sollte.«

»Das würde er niemals tun. Du bist sein ganzer Stolz.« Er lächelte schief. »Auch wenn du ihn nicht ranlässt.«

»Stimmt.« Sie schnaubte sarkastisch. »Aber keine Sorge, Anton. Du stehst ganz unten auf der zugegebenermaßen kurzen Liste.«

Zherov stieß die Luft aus. »Du bist wirklich ein Prachtstück.« Er trank einen Schluck und schüttelte den Kopf. »Ich wünschte, ich hätte den Russen zum Reden gebracht. Ich würde wirklich gern wissen, wer im SVR ihn engagiert hat.«

»Das wäre Zeitverschwendung gewesen«, erwiderte sie. »Es gibt nur eines, was so ein Mann tut, und das ist definitiv nicht reden.« Sie leerte ihr Wodkaglas und schenkte sich nach. Ihr war bewusst, dass sie mehr trank als Zherov, doch andererseits vermutete sie, dass sie den Alkohol besser vertrug als er. »Er war ein Spezialist. Das Einzige, was ihn interessiert hat, war Töten.« Sie schnalzte mit den Lippen. »Einem Psychopathen wie ihm versetzt es einen Kick, Menschen sterben zu sehen.«

»Kick?«

»Morden ist sein Heroin.«

Zherov nickte. Hier war etwas, was er aus dem tiefsten Inneren verstand.

Sie musterte ihn kurz. »Es war ein gutes Gefühl, oder?«

Er runzelte die Stirn. »Was?«

»Ihn zu töten.«

»Ich habe versucht, es zu vermeiden.«

»Du hast es nicht genug versucht«, erwiderte sie. »Offensichtlich.« Sie hielt den Blick auf sein Gesicht geheftet. »Also. Es war ein gutes Gefühl. Es war befreiend. Die Gesellschaft kam in dieser Gleichung nicht vor; sie existierte in dem Moment nicht. Da waren nur du und er. Bis am Ende nur noch du übrig warst.«

Zherov zog die Augenbrauen zusammen. Dann lachte er unvermittelt. »Ist die Sitzung bereits um? Ich schulde dir hundert Dollar.«

»Psychoanalyse kostet dieser Tage eher vierhundert die Stunde.« Ihre Mundwinkel wanderten nach oben. »Aber natürlich ist sie mit einem Rezept verbunden, das dich direkt von deinem Elend befreit.«

»Als hätte es sich für dich niemals befreiend angefühlt, jemanden zu töten.«

»Ich habe noch nie jemanden getötet.« Sie wusste nicht, wieso sie log; vielleicht war es ein Zwang; vielleicht war es auch einfach nur die Lust am Widerspruch.

»Das glaub ich dir nicht.«

Sie zuckte mit den Schultern.

Er beugte sich mit durchdringendem Blick vor. »Weißt du, warum ich dir nicht glaube? Weil du so genau über die psychische Verfassung Bescheid weißt. Die Mechanismen in unserem Inneren, die uns das tun lassen, was wir tun. Und ja, ich meine *uns*. In dieser Hinsicht, wenn schon in keiner anderen, gleichen wir beide, du und ich, uns wie ein Ei dem anderen.«

Kobalt nahm sich eine Auszeit, um wieder ruhig zu atmen und ihren Zorn in die kleine Holzkiste zu verfrachten, die sie als Kind einmal dafür geschreinert hatte. Auf dieses Projekt hatte sie den größten Teil eines Jahres verwendet.

Sie lehnte sich zurück, um sich noch weiter zu beruhigen. Und um Abstand von Zherov zu gewinnen. Er war ein äußerst eigenartiger Verbündeter, doch sie brauchte ihn als Prellbock. »Sie haben dich aus dem Rinnstein aufgelesen, oder, Anton?«

»Tatsächlich haben sie mich aus dem Gefängnis geholt.«

»Wie alt warst du da?«

»Zwanzig«, antwortete er. »Beinahe.«

»Und warum hatte man dich eingesperrt?«

»Damals?« Er nahm ein wenig Hummus auf die Gabel und schluckte ihn herunter. »Ich habe einen Mann in einer Kneipe erstochen.«

»Du warst in eine Messerstecherei verwickelt.«

»Überhaupt nicht. Das Arschloch sagte, er kenne meinesgleichen. Er sagte, ich sei ein Nichts und werde immer ein Nichts bleiben. Er hat mich ausgelacht, mich beschämt. Ich hab ihm mit einem Lächeln beim Sterben zugesehen.«

Etwas tief in Kobalts Innerem fröstelte. »Du hast also nichts dabei empfunden.«

Er aß noch eine Gabel voll Hummus. »Wie meinst du das? Ich habe mich beflügelt gefühlt, bestätigt. Endlich. Er hat bekommen, was er verdient hat. Er wollte es nicht anders.« Zherov warf den Kopf zurück. »Bis dahin hat jeder mich wie ein Stück Scheiße behandelt, dass er sich von den Schuhsohlen wischt. Doch damit war es vorbei. Jetzt hatten die Leute Angst vor mir. Jetzt besaß ich einen Status.« Er aß den Rest des Hummus. »Selbst die Bullen, die mich verhaftet haben, waren beeindruckt. Sie müssen jemandem ganz oben in der Hierarchie davon erzählt haben. Ich war erst seit einer Woche im Knast, da kamen sie und haben mich geholt.«

»Der FSB.«

»Zu Beginn. Aber sie kamen nicht mit mir klar; nach drei Wochen schickten sie mich zum SVR, wo ich ausgebildet wurde. Ich gelangte unter die Befehlsgewalt von Dima. Er hat mich ausgewählt und mir meinen ersten Auftrag gegeben. Als ich zurückkam, hat er mich in Zaslon aufgenommen.«

Er trank einen Schluck Wodka. »Du wirkst schockiert, Karin.« Er achtete darauf, ihren derzeitigen Namen zu verwenden, obgleich nur der Barkeeper da war.

Sie schüttelte den Kopf. »Schockiert, nein. Gekränkt.« Sie leerte die Flasche und ließ eine weitere kommen. »Gekränkt, dass ausgerechnet du derjenige bist, den Dima mir als Kindermädchen mitgegeben hat.«

»Am Ende hat es hingehauen.« Er schenkte sich aus der neuen Flasche nach. »Oder etwa nicht?«

»Bisher jedenfalls.« Sie blickte weg und spähte blinzelnd ins helle Sonnenlicht, das sich im stählernen Rumpf ihres verletzten Vogels brach.

»Was ist denn mit dir? Jedes Mal, wenn ich glaube, dass wir zu einer Art von Verständigung gekommen sind, ziehst du mir den Teppich unter den Füßen weg.«

»Nun, du weißt ja, wie ich mich fühle, seit ich in dieses Land gekommen bin.«

»Wie meinst du das?«

»Ich meine die Russen. Sie glauben, nur weil sie Männer sind, hätten sie das Recht, mich zu ficken.«

Er zuckte mit den Schultern. »So ist das eben hier.«

»Nicht mit mir.«

Er verzog das Gesicht. »Ich wünschte, ich verstünde dich besser.«

»Erwarte da keine Hilfe von mir.«

»Bestimmt nicht«, antwortete er mürrisch. »Jetzt nicht mehr.«

Sie brauchte eine Pause. Sie erhob sich von ihrem Barhocker, trat zum Fenster und verfolgte die Aktivitäten bei ihrem Flugzeug, ohne sie zu begreifen. Doch wenigstens hatte der Schraubstock um ihre Brust sich gelöst, und ihr Atem floss wieder frei.

Zherov wartete essend und trinkend eine Weile darauf, dass sie zurückkehrte. Als sie dazu keine Anstalten machte, kam er und stellte sich unangenehm dicht neben sie. Sie wollte gerade von ihm wegtreten, da sagte er: »Warum verhältst du dich so, nachdem du mich um Hilfe gebeten hast?«

Aus einer kleinen Schale, die in der Nähe auf einem Tisch stand, nahm sie eine Dattel, tunkte sie in Honig und hielt sie ihm hin.

Sein Hals lief rot an. »Danke, aber ich brauche keine Bezahlung.«

»Ich dachte, du hättest klargemacht, dass doch.« Sie steckte die Dattel in den Mund und kaute nachdenklich. »Entweder du versuchst, uns beiden aus der Patsche zu helfen – denn du schwebst nicht weniger in Gefahr als ich –, oder du lässt es sein. Das liegt ganz bei dir.«

Sie legte den Kopf schief. »Erinnerst du dich, mit welcher Verachtung du mich behandelt hast, als du das erste Mal ins Flugzeug gestiegen bist?«

»Das war damals, jetzt ist jetzt.« Seine Hände waren eifrig damit beschäftigt, nichts zu tun. Er wusste, dass er ihr gegenüber eine Reihe von Fehlern begangen hatte, hatte aber keine Ahnung, was er tun müsste, um das Machtgleichgewicht wieder herzustellen. »Außerdem war ich sauer auf Dima, weil er mich als dein Kindermädchen losgeschickt hat.«

»Nicht saurer als ich.«

Die Stimmung war inzwischen so finster und geladen, als stünde ein Unwetter mit Blitz und Donner bevor. Sie musterten einander eine beträchtliche Weile. Dann zog er sein Handy heraus, trat außer Hörweite und tätigte ein paar Anrufe.

»Okay, erledigt«, sagte er, als er zurückkehrte. »Vielleicht höre ich etwas, vielleicht auch nicht.«

Das Sonnenlicht wurde bereits blasser. Doch sie spürte es noch immer durch die Scheibe hindurch. »Wenn ich glaubte, dass du ein Herz hast, Anton, würdest du mir leidtun.«

Er schüttelte den Kopf und zupfte an seinem Ohrläppchen. »Evan Ryder. Der amerikanische *shpion.* Sie ist deine Schwester, oder?«

Sie sah ihn an.

»Ist sie dir ähnlich?«

»Viel zu sehr.«

Zherov verlagerte sein Gewicht aufs andere Bein. »Dann könnten wir jemanden wie sie gebrauchen.«

Nach einer Weile schüttelte Kobalt den Kopf. »Ich kenne Evan. Nicht einmal über ihre Leiche.«

Er grinste. »Ich schätze, das könnte sich ebenfalls arrangieren lassen.«

Draußen war es dunkel geworden.

22

Nach Ende der Öffnungszeit

Zur blauen Stunde – also unmittelbar nach Sonnenuntergang – lag das Moskauer Aquarium beinahe verlassen da. Nur die Leute der Nachtschicht gingen ihren Aufgaben still und geübt nach. Ein Reinigungstrupp kehrte den Abfall zusammen, den Kinder und Erwachsene hinterlassen hatten, säuberte die Ecken und wischte die Böden, bis sie im schwachen Licht golden schimmerten. Andere, die promoviert hatten – pflichtschuldig gefolgt von ihren Assistenten –, gingen Stahlstege ab, von denen aus man von oben in die Becken hineinschauen konnte. Hin und wieder verharrte einer von ihnen, kniete sich nieder, nahm einen seiner Schutzbefohlenen genauer in Augenschein und diktierte seinen Begleitern etwas. Dieses Gemurmel vermischte sich mit den leisen Hintergrundgeräuschen, die man nur um diese Zeit hörte, wenn die Besucher gegangen und die Eingangstore geschlossen waren.

Doch das Aquarium schlief niemals; oder zumindest schliefen seine Bewohner niemals.

In der Abenddämmerung wurde ein Mann in einem dicken Mantel, dessen Lammfellkragen hochgeschlagen war, einen breitkrempigen Filzhut auf dem großen Kopf, von zwei finster schauenden SVR-Agenten unauffällig durch den Angestellteneingang geleitet. Sie ließen ihn hinter der Tür zurück, und von dort aus wurde er von einem Meeresbiologen ins eigentliche Aquarium geführt. Mit diesem war der Mann im Mantel in Sankt Petersburg zur Schule gegangen, und der Biologe hatte unerklärlicherweise – zumindest für den Besucher – die Wissenschaft dem FSB vorgezogen, und so auch auf Reichtum verzichtet, auf eine Datscha in den Moskauer Bergen und auf Geliebte, die so zahlreich und funkelnd waren wie Weihnachtsglöckchen.

Der Mann im dicken Mantel hielt eine kleine Umhängetasche in der Hand. Er sprach mit seinem Freund wie damals in der Schule, als sie einander Geheimnisse zugeflüstert hatten, voll eines Vertrauens, das sich wortlos von selbst verstand. Der Mann im dicken Mantel war Generaldirektor Baev, Leiter des SVR, und der Meeresbiologe an seiner Seite war Dr. Morayev. Alle seine Freunde nannten ihn Morayev, selbst Baev, den Morayev seinerseits als Slava anredete.

Generaldirektor Baev war ein untersetzter Mann mit einschüchterndem Auftreten – seinem Panzer angesichts seiner persönlichen Unsicherheit. Sein Gesicht war schief, das eine Auge saß ein wenig höher als das andere, und sein nahezu lippenloser Mund war an der einen Seite hochgezogen, zu einem ständigen Grinsen oder Zähnefletschen, je nach Laune. Er hatte dichtes, aus der Stirn gegeltes Haar in der Farbe eines Nerzpelzes und trug einen altmodischen Vollbart. Seine Handrücken waren mit struppigem schwarzen Haar bewachsen.

Im Gegensatz zu ihm war Morayev klein und hatte von seinen Studien am Mikroskop leicht gebeugte Schultern. Er war Junggeselle, und wenn an den Wochenenden der funkelnde Weihnachtsschmuck in Baevs Datscha erstrahlte, stellte er sich häufig ebenfalls ein. Wie jeder Mann amüsierte er sich gern.

Morayev begleitete Baev nur bis zu dem riesigen Haifischbecken, wo ihn bereits ein anderer Mann erwartete, die Hände über dem Tauchanzug verschränkt, dem einzigen Kleidungsstück, das er trug. Morayev blieb wie immer in sicherem Abstand zu dieser Person stehen. Der Mann löste stets Entsetzen in ihm aus, obgleich Baev ihn deswegen oft verspottete. Weiße Haie oder Tigerhaie verunsicherten den Meeresbiologen nicht im Geringsten, doch allein der Anblick des Ministers Darko Vladimirovich Kusnetsov, Direktor des FSB, genügte, damit sein Herz heftig pochte. Kusnetsov legte stets eine sonderbare Mischung aus Käuflichkeit und Rechtschaffenheit an den Tag. Wie die meisten Männer in hohen Regierungsämtern sackte er gern Schmiergelder ein und transferierte die unrechtmäßigen Einnahmen in Steueroasen in Übersee. Andererseits duldete er weder bei sich selbst noch bei einem seiner Mitarbeiter Drogen- oder Menschenhandel. Wer es wagte, verschwand spurlos.

»Ich lasse dich hier zurück, Slava«, murmelte Morayev, machte auf dem Absatz kehrt, ohne eine Antwort seines Freundes abzuwarten, und trat so hastig wie möglich den Rückzug an.

Die beiden Beamten – der Direktor des SVR und der Leiter von dessen Mutterorganisation, des FSB, des *Föderalen Sicherheitsdienstes* – gingen oberhalb des Haifischbeckens aufeinander zu, reichten sich die Hände und umarmten sich dann als russische Genossen. Im Verlauf der Jahre hatten sie zu einer Art unsicherem Waffenstillstand gefunden. Freundschaft würde Minister Kusnetsov es niemals nennen; Baev stand hierarchisch auf einer niedrigeren Stufe, und auch Baev war nicht so dumm, ihre Beziehung für Freundschaft zu halten. Doch auf einer Ebene, zu der keiner von ihnen sich bekennen würde, gab es unausgesprochen ein Band zwischen ihnen. Einer der Gründe dafür war ihre Einigkeit bezüglich der Regeln der Korruption. Der andere befand sich unmittelbar unter ihnen.

Baev öffnete seine Tasche, nahm seinen Tauchanzug und zwei Handtücher heraus, entkleidete sich und zog den Anzug an. Dann holten beide Männer Tauchermasken und Carbonfaser-Flossen für Freitaucher heraus. Einer nach dem anderen ließen sie sich ins Becken hinunter. Sie waren beide ausgezeichnete Schwimmer und Apnoetaucher. Das Freizeitvergnügen, das sie vor Jahren hier für sich entdeckt hatten, erforderte, dass sie ohne Ausrüstung oder Schutzkleidung mit Haifischen schwammen.

Nachdem sie mit reglos verharrenden Beinen die Lunge bis zum Bersten gefüllt hatten, ließen sie sich sinken. Dann bewegten sie die Beine und glitten im selben Rhythmus wie die Haie durchs Wasser. Es gab die übliche Mischung ungefährlicher Tiere: Riffhaie, Zitronenhaie, Schwarzspitzenhaie und die Faulpelze der Versammlung, die Ammenhaie. Tatsächlich waren Haie von Natur aus scheu; ganz anders als das in *Der weiße Hai* dargestellte Monster.

Baev fühlte sich jedoch ganz besonders zu den Bullenhaien hingezogen, weil sie am aggressivsten und anpassungsfähigsten waren: Sie kamen sowohl in Salzwasser als auch in Süßwasser vor.

Kusnetsov seinerseits zog die Tigerhaie vor. Er liebte ihre stromlinienförmige Gestalt und ihren Raubtierblick. Im Laufe der Jahre hatte er mehrere dieser Kerle niedergestarrt. Er war nie verletzt worden; keiner der beiden Männer.

Die Gefahr und die unbeschreibliche Schönheit der Tiere machten nur einen Teil der Attraktion der Tiefen des Haifischbeckens aus. Außerdem gab es die Stille – so absolut, dass sie geschworen hätten, das Klopfen ihres Herzens und das Rauschen des Bluts in ihren Adern und Arterien zu hören. Nirgendwo in ihrem vielbeschäftigten Leben konnten sie sonst den vollkommenen Frieden finden, in dem sie hier schwelgten.

Baev fand den zweieinhalb Meter langen Bullenhai, den er nach dem ersten dänischen König Ongendus getauft hatte, oder möglicherweise fand das Tier auch ihn, denn Baev war sich sicher, dass Ongendus ihn inzwischen kannte. Sie schwammen Seite an Seite, Baev ganz dicht bei dem primitiven Herzen, das er gern mit allem, was es bedeutete, berührt hätte. Ohne zu wissen, wie. Näher als jetzt, dachte er, würde er dem Geheimnis und Wunder des Lebens niemals kommen.

Zweimal tauchten sie auf, um ihre Lungen neu zu füllen. Einmal folgte ihnen ein neugieriger Zitronenhai bis fast zur Oberfläche, verweilte bei ihnen, während sie Luft schöpften, verlor aber das Interesse, als sie sich wieder in die grüne Tiefe sinken ließen. Als am Ende beide Männer erschöpft waren, fiel es Baev wie immer schwer, Ongendus' Seite zu verlassen.

Hinterher saßen sie auf dem Stahlsteg und trockneten sich ab. Baev brachte eine Thermosflasche eiskalten Wodka zum Vorschein, aus der die Männer abwechselnd tranken.

Als sie später wieder angekleidet waren, zogen sie sich, vom Schwimmen und vom Wodka gekräftigt, in ein Büro des Aquariums zurück, das sie immer benutzten. Baev ließ sich auf einem kleinen Sofa nieder, während Kusnetsov sich auf den Drehstuhl hinter dem Schreibtisch setzte. Er war groß, schlank und geschmeidig, genau wie seine geliebten Tigerhaie. Um seine Glatze zog sich ein Streifen grau melierten Haars, der bei jedem anderen Mann mönchisch gewirkt hätte. Bei dem Minister war das jedoch nicht der Fall. Seine Augen funkelten schwarz und unersättlich. Wie bei seinen Tigerhaien wusste man nie, was er dachte oder als Nächstes tun würde, doch Baev hatte schon sehr oft richtig geraten.

»So.« Kusnetsov verschränkte die Hände hinter dem Kopf, seine Lieblingsstellung bei inoffiziellen Unterredungen. Er trug einen dunklen Anzug, ein weißes Hemd und eine rote Krawatte. Alle Kleidungsstücke saßen perfekt. »Hat Dima sie schon ins Bett gekriegt?« Eine Klarstellung, auf wen sich dieses *sie* bezog, war nicht nötig. Oft kam es Baev so vor, als begännen all ihre Unterredungen über Dima mit derselben Frage. Doch allmählich glaubte er, dass sie tatsächlich über Kobalt selbst redeten.

»Sie hat sich allen Annäherungsversuchen widersetzt, sogar den raffiniertesten.« Baev dachte kurz nach und wagte dann die Bemerkung: »Das finde ich anerkennenswert.«

Der Minister wischte seine lobenden Worte beiseite. »Und doch verbiegt er auch weiterhin die Regeln für sie«, sinnierte er. »Das macht ihre Beziehung ... fragwürdig. Eine Frau, die von Dima alles bekommt, was sie will, ohne hemmungslos mit ihm zu bumsen, muss man genau im Auge behalten. Wir beide wissen, dass Dima nur oberflächlich gesehen eitel und darunter sehr gefährlich ist.«

»Na ja, das ist sein Modus Operandi, oder? Immer wieder bietet er die Gelegenheit zu der Annahme, dass er kein gefährlicher Feind wäre.«

»Die Frage ist nur, ob er mit Kobalt eine kluge Wahl getroffen hat.«

»Sie ist eine eiskalte Mordmaschine«, rief Baev ihm in Erinnerung. »Anouk, Leda, die Amerikanerin Lila Butler. Der Schwede Elias Larsson und der Tschetschene Alu Islamov – sie alle hat sie äußerst geschickt und ohne jedes Anzeichen von Reue ermordet.« Er holte tief Luft. »Kobalt ist eine Waffe, aber sie ist eine Waffe, die Dima nur für sich haben möchte.«

»Wenn ich es recht verstehe, hat Dima Kobalt eines von unseren Flugzeugen geliehen, damit sie ihre entführten Kinder zurückholen kann. Das wäre der Beweis für Ihre These, oder?«, knurrte Kusnetsov.

Baev nickte. »Diese Schlussfolgerung bietet sich an. Allerdings ist Kobalt erneut hinter Omega her, der Gruppe, auf die sie vor einem halben Jahr angesetzt wurde.«

»Und die Kinder?«

»Die beiden halten ihre Mutter für tot. Und anscheinend möchte Kobalt auch, dass es so bleibt.«

Nach dieser Antwort schwieg der Minister lange. Er schaute auf seine Hände hinunter, deren Fingerspitzen gegeneinander tippten. Schließlich blickte er auf. »Anscheinend liege ich mit meiner Einschätzung über Kobalt ein wenig daneben. Zwei Fragezeichen wurden gelöscht. Aber ...«

Jetzt kommt das Eigentliche, dachte Baev.

»Da bleibt noch das dritte Fragezeichen, nämlich die Tatsache, dass sie mit ihrem Omega-Auftrag gescheitert ist.«

Baev bemühte sich, sich seine Überraschung nicht anmerken zu lassen. »Wenn Sie die Aufzeichnungen ihres Berichts über diese Mission lesen, werden Sie sehen, dass sie uns wertvolle Informationen geliefert hat. Omega ist eine fanatische, gottesgläubige Sekte. Die Leute indoktrinieren russische Bürger und hetzen sie gegen die Föderation auf.«

»Das ist absolut inakzeptabel. Aber Kobalt hat darin versagt, Informationen zu beschaffen, auf die hin wir *handeln* könnten. Wer ist Omegas Führer, was ist Omegas Ziel? Wie weit ist die Sekte bei dessen Verwirklichung gelangt? Und wo genau befindet sich das Hauptquartier? Die Niederlassung in Odessa war nur eine Nebenstelle.«

»Genau deshalb habe ich Dima nicht für Kobalts Entsendung getadelt«, sagte Baev. »Sie hat eine zweite Chance erhalten, ihren Omega-Auftrag zu erfüllen.«

»Was mich betrifft, ist noch keine Entscheidung gefallen. Kobalt muss mir immer noch ihren Wert beweisen.« Kusnetsov unterstrich seine Worte mit einer abschließenden Handbewegung. Er räusperte sich und lehnte sich zu Baev vor, ein Zeichen, dass er nun zum Kern des Gesprächs kommen würde. »Meine Hauptsorge gilt Evan Ryder. Sie ist Kobalts Schwester.«

»Die beiden verabscheuen einander.«

Kusnetsov senkte den Kopf wie ein Stier, der zum Angriff übergeht. »Dennoch ist Ryder eine potenzielle Versuchung für Kobalt, eine Verbindung zum Westen. Ein solches Hintertürchen für die mit Eisenketten an uns gebundene Agentin werde ich nicht dulden.« Er sah Baev finster an. »Diese Sorge habe ich bereits mehrmals ausgedrückt, Slava, und doch …« Seine Hände öffneten sich wie Schaufeln, als wollte er damit gleich Baevs Grab ausheben. Sofort verklumpte sich in Baevs Eingeweiden etwas. »Und doch ist Ryder immer noch am Leben und wohlauf.« Kusnetsovs Nasenflügel bebten, als würde er von Gestank belästigt. »Wie weit sind Sie mit Ihrem Ryder-Auftrag? Wissen Sie überhaupt, wo sie sich befindet?«

»Ja, das weiß ich.« Baev wagte einen Atemzug, um nicht an seiner Angst zu ersticken. »Wir haben sie endlich aufgespürt. Die Entführung von Kobalts Kindern hat uns die Gelegenheit verschafft, die wir brauchten. Die Human-Intelligence-Abteilung hat uns informiert, dass Ryder, nicht Kobalt, versucht, die Kinder aufzuspüren. Ich habe zwei ›Landarbeiter‹ losgeschickt, um sie zu eliminieren.«

»Landarbeiter?« Der Minister schaute stechend. »Wovon reden Sie?«

Baev räusperte sich. »›Landarbeiter‹ sind *blatnoy*« – Kriminelle – »die erst vor Kurzem aus der *fenya* entlassen wurden.« Aus dem Gefängnis. »Sie alle sind handverlesen. Schon im Gefängnis haben sie Mordaufträge durchgeführt. Mord ist ihr Lebenselixier; sie sind darin besser als jeder andere.«

»Ryder eingeschlossen.«

Baev nickte. »Ryder eingeschlossen.«

Kusnetsov hob die Hand vom Schreibtisch und ließ sie leise und nachdrücklich sinken, was, wie Baev wusste, gewichtiger war, als wenn er auf den Tisch gehauen hätte. Wenn er gelassen auftrat, war der Minister am gefährlichsten. »Nun gut. Aber hören Sie mir jetzt genau zu, Slava. Ich möchte, dass die Sache erledigt wird. Keine Fehler, keine losen Enden. Eliminieren Sie Evan Ryder rasch und sauber.«

Baev stand auf, wie jeder gute Soldat es tut, wenn er seinen Marschbefehl erhalten hat. Förmlich antwortete er: »Ich verstehe vollkommen, Minister Kusnetsov.«

Baev hätte sofort nach Hause fahren sollen, doch ihm war nicht danach. Es war, als würde es ihn an einer Stelle jucken, an die er nicht herankam. Zu Hause wollte er jetzt wirklich nicht sein. Er entließ seinen Fahrer und Leibwächter und setzte sich hinters Steuer des gepanzerten Navigator. Selbst zu fahren half ihm beim Nachdenken, wenn er sich über eine Sache klar werden musste, insbesondere wenn er sie schon eine Weile im Hinterkopf hatte.

Als er am Ufer der Moskva entlangfuhr, ließ er sich bewusst von den Problemen ablenken, die ihn quälten. Mondschein in Moskau. Wie sehr ihn das an seine Jugend erinnerte, an die Zeit, als er mit seiner jeweiligen Freundin am Ufer entlanggeschlendert war, angezogen von der romantischen Magie des silbrigen Lichts auf dem schwarzen Fluss. Doch das lag lange zurück. Heute Abend kam es ihm noch ferner vor als üblich. Wann hatte er seine Freude an Romantik verloren? Zur gleichen Zeit, zu der er aufgehört hatte, seine Frau zu lieben? Vielleicht hatte er sie ja nie geliebt. Vielleicht hatte der Panzer des Zynismus, der ihm durch die Arbeit im Geheimdienst gewachsen war, ihn bereits immun für die Liebe gemacht – und für die normalen menschlichen Alltagssorgen insgesamt.

Er schauderte und fühlte sich so einsam wie schon lange nicht mehr. Natürlich könnte er in einen Klub gehen, sich mit Wodka betrinken und eine junge Frau an Land ziehen, die innerlich so hohl war wie äußerlich umwerfend. In seinem Handy hatte er eine große Zahl von ihnen gespeichert, Frauen, die für sein Geld gern zu einer Nacht der Zügellosigkeit bereit wären. Doch zu nichts davon hatte er Lust. Mit plötzlichem Erschrecken wurde ihm bewusst, dass das schon seit einer ganzen Weile so war. Seine Arbeit hatte ihn vollständig in Anspruch genommen, und jetzt lebte er im Bauch des Monsters: Er war mächtig, reicher, als er je zu träumen gewagt hätte, und absolut einsam.

Er nahm eine Polizeiausfahrt, fuhr die Rampe zum Ufer hinunter und parkte. Er fühlte sich, als sitze er in der Falle, und stolperte fast in seiner Eile, aus dem Navigator herauszukommen. Er zog seinen Mantel enger um sich und ging ein Stück über die Nebenstraße. Am anderen Ufer funkelten Lichter und spiegelten sich im Wasser. Er sah auf die Moskva hinaus, doch sein Blick war nach innen gerichtet.

›*Sie ist mit ihrem Omega-Auftrag gescheitert*‹, hatte Kusnetsov in Bezug auf Kobalt gesagt. Diese Weisheit hatte er immer wieder von der Handvoll von Leuten gehört, die den Bericht über ihre Mission gelesen hatten. Alle gingen einfach davon aus, sie habe es irgendwie vermasselt und sich verraten. Aber Baev war sich da nicht so sicher. Agenten wie Kobalt waren auf ihre Weise Fanatiker; ihr Blick fürs Detail war beinahe übermenschlich. Wenn sie selbst also keinen Fehler begangen hatte, was war dann passiert? Die einzige andere Möglichkeit war, dass sie verraten worden war. Was bedeutete, dass jemand im SVR und vielleicht sogar in Zaslon ihren Tod wünschte. Wer und warum?

Er holte sein Handy heraus, tätigte eine Reihe von Anrufen

und stellte die Fragen, auf die er eine Antwort benötigte. Einmal – aber nur ein einziges Mal – war er gezwungen, laut zu werden.

In den SUV zurückgekehrt, startete er den Motor und wartete darauf, dass die Heizung seine Hände und Füße wärmte. Danach erledigte er einen weiteren Anruf.

Er fuhr tiefer in die Nacht hinein, weg von seiner Luxuswohnung, seiner Frau und seinen halbwüchsigen Kindern, die ohnehin kaum je da waren. Er dachte an keines von ihnen, ließ zu, dass sich ein Schleier vor ihre aufsteigenden Bilder legte, und verschob die Erinnerung an sie in die dunkelsten Winkel seines Hinterkopfs.

Zwanzig Minuten später bog er auf den betonierten Vorplatz eines modernen Stadthauses ein, eines Gebäudes in einer langen, gewundenen Reihe weiterer Wohnhäuser. Es handelte sich um ein dreigeschossiges Objekt mit fünf Zimmern, drei Kreuzungen von der Novorizhskoe-Schnellstraße entfernt. Hier, außerhalb der Ringautobahn, war es ruhig, und hohe Schutzwände dämpften den Verkehrslärm von der Schnellstraße fast vollständig.

Er wollte gerade aussteigen, da summte sein Handy. Er lauschte vielleicht dreißig Sekunden, sagte »selbstverständlich« und legte auf.

Die Haustür ging auf, und da stand Kata, bekleidet nur mit High Heels, Strümpfen bis zu den Oberschenkeln und sonst nichts. Bei seinem Anblick lächelte sie breit.

Drinnen hieß sie ihn mit einem Kuss auf den Hals willkommen, der rasch in ein sanftes Knabbern überging. »Freut mich, dass du dich entschlossen hast, deinen Aufenthalt zu verlängern.«

23

Köln, Deutschland

»Vor langer Zeit war das hier einmal eine Stadt, wie ich sie liebe«, sagte Evan. »Im Mittelalter wurden viele Gilden von Frauen geleitet.«

»Eine offene Stadt«, erwiderte Ben, der auf der Taxifahrt vom Flughafen zum Zentrum neben ihr saß. »Aber das ist Vergangenheit. Denn ab heute und von jetzt an heißt es: *Moskauer Regeln*.« Das bedeutete, dass sie sich in feindlichem Gebiet befanden, nichts als gegeben voraussetzen durften, sich so unauffällig wie möglich verhalten und Zufälle als gegnerische Handlungen auffassen sollten.

Wolken jagten sich über den Himmel wie Kinder, die Fangen spielen. Sie zogen immer wieder vor die Sonne und warfen flüchtige Schatten auf Straßen und Bürgersteige. Ben hatte den Taxifahrer gebeten, sie gegenüber dem spitzen Doppelturm des Kölner Doms abzusetzen, Sitz des Erzbischofs und des Erzbistums Köln. Der Grundstein der dritthöchsten Kirche der Welt war bereits 1248 gelegt worden, doch angesichts extremer geschichtlicher Turbulenzen wurde sie erst Jahrhunderte später fertiggestellt, nämlich 1880. Evan betrachtete gerade den Dom durchs Seitenfenster des Taxis, da vibrierte ihr Handy. Eine verschlüsselte Nachricht war eingetroffen. Sie öffnete sie und las.

»Evan«, sagte Ben, »wir sind da.«

»Bitte den Chauffeur, weiterzufahren«, antwortete sie, ohne den Blick vom Display zu wenden.

Ben beugte sich vor und gab Evans Anweisung weiter. Der Fahrer rollte achselzuckend aufs Neue los.

Die Nachricht stammte von Lyudmila. Sobald Ben ihre Flüge reserviert hatte, hatte Evan ihrer Freundin eine gesicherte Nachricht geschickt, die ihre derzeitigen Namen Carla und Len Johnstone enthielt – Legenden, die sie bereits früher verwendet hatten –, sowie ihre Flugnummer und die Ankunftszeit in Köln. Lyudmila hatte nun mit einem Namen und einer Adresse, einer Tageszeit und detaillierten Anweisungen für das Treffen reagiert. Ein Blick auf die Armbanduhr zeigte Evan, dass noch etwa drei Stunden Zeit blieben.

»Wir möchten Würstchen mit Sauerkraut essen und dazu ein Bier trinken«, erklärte sie dem Fahrer. »Bringen Sie uns bitte zum besten Lokal am Ebertplatz.«

Der Fahrer nickte und bog an der nächsten Straßenecke ab. Zwanzig Minuten später traten sie durch die Glastür des *Liebchen*, einer altmodischen Bierhalle mit Holztischen und einem Holzboden, der vom jahrzehntelangen Kontakt mit Schuh- und Stiefelsohlen schwarz gefärbt war – ein Zeichen für die Beliebtheit des Lokals. Der Raum war überheizt, und die Luft war geschwängert vom Wasserdampf, der aus riesigen Kesseln voll Kartoffel-Kohl-Suppe aufstieg.

Als sie sich an einen Tisch weiter hinten im Saal gesetzt hatten, deckte eine schlanke Kellnerin Besteck und Gläser, reichte ihnen Speisekarten und ging davon, nachdem jeder von ihnen ein Bier bestellt hatte.

»Bratwurst oder Weißwurst?«, fragte Ben.

»Eindeutig Bratwurst.« Evan legte die Speisekarte weg. »Sauerkraut und Kartoffeln.«

Ihr Bier kam, und sie bestellten. Die Kellnerin nahm die Speisekarten und ging.

Evan schüttelte eine Schmerztablette aus dem Fläschchen und spülte sie mit einem Schluck Bier herunter. Sie zuckte zusammen. *»Nein«*, sagte sie auf Deutsch. Sie schob das Bier zu Ben hinüber. Dann fing sie den Blick der Kellnerin ein und bestellte eine große Flasche Mineralwasser. Als die kam, kippte sie ein ganzes Glas auf einmal herunter.

Beim Essen fragte Ben: »Weiß deine mysteriöse Kontaktperson, dass du in Begleitung hier bist?«

Evan schnitt in die Bratwurst, bemüht, sich nicht vollzuspritzen. »Nein.«

»Gut. Belassen wir es dabei.«

Sie musste sich auf die beiden goldenen Omegas konzentrieren, auf Pauls schreckliches Ende, auf die Kinder, auf den Todesknebel mit Bens Namen und auf die Frage, wie das alles zusammenhing. Um dafür Ruhe zu finden, musste sie die Geschichte mit ihrer Schwester ausblenden. Unter den gegebenen Umständen gelang ihr das ohne allzu große Schwierigkeiten, doch es gab noch ein weiteres Thema, das jetzt auf den Tisch musste.

»Ben«, begann sie, »wenn wir weiter bei Einsätzen zusammenarbeiten wollen, müssen wir über jene Nacht damals in Deutschland reden.«

Er legte seine Gabel weg. »Vielleicht sollten wir besser über die Nachwirkungen sprechen.«

»Ich weiß. Wir waren beide daran beteiligt, die Wahrheit vor Lila zu verschweigen.«

»Meine Frau war ein guter Mensch. Sie hatte es nicht verdient, belogen zu werden.«

»Und wenn du es ihr gestanden hättest? Was hättest du damit gewonnen, Ben? Sie hätte dich gehasst, mich verteufelt, und eure

Ehe wäre kaputtgegangen. Hättest du dir das für Zoe gewünscht? Oder für uns alle?«

»Nein, natürlich nicht. Aber ...« Das Ende des Satzes hing in der Luft wie ein loser Faden an einem Mantelsaum.

»Aber was? Wir haben damals darüber gesprochen, erinnerst du dich?«

»Ja. Bis spät in die Nacht.«

»Sieh den Tatsachen ins Gesicht, Ben. Der einzige Grund, aus dem du es Lila gern gebeichtet hättest, war der, deine Schuldgefühle zu lindern.« Sie holte tief Luft. »Leider erlangt man mit der Wahrheit nicht immer Vergebung.«

Er nickte. Sein Gesicht wirkte bleich und verhärmt. »Ob ich will oder nicht, sie fehlt mir.«

»Dagegen kannst du nichts machen.«

Er hob den Kopf. »Und ob ich will oder nicht, ich fühle ...«

Unvermittelt schob er seinen Teller weg, stand auf und ging nach hinten, wo Evan die Toiletten vermutete. Sie fragte sich, was er hatte sagen wollen und was ihn daran gehindert hatte, es auszusprechen. Und sie fragte sich, ob sein Zögern etwas mit Isobel Lowe zu tun hatte. Was die beiden wohl für eine Geschichte hatten – wie lang kannten sie einander schon, und wie hatten sie sich kennengelernt? Was bedeuteten sie einander? Evan hatte mit eigenen Augen gesehen, wie bestürzend schön Isobel war und welche Faszination sie auf Menschen ausübte. Es war absolut nicht unvorstellbar, dass Ben in sie verliebt war. Wenn Evan jetzt richtig darüber nachdachte, kamen die beiden ihr sogar wie ein sehr harmonisches Paar vor. Der Gedanke machte sie nicht glücklich. Absolut nicht.

Als sich am Rande ihres Gesichtsfelds etwas bewegte, hob sie den Kopf. Ben kam zurück. Er hatte jetzt mehr Farbe im Gesicht, und sein Haar war feucht. Er musste sich kaltes Wasser ins Gesicht geklatscht haben.

Er nahm wieder Platz. »Ich wollte mich eben für das bedanken, was du kürzlich in Anacostia für mich getan hast.«

»Eine gute Tat führt zur anderen. Du hast mich aus dem brennenden Wrack gezogen, in das ich meinen Charger verwandelt hatte.«

Ben schüttelte den Kopf. »Ich weiß nicht. Pine hat mir mehr Schwierigkeiten bereitet, als ich erwartet hatte.«

»Brauchst du einen Auffrischkurs auf der Farm?« Die Farm war das streng bewachte Gelände tief in den Bergen Virginias, wo Rekruten in den dunklen Künsten der Spionagepraxis, den *Moskauer Regeln* und manche von ihnen auch in der Kunst des Tötens geschult wurden.

»Ah, nein.« Er schüttelte den Kopf. »Was wir hier machen, ist die beste Methode, meinen Instinkt zu schärfen.«

»Natürlich.« Evan lächelte. »Den Instinkt verliert man nie, Ben, er ist einfach nur unter einer Lawine von Papierkram vergraben.«

Er erwiderte ihr Lächeln. »Vermutlich die natürliche Folge der Tatsache, dass ich jahrelang halb Mensch, halb Schreibtisch war.« Sie kaute einen Bissen Bratwurst und spülte ihn mit einem Schluck Bier herunter. »Kaum zu glauben, dass ich mich dafür abgerackert habe. Wie konnte ich nur überzeugt sein, meinen eigenen Geheimdienst zu führen, sei die Krönung meiner Karriere«, er breitete die Hände aus. »Jetzt merke ich, wie sehr mir der Adrenalinkick der Einsätze gefehlt hat.«

Sie wartete geduldig ab, denn sie spürte, dass er noch nicht fertig war.

Er räusperte sich. »Was ich sagen möchte, ist, dass es ein besonderes Band zwischen uns gibt, eine Intimität, die uns wohl in jener Nacht die Erlaubnis zum Sex verschafft hat. Aber erst jetzt begreife ich, dass diese Vertrautheit durch die Gewalttaten entstanden ist, die wir immer wieder begehen mussten. Wir haben jeder im Beisein des anderen Menschen getötet. Und ich finde es so eigenartig, so unerklärlich, weil das etwas ist, was sonst niemand mit uns teilen kann. Es gehört allein uns.«

Sie nickte. »Im Guten wie im Schlechten.«

»Hm. Wahrscheinlich trifft beides zu, denkst du nicht auch?«

»Ja, tatsächlich. Aber wir haben uns für dieses Leben entschieden, Ben. Wir haben es gefunden, nicht es uns.« Sie legte die beiden goldenen Omegas auf den Tisch. »Sollen wir weitermachen?«

»Natürlich.«

»Gut.« Sie legte die beiden Fotos neben die Symbole. »Onders und Pine waren eindeutig Mitglieder dieser Gruppe«, sie tippte auf die Omegas, »worum auch immer es sich bei ihr handelt.«

»Aber ist Anna das auch?« Ben wendete die Fotos, um sie genauer zu betrachten. »Zumindest ist sie das Verbindungsglied zwischen den beiden Männern. Doch es muss mehr daran sein als nur das.«

Evan steckte die Omegas wieder ein. »Sind wir nicht deshalb hier?«

24

Odessa, Ukraine

Sie trafen bei scheußlichem Wetter in Odessa ein. Es war diese indifferente Zeit zwischen Nachmittag und Abend. Doch nach dem haarsträubenden Sinkflug durch die schlimmsten Turbulenzen, die Kobalt je erlebt hatte, war es eine Erleichterung, einfach wieder am Boden zu sein.

Der Flug von Istanbul hatte nicht lange gedauert; es hatte nur für ein kurzes Nickerchen gereicht. Zherov war jedoch wach geblieben und hatte Kobalt im Schlaf gemustert, als könnte er so besser in ihr lesen, als wenn sie wach und seiner gewahr war.

Sie nahmen einen Uber zum Ekaterininskaya-Platz. Der Fahrer ließ sie am Eingang von Le Pechêur, »Der Fischer«, aussteigen, dem besten Hotel der Stadt, wie man es von erfolgreichen Import-Export-Kaufleuten erwarten würde. Sie betrachtete die Fassade, die im klassischen Pariser Stil erbaut war, und dachte, dass es heutzutage nicht darauf ankam, in welche Stadt man reiste, es war doch so, als hätte man den Ort, von dem man aufgebrochen war, gar nicht verlassen. *Das hier könnte überall sein*, dachte sie. *Abgesehen davon, dass ich es hier hasse.*

Genau wie in Versailles hingen drinnen riesige Kronleuchter vom hohen Deckengewölbe herab und warfen von Kristallen gebrochenes Licht auf alles: den Marmorboden, die zu Sitzgruppen arrangierten, dick gepolsterten Couchen und Sessel und sogar das

Personal in Livree, das mit klackenden Absätzen durch die Lobby eilte. Es war noch nicht Hochsaison, und so bekam Kobalt mühelos die gewünschte Suite mit zwei Schlafzimmern. Sie bat um Zimmer mit Blick aufs Schwarze Meer. Sie erhielten Schlüsselkarten, und ein junger Mann in Livree zeigte ihnen den Weg zu den Aufzügen.

Die Suite war geräumig und luxuriös, mit großen Erkerfenstern, die den Blick entlang der Straße bis zum Meer gestatteten. Das Wasser war unruhig und stahlgrau, als wären vom Meeresgrund Geheimnisse aufgewühlt worden. Sie stellte ihren Weekender und ihre Aktentasche ab.

Sie aßen in der Bar zu Abend, einem opulent eingerichteten, rechteckigen Raum, in dem ständiges Zwielicht herrschte, da die Wandleuchten heruntergedimmt waren. Sie bestellte einen Bourbon, und nach kurzem Zögern folgte Zherov ihrem Beispiel. Sie tranken, während sie die Vorspeisen und die Hauptgerichte aßen. Kobalt nahm kein Dessert, doch Zherov aß ein großes Stück Kirschkuchen. Hinterher schlenderten sie zum Wasser hinunter. Der Himmel war aufgeklart. Lichter zogen über das nun ruhige Wasser, wo Tanker und Frachtschiffe durch die Dunkelheit stampften.

»Was genau erwartest du, hier zu finden?« Zherov stützte die Arme auf das Stahlgeländer, unter dem die Wellen gegen die Kaimauer schlugen. Rechts von ihnen erstreckte sich der Strand, und darüber schimmerten die aquamarinblauen Pools der großen Hotelanlagen wie eine Perlenkette im Licht der Sicherheitsleuchten.

»Omega.« Kobalt starrte über das Schwarze Meer, als könnte sie bis nach Istanbul an der Südküste sehen. »Ich werde herausfinden, wer die Frau in der Limousine war. Bald werde ich wissen, ob sie die Sektenführerin von Omega ist und wo das Hauptquartier liegt. Das alles werde ich unter allen Umständen herausbekommen. Egal wie viele Menschen bei Omega sterben müssen.«

Der Zherov, der auf dem Moskauer Flughafen in den FSB-Jet gestiegen war, hätte auf diese Worte skeptisch reagiert und ihr einen verächtlichen und nahezu belustigten Blick zugeworfen. Doch der Zherov, der an diesem Abend neben ihr stand und auf das Schwappen der Wellen und die Schreie der letzten Möwen auf dem Weg zu ihren Schlafplätzen lauschte, war einfach nur beeindruckt.

»Du hast einen Plan.« Es sollte eine Frage sein, aber irgendwie kam es nicht so heraus.

»Ich habe immer einen Plan.« Das sagte sie ohne die geringste Spur von Selbstbeweihräucherung. Sie war völlig frei von Maulheldentum, und das beeindruckte ihn sogar noch mehr als ihre ruhige Selbstsicherheit.

Sie wandte dem Meer den Rücken zu. »Wir brauchen beide Schlaf. Morgen früh um vier geht es los.«

Zurück in der Suite begab jeder sich in sein Schlafzimmer. Zherov schlüpfte aus den Schuhen, knöpfte sein Hemd auf, zog die Hose aus und hängte seine Kleider ordentlich in den Schrank. Sie hatten sich beide während des Flugs umgezogen, doch er brauchte eine Dusche. Im Badezimmer drehte er die Wasserhähne auf und putzte sich die Zähne mit einer Zahnbürste und Zahnpasta aus dem Bestand des Hotels.

Danach hüllte er sich in den übergroßen Frotteebademantel, der an der Badezimmertür hing. Ein Blick auf sein Handy zeigte ihm, dass er um Rückruf gebeten wurde. Er gab die Telefonnummer ein und unterhielt sich kurz mit seiner Kontaktperson. Zunächst hörte er sich an, was der Mann zu sagen hatte, doch dann begann ein Brüllduell, das immer weiter eskalierte, bis Zherov erzürnt auflegte.

Er war so wütend, dass er gar nicht an seinen dürftig bekleideten Zustand dachte, als er sein Schlafzimmer durchquerte und die Tür passierte, die seinen Raum mit dem Wohnzimmer verband. Kobalt saß auf der Couch und trank Wodka aus einem Glas, eine halb gefüllte Flasche Beluga Gold Line vor sich auf dem Cocktailtisch. Der Ton des Fernsehers war ausgeschaltet. Das spielte jedoch keine Rolle, da gerade *Metropolis* lief, Fritz Langs expressionistisches Meisterwerk. Allerdings schien sie den Bildern, die über die Mattscheibe flimmerten, keine Beachtung zu schenken; sie war in Gedanken versunken. Sie trug noch immer das schicke Business-Kostüm, in das sie im Flugzeug geschlüpft war. Eine kurze Jacke mit Stehkragen und ein Bleistiftrock in marineblauer Shantung-Seide. Die schwarzen Pumps mit den acht Zentimeter hohen Absätzen, gewagt, aber doch schmeichelhaft, hatte sie ausgezogen.

Er stand da und beobachtete sie mit leichter Nervosität. In ihrer Gegenwart war er allerdings immer nervös – je nach Situation und der Schärfe ihrer Bemerkungen mal mehr, mal weniger.

Als sie nicht auf sein Eintreten reagierte, wollte er sich schon räuspern, begriff aber, dass er sich dann nur wieder wie ein Schuljunge fühlen würde. Er hatte die Schule gehasst, hatte mehr mit seinen Klassenkameraden gerauft als gelernt und war beinahe täglich bestraft worden.

Energisch schüttelte er die Erinnerung ab, ging zum Sideboard und nahm sich ein Glas.

Er schenkte sich Wodka ein und setzte sich neben sie. Nachdem er einen Schluck getrunken hatte, richtete er das Wort an sie: »Wann ist eine Nachricht keine Nachricht?«

»Wann?« Sie sah ihn nicht an und wirkte nicht überrascht über seine Anwesenheit. Möglicherweise hatte sie ihn bereits aus dem Augenwinkel wahrgenommen.

Er strich sich mit der Hand durchs feuchte Haar. »Wenn es nichts zu berichten gibt.«

Jetzt löste sie sich endlich aus ihrem tranceähnlichen Zustand und sah ihn an.

»Meine Kontakte schrecken alle davor zurück, sich tief genug in die Sache hineinzuwühlen, um herauszufinden, wer diesen streng geheimen Befehl gegeben hat, dich zu beseitigen.«

»Dann war es also ... jemand ganz weit oben.«

»Okay, aber du bist das glänzende neue Spielzeug der Abteilung. Keiner würde ...«

»Aber jemand hat es offensichtlich getan. In unserer Welt frisst ein Raubtier das andere. Ich habe sie mit offenen Augen betreten und werde weiter dort leben. Aber es gibt rote Linien, die ich nicht überschreiten werde. Zum Beispiel werde ich nicht mit Dima vögeln, Konsequenzen hin oder her.«

»Und das ist etwas, wofür ich dich bewundere, Bobbi.«

Es war das erste Mal, dass er sie bei ihrem echten Namen nannte, ihrem amerikanischen Namen. Die Geste berührte sie. Und diese Gefühlsregung überraschte sie vollkommen.

Eine Zeit lang betrachtete sie ihn schweigend. »Anton, wir stehen an der Schwelle zu etwas, das weit gefährlicher ist, als ich zu Beginn glaubte. Jemand mit sehr großer Macht möchte mich verschwinden sehen.«

Er lachte. »Versuchst du, mir einen Schrecken einzujagen, damit ich gehe?«

Als sie nichts erwiderte, entschied er sich für die einfache Wahrheit: »Oft habe ich wie jetzt das Gefühl, dass wir uns auf verschiedenen Planeten befinden und getrennt durch die Leere des Weltraums miteinander kommunizieren.«

Sie drehte die Flasche um und schenkte ihnen beiden nach. »Du hast klar und deutlich gesagt, dass du mir nicht vertraust.«

»Das war damals«, erwiderte Zherov. »Jetzt ist jetzt.«

Nach einigem Nachdenken nickte sie. »Na gut. Dann sollte ich wohl reinen Tisch machen. Du musst verstehen, das fällt mir sehr schwer. So war es immer, seit …« Sie wischte das, was sie sagen wollte, beiseite. »Die Entführung meiner Kinder lässt mich nicht los. Ich möchte das nicht, aber sie nimmt diesen Raum einfach ein. Jetzt weißt du Bescheid. Im Gegenzug brauche ich dein Vertrauen. In nur wenigen Stunden infiltrieren wir das Omega-Gelände. Es ist sehr gut möglich, dass wir in eine Situation geraten, bei der es um Leben oder Tod geht. Wenn wir einander nicht vollständig vertrauen können, werden wir wahrscheinlich sterben, einer von uns oder sogar beide.«

Sein Blick hielt den ihren fest wie nie zuvor. »Ich habe dir von meiner Tochter erzählt, die ich noch nie gesehen habe.« Sein Tonfall war ernst. »Ich möchte sie kennenlernen. Ich möchte Teil ihres Lebens werden, daher verstehe ich dich. Als ich dir von meiner Tochter erzählt habe, hast du mir zugehört. Du sagtest, du würdest mir helfen, Kontakt zu ihr zu bekommen. Für alles, was du in dieser Sache für mich tust, werde ich dir ewig dankbar sein.«

»Nun.« Ihre Hände lagen im Schoß. »Dann vertrauen wir einander also?«

Er lehnte sich mit halb geschlossenen Augen zurück. So spät am Abend ließ der Schlafmangel den Alkohol durch seine Adern rauschen. »In der Schule habe ich mir immer Ärger eingehandelt. Wegen Raufereien. Ich habe gern gerauft, vor allem mit Jungs, die größer waren als ich. Es hat mir echtes Vergnügen bereitet, sie zu verdreschen. Natürlich bin ich jeden Tag dafür bestraft worden, doch das hat mir nicht viel ausgemacht. Dass der Direktor außerdem meinen Vater angerufen hat, war das eigentliche Problem.« Er trank einen weiteren Schluck Wodka. »Nach dem dritten Anruf hatte mein Vater es satt. Er begann damit, mich regelmäßig abends zu züchtigen – schlug mich mit einem Gürtel, mit Ketten, was du willst. Doch immer, wenn meines Vaters nächtliche Schnarch-Orgie eingesetzt hatte, schlich meine Mutter sich in mein Zimmer. Dann gab sie mir ein Stück Kuchen, dessen mit Kirschen belegter Boden fast vollständig von Kirschwasser durchtränkt war. Als sie mich für alt genug hielt – nach meiner Erinnerung war ich da sechzehn oder siebzehn –, ersetzte sie den Kirsch durch einen Schuss eiskalten Wodka.«

Er leerte sein Glas. »Die Narben ziehen sich immer noch über meinen Rücken.« Sie schenkte ihm nach. »Das habe ich noch nie jemandem erzählt. Die Frauen, mit denen ich geschlafen habe, haben mich nicht danach gefragt. Nie. Wer weiß, vielleicht hatten sie Angst. Jedenfalls ...« Er wandte sich ihr zu. »In wenigen Stunden werde ich dir mein Leben anvertrauen. Erneut. Also, ja, Bobbi, wir vertrauen einander.«

Beim Anstoßen hallte das Klingeln ihrer Gläser durch die Suite.

25

Köln, Deutschland

Das *Köln-Kino* hatte etwas von einer riesigen Geburtstagstorte. Dicke Zementschnörkel zogen sich wie eine Crememasse über seine Front. Am Eingang tanzten Tag und Nacht bunte Buchstaben über das Schriftdisplay, was das Ganze wie den Zugang zu einem Jahrmarkt wirken ließ.

Die Lobby war schummrig und mit Stoffbahnen in der Farbe von Ochsenblut ausgekleidet, die das mahagonibraune Holzpaneel teilweise verdeckten. Der dicke Teppich war in der Mitte von den Besuchermassen ausgetreten.

Jetzt, am Nachmittag, saßen unten im Filmsaal nur ein paar verstreute Leute, und der Balkon und die Seitenlogen waren leer. Die Seitenwände waren mit einem vorhangähnlichen Stoff verhängt und die Sitze im selben Ochsenblutrot gepolstert, das auch in der Lobby vorherrschte.

Sie traten mitten in einer *Stirb-langsam*-Retrospektive ein. Mit seinem typischen Grinsen schlug Bruce Willis gerade jemanden zusammen. Die Tonspur erzeugte einen Höllenlärm. Auf der Leinwand war auch viel Blut zu sehen. Ein oder zwei Explosionen konnten nicht weit zurückliegen.

»Wen sollst du hier treffen?«, überschrie Ben die Soundeffekte.

»Er heißt Otto Vimpel.« Evan musterte das spärliche Publikum. »Ich soll mich in die sechste Reihe von hinten setzen, auf den Platz ganz rechts.«

»Bist du dir absolut sicher, dass du deiner Kontaktperson vertrauen kannst?«

»Zum hundertsten Mal ...«

Er reagierte auf die Verärgerung in ihrer Stimme. »Dann mal los.« Aber er hätte zu gern etwas – was auch immer – über die geheimnisvolle Kontaktperson erfahren, die ihr die Akte zu ihrer Schwester gezeigt hatte. »Ich bleibe hier im Dunkeln.« Er vermutete, dass die Kontaktperson ein Russe war, ein hochrangiger Vertreter des FSB oder SVR; das ergab den meisten Sinn, weil sie sich außerhalb Russlands getroffen hatten. Aber warum sollte Evan einer solchen Person vertrauen? »So kann ich dich im Blick behalten, ohne selbst gesehen zu werden.«

Er verfolgte, wie sie bis ganz nach rechts ging und dann den schmalen Seitengang hinunterstieg. Als sie sich auf den vorgegebenen Platz setzte, musterte er erneut jeden einzelnen Zuschauer. An den Silhouetten erkannte er mit seinem geübten Blick das Geschlecht und das ungefähre Alter. Er zählte sechs Männer mittleren Alters, die alle allein saßen, und zwei Frauen Mitte zwanzig oder Anfang dreißig Seite an Seite. Ein Paar unbestimmten Alters saß Evan am nächsten. Am weitesten entfernt waren drei alte Männer, die nebeneinanderhockten wie Krähen auf einem Zaun. Und das war alles. Keiner dieser Gäste ließ bei ihm irgendwelche Alarmglocken schrillen.

Die Arme vor der Brust verschränkt, lehnte Ben sich an die hintere Wand und nahm alle dreißig Sekunden Evans unmittelbare Nachbarschaft in Augenschein. Seine Gedanken waren voll von Evan; er konnte sich nicht dagegen wehren. Wie eine aufgezogene Uhr konnte er nicht innehalten. Er dachte an die Stunden, die sie in der stickigen Schwüle der Bierhalle verbracht hatten. Er dachte an ihr Gesicht, an die Art, wie sich ihre Lippen beim Sprechen bewegten, und daran, wie ihr Blick ihn schraubstockartig festhalten konnte. Erneut durchlebte er, wie schmerzhaft ihn ihr brodelnder Zorn getroffen hatte. Mehr als alles wünschte er sich, dass sie die Kinder fänden und heil und gesund nach Hause zurückbrächten. Für ihn war die Suche nach Anna nur der nächste Schritt in der Rettungsaktion für Wendy und Michael. Und doch kehrte er am Ende wie eine Schlange, die sich selbst in den Schwanz beißt, unabänderlich zu dem Augenblick zurück, da seine eiserne Selbstbeherrschung ihn beinahe im Stich gelassen hätte. Nach allem, was sie in den letzten Tagen seit Evans Rückkehr von Sumatra durchgemacht hatten, hätte er ihr beinahe gestanden, was er für sie empfand. Das hatte ihn so erschreckt, dass er sich entschuldigte und sich ein Stück von ihr entfernte – weg von der magnetischen Anziehungskraft, die sie auf ihn ausübte. Wie der Mond beim Kreisen um die Erde ließ sie in ihm Flutwellen ansteigen, wenn sie sich näherte.

Ben versteifte sich und löste die verschränkten Arme, als ein untersetzter Mann den Filmsaal betrat. Der Mann blieb kurz stehen, während seine Augen sich an die schummrige Beleuchtung gewöhnten, die die Reflektion des Filmlichts erzeugte. Dann trat er nach links, ging ein Stück nach unten und setzte sich.

Ben entspannte sich.

Auf der Leinwand war jetzt ein Hochhaus bei Nacht zu sehen, die oberen Stockwerke erleuchtet. Sirenen kreischten wie vor Schmerz.

Eine Frau betrat den Filmsaal – blond, vollbusig, Ende zwanzig, Anfang dreißig, große Augen, hohe Wangenknochen, spitzes Kinn und zu viel Make-up. Unter einer offenen Jacke trug sie ein hautenges Kleid und an den Füßen High Heels mit zehn Zentimeter hohen Absätzen. Er schätzte sie als Escort-Girl ein. Sie stand ganz still da, nur ihre Augen bewegten sich und schimmerten im wechselnden Licht des Projektionsstrahls wie Opale. Ben entdeckte sie als Letzten, oder zumindest wirkte es so; er hatte jedoch das kribbelnde Gefühl, dass sie ihn in Wirklichkeit gleich beim Betreten des Kinos bemerkt hatte.

Ben beobachtete ihre Annäherung aus dem Augenwinkel. Als sie direkt an ihm vorbeiging, ohne ihn auch nur eines Blickes zu würdigen, wackelte sie provozierend mit den Hüften. Er beobachtete sie, wie sie den rechten Seitengang hinunterging und sich ganz rechts in die fünfte Reihe von hinten setzte – unmittelbar hinter Evan.

Ben richtete sich kerzengerade auf und tat sogar einen Schritt in ihre Richtung. Man hatte Evan gesagt, sie werde einen Otto Vimpel treffen. Hatte sie den Namen falsch verstanden? Oder war diese Frau einfach eine ganz normale Kinobesucherin, die zufällig den Platz unmittelbar hinter Evan ausgewählt hatte? Oder war sie tatsächlich Otto Vimpel?

Die als Escort-Girl gekleidete Frau ließ ein Feuerzeug aufschnappen und hielt die Flamme an eine Zigarettenspitze. Sie blies Rauch nach oben und beugte sich vor. Redete sie mit Evan? Angesichts des Soundtracks, der aus den Lautsprechern dröhnte, konnte er das nicht beurteilen. Eine Nahaufnahme zeigte einen Zähler, auf dem die Sekunden bis zur Detonation tickten.

Aus dem Augenwinkel bemerkte Ben eine Bewegung und drehte den Kopf ganz leicht nach links, um die Veränderung ins Auge zu fassen. Das Paar erweckte jetzt den Eindruck, den Platz zu wechseln. Die beiden huschten zwischen zwei Sitzreihen hindurch, gebückt, um niemandes Sicht zu behindern. Sie befanden sich in derselben Reihe wie Evan und hatten auf der linken Seite gesessen. Es sah so aus, als wollten sie sich zentraler setzen, um bessere Sicht zu haben, doch sie eilten weiter, vorbei an der Mitte der Sitzreihe. Jetzt, da sie sich dem Platz näherten, auf dem Evan saß und der als Escort-Girl gekleideten Frau zuhörte, die möglicherweise Otto Vimpel war, rannten sie schneller.

Evans russische Kontaktperson lautlos verfluchend, sprang Ben über die Rücklehnen der letzten Reihe, um das vorwärts stürmende Paar abzufangen. Dann aber warf die Frau hinter Evan sich vor und zerrte Evan gewaltsam nach unten.

Evan bemerkte die Person hinter sich zuerst an einem Duft nach Heidekraut und Limette. Sie verharrte jedoch reglos, nur ihre Hände machten sich bereit. Die legte sie geballt auf die Oberschenkel. Die Kunst bestand darin, den Oberkörper entspannt zu lassen, während sich die innere Energie – das *ki*, wie die Japaner es nannten –unterhalb des Nabels im Bauch sammelte. Sollte es zu einem tätlichen Angriff kommen oder sie sogar einen Draht spüren, der sich von hinten ihrem Kopf näherte, war sie vorbereitet. Sie empfand keine Furcht, sondern nur Erwartung. Auch davon versuchte sie sich zu befreien. Nicht denken. Handeln.

Bei einem metallischen Klicken sträubten sich die seidigen Härchen auf ihren Armen, doch dann beruhigte sie der scharfe Geruch von Tabak. Gleich darauf spürte sie die Wärme eines weiblichen Körpers ganz dicht bei ihr, als zielte ein Geschoss auf ihren Nacken.

Dann nahm sie einen Hauch an ihrem rechten Ohr war. Daraus lösten sich Worte: »Sie kennen mich.«

Es war der Anfang der Parole, die Lyudmila ihr geschickt hatte, der Wortwechsel, an dem sie sich erkennen sollten. »Wir sind uns bei Magdas Weihnachtsfeier begegnet«, erwiderte sie ihrerseits.

»Nein. Bei der Neujahrsparty«, erfolgte die Antwort mit einer erotisch rauchigen Stimme. Das war das Ende der Parole.

Evan drehte den Kopf. Die Frau, die als Otto Vimpel angekündigt worden war, sprach deutsch mit französischem Akzent. Sie war schlank und schön, hatte dunkle, weit auseinanderstehende Augen und einen vollen, sinnlichen Mund. Sie wirkte mehrere Jahre jünger als Evan.

»Ich hatte einen Otto erwartet.«

»Ich heiße Ottavia«, erwiderte sie. »Meine Freunde nennen mich Otto. Jetzt hören Sie, wir haben nicht viel Zeit. Diese Frau, die Sie suchen ...«

Genau in diesem Moment bemerkten Evan und Otto das auf sie zustürmende Paar zu ihrer Linken. Aufblitzender Stahl, als Messer gezückt wurden, schmale, gefährlich aussehende Klingen, die sich gegen Evan richteten.

»Merde!«, stieß Otto heraus. *»Pisse! Les con!«* Sie griff über Evans Rücklehne hinweg, packte sie am Mantelkragen, zerrte sie hoch und drückte sie dann nach unten. Flach auf dem Boden liegend, streckte sie den Arm aus und setzte mit aufflammendem Feuerzeug den Saum des Vorhangs in Brand, der die Seitenwand verhüllte.

Ben roch zuerst den Rauch. Dann züngelte rechts von ihm die erste Flamme empor, rasch gefolgt von weiteren Flammenzungen, als würde ein Schlachtfeld von einer fliehenden Armee in Brand gesetzt. Er war jetzt so nah, dass das Paar bemerkte, wie er über die Sitzreihen sprang, als wäre er ein Hürdenläufer. Adrenalin schoss ihm ins Blut. Er empfand nichts als Erleichterung darüber, wieder in einem Einsatz zu sein und seine alte Kämpfernatur zurückzuerlangen, jetzt da er merkte, dass er den Rost abschütteln konnte, den er bei der Schreibtischarbeit angesetzt hatte.

Er war nur noch eine Reihe entfernt, da änderte der weibliche

Teil des Paars seine Richtung, um ihn anzugreifen, während ihr Partner weiter auf Evan losstürmte. Die Frau war klug. Sie fing ihn mitten im Sprung mit einem Kinnhaken ab, der ihn gegen die Sitzreihe zurückschleuderte. Sie kletterte über die Sitzlehnen hinweg und kam mit gezücktem Messer auf ihn zu, um ihn aufzuspießen wie ein Schwein.

Der Brand, den Otto in Gang gesetzt hatte, war nun zu voller Stärke erwacht, und Flammen loderten an den schweren Stofflagen empor, genährt von den leicht entzündlichen Textilfasern. Aus ihrer Position am Boden sah Evan nichts als eine schattenhafte Gestalt, die mit vorgestreckter Klinge auf sie zuflog, Mordlust im Blick.

Otto versuchte, Evan in den Seitengang zu zerren, als das Messer nach unten fuhr und den Rücken von Evans Mantel durchschnitt. Evan entglitt Ottos Griff. Die schattenhafte Gestalt wälzte sie auf den Rücken und stürzte sich auf sie.

Ben ließ die Angreiferin nah herankommen – erschreckend nah. Erst dann rammte er ihr die Faust in die Kehle. Die Frau taumelte zurück, und ihre Perücke fiel vom Kopf. Es war gar keine Frau, sondern ein Mann. Ben hatte seinen Adamsapfel gequetscht. Der Mann japste nach Luft, doch Ben beging den Fehler, sich auf sein Messer zu konzentrieren. Als er das Handgelenk des Angreifers mit den Fingern umschloss, sah er die blitzschnelle Bewegung eines zweiten Messers, spürte einen schmerzhaften Stich und dann das warme Rieseln von Blut.

Evan hatte ihre Fassung wiedergewonnen. Während Rauch und Asche hochwirbelten und die Handvoll Zuschauer zum Ausgang rannten, rammte sie dem Mann die Ferse ins Gesicht. Er steckte den Tritt ein, ließ sein Messer fallen, packte ihren Fuß bei der Ferse und drehte kräftig. Evan biss sich auf die Unterlippe, als ein Schmerzstrahl ihr Bein hinaufschoss, durchs Knie bis in die Hüfte. Die blauen Augen in ihre gebohrt, machte er Anstalten, ihr das Bein zu brechen.

Als Erstes entdeckte Ben die Tätowierungen in blauer Tinte – eine Schelle ums Handgelenk und ein grässlicher Totenschädel mit gefletschten Dämonenzähnen auf dem Handrücken –, dann nahm er den benommen machenden Gestank des Mannes wahr, eine Ausdünstung, als hätte er seit Wochen in derselben Kleidung geschlafen. Ben dachte, *nur der linke Trizeps, halb so wild,* und überging den Schmerz und das Blut. Dann dachte er, *Himmel, er war in einem russischen Gefängnis.* Bens Kopfhaut begann zu jucken, sein Herz hämmerte, und plötzlich traf ihn ein Kinnhaken – erschüttert, aber nicht eingeschüchtert, wehrte er sich mit Handkantenschlägen, die schreckliche Schäden anrichten würden, wenn sie ihr Ziel träfen. Das Problem war nur, dass Totenschädel jeden seiner Schläge mit seinen muskulösen Unterarmen abfing. Nicht nur die Tätowierung grinste Ben an – sondern auch der Mann selbst, die langen, tabakbraunen Zähne gefletscht.

Evan atmete so flach wie möglich. Ihre Augen tränten inzwischen, da sie von der Hitze des Feuers austrockneten. Ihre Wangen fühlten sich so an, als stünden sie bereits in Flammen. Über ihr tauchte Otto auf. Sie beugte sich weit über die auf dem Rücken liegende Evan vor und schleuderte Blauauge ihre Zigarettenkippe ins Gesicht. In einem Reflex riss er die Hände hoch, um sich Tabakasche aus den Augen zu wischen, und ließ dabei Evans Fußknöchel los. Diese kostbaren Sekunden genügten ihr, um sich zu befreien. Sie versetzte ihm einen weiteren Tritt gegen die Kehle, dann bekam Otto sie endlich richtig zu packen und zerrte sie weg.

Evan in den Seitengang zu ziehen, wirkte zunächst recht töricht, da vor ihnen eine Flammenwand emporloderte. Doch die Flammen waren auch für Blauauge ein Hindernis. Er war nur wenige Schritte von ihnen entfernt, als Evan hochsprang und einen Teil des Vorhangs packte, der noch nicht Feuer gefangen hatte. Mit ihrem ganzen Gewicht zerrte sie ihn zwischen Blauauge und sich selbst nach unten. Nun versperrte ihm eine Flammenwand den Weg, da der noch heile Stoff Feuer fing und aufloderte.

Zum Umschauen war keine Zeit. Sie rannten nach vorn, sprangen auf die Bühne und stürzten sich an der Leinwand vorbei in das Halbdunkel dahinter.

So chaotisch waren die letzten Minuten verlaufen, dass das Wichtigste Evan erst wieder einfiel, als sie die stählerne Treppe für die Instandhaltungsteams halb hinauf waren.

Ben! Ich darf ihn nicht dort zurücklassen!

Schon waren sie fast am Ende der Treppe angelangt, da drehte sie sich um.

»Was machst du?«, schrie Otto. Sie packte Evan am Arm. »Du kannst nicht zurück. Das wäre dein Tod!«

Mit einem heftigen Ruck riss Evan sich frei und trat einen Schritt nach unten. »Ich muss Ben ...«

Sie blieb wie gelähmt stehen, weil Blauauge die Treppe hinaufstürmte. Die Kleidung von seiner Begegnung mit dem fallenden Vorhang geschwärzt, hatte er eine PB, eine sowjetische Pistole mit integriertem Schalldämpfer, auf ihr Herz gerichtet.

Totenschädel hielt Ben von hinten im Würgegriff. Totenschädel hatte Ben den einen Arm um die Kehle geschlungen und den anderen an seinen Hinterkopf gelegt. Eine einzige schnelle Bewegung würde genügen, und Bens Kehle würde aufreißen. Das Blut würde herausschießen und Ben das Bewusstsein verlieren. Tod. Die Zeit dehnte sich unendlich, jede Sekunde kam ihm wie eine Minute vor. Ben sah das Feuer, das entlang der rechten Seitenwand des Kinos loderte. Er sah, wie Evan und die Frau, die vielleicht Otto Vimpel war, in den Seitengang taumelten, sah den Angreifer hinter ihnen herstolpern, sah, wie Evan den Vorhang von der Wand herabriss und wie der Mann sich darin verstrickte, während die beiden Frauen davonrannten. Er sah, wie der Mann wieder auftauchte, wie er sich Flammen von der Kleidung schlug, das Feuer erstickte, um sich zu befreien, und dann hinter den beiden herstürmte.

All dies nahm Ben aus dem Augenwinkel wahr. Dann schlug er zu. Er packte Totenschädels Unterarm mit beiden Händen und verschaffte seinem eigenen Kinn damit Raum. Gleichzeitig trat er zurück, ein Manöver, das Totenschädel nicht erwartet hatte. Dadurch verlor er für einen Augenblick das Gleichgewicht, und diesen Moment nutzte Ben, um in die Hocke zu gehen. Totenschädel flog über ihn hinweg und krachte mit dem Rücken auf die harte Kante der Sessellehne. Stöhnend wälzte er sich herum. Doch falls Ben erwartet hatte, ihn mit seinem Aikido-Wurf dauerhaft außer Gefecht zu setzen, hatte er sich geirrt.

Totenschädel stand auf und krümmte den Rücken mit einem erschreckenden Knacken, das klang, als bräche ein Ast unter einer Schneelast. Er zog eine Pistole. Später würde Ben sich daran erinnern, dass es eine PB mit integriertem Schalldämpfer war, doch im Moment war er nur darauf konzentriert, lange genug am Leben zu bleiben, um diesen Kampf zu Ende zu bringen.

Die Neun-Millimeter-Kugel prallte so dicht bei Evan vom Stahl ab, dass sie spürte, wie die Treppe unter lautem Kreischen erbebte.

Oder vielleicht hatte auch Otto geschrien, die unmittelbar vor ihr war.

»Los, komm«, flehte Otto. Und diesmal hörte Evan auf sie. So gern sie es auch gewollt hätte, es war ausgeschlossen, lebend an Blauauge vorbeizukommen. Otto hastete über einen Steg, der zur Loge führte, und Evan duckte sich, als sie das Zischen einer weiteren Kugel hörte. Dann ertönten hinter ihr Blauauges Schritte auf den Stufen. Er näherte sich rasch.

Um einen Schützen im Nahkampf zu entwaffnen, gab es ein Manöver, das in der *Farm* seit Jahrzehnten gelehrt wurde. Ben hatte die Erinnerung in seinen Muskeln gespeichert, doch seine Jahre im Einsatz hatten ihn gelehrt, dass es nicht unter allen Umständen funktionierte. Dies hier war einer dieser Fälle.

Das Problem war das Gelenk der Hand, die die Pistole hielt. Die Ausbilder in der *Farm* lehrten ihre Schüler, das Handgelenk mit einem kräftigen Hieb zum Einknicken zu bringen. Doch das funktionierte allzu oft nicht; das Handgelenk eines ausgebildeten Killers war wie Stahl; man könnte den ganzen Tag dagegen hämmern, ohne dass es sich beugte. Die alternative Technik, die Ben jetzt einsetzte, sah folgendermaßen aus:

Er schlug mit der Hand gegen die Innenseite des Handgelenks, um die Pistole zur Seite zu lenken, packte gleichzeitig den Schlitten der Waffe und drehte ihn kräftig nach links, um Totenschädel die Pistole aus der Hand zu ringen. Das Manöver war kniffelig; das Timing war extrem wichtig, doch das Tempo war genauso entscheidend. Wenn man es nicht schnell genug schaffte, war man tot. Doch dies war nicht der Moment für Reflexion; jetzt hieß es handeln.

Als Ben die Pistole in der Hand hielt, schlug er Totenschädel den Griff gegen den Schädel. Doch das hielt diesen menschlichen

Panzer nicht auf. Mit den hervorquellenden Augen eines Wahnsinnigen rammte er Bens Kopf gegen seinen. Doch Ben schaffte es, bei Bewusstsein zu bleiben. Er hielt sich auf den Beinen und schüttelte den Kopf, bis die explodierenden Sterne verschwanden und er wieder klare Sicht hatte. Dann drehte er die Pistole in der Hand und schoss Totenschädel direkt zwischen die Augen.

26

Odessa, Ukraine

Als Kobalt vor Kurzem in Moskau gesehen hatte, wie Anton Zherov an Bord des Flugzeugs kam, das Dima ihr zur Verfügung gestellt hatte, musste sie ihren Zorn zügeln, empört darüber, dass man ihr einen Babysitter mitgegeben hatte. Zherov war Dimas Mann, was sie sogar noch mehr verärgerte. Schon da hatte sie angefangen nachzudenken und einen Plan zu schmieden. Wenn Zherov sie schon begleitete, wäre es wesentlich besser, seine Loyalität zu besitzen. War er für Korruption empfänglich? Das war beinahe jeder – als Beispiel musste sie nur an ihren Ehemann Paul denken. Er war durch das Geld korrumpiert worden, das über Wells' Super PAC an ihn geflossen war. Die Leitung dieser Organisation zum Sammeln von Wahlkampfspenden hatte ihn zum Multimillionär gemacht. Was sie über Pauls Korruptheit wusste, war nur der vertraulichste Einblick in zahlreiche Fälle von Korruption, über die sie in ihrer Zeit in Washington Kenntnis erlangt hatte. Gab es überhaupt noch jemanden in der Hauptstadt, der nicht korrupt war? Das System widerte sie an. Schlimmer noch, Pauls sklavische Verneigung vor dem Altar des Reichtums stieß sie ab. Er trug maßgefertigte Anzüge, Hemden und, für sie besonders unglaublich, Schuhe. Er hatte einen Ferrari und einen Rolls Royce gekauft und schaute sich nach der geeigneten Jacht um, die seinen immer höheren Status unterstreichen würde. Immer öfter redete er davon, das Haus zu verkaufen und in eine größere Bleibe in einer vornehmeren Wohngegend zu ziehen. Wenn sie an Paul dachte, empfand sie nichts als Zorn, einen Stein im Herzen angesichts des Opfers, das sie für Russland gebracht hatte. Was ihre Kinder anbelangte, so hatte sie sich seit ihrer Übersiedlung eingeredet, es gäbe sie gar nicht. Falls sie sich doch gelegentlich einmal in ihre Gedanken oder Träume einschlichen, war ihr Bild verschwommen und undeutlich, als dächte sie an die Kinder einer anderen Frau.

So schwierig war die Verdrängung nicht gewesen. Seit sie wusste, dass das Ehepaar, das sich als Evans und ihre Eltern ausgegeben hatte, das überhaupt nicht gewesen war, war ihr Herz zu Asche zerfallen. Auch diese beiden waren korrumpiert worden – mit Geld, Geld, das sie dringend brauchten, als ihr Zinnbergwerk einstürzte und Gerichtsprozesse wie Vampirfledermäuse aus den Trümmern aufstiegen. All diese Prozesse wurden wie durch Magie eingestellt und das Bergwerk solider als zuvor wiederaufgebaut und mit modernster Technik ausgestattet. Dafür hatten sie nur eines tun müssen: die beiden Kinder großziehen.

Und was ist mit unserer echten Mutter und unserem echten Vater? Diese Frage zerriss sie innerlich. Ihre echten Eltern waren in Russland geborene Agenten und in Amerika Schläfer. *Sie haben uns in Amerika zurückgelassen und sind in ihre Heimat zurückgekehrt. Sie haben uns im Stich gelassen, uns weggeworfen. Sie wollten uns nicht. Vielleicht haben sie, wie ich, auch nur ihre Pflicht gegenüber ihrer Heimat erfüllt.* Diese beiden Menschen hätte sie ebenfalls hassen sollen, das namenlose Paar, das sie nur zur Welt gebracht hatte, um sie wahren Amerikanern zu übergeben. Doch das Gegenteil war eingetreten. Gleich als sie, nicht einmal zehn Jahre alt, den Brief gelesen hatte, der im Schrank ihres Vaters zuunterst versteckt gewesen war, hatte sie sich frei gefühlt – nun, *frei* traf es nicht ganz. Sie hatte sich als sie selbst gefühlt. Als ihr eigentliches Ich. Zum ersten Mal nahm sie das russische Blut wahr, das dick und schwer durch ihre Adern strömte, und doch fühlte sie sich gleichzeitig leicht, als wäre ihr eine große Last von den Schultern genommen. Wenn sie sich zuvor in einem Ganzkörperspiegel betrachtet hatte, hatte sie sich gefragt, warum ihre Haltung so schlecht war, ihr Rücken so krumm und warum sie die Schultern bis zu den Ohren hochzog, als erwartete sie, von einer unsichtbaren Hand geschlagen zu werden. Von diesem Moment an aber gelang es ihr, sich aufrecht und gerade zu halten.

Dann, als sie elf war, erhielt sie die ersten Textnachrichten – unsigniert. Sie waren kurz, aber überzeugend. Bobbi wusste, dass sie aus russischer Quelle stammten – oder vielleicht auch aus mehreren Quellen, das war nicht zu erkennen. Sie hoffte auf eine Vielzahl von Absendern, denn dann hätte sie eine Familie – eine echte Familie. Von ihrer Schwester hatte sie sich damals bereits zurückgezogen, da sie sie als wesensmäßig nicht kompatibel empfand. Der Höhepunkt dieser Kontakte stellte sich ein, als sie nur noch vier Monate von ihrem siebzehnten Geburtstag entfernt war: Endlich wurde ein reales Treffen vorgeschlagen! In Kopenhagen. Da hatte Evan bereits die Reise nach Sumatra geplant. Bobbi war gezwungen gewesen, ihre ältere Schwester zu bitten, vorher mehrere Tage in der dänischen Hauptstadt zu verbringen. Es war Bobbi unangenehm gewesen, doch sie hatte sich auf das Ergebnis konzentriert, die reale Begegnung. Sie war unerträglich aufgeregt gewesen. Natürlich hatte Evan ihre Begeisterung falsch interpretiert und auf Sumatra bezogen, und das hatte Bobbi bestens gepasst.

Kobalt wischte die Vergangenheit beiseite, als wäre sie ein Netz von Spinnweben, und wandte sich im Geist den jüngsten Entwicklungen zu. Nämlich Zherov. Wie wollte sie sich seiner

Loyalität versichern? Geld, Macht, Ideologie, Sex oder, wenn man so will, Erpressung – das waren die üblichen Münzen, die man zum Umdrehen eines Agenten verwendete.

Es musste ein besseres Mittel geben, jemanden anzuwerben, als Erpressung, Einschüchterung oder Geld. Erpressung erzeugte Angst, und Angst machte den Angeworbenen zögerlich; Zögern bei einem Einsatz aber war tödlich. Einschüchterung rief Groll hervor, weshalb ein derart Angeworbener leicht umzudrehen war. Und Geld – nun, Geld brachte überhaupt nichts. Auf der gegnerischen Seite gab es immer jemanden, der bereit war, mehr zu zahlen.

Dennoch waren Erpressung, Einschüchterung und Geld die Währung, mit denen Dima seine Agenten normalerweise an sich band. Dima gehörte noch zur alten Schule. Daraus folgte nicht, dass er nicht gefährlich war; tatsächlich traf das Gegenteil zu. Es bedeutete aber, dass es wunde Punkte gab, die man ausnutzen konnte, wenn man kühn und intelligent war. Kobalt hatte eine bessere Methode ersonnen, ein Mittel, sich Zherovs Loyalität zu sichern, bis der Tod sie schied.

Das waren Kobalts Gedanken, als Zherov und sie sich um 4:20 Uhr morgens zum Omega-Gelände begaben.

Das Gelände lag in einer Gegend der Stadt, die besonders heruntergekommen war und sich weit entfernt von der – zumindest für Odessas Verhältnisse – noblen Lage in direkter Nähe des Schwarzen Meers befand. Das war nicht anders zu erwarten gewesen. Im Juli und August wimmelte es in der Gegend am Meer von Moskauern und von Touristen, die von weit her kamen, sogar bis aus Tallinn. Jetzt jedoch herrschte dort nur minimaler Verkehr, und das bedeutete, dass in dem Viertel, in dem das Omega-Gelände wie ein Köter in einer Kartonschachtel kauerte, überhaupt kein Verkehr zu erwarten war. Kobalt und Zherov mussten sich also notwendigerweise zu Fuß dort hinbegeben, so lautlos und verstohlen wie Füchse. Sie folgten dem geometrischen Muster, das die blauen Schatten auf die schmalen Bürgersteige warfen.

Vor ihrem Aufbruch aus der Suite hatte Kobalt ihren Aktenkoffer geöffnet, die Waffen ausgewählt und sie in den zahlreichen Taschen ihrer Anzugjacke verstaut. Inzwischen war Zherov klar, dass sie ihre Garderobe nach ganz genauen Angaben hatte maßschneidern lassen. Die Vorstellung, wie die Unterstützungs- und Dokumentationsabteilung des SVR sich mit diesem kreativen Kleidungsstück abgemüht hatte, amüsierte ihn.

Das Gelände selbst war von einer Mauer umschlossen und hatte auf allen Seiten Abstand zu den Nachbarn, da Omega für einen Gürtel aus aufgegebenen und verfallenen Lagerhäusern gesorgt hatte, die die Organisation für kleines Geld erstanden hatte. Sonst hatte keiner eine Verwendung dafür gehabt.

Der Zugang zum Gelände erfolgte durch das Lagerhaus auf der Ostseite. Eine Tür, die gerade so groß war, dass eine einzelne Person hindurchpasste, war in ein weit größeres Tor eingelassen, das ausreichend Raum für einen Sattelschlepper oder zwei Busse nebeneinander bot. Das Schloss der kleineren Tür war nicht so stark, dass es Kobalt lange aufgehalten hätte. Drinnen gelangten sie in eine vollkommen leere, hohe Halle. Dunkle Flecken von getrocknetem Öl bedeckten den rohen Betonboden. Ganz hinten führte eine schmale Treppe zu einem kleinen Büro, dessen Fenster auf die Halle hinausgingen. In einem von ihnen brannte Licht.

Sie gab Zherov ein Zeichen, doch der hatte bereits den Schaft der Scorpion befestigt und hielt die Waffe bereit. Die Maschinenpistole im Anschlag, ging er durch die Halle. Auf halbem Wege fiel Zherov wie geplant zurück, um Kobalt Deckung zu geben, während sie bis ganz nach hinten huschte, die Treppe hinaufstieg und die Tür des Büros öffnete. Sie wartete volle dreißig Sekunden ab, bevor sie vorsichtig eintrat.

Ein Schreibtisch, ein alter Holzstuhl, drei stählerne Aktenschränke, deren leere Schubladen offen standen, mehr war in dem Büro nicht vorhanden. Kein Hinweis auf einen Menschen oder auch nur die Nutzung durch Menschen. Beim Verlassen des Büros signalisierte sie Zherov, dass alles frei war, und stieg die Treppe zu ihm hinunter.

»Eines verstehe ich nicht«, flüsterte Zherov ihr zu. »Dem Bericht über deine Einsatzabschlussbesprechung lag auch deine Empfehlung bei, ein Zaslon-Team loszuschicken, um die Bewohner des Geländes auszulöschen. Doch diese Empfehlung wurde nicht befolgt.«

»Dima hat sie verworfen«, knurrte Kobalt. »Er sagte mir, angesichts der gegenwärtigen Lage, in der eine russische Übernahme der Ukraine im Gespräch ist, käme ein Überfall auf ukrainischem Boden nicht infrage.«

Sie gingen weiter, langsam und lautlos.

»Wo sind sie alle?«, flüsterte Zherov.

Sie zuckte mit den Schultern, doch ihre gefurchte Stirn verriet mehr, als Worte hätten sagen können.

Sie führte ihn zum Ausgang, der in der rechten Wand lag, und über eine hölzerne Laderampe betraten sie das eigentliche Gelände. Erneut war keine Menschenseele zu sehen.

»Okay«, sagte er, nun mit normal lauter Stimme. »Da kann was nicht stimmen.«

»Und doch ist es so.« Im Laufschritt führte sie ihn über den großen Platz und ins Haupthaus des Geländes – es war das Gebäude, das sie während ihres ersten Aufenthalts nicht hatte betreten dürfen. Ein rascher Blick in die beiden großen Hauptsäle zeigte ihr, dass auch hier, wie im Lagerhaus, alles geräumt worden war. Alle Spuren von Omega einschließlich aller Verzeichnisse, Berichte und Akten – alle Unterlagen der Gruppe – waren verschwunden.

»Sie sind weg«, stellte Zherov das Offensichtliche fest. Er drehte sich um und sah Kobalt neben einigen dunklen Flecken hocken, die durchaus Ähnlichkeit mit den Ölflecken aufwiesen, die sie im Lagerhaus gesehen hatten. Sie hatte die Taschenlampen-App ihres Handys eingeschaltet und führte sie in allen Richtungen über das dort Verschmierte.

Zherov kauerte sich neben sie. »Hast du etwas gefunden?«

»Das hier ist kein Öl, weder altes noch frisch verschüttetes«, sagte sie. »Es ist Blut.«

»Sie sind nicht kampflos verschwunden?«

»Oder eine Säuberung hat stattgefunden. Vielleicht hat es innerhalb Omegas eine Spaltung gegeben.«

Er blickte sich um. »Wenn es so wäre, wo sind dann die Leichen?«

Sie stand auf, und er folgte ihrem Beispiel. »Vielleicht haben sie sie mitgenommen.«

»Abtrünnige?« Zherov zuckte mit den Schultern. »Die Mühe würde ich mir jedenfalls nicht machen.«

Kobalt nickte. »Ich auch nicht.«

Da sie das Hauptgebäude vorher nie betreten hatte, hatte sie keine Ahnung, welche Räume es barg. Sie machten sich an die Erkundung. Hinter den beiden größeren Hauptsälen folgte ein Labyrinth von Räumlichkeiten, die offensichtlich als Schlafräume, Besprechungsräume oder Lagerräume genutzt worden waren. Sie alle standen leer. Am Ende eines Korridors lag eine Tür, die anscheinend in einen Keller führte. Die beiden Agenten warfen sich einen bedeutungsvollen Blick zu und begannen den Abstieg. Die Treppe war aus Beton, und die Stufen bröckelten an den Kanten ab. Im Licht von Kobalts Taschenlampe wurden die dunklen Flecken zunehmend auffälliger.

Es wurde immer kälter, und die Feuchtigkeit drang durch ihre Kleider und tief in sie ein. Der Abstieg zum Grund des Kellers war lang. Sie mussten jedoch nicht ganz hinunter. Auf drei Viertel des Weges wurde der Strahl der Handytaschenlampe so grell zurückgeworfen, dass sie zunächst geblendet waren. Sie bewegten sich nun wesentlich vorsichtiger, bis sie eine dicke Glasscheibe entdeckten, die sich vom Boden bis zur Decke und von einer Wand zur anderen erstreckte. Die Ränder waren versiegelt. Hinter der Scheibe lagen über ein Dutzend Leichen in grotesken Stellungen am Boden, als hätten die Täter diese Menschen von dort aus, wo Kobalt und Zherov jetzt standen, erschossen und einfach achtlos liegen lassen.

»Die meisten sind Schusswunden erlegen«, sagte Zherov. »Aber nicht alle.«

Er hatte recht, und Kobalt fühlte sich plötzlich von einer entsetzlichen Kälte durchdrungen. Als Zherov nach unten weitergehen wollte, packte sie ihn am Arm.

»Nicht«, sagte sie. »Keinen Schritt näher.«

»Was?« Er drehte sich um und sah sie an. »Warum nicht? Wir müssen herausfinden, wie sie getötet wurden.«

»Schau genauer hin, Anton. Sie liegen auf Operationstischen. Ihre Geschlechtsteile wurden entfernt. Und bei anderen – schau, bei einem oder zwei von ihnen – wurden merkwürdig aussehende Organe angenäht.

Als ich das letzte Mal hier war, kreisten die Gottesdienste unweigerlich um das Buch Genesis, und zwar ganz besonders um die Gestalt des Noah und Gottes Pakt mit ihm. Es erscheint mir mehr als wahrscheinlich, dass Omega letztlich die Mission hat, eine neue Welt zu erschaffen – das Paradies auf Erden, das Gott

Noah nach der Flut versprochen hat.« Sie betrachtete die Glaswand. »Wenn das so ist, könnte es sein, dass diese Leute ihr Ziel auf ähnliche Weise zu erreichen versuchen wie damals die Nazi-Ärzte.«

»Sie sind verrückt. Ich meine, im klinischen Sinne«, sagte Zherov. »Das ist die Realität, mit der wir konfrontiert sind.«

Sie zogen sich die Treppe hinauf zurück. Als sie wieder in den Korridor traten, rochen sie, dass jemand Essen kochte. Eine Tür links von derjenigen, aus der sie gerade kamen, führte in einen kurzen Flur.

Kobalt deutete darauf. »Da liegt vermutlich die Küche und dahinter wohl der Speisesaal.«

Zherov nickte und ging mit der Scorpion im Anschlag vor ihr her.

Sie trafen die Frau vor einem Holzherd an, wo sie in einem Topf rührte, der auf einem der Ringe stand. Kobalt trat zu Zherov und drückte die Scorpion nach unten.

»Marta?«

Als Kobalt eintrat, drehte die Frau sich um. »Alina Kravets. Allerdings bezweifle ich, dass das dein richtiger Name ist.« Ein Lächeln, das rasch verblasste. »Nach dem, was ich über dich gehört habe, hätte ich nicht erwartet, dich noch einmal zu sehen.« Beim Anblick Zherovs lachte sie. »Ist das deine ganze Unterstützung? Egal, ihr kommt zu spät.« Sie schüttelte den Kopf. »Omega ist von hier verschwunden. Der neue Führungszirkel ist viel militanter, als du es in deiner Zeit hier kennengelernt hast.«

»Warum bist du noch da?«

Marta hatte dunkle Ringe unter den Augen und einen verschreckten Blick. »Wo sollte ich hingehen?« Sie schüttelte den Kopf, und Kobalt sah die violett unterlaufenen Druckstellen an ihrem Hals. »Ich kann nirgendwo hin.« Sie wandte sich wieder dem Topf zu und rührte.

»Wie ist es dir gelungen, am Leben zu bleiben?«

Sie reckte den Hals, sodass man das volle Ausmaß der Quetschungen sah. »Ich habe einen von ihnen getötet. Dann habe ich mich zusammengerollt im Holzstoß versteckt, so still wie ein ungeborenes Kind. Keiner hat mich gefunden. Sie hatte wichtige Arbeiten zu erledigen. Dann sind sie weggefahren. Aus meinem Versteck konnte ich das Dröhnen der Lastwagenmotoren hören. Danach habe ich noch lange gewartet, um sicherzugehen, dass alle weg waren und keiner zurückkam.« Sie verzog voll Abscheu das Gesicht. »Ich habe den Fehler gemacht, mir nach ihrem Aufbruch die Leichen anzuschauen.«

Sie schauderte zusammen. »Das ist der Stoff, aus dem die Albträume sind.«

Zherov hatte sich zurückgezogen. Er stand in der Tür zu dem kurzen Flur, die Scorpion in der rechten Armbeuge. Ein loyaler Wächter.

Der Küchentisch war einfach nur ein Schneidebrett, das auf Taillenhöhe von vier grob behauenen Holzbeinen gehalten wurde. Sie setzten sich auf klapprige Holzstühle, die so aussahen, als könnten sie jeden Moment zusammenbrechen. Marta schenkte ihnen Tee ein. Es war russischer Karawanentee, muffig, schwarz und bitter wie die Sünde. Zherov reagierte auf Kobalts Gesichtsausdruck und verließ seinen Posten nicht, um sich sein Glas zu nehmen.

»Du sagtest ›sie‹, Marta. *Sie* habe wichtige Arbeiten zu erledigen gehabt. Meinst du die Frau, die am Tag meiner Flucht mit ihren Leuten gekommen ist? Kannst du mir irgendetwas über sie berichten?«

Marta schloss die Hände um ihr Glas. »Hast du sie gesehen? Hast du Anna gesehen?«

»Nur ganz kurz«, antwortete Kobalt. *Anna*, dachte sie.

»Eine eigenartige Frau.« Marta trank einen Schluck Tee, ohne das Gesicht zu verziehen. »Sie ist nur ein einziges Mal in mittlerer Entfernung an mir vorbeigegangen, aber der Eindruck, den sie bei mir hinterlassen hat, hat sich mir ins Gedächtnis eingebrannt, umso mehr, als sie höchstens siebenundzwanzig oder achtundzwanzig war, atemberaubend jung für eine derart mächtige Position.« Sie hielt kurz inne, als ordnete sie ihre Gedanken, und fuhr dann fort: »Sie hat einige Leute mitgebracht – Wissenschaftler oder Schlächter, je nach Standpunkt. Sie sind zehn Tage geblieben. Du hast ja mit eigenen Augen gesehen, welches obszöne Grauen sie zurückgelassen haben.«

Kobalt wartete darauf, dass Marta fortfuhr. Sie erwog, noch einen Schluck des heißen, beißenden Tees zu trinken, überlegte es sich aber anders. Gleich darauf bedrängte sie ihr Gegenüber, weiterzusprechen. »Marta. Auf welche Weise war diese Frau, diese Anna, eigenartig?«

Marta stieß ein Ächzen aus. »Leichter wäre es zu sagen, auf welche Weise sie nicht eigenartig war. Sie war groß, daran erinnere ich mich deutlich. Und sie sprach mit einer tiefen Stimme – fast wie eine Männerstimme. Sie hatte einen befehlenden Tonfall, und es war etwas, nun, Betörendes daran. Diese Stimme schlug einen in Bann. Und ich kann sagen, dass die Oberen, die sich an jenem Tag um sie scharten, tatsächlich in Bann geschlagen wurden – von *ihr* in Bann geschlagen wurden. Ich hatte den eindeutigen Eindruck, dass sie alles tun würden, was sie wollte, und zwar dann, wann sie es wollte.«

Kobalt erinnerte sich lebhaft an Annas Gang – er entsprach weder dem Schreiten einer Frau noch dem Stapfen eines Mannes.

Er war etwas ganz Neues, etwas, was sie noch nie zuvor gesehen hatte. »Sie klingt beeindruckend.«

Kobalt schob ihr Glas weg. »Marta, weißt du, wohin die Omega-Gruppe sich begeben hat?«

Marta schüttelte den Kopf. »Jedenfalls an einen sehr fernen Ort. Vielleicht nach Rumänien, irgendwo in den Karpaten? Es ist mir, als wäre mir so etwas in Erinnerung. Aber ich bin ein bisschen benommen.«

Kobalt beugte sich vor, vorsichtig bemüht, nicht gegen den wackeligen Tisch zu stoßen. »Weißt du, wo in den Karpaten?«

Marta schüttelte erneut den Kopf. »Wenn ich es wüsste, hätte Anna mich zur Strecke gebracht. Dann wäre ich jetzt nicht mehr am Leben.«

27

Köln, Deutschland

Otto eilte die Stahltreppe hinauf und trat auf einen schmalen Stahlsteg, der zu einem weiteren Steg ein Stück weiter oben führte, doch Evan verschwendete keine Zeit mehr damit, ihr dabei zuzuschauen. Otto hatte die Schuhe ausgezogen, um besser rennen zu können, und Evan hielt nun einen von ihnen in der Hand. Sie verharrte angespannt und versuchte, ihren Kopf ganz frei zu bekommen. Darin durfte nur noch Platz für das sein, was sie jetzt tun musste. Sie hatte nur eine Sekunde gehabt, um darüber nachzudenken, aber die Lage war klar: Sie würde Ben nicht zurücklassen. Das war undenkbar. Sie könnte sonst nicht mehr in den Spiegel schauen. Sie dachte jetzt an Ben, aber jedes Mal kehrten ihre Gedanken zu der Nacht zurück, in der sie sich geliebt hatten, während der deutsche Regen auf das Dach des Hauses getrommelt war, in dem sie sich verkrochen hatten. Sie erinnerte sich an jedes Detail: ihre animalischen Schreie, seine Hände auf ihrer Haut, sein Mund auf dem ihren, ihr Mund auf ihm, ihre Beine, die sich um seine Hüften schlangen, sie fest packten. Und dann, hinterher, das Tropfen eines Wasserhahns in der Küche, das Piepsen einer Maus und das leise Summen der Insekten draußen, als der Regen nachließ. Der vollständige Frieden, der sie in seinen Armen erfüllte. Der Rest der Welt war verschwunden. Möglicherweise existierte er noch außerhalb ihres Verstecks, doch in diesem Moment war sie sich nicht einmal dessen sicher. Vielleicht waren sie eingeschlafen, vielleicht auch nicht. Sosehr sie es auch versuchte, sie konnte sich nie daran erinnern. Dann war das Morgengrauen durch die verrottete Jalousie hereingesickert, und mit ihm ein neuer Geruch ...

Der widerliche Gestank von Blauauge schlug Evan entgegen wie eine Wand. Sie hatte sich oben auf der Treppe versteckt. Sie war bereit. Er kam oben an, mit hellwachen Sinnen. Als Erstes sah sie die PB, die hässliche Schnauze des Schalldämpfers, die wie ein Wiesel aussah, das seine Beute wittert. Jetzt! Sie schwang sich herum, richtete sich auf ihn aus und rammte ihm den Stilettoabsatz von Ottos High Heel ins linke Auge. Er durchbohrte die gelartige Masse des Glaskörpers. Reflexartig trat der Angegriffene einen Schritt zurück, und sie sah, dass er seine halb verbrannten Kleider ausgezogen hatte. An seinem nackten Oberkörper entdeckte sie russische Gefängnistätowierungen. Die Zähne gefletscht und von Zorn befeuert, rammte sie den Absatz noch tiefer, bis er hinter die Augenhöhle vorstieß. Wie weit er in den Schädel eindrang, würde sie niemals entdecken. Mit einem kräftigen Stoß sorgte sie dafür, dass Blauauge die Treppe hinunterstürzte.

Erst als sein Kopf auf den Boden plumpste wie ein Sack nasser Zement, sah sie Ben, der unten stand und zu ihr hinaufspähte.

In Totenschädels Kopf klaffte ein großes, unschönes Loch wie ein rosafarbener und roter Pilz, der sich ausgebreitet und drei Sitze überwuchert hat. Ben trat über die Sauerei hinweg, rannte den rechten Seitengang hinunter und sprang über den verkohlten Vorhang, von dem noch immer Rauchfäden aufstiegen, als wäre er ein riesiger, frisch aus dem Ofen geholter Kuchen. Auf Evans Spuren hastete er Richtung Kinoleinwand. Seine Gedanken waren ausschließlich auf sie gerichtet. Doch mit seinem Profiblick registrierte er, dass sonst kein Mensch zu sehen war. Die vorhin im Saal verstreuten Zuschauer waren geflohen. Er wusste, dass es nicht mehr lange dauern würde, bis die Polizei vor dem Kino auftauchte. Sie mussten von hier verschwunden sein, bevor es so weit war, und den vorderen Eingang konnten sie auf keinen Fall benutzen.

Bevor er aufschaute und Evan oben auf der Treppe erblickte, entdeckte er die Tätowierungen des Mannes mit dem Stilettoabsatz im Auge. Achtzackige Sterne auf jeder Schulter, was ihn als Kommandanten auswies, und ein Messer, das seinen Oberkörper oben durchbohrte, zum Zeichen, dass er im Gefängnis ein bezahlter Killer gewesen war. Nach der Haftentlassung hatte er seinen Beruf offensichtlich nicht gewechselt.

Ben sprang über den Killer hinweg und eilte die Treppe hinauf. Sie umarmten sich, es war jedoch eine ungeschickte Geste, als zögen beide sich im selben Augenblick zurück, in dem sie sich berührten. Ungeschickt und kurz. Als sie wieder eine sichere Armlänge Abstand hatten, musterten sie einander auf Verletzungen, von denen die Beule an Bens Stirn, die von Totenschädels Kopfstoß stammte, nicht die geringste war. Hier gewann also Ben, falls Gewinnen der richtige Ausdruck war.

Sie führte ihn zum zweiten Steg hinauf, durch eine Metalltür und in einen kleinen Gang für Wartungspersonal, von dort durch eine zweite Metalltür, die in die Loge mündete, wo sie hoffentlich von Otto erwartet wurden. »Beide Angreifer waren Russen, angeheuerte Ex-Häftlinge«, sagte Ben. »Kommt dir das irgendwie bekannt vor?«

Evan durchsuchte ihre Erinnerungen, fand aber nichts. Als sie den Kopf schüttelte, sagte er: »Ich würde dich gern daran erinnern, dass deine Kontaktperson, die dieses Treffen mit Otto Vimpel …«

»Sie heißt Ottavia.«

»Okay, aber zurück zu deiner ursprünglichen Kontaktperson: russisch, FSB oder SVR. Habe ich recht?«

»Ex-SVR«, räumte Evan ein. Und da sie wusste, worauf Ben abzielte: »Und außerdem ehemaliges Mitglied des Inneren Zirkels.«

»Na wunderbar.« Ben verdrehte die Augen. »Und du glaubst nicht, dass deine Kontaktperson uns in eine Falle gelockt hat?«

Evan wollte gerade antworten, da ertönte von unten ein Höllenlärm.

»Die Polizei ist da«, sagte Ben. »Wir müssen hier raus. Wo ist Ottavia?«

Evan zeigte nach vorn. »Da entlang.« Sie passierten die Loge und stiegen die Innentreppe zum Balkon hinauf. Die Stimmen wurden lauter, und Rufe ertönten, als man unten die Brandspuren im Zuschauersaal entdeckte. Die Polizei würde keine Ahnung haben, was vorgefallen war oder warum, aber die Beamten würden nicht lange brauchen, um den bewaffneten Russen mit den Gefängnistätowierungen zu entdecken, in dessen Auge ein Stilettoabsatz steckte. Dann würden sie die Treppe hinaufeilen, um die Täter zu jagen.

Sie fanden Otto in der letzten Sitzreihe. Sie hatte den verbliebenen Schuh in der Hand, mit dem Absatz nach vorn. Ein Ausdruck tiefer Erleichterung verwandelte ihr Gesicht, als sie Evan entdeckte.

»Mit meinem Schuh hast du es ihm richtig gegeben«, sagte sie in ihrem französisch gefärbten Deutsch.

Evan nickte. »Beide sind tot.«

»Beide sind Ex-Häftlinge«, erklärte Ben. »Killer.«

Otto hob das Kinn. »Und wer ist dieser Typ?«

»Mein Partner Ben.«

Ottos Miene wurde misstrauisch, ihre dunklen Augen verschatteten sich. »Man hat mir gesagt, ich würde nur dich treffen.« Sie wandte sich zum Gehen.

»Moment«, sagte Evan. »Die Polizei ist jetzt im Kino. Wir brauchen einen Fluchtweg.«

Otto drehte sich um. »Was ist mit dem anderen Mann passiert?« Sie sah Evan an, doch als Ben die PB mit dem Schalldämpfer hob, weiteten sich ihre Augen.

»Ich habe ihn in den Kopf geschossen«, antwortete Ben nüchtern.

»Tot?«, fragte Otto.

»So tot wie eine vergiftete Ratte.«

Das brachte sie zum Lächeln. Sie warf den Kopf hoch. »Okay. Folgt mir.«

Offensichtlich kannte sie sich im Kino aus. Sie führte sie am Projektionsraum vorbei aufs Dach. Der Abend hatte sich mit der üblichen deutschen Dramatik herabgesenkt, als erklänge dazu Musik von Wagner. Sie hörten die Martinshörner jetzt deutlich, sahen das Blaulicht der Polizeiautos, der Krankenwagen und der Löschfahrzeuge. Der Lärm übertönte das Geplapper der Menge, die sich auf der Straße drängte, so nah am Tatort, wie die Polizei es zuließ.

Das Gebäude selbst war recht groß, und Otto führte sie nach hinten, wo man von einer niedrigen Brüstung auf das Dach eines flacheren Gebäudes hinuntersah. Die Wände der Häuser stießen aneinander, einen Zwischenraum gab es nicht. Sie stiegen über die Brüstung, ließen sich auf das niedrigere Dach fallen und fanden eine geschützte Stelle, an der sie sich niederkauerten. Otto entfernte sich kurz, um den verbliebenen Schuh in einen Belüftungsschacht zu werfen, und kehrte dann zu ihnen zurück.

»Der Russe, den ich erschossen habe, trug am rechten Handgelenk das Tattoo einer Handschelle, was bedeutet, dass er eine Haftstrafe von mehr als fünf Jahren verbüßte«, begann Ben. »Auf dem Handrücken hatte er die Tätowierung eines Totenschädels, ein Symbol dafür, dass er dem russischen Gesetz getrotzt hat. Meine Vermutung lautet, dass ihm die Flucht gelang und er seinen Kommandanten mitnahm.«

»Die Frage ist jetzt, für wen die beiden gearbeitet haben«, sagte Otto.

Ben warf Evan einen scharfen Blick zu. »Nicht für deine Kontaktperson, hm?«

»Für Lyudmila?« Otto lachte auf. »Was für ein Unsinn!«

Plötzlich machte es bei Ben klick: Evans Kontaktperson hatte früher für den SVR gearbeitet, dem Inneren Zirkel angehört und hieß Lyudmila. Er musste sich zusammenreißen, um den Mund wieder zuzuklappen. »Lyudmila Shokova? Evan, deine Kontaktperson ist Lyudmila Alexeyevna Shokova?«

Selbst im Halbdunkel auf dem Dach sah Ben, wie sich Evans Wangen im Licht von Neonschildern und anderer Leuchtreklame rot färbten.

»Wurde Shokova nicht vor einem oder anderthalb Jahren aus dem Inneren Zirkel ausgeschlossen?«

Evan nickte.

»Und warum ist sie dann nicht tot? Aus dem Fenster gestürzt, von einem Auto überfahren, in ihrem Lieblingsrestaurant vergiftet oder unter vorgeschobenen Anschuldigungen festgenommen? So geht es doch, wenn in Russland einer aus der Führungsriege ausgeschlossen wird.«

»Sie ist geflohen«, antwortete Evan.

»Sie ist außergewöhnlich intelligent«, fügte Otto wie ein Ausrufezeichen hinzu.

Ben schüttelte den Kopf. »Sie hat außerdem im FSB gearbeitet. Versucht man dort nicht, sie aufzuspüren?«

»Sie halten sie für tot. Sie glauben, ihr Wagen sei in den Moskauer Bergen mit zu hohem Tempo aus einer Haarnadelkurve ausgebrochen und sie sei verbrannt.« Otto musterte ihre Nägel. »Ich habe geholfen, dieses Tableau vivant herzustellen.« Sie hob den Kopf. »Es war sehr überzeugend, bis ins kleinste Detail.«

Ben wandte sich Evan zu. »Wusstest du das alles?«

Sie zuckte mit den Schultern.

Bens Blick erfasste beide Frauen. »Warum wurde sie ausgeschlossen?«

»Sie ist eine Frau«, antwortete Evan.

Otto breitete die langen, schmalen Hände aus. »Wir reden von Russland. Wer versteht da überhaupt irgendwas?«

Beides war nicht die Antwort, auf die er wartete, aber anscheinend würde er keine bessere bekommen. Ihm war unwohl. Nach Totenschädels Stoß tat ihm der Kopf weh. Jetzt hatte er eine Ahnung von dem, was Evan derzeit durchmachte. Der Aufruhr auf der Straße hatte sich nicht gelegt. Ben schaute zum Kinodach hinauf. »Sind wir hier oben sicher?«

Otto nickte. »Vollkommen. Die Polizei wird nicht aufs Kinodach steigen. Die Ermittler sind ein fauler Haufen, und wenn sie die Tätowierungen sehen, gibt es keinen Grund mehr für sie, der Sache weiter nachzugehen, es sei denn, sie wollten das deutsche Außenministerium damit befassen. Aber das wäre mit Papierkram verbunden, und so ...« Sie zuckte mit den Schultern.

Evan scrollte durch ihr Handy, bis sie die Fotos von Wendy und Michael fand. »Hast du eines von diesen beiden Kindern gesehen? Es handelt sich um meine Nichte und meinen Neffen. Sie wurden vor drei Tagen aus ihrem Zuhause in Washington entführt. Ihr Vater wurde ermordet.«

»Nein«, antwortete Otto. »Aber die Fotos habe ich bereits gesehen. Lyudmila hat sie mir geschickt. Sie hat sie an jeden in ihrem Netzwerk verteilt und versucht alles, um die Kinder zu finden.«

Evan warf Ben einen Blick zu, doch der schien kaum zuzuhören. Sie stieß ihn mit der Ferse an. Er warf ihr einen bösen Blick zu und verschränkte die Arme vor der Brust.

Am besten beachte ich ihn nicht, dachte sie und holte die beiden Fotos hervor, die sie Otto zeigen wollte. Sie beleuchtete sie mit ihrer Handytaschenlampe. »Kennst du diese Frau? Sie heißt Anna.«

»Ohne Familiennamen ... Aber Moment mal ...« Stirnrunzelnd nahm Otto das Foto von Anna und Onders, das irgendwo im Kölner Umland aufgenommen worden war, und betrachtete es genauer. »Ich kenne diesen Ort. Ja, dieses Foto wurde in der Nähe von Bergisch Gladbach aufgenommen. Das liegt mit dem Auto nur eine Stunde entfernt im Nordosten.«

»Das Foto trägt ein Datum von vor zwei Jahren«, sagte Evan. »Das andere Foto ist undatiert.«

»Hmm.« Otto tippte auf das verschwommene Gebäude im Hintergrund des Fotos. »Das ist die *Schneller Psychiatrische Klinik*. Ich war nie drin. Sie ist recht bekannt für ihre experimentellen Behandlungsmethoden für psychiatrische Patienten. Wie ich gehört habe, sind sie recht erfolgreich.« Sie blickte zu Ben und Evan auf. »Vielleicht war die Frau auf dem Foto damals dort Patientin – oder ist es immer noch, falls ihr Glück habt.«

Ben massierte sich die Schläfen. »Dort müssen wir also als Nächstes hin.«

»Fragen Sie nach Dr. Reveshvili, er leitet die Klinik«, sagte Otto. »Er sollte wissen, wo sich diese Anna befindet, nach der ihr sucht. Entweder ist sie noch immer in der Klinik, oder sie wurde nach Hause entlassen.«

»Wie gut kennst du ihn?«

»Ich kenne nur seinen Ruf, doch der ist ausgezeichnet.«

Trotz Bens stummem Einwand nahm Evan eines der scheibenähnlichen schwarzen Kästchen in die Hand und öffnete es, um Otto das goldene Omega zu zeigen. »Sagt dir das irgendwas?«

Otto schüttelte den Kopf. »Es ist der griechische Buchstabe Omega, aber das wisst ihr vermutlich schon.«

Evan zog die Augenbrauen hoch. »Und sonst nichts?«

»Nein, tut mir leid.« Sie sah sie fragend an. »Hört mal, die Nacht bricht an, es wird immer dunkler, und mir ist kalt. Ein bisschen was zum Futtern könnten wir wohl alle vertragen.« Sie deutete nach hinten. »Dort auf der Rückseite des Gebäudes gibt es eine Feuertreppe. Ich kenne ein gemütliches Plätzchen, wo wir etwas essen und uns über den morgigen Ausflug zur Klinik beraten können.«

Als die beiden sich nicht rührten, sah sie Ben an. »Du magst mich nicht.«

»Ich traue dir nicht.«

»Lyudmila hat mich geschickt, um euch zu helfen.«

»Lyudmila Shokova traue ich ganz entschieden nicht.«

»Kollektivschuld, wie ein Amerikaner das sieht«, sagte sie und stand auf. »Als im Elsass geborene Deutsche überrascht mich das nicht.« Es zuckte um ihre Mundwinkel. »Eine Deutsche mit einer russischen Freundin, das ist für dich ein Paradox, nicht wahr?« Sie schlug ihren Jackenkragen hoch. »Wie schon gesagt, ich brauche ein ordentliches Glas russischen Wodka und eine gute Elsässer Mahlzeit, um meinen Magen zu füllen.« Sie deutete auf die hintere Seite des Dachs. »Ihr könnt mich entweder begleiten oder eurer Wege gehen.«

Sie ging los. Evan erhob sich und folgte ihr. »Mach, was du willst, Ben. Nur lass dir nicht zu viel Zeit zum Entscheiden.«

28

Michael

Ich wache im Dunkeln auf. Oder vielleicht wache ich auch gar nicht auf. Es ist nichts zu hören: kein Flöten der Singvögel, die in unserem Garten nisten, kein Fliegensummen, kein Rascheln vom Wind in den Weiden – falls wir überhaupt Weiden haben, und wenn ich es mir recht überlege, wachsen im Garten keine. Aber obwohl ich schon neun bin, ist mein Lieblingsbuch noch immer *Der Wind in den Weiden.* So oft liege ich nachts im Bett, lese ein Kapitel nach dem anderen und mache erst das Licht aus, wenn mein Vater – Michael, sagt er mit seiner strengsten Stimme – mich anschreit, ich solle schlafen gehen. Aber ich schlafe nicht sofort ein, ich bleibe im Dunkeln wach und stelle mir vor, ich lebte am Fluss in der Welt von Maulwurf, Dachs, Kröte und Wasserratte – die, wie ich in Wikipedia gefunden habe, in Wirklichkeit eine Schermaus ist. Für mich klingt das viel besser als Ratte. Ratten, Motten und, schlimmer noch, behaarte Tausendfüßler mag ich gar nicht, davon bekomme ich Albträume. Aber Dachse mag ich gern – sehr sogar.

In dieser Dunkelheit aus Nichts rufe ich nach Wendy. Sie hört mich, denn gleich darauf findet ihre Hand die meine, und sie hält sie fest.

»Wendy, wo sind wir?«, flüstere ich, weil diese Dunkelheit so ist, als müsste man flüstern.

»Irgendwo«, flüstert sie zurück.

»Nicht daheim?«

»Nein, Mikey. Nicht daheim.«

Dummerweise beginne ich zu weinen.

»Oh, nicht weinen, Mikey.« Sie drückt meine Hand. *»It will turn out right.«*

Tante Evan war diejenige, die mich zuerst Mikey genannt hat, und jetzt weiß Wendy davon. Das macht mir nichts aus. Gerade jetzt nicht. Es überrascht mich, macht mich aber nicht wütend, dass sie das Geheimnis kennt, das ich mit Tante Evan habe. Ich mag es, wenn meine Schwester mich »Mikey« nennt. Ich liebe Wendy, und ich höre auf zu weinen, weil sie *»It will turn out right«* gesagt hat. *Alles wird gut.* Das ist der Song von De-Phazz, den sie abends immer hört. Wenn die Töne aus ihrem Zimmer kommen, beruhigt mich das. Aber ich wünschte wirklich, Tante Evan wäre hier. Bei ihr fühle ich mich sicher.

Ich liebe Tante Evan. Sie verbringt oft Zeit mit mir, was ich von Paul nicht gerade behaupten kann. Er schenkt mir überhaupt keine Aufmerksamkeit. Er hat zu tun, sagt er. Aber ich verstehe nicht, was das bedeutet. Und Mama ... eine Zeit lang war ich so wütend auf sie, weil sie uns bei Paul zurückgelassen hat, der eigentlich überhaupt kein Vater ist. Aber eines Tages hat Tante Evan gesehen, dass ich weinte, und als ich ihr erzählt habe, wie es mir ging, sagte sie, das sei normal, sie selbst sei ebenfalls wütend gewesen. Da fühlte ich mich nicht mehr so allein. Dann sagte sie etwas, woran ich mich festhalte. Sie sagte, Mama ist nicht daran schuld, dass sie weg ist, niemand ist daran schuld, und ohnehin bringt es nichts, mich an meiner Wut festzuklammern. Sie hat recht, das weiß ich, aber etwas fehlt. Da ist ein Loch in meinem Inneren, das ich nicht füllen kann. *Die Zeit heilt Wunden*, sagte Tante Evan. *Es dauert, bis sich so ein Loch wieder gefüllt hat.* Als Wendy und ich uns zum ersten Mal Schnappschüsse von Mama anschauten, sagte ich: »Sie sieht nicht so aus, wie ich sie in Erinnerung habe. Sieht sie so aus, wie du sie in Erinnerung hast?« Ich dachte, Wendy würde antworten, aber sie schwieg. Sie saß so stumm da wie die Eule, die hin und wieder kurz nach Einbruch der Dunkelheit in unseren Garten kommt. Ich versuchte, dahin zu schauen, wo Wendy hinstarrte, doch ich sah nichts und fürchtete mich davor, sie zu fragen, was ihr ins Auge gefallen war.

Manchmal kommt es mir so vor, als wartete die Eule nur darauf, dass ich aus dem Haus trete. Dann dreht sie den Kopf und starrt mich nach Art der Eulen an, als brächte sie Weisheit aus weiter Ferne. Die Kinder, die ich kenne, würden die Eule nach Harry Potters Schnee-Eule Hedwig nennen, aber das tue ich nicht. Erstens ist meine Eule keine Schnee-Eule, und das würde jeder, der so viel über Eulen gelesen hat wie ich, gleich in der ersten Sekunde sehen. Und zweitens finde ich den Namen Hedwig total dämlich. Ich habe meine Eule Omega genannt, was als Eulenname vielleicht komisch klingt, aber da ist dieser süße Becher mit der Omega-Eule darauf, den Tante Evan mir geschenkt hat und aus dem sogar Wendy manchmal trinkt, wenn ich es ihr erlaube.

Tante Evan hat mir einmal erzählt, es gäbe eine Lücke in ihrem Inneren, in der nichts lebt, eine Lücke, in der früher Mama war. Sie sagte: *Ich weiß, dass du das nicht verstehen kannst, Mikey*, aber ich habe es verstanden. Ich habe es vollkommen verstanden, wusste aber nie, wie ich Evan das sagen sollte. Wenn ich es versuche, fange ich an zu stottern. Es ist, als wollte ich ihr erklären, ich verstünde, was Atmen ist. Mir fehlen die Worte, aber bestimmt kann sie in meinen Augen sehen, was ich fühle. In mir ist dieselbe Lücke, eine für Mama reservierte Lücke, die nie gefüllt wurde. Der Grund dafür, und das weiß Tante Evan bestimmt, ist, dass sie mir alles über ihre Zeit mit Mama erzählt hat: wie sie zusammen aufwuchsen, sich Streiche spielten, wie sie sich stritten und wieder versöhnten. *Genau wie Wendy und du*, sagt sie, aber ihr Blick ist dabei umwölkt, und sie wirkt bedrückt, auch wenn ich nicht begreife, wieso. Ich habe von Tante Evan viel über Mama erfahren, und dadurch liebe ich sie nur umso mehr. Manchmal denke ich, Tante Evan könnte die Lücke in meinem Inneren füllen und den Schmerz, den ich ständig empfinde, auslöschen. Am liebsten mag ich die Geschichten, die erzählen, wie unartig Mama war – wie es sie zum Verbotenen zog, zum Schnaps ihres Vaters und den Zigaretten ihrer Mutter zum Beispiel. Wenn ich von der ungezogenen Mama höre, überläuft mich ein Schauer wie bei den Gruselfilmen, die Wendy so gern schaut. Ich würde es niemals wagen, Schnaps zu probieren oder an einer Zigarette zu ziehen, doch insgeheim bin ich entzückt, dass Mama es früher gemacht hat.

Früher. Mama ist jetzt tot. Was der Tod ist, begreife ich immer noch nicht. Aber andererseits erfasse ich auch das Leben nicht. Oder die Zeit. Wenn Wendy etwas über nächstes Jahr sagt, habe ich keine Ahnung, was das bedeutet. Wie weit entfernt nächste Woche ist, weiß ich. Wenn man so dringend wartet, dauert es immer eine Ewigkeit, bis die nächste Woche da ist.

Ich wünschte, Mama würde wiederkommen, aber Wendy sagt mir, wer tot sei, käme niemals zurück. *Warum nicht?*, frage ich sie. Dad kommt von all seinen Reisen zurück. Von allen. *Das ist nicht dasselbe, Mikey*, antwortet Wendy dann, aber sie kann nicht erklären, warum.

Tante Evan dagegen kann es erklären. Es gibt einen Ort, sagt sie – und nur einen einzigen Ort –, von dem man nicht zurückkehren kann, nicht einmal nächste Woche. Als ich sie frage, warum, antwortet sie: *Weil die Zeit an unserem Ort hier vorbei ist, wenn man zu jenem Ort gelangt ist. Wenn die Zeit hier vorbei ist, muss man eine Brücke überqueren – die Brücke in die Ewigkeit –, und sie führt zu diesem ande-*

ren Ort. Die Brücke ist eine Einbahnstraße; wenn man sie überschritten hat, kehrt man nicht zurück.

»Ich verstehe es immer noch nicht«, sage ich zu ihr. Wenn ich das zu Wendy sagte, würde sie mir das Gefühl geben, dumm zu sein, aber das macht Tante Evan nicht. Nie. Sie redet nie von oben herab mit mir, wie Wendy es manchmal tut, obwohl ich nur zwei Jahre jünger bin als sie.

Tante Evan ist so klug. Sie sagt mir: »Erinnerst du dich daran, wie ich mit Wendy und dir ins Zentrum gefahren bin und dir gezeigt habe, dass es in Washington keine J Street gibt?« Als ich nicke, lächelt sie. »Okay, aber irgendwo gibt es eine J Street, wir können sie nur nicht sehen.«

»Liegt die J Street auf der anderen Seite der Brücke?«, frage ich. »Der Brücke zur Ewigkeit?«

Sie lacht und klatscht in die Hände. »Wie klug du bist!« Mir geht das Herz auf, ich möchte so klug sein wie Tante Evan. »Genau dort ist deine Mama. Sie ist über die Brücke gegangen.«

»Sie geht über die J Street«, sage ich und versuche, es mir vorzustellen, schaffe es aber nicht. »Hoffentlich gefällt es ihr dort.«

Tante Evan zerzaust mir das Haar. »Ganz bestimmt, Mikey. Ganz bestimmt gefällt es ihr dort sehr.«

Jetzt, in der Dunkelheit aus Nichts, wende ich mich meiner Schwester zu und flüstere: »Sind wir in der J Street?«

»Was?«

»Vielleicht treffen wir ja Mama.«

In diesem Augenblick öffnet sich die Tür. Blendend helles Licht zerstört die Dunkelheit aus Nichts, und eine Stimme tut meinen Ohren weh.

»Das ist nicht Mamas Stimme«, sagt Wendy.

Wir haben nicht die Brücke überquert. Wir sind nicht auf der J Street.

29

Odessa, Ukraine

Das schimmernde Morgenrot bot einen harmonischen Kontrast zum Grau der Gebäude. Wie immer stach ihr Hotel heraus – ein Pfau in einem Land von Tauben. Als sie eintraten, reichte der Nachtportier, der gerade seinen Dienst beendete, Kobalt einen gefalteten Zettel, wünschte ihr einen guten Morgen, verließ das Hotel und verschwand im sanften Licht. Sie entfaltete den Zettel und las die handschriftliche Notiz. Mit einem Ruck hob sie den Kopf und wies Zherov an, die Waffen in ihre Suite zu bringen.

»Und was machst du?«

Sie deutete auf die Bar. »Ich muss das allein erledigen.«

Er zögerte kurz.

»Alles okay«, versicherte sie ihm. »Ich komme zurecht.«

Er nickte und ging davon.

Sie wartete ab, bis er in den Lift getreten war und die Türen sich geschlossen hatten, bevor sie sich zur Bar begab. Für Odessa war eine Hotelbar, die bis Tagesanbruch geöffnet hatte, nichts Ungewöhnliches. Vielleicht schloss sie auch niemals.

Kobalt blieb eine Weile in der Tür stehen und nahm die Atmosphäre des Raums in sich auf. Es gab fast keine Gäste. Da waren nur der Barkeeper, ein deprimierter Geschäftsmann in einem schändlich zerknitterten Anzug, der einen Wodka nach dem anderen kippte, ohne auch nur zwischendurch Luft zu holen, und eine Frau auf einer halbkreisförmigen Bank zur Rechten. Sie saß mit Blick zum Eingang, musste Kobalt also gesehen haben, signalisierte aber durch nichts, dass sie sie erkannte. Ihre eisblauen Augen strichen über Kobalts Gesicht, als gehörte sie zur Ausstattung der Bar. Die Frau hatte scharfe Gesichtszüge und trug das Haar hinten zusammengebunden. Ihre Nase war zu lang, ihr Mund zu breit und ihr Kinn zu dominant. Dennoch vereinigten diese Züge sich bei ihr durch eine geheimnisvolle Alchemie so, dass sie auf eine Weise umwerfend war, von der die meisten Frauen beim Blättern in *Vogue* oder *Vanity Fair* nur träumen konnten.

Da heute Morgen anscheinend das Motto galt, andere nicht zu beachten, begab Kobalt sich zur Theke. Der Geschäftsmann roch nach Metall, abgestandener Luft und Schweiß, so wie man nach einem vierundzwanzigstündigen Flug riecht. Der Barkeeper, ein Mann mit mächtigem Brustkorb, der früher vielleicht einmal Polizist oder Soldat gewesen war, musterte sie vom Kopf bis zu den Schuhspitzen. Danach begrüßte er sie mit überraschend leiser Stimme.

Sie blickte über die Theke. »Was mixen Sie da?«

Er hatte einen rasierten Schädel und ein Gesicht wie ein ungewöhnlich intelligenter Bär. »Ich probiere eine neue Art von Negroni aus.« Mit einer Kopfbewegung deutete er auf den Geschäftsmann. Er zwinkerte. »Für Leute mit Niveau.«

»Für einen Negroni ist es noch zu früh.«

»Ja, da haben Sie recht.« Er stellte ein volles Schnapsglas auf die Theke und daneben eine eiskalte Flasche sibirischen Mamont-Wodka. Die Flasche war gebogen wie der Stoßzahn eines Yukagir-Mammuts. Er deutete mit dem Kinn darauf. »Ein Gruß von Madame.«

Kobalt setzte sich an die Theke, zwei Plätze von dem betrunkenen Geschäftsmann entfernt, rückte aber bald noch ein Stück weiter ab. Der Barkeeper kostete den Negroni, fand ihn wenig ansprechend und schüttete ihn weg. Er näherte sich ihr, als sie gerade das Glas kippte, das er ihr eingeschenkt hatte.

»Wollen Sie Madame nicht treffen?«

Kobalt blickte ihm in die Augen. Er hatte ein ehrliches Gesicht, ungewöhnlich für einen Ex-Irgendwas, was auch immer er gewesen sein mochte. Vielleicht war das sein neues Hobby. »Ich sammele noch Mut.«

Er warf ihr ein wissendes Lächeln zu.

Sie legte den Kopf schief. »Sie kennen sie?«

»Ich arbeite für sie. Schon lange.«

»Selbst während Ihrer Zeit bei der Polizei?«

Er lachte leise. »Hier gibt es keine Polizei.« Er zwinkerte ihr zu. »Madame und ich haben eine lange Geschichte.« Beim Sprechen wischte er die Theke blank. Er wollte sich gerade abwenden, da fügte er hinzu: »Falls Sie sie auch nur ein klein wenig kennen, wissen Sie, dass sie es nicht schätzt, wenn man sie warten lässt.«

»Deswegen sitze ich ja hier und unterhalte mich mit Ihnen.«

»Ah, eine Strategie.« Er warf ihr einen ironischen Blick zu. »Viel Glück damit.« Er ging weg und sammelte das Schnapsglas am Platz des betrunkenen Geschäftsmanns ein.

Die Zeit verging langsam, wie in Zeitlupe. Kobalt spürte ihr Herz, das laut pochte. Es schlug ihr bis zum Hals, sodass ihr fast schlecht davon wurde.

Sie merkte, dass sie gerade ihren dritten Wodka geleert hatte. Als das Unvermeidliche sich nicht länger hinauszögern ließ, nahm sie ihr Glas, ergriff die Flasche an ihrem langen Hals, durchquerte den Raum und ließ sich so nah neben der anderen Frau auf die Bank gleiten, dass sie deren Körperwärme spürte. Ihr charakteristischer Duft nach Limette, Zimt und Moschus war exotisch und gleichzeitig vertraut.

Sie füllte ihre beiden Gläser, hochkonzentriert darauf bedacht, mit ruhiger Hand zu schütten.

»Für eine Tote sehen Sie verdammt gesund aus.« Kobalt hörte bestürzt, wie rau und gleichzeitig schrill ihre Stimme klang.

»Das ist wohl eine Möglichkeit, mich zu begrüßen.« Lyudmila Alexeyevna Shokova ließ sich mit der Antwort Zeit.

»Eine andere Möglichkeit wäre: Wie zum Teufel kommen Sie dazu, Ihr Gesicht in der Öffentlichkeit zu zeigen?«

Der Barkeeper kam mit einem Tablett, das mit zwei Tassen Kaffee, einem Sahnekännchen, einem Schälchen Zuckerwürfel, einem Krug Vollmilch, zwei weißen Porzellanschalen, zwei Löffeln und zwei Schachteln Kellogg's Special K beladen war. Er stellte alles wortlos vor die beiden Frauen, kehrte zu seinem Platz hinter der Theke zurück, entfaltete eine Zeitung und begann zu lesen.

»Special K.« Lyudmila riss die obere der beiden Schachteln auf. »Mein liebstes Frühstück.« Sie schüttete die Getreideflocken in eine der Schalen. Dann deutete sie auf die andere Schachtel. »Und Sie?«

»Ich nehme mein Frühstück lieber flüssig zu mir.« Kobalt hatte sich der Magen zusammengezogen.

»So spricht eine wahre Russin.« Lyudmila riss die zweite Schachtel auf und schüttete den Inhalt ebenfalls in ihre Schale. Sie goss Milch dazu, schob sich einen Löffel Flocken in den Mund, kaute und schluckte.

»Um Ihre Frage zu beantworten, ich befinde mich hier nicht in der Öffentlichkeit. In diesem Raum führt Zoltan das Regiment.« Mit einer leichten Kopfbewegung deutete sie auf den Barkeeper. »Hier bin ich sicher.« Sie aß einen weiteren Löffel Special K. »Jedenfalls sicherer als Sie.«

Kobalt zog die Augenbrauen zusammen. »Was zum Teufel soll das heißen?«

Diesen Moment wählte der betrunkene Geschäftsmann, um von seinem Barhocker zu kippen und sich auf dem burgunderrot und petrolgrün gemusterten Teppich auszustrecken. Zoltan las weiter in seiner Zeitung. Als der Geschäftsmann zu schnarchen begann, tätigte Zoltan einen Anruf, vermutlich weil er nicht wollte, dass das Geräusch Madame störte. Gleich darauf tauchten zwei kräftige Männer auf, die in den Farben des Hotels gekleidet waren, hoben den Geschäftsmann auf und schleppten ihn weg.

Lyudmila trank einen Schluck Kaffee und stellte die Tasse wieder hin. Sie nahm weder Milch noch Zucker. »Es sind Leute hinter Ihnen her, Kobalt. Ausgesprochen ernst zu nehmende Leute.«

»Und woher wissen Sie das? Seit mehr als einem Jahr bekommen Sie keine Informationen mehr vom FSB.«

Lyudmila stieß ihr tiefes, erotisches Lachen aus. »Zoltan hat es mir gesagt.«

Kobalt hatte es satt, ihr Herz bis in den Hals schlagen zu fühlen. »Kein Wunder.« Ein Messer im Bauch wäre ihr lieber gewesen. »Ich hege keinen Zweifel, dass Sie mit Zoltan gebumst haben, genau wie Sie sich die Karriereleiter des FSB hinaufgevögelt haben – bis ganz hinauf in den Inneren Führungszirkel.«

Lyudmilas Miene bewies, dass sie die Bemerkung nicht übel nahm – oder zumindest so tat. »In Russland ist das die einzige Möglichkeit für eine Frau, Beachtung zu finden. Deshalb sieht man hier nur schöne Frauen in Machtpositionen. Mir tun die hässlichen Frauen leid; sie bekommen nur die Krumen, die vom Tisch herunterfallen – und dazu noch von einem so bescheiden gedeckten Tisch.« Es zuckte ganz leicht um ihre Lippen. »Als Amerikanerin ist Ihnen dieser Zustand natürlich zutiefst zuwider.«

»Ich bin keine Amerikanerin. Ich bin Russin.« Sie lächelte, aber mit fest zusammengebissenen Zähnen. »Sie sagten, ich trinke wie eine Russin.«

»Oder vielleicht wie eine Amerikanerin im russischen Gewand.«

Kobalt war sofort auf der Hut. »Was zum Teufel soll das heißen?«

Lyudmila beachtete ihre Frage nicht. »Für Sie ist es nur eine Frage der Zeit, Kobalt. Falls Sie ein wichtiger Teil von Dimas Abteilung bleiben wollen, müssen Sie mit ihm ins Bett gehen.«

»Sie sind nicht die Erste, die mir das sagt.«

Lyudmila trank wieder einen Schluck Kaffee. »Es ist keine angenehme Erfahrung, glauben Sie mir. In Bezug auf seine sexuellen Vorlieben hat er einen, sagen wir einmal, unappetitlichen Geschmack. Betrachten Sie das als Warnung.«

»Ich habe bereits Schritte ergriffen, um ihm einen Strich durch die Rechnung zu machen.«

Das schien Lyudmila zu überraschen. »Tatsächlich.« Sie stemmte die Ellbogen auf den Tisch. »Darüber würde ich schrecklich gern mehr erfahren.«

Na klar, dachte Kobalt. *Jetzt gleich natürlich.*

Es war ihr, als glitte sie aus der Zeit, wieder ergriff sie ein Gefühl der Unwirklichkeit, wie sie es schon an der Theke empfunden hatte. Die Gegenwart verlor sich in die Vergangenheit …

Dreieinhalb Jahre früher: Sie landet in Moskau auf einem Militärflughafen, dessen hoher, alles umschließender Zaun von Stacheldrahtrollen gekrönt ist. Davor hat sie einen verwirrenden Tag in Istanbul verbracht, überwiegend in einer konspirativen Wohnung des FSB, die im Großen Basar liegt. Nur ein einziges Mal macht sie einen kurzen Ausflug zu einem Café, um einen türkischen Kaffee zu trinken. In der konspirativen Wohnung hört sie die Rufe und Flüche der Verkäufer, bis sie allmählich zu einer Geräuschkulisse verschmelzen, die sie in einen flachen, unruhigen Schlaf wiegt.

Mitten in der Nacht kommt sie in Moskau an, im Land der Verheißung – irgendwann zwischen dreiundzwanzig Uhr und Mitternacht. Der wortkarge Führungsoffizier, der sie in Istanbul durch die Einreisekontrolle begleitet hat und den ganzen Tag in ihrer Nähe blieb, führt sie über das Rollfeld zu einem glänzenden Mercedes G Klasse, einem SUV, steigt aber nicht mit ihr ein. Nun ist sie allein mit einem noch wortkargeren Fahrer. Sie erwartet, zu einer weiteren konspirativen Wohnung des FSB chauffiert zu werden. Sie stellt sich eine Datsche vor, vielleicht in den Moskauer Bergen, rot und schwarz gestrichen, mit Schnee auf dem Satteldach und schneebeladenen Nadelbäumen rundum.

Stattdessen bringt man sie ins Zentrum Moskaus, zum Lubyanka-Platz im Meshchansky-Distrikt. Das riesige neobarocke Gebäude im Stil des sozialistischen Klassizismus ragt vor ihr auf. Es ist der Sitz des FSB, und darunter befindet sich das berüchtigte Lubyanka-Gefängnis. Der Legende zufolge funktioniert das Gefängnis wie eine Kakerlakenfalle – die Verdächtigen kommen hinein, aber nicht mehr heraus. Einige allerdings doch, eine Handvoll zumindest. Ein alter Witz nennt die Lubyanka das größte Gebäude Moskaus, da man vom Keller aus Sibirien sehen kann.

Zu ihrem Entsetzen führt man sie in den Keller hinunter. Dort unten ist es so dunkel und still, dass sie sich bald wie unter Wasser fühlt. Sie wird in einen Raum mit Betonwänden geführt. Abgesehen von einem mit dem nackten Betonboden verschraubten Metalltisch, zwei Stühlen, die sich daran gegenüberstehen, und einer Deckenlampe mit Schirm ist der fensterlose Raum vollkommen leer. In der Mitte, wo der Boden sich senkt, befindet sich ein großer Abfluss. Rund um den Abfluss weist der Beton unheilvoll dunkle Flecken auf. Es stinkt nach Metall, Blut und Fuselöl, vermischt mit einer Ausdünstung von Angst und Schrecken.

An diesem grauenhaften Ort begegnet sie Lyudmila Alexeyevna Shokova zum ersten Mal. Offensichtlich ist Dima der Meinung, eine Verhörspezialistin sei als Frau weniger einschüchternd als ein Mann. Oder vielleicht war die Verwendung von Lyudmila auch ein grausamer Scherz, denn wie sich zeigt, ist ein männlicher Verhörexperte, der auch nur annähernd so einschüchternd ist wie Lyudmila, schwer vorstellbar.

Sie sitzt auf der anderen Seite des Tischs und liest in einer zerfledderten gebundenen Ausgabe von Ivan Turgenevs *Väter und Söhne.*

Die Tür schließt sich hinter Bobbi, und sie setzt sich auf den Stuhl gegenüber. Das Metall ist hart und kalt, und ein Schauer überläuft sie. Sie wartet darauf, dass Lyudmila von ihrer Lektüre aufblickt. Irgendwann fragt sie sich, ob sie wohl ewig warten soll, und so sagt sie: »Der Flug von Amerika hierher war lang. Ich bin müde, fühle mich schmuddelig und würde gern auf mein Hotelzimmer gehen.«

Lyudmila hebt den Kopf und fixiert Bobbi mit ihren eisblauen Augen. Bobbi sieht, dass die Frau selbst in diesem grässlichen Licht mühelos über den Raum gebietet. Sie wirkt königlich. Bobbi kann sie sich als Zarin vorstellen, wie sie Männer niederstarrt, die ihr den Aufstieg zur Macht versperren.

»›Nichts ist schlimmer und schmerzhafter als ein Glück, das zu spät kommt‹«, sagt sie mit ihrer tiefen, faszinierenden Kontra-Alt-Stimme. »Zumindest ist Turgenev dieser Meinung.« Sie klappt das Buch zu, schiebt es halb zu Bobbi hinüber und legt die verschränkten Arme auf den Tisch. »Ich würde wirklich gern hören, ob es das ist, was Ihnen zugestoßen ist, Bobbi. Ist Ihr Glück zu spät gekommen?«

»Ich weiß es nicht«, antwortet Bobbi wahrheitsgemäß. »Ich bin hier, oder?«

»Das muss noch entschieden werden.« Lyudmila zieht die Augen zusammen. »Vermutlich fragen Sie sich, warum nicht Dima diese Befragung leitet. Es wurde ihm nicht gestattet. Wenn es um Sie geht, kann man sich auf seine Objektivität nicht verlassen.« Ihre Hände liegen ganz still auf dem Tisch, wie kleine Tiere, die nur auf den richtigen Moment warten, um anzugreifen. »Es gibt einige unter uns, die glauben, Sie als Agentin zu haben, sei zu schön, um wahr zu sein: Sie, Bobbi, leben in der amerikanischen Hauptstadt und sind mit einem Mann verheiratet, der einen konservativen Super PAC leitet. Was könnte idealer sein?«

»Und doch haben Sie beschlossen, mich auszuschleusen.«

»Was wäre, wenn Sie eine Doppelagentin sind? Darüber denken wir nach. Was, wenn die Amerikaner Ihnen auf die Schliche gekommen wären und Sie umgedreht hätten? Schließlich haben die Ihren Mann und Ihre Kinder.«

»So was macht man in Amerika nicht.«

Lyudmila übergeht ihre spitze Bemerkung. »Das wäre ein großartiger Coup für Amerika, meinen Sie nicht auch?«

Da die Antwort auf der Hand liegt, hält Bobbi sie für überflüssig. Ihr Instinkt sagt ihr, dass nur eines jetzt wirklich wichtig ist: den Blick der Verhörspezialistin festzuhalten. Sollte Bobbi wegschauen, wird sie vielleicht länger, als ihr lieb ist, hier im Keller der Lubyanka bleiben.

»Andererseits wird Ihr Mann ständig von uns überwacht«, sagt Lyudmila.

»Das bringt nichts«, gibt Bobbi zurück. »Ich hasse ihn. Seine

Vorstellung von Spaß beim Sex bestand darin, mich an Stellen zu schlagen, die man nicht sieht.«

»Ist das so?« Lyudmila legt den Kopf schief, als wäre ihr das neu. »Warum haben Sie ihn dann nicht verlassen?«

»Sie wissen ganz genau, warum. Ich konnte ihn nicht verlassen, weil er zu meiner Tarnung gehörte. Eine Scheidung hätte zu viele Leute auf mich aufmerksam gemacht. Man hat mir ausdrücklich gesagt, ich solle mich so unauffällig wie möglich verhalten.«

»Ja, das hat man Ihnen gesagt. Und daran haben Sie sich gehalten. Bewundernswert.« Lyudmilas Stimme ist vollkommen neutral. »Wir müssen uns vergewissern, wem Ihre Loyalität gilt. Der Befehl, Ihre Familie zurückzulassen, war der erste Schritt. Das hier ist der zweite.«

»Ich bin dazu bereit.«

Lyudmila spitzt die Lippen. »Aber Ihre Kinder.«

Bobbi beugt sich vor. »Hören Sie mir ganz genau zu. Mir war schon vor der Geburt der beiden klar, dass es mein Schicksal sein würde, sie zurückzulassen.«

»Hassen Sie sie?«

»Die beiden halten mich für tot. Für mich sind sie gestorben.«

»Ja, unverbrüchliche Loyalität, Bobbi. Das ist es, was wir von Ihnen verlangen. Im Gegenzug geben wir Ihnen alles, was Sie wollen, oder alles, was Sie brauchen, um die Missionen durchzuführen, die wir Ihnen auftragen.«

»Was immer von mir erwartet wird, werde ich nach meinen besten Fähigkeiten ausführen. Das schwöre ich.«

Eine fast endlose Zeit sitzt Lyudmila vollkommen reglos da, das Gesicht eine Maske. Schließlich nickt sie, scheinbar befriedigt. »Kommen Sie jetzt.« Sie steht auf, und wie von magischer Hand öffnet sich die Tür des Verhörraums. »Zeit zum Ausruhen. Wir haben eine Datsche in den Moskauer Bergen für Sie vorbereiten lassen.« Sie hebt den Zeigefinger. »Aber vergessen Sie nie, dass ich Sie nur zur Probe von hier entlasse. Alles, was Sie sagen, und jede Ihrer Bewegungen wird überwacht. Haben Sie das verstanden?«

Das luxuriöse Belle-Époque-Interieur des Le Pechêur schob sich allmählich wieder vor Kobalts Blick. Zoltan hinter der Theke las noch immer Zeitung, doch als sie kurz zu ihm hinschaute, blickte er auf, begegnete ihren Augen und lächelte. Lyudmila hatte ihre doppelte Portion Special K inzwischen aufgegessen. Der Duft nach Limette, Zimt und Moschus war schwindelerregend, doch er war dem Gestank von Metall, Blut, Fuselöl und Schrecken vorzuziehen.

Und doch sog die Angst langsam, aber sicher den Sauerstoff aus dem Raum. Lyudmila war hier in Odessa, in diesem Hotel, an diesem Tag und zu dieser viel zu frühen Stunde – das konnte kein Zufall sein. *Was bedeutet, dass sie mich überwacht*, dachte Kobalt. *Sie hat mich wieder ins Visier genommen. Um der Liebe Gottes willen, warum?*

Denk jetzt gründlich nach. Setze langsam und bedächtig einen Fuß vor den anderen.

Kobalts Augen glitzerten im Lampenlicht, unter dem Tisch zitterten jedoch ihre Hände. Sie zur Faust zu ballen, schenkte ihr zumindest eine Illusion von Schutz. »Wenn wir auf den Moment warten, in dem alles, wirklich alles bereit ist, fangen wir niemals an.«

»Turgenev.« Wenn Lyudmila Alexeyevna Shokova lächelte, leuchtete der ganze Raum. »Sie erinnern sich. Was sind Sie doch für eine schlaue kleine Füchsin!«

»Das beantwortet Ihre Frage, welche Schritte ich unternommen habe, um Dima einen Strich durch die Rechnung zu machen.«

Sie musterte Kobalt nachdenklich. »Sie haben also bereits begonnen?«

»Ja.«

»Mit Zherov.«

»Ich habe mich seiner unverbrüchlichen Loyalität versichert.«

»Wie haben Sie das geschafft?« Lyudmila verwendete die beunruhigende Taktik, ein einfaches Gespräch in ein Verhör zu verwandeln.

»Ich habe ihm mein Vertrauen angeboten.«

Lyudmila riss die Augen auf und lachte, ein Lachen wie eine Glocke im klaren Morgenlicht der Berge. »Sie haben dazugelernt. Und gut.«

Kobalt erkannte das Kompliment mit einem winzigen Nicken an. Sie musste aufhören, die Schultern hochzuziehen. Daran arbeitete sie jetzt.

»Wer hat meine Eliminierung befohlen, Lyudmila?«

Statt zu antworten, stellte Lyudmila auf ihre typische Art eine Gegenfrage. »Haben Sie herausgefunden, wer Sie an Omega verraten hat?«

Sie schüttelte den Kopf. Sie brauchte eine Weile, um die Frage einzuordnen. »Glauben Sie, dass es dieselbe Person war?«

Lyudmila zuckte mit den Schultern. »Der Gedanke ist mir gekommen.«

»Ein guter Gedanke. Zherov hat einige Leute gefragt, die ihm einen Gefallen schuldeten, aber alle hatten Angst davor, tief genug zu graben. So hat keiner herausgefunden, wer meinen Tod wünscht.«

Der Tötungsbefehl war der Grund, aus dem Lyudmila aus ihrer Abgeschiedenheit hervorgekommen war, um ihren Beitrag zu Kobalts Sicherheit zu leisten, denn deren Karriere war ein entscheidender Teil ihres Gesamtplans.

»Eines ist gewiss, Kobalt. Dima war nur ein erster Trittstein für Sie. Er gibt sich Illusionen über seine eigene Großartigkeit hin. Vermutlich wird er versuchen, Baev zur Seite zu räumen, doch Baev, das Arschloch, wird ihn wie ein Insekt unter der Schuhsohle zerquetschen. Nein, je mehr Abstand Sie zu Dima schaffen, desto besser.«

»Dann habe ich niemanden außer Zherov.«

Lyudmila schob ihre von Milch feuchte Schale weg. »Na und? Wie ich.«

Kobalt wusste nicht, was sie damit meinte, begriff aber, dass sie die Frage indirekt angehen musste. »Ich habe nie verstanden, wieso Ihre Karriere zu Ende ging.«

Lyudmila rief nach mehr Kaffee und bestellte einen weiteren Drink für Kobalt. »Josef hatte einen bunten Mantel, der von seinen Brüdern begehrt wurde. Ich besitze viele Geheimnisse, die alle von meinen früheren Brüdern begehrt werden. Einige von ihnen kamen dem Punkt, an dem sie sie entdeckt hätten, zu nahe. Sie, Bobbi, und ich, wir beide wurden auf genau dieselbe Weise ausgeschleust. Für die, die wir zurückgelassen haben, sind wir tot.«

Zoltan tauchte aus der Küche auf, ein Tablett hoch erhoben in Händen. Er trat einen Schritt vor und öffnete den Mund, um etwas zu sagen. Hinter ihm erklang ein leises Pfeifen, und er stolperte. Das Tablett und das, was darauf gestanden hatte, flog in alle Richtungen. Dann fiel er aufs Gesicht. Zwei Einschusslöcher klafften oben in seinem Rücken wie die Fahnen eines siegreichen Feindes.

30

Köln, Deutschland

»Du trinkst wie eine Russin.«

Evan schenkte sich noch einen Wodka ein und prostete Otto zu, die am Herd stand und Essen für sie kochte. *»Za nashu druzjbu!«*

Otto, die in einer Pfanne rührte, unterbrach ihre Arbeit kurz und erwiderte mit ihrerseits erhobenem Glas: »Ja, auf unsere Freundschaft.«

Dies war der dritte Toast auf Otto, den Evan ausgebracht hatte. Der erste war: *»Za zdarovjel«* – auf deine Gesundheit –, der zweite: *»Za vstrechu!«* – auf unsere Begegnung.

Ben seinerseits hatte sich an keinem der Trinksprüche beteiligt. Er lehnte in Ottos kleiner, aber gut ausgestatteter Küche am Türrahmen. Otto war eine Frau, die Kochen und Essen genoss.

Otto hatte einen Uber gerufen, der sie in ihre Wohnung auf der anderen Seite der Stadt gebracht hatte.

»Hast du keine kalten Füße?«, hatte Ben Otto auf der Herfahrt gefragt. Evan bemerkte die unangenehme Schärfe in seiner Stimme und fragte sich, ob auch Otto sie wahrnahm. Hoffentlich nicht.

Und vielleicht entging es ihr ja, denn sie lächelte Ben an und wackelte mit den nackten Zehen. »Angesichts meiner Kindheit ist das hier gar nichts, glaub mir.«

Evan hatte den Verdacht, dass Ben sie anblaffen wollte, *ich glaube gar nichts, was du sagst.* Doch zum Glück hielt er den Mund. Sie wunderte sich über seine spontane Abneigung gegen Otto, die ihnen schließlich aus einer schwierigen Lage geholfen hatte und in ebenso große Gefahr geraten war wie sie selbst. Und sie wunderte sich über seine absolute Ablehnung von Lyudmila. Dabei hatte Otto ihnen erzählt, Lyudmila habe ihr ganzes Netzwerk über Wendys und Michaels Verschwinden informiert, damit man nach den Kindern Ausschau hielt. Doch andererseits war Lyudmila Russin, eine ehemalige FSB-Agentin und ein ehemaliges Mitglied des Inneren Führungszirkels. Für Ben schien es keinen großen Unterschied zu machen, dass sie aus beiden Stellungen vertrieben worden war. Ihre Lage als Paria in Russland beeindruckte ihn nicht. Vielleicht glaubte er, ihr jäher Absturz sei eine *dezinformatsiya*, auf die Evan hereingefallen sei. Die Tatsache, dass Evan Lyudmila als Quelle benutzte, brachte ihn offensichtlich in Wut. Sie fragte sich, ob es ihr jemals gelingen würde, ihn umzustimmen, oder ob sie getrennte Wege gehen würden, sobald die Suche nach ihrer Nichte und ihrem Neffen beendet war. Im Moment war das ein Ausgang, über den sie lieber nicht nachdachte.

In der Wärme und Behaglichkeit von Ottos Wohnung hatten sie eine Dusche genommen, während Otto ihre Kleider in die Waschmaschine steckte. Zwischen zwei Gläsern Wodka flickte Evan den Rücken des schönen Mantels, den Isobel Lowe ihr so großzügig geschenkt und den dann Blauauges Messer aufgeschlitzt hatte. Otto hatte ihr einen von ihren eigenen Mänteln angeboten, doch Evan hatte sich bereits in den hier verliebt, lehnte dankend ab und bat sie stattdessen um Nadel und Faden. Der Schnitt im Stoff war glatt und gerade, einfach zu nähen, selbst für eine Nicht-Schneiderin wie Evan.

»Was immer du gekocht hast, mir läuft davon das Wasser im Mund zusammen«, sagte sie, als Otto die schwere Pfanne zum

Tisch trug. Mit einem Pfannenwender aus Metall gab sie jeweils ein Drittel des Inhalts auf die drei Teller, die sie gedeckt hatte.

»*Choucroute garni*«, sagte sie grinsend. »Sauerkraut mit frischen Straßburger Würstchen. Ein echtes Elsässer Gericht.«

Evan legte ihren Mantel weg, als Otto sich setzte. Ben blieb an Ort und Stelle stehen und musterte die beiden Frauen, als beobachtete er sie über die Straße hinweg mit einem Fernglas.

Evan griff nach Messer und Gabel. »Komm schon, Ben. Du musst genauso hungrig sein wie ich.«

Otto warf ihm einen sarkastischen Blick zu, reckte sich und angelte sich ein Stück Wurst von seinem Teller. »Die ist nicht vergiftet, versprochen.« Sie steckte sich das Stück Fleisch in den Mund und kaute vergnügt. »Siehst du?«

Sie deutete auf den leeren Stuhl. »Es war ein langer, anstrengender Tag. Bitte nutze die Gelegenheit, solange du sie hast. Wir essen etwas. Wir schlafen.« Sie wischte sich den Mund. »Ihr solltet gut ausgeruht sein. Die Klinik ist kein Spaziergang im Park, glaubt mir.«

Endlich löste Ben sich von der Wand und setzte sich an den Tisch. »Findest du nicht, dass du allmählich genug getrunken hast?«

Evan warf ihm einen Blick zu. »Wenn man nicht Wodka ausschwitzt, kann man mit den Russen nicht reden.«

»Mit welchen Russen? Otto hier ist eine Deutsche.«

Der Blick, den sie ihm zuwarf, war wie ein Rasiermesser, das über seine Haut schabte.

»Okay.« Er griff nach seinem Besteck und machte sich über sein *Choucroute garni* her.

»Benjamin«, begann Otto, »nur damit du nicht glaubst, ich sei ein Ork oder ein Nazgûl ...« Sie grinste. »Ich bin eine Tolkien-Gelehrte, ganz ehrlich.« Sie aß eine Gabel voll Sauerkraut. »Ich wurde in eine arme Familie hineingeboren – sie lebte unter erbärmlichen Verhältnissen. Da wir Deutsche im Elsass waren, nahmen die Franzosen meiner Familie alles weg. Sie erschossen meinen Großvater und ließen meine Großmutter als tot liegen. Mein Vater ist vor fünf Jahren gestorben, meine Mutter erkennt ihre Kinder nicht mehr. Mein älterer Bruder ist Offizier, meine jüngere Schwester Therapeutin in Berlin. Sie behält die Pflege unserer Mutter im Auge. Ich bin unverheiratet und habe keine Kinder.«

»Eines hast du ausgelassen«, erwiderte Ben unverblümt. »Du arbeitest für eine ehemalige Offizierin des FSB.«

»Ben.« Evans Gabel verharrte auf dem Weg zum Mund in der Luft. »Wir sind bei Otto zu Gast. Sie hat uns Gelegenheit zum Duschen gegeben, unsere Kleider gewaschen und uns bekocht.«

Seine unverhohlene Unhöflichkeit schien Otto jedoch ungerührt zu lassen. »Lyudmila und ich sind zunächst einmal und vor allem anderen Freundinnen. Sie ist eine außergewöhnliche Frau. Sie hat mir das Leben gerettet, als sonst niemand dazu bereit war. Ich verdanke ihr alles.«

Ben füllte sich den Mund mit Straßburger Würstchen und schwieg beim Kauen. »Nun«, sagte er endlich, bevor er einen weiteren Bissen Sauerkraut mit Würstchen auf die Gabel nahm, »was kannst du uns über Reveshvili erzählen, abgesehen davon, was man über Google oder mit jeder anderen Suchmaschine finden kann?«

Otto schenkte sich Wodka nach. »Während ihr geduscht habt, habe ich ein bisschen recherchiert, nah dran an der Zielperson«, antwortete sie. »Anscheinend arbeitet Reveshvili von elf Uhr morgens bis Mitternacht oder ein Uhr früh, doch es ist praktisch unmöglich, ihn zu Gesicht zu bekommen, sobald er einmal in der Klinik ist.« Sie legte Messer und Gabel aus der Hand. »Werktags nimmt er jedoch regelmäßig sein Frühstück im Gästehaus Wald ein, einem kleinen, familienbetriebenen Lokal am Rande des Gierather Waldes. Dieser Wald ist auch in der Ecke des Fotos zu sehen, das ihr mir gezeigt habt. Mit dem Auto liegt er nur wenige Minuten von der Klinik entfernt.« Ihre Miene wurde nachdenklich, und gleich darauf fügte sie hinzu: »Ein gutes Frühstück ist Reveshvili heilig. Und er ist fasziniert von dem Thema Zwillinge. Das könnten ein paar Punkte sein, über die du mit ihm ins Gespräch kommen kannst.«

»Du möchtest also, dass Evan sich mit ihm unterhält.« Ben wirkte nicht gerade glücklich darüber. »Aber sie braucht Schutz.«

Otto schüttelte den Kopf. »Ich bezweifle sehr, dass sie vom Herrn Doktor irgendetwas zu befürchten hat. Lass Evan also den Freiraum, sich mit ihm zu unterhalten.« Sie wandte sich Evan zu. »Jedenfalls halten viele Leute ihn für ein Genie. Ob das wirklich zutrifft, musst du selbst beurteilen. Eines ist jedoch klar, der Prozentsatz erfolgreich behandelter Patienten der Klinik ist astronomisch hoch.«

»Du kannst wirklich ein Scheißkerl sein«, sagte Evan, die am Steuer saß, als sie am nächsten Morgen Köln mit einem Leihwagen verließen.

Ben schaute aus dem Fenster. »Das gehört zu meiner Jobbeschreibung.«

»Weißt du«, bei diesen Worten überholte sie einen langsamen Lastwagen, »mir kommt der Gedanke, dass die Welt für dich in Ordnung war, solange du dich um mich gekümmert hast, aber jetzt, da Otto mich ans Steuer gesetzt hat, buchstäblich und im übertragenen Sinn, bist du verstimmt.«

Sie fuhr auf die linke Spur der Autobahn und beschleunigte. »Und diese Verstimmung passt mir nicht besonders.«

Die nächste halbe Stunde verging, ohne dass sie ein Wort

wechselten. Evan ordnete sich rechts ein und nahm die Ausfahrt, die Otto ihr beschrieben hatte.

»Evan, warum bist du ausgerechnet nach Sumatra gereist?«

Bens Stimme hallte durchs Wageninnere wie der Ruf einer Kriegsfanfare.

Sobald die Ausfahrt hinter ihnen lag, hielt Evan am Straßenrand, schaltete die Warnblinkanlage ein und wandte sich Ben zu. »Ich bin nach Sumatra geflogen, weil Lyudmila dort war. Sie hat mich zu sich gerufen, und ich bin ihrem Ruf gefolgt.«

»Warum?« Seine Stimme war heiser, dünn und vibrierte wie ein Draht. »Warum hast du das getan?«

Wie konnte ich mich so täuschen?, fragte Evan sich. *Sein Hass auf Lyudmila und alles, was mit ihr zu tun hat, hat nichts damit zu tun, dass sie Russin ist oder beim FSB und im Inneren Führungszirkel war. Er scheint mir viel persönlicher zu sein.*

Doch sicherheitshalber sagte sie: »Nachdem ich Nemesis in Bayern zu Fall gebracht hatte, war ich ausgebrannt. Ich brauchte Zeit zum Ausruhen. Auf Sumatra gab es nichts als die Sonne, das Meer und die Makaken.« Obgleich er sich bemühte, es zu verbergen, sah sie es. »Du bist eifersüchtig auf sie. Oho. Das bist du, jawohl.«

Er reagierte, wie vorherzusehen. »Du bist verrückt.«

»Sie ist eine Freundin«, sagte sie leise.

»Sie ist eine Russin. Und nicht einfach nur irgendeine Russin. Sie war beim SVR. Und sie war ein Mitglied des Inneren Führungszirkels, Herrgott noch mal.«

»Das war damals«, entgegnete Evan. »All das hat sie hinter sich gelassen.«

»Ach, Evan, komm schon. Unsere Welt lässt man niemals hinter sich. Einmal Spion, immer Spion.«

»Hör zu, soweit irgendjemand weiß – und das schließt die

Russen mit ein –, ist Lyudmila tot. Außerhalb ihres privaten Netzwerks gehöre ich zu der Handvoll von Leuten, denen sie anvertraut hat, dass sie noch lebt. Sie hat mir die Wahrheit über meine Schwester verraten. Und jetzt hilft sie mir, Wendy und Michael zu finden. Ich vertraue ihr, Ben. Du musst dich auf meinen Instinkt verlassen.«

Sie saßen eine Weile stumm nebeneinander, während der Motor im Leerlauf brummte und links von ihnen Autos vorbeifuhren, gleichgültig für das Dilemma, in das sie verstrickt waren.

»Und?«, fragte Ben. »Was machen wir jetzt?«

»Willst du nicht wissen, ob ich eifersüchtig auf Isobel Lowe bin?«

»Warum solltest du das sein?«

»Hm. Lass mich nachdenken.« Ihr Tonfall war sarkastisch. »Na ja. Zunächst einmal hast du eure Beziehung vor mir verborgen gehalten.«

»Informationssicherheit. Isobel hat mir entscheidend dabei geholfen, meinen Geheimdienst zu gründen und Aristides' Bereitschaft zu wecken, mein Chef zu werden. Es war wichtig, dass sonst niemand von ihrer Einmischung erfuhr.«

»In anderen Worten, nie mehr Informationen preisgeben als unbedingt nötig.«

Er nickte. »Genau.«

»Ich bitte dich nicht darum, doch unter den gegebenen Umständen musst du dein Vorurteil gegen Lyudmila fallen lassen.«

»Ich *muss* gar nichts.«

Er hatte nichts in der Hand, brauchte aber etwas, um sein Gesicht zumindest ein Stück weit zu wahren. Das wusste sie selbst natürlich auch.

»Okay. Dann bitte ich dich doch darum, Ben. Bitte lass diese Sache zwischen uns zumindest vorläufig ruhen. Schon jetzt leidet unsere Arbeit darunter. Hier gelten die *Moskauer Regeln.* Wir können uns so was nicht leisten. Wir müssen zusammenstehen. Andernfalls ist unser Leben eher früher als später verwirkt.«

Das Schweigen zwischen ihnen erstreckte sich wie ein Ozean, den keiner von ihnen überqueren konnte.

Ben fuhr sich mit der Hand über die Augen. »Tut mir leid, Evan. Ich habe mich wie ein Arsch verhalten. Das weiß ich. Mein Ende als Geheimdienstchef, die Auflösung meines Geheimdiensts und die Rückkehr zu einem Auslandseinsatz waren viel härter, als ich es erwartet hätte.«

»Das verstehe ich. Niemand hält hier eine schützende Hand über uns, niemand unterstützt uns. Wir befinden uns nackt und schutzlos in einer Todeszone.« Sie beugte sich zu ihm hinüber, weicher geworden, weil sie ihm wie immer einige Schritte voraus war, wenn es um die emotionale Seite der Dinge ging. »Aber das ist nicht alles, oder?«

Er nahm die Hand von den Augen, wandte sich ihr zu und begegnete ihrem beobachtenden Blick. »Ich habe gesehen, wie alles passiert ist – wie der Wagen den Ampelpfosten gerammt hat. Und dann das schreckliche Wrack, in dem, wie ich glaubte, niemand überlebt haben konnte. In diesem Moment habe ich mich hilfloser gefühlt als je zuvor in meinem Leben.

Als ich dich aus deinem Wagen gezerrt habe, dachte ich, du seist tot. Das Blut ist mir in den Adern gefroren – das ist ein Klischee, aber genau so hat es sich verdammt noch mal angefühlt. Und als ich feststellte, dass du am Leben und nicht schwer verletzt warst, ist etwas in meinem Inneren aufgebrochen.« Er breitete die Hände aus. »Und jetzt ... jetzt, da dieses Gefühl seinen Panzer verlassen hat, weiß ich nicht, was ich damit anfangen soll.« Er holte tief Luft und stieß den Atem heftig aus. »Insbesondere da ich keine Ahnung habe, was du für mich empfindest.«

Evan spürte, wie der Schmerz in ihrem Kopf, der nie ganz weggegangen war, wieder akut wurde, und zuckte zusammen. »Ich weiß nicht, was ich sagen soll, Ben.«

»Du *sollst* gar nichts sagen. Aber was ist die Wahrheit?«

»Es gibt hier keine Wahrheit, zumindest keine, die ich im Moment erfassen könnte.«

»Du weißt also nicht …«

»Warum jetzt etwas erzwingen, Ben?« Sie musste ihm Einhalt gebieten; sie fühlte sich überwältigt. »Lass es ruhen.«

»Jetzt ist nicht die richtige Zeit dafür, meinst du das?«

»Herrgott, du weißt, dass es die falsche Zeit ist.«

Er nickte. »Okay«, sagte er. »Okay.«

31

Odessa, Ukraine

Sie kamen sehr schnell herein. Zoltan lag am Boden, tot – eine Schocktaktik, und sie hatten ihr Ziel erreicht. Die beiden Männer, die die Bar betraten, waren groß und schwer bewaffnet. Einer trug die Tätowierung eines vielzackigen Sterns auf der Stirn, der andere, kleiner und untersetzt, mit breitem Gesicht, wies eine Narbe auf, die sich im Zickzack von seinem linken, äußeren Augenwinkel die Wange hinunterzog und diese in zwei ungleiche Hälften teilte.

Sie schenkten Lyudmila keine Beachtung – offensichtlich erkannten sie sie nicht – und fixierten sich auf Kobalt.

Narbe grinste. »Da sind Sie ja.«

Stern nickte. »Knall sie ab.«

Narbe richtete seine Maschinenpistole auf Kobalt, doch bevor er den Abzug drücken konnte, schleuderte sie die Wodkaflasche nach ihm. Er zuckte zurück, als das Glas gegen den Lauf krachte und Schnaps in sein Gesicht spritzte. Stern hob seine eigene Waffe, doch bevor er irgendetwas damit anfangen konnte, ertönte ein lauter Knall, und Zorn, Blut und Knochensplitter spritzten aus seinem Kopf. Narbe fuhr herum, bekam aber die drei Kugeln einer Salve aus Zherovs Scorpion ins Gesicht. Genau in diesem Moment stürmte Lyudmila von der Sitzbank los. Sie hielt eine Pistole gezogen, eine Ruger SR40c. Das Magazin fasste sechzehn Schuss .40 S&W, vermutlich die gefährlichste kleine Pistole der Welt.

Kobalt folgte Lyudmila auf dem Fuß, als sie durch die Küchentür verschwand. Hinter der Theke lag Zoltan, reglos. Sie stolperte in die Küche. Dort stand Lyudmila in klassischer beidhändiger Schießhaltung. Ein Mann, der sogar noch größer war als Narbe und Stern, lag lang ausgestreckt auf dem Grill, sein Hemd und seine Jacke rauchten. Das Blut, das aus den Wunden des Mannes strömte, reichte mehr als aus, um die Gasflammen zu löschen, und die Küche war bereits von Gasgestank erfüllt. In einer hinteren Ecke kauerte zitternd und wimmernd das entsetzte Küchenpersonal.

Kobalt stürmte an Lyudmila vorbei und drehte die erloschenen Brenner aus, damit kein Gas mehr nachkam. Dabei sah sie das in die Jacke des Erschossenen genähte Schild. *Поліція*. Polisiya. Ukrainische Polizei.

Gleich darauf stürmte Zherov in die Küche und warf Kobalt ihre spezialgefertigte Jacke zu. Ohne ein Wort zu wechseln, eilten die drei zum Hinterausgang. Für die Vorstellungsrunde und Erklärungen würde noch Zeit sein, wenn sie diese Todeszone hinter sich gelassen hatten.

»Das mit Zoltan tut mir leid«, sagte Kobalt.

Lyudmila nickte, erwiderte aber nichts.

Kobalt wusste, dass ihre Zeit in Odessa zu Ende war; hier würden sie nichts mehr finden. Aber mit Lyudmila als ihrer unerwarteten Begleiterin konnten Zherov und sie noch nicht zum FSB zurückkehren. Ohne fragen zu müssen, wusste sie, dass er Lyudmila loswerden wollte. Ihr war klar, dass ihre alte Bekannte ihn nervös machte. Zherov war wie ein Fisch auf dem Trockenen, das hier war für ihn Terra incognita. Sie hoffte, dass er schnell lernte, sonst würde er derjenige sein, den man loswerden musste.

Beim Verlassen des Hotels blieb ihr keine andere Wahl, als Lyudmila zu folgen. Lyudmila kannte sich in den Gassen Odessas viel besser aus als Kobalt. Während sie davonhasteten, bedankte sie sich bei Zherov, doch weiter ging ihr Gespräch nicht.

Unmittelbar nördlich des Containerterminals, der das Herz von Odessas Hafen bildete, lag ein Becken für Marineschiffe und einige wenige verstreute Privatjachten. Schon bald befanden sie sich unter Deck einer Fünfundsechzig-Fuß-Jacht, die nur einen Steinwurf von der Stelle entfernt lag, wo eine Fregatte der Krivak-III-Klasse der ukrainischen Flotte neben zwei Patrouillenschiffen der Islandklasse vertäut war.

Von unten hörten sie die Gummisohlen von Lyudmilas Seeleuten, die oben auf ihren geheimnisvollen Runden hin und her gingen wie Pfleger in einem Krankenhaus. Anscheinend bereiteten sie das Ablegen vor.

Zherov hatte bereits einen riesigen Schluck Wodka getrunken, und Lyudmila schenkte ihm noch ein Glas ein. Sie saßen um einen glänzenden Teakholztisch, dessen dicke Mittelsäule mit dem Boden verschraubt war. Die Kabine war geräumiger, als man für möglich halten sollte, und mit Teak und einem anderen Holz getäfelt, das Kobalt nicht kannte. Auf dem Tisch lag eine Seekarte von Odessa im Norden bis zu Constanta in Rumänien im Südwesten. Kobalt hatte keine Ahnung, was Lyudmila vorhatte, und wollte sich gerade danach erkundigen, da ergriff Lyudmila von sich aus das Wort und beantwortete zumindest eine ihrer Fragen.

»Glauben Sie mir, vor der Polizei sind wir hier sicher«, sagte Lyudmila. »Diese Jacht gehört einer legalen Softwarefirma, die über ein Geflecht von Mantelgesellschaften in meinem Besitz ist. Das Schiff ist in Panama registriert.«

Kobalt nickte.

»Es wird Zeit, dass ich Ihnen erzähle, warum ich das Risiko eingegangen bin, mein Versteck zu verlassen.«

»Sie glauben jetzt, dass Ihr Misstrauen mir gegenüber berechtigt war.«

»Ich weiß jedenfalls, dass Sie alles getan haben, was man Ihnen aufgetragen hat, Kobalt. Aber im Verlauf dessen sind Sie zu etwas anderem geworden – einer Mordmaschine.«

»Ich trete nur in Ihre verdammten Fußstapfen.«

Lyudmila nagelte sie mit einem Gorgonenblick fest, der ihr bis in die Knochen wehtat, fast als wäre sie aus großer Höhe gefallen und dann auf der steinigen Erde aufgeprallt.

»Im Gegensatz zu Ihnen empfinde ich Reue für jedes Leben, das ich genommen habe. Nachts kehren die Toten mit ihren klaffenden Wunden und anklagenden Blicken zurück.«

Kobalt hatte die Orientierung verloren und wusste nicht, was von ihr erwartet wurde. Sie begriff nur, dass ein Urteil über sie gefällt wurde, und zwar ein hartes. Und so sagte sie natürlich das denkbar Schlimmste. »Dann tun Sie mir leid.«

»Ich bin ein Mensch«, erwiderte Lyudmila nach einer äußerst unbehaglichen Pause, in der Kobalt sich fühlte, als wimmelten glühende Ameisen auf ihr herum. »Und was sind Sie?«

Kobalt wusste, dass sie den Rückwärtsgang einschlagen musste, bevor das Loch, in das sie gefallen war, so tief wurde, dass sie nicht mehr herauskam. Sie räusperte sich.

»Was?« Lyudmila beugte sich vor, und zwischen ihnen schien die Luft zu gefrieren. »Was wollten Sie sagen?«

»Es tut mir leid.« Kobalt schüttelte den Kopf. Es tat ihr wirklich leid. Sie war sich sicher, dass Lyudmila ihr Versteck verlassen hatte, um sie zu bestrafen. »Ich habe etwas Falsches gesagt … das war dumm.«

Lyudmila hob die Hand. »Was Sie auf deren Geheiß getan haben, geht mich nichts mehr an. Ich gehöre nicht mehr zu ihnen.«

Dann hat Lyudmila also wirklich mit ihnen gebrochen, dachte Kobalt. Was aber wollte sie dann? Sie schien nicht der Typ zu sein, der sich auf Tahiti oder Sumba zurückzog, um den Rest des Lebens mit ewigem Sonnenschein, einer leichten Brise, einer sanften Brandung und unaussprechlicher Langeweile zu verbringen. Sie war wie ein Hai: Wenn sie sich nicht mehr vorwärtsbewegte, dann, weil sie tot war. Kobalts Wunsch, ebenso zu sein, war so dringlich, dass sie ihn schmecken konnte.

»Andererseits muss ich Ihnen eine Frage stellen, bevor ich weitermache. Über Ihre Kinder.«

Kobalt wusste, dass das die letzte Prüfung war und dass sie nicht scheitern durfte. Wenn sie hier versagte, würde sie niemals wie Lyudmila sein, niemals deren Weisheit erlangen und niemals über deren Verbindungen verfügen, gleichgültig, wie viel Geld sie von Ermi beschlagnahmt hatte. Sie holte tief Atem und stieß die Luft wieder aus. Die Zeit war gekommen, jemandem Vertrauen zu schenken. Es war Zeit, dieser Person, die sie so sehr bewunderte, die Wahrheit zu sagen. »In den beinahe vier Jahren seit meiner Ausschleusung habe ich nie an meine Kinder gedacht. Was haben sie mir schon bedeutet? Sie hätten von einer anderen Frau geboren und aufgezogen worden sein können. Ich hatte noch nie einen Mutterinstinkt. Der ist mir fremd. Die Kinder sind mir fremd.«

Lyudmila bewegte sich nicht, und ihr versteinerter Gesichtsausdruck veränderte sich nicht. »Wirklich. Und doch sind Sie ihretwegen hier.«

»Nein.« Sie schüttelte den Kopf. »Ich bin hier, weil ich einen Auftrag habe, und ich werde Omega vernichten, selbst wenn es meinen Tod bedeutet.«

32

Bergisch Gladbach, Deutschland

Evan und Ben fuhren eine Anhöhe hinauf und wurden vom Gierather Wald begrüßt – dem dicht belaubten Naturschutzgebiet, neben dem das Gästehaus Wald lag, ein Fachwerkhaus, in dessen Restaurant der Direktor und Forschungsleiter der *Schneller Psychiatrischen Klinik*, Dr. Konstantin Reveshvili, Otto zufolge zu frühstücken pflegte.

Wenn er überhaupt irgendjemandem ähnlich sah, dann einem dunkelhaarigen Max von Sydow, dachte Evan beim Betreten des Lokals. Schmales Gesicht, blasse Augen, finster verzogener Mund, schütteres Haar, das aus der breiten Stirn nach hinten gekämmt war.

Evan stand im Eingang, als wäre sie sich nicht sicher, ob sie eintreten solle oder nicht. In Wirklichkeit nahm sie jedoch eine sorgfältige Bestandsaufnahme der Örtlichkeit vor. Das Erdgeschoss bestand eigentlich aus zwei Räumen – der eine zur Rechten war ein Restaurant, der andere zur Linken lag zwei Stufen tiefer und war der Aufenthaltsraum des Gästehauses. Dort standen einladende Sofas und Sessel in kleinen Sitzgruppen, flankiert von mit Leselampen bestückten Beistelltischen, auf denen Zeitungen und Zeitschriften lagen.

Die Decke war niedrig, die schweren Holzbalken und der Holzboden geschwärzt von Holzrauch und dem Qualm von Zigaretten, Zigarren und Pfeifen. In einem großen Kamin in der hinteren Wand des Restaurants flackerte ein munteres Feuer. Hier, am Waldrand, war es wesentlich kühler als vorhin in der Stadt. Tatsächlich schienen die Bäume das Gästehaus zu beherrschen, als wären auch sie Kundschaft. Das blaugrüne Zwielicht des Gierather Waldes schien dauerhaft in die Räume eingesickert zu sein. Im Restaurantbereich waren Wandlampen auf Aststücke montiert, und die Tische und Stühle wirkten, als wären sie von Hand aus hiesigem Holz gezimmert. Die Stuhlkissen wiesen ein handgewebtes Waldmuster auf. Himmlische Düfte wehten aus der Küche herein: Holzrauch vermischt mit dem Geruch von geschmolzener Butter, Bratkartoffeln, gebratenem Fleisch und karamellisiertem Zucker.

Evan stand einen Moment lang da, als wäre sie an Ort und Stelle festgenagelt. Ihr Gespräch mit Ben hatte sie zutiefst aufgewühlt. So viele Emotionen jagten sich in ihrem Inneren, aber sie bekam keine von ihnen zu fassen. Es war, als zerrannen sie ihr zwischen den Fingern. Ein Teil ihrer selbst wütete: *Wie konnte er nur?* Ein weiterer Teil zitterte aus Angst vor den Möglichkeiten, die sie nicht in Erwägung zu ziehen gewagt hatte. Wieder ein Teil von ihr war fest entschlossen, dass ihr Leben so bleiben sollte, wie es war.

Der Gastwirt, ein stämmiger Mann mit glutroten Wangen, eilte zu ihr und beendete ihre innere Qual. Nach einem Moment des Unverständnisses begriff sie, dass er sie fragte, ob sie ein Frühstück wünsche oder ein Gästezimmer oder beides. Sie musste sich zusammenreißen. Das war nicht die richtige Gemütsverfassung für ein Gespräch, das sie näher zu Wendy und Michael führen könnte.

Als sie dem Gastwirt sagte, sie habe ein Treffen mit Dr. Reveshvili, neigte er den Kopf, als wäre sie von königlichem Geblüt.

Er deutete unauffällig auf den guten Mann und führte sie persönlich hin.

»Reveshvili frühstückt allein – immer«, hatte Otto ihr erklärt, bevor sie die Wohnung verließen. »Über die Störung wird er nicht erfreut sein. Du musst ihn dazu bringen, deinen Köder samt Haken zu schlucken, damit er dir nicht entkommen kann.«

Reveshvili saß ganz allein an einem erstklassigen Fenstertisch. Er schaute über die gekieste Zufahrt zum Wald, dessen Baumwipfel sich beugten, als gehorchten sie seinem Willen. Er trug einen ziemlich altmodischen graphitgrauen Nadelstreifenanzug mit Weste, der so perfekt saß, dass er wohl maßgeschneidert sein musste. Eine unmodisch breite, cremefarbene Krawatte vervollständigte das Bild. Sie stellte sich vor, dass er an den Füßen glänzend polierte, robuste Brogues mit dicken Sohlen trug.

»Herr Doktor«, sagte der Gastwirt, als sie zum Tisch gelangten. »Ihre Bekannte ist da.«

Reveshvili wandte sich langsam von der Aussicht auf den Wald ab. Anschließend blickte er vom Gastwirt zu Evan. »Welche Bekannte?«

Evan legte die flache Hand auf die Brust. »Carla Johnstone.« Dann streckte sie ihm die Hand hin. »Wir haben uns letzte Woche telefonisch verabredet. Erinnern Sie sich nicht, Herr Doktor?«

»Nein. Und ganz gewiss lege ich mir keine Termine auf meine Frühstückstunde.« Doch als sie sich ein wenig vorbeugte, ergriff er ihre ausgestreckte Hand, und mit leicht gerunzelter Stirn und einem neugierigen Blick musterte er aufmerksam ihr Gesicht.

»Ich bitte um Entschuldigung, Herr Doktor«, sagte Evan in ehrerbietigem Tonfall. »Ich hatte gewiss nicht die Absicht, Sie während des wichtigsten Rituals des Tages zu stören.«

Das ließ ihn aufmerken. »Glauben Sie das wirklich?«

Sie nickte. »Unbedingt.«

Er legte den Kopf ein wenig schief, wie ein Wissenschaftler, der den unvorhergesehenen Ausgang eines wichtigen Experiments beobachtet. »Sie teilen also meine Theorie, dass es nichts Wichtigeres gibt als ein ordentliches Frühstück?«

»Herr Doktor, genau deswegen haben Sie mir gestattet, mich Ihnen heute Morgen anzuschließen.«

Er musterte sie noch einige Augenblicke. Evan spürte, wie ihr wider Willen der Schweiß unter den Achseln ausbrach.

»Armand.«

»Jawohl, Herr Doktor.«

Der Gastwirt hatte sich nicht vom Fleck gerührt. Sollte die junge Dame sich als Eindringling erweisen, stand er bereit, um sie vom Tisch seines besten Gastes wegzuführen.

»Bitte, bringen Sie ein Gedeck für Fräulein Johnstone. Diese hübsche junge Dame wird mir beim Frühstück Gesellschaft leisten.«

»Sehr wohl, Herr Doktor.« Armand eilte davon.

Evan hatte sich gerade erst Reveshvili gegenüber niedergelassen, da kam Armand auch schon mit einem Gedeck zurück. Er schenkte ihr Mineralwasser aus der Flasche ein, die bereits auf dem Tisch stand, und fragte sie, was er ihr bringen könne.

»Fräulein Johnstone nimmt dasselbe wie ich, Armand.«

Diese Sorte Mann ist er also, dachte Evan. Es überraschte sie nicht besonders, aber sie freute sich dennoch, dass ihr Eindruck sich bestätigte.

»Sehr wohl, Herr Doktor. Sofort.«

Eine Kellnerin nahm seinen Platz ein, schenkte Evan Kaffee ein und füllte Reveshvilis Tasse nach.

»Nun«, sagte Reveshvili und wechselte zu perfektem Englisch. »Wie kann ich Ihnen helfen?«

»Meine Schwester und ich …«

»Sie haben eine Schwester.« Er hatte den Kopf gehoben. Seine Nase schien zu zucken, als wäre er ein Jagdhund im Wald auf der anderen Seite der Straße.

»Meine Zwillingsschwester Bobbi.« Evan klebte ein Lächeln in ihr Gesicht. Sie hatte nicht Bobbis echten Namen verwenden wollen, er war ihr einfach herausgerutscht.

»Ah ja.«

Reveshvili wollte noch etwas sagen, doch da trafen ihre Frühstücksteller ein. Evan war nüchtern von Otto aufgebrochen, damit ihre Versicherung, sie sei überzeugt von den Freuden eines ordentlichen Frühstücks, glaubwürdig wirkte. Sie würde sich ihren Hunger einteilen müssen, doch sie war bereit, Reveshvili mit dem Verschlingen des Festmahls, das vor ihnen auf den großen Tellern lag, zu beeindrucken: frische Mehrkornbrötchen, mehrere Scheiben schwarzer Pumpernickel, Butter, fünf Sorten Salami, Aufschnitt und Schwarzwälder Schinken, vier verschiedene Käsesorten, Konfitüre, hausgemachte Marmelade und noch mehr starker, heißer Kaffee.

Sie schlug zu, langsam, aber mit offensichtlichem Behagen. Dabei behielt sie den Herrn Doktor im Auge.

»Nun«, begann er, nachdem er mehrere Bissen Frühstück mit einem Schluck schwarzem Kaffee heruntergespült hatte, »sagen Sie mir, wieso Sie mich aufgesucht haben.«

»Meine Schwester und ich …«

»Ihre *Zwillingsschwester*.«

»Ja.« Otto hatte recht, aus irgendeinem Grund interessierte Reveshvili sich für Zwillinge. »Bobbi und ich haben eine gute Freundin. Vor etwa fünf Jahren haben wir sie während eines Urlaubs in Köln kennengelernt. Eine Zeit lang haben wir korrespondiert, dann aber hörte sie plötzlich auf zu schreiben, und ihre

Handynummer war außer Betrieb. Seitdem machen wir uns Sorgen um sie.«

Zwei parallele Falten gruben sich über Reveshvilis patrizischer Nase ein. »Sie haben mein Mitgefühl. Dennoch verstehe ich nicht, wieso Sie damit zu mir kommen.«

Jetzt geht es los, dachte Evan. *Showtime.*

Sie brachte das Foto von Anna und William Onders zum Vorschein und legte es zwischen ihnen auf den Tisch. Das zweite Foto behielt sie in Reserve. »Das ist Anna«, sagte sie. »Und das dort im Hintergrund dürfte die *Schneller Psychiatrische Klinik* sein.« Bevor Reveshvili etwas erwidern konnte, drehte sie das Foto um und zeigte ihm die Widmung auf der Rückseite. *Für W. Ich liebe dich. Anna. – Kölner Umland: ein wenig frische Luft.*

»Sehen Sie«, fügte sie hinzu. »Es ist auf den siebenundzwanzigsten Juni von vor gerade einmal zwei Jahren datiert.« Sie drehte das Foto erneut um und tippte auf das verschwommene Gebäude. »Das muss Ihre Klinik sein, Herr Doktor. Daran gibt es keinen Zweifel.«

»Hm.« Reveshvili nahm das Foto in die Hand, um es genauer zu betrachten. »Und kennen Sie diesen Mann?«

Evan war so darauf konzentriert, an Informationen über Anna zu gelangen, dass die Frage sie einen Moment lang überrumpelte, doch sie begriff, dass auch alles, was sie über Onders in Erfahrung bringen könnte, nützlich wäre. »Das ›W‹ steht für Will – William Onders, glaube ich.«

Reveshvili erwiderte nichts.

»Herr Doktor, kennen Sie Anna?«

Die Falten zwischen seinen Augen vertieften sich. »Ja. Aber ich frage mich, was sie hier mit diesem William Onders gemacht hat.«

»Ich hatte gehofft, Sie könnten ein wenig Licht ins Dunkel

bringen.« Erneut sammelten sich Schweißperlen in ihren Achselhöhlen.

»Leider nicht.« Reveshvili legte das Foto so behutsam auf den Tisch, als wäre es ein Erbstück von großem Wert. »Dieser Mann« – er tippte mit seinem langen, spinnengleichen Zeigefinger auf das Foto –, »den habe ich noch nie gesehen.« Er blickte zu ihr hoch. »Für ihn interessieren Sie sich genauso wie für Anna?«

»Er ist leider tot«, erwiderte Evan und musterte dabei aufmerksam sein Gesicht.

»Ich verstehe.« Wenn jemand »ich verstehe« sagt, ist es normalerweise ein Lückenfüller, etwas Neutrales, um das Schweigen zu durchbrechen. Doch Evan hatte die Erfahrung gemacht, dass die Phrase manchmal auch tatsächlich eine Bedeutung hatte. Reveshvili wirkte gedankenverloren.

Schließlich löste er sich aus seiner Versonnenheit. »Und wo ist Ihre Zwillingsschwester jetzt, wenn ich fragen darf? Ist sie mit Ihnen hier, irgendwo in der Nähe?«

Reveshvili besaß das einzigartige Talent der wirklich guten Vernehmungsspezialisten, das Thema ohne die geringste Vorwarnung zu wechseln. »Sie ist leider ebenfalls tot«, antwortete Evan.

Er legte Messer und Gabel aus der Hand und schwieg eine Weile. »Wie außerordentlich schade«, sagte er schließlich.

Sein Gesicht war plötzlich wie versteinert. Sein Blick schien in weite Ferne zu schweifen. Es erschien ihr eigenartig, dass er ihr kein Beileid gewünscht hatte. Sie räusperte sich, und das Geräusch holte ihn zurück.

Er sah sie so an, als hätte sie sich gerade erst zu ihm gesetzt. »Ich interessiere mich ganz besonders für Zwillinge. Meine Studien, verstehen Sie. Ich finde es fesselnd, wie ihre Gedankenmuster manchmal parallel verlaufen und dann wieder in entgegengesetzte Richtungen gehen. Sehr eigenartig – und selbstverständlich faszinierend.«

Evan musste ihn wieder zum eigentlichen Thema zurücklenken. Lächelnd fragte sie leise: »Herr Doktor, gibt es etwas, was Sie mir über Anna erzählen können?«

»Was? Ach ja, Anna.« Er zuckte mit den Schultern. »Sie war hier Klinikärztin. Mit gerade einmal einundzwanzig war sie die jüngste Medizinerin, die wir jemals in der Klinik hatten. Tatsächlich war sie ein Genie.«

»Aber sie arbeitet hier nicht mehr?«

»Oh nein. Vor einer Weile hat sie gekündigt.« Er tippte sich an die Unterlippe. »Vielleicht vor drei oder vier Jahren.«

»Warum ist sie gegangen?«

»Unsere Klinik war nicht der richtige Ort für sie. Ihr Hauptinteresse galt der Psychopharmakologie. Das ist nicht die Hauptstoßrichtung meiner Therapien. Offen gestanden, misstraue ich Medikamenten, außer in den extremsten Fällen wie zum Beispiel einer bipolaren Störung. Da war Lithium ein Gottesgeschenk.«

»Woran genau hat Anna während ihrer Zeit bei Ihnen gearbeitet?«

Reveshvili winkte ab. »Ach, Sie wissen schon, Experimente – weit unkonventionellere, als mir lieb war.«

Sie wollte nachhaken, doch da sagte er: »Aber schauen Sie nur. Sie sind verletzt.«

Evan berührte die halb verheilte Wunde auf ihrer linken Kopfseite. »Ach, das ist nichts.«

Reveshvili schnalzte mit der Zunge. »Selbst von hier aus kann ich sehen, dass es nicht ›nichts‹ ist.«

»Natürlich, Herr Doktor.«

»Sie beeindrucken mich, junge Frau«, er lächelte. »Sie verstehen das Wesen der deutschen Höflichkeit.«

Sie waren wieder vom Thema abgekommen – ihrem Thema. Aber es interessierte sie, wohin er das Gespräch führen würde.

»Sie müssen mir gestatten, mir Ihre Wunde anzusehen. Ich würde sehr gern dafür sorgen, dass sie richtig heilt. Sind Sie nach der Verletzung ins Krankenhaus gegangen?«

»Ich ... ich hielt es nicht für nötig.«

»Da gibt es kein Vertun. Sie kommen nach dem Frühstück mit mir in die Klinik, dann kann ich die Wunde säubern und neu verbinden.«

»Das ist wirklich nicht nötig.«

»Unsinn. Sie kommen mit, und fertig.«

Es gab noch eine Karte, die sie ausspielen konnte. Sie zog das zweite Foto hervor, das dem Mann gehört hatte, den Ben und sie nur als Jon Pine gekannt hatten, und legte es vor Reveshvili. »Hier ist ein Foto von Anna, diesmal aus der Nähe. Es wurde im Besitz eines Mannes namens Jon Pine gefunden. Sagt dieser Name Ihnen etwas?«

Reveshvili ergriff das Foto und hielt es so dicht vor die Augen, als wäre er kurzsichtig. Etwas schien ihn zu durchlaufen, ein Beben, als hätte er einen Impuls gespürt, dem er nicht folgte. Was hatte ihn daran gehindert?

Noch immer musterte er das Foto. »Ich kenne Herrn Pine nicht«, sagte er schließlich.

Evan ließ sich ihre Enttäuschung nicht anmerken. »Was Anna betrifft ...«

»Ja?«

Ihr wurde klar, dass sie ihn nicht nach Annas Nachnamen fragen konnte; sie sollten ja angeblich Freundinnen sein. *Improvisieren*, ermahnte sie sich. »Wir haben sie als Anna Logan gekannt. Aber nach ihrem Verschwinden konnten wir niemanden dieses Namens finden, der wie unsere Anna aussah.«

»Wirklich?« Reveshvili spitzte die Lippen. »Wie sonderbar! Mit ihrem makellosen Lebenslauf hat sie sich uns als Dr. Anna Helm vorgestellt.«

33

Zwölf Uhr Mittag

Es ist Mittag, als Wendy und Michael nach draußen geführt werden. Die Sonne brennt am Himmel, lässt sie blinzeln und ihre Augen tränen, als gäbe es nicht schon genug Grund zum Weinen. Doch eigentlich sind sie nach den endlosen Tagen und Nächten des Eingesperrtseins völlig leergeweint, sogar Michael, der sich an der Hand seiner Schwester mit einer Verzweiflung festhält, wie nur Kinder sie erleben.

Merkwürdigerweise hat niemand die beiden nach draußen begleitet, und als sie wieder scharf sehen können und sich umschauen, entdecken sie gar kein Gefängnis, sondern ein schönes Schloss, das wirkt, als wäre es auf direktem Weg einem Märchen entsprungen.

»Wendy! Michael!«

Sie wenden sich gleichzeitig von dem Schloss ab und der Stimme zu, die sie beim Namen ruft, und entdecken eine sehr große, sehr schöne junge Frau, die ohne Weiteres als Prinzessin durchgehen könnte, trüge sie nicht das Haar kurz geschnitten und hätte große, durchdringende Augen. Es erstaunt die Kinder, dass eine Frau, die so schön ist und die sie gar nicht kennen, sie beim Namen ruft. Und dann sehen sie ihr Lächeln. Es ist ein breites Lächeln, ein großzügiges Lächeln und ein Lächeln, in dem sie viel leicht die immense Boshaftigkeit erkannt hätten, wären sie ein Jahrzehnt älter gewesen.

Im von einer Mauer umschlossenen Garten hinter dem Schlosstor geht sie in die Hocke, am Rand einer kreisrunden Fläche mit Kopfsteinpflaster, die von einem Ring festgetretener Erde umfasst wird. Die von Efeu bewachsenen Mauern sind hoch und sehen dick aus.

Sie breitet die Arme aus. »Kommt her, meine Lieblinge.« Sie trägt eine Wildlederjacke in der Farbe von Whiskey über einem leichten Männerhemd aus Wolle. Reithosen mit verstärkten Schenkelinnenseiten kleiden die Beine, und an den Füßen hat sie hohe, glänzende Stiefel, die mit ihren dünnen Sohlen zum Reiten geeignet sind, aber nicht zum Streifen durch Felder und Wälder. Das weiß Wendy aus ihrer unersättlichen Lektüre.

Wendy fühlt Michaels kleine Hand schweißnass in ihrer, als sie ihn zögernd zu der schönen Frau führt. Das Sonnenlicht fängt sich in deren Haar, und jetzt stützt sie sich mit den Ellbogen auf die kraftvoll aussehenden Oberschenkel. Tatsächlich wirkt bei näherem Hinsehen alles an ihr kraftvoll, außer ihrem langen, schwanengleichen Hals.

»Wie geht es euch beiden?«, fragt sie mit ihrer melodiösen Stimme, als wären sie gerade im Schloss eingetroffen.

»Wo sind wir?«, fragt Wendy. »Warum haben Sie uns hergebracht?«

Michael seinerseits fragt einfach nur: »Wie heißen Sie?«

»Anna«, säuselt die schöne Frau.

Irgendetwas ist mit ihren Augen los. Vielleicht wirken sie durch ihre Größe hypnotisierend. Oder vielleicht liegt es an der Intelligenz in ihrem Blick.

»Ich heiße Anna.« Wieder dieses Lächeln, das über ihr Gesicht gleitet wie flüssiges Quecksilber. »Ihr habt von mir nichts zu befürchten. Wir haben euch zu eurem eigenen Schutz hierhergeholt. Amerika verändert sich. Ihr wart dort nicht mehr sicher. Allerdings bin ich der Meinung, dass ihr dort noch nie sicher wart.«

»Aber Amerika ist unsere Heimat«, sagt Wendy.

»In Amerika wurdet ihr geboren und seid dort für einige wenige Jahre aufgewachsen. Aber es war dort nicht sicher. Nicht für eure Mutter und nicht für euch.«

Wendy runzelt die Stirn. »Was nur meinen Sie damit?« Sie sagt gern »was nur« statt einfach »was«, genau wie die Heldinnen der Romane, die sie liest.

Annas Gesicht verdüstert sich einen Moment lang, ihre freundliche Maske fällt herunter. Doch das dauert nur einen winzigen Augenblick, und vielleicht stimmt es auch gar nicht. »Euer Vater war kein guter Mensch. Er hat Leute bestohlen und betrogen.«

»Hat er nicht!«, ruft Michael.

»Er hat vom Geld anderer Menschen ein Vermögen für sich selbst abgezweigt.«

Michael springt mit puterrotem Gesicht auf und nieder. »Hat er nicht! Hat er nicht!«

»Schlimmer noch, er hat immer wieder eure Mutter geschlagen.«

Tränen fließen aus seinen Augen. »Hat er nicht, hat er nicht, nicht!«

»Still, Mikey.« Seine Schwester drückt seine Hand noch fester. Vor ihrem inneren Auge blitzen Erinnerungen auf: ihr brüllender Vater, eine Schüssel oder ein Glas, die auf dem Küchenboden zerspringen, ein Schlag wie von einem feuchten Sack, der auf Beton fällt. Ihr eigenes Erschrecken, gefolgt von anfallartigem Zittern. Und einmal ein dumpfer Schlag, heftiger, härter, und ein erstick ter Schrei von Mom. Sie dachten, die Kinder schliefen. Sie glaubten, ihre Erwachsenendinge vor ihnen verheimlichen zu können. Doch das Böse hatte sich ins Haus geschlichen und dort niedergelassen. Nachts, wenn unten das Licht gedimmt war und oben überhaupt keines brannte, kroch es hervor, und ihre Ängste hingen über ihnen wie Fledermäuse, die an einem Deckenbalken schlafen.

All diese grässlichen Erinnerungen blitzen vor Wendy auf, während sie Anna anstarrt. »Ich wusste es«, sagt sie flüsternd.

»Ich denke, ihr beide wusstet es.«

Wendy drückt Michael an sich. Seine Schultern beben, und ein dünnes Wimmern entschlüpft seinem Mund. Annas Gesicht ist voller Kummer. Tränen zittern in ihren Augenwinkeln.

»Jetzt seid ihr in Sicherheit, vor allem Gefährlichen und Bösen geschützt.« Sie breitet erneut die Arme aus, und diesmal begibt sich Wendy in ihren Schutz und zieht Michael mit sich.

»Ich habe euch in Gottes eigenes Haus gebracht«, flötet Anna mit bebender Stimme. »Ich habe euch von weit weg hierhergebracht, damit ihr eure Familie kennenlernt.«

Vierter Teil

34

Moskau, Russland

Dima Tokmakovs Büro war ein düsterer Raum, der zu seiner Arbeit als Direktor von Zaslon passte. Es lag in einer Ecke des siebten Stocks des Lubyanka-Gebäudes. Dass das Fenster praktisch keine Aussicht bot, störte Dima nicht im Geringsten. Aus Natur oder Kunst machte er sich nichts.

Abgesehen von seinem mächtigen Schreibtisch, seinem Bürosessel und zwei Stühlen, die diesem gegenüberstanden, gab es kaum etwas, was auf den Benutzer des Raums verwies. Nebeneinander auf seinem Schreibtisch standen zwei Laptops, die elektronisch miteinander verbunden waren. Dazu kam auf der rechten Ecke ein gerahmtes Foto von Nadya, ein frecher Schnappschuss – ein Selfie. Es erregte Dima immer ein wenig, wenn er es anschaute, weil er wusste, dass sie es aufgenommen hatte, als sie nackt und nass aus der Dusche gekommen war. Nicht dass ein Betrachter das hätte erkennen können, denn es war eine Nahaufnahme ihres Gesichts.

Gerade dachte er an das einzigartige Maunzen, das Nadya beim Orgasmus ausstieß; ein Gurren, bei dem es ihn heiß und kalt überlief, da tauchte Ilya Ivanovich Gurin in der geöffneten Tür auf wie eine Katze in einem nächtlichen Wald. Wie er es immer schaffte, an Feliks vorbeizukommen, war ein weiteres Rätsel, das Dima noch nicht lösen konnte. Wenn er Feliks danach fragte, schwor der, dass er Gurin niemals sähe, doch Dima befürchtete, dass sein Adjutant bestochen war.

Jedenfalls war Gurin jetzt hier. Er sagte kein Wort; das war auch nicht nötig. Seine Miene war Botschaft genug: Baev, der Direktor des SVR, erwartete ihn.

Dima erhob sich voll böser Vorahnungen. Er wusste natürlich, dass sein Bankier in Istanbul tot war – auf eine besonders grausame Weise ermordet. Die Folgen von Ermi Çeliks Ermordung waren ihm vorläufig noch unklar. Die Kontoauszüge seiner zypriotischen Bank hatte er überprüft. Sie waren unangetastet, Dank sei der heiligen Matrona. Doch sollte dem Mörder Çeliks Kassenbuch in die Hände gefallen sein, war Dima verratzt. Diese Gedanken beschäftigten ihn, als er Gurin alle sieben Stockwerke die Treppe hinunter in Baevs Büro im Erdgeschoss folgte. Baev, ein Fitnessfanatiker, der in seinem eigenen Hallenbad schwamm, statt zu frühstücken, und jeden Abend American Handball spielte, statt zu Abend zu essen, nahm niemals den Lift, was bedeutete, dass Gurin ihn auch nicht nahm.

Als Dima in die Tür trat, stand Baev hinter seinem Schreibtisch am Fenster und sah auf Gott-weiß-was hinaus. Die Hände hatte er hinter dem Rücken verschränkt. Sobald Dima den Fuß auf den Teppich setzte, schloss Gurin die Tür hinter ihm.

Der Raum war das genaue Gegenteil von Dimas Büro. Die Wände hingen voller Fotos – Fotos des Generaldirektors mit jedem Mitglied des Inneren Führungszirkels, entweder in einer Gruppe oder nur zu zweit. Der Ehrenplatz war für ein Foto reserviert, das Baev mit dem Souverän zeigte, dem Führer von Mutter Russland und mächtigsten Mann der Föderation. Sollten diese Fotos den Zweck haben, Besucher einzuschüchtern, gelang ihnen das ausgezeichnet.

Dima stand eine Weile da und wartete darauf, dass Baev sich

umdrehte. Als das nicht geschah, räusperte er sich und sagte: »Sie wollten mich sprechen, Herr Generaldirektor?«

Beim Klang seiner Stimme drehte Baev sich um. »Ach ja?« Er schien ernsthaft über die Frage nachzudenken, was den ohnehin schon verunsicherten Dima noch mehr aus dem Gleichgewicht brachte.

Baev sammelte sich unvermittelt. »Ah, ja, Dima, wissen Sie, warum mein Büro im Erdgeschoss liegt?«

Dima antwortete nicht; eine Antwort wurde auch weder gefordert noch erwartet.

»Direkt darunter liegt das Gefängnis«, erläuterte Baev. »Manchmal spüre ich seine Vibrationen – die Vibrationen von Schmerz und Leid, den Jammer von Menschen, die zerbrechen, von Menschen, die den Tod vor Augen haben oder um ihr Leben flehen.« Er löste die im Rücken gefalteten Hände und reckte einen Finger in die Luft. »Wenn sich jemand für ein verbrecherisches Leben entscheidet, für Dissidenz und Verrat am Staat, hat das ernsthafte Konsequenzen. Stimmen Sie mir da nicht zu, Dima Nikolaevich?«

»Doch, Herr Generaldirektor.«

»Finden Sie diese Vibrationen genauso befriedigend wie ich, Dima Nikolaevich?«

Baev lächelte, was Dima mit ganz besonderem Schrecken erfüllte. Er deutete auf einen Stuhl; ob er dabei ein Husten oder ein Lachen ausstieß, war nicht klar. »Kommen Sie, setzen Sie sich. Machen Sie es sich bequem.«

Nachdem Baev in den ersten Minuten alles in seiner Macht Stehende getan hatte, um Dimas Unbehagen zu steigern, war die letzte Bemerkung eine raffinierte Ironie. Dima, dem das nicht entging, hasste Baev wegen dieser Farce nur umso mehr. Es war unaussprechlich schwierig, für Baev zu arbeiten, geschweige denn mit ihm zusammenzuarbeiten. Dima wusste nie, was Baev dachte oder welche Entscheidungen er in großen oder kleinen Angelegenheiten fällen würde. Um es anders auszudrücken: Er hatte nicht einmal eine vage Vorstellung von Baevs Denkweise oder Methode. Wenn er zu einer Besprechung gerufen wurde, tappte er im Dunkeln, und er verließ das Treffen immer ohne die Aufklärung, die er benötigte.

Baev hatte das Fenster verlassen und sich umständlich hinter seinem Schreibtisch niedergelassen. Dima bemerkte eine Akte, die aufgeklappt auf dem Schreibtisch lag. Es war eine Mappe in einem schwarzen Umschlag, und auch wenn er es nicht sehen konnte, wusste er, dass über die obere Ecke ein roter Streifen verlief. Es handelte sich um die Akte zur Abteilung 52 123, die er – und gewiss auch Baev – besser unter dem Namen Kobalt-Akte kannte.

Baev tippte die Akte mit seinem perfekt manikürten Zeigefinger an. Mit leiser, ruhiger Stimme sagte er: »Diese Akte liegt uns beiden am Herzen, Dima Nikolaevich, nicht wahr?«

Dima nickte. »Gewiss, Herr Generaldirektor.« Keiner kannte Baevs Vornamen und Nachnamen, oder genauer gesagt, keiner in der Lubyanka verwendete sie, weder gegenüber dem Direktor selbst noch hinter seinem Rücken. Das war ein ungeschriebenes Gesetz des FSB, an das man sich genauso eisern hielt, wie man die Existenz von Zaslon nachdrücklich zurückwies.

»Dies hier war nicht nur eine Ihrer Prioritäten, die Vorgänge wurden auch sowohl innerhalb der Lubyanka als auch außerhalb streng geheim gehalten. Ist es nicht so?«

»Das stimmt, Herr Generaldirektor.«

»Und Sie haben jede denkbare Anstrengung unternommen, damit es so bleibt, nicht wahr?«

»Natürlich, Herr Generaldirektor.«

Baevs Faust krachte so heftig auf den Schreibtisch nieder, dass die Akte sich für einen kurzen, bebenden Flug in die Luft erhob. »Wie zum Teufel wurde das Geheimnis dann gelüftet?«

»Gelüftet?« Vor Verwirrung klang Dima wie ein Idiot.

»Der SVR-Server wurde infiltriert, Dima Nikolaevich!«, donnerte Baev. »Eine *schwarze* Infiltration.«

Das Adjektiv *schwarz* ließ Dima erschauern. *Rot* verwies auf eine Infiltration innerhalb des FSB. *Schwarz* bedeutete, dass die Infiltration von außerhalb der Lubyanka erfolgt war.

Er stand auf, beugte sich vor und legte selbst die Fäuste auf Baevs Schreibtisch. »Konnten wir die Infiltration über die IP-Adresse zurückverfolgen?«

»Seien Sie nicht naiv. Bisher wurden wir im Netz im Kreis herumgeführt.« Baev schüttelte den Kopf. »Wir wissen nur, dass es sich um eine private Aktion handelt, nichts deutet auf die Urheberschaft eines Staates hin. Jedenfalls ist es keiner der üblichen Verdächtigen …«, er zählte sie an den Fingern ab, »China, Nordkorea, Israel, Iran. Vergessen Sie das GCHQ – den Briten fehlt die Expertise. Keiner dieser Staaten weiß etwas über Kobalt oder interessiert sich auch nur für sie.«

Inzwischen waren Dimas Achselhöhlen beschämend nass. Schweißperlen rannen ihm den Rücken hinunter. Und doch war sein Mund so trocken wie die Wüste Gobi. Er richtete sich auf und hustete in die Faust. Dann fand er seine Stimme wieder. »Das bedeutet …«

Baev tippte auf die Kobalt-Akte, diesmal mit dem Fingerknöchel. »Das bedeutet, dass der Akteur, der sich Zugang zu der Akte verschafft hat, Kobalts Identität aufgedeckt hat. Finden Sie heraus, um wen es sich handelt, und eliminieren Sie die Person sofort.«

»Mit absoluter Priorität, Herr Generaldirektor.«

Ilya Ivanovich Gurin verfolgte Dimas hastigen Rückzug aus dem Augenwinkel. Dann erhob er sich grinsend von seinem schmalen Schreibtisch und betrat das Büro seines Chefs, wo Baev gerade leise und unverständlich in ein Handy sprach. Er hob die Hand, und Gurin blieb an der geschlossenen Tür stehen. Kurz darauf endete Baevs Gespräch. Er steckte das Handy ein und winkte Gurin zu sich.

»Sie haben Dima einen ordentlichen Schrecken eingejagt«, sagte er, als er vor Baevs Schreibtisch Haltung annahm.

Baev setzte sich, forderte seinen Adjutanten aber nicht auf, ebenfalls Platz zu nehmen. »Um der Liebe Stalins willen, Ilya Ivanovich, kriechen Sie mir nicht in den Arsch.«

Gurin, der während seiner Dienstzeit bei Baev schon viel Schlimmeres erduldet hatte, erwiderte nichts, sondern schaffte es, seine Gefühle zu ignorieren. Im Büro waren Wetten darüber abgeschlossen worden, wie lange er als Baevs Adjutant durchhalten würde. Der letzte Mann war schon nach drei Wochen gefeuert worden, und der Mann davor nach kaum mehr als einem Monat. Gurin hielt schon seit vier Monaten durch und hatte neunzig Prozent der Wettteilnehmer verärgert, deren Tipps längst abgelaufen waren. Darauf war er ein Stück weit stolz, doch er schämte sich auch für die Beschimpfungen, mit denen er sich abfinden musste. Tag für Tag und Stunde für Stunde wuchs der Berg der Beschimpfungen höher an und versperrte den Horizont, der Gurins Zukunft hätte sein können, wäre er in der Abteilung für Drogenkriminalität des FSB geblieben, statt sich freudig erregt in den SVR versetzen zu lassen, wo er sich nun fühlte, als müsste er sich in dem Labyrinth verwirrender Intrigen eines byzantinischen Kaisers zurechtfinden.

Baev lehnte sich zurück und verschränkte die Hände vor dem

Bauch, der nicht die geringste Wölbung aufwies. Er beobachtete seinen Adjutanten wie ein Adler, der über seiner Beute kreist.

»Eine schwere Enttäuschung.«

Gurin beugte sich ein wenig vor. »Kobalt?«

»Dima.« Baev biss sich auf die Unterlippe, was immer ein schlechtes Zeichen war. »Kobalt ist keine Enttäuschung, weil von ihr nichts erwartet wurde. Sie ist Dimas kleines ›Experiment‹. Aber der SVR – und das gilt auch für unsere anderen Geheimdienste – ist nicht der richtige Ort für Experimente.«

»Ganz meine Meinung, Herr Generaldirektor.«

Er schnaubte. »Wissen Sie, Ihre Nase in meinem Arsch, das fühlt sich allmählich richtig angenehm an.« Er hob den Zeigefinger. »Aber passen Sie auf, dass ich nicht furze. Das werden Sie nicht überleben.«

Gurins Wangen färbten sich rot, obgleich er sich um Beherrschung bemühte.

»Zwei weniger«, sagte Baev jetzt. »Zwei Ihrer Angeworbenen sind tot.«

Gurin registrierte verärgert, dass sein Chef *Ihrer Angeworbenen* gesagt hatte statt *der Angeworbenen*. Natürlich war Gurin schuld; wer denn sonst, doch gewiss nicht Baev der Große.

»Evan Ryder hat sich als … schwieriger erwiesen, als …«

Baev lächelte schmallippig. »Gurin, Gurin, haben Sie nicht die Akte über sie gelesen? Die ist durchaus umfangreich. Dick wie ein Backstein. Ryder ist schon seit Jahren ein Messer in unserem Bauch.« Er deutete auf Gurin. »Sie müssen sich nur den Bericht über die Operation bei Sankt Petersburg anschauen, dann begreifen Sie, wie gefährlich sie ist. Und so schwierig zu fangen wie ein Irrlicht.«

Er legte die Hand mit gespreizten Fingern auf die Schreibtischplatte, genau so, wie Kusnetsov es bei ihrem letzten Treffen nach dem Schwimmen im Haibecken getan hatte. »Meine Sorge, mein guter Gurin, ist, dass Ryders Schwester – die Überläuferin – sich als genauso gefährlich erweisen wird. Vielleicht sogar für uns.« Er fuhr sich mit der Zunge über die Lippen. »Wie sehen Sie das?«

»Ich?« Gurin wirkte bestürzt.

»Ich bereite Sie für größere Aufgaben vor, Gurin, vorausgesetzt, es gelingt Ihnen, die Mission gegen Ryder zu Ende zu bringen.«

»Ich werde Sie nicht enttäuschen, Herr Generaldirektor.«

»Gut, das wollte ich hören.« Er runzelte die Stirn. »Aber was ist jetzt mit Kobalt? Sie hat den Omega-Auftrag in den Sand gesetzt.«

»Sie hat eine wichtige Sache vermasselt«, erwiderte Gurin mit einem Nicken. »Aber hat sie sie *absichtlich* vermasselt? Das ist die Frage.«

Baev schien kurz darüber nachzudenken, doch dieses Zögern war nur für Gurin bestimmt. »Man darf die Amerikaner niemals unterschätzen.« Er spielte Gurin etwas vor, um sicherzugehen, dass als Nächstes das Richtige kam. »Ihre derzeitige Regierung ist chaotisch – und natürlich wissen wir beide, dass wir dabei die Finger im Spiel hatten –, doch die professionellen *shpiony*-Dienste funktionieren und weben ihr eigenes betrügerisches Netz.«

»Wenn ich etwas äußern darf, Herr Generaldirektor, so vermute ich, dass Kobalt die ehrgeizigste Operation ist, mit der sie seit Langem gegen uns vorgegangen sind. Denn wie könnten wir Kobalt vertrauen? Evan Ryder und sie sind Schwestern. Blut ist dicker als Wasser.«

Baev nickte, als hätte er sich jetzt entschieden. »Faszinierende Theorie, Gurin. In diesem Fall wäre Kobalt nie das gewesen, als das Dima Nikolaevich sie ausgegeben hat: eine Person, die für uns arbeitet. Vielmehr ist sie eine Schwarze Witwe, die in unser Netz eingedrungen ist. Die Tatsache, dass man sich in unseren Zentralserver gehackt und auf die Kobalt-Akte zugegriffen hat, beweist die Richtigkeit dieser Vermutung. Die Amerikaner überprüfen, ob ihr Maulwurf nicht umgedreht worden ist.«

Er schenkte seinem Adjutanten ein seltenes Lächeln in Verbindung mit dem üblichen durchdringenden Blick. »Also, was meinen Sie? Sollten wir einen Agenten des SVR losschicken, um Kobalt zu eliminieren?«

»Das halte ich für das klügste Vorgehen«, sagte Gurin und tappte damit in die Falle, die Baev für ihn ausgelegt hatte. »Und je schneller, desto besser, wenn Sie mich fragen.«

Die Falle schnappte zu, als Gurins Tonfall, sein harter Blick und seine Wortwahl Baevs Annahmen über den eitlen Ehrgeiz seines Adjutanten und seine Feindseligkeit gegenüber Kobalt bestätigten. Angesichts von Gurins Eifer, Kobalt loszuwerden, drehte sich Baev der Magen um.

Das Lächeln des Direktors verweilte, und gleichzeitig hielt er Gurins Blick unnatürlich lange fest, ohne auf dessen zuversichtlich geäußerte Meinung zu reagieren; mit übertriebenem Vergnügen beobachtete er, wie sein übereifriger Untergebener sich vor Unbehagen wand. Schließlich senkte Baev den Blick und sagte: »Ja, richtig, Gurin, aber immer eins nach dem anderen. Wie Minister Kusnetsov mir bei unserer letzten Begegnung in Erinnerung rief, war und bleibt Evan Ryder unsere Zielperson. Überführte Mörder aus der Föderation als Killer einzusetzen, ist eine jüngst erfolgte Innovation, die ich persönlich gutgeheißen habe. Die Idee ist brillant – eine Rückverfolgung zum Staat ist nicht möglich. Und in diesem Fall auch nicht notwendig. Es erschien mir zu gefährlich, für diese Eliminierung SVR-Leute zu nehmen. *Aber* …« Er hob den Kopf, und sein Oberkörper schoss so weit vor, dass seine Brust die Schreibtischkante berührte. »Zwei Killer sind tot. Sie, Gurin, haben zwei dieser Ex-Sträflinge, dieser sogenannten ›Landarbeiter‹ nach Köln geschickt, und was ist passiert, he? He?« Er deutete mit seinem dicken Finger auf Gurin. »Das ist Ihr Fehler, Ilya Ivanovich. Sie haben diese Männer ausgewählt; Sie haben versagt. Vergessen Sie nicht, es liegt am Sänger, nicht am Lied.«

Gurin beging den Fehler, seinem Chef einen verwirrten Blick zuzuwerfen.

»Meine *Idee* ist perfekt, sie war immer wieder erfolgreich«, erklärte Baev gereizt. »Versagt haben dagegen die von Ihnen persönlich ausgewählten Vollstrecker.« Er legte die Hände flach auf den Schreibtisch. »Diesmal wähle ich aus, Ilya Ivanovich, hören Sie? Sie begeben sich zu dem Klub, in dem Sie die ersten beiden Killer gefunden haben. Dort warten Sie an der Theke auf eine Freiberuflerin namens Kata.«

Gurin blinzelte. »In diesem Klub ist es immer rammelvoll, Herr Generaldirektor. Wie soll ich diese Kata finden?«

»Bleiben Sie einfach an der Theke stehen.« Baevs Lächeln war eher ein böses Grinsen. »Kata wird Sie finden.«

35

Ukraine, Schwarzmeerküste

»Omega hat Ihren Mann ermordet und Ihre Kinder entführt«, sagte Lyudmila. »Haben Sie darüber nachgedacht, warum Omega so gehandelt hat?«

»Um sich für meine Infiltration des Sektengeländes hier in Odessa zu rächen.«

»Dass diese Leute Ihren Mann ermordet haben, kann ich verstehen. Aber was haben sie mit der Entführung Ihrer Kinder gewonnen?«

»Vielleicht geht es um dich, Bobbi«, gab Zherov zu bedenken.

Beide Frauen sahen ihn an.

»Wäre es nicht möglich, dass Omega dich zu ihnen locken möchte?«, erläuterte er seine Theorie.

»In eine Falle«, fügte Lyudmila hinzu.

Kobalts Augen loderten. »Genau das hat Omega im Sinn. Aber sie haben einen Fehler begangen, der sich als fatal erweisen wird.« Sie sah Lyudmila vielsagend an. »Omega erwartet von mir, dass ich mich auf die Spur meiner Kinder setze. Sie zählen darauf, dass mein Mutterinstinkt die Führung übernimmt und mich achtlos macht. Verwundbar. Doch genau das Gegenteil trifft zu. Ich werde ihr Hauptquartier finden ...«

»Es liegt irgendwo in den Karpaten«, warf Zherov unbedacht ein.

Kobalt warf ihm einen Blick zu, der ein angreifendes Nashorn zum abrupten Verharren gebracht hätte. Er hielt sofort den Mund. Aber Lyudmila war zu schnell.

»Wie haben Sie das herausgefunden, wo das Sektengelände doch von den Anhängern verlassen worden war?«

Vorläufig wollte Kobalt Lyudmila nicht in die Tatsache einweihen, dass es Marta gab und dass sie ihnen Auskunft erteilt hatte. Lyudmilas Motive waren ihr noch immer nicht klar; sie war die rätselhafteste Person, der Kobalt je begegnet war. Alles an ihr war undurchschaubar und entzog sich. Kobalt dachte rasch nach. »Es ist einfach eine Vermutung. Wir haben angesengte Überreste von rumänischer liturgischer Literatur gefunden. In den Karpaten gibt es eine Anzahl abgelegener Klöster, Kirchen und Burgen, die sich einmal im Besitz religiöser Führer befanden.«

Lyudmila nickte, holte ihr Handy heraus, trat ein Stück zur Seite und tätigte einen Anruf. Bei ihrer Rückkehr sagte sie: »Wir werden bald herausfinden, ob diese Spur gut ist oder in einer Sackgasse endet.«

»Ich habe da Vertrauen«, sagte Zherov. Kobalt hätte ihn am liebsten geschlagen. Er hatte keine Ahnung, wie gefährlich Lyudmila ihnen werden konnte. Als echter Hai, der sie war, könnte sie ihn auf Anhieb verschlingen und die nicht essbaren Teile ausspucken.

Kobalt wechselte das Thema. »Sie wollten mir verraten, warum Sie Ihr Versteck verlassen haben.«

»Nicht jetzt«, antwortete Lyudmila.

Sie stand unvermittelt auf und begab sich ohne ein weiteres Wort nach oben an Deck. Mit beträchtlichem Abstand zu ihrer Mannschaft lehnte sie sich gegen die Backbordreling, nahm eine Zigarette aus der Packung und zündete sie an. Sie war keine süchtige Raucherin, tatsächlich konnte sie das Rauchen ebenso gut sein lassen. Das gemessene Hantieren, das präzise Ritual, all das beruhigte sie jedoch und gestattete ihr, ungestört nachzudenken.

Inzwischen besaß sie vollständigere Informationen als Evan oder Kobalt jeweils für sich. Aber falls Omega wirklich Kobalts Kinder entführt hatte, um sich an Kobalt zu rächen oder ein Druckmittel gegen sie zu haben, blieb immer noch unklar, wieso die Organisation Evan mit in die Sache hineingezogen hatte. Diese Frage konnte Lyudmila keiner der beiden Schwestern stellen, da diese über ihren Kontakt mit der jeweils anderen nicht Bescheid wussten. Ein Hauptproblem war, dass Lyudmila, anders als damals bei Nemesis, so wenige Kenntnisse über Omega besaß. Immer wieder waren ihre Leute gegen eine Wand gelaufen. Bei dem Versuch, mehr über die Organisation herauszubekommen, waren einige von ihnen getötet worden. Doch wenn Kobalt und Zherov die Wahrheit sagten, war sie dem Nervenzentrum Omegas jetzt näher als je zuvor.

Sie hatte gerade eine grundlegende Lektion über die Arbeit im aktiven Einsatz gelernt, ein Geheimdienstbereich, für den sie nicht ausgebildet und für den sie auch nicht geschaffen war, vor allem, weil sie einfach zu schön war. Ihr Gesicht prägte sich zu gut ein, als dass sie sich in der Masse hätte verlieren können, wie groß diese auch sein mochte. Was sie auszeichnete, war ein extrem geordneter Verstand. Wer ihre innere Denkarbeit nicht begriff, hätte sie fälschlich für eine Bürokratin halten können. Doch dafür war sie viel zu intelligent und berechnend. Sie konnte Bürokraten zum Frühstück verspeisen – und tat das manchmal auch. Das war eine der Eigenschaften, die sie für den Inneren Führungszirkel zu gefährlich machten. Sie stieg einfach zu schnell auf, insbesondere für eine Frau.

Das Problem, mit dem sie gegenwärtig zu kämpfen hatte, lag auf der Hand: Pläne waren per definitionem etwas Feststehendes, während sich die Lage in Einsätzen ständig änderte. Was sie heute gelernt hatte, war eine Grundlage der Agententätigkeit, doch in ihrer Ausbildung im FSB war es nicht vorgekommen. Um in einem Einsatz Erfolg zu haben, brauchte man nicht nur einen Plan B, sondern auch noch einen Plan C, D, E und F.

Alles war ihrem intelligenten und gut berechneten Plan gefolgt, bis Kobalts Kinder entführt worden waren, was eine riesige Schaufel Sand ins Getriebe geworfen hatte.

Sie inhalierte den Zigarettenrauch tief und stieß ihn langsam wieder aus. Ein Blick zur ukrainischen Fregatte zeigte ihr, dass das Deck beinahe verlassen dalag, doch dadurch ließ sie sich nicht täuschen. Die ukrainische Marine war immer in Alarmbereitschaft.

Als sie ihre eigene Ausschleusung aus Russland eingefädelt hatte, hatte sie so viele Bürden abgeworfen, dass man sie unmöglich zählen konnte. Schon eine Weile zuvor hatte sie sich auf die Fortführung ihrer verdeckten Arbeit vorbereitet, und so hatte sie sich ein privates Netzwerk geschaffen.

Wenn das stimmte, was Kobalt über ihre Kinder gesagt hatte, war mit Lyudmilas Plan wieder alles im Lot – oder würde es bald sein. Nach Lyudmilas Überzeugung führten Kinder nie zu etwas Gutem – sie warfen einen aus der Bahn, verwirrten einen –, machten einen tatsächlich verrückt. Für die Spionage, egal auf welchem Niveau, und insbesondere für Einsätze waren sie nicht zu gebrauchen. Während der aufreibenden Überprüfungsprozedur vor dreieinhalb Jahren hatte sie Kobalt immer wieder sorgfältig über ihre Bindung zu den Kindern befragt, die sie zurückließ. Regelmäßig hatte Kobalt ihr versichert, dass sie überhaupt nichts für die beiden empfand.

In diesem Moment spürte Lyudmila, dass jemand hinter sie

getreten war. Kobalt. Sie wandte sich nicht um. Sie war nicht überrascht.

Sie sagte nichts; sie konnte länger warten als Kobalt.

Kobalt räusperte sich, und Lyudmila wusste, dass sie nervös war. Nun, damit stand Kobalt nicht allein da – von Evan abgesehen, waren die meisten Menschen in Lyudmilas Nähe nervös. Es war, als strahlte Lyudmila so etwas wie ein Wetterleuchten aus. Darüber hinaus wusste sie, wie sie diese Eigenschaft nutzen konnte.

»Legen wir bald ab?«

Lyudmila tat so, als hätte sie Kobalt nicht gehört. »Wo ist Zherov?«

»Er schläft. Seit sechsunddreißig Stunden hatten wir so gut wie keine Gelegenheit zum Ausruhen.«

»Und doch stehen Sie hier.« Ihre Stimme klang scharf und kurz angebunden.

»Ich, äh … ich wollte mit Ihnen reden.«

»Und hier bin ich.«

Zwischen ihnen entstand ein angespanntes Schweigen, und sie wusste, dass Kobalt nun darum kämpfte, die Situation zu verstehen. *Ich sollte ein Buch schreiben*, dachte Lyudmila, *und darin alle Möglichkeiten schildern, Menschen aus dem Gleichgewicht zu bringen. Ich würde es* Das Buch der fiesen Schlampe *nennen und es wegschließen, damit keine außer Evan meine Geheimnisse erfährt.*

Kobalt räusperte sich erneut. »Wussten Sie, dass wir in Istanbul angegriffen wurden?«

»Ich weiß über alles Bescheid, was Ihnen und Zherov in Istanbul begegnet ist.«

Keineswegs, dachte Kobalt. *Du weißt nicht, dass ich inzwischen über die Millionen von Dollar verfüge, die Dima gestohlen und auf einem zypriotischen Bankkonto angelegt hat. Du weißt nicht, dass ich Dimas Identität und Passwort benutzt habe, um das Konto leerzuräumen, sobald ich sah, dass er es seinerseits überprüft hat. Ich habe das Geld auf ein Scheinkonto transferiert, das ich unmittelbar vor meiner Ausschleusung für den Fall eröffnet hatte, dass ich in Russland auf Schwierigkeiten stoßen würde. Mit diesem Geld habe ich Bitcoins gekauft. Zwei Minuten nach Abschluss der Transaktion habe ich die Bitcoins wieder verkauft. Dabei habe ich zwei Prozent Verlust gemacht, doch das nahm ich gern in Kauf. Jetzt liegt das Geld, das nicht mehr zurückverfolgt werden kann, auf meinem eigenen Konto bei einer angesehenen Liechtensteiner Bank. Du weißt nicht, dass ich Dima ruiniert habe.* Natürlich erzählte sie Lyudmila nichts dergleichen; sie vertraute ihr noch immer nicht. Doch es gab noch einen anderen Grund. Seit sie heimlich im Kleiderschrank ihres Vaters gekramt und dort die Wahrheit entdeckt hatte, nämlich, dass sie durch und durch russisch war, war sie süchtig nach Geheimnissen. Geheimnisse zu horten, verschaffte ihr ein Gefühl der Sicherheit, als wären diese Heimlichkeiten Steine in der Mauer der Burg, die sie um sich selbst errichtete. Geheimnisse machten sie stark; wenn sie sich mit genug von ihnen umgab, würde sie unbesiegbar.

Stattdessen sagte sie: »Sie müssen einen Verdacht haben, wer den ehemaligen russischen Sträfling als Killer auf uns angesetzt hat.«

»Natürlich denken Sie das.«

»Sie wissen also nicht Bescheid?«

Lyudmilas Blick wanderte über Kobalt, was dieser einen Schauer über den Rücken jagte. »Ich weiß, dass der SVR seit einem halben Jahr ehemalige Sträflinge als Söldner für seine Mordaufträge anheuert. Eine saubere Methode. Nichts fällt auf den Staat zurück.«

»Ich bin zu derselben Schlussfolgerung gelangt. Da keiner von Zherovs Kontakten zum Reden bereit ist, glauben wir beide, dass vielleicht Generaldirektor Baev hinter dem Mordanschlag steht.

Ich habe mich als extrem wertvoll für Zaslon und den SVR erwiesen. Vielleicht hat Baev das nicht erwartet. Vielleicht will er nicht, dass so viel Glanz auf Dima fällt.«

Unter ihnen sprangen die Motoren an. Die Leinen waren gelöst, und sie setzten sich langsam in Bewegung und ließen die Anlegestelle hinter sich zurück. Schon bald fuhren sie schneller und folgten der Küste in südwestlicher Richtung. Obwohl sie auf der Jacht geschützt war, war Lyudmila erleichtert, als das Kriegsschiff hinter ihnen verschwand.

Kobalt, die während des Ablegens der Jacht schweigend abgewartet hatte, wandte sich Lyudmila zu, einen Ellbogen auf die Reling gestützt. »Jetzt könnte die Zeit gekommen sein, mir zu erzählen, warum Sie den Kopf aus der Deckung gehoben haben. Unter Deck sagten Sie mir: ›Nicht jetzt.‹ Aber was Sie wohl wirklich sagen wollten, war: ›Nicht jetzt und nicht hier.‹«

Lyudmilla schüttelte eine weitere Zigarette aus der Packung. Als sie sie Kobalt anbot, lehnte die jüngere Frau achselzuckend ab. Lyudmila steckte die Zigarette zwischen die Lippen und zündete sie an. Eine Weile standen sie in unbehaglichem Schweigen da. Lyudmila rauchte, und Kobalt hielt die Reling mit blassen Fingerknöcheln umklammert.

Die Jacht fuhr stetig in südwestlicher Richtung, entlang der Küste mit ihren rasch vorbeistreichenden Stränden, bonbonfarbenen Sonnenschirmen, weiß gestrichenen ein- und zweigeschossigen Urlaubsressorts, sonnenbadenden Urlaubern und Kindern, die kreischend in der Brandung planschten.

Während ihrem halb geöffneten Mund Rauch entwich, sagte Lyudmila schließlich: »Sie könnten recht haben. Zwischen Baev und Dima herrscht Krieg.«

»Krieg?«

»Zwischen Baev und seinen Abteilungsleitern tobt unter der

Oberfläche immer ein Kalter Krieg. Genauso ist es zwischen dem FSB und dem GRU. Die Frage ist nur, wie hässlich diese Kriege werden. Tatsache ist, dass Dima und Baev sich nicht ausstehen können. So oft kommt das nicht vor, jedenfalls nicht innerhalb des SVR.« Sie inhalierte erneut tief. »Sie wissen sicher, dass es viel schwieriger ist, die Macht in Händen zu behalten, als sie zu erringen. Dessen ist Baev sich sehr wohl bewusst. Will er seine Macht bewahren, muss er früher oder später gegen die Leute direkt unter ihm vorgehen, bevor sie eine echte Bedrohung für ihn darstellen.«

Sie fuhr sich unkonzentriert mit der Hand durchs Haar. »Das war mein Fehler. Ist das zu fassen? Nur weil ich eine Frau bin. Ich wusste, wie man das Spiel spielt. Als der SVR mir zu klein wurde, bin ich in den Inneren Führungszirkel aufgestiegen. Ich habe getan, was Baev tut und was jeder ernst zu nehmende Politiker tut, ich habe die Konkurrenz ausgeschaltet.« Einen Moment lang betrachtete sie ihre glühende Zigarettenspitze. »Wäre ich ein Mann gewesen, hätte man mir zugejubelt. Doch als meine Macht und mein Einfluss wuchsen, habe ich meinen Vorgesetzten Angst gemacht. Sie haben eine Intrige geschmiedet und mich aus meiner Position gedrängt. In Russland siegen Macht und Einfluss eines Mannes immer über den Einfluss einer Frau, wie intelligent oder raffiniert sie auch vorgehen mag.«

Eine Möwe schoss nach unten, schwenkte dann aber scharf zum Strand hin ab, wo Picknickkörbe und Kühlboxen auf Decken ausgepackt wurden und bunt gestreifte Wasserbälle in der Nachmittagssonne durch die Luft flogen.

In Lyudmilas Augen loderte es wie ein brennender Raketenantrieb. »Doch das werde ich ändern.«

»Wie denn?«

Lyudmila sog Rauch in die Lunge und stieß ihn durch die Nase aus. »Alles zu seiner Zeit, Kobalt. Jetzt erzähle ich Ihnen erst einmal, warum ich aus meinem Versteck hervorgekommen bin. Ich habe den Aufenthaltsort Ihrer Eltern entdeckt – Ihrer leiblichen Eltern.«

Es war, als setzte Kobalts Herz einen Schlag aus. Dann noch einen und noch einen. Sie konnte nicht mehr atmen. Gut, dass sie sich an der Reling festhielt, sonst wäre sie getaumelt und auf die Knie gestürzt.

Lyudmilas Blick bohrte sich in ihren. »Ich gehe davon aus, dass Sie gern mehr über sie erfahren würden. Ist das richtig?«

»Ja.« Kobalt würgte an diesem Wort.

»Außerdem wünschen Sie vermutlich, dass ich Sie zu ihnen bringe«, wieder zog sie an ihrer Zigarette. »Ist das ebenfalls richtig?«

»Ja«, antwortete Kobalt mit erstickter Stimme.

Lyudmila legte Kobalt die Hand auf die Schulter. »Dann wird es so geschehen.« Zum ersten Mal lag in ihrem Lächeln echte Wärme. »Dafür – um Ihretwillen – bin ich zum Vorschein gekommen.«

Kobalt, noch immer bestürzt, wusste nicht, was sie sagen sollte, und so erwiderte sie nichts. Sie konzentrierte sich einfach darauf, zu atmen.

Lyudmila hatte ihre Zigarette aufgeraucht. Der Küstenstreifen, der jetzt an ihnen vorbeizog, lag verlassen da. Jeder Hinweis auf die Zivilisation war verschwunden.

36

Bergisch Gladbach, Deutschland

Irgendwann, als Evan völlig in das zunehmend anspruchsvolle Gespräch vertieft war, hatte Ben das Restaurant betreten. Er saß jetzt an einem Tisch, trank Kaffee und tat so, als läse er in einer Lokalzeitung, die er aus einem Holzgestell bei der Tür genommen hatte. Sie wünschte sich inständig, sie könnte ihm auf irgendeine Weise mitteilen, dass Anna eine Klinische Psychologin war, die unter Dr. Reveshvili in der Klinik gearbeitet hatte.

»Herr Doktor«, sagte sie gerade. »Wissen Sie, wo Anna Helm sich jetzt aufhält?«

Reveshvili tupfte sich penibel die Lippen ab und legte sich die Leinenserviette wieder auf den Schoß. »Ehrlich gesagt, nein. Sie ist unter eher unerfreulichen Umständen von hier verschwunden.«

»Können Sie mir erzählen, was vorgefallen ist?«

Er schob seinen Teller weg, trank bedächtig einen Schluck Kaffee und stellte die Tasse genau in die Mitte der Untertasse zurück. »Wir hatten eine Auseinandersetzung darüber, dass sie einen immer größeren Anteil des Laborplatzes für sich beanspruchte. Andere Kliniker beschwerten sich, dass ihre Arbeit dadurch litte. Zunächst hat Anna mich mit der Versicherung abgewimmelt, sie brauche einfach nur noch ein bisschen Zeit, um ihre Arbeit zu verifizieren. Sie sagte, sie sei ganz dicht dran.« Er verzog das Gesicht. »Von da an nahm die Verstimmung zu. Später versuchte sie, mir aus dem Weg zu gehen, doch als ich eines Nachts in die Klinik zurückkehrte, traf ich sie dabei an, wie sie fieberhaft an drei Laborplätzen gleichzeitig arbeitete. Da begriff ich, dass ihre Experimente inakzeptabel geworden waren, gefährlich.«

Evan verbot sich, sich vorzubeugen oder ihr gesteigertes Interesse auf irgendeine andere Weise zu verraten. »Woran hat sie gearbeitet, Herr Doktor?«

Er hob die Hand, und Armand eilte herbei und schenkte ihm Kaffee nach. »Möchten Sie noch etwas essen oder trinken, Fräulein Johnstone?«

»Nein danke.« Sie erwiderte sein Lächeln und sah dann Armand freundlich an. »Alles war ganz ausgezeichnet.«

»Das ist sehr nett.« Fast hätte er die Hacken zusammengeschlagen. Dann ging er zu einem anderen Tisch davon.

Sie wandte ihre Aufmerksamkeit wieder Reveshvili zu. »Die Experimente, Herr Doktor. Anna Helms Experimente.«

»Ja, natürlich.« Er rieb sich das Kinn. »Anna experimentierte mit organischen Phosphorverbindungen. Genauer gesagt, mit solchen, die den menschlichen Neurotransmitter Acetylcholin beeinflussen.«

»Mit welchem Ziel?«, fragte Evan.

Reveshvili schüttelte den Kopf. »Das war der entscheidende Punkt bei unserem Zerwürfnis und der Grund, aus dem ich sie entließ.« Er rief nach der Rechnung und unterschrieb sie. Offensichtlich hatte er ein Gästekonto. Er ließ einen großzügigen Betrag als Trinkgeld zurück.

»Anna behauptete, sie würde eine Chemikalie herstellen, die für die Neubildung von Neurotransmittern im Gehirn sorge. Damit wollte sie angeblich Opfern von Schlaganfällen, Krampfanfällen und verhängnisvoll verlaufenen Unfällen helfen.«

»Aber Sie haben ihr nicht geglaubt.«

»Nein. Sie hat offensichtlich gelogen und mir die Wahrheit verschwiegen.«

»Haben Sie eine Vorstellung davon, was ihr eigentliches Ziel gewesen sein könnte?«

»Leider nein. Ihre Arbeit war ungemein komplex, und sie hat keine Seren und keine Notizen zurückgelassen. Sie hat allein gearbeitet, ich konnte also auch keine Assistenten befragen.«

Er räusperte sich. »Und nun, wenn Sie so freundlich wären, mich zu begleiten. Ich nehme Sie mit zur Klinik, um mir dort Ihre Kopfverletzung anzuschauen.«

Reveshvilis Wagen war ein Oldtimer, ein MG Cabriolet. Er hatte haargenau dieselbe Farbe wie der Wald, der sich keine hundert Meter hinter dem gekiesten Parkplatz erhob, an dessen Rand der Wagen stand. Der Arzt hielt Evan die Tür auf der Beifahrerseite auf, und sie stieg ein. Wie er so neben ihr stand, war er deutlich dünner, als sie es im Sitzen wahrgenommen hatte. Und außerdem auch größer, vermutlich etwa eins neunzig. Seine Schuhe dagegen waren genau so, wie sie sie sich vorgestellt hatte. Als er sich auf die Fahrerseite begab, sah sie, dass Ben aus dem Restaurant eilte und mit gerunzelter Stirn zu ihr herübersah. Sie konnte nicht mit ihm reden, da Reveshvili inzwischen bereits neben ihr saß. Er drehte den Schlüssel in der Zündung, der MG sprang grollend an, und er bretterte mit mehr Gas vom Parkplatz, als sie für nötig hielt.

Beinahe sofort wurde klar, dass der Arzt ein begeisterter Fahrer war und seinen Wagen sogar noch begeisterter liebte. Der Motor brummte zufrieden, was bewies, dass Reveshvili – oder vermutlich eher ein großartiger Mechaniker – das Fahrzeug perfekt in Schuss hielt.

Die Zufahrt zur Klinik war eben und gerade, erst ganz am Ende bog die Straße nach links ab, umrundete einen steilen Hang und führte dann nach rechts auf ein Gelände neben der Klinik, wo anscheinend ein Privatparkplatz für die Mitarbeiter lag.

Sie begaben sich zu einer unscheinbaren Tür, die direkt in einen Gang führte. Er schritt ihr auf dem Weg nach drinnen voran. Auf der Schwelle schaute sie sich nach hinten um und sah, dass Ben gerade stumm aus seinem Wagen stieg. Sein Blick war auf sie geheftet. Sie warf ihm ein Lächeln zu und folgte dann Reveshvili, vor sich seinen schmalen Rücken. Ohne den Kopf zu drehen, bemerkte sie eine auf den Eingang gerichtete Mini-Überwachungskamera sowie jemanden, den man auf den ersten Blick für einen Arzt oder Pfleger hätte halten können, der aber an seinen breiten Schultern und seiner Körperhaltung als Wächter zu erkennen war. Da sie nur einen kurzen Blick auf ihn werfen konnte, sah sie nicht, ob er bewaffnet war.

Sie bogen mehrmals ab, und Evan merkte sich den Weg genau. Hinter ihr erstreckte sich die Klinik wie ein Labyrinth. Der Korridor öffnete sich zu einer Reihe von Büros. Abgesehen von einem leichten Krankenhausgeruch hätte sie sich in jedem beliebigen Bürogebäude der Welt befinden können. Als sie ins Sprechzimmer seiner Praxis traten, ging er unvermittelt schneller. Mit einer blitzschnellen Bewegung drehte er ein gerahmtes Foto um und schloss es in einer Schublade seines prachtvollen Biedermeier-Schreibtischs ein.

»Kommen Sie, Fräulein Johnstone«, sagte er knapp und winkte ihr mit dem gekrümmten Zeigefinger. »Hier entlang.« Nun war er der Arzt und sie die Patientin. Sie befanden sich auf seinem Territorium.

Das Sprechzimmer hätte auch einem preußischen General gehören können, dachte Evan mit ihrem geübten Blick – also einem

Menschen, der sowohl ein feiner Herr als auch ein Kommandant auf dem Schlachtfeld war. Alles hatte seinen Platz, alles in diesem Sprechzimmer war genau richtig angeordnet. Kein Stift, kein Blatt Papier und nicht einmal eine Briefklammer lagen an einer falschen Stelle. Doch trotz dieser Strenge wirkte der Raum weder nüchtern noch unmenschlich. Er strahlte etwas Bewohntes aus. Auch hier hing eine Mini-Überwachungskamera, und Evan vermutete, dass die ganze Klinik auf diese Weise vor Eindringlingen und umherstreifenden Patienten geschützt war.

Das Behandlungszimmer war genauso ordentlich wie Reveshvilis Sprechzimmer, aber außerdem so kalt wie eine Kühlbox aus Edelstahl. Links von ihnen stand eine Liege aus Leder, wie jeder Therapeut sie in seiner Praxis benutzt, und zwei Meter davon entfernt ein Polstersessel mit hoher Rücklehne, überzogen mit einem abgenutzten Tweedstoff, der so dick war wie ein englischer Mackintosh-Wintermantel. Rechts von ihnen befand sich ein ärztlicher Untersuchungstisch, der mit Hygienepapier abgedeckt war. Reveshvili bedeutete ihr, sich darauf zu legen, während er sich die Hände in einem Waschbecken an der Wand wusch. Hier stand kein Wachmann, und so trat sie durch die Tür in der hinteren Wand, während er ihr den Rücken zugekehrt hatte, und spähte in einen Korridor, der tiefer ins Innere der Klinik führte. Sie entdeckte zwei weitere Wachleute, die sich miteinander unterhielten. In diesem Moment sah sie, wie zur rechten Seite des Korridors über einem Lift ein Lämpchen aufleuchtete. Es signalisierte, dass Lift B gleich im Erdgeschoss halten würde, die Tür glitt auf, und als jemand heraustrat, schlüpfte sie in Reveshvilis Behandlungszimmer zurück. Während er sich die Hände abtrocknete, setzte sie sich auf den Untersuchungstisch.

Sie dachte über das nach, was sie wahrgenommen hatte: das vielfache Abbiegen in den äußeren Gängen, die Überwachungskameras, die Wachleute und den Lift. Doch schon brachte er eine Untersuchungsleuchte, eine Lupe an einem Schwanenhalsständer und ein Rollschränkchen herbei, in dem vermutlich seine Instrumente lagen.

»Seien Sie bitte so gut, und legen Sie sich hin, Fräulein Johnstone«, sagte er sachlich. »Ich muss Ihre Wunde untersuchen.«

Er setzte sich auf einen Hocker, streifte ein Paar Latexhandschuhe über, beugte sich vor und näherte sich mit der Leuchte und der Lupe ihrer linken Kopfseite.

»Was ist da vorgefallen?« Die Frage hätte auch ebenso gut ein Selbstgespräch sein können.

Dennoch empfand sie das Bedürfnis, ihm eine Antwort zu geben. »Das sind die Gefahren, wenn man sich im Ausland aufhält und sich nicht auskennt, Herr Doktor.«

Das kommentierte er mit einem Laut, der wie aus der Zeit gefallen wirkte. Evan hätte beinahe gelacht. Sie kannte niemanden, der heutzutage noch auf so altmodische Weise murrte. Doch in gewisser Weise gehörte Reveshvili auch in eine andere Zeit, in eine vergangene Epoche, in der Männer noch dem Diktat der Ehre gehorchten.

Er brachte eine ungewöhnlich lange Zeit damit zu, nicht nur die Wunde, sondern ihr ganzes Gesicht zu untersuchen, die Augen leicht zusammengezogen, als fühlte er sich durch etwas verwirrt.

»Ist alles in Ordnung?«, fragte sie. »Ist die Wunde infiziert?«

»Bitte bewegen Sie sich nicht, Fräulein Johnstone«, erwiderte Reveshvili streng. »Ich verabreiche Ihnen gleich ein subkutanes Anästhetikum. Außer einem kleinen Stich werden Sie nichts spüren.« Die nächsten zehn Minuten arbeitete er schweigend, während Evan an die Decke starrte und über das Geheimnis von Frau Dr. Anna Helm nachdachte – falls sie tatsächlich so hieß. Wer war sie? Worin bestand ihre Verbindung zu William Onders, dem Mann, der versucht hatte, Evan zu entführen? Hatte Anna auf irgendeine Weise damit zu tun, oder war das Foto, das sie an Onders Seite zeigte, nur die Erinnerung an eine flüchtige Romanze? Und warum hatte Pine, Onders Kumpan, ebenfalls Annas Foto bei sich getragen? Im Moment war nur eines klar: Von Reveshvili würde sie keine Antworten auf ihre Fragen erhalten. Zumindest nicht freiwillig.

37

Schneller Psychiatrische Klinik, Bergisch Gladbach

»Sie wirken ungewöhnlich angespannt«, sagte Reveshvili zu Evan, als sie fertig waren und in seinem Sprechzimmer saßen. Er legte ganz leicht den Kopf schief. »Ich war doch nicht zudringlich, oder?«

»Überhaupt nicht.« Reveshvili und sie hielten Gläser mit frisch gekochtem Kaffee in Händen, eingeschenkt aus einer Thermoskanne, die auf der glänzenden Holzplatte eines Sideboards stand. Der Kaffee war stark und gut.

»Hm.« Er trank einen Schluck. »Aber die Suche nach einer verschwundenen Freundin kann natürlich Anspannung erzeugen, denke ich.«

Sie nickte. »Das stimmt.«

Er lehnte sich zurück und hob den Kopf, als schaute er an die Decke. »Wenn ich Sie ansehe, Fräulein Johnstone, muss ich an mich selbst in Ihrem Alter denken. Aber wissen Sie, je älter ich werde, desto schwerer fällt es mir, mir mich selbst vorzustellen.« Er senkte den Kopf und heftete den Blick in ihren. »Ich sehe die Anlässe vor mir – Schule, Fußballfeld, Winterurlaub im Gebirge, Sommerurlaub in einem kleinen Haus an einem See. Ein sehr stiller See. Still und sehr, sehr tief.« Er schüttelte den Kopf. »Aber in diesen Erinnerungen komme ich selbst nicht vor, oder falls doch, bin ich so verschwommen, dass ich mich nicht erkennen kann.«

Evan war wider Willen fasziniert. Erneut erlebte sie eine Kehrtwende in seinem Verhalten. »Was ist mit Ihrem Zuhause? Bei sich daheim können Sie sich Ihr jüngeres Ich doch gewiss vorstellen.«

Er betrachtete sie weiter mit derselben Intensität wie zuvor auf dem Untersuchungstisch in seinem Behandlungszimmer. »Zuhause?«, sagte er schließlich. »An mein Zuhause kann ich mich überhaupt nicht erinnern.« Seine Stimme klang jetzt fast singend und lud sie dazu ein, sich fallen zu lassen. »Was das betrifft, meine Liebe, frage ich mich, ob ich überhaupt ein Zuhause hatte.«

»Aber Sie müssen doch eines gehabt haben. Jeder Mensch hat ein Zuhause.« Klang ihre Stimme schleppend, oder kam es ihr nur so vor?

»Wissen Sie, es ist eine eigenartige und erstaunliche Tatsache, dass ich vor diesem See Angst hatte und bis heute habe. Er war so groß, so dunkel und so tief, dass kein Schwimmer den Boden berühren konnte.« Eine eigenartige Ruhe überkam Evan – eine Art von Wärme. »Und wissen Sie, in meiner Erinnerung ist das Wasser immer schwarz, als hätte etwas darin – vielleicht ein Mineral – das Sonnenlicht abgeblockt. In meiner Kindheit habe ich mich gefragt, was sich dort unten befinden mochte. Ungeheuer. Vielleicht meine eigenen Ungeheuer.« Erneut hatte sich seine Stimme geändert. Nun klang sie so betörend wie die Sirenen in der *Odyssee.* »Aber obgleich ich immer noch diese Angst empfinde, ist der gottverdammte See genau das, woran ich mich kristallklar erinnere.«

Er trank einen tiefen Schluck seines Kaffees, als hätte die Erinnerung noch immer die Macht, ihn aus der Fassung zu bringen. Schließlich ging er doch noch auf ihre Frage ein: »Ich war ein Mündel des Staates und wurde von der öffentlichen Hand großgezogen. Welche Erinnerungen auch immer ich einmal an diese Zeit gehabt habe, sie sind erloschen.«

»Das tut mir leid, Herr Doktor.« Zu ihrer eigenen Überraschung stellte sie fest, dass das stimmte.

Er ging nicht auf ihre Äußerung von Mitgefühl ein. »Meine Patienten sagen mir oft, dass man nicht vermissen kann, was man nie gehabt hat. Aber ein Zuhause, Eltern ... In dieser Hinsicht irren sie sich womöglich gewaltig, oder?«

»Das könnte gut sein.« Evan fühlte sich desorientiert, als wäre sie in den schwarzen Tümpel im Höhlensystem ihrer Jugend oder in den schwarzen See von Reveshvilis Kindheit gefallen. Sie kämpfte um ihr inneres Gleichgewicht, verlor aber anscheinend die Schlacht. Tatsächlich wollte sie es wohl gar nicht zurückerringen. Sie fühlte sich, als läge sie auf dem Rücken und blickte durch den gefleckten Schatten eines großen Apfelbaums in den Himmel. Hin und her wanderten die Schattenflecken, von einem Lufthauch bewegt. Hin und her.

»Ich habe Ihnen schon vorhin gesagt, dass Sie ungewöhnlich angespannt wirkten. Doch nun fühle ich, dass Sie außerdem auch beunruhigt sind.«

»Die Kinder meiner Schwester – meiner verstorbenen Schwester – sind entführt worden. Ich versuche, sie wiederzufinden.«

»Ah ja. Nun sagen Sie mir, glaube ich, die Wahrheit. Und Sie glauben, dass Anna irgendwie darin verwickelt ist?«

»Das weiß ich nicht. Aber der Mann, den man mit ihr zusammen auf dem Foto sieht, war es in jedem Fall. Da er tot ist, muss ich Anna finden und sie danach fragen.«

»Hm. Vielleicht kann ich dabei helfen.«

»Wie? Sagen Sie mir, wie.«

»Veranlagung oder Umwelt ...«

»Was hat das mit ...«

»Tun Sie mir den Gefallen und hören Sie mir zu. Veranlagung oder Umwelt, welches spielt die größere Rolle in den prägenden

Jahren eines Kindes? Diese Frage wird endlos debattiert, zweifellos am heftigsten unter Psychologen. Meine Erfahrung lehrt mich, dass sich bei der Untersuchung der frühen Jahre eines Einzelkindes die Veranlagung unausweichlich als Siegerin erweist. Das Einzelkind ist mehr auf sich gestellt, und so treten seine Charakterzüge schneller und deutlicher in Erscheinung. Bei Geschwisterkindern trifft wiederum das Gegenteil zu. Weil Geschwister sich in ihren prägenden Jahren aufeinander verlassen, ist für sie die Umwelt die hauptsächlich lenkende Kraft.«

Ein leises Rascheln. »Können Sie mir bis hierher folgen?«

»Mhm.« Sie lachte leise. Seine Stimme war wie Wasser – Reveshvilis See oder der unterirdische Tümpel – sie schienen sich vereinigt zu haben. Der Apfelbaum war verschwunden. Statt seiner zogen Schatten über die zerklüftete Felsendecke wie Wolken. Mit geschlossenen Augen versank sie in dem dunklen, eiskalten Nass.

»Nun. Und was ergibt sich, wenn wir es mit Zwillingsschwestern zu tun haben – oder mit Zwillingsbrüdern, hm? Eigenartigerweise habe ich herausgefunden, dass diese beiden Geschwister – es müssen zwei sein, damit es stimmt – Gegensätze sind. Anders gesagt, beim einen gewinnt die Veranlagung die Oberhand, beim anderen die Umwelt.«

Sie stellte fest, dass sie rücklings in eine Zeit taumelte, in der Bobbi und sie selbst noch klein waren.

»Nun frage ich mich, meine Liebe, ob das auch auf Sie und Ihre Schwester zutrifft. Ihre Antwort interessiert mich sehr. Vielleicht könnten Sie so freundlich sein, mich aufzuklären.«

»Ich wurde am letzten Tag des Jahres in den Black Hills von South Dakota geboren. Meine Schwester Bobbi kam fast auf den Tag genau zwei Jahre später zur Welt. Unseren Eltern gehörte eine große Pferderanch, dazu kamen noch Zinn- und Kupferminen.

Zwei Stunden mit dem Auto nach Westen liegt Wyoming. Ich habe gern das verborgene Höhlensystem in unserer Nähe erkundet.«

»Und Bobbi?«

»Bobbi mochte die Höhlen ebenfalls oder sagte es zumindest ...« Die Schatten zogen sich vor ihr zurück, wann immer sie sie mit geschlossenen Lidern vor ihrem inneren Auge zu betrachten versuchte. »... bis zu einem bestimmten Zeitpunkt.«

»Bis zu welchem Zeitpunkt?«, fragte Reveshvili mit seiner leisen, singenden Stimme.

»Ich ... erinnere mich nicht ...«

»Natürlich erinnern Sie sich daran«, bedrängte Reveshvili sie sanft. »Jede Erinnerung Ihres Lebens ist in Ihrem Gehirn gespeichert. Es geht nur darum, die richtige Tür zu öffnen.«

»Diese Tür ... ich glaube, sie ist versperrt.«

»Hm, und wer hat sie versperrt, meine Liebe?«

Evan war verwirrt. »Wer?«

»Carla.« Reveshvili beugte sich vor. »So lautet Ihr Vorname, oder?«

Eine Pause. »Ja ... Nein ...«

»Wie soll ich Sie nennen?«, fragte Reveshvili. »Da Carla anscheinend nicht Ihr wirklicher Name ist?«

»Ev... Evan.«

»Ah ja.« Er ließ ein kurzes Schweigen entstehen, als wäre das das Ende des ersten Akts. »Nun, Evan, wer hat diese bestimmte Tür verschlossen?«

»Ich selbst.«

»Dann besitzen Sie den Schlüssel.«

»Den habe ich nicht ... Was, wenn ich sie nicht öffnen möchte?«

»Ich glaube, sie ist bereits offen«, erwiderte Reveshvili.

Das schwarze Wasser strudelte um Evan herum.

»Ich glaube, Sie haben sie schon geöffnet«, fuhr Reveshvili fort. »Nämlich gerade hier und jetzt.«

Er hatte recht, sie wusste es. Der Schleier zwischen ihrer inneren und der äußeren Welt schien verschwunden. Sie schwamm durch die Tür. »Ich war das.« Ihre Stimme klang heiser, erstickt.

»Was waren Sie?«, fragte Reveshvili.

»Ich habe sie in einer der Höhlen zurückgelassen ... Bobbi.«

»Wann war das?«

»Ich war ... beinahe dreizehn, glaube ich. Dann war Bobbi also zehn oder elf.«

Evan holte Atem und stieß ihn mit einem leisen Zischen aus. »Draußen brach bereits die Dunkelheit an, und sie wollte zurück nach Hause. Ich nicht. Sie hat mir zugesetzt. Wir haben uns gestritten. Sie brach weinend zusammen, und das war zu viel. Ich habe sie dort zurückgelassen.«

»Wie lang haben Sie Bobbi in der Höhle zurückgelassen?«

»Über Nacht.«

»Hat sie es jemals Ihren Eltern erzählt?«

»Nein.«

»Haben Sie selbst hinterher mit ihr darüber gesprochen?«

»Das konnte ich nicht.«

»Und auch sie hat es nicht mehr erwähnt.« Reveshvili stieß mit halb geöffneten Lippen ein Summen hervor. »Warum wohl, was meinen Sie?«

»Ich weiß es nicht.« Wieder ein tiefer Atemzug, diesmal rau. »Aber danach war es nie wieder dasselbe zwischen uns, zumindest hat es sich nicht mehr so angefühlt. Äußerlich dagegen brauchten wir einander, insbesondere nach der Ermordung unserer Eltern.«

Reveshvili beugte sich noch weiter vor. »Evan, können Sie mir sagen, wieso Sie Bobbi in der Höhle zurückgelassen haben?«

»Das habe ich schon ... sie hat genervt.«

»Über Nacht.«

Evan holte erneut tief Luft, diesmal sogar noch rauer. »Ja. Über Nacht.«

»Sie haben sich in der Höhle gestritten.«

»Ja.«

»Worüber haben Sie sich gestritten, Evan?«

Die Schatten zogen noch schneller vorüber; ein Schwindelgefühl ergriff Evan, seine scharfen Nägel gruben sich in ihr Fleisch.

Zwei senkrechte Linien traten zwischen ihre Augen. »Bobbi hatte ein Geheimnis.«

»Ein Geheimnis.«

»Ja. Sie wusste etwas, was ich nicht wusste. Etwas Wichtiges. Mir war klar, dass es wichtig war, weil sie es in Unterlagen unseres Vaters gefunden hatte, als sie einmal gelangweilt im Haus herumstöberte.«

»Warum hat sie es Ihnen wohl nicht erzählt?«

»Sie war manchmal ganz schön fies.«

»Und?«

»Ich hab versucht, die Unterlagen selbst zu finden, aber es ist mir nicht gelungen. Und sie war nicht bereit, mich aufzuklären.«

»Sie wissen bestimmt, dass ich nicht das gemeint habe.«

Evan zögerte eine Weile. Schließlich sagte sie so leise, dass Reveshvili sich über sie beugen musste, um sie zu verstehen: »Sie hat sich in der Höhle hilflos gefühlt. Sie wollte nicht … an ihre Umgebung ausgeliefert sein.«

»Aber Sie haben ihr die Kontrolle verwehrt.«

»Ich war so wütend.«

Reveshvili lehnte sich mit im Schoß gefalteten Händen zurück. Er beobachtete Evan aufmerksam und registrierte sorgfältig jede Emotion, die über ihr Gesicht huschte.

»Evan«, sagte er schließlich. »Ich bin überzeugt, dass Sie die

Antwort auf Bobbis Geheimnis bereits kennen. Sie liegt in Ihnen. Es ist ein Geheimnis, das Sie beide teilen.«

»Ich weiß es nicht ... wirklich nicht ... Wo sollte ich danach suchen?«

»Erinnerungen – Erinnerungen an eine Zeit, als Sie noch klein waren, vier Jahre, vielleicht auch drei.«

Schweigen. Dann: »Spielzeug, Spiele, Bobbi als Baby. Eines Tages war sie da, einfach so, als hätte der Storch sie gebracht.«

»Vielleicht war es ja so. Was noch?«

»N... Nichts. Aber ...«

»Aber was?«

»Ich hatte früher oft einen Traum. Er wiederholte sich, er ...«

»Können Sie mir sagen, wovon er handelte?«

»Schatten, Schatten, die über die Wand und über den Boden huschen, so schnell wie ein Fledermausflügel.«

Reveshvili versank ein paar Minuten in Gedanken. »Wissen Sie, Evan, Träume und Erinnerungen sind nicht so unterschiedlich.« Er lächelte. »Hin und wieder gibt es überhaupt keinen Unterschied.«

»Aber sie sagten mir ... meine Eltern sagten mir, es sei nur ein Traum. Ich solle ihn einfach vergessen ...«

Sein Lächeln verschwand. »Sagen Sie mir bitte, Evan, wie viele Finger haben Sie an einer Hand?«

In ihrer gegenwärtigen Verfassung erschien ihr die Frage eigenartig. »Fünf.«

»Fünf, genau. Das ist Ihr Schlüssel, Evan: die Zahl fünf.«

»Ich ... ich verstehe nicht.«

»Das werden Sie, wenn es so weit ist«, erwiderte Reveshvili. »Haben Sie Vertrauen.«

Sie schlief jetzt. Tief und fest. Sie war am Ende ihrer Kräfte; sie konnte nicht mehr. Reveshvili, der aufstand, verstand das. Er nahm sie auf den Arm und legte sie sanft auf die Couch. Dort schob er ihr ein Kissen unter den Kopf. Mehrere Minuten stand er da und betrachtete sie. Er war tief versunken, als überantwortete er jeden Zentimeter ihrer Gestalt seiner Erinnerung.

Er breitete eine leichte Decke über sie, schaltete das Licht aus und zog sich lautlos wie ein Schatten zu seinem Schreibtisch zurück. Dort schloss er eine Schublade auf, holte eine von zwei Akten hervor, schlug sie auf der richtigen Seite auf, griff nach seinem geliebten Montblanc-Füller und begann zu schreiben. Hin und wieder blickte er auf und ließ den Blick auf Evan ruhen. Unmöglich zu sagen, welche Gedanken ihn jetzt erfüllten.

38

Moskau, Russland

Es war nach ein Uhr früh in einer sternenübersäten Nacht, als Gurin seinen FSB-Ausweis benutzte, um hinter den Samtvorhang des PP&J zu gelangen. Das PP&J an der Tverskaya-Straße, nicht weit vom Roten Platz, war ein Nachtklub, ein Striplokal, ein Restaurant und, für Gurin am wichtigsten, ein Privatklub. Jeder Bereich hatte seinen eigenen Stil. Die Bar war auf typische Weise protzig – glänzender kupferfarbener Edelstahl, über den vier Barkeeperinnen herrschten, in steter Eile, die jungen, reichen, wilden, schwarz gekleideten Zecher, die sich drei Reihen tief vor der Theke drängten, mit Drinks zu versorgen. Das Restaurant war nobel eingerichtet, die Tische standen so weit auseinander, dass man sich unbelauscht unterhalten konnte. Hier stellten sich kleinere Regierungsbeamte mit ihren Geliebten ein. Und hierher kamen auch die Verbrecher im mittleren Management, begleitet von durch Schönheitschirurgie geformten Models, die nebenbei als Escort-Girls arbeiteten. Der Poledance fand zur Linken statt. Der Bereich wurde auch Sibirien genannt und lockte hingerissen glotzende Geschäftsleute an, die so viel Geld wie möglich loswerden wollten, bevor sie im Bett landeten.

Der Privatklub im Obergeschoss war ein ganz anderes Kaliber. Im Erdgeschoss herrschten sozusagen die Eidechsen; doch oben im ersten Stock streiften die großen Tiere umher – die charismatische Megafauna – und planten Zerstörung oder Selbstbereicherung.

Eine bewusst schmale Treppe bildete den Zugang zum Klub. Oben standen zwei ehemalige Ringer, wahrscheinlich eigens zu dem Zweck aus dem Gefängnis entlassen, den Pöbel fernzuhalten, wie viele Geldscheine man ihnen auch unter die Nase halten mochte. Die Wand war mit hellem norwegischen Holz verkleidet, an dem in regelmäßigen Abständen kleine Schirmlampen angebracht waren.

Der Klub selbst war in drei verschiedene Bereiche unterteilt: die Lounge mit den niedrigen Ledersesseln, auf denen Schaffelle lagen, und mit dem allgegenwärtigen Quartett von Andy-Warhol-Lithografien Marilyn Monroes in einer jeweils anderen Farbgebung. In der Mitte erhob sich eine Bar, kleiner als die Theke unten und überhaupt nicht glamourös. Den Edelkitsch hatte man dem Pöbel unten überlassen, den Nichtmitgliedern. Der dritte Bereich war das innerste Heiligtum, wo die Vertreter der Klub-Elite – hochrangige Gangster und ihre wichtigsten Kontaktleute in der legalen Welt – Zigaretten rauchten, eisgekühlten Wodka tranken, mit ihren Begleiterinnen tändelten und sich schließlich, nachdem man die Girls für eine Weile in die Lounge geschickt hatte, an das ernsthafte Geschäft von Cyber-Erpressung, Erpressung, Geldwäsche und weltweitem Kryptowährungsschwindel machten.

Hier war das Licht gedimmt, und aus den Lautsprechern erklangen Frank Sinatra oder Dean Martin statt Venom oder Alcest, diesen Black-Metal-Bands, von deren höllischer Musik Gurin gern einmal Augenmigräne bekam.

Nicht einmal Gurins normale FSB-Karte, die ihn als Adjutanten kennzeichnete, hätte ihm hier oben Zugang verschafft, doch er besaß noch eine weitere Karte, die ihn als Oberst auswies. Die garantierte ihm sofortigen Zutritt.

Gurin entdeckte die Gruppe von Männern, die ihm für einen Wucherpreis die Profikiller empfohlen hatten – jene beiden Verbrecher, die an der Ermordung Evan Ryders gescheitert waren. Er musste mehrere Hierarchieebenen über diesen Leuten ansetzen, die ihn einmal so beeindruckt hatten.

Er wandte sich nach rechts, setzte sich an die Theke und bestellte drei Gläser Wodka, die er schnell hintereinander kippte. Als der Barkeeper ihn fragte, ob er ihm nachschenken solle, winkte Gurin ab. Er hatte einen Drehhocker gewählt, der ihm freie Sicht auf die Tür des drei Stufen höher gelegenen innersten Heiligtums bot. Der Wächter wirkte wie ein Automat. Sein flaches slawisches Gesicht war ausdruckslos. Keiner wurde eingelassen, keiner machte auch nur den Versuch. Nach zwanzig Minuten begann Gurin, über einen Plan B nachzudenken, doch da öffnete sich die Tür, und eine Frau trat heraus. Gurin erhaschte einen kurzen Blick auf den Raum hinter ihr, der so von Zigarrenqualm vernebelt war, dass die Menschen darin sich nur noch als vage Schatten abzeichneten.

Die Frau schritt die drei Stufen hinunter wie eine Königin, die von ihrem Thron herabsteigt. Im Gegensatz zu den vielen Revuegirls hier und unten war sie mit einem kleinen Schwarzen, das ihre Formen umschmeichelte, elegant gekleidet. Ein eng anliegendes Goldband schmückte ihren Hals, und an ihrem rechten Zeigefinger saß ein Ring mit einem quadratisch geschliffenen Smaragd so groß wie eine Babyfaust. Ihre Ohrläppchen schmückten Diamanten-Ohrstecker.

Sie war eine echte Eiskönigin – blasse Haut, hellblondes Haar, blassgraue Augen. Sie trug Nude-Lippenstift. Auf dem Weg zur Theke schwenkte sie provozierend die Hüften. *Klick-klack*, machten ihre High Heels auf den Granitfliesen. *Klick-klack.*

Sie war umwerfend, auch wenn Gurin nicht recht verstand,

wieso. Unter anderen Umständen – zum Beispiel, wenn sie am Morgen aufwachte – mochte sie vielleicht sogar schlicht aussehen. Doch jetzt war sie alles andere als das.

Sie setzte sich neben Gurin, ohne ihn anzublicken. Sie war die Bewohnerin einer anderen Welt. Für sie existierte Gurin praktisch nicht.

Sie bestellte einen Wodka Martini, dirty, mit drei Oliven. Sie wusste, was sie wollte, und der Barkeeper wusste es ebenfalls. »Sofort, Frau Hemakova.« Umgehend stellte er ihr den Drink hin, genau so, wie sie ihn bestellt hatte. Sie trank einen ersten Schluck, stellte das Glas ab und steckte sich eine Zigarette an.

Sinatra sang gerade: »In the Wee Small Hours of the Morning.« Sie sah Gurin nicht an und stieß genüsslich den Rauch aus. »Ich habe mich oft gefragt, ob dieser Song optimistisch ist oder eher pessimistisch.«

Im ersten Augenblick fragte er sich, ob Frau Hemakova tatsächlich mit ihm redete, denn er konnte sich beim besten Willen nicht vorstellen, warum sie das tun sollte. Dann wandte sie sich ihm bedächtig zu, und er begriff, dass sie sich aus irgendeinem Grund, den er nicht kannte, an ihn gewandt hatte.

Er räusperte sich und spürte einen Anflug von Schwindel. »Nun, es ist jedenfalls ein melancholischer Song.«

»So viele seiner Songs sind das, finden Sie nicht?« Sie musterte ihn kurz von Kopf bis Fuß, mit demselben scharfen, wissenden Blick einer Expertin, die sich vergewissert, ob ein glänzender Metallklumpen Katzengold oder echtes Gold ist.

»Doch, das stimmt«, antwortete er schließlich. »Aber was diesen speziellen Song angeht, stehe ich eindeutig auf der optimistischen Seite. Ich glaube, er wird sie wiedersehen und ihr endlich sagen, dass er sie liebt. Dann sinkt sie in seine Arme.«

»Sie sind also weder Optimist noch Pessimist«, erwiderte sie. »Sondern ein Romantiker.«

»Sind das nicht alle Russen?«

Sie zuckte mit ihren schönen Schultern. »Lermontov möchte uns das zumindest glauben machen.« Mikhail Lermontov war ein Dichter und Romancier aus der ersten Hälfte des neunzehnten Jahrhunderts, Russlands führender Romantiker. Sie lachte, ein reizendes Gurren. »Als Heranwachsende war ich in Pechorin verliebt, Lermontovs bedeutendste Schöpfung.«

Plötzlich streckte sie ihm die schlanke Hand mit den langen Fingern hin. »Kata.«

Er starrte sie an, als wäre sie gerade von der Venus herabgefallen. Das war die Killerin, die er in Baevs Auftrag treffen sollte? Bei diesem Gedanken verschlug es ihm den Atem.

Ein Mona-Lisa-Lächeln verwandelte ihr Gesicht.

Er ergriff ihre Hand und bemerkte erstaunt, dass ihn ein Hitzestrahl durchschoss. Gleich darauf war er überrascht, wie hart und schwielig ihre Handfläche war. »Yuri.« Er nannte ihr den falschen Namen, der in seinem Ausweis stand.

»Nun.« Sie zog erneut an der Zigarette und ließ den Rauch aus dem Mundwinkel entweichen, weg von ihm. »Yuri, sind Sie kein russischer Romantiker?«

Er lächelte verlegen. »Ich fürchte, in Wirklichkeit bin ich ein zu großer Pessimist.«

»Hm. Das muss an Ihrer Arbeit liegen.«

»Sie kennen meine Arbeit?«

»FSB. So was spricht sich herum. Was die Einzelheiten angeht, habe ich nichts dagegen, weiter im Dunkeln zu tappen.«

Er lächelte. Er mochte diese Frau, was ungewöhnlich für ihn war. Jetzt musste er sich zusammenreißen, um das Erforderliche zu sagen. »Kata, ich suche jemanden.«

»Und Sie glauben, dass ich Ihnen helfen kann.«

»Das hoffe ich, ja.«

»Hoffnung. Die gehört nicht zur Ausstattung eines Pessimisten.«

Er erwiderte ihr Lächeln mit einem Lachen. »Nun. Vielleicht haben Sie etwas vom Optimisten in mir geweckt.«

»Wissen Sie, Yuri, wir unterhalten uns jetzt seit zehn Minuten, und Sie haben noch keine einzige anzügliche Bemerkung gemacht und auch nicht versucht, mich anzubaggern.«

»Gefällt Ihnen das, oder ist es eine Enttäuschung?«

Erneut das gurrende Lachen. »Ich mag Sie, Yuri. Wirklich.«

»Danke. Ich kann das Kompliment nur erwidern.«

Sie sahen sich an, während Dean Martin »My Rifle, My Pony and Me« sang.

»Dieser Song«, sagte sie mit einem ironischen Zucken um die Mundwinkel. »Ich könnte mir vorstellen, dass der Souverän ihn bei jedem Abendessen hört.« Sie machte einen Schmollmund. »Oder darf ich das vor einem Mitarbeiter des FSB nicht sagen?«

Gurin lächelte. »Ich denke, Kata, Sie sind die Art von Frau, die ungestraft alles sagen kann, was sie will.«

Erneut spürte er ihren durchdringenden Blick. »Sie sagten, Sie suchen jemanden«, erwiderte sie und drückte ihre Zigarette aus. »Ich werde Ihnen helfen.«

Er betrachtete sie genauer, versuchte vergeblich, die Klugheit von Baevs Wahl zu beurteilen. »Kata, sind Sie jemand, der ohne Reue oder Bedauern töten wird?«

»Haargenau.« Sie leerte ihr Glas.

»Ich bin ganz ehrlich. Das Zielobjekt ist eine eiskalte Killerin. Sie kennt keine Reue. Sie wird nicht zögern, Sie umzubringen.«

In Katas Gesicht breitete sich langsam ein Lächeln aus. »Genau die richtige Art Zielobjekt für mich.«

»Das ist Kobalt tatsächlich.«

Gurin wusste, dass Baev ihn für einen Arschkriecher hielt, der kein Rückgrat besaß und sich niemals einem Befehl widersetzen würde, und diese Fehleinschätzung hatte er in letzter Zeit gehörig ausgenutzt. Er hatte bereits zwei Mal versucht, Kobalt ermorden zu lassen, das erste Mal, indem er Omega heimlich ihre Identität preisgab, und das zweite Mal, als er einen »Landarbeiter« anheuerte, der sie in Istanbul aufs Korn nehmen sollte; gut, dass er diesen Lohn nicht zu zahlen brauchte.

Baev hatte davon keine Ahnung, da war Gurin sich ziemlich sicher, und so würde ihm auch diesmal nicht der Gedanke kommen, dass Gurin Kata einen Auftrag geben könnte, der ganz anders war als der, mit dem Baev ihn hergeschickt hatte. Baevs eigentlicher Auftrag hatte gelautet, die Ermordung Evan Ryders zu veranlassen. Gurin hatte jedoch nicht die Absicht, diese erstklassige Killerin auf Ryder anzusetzen, wenn er sie durch Manipulation dazu bringen konnte, Kobalt zu beseitigen, die, wie er mit der Selbstgewissheit des Kurzsichtigen wusste, eine Bedrohung für den Staat und seine eigenen hochfliegenden Ambitionen darstellte. Er malte sich bereits aus, welche Ehre er erlangen würde, wenn seine Initiative, Russland von einem amerikanischen Maulwurf zu befreien, seinen Vorgesetzten enthüllt würde.

»Kobalt ist eine der Ihren, wenn ich mich nicht irre.« Kata schüttelte eine weitere Zigarette aus der Packung und zündete sie an. »Da haben Sie ja ein ziemliches Problem, Yuri.«

Er nickte. »Dessen bin ich mir schmerzlich bewusst.«

Sie lachte.

Er runzelte die Stirn. »Was ist so komisch?«

»Nein, nein. Nicht Sie. Aber die Situation an sich, das müssen Sie zugeben. Sie, ein Offizier des FSB, bitten mich um Hilfe, eine der Ihren zu eliminieren.« Sie sah ihn belustigt an. »Das ist so absurd, dass ich vor Lachen kreischen könnte.«

Er teilte ihre Belustigung nicht. »Aus einer Reihe von Gründen darf der Mord nicht zum … FSB zurückverfolgbar sein.« In seinem bebenden Herzen meinte er *zu mir*, doch er wusste, dass Kata es anders interpretieren würde. Für sie würde es *zu Baev* bedeuten, denn soweit sie wusste, kam der Auftrag, den er ihr gleich erteilen würde, direkt vom guten Generaldirektor Baev persönlich. Er vermutete, dass diese einschüchternde Frau bei allen bisherigen Aufträgen, die Baev ihr gegeben hatte, dafür gesorgt hatte, jede Nähe zum FSB und zu Baev zu vermeiden.

»Hm«, sagte sie, nun wieder ernst. Sie pickte die Oliven aus ihrem Glas und zermalmte eine nach der anderen. »Armer, armer Yuri.« Mit der Hand umfing sie sein Gesicht. Dann lachte sie wieder und sagte: »Keine Sorge, Kata kann ein Geheimnis bewahren.« Er spürte ihre Wärme, doch nur einen kurzen Augenblick, dann legte sie die Hand wieder auf die Theke. Sie drückte eine Zigarette aus. »Nun wollen wir uns an einen Ort zurückziehen, wo wir unter uns sind.«

»Wie Sie wünschen.« Er nickte. »Gehen Sie voran.«

Er folgte ihr zum Separee, doch im letzten Moment bog sie nach rechts ab und führte ihn durch einen kurzen Korridor. *Klick-klack. Klick-klack.* Die Wände waren mit beflocktem Stoff tapeziert und die Wandleuchter vergoldet. Am Ende des Gangs öffnete sie eine Tür, und sie traten in einen kleinen Raum, quadratisch und fensterlos. Er wirkte so, als wäre er tagsüber ein Büro. Vielleicht diente er zu dieser Nachtzeit auch als Schauplatz für den einen oder anderen Lapdance. Möbliert war der Raum mit einem schmalen Schreibtisch, einem Bürostuhl und zwei Klubsesseln. An der Wand hing ein gerahmtes Foto von Muhammad Ali im Boxring, wie er über Sonny Liston stand und ihn aufforderte, gottverdammt noch mal von der Matte aufzustehen. Lichtleisten mit indirekter Beleuchtung liefen ganz oben an den Wänden entlang.

Sie schloss die Tür hinter ihm und sagte: »So. Die Atmosphäre hier ist für den Abschluss unseres Vertrags besser geeignet.«

»Wie viel wollen Sie?« Er hatte es eilig, den Deal unter Dach und Fach zu bringen – seinen Deal, nicht den von Baev, dachte er selbstzufrieden.

»Nichts überstürzen, Yuri.« Sie trat näher zu ihm und sah, wie seine Nasenflügel sich blähten. Als er ihr sagte, dass er ihr Parfüm möge, lachte sie mit rauchiger Stimme. »Ach, Yuri, ich lege niemals Parfüm auf.«

Sie wandte sich ab, um sich eine weitere Zigarette anzustecken, drehte sich wieder zu ihm um und trat noch einen Schritt näher. »Nun, Yuri, zurück zum Geschäft.«

»Ja. Ich habe nach Ihrem Preis gefragt.«

Katas Augen funkelten. »Okay, fangen wir damit an. Ich denke ... schauen wir mal, oh, ich weiß nicht, eine Million sollten reichen.«

»Rubel?«

»Machen Sie sich nicht lächerlich.« Sie schnippte die Asche ihrer Zigarette in einen quadratischen Aschenbecher und zog leicht an dem Glimmstängel, bis die Spitze aufglühte. Sie blies den Rauch in die Luft. »US-Dollar. Immer.«

Um sein Gesicht zu wahren, tat er ein oder zwei Sekunden lang so, als dächte er darüber nach. »Das lässt sich arrangieren.«

»Dann brauche ich alle wichtigen Einzelheiten.«

Er reichte ihr sein Handy, auf dessen Display er bereits die Teile der Kobalt-Akte geladen hatte, die sie sehen sollte. Diese Informationen würde sie brauchen, um an Kobalt heranzukommen. Beim Lesen stieß sie seufzend eine weitere Rauchwolke aus. Als sie sich alles gemerkt hatte, blickte sie auf. »Da Sie klipp und klar gesagt haben, dass das Zielobjekt sich als schwierig erweisen wird, verlange ich siebzig Prozent vorab.«

»Die übliche Modalität ist fünfzig Prozent vorher und der Rest nach Ausführung, doch in diesem Fall bin ich bereit, sechzig Prozent vorauszuzahlen.«

Sie lächelte ihm ins Gesicht. »Ich feilsche nicht. Meine Bedingungen sind nicht verhandelbar.«

Er nickte. Jetzt steckte er schon zu tief drin, um einen Rückzieher zu machen. Sein Einsatz lag auf dem Tisch, und sie kannte seine Karten. Er nahm sein Handy wieder entgegen, und sie nannte ihm den Namen einer Offshore-Bank und die Kontonummer. Seine Finger glitten über die Tasten, dann reichte er ihr sein Handy zurück. »Erledigt«, sagte er. Das Geld, das Baev für Ryders Eliminierung vorgesehen hatte, wurde jetzt einem weit besseren Zweck zugeführt.

Sie überprüfte ihr Konto und sah, dass dort siebenhunderttausend Dollar eingetroffen waren.

Sie nickte. »Aber Yuri, mein Lieber, Sie kennen noch nicht alle meine Bedingungen.« Sie steckte sein Handy in eine ihrer Jackentaschen.

»Was? Aber ...«

Da beugte sie sich vor und drückte ihm die glühende Spitze ihrer Zigarette ins linke Auge.

Gurin schrie auf. Er versuchte zurückzuspringen, doch sie hielt ihn fest gepackt, und sie war stark. Ihre Hand umklammerte ihn wie ein Schraubstock.

»Mein Auge! Mein Auge!«

»Ja, Yuri. Oder sollte ich Sie Ilya Ivanovich nennen? Nein, dafür kennen wir einander nicht gut genug. Nun, Gurin, wenn Sie je wieder aus Ihrem linken Auge schauen wollen, erzählen Sie mir jetzt ganz genau, wie gefährlich das Zielobjekt ist. Sehr gefährlich, denke ich, sonst wären Sie nicht zu mir gekommen.«

»Bitte!« Er schrie beinahe. »Ja, ja, sie ist sehr gefährlich. In Odessa ist sie einer Falle entkommen, und in Istanbul hat sie einen unserer Landarbeiter getötet ...« Er hielt inne, keuchend. »Sie wissen, was ein Landarbeiter ist.«

Sie winkte leicht mit ihrer Zigarette, und Gurin wäre auf den Boden geglitten, hätte sie ihn nicht festgehalten. »Einer von uns beiden ist ein Idiot, Ilya, und das bin nicht ich.« Als er wimmerte, lachte sie. »Sie haben gut daran getan, mich aufzusuchen. Offensichtlich kann man mit roher Gewalt bei Ihrem Zielobjekt nichts ausrichten. Heute ist Ihre Glücksnacht, Gurin. Was Sie brauchen, mein Freund, ist eine raffinierte Killerin, die sich darauf versteht ... wie soll ich sagen ... unorthodoxe Methoden anzuwenden.« Katas Blick wirkte jetzt glasig. Sie redete mehr mit sich als mit ihm. »Sie ist dem Tod zweimal entkommen. Oh, sie zu töten wird riesigen Spaß machen.« Stumm dankte sie Baev dafür, dass er ihr diesen Auftrag gegeben hatte, und natürlich auch noch den einfacheren, den sie gleich abschließen würde. Er wusste wirklich, wie er sie glücklich machen konnte.

Gurins Gesicht war bläulich weiß wie eine Schneewehe. Seine Muskeln hatten sich verkrampft. Sie musste immer mehr Energie darauf verwenden, ihn einfach nur aufrecht zu halten.

Aus seinem unverletzten Auge strömten Tränen. »Bitte«, jammerte er. »Bitte, nehmen Sie sie weg.«

»Aber ja doch.« Sie zuckte mit den Schultern. Dann hob sie die Hand mit dem Ring nach vorn, zog den Smaragd wie einen Krummsäbel über seine Kehle und sprang geschickt zurück, bevor der erste Blutschwall ihre Kleidung besudeln konnte. Ohne sich noch einmal umzuschauen, ging sie davon. *Klick-klack. Klick-klack.*

39

Bergisch Gladbach, Deutschland

»Anna Helm.«

Evan nickte. »Dr. Anna Helm. Reveshvili zufolge.«

Ben warf ihr einen kritischen Blick zu. »Du glaubst ihm nicht?«

»Ich weiß nicht, was ich glauben soll.« Sie hielt inne und blickte sich im Lounge-Bereich ihres Hotels um, um sich noch einmal zu vergewissern, dass sie allein waren. Seit ihrem Aufbruch aus der Klinik war ihre Wachsamkeit zu einer Art Tick geworden. »Mit Sicherheit hat er mich über einiges belogen.«

Ben zog die Augenbrauen zusammen. »Aber nicht über alles?«

»Nein. Zumindest hatte ich dieses Gefühl.« Sie drückte die Finger auf die Augen und massierte sie mit kreisenden Bewegungen.

»Alles in Ordnung mit dir?«

»Das fragst du mich jetzt schon zum hundertsten Mal, Ben.«

»Na ja, erstens warst du weit länger dort drin, als ich erwartet hatte, und zweitens hast du beim Herauskommen ziemlich benommen gewirkt.«

»Ich bin einfach nur müde, das ist alles.«

Ben machte ein ablehnendes Geräusch. »Müde klingt so gar nicht nach dir, Evan. Was zum Teufel ist dadrinnen vorgefallen?«

»Wie schon gesagt, Reveshvili hat sich meiner Wunde angenommen, und dann haben wir über sein Interesse an Zwillingen gesprochen. Veranlagung versus Umwelt, solche Themen.«

»Und was noch?«

Sie runzelte die Stirn. »Ich erinnere mich nicht genau daran. Über Ähnliches, nehme ich an.«

Ben warf ihr einen besorgten Blick zu. »Und was Anna angeht? Glaubst du, dass er bezüglich ihres Namens gelogen hat?«

»Zumindest hat er mir nicht alles erzählt, was er über sie weiß.«

»Und wie finden wir dann die Wahrheit heraus?«

»Wachleute, die nicht wie Wachleute aussahen, und ein hochmodernes System von Überwachungskameras.«

»Keine Alarmanlage?«, fragte Ben.

»Falls es eine gab, habe ich sie nicht gesehen«, antwortete Evan. »Und glaub mir, ich hab danach geschaut.«

Sie kauerten hinter der exakt geschnittenen Hecke, die die von der Klinik abgelegene Seite des Mitarbeiterparkplatzes säumte. Bei Nacht wirkte das massige Gebäude ganz anders als tagsüber, nämlich größer und irgendwie muskulös, als lauerte ein kauerndes Raubtier darauf, seine Beute anzuspringen. Im ganzen Gebäude brannten Lichter, was an einem Ort, an dem sich jederzeit ein Notfall ereignen konnte, nicht ungewöhnlich war.

Evan ging zur Rückseite des Gebäudes voran, doch dort fanden sie keine Zugangsmöglichkeit. Also gingen sie weiter, und sie sah, dass das Gelände sich auf der jenseitigen Seite absenkte. Ihr Puls schlug schneller. Sollte es zum Keller einen Zugang von außen geben, dann dort.

Als sie um die Ecke bogen, hob sie die Hand, und sie erstarrten im tiefen Schatten des Dachvorsprungs. Ein Stück weiter vorn im Schein einer Sicherheitsleuchte standen zwei Männer in weißen Klinikkitteln und quatschten beim Rauchen. Hin und wieder schauten sie auf ihre Handys. Sie sahen unendlich gelangweilt aus.

Evans Herz hämmerte. Sie versuchte, die Benommenheit abzuschütteln, die sie seit dem Verlassen der Klinik begleitete. Sie erinnerte sich an einen See, so schwarz wie diese sternenlose und mondlose Nacht. Sie erinnerte sich an Ungeheuer, die tief unter der Oberfläche lauerten. Sie erinnerte sich an das Höhlensystem, das sie in ihrer Jugend erkundet hatte. Sie erinnerte sich an Bobbis Gesicht, weiß wie Milch im Strahl ihrer Taschenlampe, der Mund aufgerissen. Sie erinnerte sich, wie Bobbi sie zum Stolpern gebracht hatte, als sie zum Flussufer hinabgerannt waren. Sie erinnerte sich, wie Bobbi sie ausgelacht hatte. Sie erinnerte sich, wie Bobbi im Bett geschluchzt hatte, als sie glaubte, dass Evan schlief. Und sie erinnerte sich daran, wie Bobbi am nächsten Morgen hatte erklären müssen, warum sie mit der Faust ein Loch in die Gipskartonwand neben ihrem Bett geschlagen hatte.

Einen Moment lang wich der Schleier vor Evans Augen, und sie schaute auf ihre Hand. Fünf Finger, sie zählte sie ab. Fünf. Was hatte Reveshvili damit gemeint? Da waren die Traumschatten, die über Wände und den Boden huschten.

»Evan«, flüsterte Ben ihr ins Ohr. »Evan, sie sind weg.«

Sie konzentrierte sich wieder. Als die Spinnweben der Vergangenheit zurückwichen, sah sie, dass er recht hatte. Die Wächter waren verschwunden, und nur ihre Zigarettenkippen waren zurückgeblieben.

»Hast du gesehen, wohin sie gegangen sind?«, fragte sie.

»Nach unten. Dort liegt der Eingang zum Keller.«

Sie schlichen weiter, so stumm wie die reglosen Fichten zu ihrer Linken. Unmittelbar vor dem Lichtkreis, der eine breite, abgenutzte Treppe erhellte, blieben sie stehen. Am Fuß der kurzen

Treppe war eine Metalltür in die steinerne Gebäudewand eingelassen.

Ben strich mit den Fingerspitzen über ihren Rand. »Kein Kabel. Nichts weist auf eine Alarmanlage hin.«

Sie schaute auf die Tasten der elektronischen Schließanlage. Dann beleuchtete sie sie schräg von der Seite mit ihrer Handytaschenlampe. Die Tasten, die die beiden Männer gerade gedrückt hatten, glänzten vom Hautfett ihrer Fingerspitzen. Evan probierte mögliche Kombinationen aus. Beim fünften Versuch ging die Tür auf.

Sie schlüpften hinein. Der Keller war nur matt erleuchtet. Offensichtlich wurde er vor allem als Lagerraum benutzt. Kartons, Kisten oder Sauerstoffbehälter, alles hatte seinen eigenen Bereich und war ordentlich gestapelt oder aufgereiht. Rechts von ihnen lag eine begehbare Kühlkammer, wie man sie in einer Metzgerei finden könnte, links der Lift und daneben eine Treppe. Niemand war zu sehen, und das hatten sie um diese Nachtzeit auch nicht anders erwartet.

Evan begab sich zur Kühlkammer, drückte den Hebel und öffnete die Tür. Sie wusste nicht, womit sie rechnete, hoffte aber, dass sie dort auf nichts Entsetzliches stoßen würde, wie etwa Körperteile, Gläser mit Augäpfeln, die in Flüssigkeit schwammen, und andere Beweismittel, wie man sie in Schundliteratur fand. Doch sie entdeckte nichts dergleichen, sondern nur Glaskästen entlang beider Seitenwände, in denen Gestelle mit durch Nummern eindeutig gekennzeichneten Seren standen.

»Ist da was?«, fragte Ben, als sie herauskam. Er hatte Wache gehalten.

Sie schüttelte den Kopf und schloss die Tür. »Nichts von Interesse.« Sie drehte sich um. »Aber tatsächlich zieht es mich ja vor allem zu Reveshvilis Büro.«

Er wies mit einer Kopfbewegung den Weg. »Am besten nehmen wir die Treppe.«

Sie begaben sich gerade dorthin, da ging plötzlich die Lifttür auf, und Jon Pine trat heraus.

Ben zog seine Pistole. »Du bist doch tot«, sagte er ungläubig.

Jon Pine hob die Hände, lachte jedoch gutmütig. »Bitte, seien Sie so gut und halten Sie sich zurück, Mr Butler.«

Ben zog die Augenbrauen zusammen. »Sie kennen meinen Namen.«

»Eine äußerst absurde Bemerkung.« Jon Pine trug einen perfekt sitzenden dreiteiligen Nadelstreifenanzug aus einem leichten Wollstoff, ein schneeweißes Hemd und eine blassblaue Krawatte. Seine Füße steckten in Slippern mit Quasten, deren Leder selbst im schwachen Licht vor Glanz schimmerte.

»Ben, nimm die Pistole weg«, sagte Evan. Sie trat einen Schritt vor. »Sie sehen genauso aus wie Jon Pine. Wenn Sie nicht er selbst sind, müssen Sie sein Zwillingsbruder sein.«

Der Mann nickte. »In der Tat, Mrs Ryder. Ich heiße Leonard Pine und bin Jons Zwillingsbruder.« Sein Lächeln war herzlich und ohne jede Verschlagenheit. »Ich leite in der Klinik die Nachtschicht.«

Evan trat einen weiteren Schritt vor. »Sie kennen unsere Namen.«

Das Lächeln wich nicht aus Pines Gesicht. »Dr. Reveshvili hat viele Mittel zu seiner Verfügung.«

Sie runzelte die Stirn. »Warum hat er dann die Maskerade aufrechterhalten?«

»Ach, Mrs Ryder, es war Ihre Maskerade. Sie hat Dr. Reveshvili interessiert.« Er hob die Hand. »Wenn Sie jetzt in den Lift treten würden ...«

Obwohl Ben die Waffe gesenkt hatte, hatte er sie noch nicht in sein Schulterholster zurückgesteckt. Sie war auf den Boden gerichtet, aber weiterhin entsichert. »Nun, warum sollten wir das wohl tun, Herr Pine?«

Leonard Pine hielt die Lifttür geöffnet. »Weil Sie erwartet werden.« Er stellte sich zur Seite, damit sie eintreten konnten.

Eine englische Teemahlzeit mit allem Drum und Dran: Ingwer-Scones, Clotted Cream, verschiedene Sorten winziger Küchlein auf einer Etagere und selbstredend eine Kanne Earl Grey, nach dem Bergamotteduft zu schließen, der aus der Tülle aufstieg.

Diese mitternächtliche Mahlzeit war in Reveshvilis Büro aufgebaut, der Herr Doktor war allerdings nirgends zu sehen. Evan erkundigte sich nach ihm. »Er ruht«, antwortete Leonard Pine wortkarg.

Ben, der so vernünftig gewesen war, seine Waffe endlich einzustecken, sagte: »Das alles ergibt keinen Sinn.«

»Jetzt«, erwiderte Leonard Pine.

»Was jetzt?«, fragte Ben.

»Es ergibt jetzt keinen Sinn, in diesem Moment.« Würde das überaus freundliche Lächeln jemals aus Pines Gesicht verschwinden? »Aber es wird Sinn ergeben.«

Das englische Teeservice deckte einen kleinen Cafétisch, der direkt aus Les Deux Magots in Paris oder dem Berliner Café Einstein Stammhaus hergeschafft worden sein könnte. Zwei schwarz-weiße Korbstühle standen sich daran gegenüber.

Leonard Pine winkte Evan, sich zu setzen. »Wenn Sie so freundlich wären.«

Als beide, Ben und sie, sich zu den Stühlen begeben wollten, sagte Pine: »Nur Mrs Ryder, bitte.«

Ben wandte sich verwundert um. »Und was ist mit mir?«

Leonard Pine stand kerzengerade da, die Hände hinter dem Rücken verschränkt. »Sie begleiten mich, Mr Butler.«

»Ich soll Evan allein hier zurücklassen?« Er schüttelte den Kopf. »Das wird nicht geschehen, mein Freund.«

»Ben, bitte.« Evan setzte sich auf den Stuhl, auf den Pine gezeigt hatte.

»Gestatten Sie mir, Sie zu beruhigen, Mr Butler. Mrs Ryder ist hier vollkommen sicher«, sagte Pine auf seine hartnäckige Art. »Hier besteht keine Gefahr für sie. Der Herr Doktor selbst garantiert für ihre Sicherheit.«

Noch immer rührte Ben sich nicht, bis Evan ihm einen Blick zuwarf, den er nur zu gut kannte. Erst da begab er sich an Pines Seite.

»Ist alles zu Ihrer Zufriedenheit, Mrs Ryder?«, fragte der Nachtschichtleiter.

»Das soll wohl ein Scherz sein«, knurrte Ben, doch Evan übertönte ihn: »Ja, danke, Herr Pine.«

»Es war mir ein Vergnügen.«

Evan warf einen nachdrücklichen Blick auf den leeren Stuhl. »Der Tee wird kalt.«

»Ich glaube nicht, Mrs Ryder.«

Ben stellte die Frage direkter: »Es wird noch jemand erwartet?«

»In der Tat, Mr Butler.«

»Könnte es möglicherweise Reveshvili sein?«

Ganz kurz trat ein Ausdruck des Missvergnügens über Bens fehlende Manieren in Leonard Pines Gesicht, doch sofort kehrte das professionelle Lächeln zurück. »Der Herr Doktor ruht.«

»Wie Sie schon sagten.« Evans Lächeln war schmallippig. »Aber es geht ihm doch hoffentlich gut?«

»Durchaus, Mrs Ryder«, beruhigte sie Pine. »Danke der Nachfrage.«

Evan fühlte sich allmählich wie Alice im Wunderland während der ersten Minuten auf der Teeparty des Verrückten Hutmachers. Es war Zeit für eine neue Taktik. »Herr Pine, ich muss Ihnen leider mitteilen, dass Ihr Bruder Jon tot ist.«

»Das verwundert mich nicht«, erwiderte Pine, ohne dass sein maskenähnliches Lächeln auch nur um einen Millimeter verrutschte.

»Er hat uns angegriffen – Mr Butler und mich. Wir waren gezwungen, uns zu verteidigen.«

»Wie schon gesagt«, erwiderte Pine entnervend gelassen.

Evan musterte ihn aufmerksam. »Diese Tatsache überrascht Sie also nicht? Von Beunruhigung ganz zu schweigen?«

»Absolut nicht, Mrs Ryder. Ich kenne meinen Bruder gut genug, um zu wissen, dass sein Ableben nur eine Frage der Zeit war.«

»Aber wir haben ihn getötet.«

»Das habe ich verstanden.« Ganz leicht neigte er den Kopf im genau richtigen Winkel. »Man kann nur gratulieren.«

Ben starrte ihn mit halb geöffnetem Mund an.

»Und jetzt, Mrs Ryder, verabschieden wir uns, Mr Butler und ich.« Mit dieser Erklärung machte Pine auf dem Absatz seiner glänzenden Schuhe kehrt. Ben begleitete ihn nach draußen und ließ Evan vorläufig mit dem noblen und einladenden Teegedeck allein.

Evan sah den Davongehenden nach. Als sie aufstand, um zum Schreibtisch zu treten, dachte sie an das Gefühl von Déjà-vu, das sie vorhin beim Anblick von Leonard Pine in der geöffneten Lifttür überkommen hatte. Eine schwindelerregende Erfahrung. In seiner Kleidung und mit seinen tadellosen Manieren wirkte er, als betrachtete man Jon Pine in einem Zerrspiegel.

An Reveshvilis Schreibtisch nahm Evan sich sofort die Schreibtischschublade vor, in die der Psychiater das Foto eingeschlossen hatte, das sie vorhin nicht hatte sehen sollen. Die Schublade war noch immer abgeschlossen, doch das Schloss war so klein und schwach, wie es für Schreibtische typisch ist. Sie brauchte keine zehn Sekunden, um es aufzuhebeln, und dort lag das acht mal zehn Zoll große Foto mit der Bildseite nach unten.

Mit einem kurzen Blick zur offenen Tür vergewisserte sie sich, dass sie immer noch allein war, nahm den Fotorahmen heraus und drehte ihn um. Ob sie das Foto nur Sekunden oder ganze Stunden anstarrte, wusste sie nicht. Vor Verblüffung hatte sie jedes Zeitgefühl verloren. Ohne dass sie bemerkte, wie, saß sie plötzlich auf Reveshvilis Bürostuhl. Obwohl sie darum rang, sich zu beruhigen, setzte ihr Herz immer wieder einen Schlag aus. Sie konnte kaum glauben, was sie mit eigenen Augen sah.

Das Foto zeigte eine vierköpfige Familie, die im Halbschatten eines Baums stand. Die Eltern hatten ihre Kinder zwischen sich – zwei Mädchen von ungewöhnlicher Schönheit. Schon in diesem zarten Alter vor der Pubertät hatten sie Gesichter, wie die Kamera sie liebt, Gesichter, die einen hypnotisch anzogen. Man sah bereits, wie außergewöhnlich die beiden als erwachsene Frauen sein würden. Sie blickte von einem Gesicht zum anderen, konnte die Mädchen aber nicht unterscheiden. Eineiige Zwillinge, daran gab es nicht den geringsten Zweifel. Beide hatten das Gesicht von Frau Dr. Anna Helm.

Evan dachte an die beiden Fotos, die Ben und sie gefunden hatten. Das Foto mit William Onders zeigte eindeutig Anna, doch auf dem anderen Foto, das sich im Besitz von Jon Pine befunden hatte, könnte durchaus die Zwillingsschwester abgebildet gewesen sein. Sie schaltete die Schreibtischlampe ein, nahm die beiden Fotos heraus und legte sie unmittelbar unterhalb des gerahmten Bildes aus. Sie blickte von einem Gesicht zum anderen – Ben und sie hatten angenommen, dass es sich um dieselbe Frau handelte. Doch als sie jetzt genauer hinschaute, entdeckte sie eine winzige Narbe, die die linke Augenbraue der Frau auf Pines Foto durchschnitt. Sie war Annas Zwillingsschwester. Evan atmete ein paar Mal tief durch und steckte ihre eigenen Fotos wieder ein, denn das Familienfoto hielt noch weitere Enthüllungen für sie bereit.

Von den Eltern, die zu beiden Seiten der Mädchen standen, war der Vater eindeutig als Dr. Reveshvili erkennbar – jünger, das Gesicht noch nicht so faltig, aber doch genauso streng und würdevoll, ja geradezu majestätisch wie heute. Anna war also Reveshvilis Tochter. Kein Wunder, dass er in Bezug auf sie so verschlossen war. Er hatte auch kein Wort über die Zwillingsschwester verloren, als Evan ihm ihr Foto mit Jon Pine gezeigt hatte, doch sie erinnerte sich deutlich an seinen Gesichtsausdruck, das ganz kurze Zögern, bevor er sprach. Nun gewann beides ein Gewicht, das sie zuvor nicht erahnt hatte. Dieses Familienfoto veränderte alles.

Und nun endlich wandte sie ihre Aufmerksamkeit der vierten Gestalt zu – Reveshvilis Frau, der Mutter von Anna und ihrer Zwillingsschwester. Frau Reveshvili war groß – so groß wie ihr Mann, was einiges heißen wollte. Schlank und sportlich, hatte sie dunkles Haar, das ihr in Wellen bis über die Schultern fiel, weit auseinanderstehende Augen und einen großzügigen Mund. Sie erinnerte Evan an jemanden, aber sie wusste nicht recht, an wen. Ein Filmstar zur Glanzzeit Hollywoods? Vielleicht Hedy Lamarr? Jedenfalls konnte sie sehen, von wem Anna und ihre Schwester ihr gutes Aussehen hatten. Alle zusammen waren sie eine bemerkenswerte Familie, als stammten sie aus einer Sage oder einer Legende. Und doch waren sie real.

In diesem Moment vernahm Evan ein Geräusch. Sie riss den

Kopf hoch und heftete den Blick auf eine Gestalt, die in der Tür stand – schlank und sportlich, gewelltes Haar, das bis zu den Schultern herabfiel, aber es war nicht mehr dunkel: Das warme Licht der Bürolampe verlieh dem bestürzenden Silberton etwas beinahe Wildes.

Evan hatte Reveshvilis Frau vor sich, die Mutter von Anna und ihrer Zwillingsschwester.

40

Schneller Psychiatrische Klinik, Bergisch Gladbach

»Wie ich sehe, haben Sie gefunden, wonach Sie gesucht haben.«

»Frau Reveshvili.« Evan stellte das Familienporträt an seinen Platz auf dem Schreibtisch – dort hatte sie es am Vormittag beim Betreten des Büros erblickt –, erhob sich und trat vom Schreibtisch zum gedeckten Cafétisch. »Endlich lernen wir uns kennen.«

Die Frau des Psychiaters blieb an den Türrahmen gelehnt stehen. Sie trug einen seidenen Morgenmantel, der im japanischen Stil mit Kranichen bestickt war. Ihre Füße waren bloß. Sie hatte den Blick auf Evans Gesicht geheftet, als würden ihre Augen von ihr magnetisch angezogen.

»Bitte zögern Sie nicht, die persönlichen Dokumente meines Mannes zu durchwühlen.«

Sie sagte das mit so wenig Emotion, dass Evan auch eine Textnachricht hätte empfangen können. Mit sonderbar steifen Beinen schaffte Evan es bis zum Tisch und stützte sich auf eine Stuhllehne. »Der Tisch ist gedeckt«, sagte sie. »Wollen Sie mir nicht Gesellschaft leisten?«

Annas Mutter erwiderte nichts. Stattdessen brachte sie ein Päckchen Zigaretten zum Vorschein, zog eine heraus und steckte sie zwischen die Lippen. In diesem Moment fiel Evan auf, dass Frau Reveshvili nicht das geringste Make-up trug, nicht einmal einen Hauch Grundierung. Die Raucherin holte ein Messingfeuerzeug aus der Tasche ihres Morgenmantels und ließ es aufschnappen. Doch ihre Hand zitterte so heftig, dass sie Mühe hatte, die Flamme zur Zigarettenspitze zu führen.

Ohne nachzudenken, ging Evan zu ihr hinüber, umschloss die Hand, die das Feuerzeug hielt, mit ihrer und führte sie so, dass Annas Mutter den Rauch inhalieren konnte. Sie nahm einen Zug, doch zu Evans Überraschung ließ sie das Feuerzeug los, sodass es in Evans Hand fiel. Aus Überraschung wurde Erstaunen, als sie sah, dass Reveshvilis Frau beim Rauchen leise weinte.

Bestürzt sagte Evan: »Frau Reveshvili.«

»Ich heiße Frau Dr. Rebecca Reveshvili.«

Keinen Moment wendete sie den Blick von Evan. Ihre Tränen hörten nicht auf zu fließen. Sie rannen ihr über die Wangen und tropften nach unten. Die Zigarette war vergessen und hing ungelenk zwischen ihren Fingern.

»Ich …« Evan fühlte eine Beengung, als legte sich ein straffes Metallband um ihr Herz. »Ich verstehe nicht.«

»Natürlich nicht.« Rebeccas Stimme klang brüchig. »Woher auch?«

Erneut kramte sie in ihrer Tasche, und diesmal reichte sie Evan etwas: einen Schnappschuss.

Evan betrachtete nun eine weit jüngere Version von Konstantin und Rebecca Reveshvili. Sie waren ein beeindruckendes Paar, doch in den Augen der beiden lag etwas – die gleichen Emotionen. Leid, Resignation und noch etwas anderes, etwas Dunkleres, Tieferes: ein misstönender Wirbel widerstreitender Empfindungen. Der leise Herzschlag eines Urteils, das über sie gefällt werden würde, einer Zukunft, die von ihren eigenen fragwürdigen Handlungen überschattet war. Wie sie all das auf dem Foto erkennen konnte, verstand Evan nicht und würde es auch im Rückblick nicht vollständig verstehen. Im Moment allerdings wurde sie von diesen Beobachtungen ergriffen, als gehörten sie als unveräußerlicher Bestandteil zu ihr.

Das charismatische Paar wurde von zwei Kindern eingerahmt – zwei Mädchen. Allerdings waren sie keine Zwillinge. Das eine Mädchen sah aus wie fünf oder sechs, das andere war ein Kleinkind – vielleicht zwei oder drei? Was Evan jedoch sprachlos machte, war der Hintergrund des Fotos. Er war ihr so vertraut wie ihre Handlinien, wie ihr Spiegelbild, das ihr aus einem Spiegel der fernen Vergangenheit entgegensah. Reveshvili und seine Frau standen vor den Black Hills von South Dakota, und zwar genau vor dem Haus, in dem Evan und Bobbi aufgewachsen waren.

»Du warst damals fünf Jahre alt.« Rebeccas erstickte Stimme drang zu ihr wie aus ferner Vergangenheit.

Fünf. Die Zahl der Finger an ihrer Hand. Die Zahl der Jahre, die sie damals bereits gelebt hatte.

Evans Knie wurden watteweich, ihr Herz fühlte sich so an, als würde es ihr in der Brust zerspringen, und sie brach auf dem Boden zusammen, fiel in Rebeccas Tränen.

41

Rumänische Küste

Das Meer schlug gegen den Rumpf der Jacht, das schwarze Wasser hob und senkte sich in einem Rhythmus, als wäre es lebendig. Das Meer war ja tatsächlich ein Organismus, in dem es von Leben wimmelte, und manches von diesem Leben war äußerst eigenartig. *Genau wie die Menschen*, dachte Kobalt. Sie lag in ihrer Koje, doch nicht einmal die Wellen konnten sie in den Schlaf schaukeln. Sie musste über zu vieles nachdenken, es gab zu viele Abzweigungen in dem Weg, der zunächst so gerade und durchgängig gewirkt hatte.

Sie hörte, wie die Leinen gegen Metall schlugen, und spürte ein stärkeres Schlingern des Bootes, als der Wind auffrischte. Egal, sie hatte einen stählernen Magen. Sie hob den Kopf und sah jemanden in der Tür stehen. Als die Person eintrat und das Licht einschaltete, setzte Kobalt sich auf.

Lyudmila. Sie trug eine wasserdichte Jacke. Schweigend bot sie Kobalt ebenfalls eine an. Kobalt glitt aus der Koje, zog ihre Stiefel an und nahm die Jacke entgegen. Lyudmilas Beispiel folgend, tat sie all das schweigend. Dann ging sie ihr nach draußen nach.

Vom Deck aus gesehen wirkte die Küste in Kobalts Augen dunkel und abweisend, kaum mehr als eine Bleistiftskizze vor einem öden, holzkohlegrauen Hintergrund. Es war, als betrachtete sie die Überreste eines Himmelsbrandes. Aufgeregte Wolken verdichteten sich am Horizont und kamen näher. Auf dem Wasser entdeckte sie nirgends Licht und war beruhigt.

Als sie Lyudmila einen fragenden Blick zuwarf, deutete die Russin über die Backbordreling. Evan beugte sich vor und entdeckte ein kleines Beiboot mit Außenbordmotor. Ein Matrose saß im Heck und hob den Motor aus dem Wasser. Als die Frauen eine Strickleiter hinunterkletterten, die auf der Seite herabgelassen worden war, ergriff der Matrose ein Paar Riemen. *Heute Nacht wird kein Lärm gemacht*, dachte Kobalt.

Sobald sie im Boot waren, wurden die beiden Leinen zur Jacht gelöst. Sie setzten sich einander gegenüber, während der Matrose mit mächtigen Riemenschlägen durch den höher werdenden Wellengang auf die Küste zuhielt.

Die beiden Frauen sahen sich an. Worte wechselten sie keine. Kobalt hatte den Versuch aufgegeben, aus Lyudmilas Gesicht auf irgendetwas zu schließen, sei es auf ihre Stimmung oder auf ihre Gedankengänge. Genauso gut könnte sie im Kaffeesatz lesen oder ein Knochenorakel befragen.

Kobalt blickte sich nach der zurückweichenden Jacht um, wo die anderen jetzt schliefen und nichts von dem mitbekamen, was Lyudmila geplant hatte. Als sie über die Schulter der Russin nach der näher kommenden Küste spähte, erkannte sie den Strand, der im geisterhaften Streulicht des Hafens von Constanta matt schimmerte.

Da der Motor herausgenommen war, konnte das Beiboot ganz nah an den Strand herangleiten, bis der Bug im Sand lag. Die Frauen stiegen aus und betraten Rumänien. Es war eine abweisende und einsame Küste, felsig und irgendwie unheilverkündend. Kobalt dachte an Viola in Shakespeares *Was ihr wollt*, die an einer unbekannten Küste Schiffbruch erleidet, und ging rasch den Strand hinauf. Mit Schritten, bei denen ihre Stiefel immer ein Stück einsanken, gelangte sie zu zerklüfteten Felsen und der Steilwand unter der Küstenstraße. Sie hörte das Zischen und Saugen des Wassers und spürte die Unersättlichkeit des feuchten Sandes, der so körnig war wie Couscous. Da war der Wind, der über den Strandkies scheuerte. Ein ahnungsvolles Beben durchlief sie.

Als sie den Abhang erstiegen, der zur Küstenstraße führte, sahen sie links die neobarocken Kuppeln des großen Kasinos. Sie erhoben sich auf einem bis zum Wasser reichenden Vorsprung, so hässlich wie ein Furunkel am Hintern eines Fettsacks.

Ein dunkler Opel Insignia erwartete sie mit laufendem Motor. Erst da begriff Kobalt wirklich, wie minutiös Lyudmila alles geplant hatte.

»Was machen wir hier?«, fragte sie ihre Begleiterin, als sie sich auf die Rückbank gesetzt hatten und der Wagen südwärts in Richtung Constanta losgefahren war.

»Wir besuchen Ihre Eltern«, antwortete Lyudmila. »Darum geht es.« Sie wandte sich Kobalt zu. »Deshalb habe ich Sie in Odessa abgeholt. Um Sie hierherzubringen, wo Ihre Eltern sind.«

Kobalts Pulsschlag hätte sich beschleunigen, ihr Herz einen Schlag aussetzen oder ihr Magen sich zusammenziehen sollen. Irgendetwas. »Hier in Rumänien? In Kopenhagen hat man mir gesagt, sie seien russische Agenten.«

»Das stimmt.« Lyudmila nickte. »Ihre Eltern waren Rumänen. Als Jugendliche sind sie nach Russland ausgewandert. Nach allem, was man hört, waren Ihre Eltern in jeder Hinsicht frühreif.«

Das hätte für Kobalt der erste Hinweis sein sollen, doch sie war zu sehr mit der Frage beschäftigt, ob sie ihre leiblichen Eltern tatsächlich kennenlernen wollte.

»Im zarten Alter von siebzehn Jahren wurden sie vom FSB angeheuert und speziell ausgebildet. Dann wurden sie als Paar in die

USA geschickt, als Teil eines langfristig angelegten Programms, mit dem dort Agenten installiert werden sollten, die, wie soll man sagen, von der Pike auf glaubwürdig waren.«

»Russen im amerikanischen Gewand.«

»Genau.« Lyudmila runzelte die Stirn. »Das Programm war ein Experiment. Als solches ist es gescheitert. Die Mehrzahl der in Amerika aufgewachsenen Kinder wurde süchtig nach der kapitalistischen Lebensweise der Amerikaner. Wenn man an sie herantrat, lehnten sie ihre Rekrutierung rundweg ab.«

»Außer mir.«

Lyudmila nickte. »Außer Ihnen.«

»Wann? Der Brief war nicht datiert.«

»Ihre Eltern gingen, als Sie drei waren.«

Während der Opel durch die leeren nächtlichen Straßen rollte, verfiel Kobalt in tiefes Schweigen. Seit sie den Abschiedsbrief ihrer leiblichen Eltern an das amerikanische Ehepaar gefunden hatte, war es ihr in der Nähe dieser beiden Menschen, die zehn Jahre lang die einzigen Eltern gewesen waren, die sie kannte, so vorgekommen, als ginge sie auf rohen Eiern. Und das galt ganz besonders auch in Evans Nähe, denn sie befürchtete, die entscheidend wichtige Information, die sie erschnüffelt hatte, könnte ihr irgendwie entschlüpfen. Sie fühlte sich innerlich gespalten: Eine äußere Schicht verbarg den neuen Kern, der in ihr heranreifte. Unwillkürlich fühlte sie sich den beiden Amerikanern fern, da sie sie nun in einem anderen Licht sah. Die Fäden, durch die ein Kind mit seinen Eltern verbunden ist, waren für Bobbi durchtrennt worden, und es kam ihr so vor, als triebe sie auf eine Spalte zu, die sich in ihrer Welt geöffnet hatte. Auf der anderen Seite der Spalte stand die Frau, in deren Leib sie, Kobalt, herangewachsen war, schon im Fruchtwasser die gedämpften russischen Gespräche im Ohr, die diese Frau mit ihrem Mann – Kobalts Vater – geführt haben musste.

Von Anfang an wusste Kobalt, dass Evan ihre Gefühle nicht teilen würde und mit ihren amerikanischen Eltern unlösbar verbunden war. Wenn Evan überhaupt etwas war, dann hundertprozentig loyal. Sie hätte auch Kobalt gegenüber Loyalität empfinden sollen, doch so war es nicht. Aus irgendeinem Grund war es nicht so. Evan würde niemals so erschüttert sein, wie Kobalt es war, als sie den Brief las und fühlte, dass er tatsächlich für sie bestimmt war und nicht für die beiden Amerikaner. Von diesem verblüffenden Moment an hatte sie die Menschen, die sie großgezogen hatten, nur noch als »die Amerikaner« betrachtet. Nun war sie über die Schwelle gegangen und hatte eine vollkommen neue Welt betreten, einen Ort, an den sie gehörte. Und natürlich wollte sie ihre leiblichen Eltern aufsuchen, daran hatte sie nicht den geringsten Zweifel. Überhaupt keinen.

Sie wandte sich Lyudmila zu. »Haben Sie sie kennengelernt? Haben Sie mit Ihnen gesprochen? Wissen die beiden, dass ich komme?«

Lyudmila lächelte und schien zu nicken. Doch hinter diesem Lächeln lauerte etwas, das Kobalt erst im Nachhinein erkannte. Das hätte der zweite Hinweis sein sollen. Doch jetzt war sie zu aufgeregt. In Gedanken an all das, was sie sagen würde, hatte sie sich in einen Zustand der Erregung hineingesteigert. Was würden ihre ersten Worte sein? *»Mama, Papa, hallo!« »Mama, Papa, ich hätte nie geglaubt, dass dieser Tag einmal kommen würde.« »Mama, Papa, ich freue mich so …«*

Und dann hielt der Opel vor den Toren des *Cimitirul Anadalchioi* – des Anadalchioi-Friedhofs.

Die Gräber von Galina und Maxim Chernikow nahmen die Hälfte

der quadratischen Grabstelle ein, die sie mit den Cherniceanus teilten, offensichtlich Maxims Eltern, bevor der Name der jüngeren Generation durch den FSB russifiziert wurde. Ein hüfthoher schmiedeeiserner Zaun, der einmal bessere Tage gesehen hatte, umschloss die Grabstelle. Das darin eingelassene, kleine Tor kreischte, als Kobalt es öffnete. Aus Respekt blieb Lyudmila einige Schritte hinter ihr stehen, die Hände vor dem Bauch gefaltet, reglos und stumm.

Zu dieser nächtlichen Stunde befand sich sonst niemand auf dem Friedhof. Selbst die Krähen schliefen. Der Wind, der vom Meer her wehte, pfiff tonlos durch die Gänge zwischen den Grabsteinen und Grabmonumenten aus glänzendem Granit. Keine Blume weit und breit, nicht einmal eine vertrocknete. *Wer zwei Meter unter der Erde liegt, dem ist das egal*, dachte Kobalt, als sie vor den Gräbern ihrer leiblichen Eltern stand. Blumen waren für die Lebenden da, genau wie Begräbnisfeiern – das Tor zu Trauer, Respekt und Erinnern. Keine dieser Gaben konnte sie Galina und Maxim schenken. Wie denn auch? Sie hatte die beiden ja nie kennengelernt. Sie war ohne ihre eigene Zustimmung an die Amerikaner übergeben worden, ein absurder Gedanke. Wie könnte eine Dreijährige zu irgendetwas zustimmen?

Und doch empfand sie Groll; hätte man sie damals gefragt, hätte sie sich mit Sicherheit dafür entschieden, mit ihren leiblichen Eltern nach Russland zurückzukehren. Warum hätte sie sich wünschen sollen, wie die Zeitung von gestern zurückgelassen zu werden? Wer würde sich so etwas wünschen? Doch die Antwort auf diese Frage kannte sie bereits: Evan, ganz offensichtlich. Evan, die sich auf der anderen Seite befand und für immer dort bleiben würde.

Sie spürte Nässe auf ihrem Gesicht. Keine Tränen, nein. Regen, oder genauer gesagt, ein kalter Nieselregen. Sie schloss den obersten Druckknopf ihrer Regenjacke und fühlte, dass ihr Haar allmählich am Kopf klebte. Vielleicht sollte sie etwas sagen, sie begrüßen – *privet kak dela segodnya, Hallo, wie geht es euch heute?* – oder einen Abschiedsgruß murmeln. Irgendwie auf die Situation reagieren. Doch ihr fiel nichts ein. Sie fühlte sich ausgetrocknet und leer. Der Platz, den ihre russischen Eltern einmal bei ihr eingenommen hatten, war ein Brunnen ohne Wasser – ohne Wasser, das ihren Durst stillen könnte. Er war ausgetrocknet, als sie Amerika verlassen hatten und auf die andere Seite zurückgekehrt waren. Kobalt konnte das Haupt senken – wenigstens das, aber nicht lange, dafür war sie zu rastlos. Der Aufenthalt in Rumänien gefiel ihr nicht. Die Energie stimmte nicht, etwas zerrte an ihrer Haut, als würde sie von stechenden Insekten umschwirrt.

Schließlich trat sie zurück. Es war ihr, als würde sie gestoßen, als drückte etwas mit Kraft gegen ihre Brust.

»Ist alles in Ordnung mit Ihnen?«, fragte Lyudmila.

Kobalt nickte. Das Atmen fiel ihr schwer. Flache Atemzüge waren nicht gut, und doch sammelten sie sich in ihr wie Wellen, die gegen den Strand schlagen.

»Mir schien, Sie hätten es verdient, Bescheid zu wissen.«

Zorn stieg in Kobalt auf. »Diese Vertraulichkeit. Sie und ich zusammen mit meinen Eltern hier, Sie als die Veranlasserin dieser – wie würden Sie es nennen – gewiss nicht Wiedervereinigung, oder?«

Auf diese verbale Ohrfeige reagierte Lyudmila nicht wie erwartet. Stattdessen sagte sie vollkommen gelassen: »Ich halte ›Wiedervereinigung‹ nicht für das falsche Wort.«

Mit flammenden Augen warf Kobalt Lyudmila einen mörderischen Blick zu. Sie machte auf dem Absatz kehrt und schritt rasch über die Allee der Toten davon. Sie fühlte sich selbst tot. All die Jahre hatte sie geglaubt, sie habe es geschafft, doch nun merkte sie, dass sie in den Abgrund gestürzt war. Sie befand sich nirgendwo, war wie ein Flusskiesel, der am Grund der Schlucht hin und her gerollt wird.

»Sie irren sich«, fuhr sie Lyudmila an, als diese zu ihr trat. »Hier gibt es für mich nichts zu finden, nicht einmal eine einzige, einsame Erinnerung.«

»Sie denken, ich hätte Sie nicht herbringen sollen.«

»Ich glaube, dass Sie mich manipulieren«, griff Kobalt die Russin an. »Ich glaube, das hier war ein Trick, um mich zu Ihrer Anhängerin zu machen. Ich sollte mich Ihnen verpflichtet fühlen.« Ihre Augen loderten; sie fühlten sich heiß und geschwollen an, als wären sie von etwas wund gerieben worden. »Ein zweites Mal lagen Sie falsch. Vollkommen falsch.«

Sie hatten den Friedhof inzwischen verlassen und waren auf dem Rückweg zum wartenden Opel. Jene Zeit vor der Morgendämmerung war angebrochen, wenn die Nacht allmählich ihre Macht verliert und langsam ihren widerstrebenden Rückzug nach Westen antritt. Der Wind hatte sich beinah gelegt und den Nieselregen zurückgelassen.

»Es war ein Fehler, Sie herzubringen«, sagte Lyudmila. »Zu glauben, es könnte Ihnen ein Trost sein.«

Diese Worte ließen Kobalt wie angewurzelt stehen bleiben. Vor Zorn bekam sie rote Flecken auf den Wangen. Sie wollte keine Entschuldigung, auf keinen Fall eine Entschuldigung von dieser Frau. »Warum sind wir hier? Warum wirklich?«

»Wirklich?« Lyudmila schnaufte, als widerstrebte es ihr, weiterzureden. »Vor Jahren habe ich meinen Neffen nach England gebracht, damit er dort bei einer anderen Familie aufwuchs. Um ihn zu beschützen. Und ich habe ihn beschützt, bis es mir nicht mehr möglich war. Er wurde vor mehreren Monaten ermordet. Er war mir ganz besonders teuer. Ich habe seine Rückführung nach

Russland und seine Beerdigung überwacht. Ich denke oft an ihn, und dann stelle ich mir den Ort vor, den ich für seine letzte Ruhestätte ausgewählt habe. Diese Vorstellung tröstet mich, ich sehe mich dann selbst dort. Manchmal rede ich mit ihm. Das hilft. Nun, es hilft mir.« Sie senkte den Kopf. »Deshalb dachte ich …« Ihre Stimme verlor sich im Regen. »Aber natürlich ist jeder anders.« Sie standen beim Opel, aber keine der beiden machte Anstalten, einzusteigen. Es war, als hätten sie das Fahrzeug vergessen.

»Aber Sie haben ihn gekannt, Lyudmila, Ihren Neffen. Sie haben ihn aufwachsen gesehen. Während meine Eltern mich auf jemandes Türschwelle ausgesetzt haben, um …«

»Die beiden haben getan, wozu sie bestimmt waren«, erwiderte Lyudmila leise. »Was ihre Pflicht gegenüber Russland von ihnen verlangte. Glauben Sie, es war leicht für sie – und insbesondere für Ihre Mutter –, zwei kleine Mädchen zur Welt zu bringen, nur um sie wegzugeben, bevor sie euch auch nur richtig kannten? Ich habe keinen Zweifel, dass es das Schwierigste war, was sie je im Leben getan hat – das Herzzerreißendste, was man von einer Frau überhaupt verlangen kann.«

»Sie irren sich, Lyudmila, zum dritten Mal. Was ich getan habe – zwei Kinder zu gebären, die auszutragen man mir befohlen hatte, zwei Kinder, die ich niemals wollte –, war das Schwierigste, was ich je tun musste.«

Lyudmila wirkte wie vor den Kopf geschlagen. Nur ihr Blick gab einen Hinweis darauf, welchen Aufruhr Kobalts Geständnis in ihr hervorrief. Kobalt spürte, dass Lyudmila sie nicht verstand. Sie fragte sich, ob sie die innere Kraft besaß, es zu erklären. Dieser nächtliche Ausflug nach Rumänien hatte sie erschöpft.

Kobalt schloss die Augen. »Hat es Sie jemals an einer Stelle gejuckt, an der sie sich nicht kratzen konnten – oder schlimmer noch, hatten Sie jemals einen Schmerz, an den sie nicht herankamen? Diese kleinen Dinger traten mich von innen, saugten mich aus und nahmen einen Teil meines Lebens mit sich, als ich sie zwischen meinen Beinen herauspresste. Und dann das endlose Geschrei, die Pisse und die Kacke, die Bedürftigkeit. Und wie sie unerbittlich an meinen Brüsten saugten und an meinen Nippeln lutschten, bis sie wund waren. Sie waren wie Anker, die mich beschwerten und mein Leben zur Formlosigkeit verzerrten. All das habe ich für den Staat getan. Es war eine weitere Lackschicht über meinem Cover, meiner falschen Identität, ein Überzug aus Zuckerguss wie bei einem M&M. Aber ich habe die Kinder nicht geliebt. Ich habe sie nicht einmal gemocht.«

Sie holte tief Luft. »Sie sind schockiert? Habe ich Sie erschüttert? Jetzt wissen Sie nicht, was Sie von mir halten sollen. Sie denken, ich sei ein Monster, oder? Aber ich sage Ihnen jetzt etwas, das ich Ihnen bei meiner Aufnahmebefragung verschwiegen habe, etwas, das ich Ihnen niemals erzählt hätte, selbst wenn Sie mich mit einem rot glühenden Messer bedroht hätten: Nie habe ich mich so hilflos gefühlt wie in der Zeit nach der Geburt der Kinder und vor meiner Ausschleusung. Ich war eine Gefangene, und die Kleinen waren meine Gefängniswärter. Der Schaden, den Paul bei mir angerichtet hat, war nichts im Vergleich zu dem, was die Kinder mir angetan haben. Wenn Paul mich geschlagen hat, war es gleich danach vorbei, und das Leben ging weiter. Aber die Dunkelheit, die die Kinder in meine Existenz brachten, blieb – ohne Pause, ohne Unterlass. Ohne Gnade.«

Einen Augenblick verstummte sie atemlos. Das Blut hämmerte ihr in den Schläfen, als knallten dort Schüsse: *bum, bum, bum!* Einen Moment lang drohte die Scham über das, was sie zugegeben hatte, sie zu überwältigen. *Was, wenn meine Mutter genauso war wie ich*, dachte sie. *Was, wenn sie uns nicht geliebt hat, was, wenn sie uns nicht einmal gemocht hat? Was, wenn sie ihre Zeit mit uns als Albtraum empfunden hat? Was, wenn sie es gar nicht abwarten konnte, uns wegzugeben? Was, wenn sie so war wie das Ehepaar, das mich großgezogen hat, das ich Mutter und Vater nannte und das mich belogen hat, mir vorenthalten hat, was mir als Geburtsrecht zustand?* Sie schauderte innerlich, ihr Atem brannte in der Kehle. *Ich hasse sie. Ich hasse sie alle.* Doch dann riss sie sich für eine letzte Salve zusammen. *Aber tatsächlich*, dachte sie, *waren die Eltern noch das kleinste Übel.*

»Möchten Sie wissen, was Angst ist, Lyudmila? Nun, meine Kinder haben mich das Fürchten gelehrt.«

Der Himmel war grau, hoch oben wurden Sturmwolken in Fetzen gerissen, doch hier unten unter den Sterblichen verharrte alles so reglos wie ein angehaltener Atemzug. Die dichten Wolken pressten die schwere, erstickende Luft zusammen. Kobalt roch das Meer, seine Frische, das Beißen von Salz; sie schmeckte seine grenzenlose Weite und Freiheit.

»Ich brauche einen Drink«, sagte Lyudmila mit belegter Stimme.

»Wodka.« Mehr brachte Kobalt nicht heraus.

Eine Möwe, groß, anmutig, grauweiß, ein entschlossener Kämpfer, glitt tief über ihnen vorbei, einen frischen Fisch im scharfen blassen Schnabel.

42

Schneller Psychiatrische Klinik, Bergisch Gladbach

»Das ist Ihr Schlüssel, Evan: die Zahl fünf.«

»Ich … ich verstehe nicht.«

»Das werden Sie, wenn es so weit ist«, erwiderte Reveshvili. *»Haben Sie Vertrauen.«*

Sie hatte Vertrauen, sie musste Vertrauen haben. Und doch …

»Nein, nein, nein. Das kann nicht sein.« Auf den Knien starrte Evan von dem in den Black Hills von Dakota aufgenommenen Foto in das tränenüberströmte Gesicht von Frau Dr. Rebecca Reveshvili. Beim Betrachten des Fotos, das sie selbst mit fünf Jahren und Bobbi mit drei Jahren zeigte, dachte sie an die Traumschatten, die über die Wände und den Boden gehuscht waren. Dann war es also kein Traum gewesen? Waren das Erinnerungen?

Rebecca legte die Hand auf Evans Kopf. Ein Segen oder ein Willkommensgruß? Vielleicht beides. Doch sosehr sie es auch versuchte, Evan begriff einfach nicht, was gerade geschah. Es war zu viel und kam zu schnell. So viele Offenbarungen, eine nach der anderen, bis sie ein unerträgliches Gewicht auf den Schultern spürte und den Kopf senkte.

Nein, nein, nein, beschwor sie in einem stummen Singsang. *Du kannst unmöglich meine Mutter sein. Ich kenne meine Mutter, und ich kenne meinen Vater. Sie haben uns großgezogen. Ist das nicht Beweis genug?* Doch das bewies überhaupt nichts; tief in ihrem Inneren wusste sie es.

Ein Kind großzuziehen war nicht dasselbe, wie es zur Welt zu bringen. Absolut nicht. Aber, aber, aber …

»Ich habe geweint, als es Zeit wurde, nach Hause zurückzukehren, nach Russland.« Rebecca strich langsam und sanft mit den Fingern durch Evans Haar. »Das hat mich damals überrascht. Ich dachte, ich hätte mich dafür gestählt, da Kostyas und mein Weg vorgezeichnet war, seit wir amerikanischen Boden betreten hatten. Dies war unsere Mission. Unsere Pflicht, die wir bereitwillig angenommen hatten. Wir wussten Bescheid. Wir dachten, dass wir Bescheid wüssten.«

Das ist Ihr Schlüssel, Evan: die Zahl fünf.

Auf dem Foto war sie fünf, fünf, als Rebecca und Konstantin Reveshvili die USA verlassen hatten, um nach Russland, ihrem Geburtsland, zurückzukehren, denn nun hatten sie den Auftrag ausgeführt, den das Mutterland ihnen aufgegeben hatte. Und da war noch etwas, etwas genauso Aufschlussreiches: Sie erkannte sich in Rebecca, vielleicht nicht nur in ihrem Körperbau und der Gesichtsform und einigen ihrer Gesichtszüge, sondern auch noch in Kleinigkeiten – die Art, wie sie die Hände bewegte, die Haltung ihrer Schultern oder die Sommersprossen auf ihren Unterarmen. Das alles war wie bei Evan. Erst im Rückblick, erfüllt von dem neuen Wissen, fragte sie sich, wieso ihr nie aufgefallen war, dass weder sie selbst noch Bobbi die geringste Ähnlichkeit mit ihrer Mutter und ihrem Vater hatten – das heißt, mit dem Paar, das sie großgezogen hatte. Warum sollte ein Kind auch über so etwas nachdenken? Man nahm es als gegeben hin, dass die Frau, die einen betreute und die man Mom nannte, die eigene Mutter war. Und dass der Mann, der einen auf den Schoß nahm, mit einem Ball spielte, einem abends vor dem Schlafengehen etwas vorlas und den man Dad nannte, auch der eigene Vater war. Und tatsächlich *waren* sie ja Mom und Dad – aber jetzt nur noch in einer gewissen Hinsicht. Vor ihr stand die Frau, die sie neun Monate lang ausgetragen und unter Schmerzen geboren hatte, die Frau, deren Gene sie besaß. Und ganz in der Nähe befand sich der Mann, der sie gezeugt hatte und dessen Gene sie ebenfalls in sich trug.

Dann aber traf sie die Erkenntnis so unerwartet, als wäre sie von einem Sattelschlepper überrollt worden: Sie war keine Amerikanerin. Sie war Russin. Und Bobbi war ebenfalls keine Amerikanerin, sondern eine Russin. Das war die Tatsache, die Bobbi über ihre beiden Eltern herausgefunden hatte – ihre richtigen Eltern –, das Geheimnis, in das sie Evan in jener Nacht im Höhlensystem von South Dakota nicht hatte einweihen wollen. Das war der Grund, aus dem Bobbi eine russische Spionin geworden war.

Rebeccas leise Stimme drang in Evans Ohren. »Vom ersten Augenblick an, in dem ich dich im Arm hielt – ein so schöner, rosiger Säugling, ganz nah an meiner Brust, als ich deinen Herzschlag gegen meinen fühlte und deine winzigen Finger spürte, die meinen Zeigefinger umklammerten –, da zerfielen alle Wälle, mit denen ich meine Liebe zu dir abwehren wollte, zu Staub. Der Staub würgte mich und versuchte, mich dahin zurückzubringen, wo ich begonnen hatte, doch diesen Ort gab es nicht mehr, er war tot und begraben. Ich war nicht länger die Frau, die am Airport von New York den Schalter der Einreisebehörde passiert hatte, als ihre Mission in den USA begann.

Du … für mich hast du alles verändert. Dich aufzugeben, hat etwas aus meinem Herzen herausgerissen. Jetzt schlägt es leiser und nicht mehr so stetig. Es hat Zeiten gegeben, da glaubte ich, es würde einfach stehen bleiben. Frag deinen Vater, er wird es dir berichten. Oder vielleicht auch nicht. Kostya ist verschlossener, als ich es jemals war. Er bewahrt seine Geheimnisse und hortet sie wie ein Drache sein Gold. Aber täusche dich nicht, er liebt dich genauso innig wie ich.«

Evan konnte den Tränen, die ihre Wangen hinunterströmten, nicht Einhalt gebieten. Sie ergriff die Hand ihrer Mutter und stand auf, um ihr ins Gesicht zu sehen. Die Wange ihrer Mutter war ebenfalls nass von Tränen, und Evan umfing sie mit der Hand.

»Sag mir, dass das hier kein Traum ist.«

Rebecca lächelte matt. »Es ist kein Traum, Evan.«

Sie umarmten sich. Evans Mutter fühlte sich so zerbrechlich wie ein Vogel an. Evan spürte ihren Herzschlag ganz deutlich, schnell und bebend.

Beunruhigt trat sie einen Schritt zurück. Zum ersten Mal nahm sie Rebeccas Kleidung bewusst wahr – ihr Nachthemd und die bloßen Füße. Sie runzelte die Stirn. »Ist alles in Ordnung mit dir? Warum bist du im Morgenmantel?«

Das matte Lächeln wurde jetzt von Leid getrübt. »Ich lebe hier. Schon seit einigen Jahren.«

»Du lebst hier?« Evan schüttelte den Kopf. »Du meinst …?«

»Ja. Ich bin eine Patientin.«

»Aber warum?«

»Ach, Evan, was soll ich dazu sagen? Eine so einfache Frage und eine so komplizierte Antwort – eine Antwort, die leider kein Ende hat.«

Evan wandte sich zur Seite, da sie inzwischen merkte, dass Reveshvili – Kostya – ins Büro gekommen war. Er brachte einen dritten Korbstuhl mit, den er zu den anderen an den kleinen Tisch stellte.

»Vielleicht sollten wir uns alle setzen.« Mit einem schmerzlichen Lächeln betrachtete er Evan und seine Frau. »So gutes Essen sollte man nicht verderben lassen.«

Evan ging Arm in Arm mit ihrer Mutter zum Tisch und setzte sie auf einen Stuhl, bevor sie selbst Platz nahm. Kostya setzte sich als Letzter. Er schenkte ihnen Earl Grey ein. Der Tee war noch heiß.

Er trank einen Schluck und stellte seine Tasse genau in der Mitte des Untertellers ab. »Deine Mutter hat ein Loch im Herzen. Das löst in Zeiten von Belastungen ihre Schwäche aus.«

Absurderweise dachte Evan an Rebeccas Worte zurück, sie ihre Tochter – aufzugeben, habe ein Stück aus ihrem Herzen herausgerissen. »Wie ... wie schlimm ist es?«, tastete sie sich vor.

»Es ist nicht nur etwas Körperliches«, erklärte Kostya. »Die Probleme deiner Mutter sind emotionaler Natur.«

»Ach, Kostya, warum um den heißen Brei herumreden? Evan ist unsere Tochter, sie hat es verdient, Bescheid zu wissen.« Rebecca wandte sich Evan zu. »Ich habe eine bipolare Störung. Ich nehme täglich Medikamente, um ... nun ja, um mehr oder weniger im Gleichgewicht zu bleiben.«

»Manchmal wirken die Medikamente«, fügte Kostya hinzu. »Und manchmal nicht.«

Rebecca lächelte schwach. »Ich bin zu meiner eigenen Sicherheit hier.«

Hatte Evan ursprünglich beim Anblick der üppigen Teemahlzeit Appetit verspürt, so war ihr jetzt der Hunger vergangen. Sie begann erneut zu weinen.

»Ach nein, Evan.« Ihre Mutter streckte die Hand über den Tisch. »Nein, bitte nicht weinen. Es geht mir hier gut. Dein Vater kümmert sich wunderbar um mich.«

»Ich habe dich gewarnt, Becca.«

Evan übertönte ihn. »Aber du bist nicht frei.«

»Wer von uns ist schon frei, Evan?« Ihre Mutter drückte ihre Hand. »Du vielleicht? Falls du das glaubst, machst du dir etwas vor. Denk nur an deine Pflichten.«

Evan öffnete den Mund, um zu widersprechen, doch sie

wusste, dass ihre Mutter recht hatte. Sie, Evan, befand sich auf einem ganz bestimmten Weg – sie war verpflichtet, Wendy und Michael zu finden und zu retten, und sie war verpflichtet, Omega aufzustöbern und die Organisation – so wie früher schon Nemesis – zur Strecke zu bringen. Sie war nicht frei, absolut nicht.

Sie erwiderte den Händedruck ihrer Mutter. »Wird … wird es wieder gut?«

»Es gibt … schwierige Augenblicke. Dann überwältigen mich finstere Gedanken, Ängste und nächtlicher Schrecken« – sie lachte humorlos – »so wie dich damals, als du zwei warst. Aber ja, alles in allem geht es mir so gut, wie das überhaupt möglich ist.« Das Lächeln, das sie Kostya schenkte, leuchtete vor Liebe. »Wie schon gesagt, dein Vater kümmert sich gut um mich.«

»Darf ich dich fragen …?«

»Alles, Evan. Mit den Geheimnissen ist Schluss, nicht wahr, Kostya?«

Dr. Reveshvili nickte widerstrebend.

Mit hämmerndem Herzen versuchte Evan, ihre Emotionen in den Griff zu bekommen. »Gehört ihr …« Ihr Mund war so trocken, dass sie von vorn anfangen musste. *Tief durchatmen, die Luft tief hineinlassen.* »Gehört ihr immer noch zum FSB?«

»Wir waren niemals Teil des FSB«, antwortete Rebecca.

»Deine Mutter hat recht.« Kostya lächelte. »Wir waren immer selbstständig, freie Mittelsmänner. Sobald wir Russland verlassen hatten, arbeiteten wir ohne Führungsoffizier. Unser Gehalt kam von einer vollkommen harmlosen Organisation in Deutschland.«

»Kein Führungsoffizier.« Evan schüttelte den Kopf. »So was hab ich noch nie gehört.«

»Und das wirst du auch künftig nicht mehr. Das war Teil des Experiments. Es hat nicht funktioniert, und deshalb wurde das Programm rasch vollständig beendet.«

»Okay, ihr wart selbstständig«, sagte Evan. »Trotzdem wusstet ihr von dem Programm, und so …«

Kostyas Lächeln wurde breiter. »Genau darauf wollte ich jetzt hinaus. Zufällig gelangte ich in den Besitz eines bestimmten Materials – frag nicht, wie –, das der Souverän nur zu gern in Händen halten würde. Es ist etwas, das eine große Demütigung für ihn bedeuten würde, sollte es in Umlauf geraten. Es befindet sich nicht hier bei mir, und natürlich auch nicht in Russland. Es liegt an einem sicheren Ort, zu dem niemand außer mir Zugang hat.«

»Was sagst du dazu, Mama?« Sie verwendete das russische Wort für Mutter.

Rebecca reagierte mit einem kurzen, dankbaren Lächeln. »Ich weiß nichts über dieses Material oder sein Versteck. Da war Kostya eisern.«

Reveshvili presste die Lippen zu einem Strich zusammen. »Ich lasse nicht zu, dass Schlägertypen des FSB versuchen, über sie an mich heranzukommen.«

»Du siehst, wie er ist, Evan«, sagte Rebecca.

»Wir hatten nie erwartet, dich jemals wiederzusehen.« Reveshvilis Stimme war rau vor Ergriffenheit.

»Aber ich habe dich gefunden.« Evan, der es von der raschen Folge bestürzender Enthüllungen schwindelte, fühlte sich, als triebe sie ohne Land in Sicht auf einem sturmgepeitschten Meer. »Und du hast mich nach all den Jahren wiedererkannt.«

»Nicht sofort, aber während unseres Gesprächs erkannte ich allmählich Becca in dir – dann wurde diese Erkenntnis rasch immer eindringlicher, und ich wusste, dass du es sein musstest. Ich fing an, darüber nachzudenken, wie ich dir sagen könnte, wer ich bin – und selbstverständlich auch, wie ich dir von Becca erzählen könnte –, und da ich ein Arzt bin, entschloss ich mich für einen bestimmten Weg.«

»Du hast mir ein Medikament gespritzt.«

»Es war eine ganz schwache Dosis und vollkommen ungefährlich, das versichere ich dir«, erwiderte er. »Gerade so viel, dass dein Unbewusstes zugänglich wurde und mir eine Möglichkeit schuf, dich zu deiner frühen Kindheit und zur Wahrheit über deine Herkunft zurückzuführen.«

»Und was du mir von dir selbst erzählt hast – der schwarze See und dein Aufwachsen ohne Eltern und Familie?«

»Der unheimliche See ist leider nur zu real, und ebenso das Ferienhaus daneben.« Kostya drehte die Tasse auf der Untertasse im Kreis. »Tatsächlich stimmt alles, was ich dir erzählt habe ... die gesamte Sitzung basierte auf Wahrheit. Hätte ich gelogen, hättest du es gemerkt – dein Unbewusstes hätte es erspürt.« Er schüttelte den Kopf. »Gewisse Tatsachen habe ich dir vorenthalten – über Anna und ihre Zwillingsschwester –, aber im Gasthaus bin ich davon ausgegangen, dass du noch nicht bereit warst, mehr über sie zu erfahren.«

Er hatte auch hier recht; sie war da noch nicht so weit gewesen – längst nicht. Sie hatten sich in einer ungeheuer komplizierten Situation befunden, in der jede falsche Entscheidung fatale Konsequenzen hätte haben können. »Du hast alles gut gelenkt«, erklärte sie aufrichtig. Und am Ende hatte er ihrer Mutter gestattet, ihr das zu berichten, was sie wissen musste. »Sehr gut.«

»Danke für die Anerkennung.« Kostya sah so aus und klang so, als meinte er es aufrichtig.

Evan ließ sich alles eine Weile durch den Kopf gehen. Dann sagte sie: »Ich muss euch noch etwas fragen.«

Kostya breitete die Hände aus.

»Über Bobbi ...«

»Ah, Robin.«

»Robin?« Evan zog die Augenbrauen zusammen. *Ich kenne nicht einmal den richtigen Namen meiner eigenen Schwester*, dachte sie. »Wir haben sie immer nur Bobbi genannt.«

»Ihr amerikanischer Spitzname«, erklärte Kostya mit angewiderter Miene.

»Sie war ganz anders als du«, erzählte Rebecca. »Sie kam blau angelaufen auf die Welt, war ein Frühchen. Sie war eiskalt, als sie aus mir herauskam. Ich hielt sie für tot. Ich habe über ihr geweint, bis die Krankenschwester sie mir wegnahm.«

»Die ersten zehn Tage ihres Leben hat Robin im Brutkasten verbracht«, erläuterte Kostya mit seiner gelassenen, professionellen Stimme. Als spräche er von einer kleinen Patientin, vom Kind eines anderen Paares. Evan war außerdem schneidend bewusst, dass er sie nicht umarmt hatte und nicht auf ihre neue Erkenntnis eingegangen war, dass er ihr Vater war. Was stimmte nicht mit ihm?

»Die Probleme hörten nicht auf, als ich sie mit nach Hause nahm. Sie war ein furchtbares Schreibaby«, erzählte Rebecca. »Und dann ein sehr schwieriges Kind.«

»Daran, wie sie war, ändert sich nichts mehr.« Kostya nahm ein Gebäckstück und legte es auf den Teller seiner Frau. »Hier, iss etwas, Becca. Du wirkst blass.«

»Nicht, weil ich hungrig wäre.« Sie schloss die Augen. »Es geht mir immer so, wenn ich über Robin spreche.« Ihre Stimme bebte. Sie riss sich zusammen, und als sie erneut sprach, war ihr Tonfall wieder fest. »Schreibaby hin oder her, ich hätte sie nicht inniger lieben können. Ich war in sie vernarrt und habe mehr Zeit mit ihr verbracht als mit dir.«

»Das hat Robin nur noch anstrengender gemacht«, sagte Kostya und schenkte sich nach.

»Sie hat mich mehr gebraucht«, entgegnete Rebecca. Sie wirkte nicht verärgert; sie stellte Evan ihre Sicht der Dinge dar.

Reveshvili wandte sich Evan zu. »Und wie bist du mit ihr ausgekommen, Evan?«

Sie wünschte, er würde sie mit *Tochter* oder mit *Liebes* ansprechen. Irgendwie *anders* als mit ihrem Namen, der in ihren Ohren so klang, als wäre sie nur eine Bekannte, die seine Frau zum Tee eingeladen hatte. *Aber warum sollte er das eigentlich tun?*, überlegte sie. Er kannte sie ja kaum.

»Nicht gut«, antwortete Evan leise. »Wir hatten nie einen wirklichen Draht, haben uns nie richtig verstanden. Und dann ist sie zum FSB übergelaufen.«

Am Tisch, im Büro und in den angrenzenden Fluren herrschte Schweigen.

»So oder so, die gute Nachricht ist, dass sie zwei Kinder hat. Wendy, elf Jahre, und Michael, neun. Beide liebe ich sehr.« Dass Bobbi eine russische Agentin geworden war, überraschte die beiden offensichtlich nicht, doch sie schienen nichts von den Kindern zu wissen und nichts über Bobbis Tod. Fast hätte sie ihnen davon erzählt, doch dann überlegte sie sich, dass es vorläufig für alle genug Erschütterungen und Umwälzungen gegeben hatte. Sie nahm sich vor, Ben zu bitten, Bobbis Ermordung für sich zu behalten.

»Unsere Enkel«, sagte Rebecca in dem ehrfürchtigen Tonfall, der für den Nachwuchs ihrer Kinder reserviert war. »Kostya, wir haben Enkel. Evan, erzähl. Wie sind sie?«

In den nächsten zehn Minuten erzählte Evan von Wendy und Michael und endete damit, wie sehr die Kinder auf Snickers-Riegel und Butter-Brickle-Eiscreme standen.

Rebecca lachte und weinte gleichzeitig, und Evan wusste, ihre Entscheidung, mit Bobbis Tod hinter dem Berg zu halten, war richtig gewesen.

»Sie hatten eine schwierige Kindheit«, berichtete Evan jetzt.

Ihr schwirrte noch immer der Kopf. »Irgendwann ist mir klar geworden, dass Bobbi – Robin – eigentlich nie Kinder wollte. Sie wusste nicht, wie man sich als Mutter verhält, und hatte nicht die Geduld, es zu lernen. Wir haben uns deswegen oft gestritten, wie ich zu meiner Schande gestehen muss.«

»Mach dir keinen Vorwurf deswegen.« Rebecca drückte kurz ihre Hand.

»Und ihr Vater?«, hakte Kostya nach, immer der analytische Wissenschaftler.

»Der war bestenfalls gleichgültig. Wenn es schlimm kam, war er schlicht und ergreifend eiskalt.« Sie breitete die Hände aus. »Ehrlich gesagt, weiß ich nicht, wieso meine Schwester überhaupt schwanger geworden ist.«

Reveshvili und Rebecca wechselten einen Blick. »Das war mit Sicherheit ihr Auftrag«, sagte Reveshvili. »Es diente dazu, ihre Legende noch glaubwürdiger zu machen.«

»Man hatte also damals schon Kontakt zu ihr aufgenommen.«

»Sehr früh, so hat man es uns mitgeteilt.«

Evan spürte, wie sich eine Decke der Depression auf ihre Schultern legte. »Ich bin nicht wie sie, wisst ihr«, sagte sie nach einer Weile.

»Das wissen wir«, antwortete ihre Mutter und rieb ihr beruhigend über die Hand. »Natürlich wissen wir das.«

»Wirklich?« Sie wandte sich Reveshvili zu. »Warum redest du dann immer noch mit mir, als wäre ich eine Patientin oder eine Klientin?«

Kostya wirkte einen Augenblick bestürzt, doch der betretene Gesichtsausdruck verschwand so schnell, wie er gekommen war. »Wir wollten … das heißt, ich wollte mir nichts anmaßen.«

»Anmaßen?«

»Da sind deine Erinnerungen an deine anderen Eltern – das Ehepaar, das euch wie eigene Kinder großgezogen hat.«

Rebecca nickte. »Das, was ihnen zugestoßen ist, war eine Tragödie.«

»Eine typisch amerikanische Tragödie«, fügte Kostya hinzu.

»Mary und Joe Ryder waren nette Menschen«, sagte ihre Mutter. »Sympathisch und empathisch. Wir hätten euch Kinder nie bei ihnen zurückgelassen, wären sie nicht so ausgesprochen liebevoll gewesen.«

»Mary hatte sich zwei Jahre lang vergeblich ein Kind gewünscht, als wir zu ihnen geschickt wurden«, fuhr Evans Vater fort. »Sie waren überglücklich und haben keine Fragen gestellt.«

Rebecca lächelte. »Sie haben sich auf Anhieb in euch verliebt.«

Evan ließ sich Zeit, das zu verdauen. Ihre Augen füllten sich mit Tränen, liefen aber nicht über. Vielleicht hatte sie schon all ihre Tränen geweint, vielleicht war sie auch einfach zu schockiert. »Ich habe …« Sie räusperte sich und ließ einen weiteren Moment der Stille entstehen. »Ich habe das Foto eurer anderen Töchter gesehen.«

Kostyas Tasse war auf dem Weg zu den Lippen, doch er hielt inne und stellte sie ab. »Die Zwillinge«, sagte er.

Evan nickte. »Anna und …«

»Anna und Luzida.«

»Lautet Annas Nachname wirklich Helm?«, fragte Evan.

Reveshvili seufzte. »Ja. Anna hat ihren Namen zu Helm geändert, als sie …«

»Gingen«, erklärte Rebecca bitter. »Als sie den Kontakt zu uns abbrachen.«

»Wie schon gesagt, Anna hat hier gearbeitet.« Kostyas Schultern waren gebeugt, der große Mann war angespannt. »Ich habe sie vor beinahe drei Jahren hinausgeworfen.«

»Nicht früh genug!«, rief Rebecca.

Reveshvili warf ihr einen Blick zu und wandte sich dann wieder an Evan. »Das, woran sie gearbeitet hat – im Geheimen –, lag nicht im besten Interesse der Klinik.«

»Sie hat an Patienten experimentiert, die Kostya aufgenommen hatte, obwohl sie keine Krankenversicherung hatten«, rief Rebecca. »Drei von ihnen sind gestorben. Sie hat sie getötet! Unsere eigene Tochter!«

»Mit Medikamenten«, sagte Evan zu Reveshvili. »Nicht wahr?«

»Mit Medikamenten?«, gab Rebecca zurück. »Keineswegs.«

»Was dann ...«

Kostya griff nach seinem Messer, nahm sich ein Stück Butter und verstrich sie auf einem Scone. Rebecca sagte nichts mehr. Als Evan einen Blick auf sie warf, sah sie, dass ihre Mutter Reveshvili anstarrte. Erst als Evans Blick zu ihrem Vater zurückkehrte, fuhr Rebecca fort. »Sie haben mich kaputtgemacht, diese beiden.«

»Na, na, Becca.«

Ihre Augen loderten. »Also, es stimmt. Du weißt, dass es stimmt. Ihretwegen bin ich hier.«

»Das ist nicht ...«

»Doch, Kostya. Ich habe Evan gesagt, dass wir keine Geheimnisse mehr haben, und das meine ich so.«

Er sah seinen Scone an, seufzte und legte ihn hin. »Na gut, Becca. Wie du wünschst.«

»Du solltest es ebenfalls wollen«, erklärte Rebecca leise, aber fest.

Evan hielt kurz inne, um ein wenig Ordnung in ihren Gefühlen zu schaffen, und fragte dann: »Woran hat Anna wirklich gearbeitet?«

Reveshvilis Gesicht verzerrte sich. »Sie hat ganz gezielt mit den Reproduktionsorganen der Patienten experimentiert.«

Evan sah das Entsetzen in den Augen ihrer Mutter.

Kostya nickte. »Was sie getan hat, war ... ja, grauenvoll. Zunächst konnte ich es nicht glauben.«

»Aber ich schon«, warf Rebecca ein. »Sie ist zur Teufelin geworden.«

Jetzt war Evan genauso entsetzt wie ihre Mutter. »Hast du die Behörden informiert?«, fragte sie.

»Natürlich nicht.« Kostya warf ihr einen scharfen Blick zu. »Hätten wir die Polizei hinzugezogen, wäre es zu Ermittlungen gekommen. Die Klinik wäre geschlossen worden. Wo würden meine Patienten dann hingehen? Sie alle haben ernsthafte Krankheiten, die nur hier, unter meiner Aufsicht, behandelt werden können.« Er schüttelte den Kopf. »Anna hat uns in einer vollkommen unhaltbaren Lage zurückgelassen.«

»Das Miststück«, stieß Rebecca giftig heraus. »Ich verfluche den Tag, an dem ich diese beiden zur Welt gebracht habe. In meinem Mutterleib muss etwas Schlechtes gewesen sein.«

»Becca, hör auf«, sagte Kostya in gequältem Tonfall. »Ich bitte dich.«

Sie fügte sich mit gesenktem Kopf, die Hände in den Schoß gelegt.

Evan blickte von ihrer Mutter zu ihrem Vater. »Aber ... was hat sie vor ...«

»Ich habe keine Ahnung«, antwortete Kostya.

»Vielleicht hat es etwas damit zu tun, dass ihre Schwester und sie unfruchtbar sind. Vielleicht hat sie eine Möglichkeit gesucht ...«

»Becca, das ist verrückt«, unterbrach Kostya sie mit vor Furcht bebender Stimme. »Du redest von Menschen wie Eduard Wirths – von Auschwitz-Gräueln.«

»Kostya, du musst der Tatsache in die Augen sehen, dass Anna eine Psychopathin ist«, spie Rebecca hervor. »Sie und ihre Schwester. Sie hassen die Welt und alles, was in ihr lebt.«

»Es stimmt, dass Anna einen Messias-Komplex hat«, gab Kostya zu. »Sie beide. Aber ganz besonders Anna.«

»Seit ihrer Kindheit war sie krankhaft vom Gedanken an die Sintflut besessen, es ging ihr um Gottes Noah gegebenes Versprechen, dass die Menschheit von vorn beginnen werde.« Ihre Stimme klang jetzt gequält. »Messias! Sie ist kein Messias, sie ist eine Zerstörerin, die über das Ende der Welt faselt. Das Omega der Menschheit, sagte sie gern und verbiss sich in ihre dummen Symbole!«

Evan erstarrte. Sie fühlte und hörte praktisch, wie die Zahnrädchen sich in ihrem Gehirn drehten. »Symbole? Omega?!« Ein plötzlicher Schrecken ergriff sie. »Oh Gott, Mama ... ich weiß nicht, wie ich dir das sagen soll ... Bobbis Kinder – deine Enkel, sie wurden vor einigen Tagen entführt. Jetzt bin ich mir sicher, dass Anna sie geholt hat. Deswegen bin ich hier, ich versuche, die Kinder zu finden. Bisher war ich davon ausgegangen, es handele sich um die Rache dafür, dass Bobbi eine Organisation namens Omega infiltriert hat, doch im Lichte dessen, was du mir gerade gesagt hast, begreife ich, dass Anna Omega ist. Nun gibt es einen viel hässlicheren Grund für die Entführung der Kinder.«

Rebecca riss die Augen auf. »Was?« Sie schrie das Wort beinahe. »Du kannst doch nicht meinen, dass sie sie als Versuchskaninchen verwenden will? Nein, das ist ausgeschlossen.«

Kostya wischte sich die Stirn mit dem Handrücken. »Nach allem, was wir hier von ihrer Arbeit gesehen haben, hatte sie mit Erwachsenen keinen Erfolg.«

Rebecca schloss die Augen. »Bitte hör auf, das hier in strikt wissenschaftlichen Termini zu definieren.«

Er breitete die Hände aus. »Aber die wissenschaftliche Methode ist die einzige Möglichkeit, die dem Geschehen zugrundeliegende Ursache zu finden.«

Evan nickte. »Tut mir leid, Mama, aber er hat recht.« Ihre Stimme war brüchig.

Rebecca zuckte zusammen und entspannte sich dann mit einem leisen Wimmern. »Gott steh uns bei! Das ist ein Albtraum.«

Evan holte tief Luft. Sie und Ben mussten los. Sie stand auf, ging zu ihrer Mutter und legte ihr die Arme um die Schultern. »Ich bring das in Ordnung, Mama. Das verspreche ich dir.«

Rebecca blickte zu ihr auf, die Augen tränenverhangen. »Tod«, flüsterte sie heiser. »Ich sehe nichts als Tod.«

Evan küsste sie auf den Kopf. »Alles ist gut.«

»Ich will dich nicht verlieren, Evan. Nicht, nachdem du zu uns zurückgekehrt bist. Ich lasse nicht zu …«

»Becca.« Kostyas Stimme war beruhigend. »Nichts wird …«

»Anna wird Evan töten, wenn sie Gelegenheit dazu bekommt!« Rebeccas Augen flammten unter Tränen auf. »Das weißt du genau, Kostya.«

»Es steht noch viel mehr auf dem Spiel«, sagte Evan. »Ich muss sie aufhalten.«

Rebecca schluchzte, ihre mageren Schultern bebten.

Ohne darüber nachzudenken, legte Evan ihrer Mutter die Hand auf den Kopf, so wie diese es kurz zuvor bei ihr getan hatte. »Wenn ich es nicht mache, wer dann?«

Reveshvili nickte. »Sie hat recht, Becca. Du weißt so gut wie ich, dass sie eine spezielle Ausbildung durchlaufen hat.«

Evan hob schlagartig den Kopf. »Woher wisst ihr über meine Ausbildung Bescheid?«

»Wir haben deine Fortschritte verfolgt, und …«

»Ach, Kostya, kannst du nicht endlich damit aufhören, sie zu belügen?«

»Moment mal«, sagte Evan zu Reveshvili. »Du wusstest die ganze Zeit schon, wer ich bin?«

»Du bist meine Tochter«, antwortete er schlicht.

Dann wandte Kostya sich an seine Frau. »Ich habe ein Versprechen abgegeben, Becca.«

»Aber ich nicht.« Ihre Mutter wandte sich Evan zu. »Lyudmila Alexeyevna hat uns darüber informiert, dass Robin erfolgreich angeworben wurde. Und sie hat uns auch über dich auf dem Laufenden gehalten.«

Lyudmila!, dachte Evan. *Sie ist der Grund dafür, dass ich hier bin. Lyudmila muss ihnen Fotos von mir als Erwachsener gezeigt haben, oder? Wusste er schon die ganze Zeit, wer ich war?* Vielleicht auch nicht, denn nun fiel ihr auf, dass Lyudmila den beiden nichts von Wendy und Michael erzählt und sie über Bobbis Tod im Dunkeln gelassen hatte.

»Du und Lyudmila Alexeyevna, ihr seid Freundinnen«, sagte Rebecca. Es war keine Frage.

Evan nickte. »Aber anscheinend haben selbst Freundinnen Geheimnisse voreinander.« Dennoch vertraute Evan Lyudmila weiterhin. Gewiss waren alle Geheimnisse, die Lyudmilas Inszenierung dieser Begegnung umgaben, zu Evans Bestem vor ihr verborgen gehalten worden. Und zum Besten der Reveshvilis.

Rebecca sah sie an. »Hast du keine Geheimnisse vor ihr?«

Doch, natürlich, dachte Evan.

»Wir sind sehr stolz auf dich und deine Leistungen. Auf den heiligen Schrecken, den du dem FSB eingejagt hast«, erklärte Rebecca mit aufrichtiger Gemütsbewegung.

»Ja, das sind wir, *moya doch'*.« *Meine Tochter.*

Etwas in Evans Innerstem schmolz. *Endlich*, dachte sie. *Endlich!* Sie ergriff das Wort. »Sag mir, *Otets*.« *Vater.* »Sag mir alles, was ich wissen muss.«

43

Rumänien/Bergisch Gladbach

»Experimente.«

»Ja.«

»An ihren eigenen Leuten.«

»An Mitgliedern, die nicht länger an die Methoden ihrer Führerin glaubten.« Kobalt schob die Lippen vor. »Zherov und ich haben auf dem Omega-Gelände die abscheulichen Ergebnisse gesehen.«

Lyudmila nickte. Sie und Kobalt standen an Deck ihrer Jacht, zusammen mit Zherov. Das Meer hatte sich beruhigt, der Tag war klar, der Himmel unmittelbar über ihnen kobaltblau, doch bis zum Mittag würde er ausbleichen. Es war jetzt schon heiß.

»Das bedeutet, dass wir Omega rasch finden und neutralisieren müssen.« Das kam von Zherov, der besser aussah, da er acht Stunden Schlaf bekommen hatte. Er wusste nichts vom Ausflug der beiden Frauen zum Friedhof; das war nicht nötig.

Sie wurden vom Summen von Lyudmilas Handy unterbrochen. Lyudmila entschuldigte sich und trat zum Bug. Es war ein Anruf in der geschützten Sandbox. Ihr Puls beschleunigte sich. Sie hörte Evans Stimme über die verschlüsselte Verbindung.

»Ich habe meine Eltern kennengelernt – meine leiblichen Eltern«, sagte Evan.

»Wie?«

»Du weißt genau, wie«, antwortete Evan. »Du hast mich hingeschickt.«

Lyudmila nickte. »Am Ende warst du besser auf die Begegnung vorbereitet.«

»Ich bin dir etwas schuldig, du Luder.«

Lyudmila lachte leise. »Ich verbuche es als Haben.«

»Du weißt, was Anna im Sinn hat?«

»Ja. Sie experimentiert mit Menschen«, sagte Lyudmila und beschloss, Evan erneut zu ihrem eigenen Besten zu belügen. »Ich war auf dem Omega-Gelände in Odessa. Einige ehemalige Anhänger hatte sie erschossen, aber andere sahen so aus, als wären sie Opfer medizinischer Experimente geworden.«

»Genau das hat Anna auch hier in der Klinik getan. Und meine Eltern haben Angst davor, was sie jetzt unternehmen könnte. Aber Lyudmila ... es gibt auch eine gute Nachricht – die beiden haben herausgefunden, wo Omegas Hauptquartier liegt.«

Lyudmilas Augen weiteten sich. »Endlich!«

Evan berichtete, wo es sich befand. »Treffen wir uns dort?«

»Ich melde mich wieder mit einer Ankunftszeit. Hast du eine Transportmöglichkeit?«

»Mein Vater kümmert sich darum.«

»Es muss ein merkwürdiges Gefühl sein, das zu sagen, oder?«

Die Frage war zu aufgeladen, um sie jetzt zu beantworten. »Ich schicke dir meine Ankunftszeit, sobald ich sie kenne.« Damit beendete Evan die Verbindung.

Na ja, dachte Lyudmila, als sie ihr Handy einsteckte. *Vielleicht gilt Murphys Gesetz hier ja nicht. Vielleicht läuft auch mal alles glatt, was glatt laufen kann.*

Kobalt und Zherov erwarteten sie.

»Kobalt«, sagte sie. »Rufen Sie Ihren Piloten an. Fordern Sie ihn auf, so schnell wie möglich zum Flughafen Constanta Mihail Kogalniceanu zu kommen.«

Kobalts Augen leuchteten auf. »Du hast herausgefunden, wo Omega sein Hauptquartier hat?«, fragte sie, während sie bereits die Nummer eingab. Sie sprach kurz mit ihrem Gegenüber, vergewisserte sich, dass ein Flugplan erstellt wurde, und beendete die Verbindung. »In vierzig Minuten bis zu einer Stunde«, sagte sie.

»Dann sollten wir jetzt aufbrechen.« Lyudmila stand bereits auf der Backbordseite. Sie begann, ins bereitliegende Beiboot hinabzuklettern, und einer nach dem anderen folgten sie ihr.

Ben leerte sein Teeglas. »Können Sie mir nicht sagen, was los ist?«

»Leider entwickeln sich die Ereignisse ohne uns«, antwortete Leonard Pine in seinem höflichen Tonfall.

Sie saßen in der Klinikküche, die sehr weitläufig und in Edelstahl gehalten war und so früh am Morgen beinahe verlassen dalag. Mehrere einsame Gestalten in Küchenkitteln waren auf der anderen Seite bei der Arbeit und bereiteten das Frühstück vor. Alles wirkte hell und sauber.

Ben beschloss, das Thema zu wechseln. »Erzählen Sie mir mehr von Ihrem Bruder.«

»Hm. Jon und ich waren wie Feuer und Wasser, immer schon.« Mit einem geistesabwesenden Gesichtsausdruck verlor er sich in der Vergangenheit. »Wenn er an Weiß dachte, dachte ich an Schwarz. Herrn Dr. Reveshvilis Theorie über Zwillinge traf auf uns haargenau zu. Jon wurde als ein schlechter Mensch geboren. Ich dagegen nahm die ethischen und moralischen Werte meiner Eltern in mich auf.« Er hielt kurz inne, um sich die Lippen zu befeuchten. »Ich persönlich glaube, dass Jons Leben zu retten gewesen wäre, doch dann hat er hier in der Klinik Anna kennengelernt. Er ist sofort in ihren Bann geraten. Sie hat ihn geblendet, er war wie verzückt. Er hat alles getan, was sie ihm aufgetragen hat. Er sagte, er würde ihr überallhin folgen, und das hat er auch getan. Diese Wirkung hat sie auf viele Menschen ausgeübt.« Pine blinzelte, seine Augen verloren den leeren Blick, und er sah Ben an. »Und jetzt ist er tot.« Er seufzte. »Die traurige Wahrheit ist, dass er mir fehlt.«

»Warum sollte das traurig sein?«, fragte Ben. »Er war schließlich Ihr Zwillingsbruder.«

Pine winkte mit seiner eleganten Hand ab. »Oh, so waren wir nie. Wir haben nie im gleichen Moment an dasselbe gedacht und einer die Sätze des anderen zu Ende geführt. Wie Jon tickte, war mir ein vollständiges Rätsel. Ich fand Anna eher erschreckend als faszinierend und wäre nie in Versuchung gewesen, mich ihrer Sekte am Ende der Welt anzuschließen. Wie nannte sie sie noch? Ihrer Omega-Gruppe.«

Ben staunte nicht schlecht, als die Puzzleteile sich endlich zusammenfügten. Anna leitete Omega. »Was können Sie mir über diese Omega-Leute berichten?«

Pine zuckte mit den Schultern. »Ich kann Ihnen von Anna erzählen.« Er schenkte Ben Tee nach und dann sich selbst. »Sie ist krank im Kopf.«

Ben legte den Kopf schief. »In welchem Sinn?«

Pine stieß ein leises Geräusch aus. »In welchem Sinn nicht? Meiner Meinung nach ist sie eine Narzisstin und eine Größenwahnsinnige mitten in einer schlimmen Psychose. Sie ist überzeugt, dass die Welt gesäubert und die Menschheit ausgerottet werden muss, um erneuert zu werden.«

»Unter ihrer Führung.«

Pine schob die Lippen vor, deutlicher brachte er seinen Abscheu nie zum Ausdruck. »Und die weiße Rasse ist in ihrer gestörten Sichtweise überlegen. Nach Omegas Lehre, die natürlich Annas Lehre ist, hat die Vermischung der Rassen und Hautfarben einen Bruch in der menschlichen Evolution bewirkt, ein Abbiegen auf einen falschen Weg. Dem muss auf der Stelle Einhalt geboten werden, weil es bereits zu weit geht.«

»Die Naziideologie bis zu ihrem unlogischen Extrem geführt.«

»Haargenau.« Pine strich mit den Händen über die Platte der Edelstahltheke, an der er saß. »Noch etwas. Anna ist außerdem bipolar, und genau deshalb konnte Jon sich ihrem Einfluss unmöglich entziehen.«

»Er hatte ebenfalls eine solche Störung?«

Pine nickte. »Sie hat ihn angewiesen, die Medikamente abzusetzen, die der Herr Doktor ihm verschrieben hatte. Sie sagte ihm, die brauche er gar nicht, und er hat ihr geglaubt.«

»Er wollte ihr glauben.«

»Richtig. Als der Herr Doktor sie rausgeworfen hat, hat sie ihn mitgenommen.«

»Ich habe den Eindruck, sie hätte eigentlich als Patientin hier sein sollen.«

»Oh, das haben wir alle gedacht.« Pine zuckte mit den Schultern. »Aber sie war nicht aufzuhalten. Mit brutaler Offenheit gesagt, sie konnte recht gewalttätig werden. Sie hätte jemanden verletzt – oder Schlimmeres –, und zwar ohne einen Hauch von Bedauern. Dieses Risiko konnte der Herr Doktor nicht eingehen. Anna ist die Tochter der beiden, verstehen Sie.« Er schüttelte den Kopf. »Sie hasst ihre Mutter mit einer Inbrunst, die erschreckend ist.«

Ben runzelte die Stirn. »Warum hasst Anna ihre Mutter so sehr?«

Pine zuckte mit den Schultern. »Vielleicht weil ihre Mutter die Einzige ist, die ihr bis ins Herz sieht. Anna fürchtet ihre Mutter ebenso sehr, wie sie sie verabscheut.«

»Mir scheint, Sie beschreiben eher ein Monster als einen Menschen.«

»So kann man es durchaus ausdrücken.« Pine beugte sich vor und senkte die Stimme. »Hören Sie, Mr Butler ...«

»Nennen Sie mich doch bitte Ben.«

Pine setzte sein professionelles gewinnendes Lächeln auf. »Das liegt an meiner Ausbildung.« Er rückte sein Teeglas näher zu sich, trank aber nicht daraus. »Ich fühle mich genötigt, Ihnen etwas zu berichten, was ich noch nicht einmal den Reveshvilis mitgeteilt habe.«

»Geheimnisse vor Ihrem Arbeitgeber. Entspricht das Ihrer Ausbildung?« Das Letzte sagte Ben in einem halb scherzhaften Tonfall, um Pine nicht zu kränken.

»Aber nein. Absolut nicht. Wenn ich mich Ihnen anvertraue, werden Sie meine Gründe allerdings verstehen.« Er biss sich auf die Lippen, als kämen ihm im letzten Moment Bedenken. Dann stürzte er sich unvermittelt in seine Rede. »Anna weiß über Ihre Begleiterin, Mrs Ryder, und deren Schwester Bescheid.«

Ben zog die Augenbrauen zusammen. »Was wollen Sie damit sagen?«

»Anna war diejenige, die die Entführung von Mrs Ryders Nichte und Neffen veranlasst hat.«

Ben lief ein Schauer den Rücken hinunter. »So etwas hatten wir schon vermutet. Es war letztlich die einzige Möglichkeit, die Sinn ergab. Ein lange gehegter Groll, Rache für Bobbis Mission gegen Omega.«

»Ja«, antwortete Pine sanft. »Das ist möglich. Aber mit größerer Wahrscheinlichkeit liegt es daran, dass die Kinder mit ihr verwandt sind. Anna hat keinen Nachwuchs.«

»Was?«

»Sie ist unfruchtbar. Ich bezweifle nicht, dass sie einen Weg finden wird, die Kinder zu benutzen. Vermutlich wird sie sie mit Omegas extremistischer Religion indoktrinieren. Wenn man sie lässt – wenn man sie nicht aufhält –, wird sie dafür sorgen, dass sie in der Zukunft Omegas Fahne hochhalten.«

Ben saß vollkommen reglos da. Sein Herz hämmerte so heftig in der Brust, dass er kaum atmen konnte. »Was …« Er musste sich räuspern und von vorn anfangen. »Was meinten Sie eben damit, dass sie verwandt sind? Wie um Himmels willen könnten Bobbis Kinder mit Anna verwandt sein?«

Bevor Leonard Pine antworten konnte, traten drei Personen in die Küche: Evan, Reveshvili und eine Frau – eine blasse Schönheit, gertenschlank und anziehend. Ben hatte sie nie zuvor gesehen. Wie Pine stand er auf, um sie zu begrüßen.

»Ben Butler«, wandte Evan sich in einer förmlichen Weise an Ben, die dieser ausgesprochen eigenartig fand, »ich würde dir gern meine Eltern vorstellen: Herr Dr. Konstantin Reveshvili und Frau Dr. Rebecca Reveshvili.«

44

Rumänien, Constanta

Weniger als fünfhundert Meter vom Flughafen entfernt stand ein niedriges, unauffälliges Gebäude, das der regionale Firmensitz eines inzwischen pleitegegangen Import-Export-Unternehmens hätte sein können. Zumindest sah es von außen so aus. Wenn man jedoch einmal hineingegangen war, begriff man rasch, dass nichts der Wahrheit ferner liegen könnte. Denn dies war eine ehemalige Geheimeinrichtung der CIA, ein Black Site, den die Behörde vor einem Jahrzehnt für Verhöre von erwiesenen oder mutmaßlichen Terroristen verwendet hatte.

Selbst zehn Jahre später verharrte der Geruch von Blut, Gehirnmasse, Schweiß, Schmerz, Angst und menschlichen Exkrementen in den Räumen. Wie Zigarettenrauch in einer Kneipe war er tief in die Poren der nackten Betonwände eingesickert und sorgte für eine erstickende Atmosphäre, so beängstigend wie wenige andere Orte der Welt.

Vom Gestank abgesehen waren das Erste, was ihnen beim Einschalten ihrer LED-Taschenlampen in die Augen fiel, vier riesige Wasserhähne, die geradezu obszön aus den Wänden ragten. Dazu kamen drei Abflussöffnungen, die in den Boden eingelassen waren. Dem Betonboden, der die Abflussgitter umgab, war der unauslöschliche Beweis für die unermüdliche Arbeit der vorherigen Nutzer eingeschrieben. Die Flecken waren dunkel, groß und so tief wie Seen. In einer abgelegenen Ecke waren riesige Glasflaschen, wie man sie für Trinkwasserspender verwendet, zu einer in Spinnweben eingesponnenen Pyramide aufgestapelt.

Sie waren zu früh beim Flughafen eingetroffen. Lyudmila hatte vernünftigerweise beschlossen, dass sie dort nicht warten würden, da man ihre Anwesenheit hinterfragen oder weitermelden könnte. In Rumänien wollten sie unauffällig reisen, damit niemand ihr Kommen ankündigen könnte.

Während Zherov sich in dem Gebäude umschaute, führte Lyudmila ihr abschließendes Gespräch mit Kobalt – abschließend in dem Sinn, dass sie danach beide verändert sein würden. Oder tot.

»Kobalt, ich werde Sie nicht belügen. Jemand hat mir verraten, wo Omegas Hauptquartier sich befindet.«

»Während des letzten Anrufs, den Sie bekommen haben?«

Lyudmila nickte.

»Dann ist also alles so weit, dass wir starten können, sobald meine Maschine landet? Wie weit fliegen wir? Muss das Flugzeug unterwegs aufgetankt werden?«

»Sie und Zherov, Sie kehren nach Moskau zurück.«

»Was?« Die Hände in die Hüften gestemmt, die Füße schulterbreit aufgestellt, eine Angriffshaltung. »Das soll wohl ein Scherz sein.«

»Sie haben in der Hauptstadt etwas Dringendes zu erledigen.«

»Dringender, als mit Omega aufzuräumen? Das glaube ich kaum.«

»Um Omega kümmere ich mich.« Lyudmila hatte nicht die Absicht, zu erwähnen, dass sie Evan dort treffen würde, ebenso wenig, wie sie Kobalt erzählen würde, dass ihre Eltern noch lebten und in Deutschland wohnten. »Sie hatten Ihre Chance mit Omega, und Ihr Scheitern, aus welchem Grund auch immer, hat

Sie bei denen im FSB, die Ihr Schicksal in Händen halten, unbeliebt gemacht.«

»Bei Dima.«

»Und bei seinem Chef, Generaldirektor Stanislav Budimirovich Baev.« Sie ergriff Kobalt bei der Schulter. »Hören Sie mir zu, Bobbi, sollten Sie jemals beim FSB so Karriere machen, wie wir beide es uns wünschen, werden Sie ...«

»›Wir‹?«, sprach Kobalt ihr nach. »Was hat denn meine Karriere mit Ihnen zu tun?«

»Sie stehen allein da, Bobbi – ganz allein. Keinem Ihrer Vorgesetzten kann man auch nur einen Zentimeter weit über den Weg trauen. Glauben Sie wirklich, Sie könnten dort aus eigener Kraft einen Weg finden, wo es mir nicht gelungen ist?«

Kobalt schaute weg, auf Zherov, der in Ecken und Winkel spähte, als würde er dort irgendetwas suchen.

»Ich habe aus meinen Fehlern gelernt. Aber im konventionellen Sinn ist es zu spät: Ich bin in Moskau Persona non grata. Ich bin eine Exilantin. Und doch besitze ich all dieses Wissen. Widersinnig, finden Sie nicht? Aber für Sie wäre genau dieses Wissen entscheidend. Es kann Sie an den Fallstricken vorbeigeleiten, an den internen Kämpfen, die im Inneren des FSB und all seiner Ableger toben.«

Kobalt rieb sich die Schläfen. »Warum sollte ich Ihnen vertrauen?«

Lyudmila zuckte mit den Schultern. »Dann lassen Sie es eben sein. Wie Sie meinen. Aber Sie sollten wissen, dass wir beide dasselbe wollen.«

»Und was wäre das?« Kobalts Tonfall war äußerst skeptisch. »Sie sollten sich besser etwas Gutes einfallen lassen.«

»Wir wollen beide im Spiel mitmischen, während wir gleichzeitig frei bleiben – unabhängig.« Sie sah Kobalt an. »Wollen Sie das etwa nicht, Bobbi, oder habe ich Sie von unserer ersten Begegnung an falsch eingeschätzt?«

Kobalt ließ sich mit ihrer Antwort lange Zeit. Sie schien sich innerlich um eine Mitte zu sammeln, derer sie sich nicht vollkommen sicher war. Schließlich räusperte sie sich. »Nein, Lyudmila. Sie irren sich nicht.«

»Dann fliegen Sie nach Moskau zurück, und beseitigen Sie das Chaos, das Sie angerichtet haben.«

»Das Chaos, das *ich* angerichtet habe? Jemand hat mich verpfiffen. Und zwar dieselbe Person, die Ermi gezwungen hat, mich in Istanbul ans Messer zu liefern.«

»Und Sie müssen diese Person finden und bloßstellen«, erwiderte Lyudmila. »Je früher, desto besser. Wer immer es ist, stellt eine Gefahr für Sie dar. Wenn man aus dem Inneren sabotiert wird, ist das der Anfang vom Ende.«

»Ich möchte das, was ich mit Omega begonnen habe, zu Ende bringen. Dima hat mir den Auftrag gegeben ...«

»Und wie hat das geendet?« Lyudmila schüttelte den Kopf. »Denken Sie mit Ihrem Verstand, Bobbi, nicht mit Ihren Emotionen.«

»Aber ich hatte mir bereits einen neuen Plan zurechtgelegt. Dima wollte mich gerade zu einem Gespräch mit Baev begleiten, wo ich diesen Plan vorstellen wollte, da erhielt ich die Nachricht von der Entführung.«

»Da haben Sie Glück gehabt. Dieses Gespräch wäre für Sie nicht gut verlaufen. Baev hätte sie übel zurechtgestutzt.« Lyudmila schüttelte den Kopf. »Nein, Sie müssen sich jetzt um Ihre Angelegenheiten in Moskau kümmern.«

»Wenn Sie all das wissen, wozu brauchen Sie mich dann?«

Lyudmila lächelte und zeigte dabei ihre scharfen Zähne. »Das, was ich derzeit weiß, erfahre ich aus zweiter und dritter Hand.

Wenn Sie aber allmählich ins Zentrum der Macht aufsteigen, wird sich für uns beide alles ändern. Sie machen die Karriere, die Sie verdient haben, und ich bekomme Informationen aus erster Hand. Außerdem werden Sie Schutz genießen.«

Kobalt wandte sich ab, doch hier gab es nichts zu sehen als die Überreste eines ehemaligen Schlachthauses, das von Amerikas finstersten Kräften finanziert und beaufsichtigt wurde.

»Nehmen Sie das Flugzeug«, sagte Lyudmila. »Kehren Sie nach Moskau zurück, und setzen Sie das, was Sie zutage gefördert haben, als Hebel ein.«

»Und wie stellen Sie sich das vor?«

»Setzen Sie sich durch, Bobbi.«

»Ich habe die Mittel, um Dima zu vernichten. Eine Liste von Auszahlungen als Lohn für seine Bereitschaft, Missionen bei Sankt Petersburg, Berlin, Kiew und Aleppo ans Messer zu liefern. Eben jene Missionen, die dem SVR um die Ohren geflogen sind.«

»Aber es reicht nicht, Dima zu vernichten. Sie haben die Macht, auch Baev zu beschädigen. Dima war sein Mann, und auch wenn sie miteinander im Krieg lagen, ist so eine Fehde im FSB nicht anders zu erwarten.«

»Dann ...?«

»Sie müssen mit Ihrer Information zu dem einen Mann gehen, der Ihnen noch mehr misstraut als alle anderen: dem Direktor des FSB, Minister Darko Vladimirovich Kusnetsov.«

Kobalt fuhr hoch, als hätte Lyudmila ihr mit einem Viehtreiber einen elektrischen Schlag versetzt. »Das wäre Wahnsinn. Eine Selbstmordmission. Sie sind verrückt.«

»Mehr als alles ist Kusnetsov Pragmatiker. Dieser Pragmatismus hat es ihm gestattet, sich dem Schlachtgetümmel fernzuhalten und von weit oben zu beobachten, wie seine Leute unten sich gegenseitig auffressen. Ihm ist schneidend bewusst, wie trügerisch das Machtgleichgewicht im FSB sein kann.«

»Was, wenn ich Ihren Plan für verrückt halte? Was, wenn ich glaube, dass Sie mich nur für Ihre eigenen Zwecke einspannen wollen? Was, wenn ich die Lage von Omegas Hauptquartier aus Ihnen herausschüttele?«

»Unnötig. Ich verrate Ihnen den Ort«, antwortete Lyudmila mit ausdrucksloser Miene. »Wenn es das ist, was Sie wollen. Aber Omega wird mit Ihnen rechnen. Sie werden dort Ihren Kindern begegnen. Die werden höchstwahrscheinlich herausfinden, wer Sie wirklich sind. Und daheim in Moskau wird der Maulwurf, Ihr persönlicher Antagonist, Ihre Position weiter unterhöhlen.

Schauen Sie, ich weiß, dass Sie Zweifel haben. Sie glauben, dass ich Sie belüge. Aber die unabweisbare Tatsache lautet, dass das, was Sie über Dima aufgedeckt haben, ein Erdbeben auslösen wird. In Kusnetsovs Händen wird es das Machtgleichgewicht bis nach ganz unten verändern. Und tatsächlich ist es doch so: Falls Sie einwilligen, werden wir uns gegenseitig für unsere Zwecke einspannen. Das wissen wir dann von vornherein.«

Kobalt dachte nach. Es war dasselbe Argument, das sie verwendet hatte, um Zherov zu rekrutieren. Sie hatte es ernst gemeint, und vielleicht war es Lyudmila ebenfalls ernst damit. Eines war jedenfalls richtig – sie musste ihre brodelnden Emotionen in den Griff bekommen. Sie hatte zugelassen, dass ihr Scheitern bei Omega in Odessa – aus welchem Grund auch immer es dazu gekommen war – ihr unter die Haut gegangen war. Diese Haltung beeinträchtigte ihr Urteilsvermögen, damit hatte Lyudmila recht. Was, wenn sie auch sonst recht hatte? Während Kobalt versuchte, all diese Unwägbarkeiten abzuwägen, ging sie ihre eigene Liste durch: Sie hatte Dimas Vermögen auf ihr eigenes Konto umgeleitet, und sie hatte Zherov als Helfer gewonnen. Es stimmte jedoch, von diesen beiden Aktivposten abgesehen, stand sie allein da, auch in diesem Punkt lag Lyudmila richtig. Was nützte ihr das Geld, wenn sie die Strukturen nicht kannte und nicht wusste, welche Fäden sie ziehen musste? Sie könnte hier ablehnen und auf sich gestellt bleiben, aber wäre das angesichts der neuen Informationen wirklich klug?

Ermis Geld machte sie frei. Aber einfach wegzugehen, hätte seine Tücken, denn ihre russischen Herren würden mit Sicherheit die Verfolgung aufnehmen und sie zur Strecke bringen, sie töten. Die Alternative wäre, dass sie selbstständig arbeitete. Aber was sollte sie dann tun? Ihre Dienste dem anbieten, der sie am besten bezahlte? Sie wusste bereits, wer einige von diesen Auftraggebern sein würden: Warlords, Waffenhändler, internationale Drogenhändler, die Autokraten gewisser Staaten – menschlicher Abschaum, für den sie nicht arbeiten wollte.

Mit Verspätung wurde ihr klar, dass sie sich so gründlich in diese zweite Chance verbissen hatte, Omega zu zerstören, dass sie nicht über ihre Zukunft nachgedacht hatte. Ermis Geld hatte alles verändert, so wie riesige Geldsummen es nun einmal tun. Es verschaffte ihr Freiheit, doch es konnte auch zu einem Gefängnis werden, zu einem Sklavenaufseher, dem sie sich unterwarf. Wenn sie jedoch vorläufig ihren Schatz ignorierte ... könnte sie sich auf den Weg in die Zukunft einlassen, den Lyudmila ihr anbot. Und nun ... wie würde sie sich entscheiden?

Schließlich nickte sie. »Okay. Ich bin dabei.«

»Gut. In Moskau haben Sie zwei Aufgaben«, erklärte Lyudmila. »Die erste besteht darin, zu einem Gespräch mit Kusnetsov vorzudringen. Die zweite ist, Ihren Maulwurf aufzustöbern und zu eliminieren.«

»Ich weiß nicht das Geringste über Kusnetsov«, gestand Kobalt. »Wie soll ich mit ihm umgehen?«

Lyudmila grinste. Ihre Zähne blitzten im Licht von Zherovs Taschenlampe auf, der gerade von seinem Aufklärungsgang zurückkehrte. »Wenn Sie erst einmal zu ihm vorgedrungen sind, schlage ich Ihnen Folgendes vor.«

45

Fleisch/Metall/Knochen

Zwei beharrliche Gerüchte, die im FSB Tradition hatten, kreisten um den Leiter des Geheimdiensts, den Minister Darko Vladimirovich Kusnetsov. Das erste lautete, dass er niemals schlief; das zweite, dass er in einem Sarg schlief. Wie meistens enthielten beide Gerüchte ein Körnchen Wahrheit. Kusnetsov schlief maximal zwei Stunden pro Nacht. Außerdem hatte er eine Abneigung gegen direkte Sonneneinstrahlung. Bei Tageslicht sah man ihn nie ohne seinen charakteristischen breitkrempigen Hut, schwarz wie ein Rabenflügel.

Als Generaldirektor Stanislav Budimirovich Baev die drei Kilometer von seinem Zuhause in der Permskaya Ulitsa am nordöstlichen Rand Moskaus zu seinem Chef fuhr, hatte er allen Grund, über diese Dinge nachzudenken. Kein Licht drang durch die getönten Seitenscheiben des Wagens, sodass er während der Fahrt auf der Rückbank im Dunkeln saß. Es ging durch die Stadt und auf der anderen Seite hinaus, vorbei an der Ringautobahn. Normalerweise stand er nicht gern um fünf Uhr morgens auf, aber heute war es anders, weil er kaum ein Auge zugetan hatte. Außerdem war es die beste Tageszeit und der beste Tag, um sich mit Kusnetsov zu treffen; seine Nachricht konnte nicht bis zum Tauchgang im Haibecken am folgenden Abend warten.

Doch unausweichlich, und vielleicht war das beklagenswert,

wandten sich seine Gedanken Kata zu, in deren Stadthaus er die letzten Nächte verbracht hatte. Noch lange, nachdem sie ihre Sexorgie beendet hatten, verharrte der Geschmack ihres Körpers auf seiner Zunge, so wie ein Bissen der besten Schokolade beim Zerschmelzen erst nach und nach seine Zusammensetzung und seine Geheimnisse enthüllt. Dieser raffinierte Geschmack verhinderte einen normalen Schlaf und sorgte für eine Art Schwebezustand, in dem er nicht ganz wach war, sich aber so von Katas erotischer Ausstrahlung umfangen fühlte, als schwämme er in einem warmen Meer. Er schloss die Augen, und ihr Geschmack stieg aus seiner Erinnerung auf. Es war gefährlich, jetzt an ihren nackten Körper zu denken und sich seiner sexuellen Erregung zu überlassen, wo er doch seine Aufmerksamkeit ganz auf das bevorstehende Treffen konzentrieren musste. Doch ihr Duft war einfach unwiderstehlich. Gestern Nacht hatte er allerdings in ihrem Bett gelegen, ihren Geruch wie Rosenöl eingeatmet und der Stille ihres Hauses gelauscht, zum ersten Mal allein darin. Eigenartig. Ohne Katas elektrisierende Gegenwart wirkte ihre Wohnung tot.

Seine Träumerei endete, als der Fahrer den Wagen zur Einfahrt der Poryan-Fleischverarbeitungsfabrik lenkte, einer Gruppe ordentlicher, mit blauen und cremefarbenen Kacheln gefliester Gebäude. Der Hof war fast gänzlich betoniert oder asphaltiert, nur hier und da gab es einen schmalen Streifen Rasen und außerdem eine Reihe ziemlich trübselig aussehender, noch sehr kleiner Platanen. Die Natriumdampflampen waren noch eingeschaltet und beleuchteten den Parkplatz und die hygienisch einwandfreien Gebäudefronten. Der Himmel schimmerte im kränklich gelben Streulicht der Stadt, einer Farbe wie von den faulen Zähnen eines alten Mannes. Das Licht der Sterne drang nicht hindurch.

Im makellosen, von Edelstahl glänzenden Inneren eines der

Gebäude begrüßte der Nachtschichtleiter, der so früh am Morgen noch immer Dienst hatte, Baev höflich, deutete nach vorn und führte ihn durch die hohen, weiten Hallen. Sie kamen an geschlachteten Rindern vorbei, die von Haken herabhingen, und an riesigen Fässern, in denen Fleisch und seine Nebenprodukte zermahlen wurden. Schließlich verkündeten das Heulen von Kreissägen und die schweren, dumpfen Schläge, mit denen Hackbeile auf rohes Rindfleisch trafen, dass sie sich der Verarbeitungshalle näherten. Die Kabinen mit ihren Glaswänden reihten sich Seite an Seite. In jeder standen zwei taillenhohe Tische und eine Kreissäge. Eine Auswahl an Messern, Hackbeilen und ähnlichem Werkzeug lag bereit, und auch eine Schmutzwasserspüle war vorhanden. Mit einer dicken Metzgerschürze aus Neopren bekleidet, nahm Kusnetsov eine dieser Kabinen ein. Der Nachtschichtleiter blieb stehen, deutete wortlos auf ihn und überließ es Baev, allein an der Reihe von Metzgern vorbeizugehen.

Kusnetsovs Schürze war blutbespritzt, aber bei Weitem nicht so sehr, wie Baev es erwartet hätte. In seinem Haar sah man Schweißperlen, was untypisch für ihn war, seine Unterarme waren nackt und glänzten von der Arbeit mit einem mächtigen Hackbeil, das er mit erschreckendem Geschick führte. Sein Großvater war in einer Kleinstadt nahe Sankt Petersburg Metzger gewesen. Und der Legende zufolge hatte er Kusnetsov alles gelehrt, was es über sein Handwerk zu wissen gab. Natürlich wurde diese Legende, wie das die Art von Legenden ist, mit absurden Vorstellungen ausgeschmückt: vor allem mit dem Gedanken, Kusnetsov knöpfe sich in seinem geliebten Nebenberuf auch Menschen vor – Verräter, Kriminelle und sogar Oligarchen, die es gewagt hatten, ihn herauszufordern. So, wie Baev ihn jetzt vor sich sah, wirkte die Legende plötzlich glaubwürdig.

Noch bevor er vor der Kabine stand, in der Kusnetsov arbeitete, wölbte er die Brust vor. Als Überbringer guter Nachrichten hatte er allen Grund, stolz zu sein.

»Herr Minister Kusnetsov«, sagte er laut und in seinem beherztesten Tonfall, doch bevor er weiterreden konnte, winkte Kusnetsov ihm, zurückzutreten.

»Abstand halten, Slava. Sie wollen doch wohl nicht, dass Ihr Anzug Flecken bekommt.« Mit diesen Worten brachte er einen mächtigen Hieb mit seinem Hackbeil an und durchschnitt rotes Muskelfleisch und von Blut rosig gefärbten Knochen.

Mit einem Blick auf das Fleischstück, das er sauber abgetrennt hatte, nickte er befriedigt. Er warf das Stück zur Seite und zog einen weiteren großen Fleischbrocken heran. »Sie kennen ja die Gerüchte, die mich umgeben, Slava.« Er rammte das Hackbeil durch Muskeln und Knochen. »Dass ich nicht nur Tiere schlachte.«

Baev schauderte zusammen. »Natürlich habe ich sie gehört, Herr Minister, aber ich ...«

»Sie stimmen, Slava.« *Wumm*, krachte das Hackbeil nieder. »Absolut. Schauen Sie nur hier, wer sagt denn, dass das hier eine Rinderhälfte ist, hm?« *Wumm*, machte das Hackbeil. Baev spürte Übelkeit in sich aufsteigen. »Das hier könnte sehr gut eine Hälfte von ... Nun ja, tatsächlich so ziemlich allem sein.«

Davon verschlug es Baev denn doch den Atem. »Sie meinen, es ist Anatoly Vasiliev?« Anatoly Vasiliev Ivanovich war ein hochrangiger Beamter des FSB-Grenzschutzes. Baev hatte einige Male mit ihm zusammengearbeitet, wenn ihre Aufträge bei der Gegenspionage sich überschnitten. Baev hatte ihn als einen wenig bemerkenswerten Mann kennengelernt, mit dem die Zusammenarbeit leichtfiel.

»Eben der.« *Wumm*, machte das Hackbeil. »Wir haben entdeckt, dass er dem Feind Geheimnisse verkauft hat. Er hat seine berufliche Position ausgenutzt, um die Grenze zu überqueren und seine Geschäfte zu machen: Informationen gegen Cash.« *Wumm.* »Ich billige keine Verräter.« *Wumm.* Er hob das routenförmige Fleischstück hoch, damit Baev den aufgebrochenen Knochen sehen konnte. »Ganz schön fett. Aber als Grundlage für einen schönen Eintopf ist es brauchbar.«

Baev legte die Hand vor den Mund. Er hatte gehört, dass Menschenfleisch ungewöhnlich fett war.

Mit dem Seufzer eines Mannes, der seine Aufgabe gut erledigt hat, warf Kusnetsov das Fleischstück nach unten und drehte sich um. »Schlechte Nachrichten für Anatoly Ivanovich und seinen Chef. Es wurde eine vollständige Säuberung der Abteilung durchgeführt.«

Baev bemerkte zu seiner Beunruhigung, dass Kusnetsov immer noch das Hackbeil in der Hand hielt.

»Es stehen doch hoffentlich keine Verräter in Ihrem Dienst, Slava.« Auch dies war keine Frage.

»Gewiss nicht, Herr Minister!«

Kusnetsov lächelte und legte nun endlich das Hackbeil weg. Er wusch sich die Hände an der Spüle. Baev trat vor und reichte ihm ein sauberes Handtuch von einem Stapel.

Als er sich die Hände abtrocknete, machte Kusnetsov ein entspannteres Gesicht. »Es ist schön, Sie heute Morgen zu sehen, Slava.« Er warf sein Handtuch in einen Mülleimer. »Ich nehme an, Sie kommen mit guten Nachrichten.«

»In der Tat.« Baev wollte nicht auf das rot-weiß gemaserte Fleisch hinter Kusnetsov schauen, doch von dem Gestank nach rohem Fleisch, Blut und Innereien war ihm schwindlig. Er schaffte es nur mit Mühe, das kärgliche Frühstück bei sich zu behalten, das er in Katas Küche eilig im Stehen verzehrt hatte. Er schluckte Galle herunter und setzte ein so aufrichtiges Lächeln auf, wie er es fertigbrachte.

»Ich habe den Ursprung der Sicherheitslücke entdeckt, aufgrund derer die Kobalt-Akte gehackt werden konnte.«

»Und Sie haben diese Lücke geschlossen.« Es war keine Frage.

»Selbstverständlich. Und der Ursprung wurde bereits eliminiert.«

»Gut.« Kusnetsov zog die Augenbrauen zusammen. »War es ein interner oder ein externer Ursprung?« Seine Stimme senkte sich bedrohlich um eine halbe Oktav, oder zumindest kam es Baev so vor.

»Intern, Herr Minister.« Wider Willen zuckte sein Blick zu dem blutigen Hackbeil und kehrte wieder zu Kusnetsovs Gesicht zurück. »Ein einzelnes Individuum«, fuhr er fort, jetzt schon weniger schwungvoll. »Tatsächlich ein Adjutant.« Er würde seinem Chef nicht erzählen, dass es sein eigener Assistent gewesen war.

Kusnetsov hob die Augenbrauen. »Tatsächlich?«

Baev zog den Kopf ein, aber nur ganz leicht. »Eine Fehleinschätzung. So etwas kommt nicht wieder vor, das versichere ich Ihnen.«

»Sorgen Sie dafür, sonst ist der Teufel los.«

Baev steckte diesen Tiefschlag ein. *Besser ein Tiefschlag als ein Hackbeil in den Brustkorb*, dachte er. Erneut erschauerte er innerlich.

»Und nun zu Ryder.«

»Da bin ich dran«, sagte Baev.

Kusnetsov ging zum Angriff über. »Nein, Slava, das sind Sie nicht. Ich habe die Berichte aus Köln gelesen. Die beiden Landarbeiter, die Sie geschickt hatten, mussten dort vom Fußboden eines bestimmten Kinos gekratzt werden. Ich musste einen meiner Leutnants schicken, um die Polizei vor Ort zu besänftigen.«

Baev spürte, wie ihm ein Schweißrinnsal den Nacken hinunterlief. »Ich habe die falschen Leute geschickt, zugegeben. Jetzt habe ich aber den Kurs gewechselt.«

»Erneut.«

»Wenn man beim ersten Anlauf keinen Erfolg hat, Herr Minister.« Er wartete auf eine Reaktion. Als keine kam, stürzte er sich kopfüber voran. »Ich glaube, dass ich jetzt die Lösung gefunden habe. Ich habe beschlossen, eine ... unorthodoxere ... Methode anzuwenden, um Ryders Eliminierung zu gewährleisten.«

Kusnetsovs Blick schien sich in Baevs Schädel zu bohren. »Wissen Sie, Slava, seit einiger Zeit denke ich über eine Umstrukturierung des FSB nach. Die Sache mit Anatoly Vasiliev hat diesen Überlegungen neuen Schub verliehen.«

Es war, als dränge ein scharfkantiger Eiszapfen zwischen Baevs Rippen ein. Die Drohung gegen ihn war nur verdeckt geäußert, galt aber ab sofort. Sein Puls raste, laut wie ein Fallhammer dröhnte er in seinen Ohren. Er wollte unbedingt eine Frage stellen, doch sein im Umgang mit der FSB-internen Politik geschärfter Instinkt verbot ihm, ein Wort zu äußern. Jetzt wagte er nicht einmal mehr einen Moment lang, den Blick von Kusnetsov zu wenden.

»Ja.« Kusnetsov nickte wie für sich. »Die Zeit für eine Veränderung kommt bald.«

Er lächelte seinen Mitarbeiter an. Baev interpretierte alle möglichen Konsequenzen in dieses Lächeln hinein. War es freundlich, eisig, sarkastisch oder verächtlich? In diesem Moment geistiger Hyperaktivität konnte er sich überhaupt keinen Reim auf Kusnetsov machen.

Dann entließ sein Chef ihn, nahm das Hackbeil wieder zur Hand und schwang es erneut. Es durchtrennte Muskeln, Sehnen und Knochen. Ein weiteres blutiges Fleischstück löste sich aus der Masse.

46

Wendy/Michael

»Gott lebt! Das brennende Schwert ist seine feurige Hand!«

Mikey und ich sitzen auf einem Teppich, der in der Burg auf dem Steinboden der Kapelle ausgebreitet wurde. Mikey hört Anna so hingerissen zu, als wäre sie eine Zauberin. Und vielleicht ist sie das ja. Da ist dieses riesige brennende Schwert hinter ihr, meterhoch. Es steht aufrecht auf einem aus Stein gehauenen Sockel, der so schwarz ist wie eine mondlose Nacht. Das Material, aus dem das Schwert gemacht ist, ist ebenfalls schwarz. Die Flammen laufen seine ganze Länge entlang. Sie erlöschen nie. Das Schwert verbrennt nicht.

Ein Stück – vielleicht eine Mannslänge – hinter dem Schwert steht ein schlichtes Kreuz. Es ist grau, hat scharfe Kanten und ist so groß wie das Schwert selbst. Das Material sieht aus wie das Zeug, aus dem man Straßenpflaster macht.

»Es ist ewig«, sagt Anna, als wäre sie wirklich eine Zauberin aus einem Fantasyroman, in dessen Welt ich katapultiert wurde, »denn es ist Gottes selbst geschaffene Offenbarung in unserer Welt.«

Mikey hat noch immer die Augen aufgerissen, verblüfft und vollkommen in Bann geschlagen. Was mich betrifft, so weiß ich nicht recht. Man mag mich skeptisch nennen – ich glaube, das ist das richtige Wort; ich muss es googeln, wenn wir hier rauskommen. *Falls* wir jemals hier rauskommen. Aber nein, das will ich nicht denken; dann fange ich an zu weinen, und Mikey bekommt Angst. Ich muss dafür sorgen, dass er keine Angst bekommt. Darum muss ich meine eigene Angst im Zaum halten und sie unterdrücken.

Die Sache ist die: Anna hat uns gesagt, sie sei Moms Schwester. Na hör mal, wie wahrscheinlich ist das denn? Aber dann hab ich sie mir ganz genau angeschaut, und: *Oho!* Ich hab gesehen, dass sie tatsächlich Moms Augen hat. Und ihr Kinn. Ich dachte: *Was, wenn sie wirklich Moms Schwester ist. Unsere Tante wie Tante Evan.* Aber keiner hat je behauptet, Mom und Tante Evan hätten noch eine Schwester. Bei Mom bin ich mir nicht sicher, wahrscheinlich war ich noch zu klein, aber Tante Evan hätte mir mit Sicherheit davon erzählt – zumindest mir. Inzwischen bin ich groß genug für so was, oder?

Jedenfalls, falls Anna wirklich Moms Schwester ist, warum hat sie uns dann befohlen, sie nicht Tante Anna zu nennen? »Ihr müsst mich Mutter Anna nennen«, hat sie gesagt. Aber sie ist nicht unsere Mutter. Andererseits führt sie nach allem, was ich mir zurechtlegen konnte, eine Art religiösen Orden, und irgendwo habe ich gelesen, dass das Oberhaupt eines religiösen Frauenordens Mutter Oberin genannt wird. Aber gleichzeitig besteht sie darauf, dass wir eine Familie sind: sie selbst, Mikey und ich. Familie. Dieses Wort habe ich in Bezug auf Mikey und mich noch nie gehört. Mom hat es mit Sicherheit niemals verwendet, und was Paul angeht …

»Gott hat Pläne für uns, meine kleinen Lieblinge. Genau wie er Pläne für die Menschheit hatte, als er mit Noah sprach. Folgendes sagte Gott, und seine Stimme klang in Noahs Gedanken wie Donner: ›Die Welt ist verdorben und voller Gewalt. Ich sehe, wie verdorben die Welt inzwischen ist, denn alle Menschen auf Erden haben sich dem Laster ergeben.‹ Und Gott sagte zu Noah: ›Ich werde der Menschheit ein Ende bereiten, denn ihretwegen ist die Welt von Gewalt erfüllt. Ich werde die Menschheit vernichten, sie selbst und die Erde. Baut euch also eine Arche.‹«

Annas Augen richten sich auf uns – erst auf Mikey und dann auf mich. Ich fühle mich wie festgenagelt, als wäre sie tatsächlich eine Sirene mit einer goldenen Zunge. »Und Gott hat seinen Bund mit Noah gehalten. Am siebzehnten Tag des zweiten Monats strömten alle Quellen aus großer Tiefe über, und die Schleusen des Himmels öffneten sich. Regen fiel und bedeckte die Erde vierzig Tage und vierzig Nächte lang, bis alles Land unter Wasser stand. Alles bis auf den Gipfel des Bergs Ararat. Dorthin begaben sich Noah und seine Familie und begründeten die Menschheit neu.«

Mir scheint, dass ihre Augen dunkel geworden sind, so dunkel wie der Sockel, auf dem das brennende Schwert steht. Aber gleichzeitig sind sie auch so feurig wie dieser Pfeil. Wie soll ich das erklären? Ich kann es nicht. Und jetzt habe ich ein mulmiges Gefühl in der Magengrube, und das macht, dass ich mir am liebsten Mikey schnappen und mit ihm weglaufen würde – so weit wie möglich. Aber ich weiß, dass das nicht geht. Mutter Anna oder einer ihrer Leute würde uns aufhalten, und dieser Gedanke führt dazu, dass das mulmige Gefühl in meiner Magengrube schlimmer wird.

Mutter Anna fährt fort: »Als die Arche auf dem Gipfel des Bergs Ararat landete, Noah mit seiner Familie in Sicherheit war und das Wasser allmählich zurückwich, sprach Gott zu Noah: ›Und so gründe ich Meinen Bund mit euch: Nie wieder soll alles, was lebt, von der Flut vernichtet werden; nie wieder soll es eine Flut geben, die die Erde zerstört.‹

Das waren Gottes Worte an seinen Auserwählten Noah, meine

kleinen Lieblinge. Doch die Nachfahren Noahs haben ihren Bund mit Gott gebrochen. Erneut ist die Menschheit voller Sünde und Gewalt. Verdorbenheit ist in jede Seele auf Erden eingedrungen und zerfrisst sie von innen. Du und Michael, ihr werdet mir helfen, das Paradies zu errichten, das Gott Noah nach der Landung auf dem Ararat versprochen hat.«

Wie ich hier neben Wendy sitze, finde ich, ehrlich gesagt, dass Mutter Anna ziemlich cool ist. Ich meine, sie hat gesagt, sie wäre Mamas Schwester. Als wir allein waren, habe ich Wendy danach gefragt, und sie meinte, sie könne teilweise Mamas Gesicht in dem von Mutter Anna erkennen, vielleicht ist sie also wirklich unsere Tante. Oh, aber ich darf sie nicht so nennen. Jedenfalls denke ich, Mutter Anna ist unter anderem deshalb so cool, weil hier jeder auf sie hört und tut, was sie sagt. Ich wäre auch gern eines Tages so, und denk dir mal, Mutter Anna sagt, so wird es sein. Wie cool ist das denn? Ich muss mir dieses Versprechen – sie nennt es einen Bund, wie der Bund, den Gott, sagt sie, mit ihr geschlossen hat – immer vor Augen halten, damit ich keine zu große Angst habe. Ich meine, ich habe Angst, aber Wendy nicht, und so ist wohl alles in Ordnung. Trotzdem ist mir immer noch nicht recht klar, wo wir hier sind und warum wir hier sind. Wendy scheint es auch nicht zu wissen. Noch etwas, worüber ich nicht nachdenken darf, weil ich sonst wieder Angst kriege, und ich hasse, hasse, hasse es, Angst zu haben.

Jetzt erzählt Mutter Anna ihre Geschichte von Gott, Noah, der Arche und der Flut weiter. Ich bin froh, dass Noah sich auf diesen Berg mit dem komischen Namen retten konnte, Ararat. Wo der wohl liegen mag? Vielleicht bitte ich Wendy, ihn zu googeln, wenn wir hier rauskommen, aber bis dahin habe ich es wahrscheinlich vergessen.

Ich achte also wieder auf das, was Mutter Anna gerade sagt: »... Erneut ist die Menschheit voller Sünde und Gewalt. Verdorbenheit ist in jede Seele auf Erden eingedrungen und zerfrisst sie von innen.«

Jetzt sieht sie mich an, und obgleich wir zur selben Familie gehören, macht dieser Blick mir ein komisches Gefühl im Bauch, als hätte ich eine Handvoll Würmer gegessen. Igitt! Wie eklig!

Es geht also wieder um Sünde, Gewalt und Verdorbenheit, und mir kommt die Frage, ob sie vielleicht von meinen Videospielen spricht. Jedenfalls sagt sie: »Hier, in der Gegenwart, hat Gott zu mir gesprochen, Seine Stimme klang in meinem Kopf wie Donnerhall. Gott sprach: ›Erneut ist die Welt verdorben und voll von Gewalt, Sünde und Verworfenheit, denn alle Menschen auf Erden haben sich dem Laster ergeben.‹ Und Gott sprach zu mir: ›Ich habe dir die Mittel in die Hand gegeben, von vorn zu beginnen und die Menschheit auf eben die Weise neu zu erschaffen, wie sie zu Noahs Zeit werden sollte. Dafür brauchst du Kinder, Kinder, die deinem Leib oder dem Leib deiner Schwester entsprungen sind. Du wirst Meine Architektin sein, und sie werden die Katalysatoren sein, um das Paradies auf Erden zu bevölkern.‹«

Aber was ist mit Tante Evan?, überlege ich. *Ich möchte, dass sie gerettet wird. Sie ist wie Mama, nur ist sie da.* Ich mache den Mund auf und spreche es beinahe laut aus, aber etwas – ich weiß nicht, was – hindert mich daran, und ich schließe fest den Mund. Ich verstehe das alles nicht. Ist überhaupt etwas hier wirklich da, oder träume ich nur? Ich möchte einfach nur aufwachen, aber ich habe mich schon so oft gezwickt, dass ich am ganzen Arm blaue Flecken habe.

Ich blicke auf. Anna hat die Arme auf Schulterhöhe ausgebreitet und die Finger gekrümmt, als wollte sie Wendy und mich mit einer Umarmung wie Weihnachtsgeschenke einpacken. »Und so habe ich euch hierhergebracht, meine kleinen Lieblinge, wo ihr in meiner Arche sicher seid, beschützt von Gott persönlich. Wir zusammen – wir, unsere Familie – können das Neue beginnen.«

Jetzt tritt sie zur Seite, und ich sehe, dass hinter ihr, hinter dem brennenden Pfeil, ein Zeichen errichtet ist, dessen goldener Lack im Feuerschein glitzert wie eine Haut, sodass es so aussieht, als schlängelte das Ding sich und wäre lebendig. Das Zeichen erinnert an ein großes Hufeisen, hat aber zwei Füße, und nach einer Weile erkenne ich es. Ich nehme Mikeys Hand in meine und packe sie, so fest ich kann, denn jetzt habe ich Angst – schreckliche Angst –, und ich muss mich mit aller Kraft zusammenreißen, damit ich nicht anfange zu weinen …

»Morgen ist der siebzehnte Tag des Monats«, erhebt sich Annas Stimme wie die Sonne bei Tagesanbruch. »Der siebzehnte Tag des zweiten Monats, gerechnet nach dem Kalender, den Gott zu Moses' Zeit verwendet hat. In unserer Zeit, der modernen Zeit, ist es der fünfte Monat: Mai. Morgen ist der Tag, an dem die zweite Flut – keine wirkliche Flut, sondern eine Methode, die Gott mir persönlich übergeben hat – entfesselt wird. Morgen ist der Tag, an dem die ganze Menschheit bis auf die wenigen von Gott persönlich Auserwählten vom Angesicht der Erde getilgt wird.«

… ich kenne nämlich griechische Buchstaben; sie gehören zu einem Video-Game, das ich online spiele. Man wählt ein Team aus, das durch einen griechischen Buchstaben symbolisiert wird, aber den letzten griechischen Buchstaben darf man nicht verwenden. Der heißt Omega und bedeutet das Ende aller Dinge. Omega ist der Tod.

47

Zwischen Himmel und Erde

»Hier wirst du geliebt«, sagte Rebecca, unmittelbar bevor Evan den Hubschrauber bestieg, der hinter der Klinik auf seiner kreisrunden Landeplattform wartete. *»Hier werden wir dich immer lieben.«* Während Ben mit Leonard Pine sprach, dem Nachtschichtleiter der Klinik, umarmte Rebecca Evan innig, und Evan sog ihren Duft ein. Sie roch nach dem großen Wald hinter der Klinik, sauber, frisch und nach Nadelbäumen, als wanderte sie jeden Tag Stunden zwischen den harzduftenden Stämmen umher.

Kostya Reveshvili stand ganz in der Nähe, seine Stimme war leise, durchdrang aber das Geräusch der kreisenden Rotoren. *»Hör mir zu,* moya doch'. *Deine Schwester Anna ist eine Meisterin der psychologischen Kriegsführung. Sei vor ihren Stimmungen auf der Hut, und achte auf jedes ihrer Worte.«*

»Das mache ich, *Otets*.«

Er lächelte. Kostya war Evan so nahe, dass seine Lippen beinahe ihr Ohr berührten. Und da die Zeit nun knapp wurde, küsste er sie auf beide Wangen. *»Komm wieder,* moya doch'.«

Als sie jetzt abhoben und im Bogen von den beiden Gestalten unten wegflogen, saß Evan da, die Lärmschutzhörer auf dem Kopf und die Arme vor der Brust verschränkt. Ben hätte gern mit ihr geredet und sie gefragt, wie es ihr ging, doch er wusste, dass sie mit so vielen Informationen fertigwerden musste, dass er sich besser seinen eigenen Gedanken zuwandte. Außerdem machte das Dröhnen der Hubschrauberrotoren jedes Gespräch praktisch unmöglich.

Unter ihnen strich die Landschaft vorbei. Sie überflogen den scheinbar endlosen Wald und dann Wiesen und Äcker, auf denen Traktoren bei der Arbeit waren. Aus Steinhäusern stiegen dünne Rauchfahnen auf. Über ihnen türmten und ballten sich Wolken bis hinauf in die dünne Luft großer Höhen.

Ben und sie flogen im silbrig-blauen Airbus H155 der Klinik nach Südosten. Der Hubschrauber schaffte über dreihundert Kilometer pro Stunde. Dennoch würden sie ungefähr sechs Stunden brauchen – einschließlich eines Zwischenstopps zum Tanken auf einem Flugplatz am Rande des österreichischen Graz –, um ihr Ziel in den rumänischen Karpaten zu erreichen.

»Draculas Revier«, hatte Ben gesagt, als sie abhoben, beim Knattern der Rotoren hatte Evan ihn kaum verstehen können.

Evan legte den Kopf in die Hände. Das Wissen, dass ihre Eltern, ihre richtigen Eltern, am Leben waren, sie liebten und sie nie verstoßen, sondern nur den letzten Teil ihres Auftrags ausgeführt hatten, war eine so umwälzende Erkenntnis, dass sie sie kaum in den Kopf bekam. Es war, als hätte sie die Existenz der vierten Dimension entdeckt. Ihre Eltern hatten in derselben Geheimdienstwelt gelebt, die auch sie selbst kannte, genau wie früher Bobbi, daher verstand sie sie und alles, was sie getan hatten, besser, als jedes andere Kind es könnte. Die Frage des Verzeihens kam gar nicht erst auf, was die Akzeptanz zwar nicht gerade einfach, aber immerhin etwas weniger schwierig machte. Dennoch war ihre Welt wie durch ein Erdbeben erschüttert worden, denn nun hatte sie den eindeutigen Beweis für ein unbekanntes Element – ein entscheidendes Element –, das ihr viel zu lange vorenthalten worden war. Dieser Gedanke wurde von einer neuen Welle von Hass auf ihre Schwester begleitet. Bobbi hatte Bescheid gewusst, schon vor Jahren, und dieses Wissen dennoch für sich behalten. Wieso? Aus Niedertracht? Groll? Unsicherheit? Bosheit? All das war möglich. Aber was spielte es noch für eine Rolle? Bobbi war tot.

Und doch war es wichtig. Sogar sehr. Während ein Teil von ihr sich noch an ihrem Zorn festklammerte, wusste ein anderer, reiferer Teil, dass sie ihre Wut loslassen musste, ihr gestatten musste, durch ihr Inneres hindurchzufließen und in der Vergangenheit zu verschwinden.

Sie fühlte sich in zwei Teile zerrissen. Sie war nicht mehr die, die sie gewesen war, bevor Konstantin und Rebecca sich ihr zu erkennen gegeben hatten. Sie hatte nicht gewusst, dass es einen Bruch in ihrer Welt geben würde, ein Davor und ein Danach, und so hatte sie die Stelle überquert, ohne auch nur zu ahnen, dass sie da war. Doch wenn sie sich jetzt umschaute, konnte sie die Kluft erkennen, dunkel, breit und dauerhaft. Sie konnte nie mehr dahinter zurückkehren, nie mehr derselbe Mensch sein wie gestern Morgen, als sie das Restaurant im Wald betreten und Konstantin Reveshvili beim Frühstück angetroffen hatte. Sie wusste nicht, wer diese neue Evan Ryder war. Sie war als Evan Reveshvili zur Welt gekommen – und sie war immer noch eine Reveshvili. Russisches Blut floss in ihren Adern, so wie es in Bobbis Adern geflossen war. War das wirklich der Grund, aus dem Bobbi abtrünnig geworden war? Oder war Letzteres ein weiteres Beispiel für ihre Niedertracht, ihren Groll, ihre Unsicherheit oder ihre Bosheit? Wie sie ihre Schwester kannte, war es wahrscheinlich vorsätzliche Bosheit.

Evans Zähne klapperten, in ihrem Rückgrat kribbelte es, die Vibration des Hubschraubers stieg durch ihre Fußsohlen auf und setzte jede einzelne Nervenendung in Brand. Ein unerträgliches

Gewicht hatte sich auf ihre Schultern gelegt, das Gewicht eines anderen Universums, eines anderen, nicht gelebten Lebens. Das Wissen um ihre leiblichen Eltern, die freudige Erfahrung, sie kennenzulernen, rivalisierte mit der Erinnerung an ihre Liebe für das Paar, das sie großgezogen hatte – diese Menschen, die sie immer Mom und Dad genannt hatte, ohne je von ihnen über ihren Irrtum aufgeklärt worden zu sein. Vielleicht, weil sie es nicht durften, vielleicht, weil sie es nicht wollten. All das drückte mit verheerender Wucht auf Evan nieder. Sie fühlte sich, als steckte sie in einem Schraubstock, ihr Herz hämmerte, und sie konnte kaum atmen. Sie musste immer wieder für sich wiederholen: *Das hier ist kein Traum*, und sich dabei in den Arm kneifen, um nicht die Nerven zu verlieren. Ihr Kopf fühlte sich so an, als würde er gleich zerplatzen – ihre Umgebung nahm sie gar nicht mehr wahr, weder Ben noch den Piloten, noch den Hubschrauber oder den Himmel über und die Erde unter ihr. In ihrem Universum existierte nichts mehr außer Kostya, Rebecca, Mary, Joe und ihr selbst. Sie alle kreisten umeinander, ein winziges Sonnensystem. Sie waren sowohl real als auch Symbole für die Naturgewalt, die über sie hereingebrochen war.

Dann hob sie das Gesicht aus den Händen. Sie blickte auf, sah die Wolken und den Himmel und nahm die Geschwindigkeit wahr, mit der sie flogen. Ihre Gedanken waren erfüllt von Peter Pan. Sie hatte ihn vor ihrem inneren Auge, und neben ihm flogen Wendy und Michael, die Arme ausgebreitet und den Wind in den Haaren. Sie sah das perfekte Oval ihrer Gesichter und beobachtete, wie sie mit leuchtenden Augen auf sie zuflogen, ein aufgeregtes, begeistertes Lächeln im Gesicht. Sie spürte, wie die beiden in ihren Armen landeten, fühlte, wie sie davon auf den Fersen zurückwippte. Die Liebe für die Kinder wärmte sie und machte sie ruhig. Sie hatten keine Mutter und keinen Vater. Aber sie hatten sie, Evan. Und jetzt hatten sie außerdem noch Großeltern. Was für eine aufwühlende Entwicklung.

Und plötzlich war ihr klar, dass sie sich zusammenreißen musste. Aus der Dunkelheit ins Licht. Wendy und Michael waren dort, wo sie hinflog, sie befanden sich in einem Versteck in den Karpaten, nachdem Evans Schwester Anna sie entführt hatte. Anna, die Psychopathin, die Egomanin. Der selbsterklärte Messias.

Sie beugte sich vor und rief den Piloten über ihr Mikrofon zu: »Ich wette, ihr könnt das Baby noch ein bisschen schneller fliegen, Leute! Oder irre ich mich?«

Sie irrte sich nicht. Sie kamen in Rekordzeit in Graz an. Während die Piloten ausstiegen, um das Auftanken zu überwachen, begab Evan sich aus dem Radius der Rotoren. Die Nachmittagssonne senkte sich dem Westen entgegen. Kühle lag in der Luft. Der Wind trieb winzige Luftwirbel hoch, doch nichts wies auf schlechtes Wetter hin.

Zum Wind hingewandt, versuchte sie, sich von dem Gefühl der Unwirklichkeit zu befreien, das sie überwältigt hatte, als sie begriff, wer die Reveshvilis tatsächlich waren. Doch jetzt, im Freien, allein auf dem kleinen Flugfeld, flossen ihre brennenden Augen endlich über, und Tränen strömten über ihre Wangen. Sie ließ ihren Emotionen freien Lauf.

Sie spürte, dass Ben sich näherte. Sie verbot sich, vor ihm zurückzuweichen. Was geschah nur mit ihr. Sie hatte eine offene Wunde, als wäre sie angeschossen worden. Doch sie durfte sich nicht von allen Menschen zurückziehen.

»Evan ...«

Sie wandte das Gesicht ab. Es war bestimmt rot und verquollen. »Nicht jetzt, Ben.«

»Evan, ich würde gern sagen, dass es mir leidtut ...«

»Sag gar nichts, okay?«

Außer dem riesigen Rumpf des Hubschraubers gab es nicht viel zu sehen. Eine Ansammlung unauffälliger niedriger Gebäude, ein hässlicher Funkturm, nirgends ein Mensch, abgesehen von dem Techniker, der beim Auftanken half. Es war, als stünde man am Rand einer windgepeitschten Wüste oder blickte auf eine postapokalyptische Welt.

»Aber es tut mir nicht leid.«

Ben hatte offensichtlich einen Entschluss gefasst, er würde nicht aufgeben. »Ehrlich, es ist mir egal, ob es dir leidtut oder nicht.« Sie hatte andere Dinge im Kopf; Ben war der Letzte auf ihrer Liste oder stand überhaupt auf einer ganz anderen Liste.

»Evan, wir müssen jetzt unbedingt miteinander reden.«

»Ach Ben, wir befinden uns in der Schlussphase einer Mission. Wir müssen Wendy und Michael finden, darum geht es. Es geht mir nur um sie. Etwas anderes sollte im Moment keinen von uns beschäftigen.«

»Aber mir geht es auch um dich.«

»Und das ist der Grund, warum du nicht mehr für Einsätze taugst, Ben. Ich habe es schon einmal gesagt. Du hast zu viele Jahre damit verbracht, Agenten zu führen, hinter dem Schreibtisch zu sitzen und Aufträge auszuarbeiten.«

Doch jetzt sah sie, dass er derjenige war, dessen Gesicht rot und verquollen aussah, obgleich seine Wangen eingefallen waren. Das Weiß seiner Augäpfel war gerötet, und der Blick seiner Augen wirkte gequält. Zum ersten Mal seit der Begegnung mit ihren Eltern richteten ihre Gedanken sich nach außen.

Ben schaute kurz weg und sah sie dann wieder an. »Du hast natürlich recht. Ich gehöre nicht in so einen Einsatz.« Er straffte den Rücken. »Aber jetzt bin ich hier, und ich muss dir etwas sagen.«

Sie nickte. »Schieß los.«

»Leonard Pine hat mich beiseitegenommen, bevor wir in den Hubschrauber gestiegen sind. Im Vergleich zu dem, was uns bevorsteht, mag es trivial wirken, aber das ist es nicht für Leonard Pine. Er hat eine missratene Schwester, jung und wild. Leider hat er erfahren, dass sie Jon gefolgt ist und sich Omega als Kämpferin angeschlossen hat. Sie heißt Helen, doch inzwischen nennt sie sich Hel, nach der nordischen Todesgöttin, was wohl für sich spricht. Dennoch liebt Leonard sie, und jetzt ist sie das einzige lebende Geschwister, das er noch hat. Er hat uns gebeten, sie zu verschonen. Wenn wir sie zu ihm zurückbringen könnten, wäre er uns äußerst dankbar.« Ben sah blass und erschöpft aus. »Er sagte, wir würden sie an einer Halskette mit goldenem Kreuz erkennen, die er ihr geschenkt hat.«

»Das ist notiert.« Sie sah Ben forschend ins Gesicht. »Sonst noch etwas?«

Ben schüttelte den Kopf.

Sie drückte seine Schulter. »Was auch immer das wert sein mag: Es tut mir nicht leid, dass du mit mir hier bist.«

Er ergriff kurz ihren Arm und wandte sich dann ab. Von einem Lächeln keine Spur.

48

Moskau, Russland

Bleischwer hing der Himmel über Moskau. Es war Spätnachmittag am sechzehnten Mai, und der Militärflughafen lag still und beinahe verschlafen da. Nirgends ein Windhauch. Die dichten Wolken hatten die Farbe von Quecksilber. Obgleich die Sonne erst in fünf Stunden untergehen würde, herrschte in der Stadt ein eigenartiges Zwielicht. Die Luft war schwer, als wäre ein Großteil des Sauerstoffs in den finsteren Himmel hinaufgesogen worden.

Das Fahrzeug des SVR erwartete sie am Rand des Flugfelds. Die Fahrerin – eine Frau, wie Kobalt im Vorbeigehen bemerkte – hielt ihnen die Tür auf und nickte ehrerbietig, als sie einstiegen.

Als sie losfuhren, nannte Zherov der Fahrerin seine Privatadresse.

»Zu viele Tage in derselben Kleidung«, sagte er und lehnte sich auf dem Sitz zurück. »Ich will eine lange, heiße Dusche, eine halbe Flasche Wodka und frische Klamotten.«

Kobalt schaute auf ihre Armbanduhr. »Schön. Um fünf Uhr brauche ich dich allerdings. Ich schicke dir eine Textnachricht mit der Adresse.«

Dann wandte sie sich wieder der Fahrerin zu. Im Rückspiegel erkannte man einen schmalen Streifen Haut um die grauen Augen, die fast so hell wie Wasser waren. Sie war blond, und ihre

Haut war beinahe so blass wie ihre Iris. *Offensichtlich eine Frau, die viel am Schreibtisch sitzt*, dachte Kobalt.

»Fahrerin, wie heißen Sie?«

»Kata Romanovna, Frau Oberst.«

Kobalt war nicht daran gewöhnt, mit ihrem Rang angesprochen zu werden. »Gut, Kata Romanovna, bitte finden Sie heraus, wo der Minister Darko Vladimirovich Kusnetsov sich in der nächsten Stunde aufhält, und fahren Sie mich hin.«

»Sofort, Frau Oberst«, bestätigte die Fahrerin.

Kata griff nach ihrem Handy und drückte eine Taste. Die getönte, kugelsichere Trennscheibe fuhr hoch und schnitt sie vom Fahrerbereich des SUVs ab.

Zherov machte bereits ein finsteres Gesicht. »Mir gefällt diese Idee nicht, den Minister Kusnetsov aufzusuchen.«

»Sie gefällt dir nicht, weil du nicht an ihr beteiligt warst.«

»Okay, du und Lyudmila, ihr habt etwas ausgekungelt. Du sagst mir nicht, was es ist, und das ärgert mich. Aber eines ist klar, ich traue ihr immer noch nicht über den Weg. Was auch immer du sagst oder sie dir erzählt hat, wir kennen ihre wahren Motive nicht.«

»Ich glaube sehr wohl, dass ich sie kenne, Anton.«

Knurrend verschränkte er die Arme vor der Brust. »Selbst falls das stimmt – und das ist ein großes ›falls‹ –, es ist und bleibt eine extrem gefährliche Vorgehensweise.«

Kobalt starrte aus dem Fenster, wo die ersten Regentropfen die Scheibe hinunterrollten. Wie hundert winzige Augen, die sie anstarrten. »Mag sein, aber gegenwärtig ist es der einzige gangbare Weg.«

Zherov rutschte voll Unbehagen auf seinem Sitz herum. »Ehrlich gesagt gefällt mir die ganze Idee, nach Moskau zurückzukehren, überhaupt nicht. Ich meine, warum sollen wir das Risiko eingehen? Wir haben Ermi Çeliks Geld, und weit weg von hier hätten wir unsere Freiheit.«

Kobalt wandte sich ihm wieder zu. »Diese Freiheit ist eine Illusion, Anton. Willst du wirklich wie Lyudmila leben, immer auf der Flucht, nie sicher, ob nicht hinter der nächsten Ecke ein Killerteam von Zaslon lauert?« Sie schüttelte den Kopf. »Das ist kein Leben für mich.«

Er sah sie wortlos an. Er würde ihr nicht widersprechen, aber als sie die Ringautobahn überquerten, schäumte er innerlich immer noch vor Zorn.

»Sei nicht wütend, Anton. Vor uns liegt zu viel harte Arbeit – gefährliche Arbeit.« Sie lächelte. »Genau dein Metier.«

Er blickte zur Decke des SUV hinauf und dann wieder auf Kobalt. »Warum zum Teufel ist sie mitten in der Nacht mit dir vom Boot aus aufgebrochen?«

Kobalt ließ einen Moment Stille verstreichen. Dann: »Diese Frau, der du absolut nicht vertraust, hat mich zu einer Begegnung mit meinen Eltern mitgenommen.«

»Was?« Zherov blieb der Mund offen stehen. »Deine Eltern waren Amerikaner. Sie sind gestorben, bevor du erwachsen warst.«

»Zufällig ist das falsch. Das amerikanische Ehepaar hatte meine Schwester und mich adoptiert.« Mit einem Nicken quittierte sie seine erstaunte Miene. »Es stimmt, wir beide – Evan und ich – sind eigentlich Russinnen. Unsere Eltern sind Galina und Maxim Chernikow. Sie sind tot, Anton, und liegen in einem Familiengrab auf einem Friedhof am Rande von Constanta. Meine Familie lässt sich nach Rumänien zurückverfolgen. Deshalb ist Lyudmila mit der Jacht hingefahren. Es war wichtig für mich, mit diesem Geheimnis abschließen zu können, das ich seit meiner Kindheit kannte. Bis Lyudmila mir das Grab zeigte, hatte ich keine Ahnung, wer meine leiblichen Eltern waren.«

»Ich …« Er rang nach Atem. Was immer er sagen wollte, schien in ihm festzustecken.

»Wie sich herausstellt, bin ich eine von euch. Schockierend, nicht wahr? Das wolltest du doch sagen.«

Er sah benommen aus. »Oder jedenfalls etwas in der Art. Ich meine, *'tchyo za ga'lima?« Was zum Teufel?*

Sie lachte über seine Fassungslosigkeit.

»Jetzt einen Moment mal. Oder auch zwei.« Er kämpfte mit dieser neuen Wirklichkeit. »Ich kann nicht … Ich hätte mir so etwas nicht vorstellen können.«

»Der Ausflug zum Friedhof war ein Geschenk, das Lyudmila mir gemacht hat. Ein kostbares Geschenk. Verstehst du?«

Er nickte, eine Weile in Gedanken versunken. »Vielleicht habe ich sie falsch beurteilt.«

»Vorwärts kann man nur gehen, wenn man akzeptiert, was vor einem liegt.«

»Jedenfalls …« Er seufzte tief und schloss die Augen. »Ich sag dir, was ich mir von dem hier erwarte … eine Belohnung für dieses Leben. Eine große.«

»Und du wirst sie bekommen. Das weißt du jetzt.«

Er nickte. »Hör mal. Ich denke an einen breiten, sichelförmigen Strand auf einer winzigen thailändischen oder indonesischen Insel. Dort in einer Hängematte liegen und der Brandung und dem Rascheln der Palmwedel im Seewind lauschen.«

»Wenn wir uns einmal zur Ruhe setzen«, erwiderte sie mit einem gewissen Zynismus.

»Ja, sicher«, gab er zurück, fest entschlossen, ihren Tonfall zu überhören.

»Anton.«

Er schlug die Augen auf.

»Die nächsten Stunden werden ebenso heikel wie entscheidend sein. Ich muss wissen, dass ich auf dich zählen kann.«

Ein Lachen und ein Nicken. »Immer, Boss. Das habe ich dir ja gesagt.«

Sie drückte seine Schulter. »Guter Mann.«

»Man darf doch noch träumen, oder?«

Kobalt dachte darüber nach. »Manchmal ist Träumen das Einzige, was das Leben lebenswert macht«, antwortete sie.

Da sie den stockenden Verkehr auf der Zusatzspur überholten, die für hohes Regierungspersonal und ausländische Würdenträger reserviert war, trafen sie kurz darauf vor Zherovs Wohngebäude ein. Die Fahrerin fuhr an den Straßenrand. Sie stieg aus und hielt Zherov auf der Bürgersteigseite die hintere Tür auf.

»Also bis siebzehn Uhr«, sagte er. »Welchen Trumpf du auch immer im Ärmel stecken hast, viel Glück.«

Kobalt nickte abgelenkt, im Geist bereits mit der Frage beschäftigt, wie sie Kusnetsovs alltägliche Sicherheitsvorkehrungen überwinden sollte, ohne einen Alarm auszulösen. Alles hing davon ab, wo er sich in zwanzig Minuten befinden würde und ob dieser Ort vorteilhaft für sie wäre. Sie zog es vor, zu ihm vorzudringen, wenn er nicht in seinem Büro war. Dann hätte sie mit weniger Einmischung und Sicherheitsmaßnahmen zu rechnen und müsste an nicht ganz so viel übereifrigem Personal vorbei. So kurz vor der Ziellinie wartete sie ungeduldig darauf, zu handeln.

Aus dem Augenwinkel sah sie, wie Zherov die Freitreppe zur Eingangstür seines Wohngebäudes hinaufstieg.

Und ebenfalls aus dem Augenwinkel sah sie, wie Kata eine Pistole zog, eine Schießhaltung einnahm und Zherov eine Kugel in den Rücken jagte.

49

Karpaten, Rumänien

Lyudmila erwartete sie bereits, als der Hubschrauber auf einer Wiese landete. Seit sie hier eingetroffen war, in diesem Landstrich, der einmal das Königreich Dakien gewesen war, bevor es von Rom erobert und dem Imperium als Provinz eingegliedert wurde, waren Evan und sie in ständigem Kontakt gewesen.

Direkt über ihnen war der Himmel von einem durchscheinenden Blau, allerdings wurden die Schatten, die auf die Wiese fielen, immer länger. Die Luft war frisch und sauber. Selbst um diese Jahreszeit schimmerte auf den höheren Gipfeln Schnee.

Sobald Lyudmila die aussteigende Evan erblickte, winkte sie sie zu sich. Evan huschte unter den allmählich langsamer drehenden Rotoren durch und richtete sich erst außerhalb ihres Radius auf. Ben folgte ihr, war aber klug genug, sich die beiden khakifarbenen Duffelbags über die Schulter zu werfen, in denen sich die von Evan und ihrem Vater ausgewählte Ausrüstung befand.

»Danke«, sagte Evan, als sie zu Lyudmila trat. »Danke, dass du meine leiblichen Eltern gefunden und mich zu ihnen geführt hast.«

Lyudmila legte Evan lächelnd die Hand an die Wange. *Jetzt hat sich der Kreis geschlossen*, dachte sie. *Jede der beiden Schwestern kann mit der Vergangenheit abschließen. Und beide sind vor der vollständigen Wahrheit geschützt. Kobalt glaubt, ihre leiblichen Eltern seien tot. Und Evan glaubt, ihre Schwester sei tot. Nun werden ihre Welten niemals aufeinandertreffen. Niemals werden sie der schrecklichen Realität ausgesetzt sein, einander bei lebendigem Leib zu zerreißen, um sich für tief verwurzelten Verrat zu rächen.*

Evan setzte sie darüber in Kenntnis, was sie von ihren Eltern und von Leonard Pine erfahren hatte.

Lyudmila nickte. »Über alles, was Leonard weiß, bin ich ebenfalls informiert«, sagte sie. »Er gehört zu meinen Leuten. Was den Rest angeht, so ist das Ganze sowohl erhellend als auch Furcht einflößend. Deine Schwester Anna ist vollkommen außer Kontrolle geraten. Wir müssen sie aufhalten. Es gibt keine Alternative. Ihr Plan für deine Nichte und deinen Neffen ist abscheulich. Das darf nicht geschehen.«

»Da ist noch etwas«, sagte Evan. »Ich glaube, dass wir es mit einer Frist zu tun haben, und die läuft heute um Mitternacht ab.«

Beide starrten sie an, als wäre ihr ein zweiter Kopf gewachsen.

Lyudmila erholte sich als Erste von dem Schreck. »Bitte erkläre das.«

»Nach allem, was meine Eltern mir erzählt haben, ist Anna von Gedanken an Noah und die Sintflut besessen, und diese Flut hat damals am Siebzehnten des laufenden Monats begonnen. Heute ist der Sechzehnte.«

»Wir machen uns noch vor Einbruch der Nacht auf den Weg.« Lyudmila spähte zum sich zuziehenden Himmel hinauf. Der Wind hatte aufgefrischt, und Feuchtigkeit lag in der Luft. »Da zieht ein Unwetter heran. Wenigstens kann man uns dann nicht so gut sehen.«

Ben setzte die Duffelbags ab, kniete sich hin und öffnete eine der Taschen. »Wie weit sind wir von der Omega-Burg entfernt?«

Lyudmila zog ein Samsung Note aus ihrem Rucksack und schaltete es ein. Das GPS brauchte ein wenig, um die entsprechenden Satellitensignale zu empfangen, dann: »Hier sind wir.« Sie deutete auf einen Punkt auf der topografischen Karte, die sie über die Google-Earth-Karte gelegt hatte. Ihre Fingerspitzen wanderten nach Nordosten. »Und hier ist die Burg.«

Mit einem Wischen nach rechts rief sie eine Nahaufnahme der Burg auf. Das Bauwerk reckte sich in einer dicht bewaldeten Schlucht zum Himmel. Im Hintergrund drängten sich Berggipfel den Wolken entgegen. Es gab einen Zentralturm, dessen Spitze von einer Art hell erleuchteten, zu den Seiten hin offenen Halle eingenommen wurde. Der Felsen, auf dem die Burg errichtet war, erhob sich bis zur halben Höhe des Turms, sodass die Burg wirkte, als wäre sie aus dem Inneren der Erde emporgewachsen. Rechts stand ein rundes Türmchen mit einem langen, steilen, konischen Dach. Links thronte ein weiteres kleines, konisches Dach auf einem zweiten Türmchen aus braunem Backstein. Lyudmila warf einen Blick auf Evan, wischte wieder nach rechts und brachte ein Foto mit der rückwärtigen Ansicht der Burg zum Vorschein.

»Durch die Bäume hindurch kann man es nicht sehen«, Evans Zeigefinger schoss vor. »Doch meinem Vater zufolge fließt hier, nahe der Steinmauer, ein Bach mehr oder weniger auf der Rückseite der Burg. Am Fuß der Steinmauer liegt der Abfluss eines Regenwasserkanals.«

Ben blickte von dem Foto zu Evan. »Schlägst du vor, dass wir uns Zugang zu der Burg verschaffen, indem wir durch Schlammmassen kriechen, die sich über Jahrhunderte angesammelt haben müssen?«

»Du und Lyudmila«, sagte Evan. »Wir brauchen eine Ablenkung.«

»Angesichts des ganzen Gestrüpps rundum könnten wir den Wald in Brand stecken«, schlug Ben vor.

Evan schüttelte den Kopf. »Nicht, solange die Kinder dadrin sind.«

Lyudmila wischte über das Display und steckte das Note in ihren Rucksack zurück. »So oder so, Evan hat eine bessere Idee.«

»Während ihr beide, Lyudmila und du, durch den rückwärtigen Kanal eindringt, gehe ich zur Vordertür«, erklärte Evan Ben.

Ben schnaubte. »Und was hast du vor?«

»Hör zu, Anna erwartet Bobbi. Ich habe schon die ganze Zeit den Verdacht, dass das ein Grund für die Entführung von Wendy und Michael sein könnte.«

»Was bedeutet, dass sie nichts von Bobbis Tod weiß«, sagte Lyudmila.

»Richtig.« Evan nickte. »Genauso, wie auch Rebecca und Konstantin nicht wissen, dass Bobbi, ihre Robin, tot ist.« Sie wechselte einen bedeutungsvollen Blick mit Lyudmila. Ihre Augen drückten Verstehen und eine Dankbarkeit aus, die keiner Worte bedurfte. Lyudmila neigte ganz leicht den Kopf.

»Wir wissen, warum sie die Kinder bei sich haben will«, fuhr Evan fort. »Und wir wissen, dass sie höchstwahrscheinlich eine Minute nach Mitternacht anfangen wird, mit ihnen zu experimentieren.«

»Und ...«, drängte Lyudmila sie weiter.

»Ich gebe ihr genau das, was sie erwartet und was sie sich wünscht: meine Schwester Bobbi, ihre Schwester Robin«, erwiderte Evan.

»Entschuldigung«, unterbrach Ben sie. »Aber wir haben keine Ahnung, warum sie sich Robins Kommen wünscht.«

»Und das werden wir auch erst erfahren, wenn Anna und ich uns treffen.« Die Aussicht auf die Konfrontation ließ Evans Augen funkeln. »Die Sache ist die, Ben. Mein Auftauchen sollte euch beiden genug Zeit verschaffen, um in die Burg einzudringen und die Kinder herauszuholen.«

»Ich glaube, du spinnst«, sagte Ben. »Und das ist eine professionelle Meinung.«

»Hast du eine bessere Idee?«

»Ja, wir wälzen uns alle im Schlamm, schnappen uns die Kinder und geben Fersengeld.«

»Zu riskant. Sollte geschossen werden, ist die Gefahr für Wendy und Michael zu groß.«

»Es ist nicht sinnvoll, dass wir alle zusammenbleiben«, erläuterte Lyudmila. »Wenn wir auf Probleme stoßen, ist es ...«

»Nein, nein. Zum Teufel, nein.« Ben wischte ihre Worte beiseite, doch sein Blick war auf Evan geheftet. »Ich weiß, worum es hier geht. Die Sache ist persönlich, Evan. Du wünschst dir die Chance, deine Schwester herauszufordern und diejenige zu sein, die sie zu Fall bringt.«

Es folgte ein angespanntes Schweigen. Man hörte nur noch den Wind in den Baumwipfeln, den Gesang eines Vogels und das Summen von Insekten. Und auch die letzten Strahlen des Sonnenlichtes meinten sie fast zu hören, wie sie schräg über ihre grimmigen Gesichter fielen.

»Familie«, durchbrach Lyudmila mit leiser Stimme die Anspannung. »Dagegen kann man nichts machen, Ben. Diesen Kampf verlierst du.«

»Das glaube ich nicht«, entgegnete er ein wenig zu rasch.

»Denk an Zoe«, sagte Evan. »Stell dir vor, wie du dich fühlen würdest, sollte jemand sie entführen. Wendy und Michael sind meine Familie, Ben. Ich werde nicht ...«

»Und was, wenn sie dich erschießt?«, unterbrach Ben sie. »Gleich, wenn sie dich sieht?«

Evan schüttelte den Kopf. »Das wird sie nicht tun.«

»Und warum nicht, zum Teufel?«

»Familie«, wiederholte Lyudmila. »Anna wird neugierig sein. Sie wird sich mit der unbekannten Schwester unterhalten wollen, die ein dem ihren so fremdes Leben geführt hat. Anna wird ihr nichts tun.«

»Zunächst vielleicht nicht.« Ben zog die Augen zusammen. »Kannst du auch nur das garantieren?«

»Es gibt keine Garantien, für nichts«, sagte Evan. »Schon gar nicht bei dem Leben, das wir führen.«

»Nun ...«, sagte Lyudmila.

»Wir gehen los.« Evan und Lyudmila setzten sich in Bewegung.

»Moment noch«, sagte Ben. »Was passiert, wenn wir Wendy und Michael befreit haben?«

Evan wandte sich ihm wieder zu, und Lyudmila tippte auf ihren Rucksack. »Wir befördern diesen Scheißladen mit einer Explosion ins Himmelreich.«

50

In der Schusslinie

Zherov kippte aufs Gesicht, und die Schlösser der hinteren Wagentüren rasteten mit einem Klicken ein und blieben unten. Kobalt krabbelte über den Rücksitz – sie blockte den Schock innerlich ab, da ihr eigenes Überleben jetzt im Vordergrund stand. Sie fuhr herum und warf sich gegen die Trennscheibe, jedoch vergebens. Hier gab es nur kugelsicheres Glas. Was würde es bringen, darauf einzuhämmern? Doch die menschliche Natur war, wie sie war. Während sie die Fäuste gegen die Scheibe rammte, beobachtete sie, wie die Fahrerin hinters Lenkrad glitt, den Gang des SUV einlegte und sich eilig in den Verkehr drängte. In New York hätte ein solches Manöver wildes Gehupe und Geschimpfe zur Folge gehabt. Hier, in Moskau, ertönte kein Laut. Kein Bürger würde es wagen, gegen ein offizielles Regierungsfahrzeug zu protestieren, wie gefährlich es auch fahren mochte.

Sie war unbewaffnet, da sie ihre Ausrüstung im Flugzeug gelassen hatte. Niemals würde der Leiter des FSB eine bewaffnete Besucherin empfangen. Doch sie hatte ihr Handy bei sich. Ohne nachzudenken, wollte sie Zherovs Schnellwahlnummer eingeben, doch dann stockte ihr Finger über der Tastatur. Mit einem schmerzlichen Ruck im Magen wurde ihr bewusst, dass Zherov in diesem Moment auf der Freitreppe seines Wohngebäudes verblutete. Stattdessen versuchte sie nun, den Notruf zu wählen, hatte aber keine Verbindung. Einen Schwall saftiger Flüche ausstoßend, dachte sie über Dima nach. Sie saß in einem Wagen des SVR, dessen Fahrerin den Landezeitpunkt von Kobalts Flug genau gekannt hatte. Erneut ein interner Anschlag auf sie wie damals, als jemand sie auf dem Omega-Gelände in Odessa verraten hatte? Oder im Messerladen in Istanbul? Das schien die logischste Erklärung. Sie schüttelte den Kopf. Es erstaunte sie, wie die Lage so schnell so beschissen hatte werden können.

Sie versuchte, Kontakt mit der Fahrerin aufzunehmen – dass sie wirklich Kata Romanovna hieß, war extrem unwahrscheinlich. Das zur Kommunikation innerhalb des Wagens vorgesehene System funktionierte einwandfrei, doch die Fahrerin blieb so stumm wie eine Trappistin. Dennoch redete Kobalt weiter.

»Wo fahren wir hin?«, fragte sie, und dann, in einem noch befehlenderen Tonfall: »Wohin bringen Sie mich, Kata?«

»Alles zur rechten Zeit und am rechten Ort.«

Endlich eine Antwort. »Wo liegt dann also unser Ziel?«

Die Fahrerin grinste sie im Rückspiegel spöttisch an. In diesem Augenblick bemerkte Kobalt den Ring mit dem riesigen, quadratisch geschliffenen Smaragd. Sie warf einen weiteren Blick auf die Fahrerin mit dem unpassenden Ring, der ein Vermögen gekostet haben musste, vorausgesetzt, der Smaragd war echt. Die Sache wurde noch rätselhafter. Nicht nur wusste Kobalt nicht, wer diese Frau war, sie konnte sich jetzt nicht einmal mehr vorstellen, für wen sie arbeitete.

Schließlich lehnte sie sich zurück und wandte sich in Gedanken anderen, unmittelbarer bedeutsamen Dingen zu.

Sie änderten die Richtung, fuhren nach Nordosten und überquerten die Moskwa auf der Bolshoy-Brücke. Eigentlich hatte die Brücke einen längeren Namen, aber den verwendete niemand. Nun folgten sie der nördlichen Uferstraße, noch immer in nordöstlicher Richtung. Sie hatten die Ober- und Mittelschichtviertel Moskaus längst hinter sich gelassen und befanden sich in einem heruntergekommenen industriellen Teil der Stadt. Schon bald kamen sie an riesigen Lagerhäusern und Kraftwerken vorbei, die bereits seit so langer Zeit veraltet waren, dass an Renovierung und Umnutzung nicht mehr zu denken war. Hier lebte niemand mehr außer denen, die aus weiter Ferne hergepilgert waren und inzwischen jede Hoffnung auf einen Arbeitsplatz aufgegeben hatten. Hier und dort sah man Gruppen von Obdachlosen, die, von Drogen benebelt, apathisch auf dem Asphalt lagen.

Der Kanal endete jetzt, und sie rollten in ruhigem Tempo über den Andronyevskaya-Platz. Der Platz lag vollkommen verlassen da; kein Mensch war zu sehen. Hoch aufragend standen sich zwei riesige Gebäude gegenüber, wahrscheinlich ehemalige Mietshäuser, nach der Zahl von Fenstern zu schließen, die die schmuddeligen gelblichen Fassaden wie Pusteln überzogen. Die Scheiben waren herausgefallen, als hätten irgendwann in der Vergangenheit fürchterliche Explosionen gewütet. Die Gebäude hatten etwas Gespenstisches, niemand würde sich darin zum Schlafen niederlegen. Das war keine Gegend, in die man Touristen führte. Auf Moskaus Straßen gab es zwar ungewöhnlich wenig Kriminalität, doch Armut war weit verbreitet.

Der SUV hielt vor dem Gebäude auf der Westseite des Platzes am Straßenrand.

»Letzter Halt«, sagte Kata ohne eine Spur von Ironie. Sie stellte den Motor aus und stieg aus. Mit einem Schritt zur hinteren Fahrgastseite schloss sie auf und schwenkte die schwere Tür nach außen. Was Kata unter ihrem schwarzen, bodenlangen Kaftan trug, war nicht zu sehen.

»Aussteigen«, befahl sie knapp.

Kobalt erwartete, in die Mündung einer Pistole zu schauen, doch das war merkwürdigerweise nicht der Fall.

»Sagen Sie mir, wer Sie sind.«

Mit einer blitzschnellen Bewegung riss Kata einen elektrischen Viehtreiber heraus, beugte sich vor und rammte ihn gegen die linke Seite von Kobalts Brust. Kobalt taumelte zurück, als wäre sie angeschossen worden. Sie lag auf dem Rücksitz, schwarze Punkte vor den Augen, in denen grelle Lichter blitzten. Ihr Herz schien ein paar Schläge auszusetzen und ratterte dann los wie ein fliehender Zug.

Im nächsten Moment spürte sie, wie sie aus dem SUV gezerrt wurde. Sie fiel sofort auf die Knie, und ihr Kopf pendelte hin und her, als wäre sie betrunken. Sie begriff, dass die Fahrerin mit ihr sprach, doch sie verstand kein Wort. *Was ist passiert?*, fragte sie sich. *Ist neben mir eine Granate explodiert?*

Sie spürte den Atem der Fahrerin auf den Wangen und hob den Kopf.

»Ich habe es dir gesagt. Kata«, flüsterte die Fahrerin dicht an ihrem Kopf. »Ich heiße Kata Romanovna Hemakova.«

Allmählich lichtete sich der Schleier vor Kobalts Augen. Die Welt um sie herum richtete sich aus. Sie stand auf, musste sich aber oben an der offenen Tür festhalten.

»Wenn du mich umbringen willst«, Kobalts Stimme war ein heiseres Flüstern, »dann mach es jetzt einfach. Zieh es durch.«

»Oh, das kommt noch«, antwortete Kata. »Aber erst musst du fliehen, genau wie in den amerikanischen Filmen. Ich werde dich zurückholen, und danach wirst du mir alles erzählen, was ich wissen will. Inzwischen wirst du nach deinem Papa winseln.«

»Ich hab keinen Papa. Nie gehabt.«

Kata zog die Augen zusammen und trat näher zu Kobalt. »Jeder hat einen Papa und eine Mama.«

Kobalts Grinsen war sarkastisch. »Das ist ein total idiotischer Irrtum.«

»Ach ja?« Kata legte den Kopf schief. »Nun, bevor du weitermachst …« Der Viehtreiber zuckte vor, und die Spitze traf auf Kobalts Kniescheibe. Mit einem Knurren quittierte Kobalt, dass ihr rechtes Bein unter ihr nachgab. Doch sie hielt sich weiter an der Autotür fest, mit dem Oberkörper schief und nach außen gewandt, als wäre sie eine vom Wind gepeitschte Fahne.

»Schauen wir doch mal, wie gut du mit einem Bein rennst.«

Kata packte sie hinten am Kragen. Es folgte ein kurzes Tauziehen, das Kobalt unvermeidlich verlor. Zentimeter um Zentimeter entglitt die Tür ihrem Klammergriff. Als dabei ein Nagel abgerissen wurde, quoll Blut heraus. Kata, die vor Anstrengung ächzte, schleifte Kobalt auf dem Weg über den Bürgersteig hinter sich her. Sie traten durch den Eingang des verfallenen Gebäudes, dessen Tür nur noch in einer einzigen rostigen Angel hing.

Das düstere Gebäudeinnere roch nach Alter, Moder und Verzweiflung. Hier und dort sickerten verbliebene Küchengerüche aus den Wänden, genau wie der beißende Rauchgestank von billigem Tabak. Durch die leeren Fensterhöhlen fielen präzise Lichtrechtecke auf die dreckigen Bodendielen.

Kata schleifte Kobalt in die Mitte der Halle, deren Wände allesamt eingerissen waren. Links erhob sich eine ramponierte Betontreppe. Daneben gähnte ein Aufzugsschacht; der Aufzug selbst fehlte.

»Was hast du eigentlich für ein Problem mit mir?«, fragte Kobalt mit rauer, brüchiger Stimme.

Kata stand über ihr. Sie zog Kobalt hoch und schubste sie. »Was? Was hast du gesagt?«

Kobalt versuchte, den Schmerz in eine Ecke ihres Gehirns abzudrängen, um sich ganz auf das zu konzentrieren, was sie jetzt tun musste, um zu überleben. »Wieso machst du das? Wessen Marionette bist du?«

Kata lachte. »Ah, jetzt versuchst du, mich zum Reden zu bringen. Je länger wir uns unterhalten, desto länger kannst du den Schmerz aufschieben.«

»Ich habe bereits Schmerzen«, bemerkte Kobalt.

»Ach, glaubst du wirklich?«

Statt einer Antwort zerschrammte Kobalt Kata das Gesicht. Eben im SUV hatte sie das Gitter der Klimaanlage aus seiner Verankerung in der hinteren Konsole gezogen und nutzte es nun für ihren Angriff. Blut spritzte aus Katas Stirn, ihren Augenlidern, ihrer Nase, ihren Lippen und ihrem Kinn. Sie taumelte rückwärts, und Kobalt trat vor und riss das Gitter immer wieder über Katas Antlitz.

Doch kämpften sie dicht an dicht, und so brauchte Kata nichts zu sehen, um Kobalts Flanke mit der Spitze des Viehtreibers zu treffen. Kobalt schrie auf, ließ das Gitter fallen, schloss die Finger kräftig um Katas Handgelenk und versuchte, ihr den Viehtreiber zu entreißen.

Beide Frauen verloren das Gleichgewicht und krachten zu Boden. Sie wälzten sich in Schmutz und Unrat und schreckten alle Ratten auf. Erst war die eine Frau oben, dann die andere. Ihre Konzentration galt ganz allein dem Viehtreiber, das war das Einzige, was zählte. Langsam, aber sicher gewann Kobalt die Oberhand und schwenkte die Spitze in einem flachen Bogen auf Katas Brust zu. Plötzlich löste sich Katas rechte Hand, und Kobalt empfand einen Moment des Triumphs. Den Viehtreiber hatte sie jetzt fast vollständig unter Kontrolle, doch unvermittelt zischte etwas mit einer rasend schnellen Bewegung an ihrem Gesichtsfeld vorbei. Sie riss gerade noch rechtzeitig den Kopf zurück, um ihr bedrohtes Auge zu retten, doch die vorstehende Facette von Katas

Smaragd schnitt ihr zwischen den Augen ein Stück aus dem Nasenrücken. Jetzt hatten sie beide blutige Gesichter.

Kata rammte den Viehtreiber seitlich gegen Kobalts Rippen. Ein heftiger Schmerz durchschoss Kobalt, und einen Moment lang meinte sie, den Kampf zu verlieren. Ganz kurz glaubte sie, diese Person, die sie nicht einmal kannte, werde die Oberhand gewinnen, sie mit roher Gewalt unterwerfen, ihr alles an Wissen abnötigen, was sie haben wollte, und sie dann ermorden.

Doch dieser schwarze Moment ging vorüber, und sie bündelte ihre Kraft um sich wie einen Kettenpanzer. Sie grub ihren Ellenbogen in Katas Solarplexus und rammte ihr das rechte Knie in die Lenden. Beide Frauen schrien vor Schmerz, und Kobalt verlor vom rechten Knie an abwärts jedes Gefühl im Bein. Ihr rechter Fuß schien in der Luft zu hängen, als wäre er nur durch einige wenige dünne Fasern mit ihr verbunden.

Kata gewann erneut die Kontrolle über den Viehtreiber. »Du verdammte Schlampe«, stieß sie zwischen zusammengebissenen Zähnen hervor.

Kobalt hatte jedoch beide Hände um Katas Faust geschlungen und trieb ihrer Gegnerin den geschliffenen Smaragd in die weiche Kehle. Der Smaragd durchschnitt Haut und Bindegewebe und schlitzte die Luftröhre auf. Luft strömte heraus, und Kata begann zu keuchen. Jeder Atemzug war ein blutiger, gurgelnder Kampf.

Kobalt löste die Finger, die vom eisernen Umklammern von Katas Faust ganz steif geworden waren. Plötzlich langte Kata mit dem linken Arm nach oben und umklammerte Kobalts Kehle. Das Gesicht starr wie eine Totenmaske, drückte und presste sie mit dämonischer Kraft.

Für einen Augenblick meinte Kobalt, das Bewusstsein zu verlieren. Zum zweiten Mal innerhalb weniger Sekunden sah sie die Gestalt des Todes auf sich zukommen. Dann aber riss sie Kata den Viehtreiber aus der Hand und rammte ihn ihr in den Schlund. Kata riss die Augen auf, und mit Armen und Beinen hämmerte sie in einem wilden Krampf eine Tätowierung auf den Boden. Das ging scheinbar endlos so weiter, in Wirklichkeit dauerte es allerdings wohl kaum länger als zehn Sekunden. Dann verdrehten sich Katas Augen in den Höhlen, ein Bein schoss in einem letzten krampfhaften Tritt nach vorn, und gleich darauf lag sie tot neben der keuchenden Kobalt.

Kobalt weinte jetzt, Tränen sowohl des Entsetzens als auch der Erleichterung. Ohne die geringste Spur von Bedauern schaute sie auf das blutige Gesicht ihrer toten Gegnerin hinunter. Nach einer Weile ging ihr Atem wieder ruhiger. Sie setzte sich auf, drehte Kata den Smaragdring vom Finger, wischte ihn ab und schob ihn auf ihre eigene Hand.

»Verdammte Schlampe«, flüsterte sie heiser. »Das hast du ganz richtig gesagt.«

Sie tastete Katas blutige Kleidung ab und fand den Schlüsselbund für den SUV. Auch nach Katas Handy suchte sie, fand es aber nicht. Mühsam stand sie auf und hinkte zum matt erhellten Rechteck, das den Eingang kennzeichnete.

Bei jedem Schritt tropfte vom Viehtreiber eine Blutspur hinter ihr her.

51

Anna

Sie kommen.

Anna schaute aufs Display ihres Handys und vergewisserte sich, dass die Nachricht von Leonard Pines Telefonnummer stammte. **Wie viele?**, schrieb sie zurück.

Drei, antwortete er.

Mehr nicht? Sie hat nur zwei Leute mitgenommen?

Kobalt scheint sich ihrer selbst sehr sicher zu sein

Das werde ich ihr bald abgewöhnen

Sei vorsichtig, sie ist ein richtiges Miststück

Anna stellte sich vor, wie es sein würde, ihrer älteren Schwester Auge in Auge gegenüberzustehen. Danach sehnte sie sich schon lange. Eine Schwester, die Kinder hatte, möglicherweise die einzige, die schwanger werden konnte, da das ihr selbst und ihrer Zwillingsschwester unmöglich war. Und jetzt kam Kobalt, um sich ihre Kinder zurückzuholen.

Sie wollte gerade die Verbindung abbrechen, da schickte Leonard Pine ihr eine weitere Nachricht.

Wie geht es Hel?

Herr im Himmel, dachte sie.

Genauso wie immer, tippte sie und drückte gleich darauf auf »Verbindung beenden«.

Als sie sich umdrehte, sah sie Hel durch einen der labyrinthischen Gänge der Burg herankommen, eine kleine, gedrungene Gestalt mit einem muskulösen, von der Sonne gebräunten Körper und einem bereitwilligen Lächeln, das gleichzeitig ihre Verschlossenheit nicht verbarg. Sowohl ihr kurzes Haar – eine Männerfrisur –, als auch ihre Augen waren von einem dunklen Stahlgrau. Sie trug eine tiefblaue Leggins und eine eng anliegende, ärmellose Bluse. Ihre Stiefel waren robust, aber leicht. Beim Gehen machten sie kein Geräusch auf dem Steinboden. Zwei Patronengurte überkreuzten sich auf ihrer Brust. Das Goldkreuz an der Halskette, die sie niemals abnahm, schimmerte im Licht. Eine Pistole steckte in einem Halfter an ihrer rechten Hüfte und ein Wurfmesser in einer Scheide an ihrer linken. Ein Paar kleinerer Wurfmesser hatte seinen Platz in ihren Stiefelschäften gefunden.

Anna, die die junge Frau beim Näherkommen beobachtete, bedachte erneut, wie jedes Ding und jeder Mensch seinen Platz hatte. Aus ihrer Sicht gab es keinen Unterschied zwischen Dingen und Menschen, jedes Einzelne und jeder Einzelne hatten jedoch seinen festen Platz in ihrem extrem analytischen Kopf. Wenn Dinge oder ein Mensch keinen Nutzen für sie hatten, beachtete sie sie nicht. Wenn sie aber einen Nutzen hatten, war dieser per definitionem endlich. Sei es ein Tag, eine Woche oder ein Jahr, es gab immer ein Verfallsdatum, an dem sie dieses Ding oder diese Person unausweichlich entsorgte und sich dem nächsten nützlichen Objekt zuwandte. Selbst Hel, deren Kampfesmut und taktisches Geschick sie sehr schätzte, war nur eine weitere Station auf ihrer Reise zur Rettung der Welt.

»Haben die Kinder zu essen bekommen?«, fragte sie.

Hel blickte zu ihr auf. »Sie haben gegessen und schlafen jetzt, Mutter.«

Anna zog die Augen zusammen. »Wie tief?«

»Zu tief, um zu träumen, Mutter.«

»Tja.« Anna lächelte versonnen. »Welches Kind mag keinen heißen Kakao?«

»Sie werden nicht aufwachen, bis die Zeit gekommen ist«, versicherte Hel ihr.

Anna nickte. Sie vertraute Hel, aber nicht so sehr, wie Hel ihr vertraute. Das war natürlich Absicht. Sie ergriff Hel beim Ellenbogen und geleitete sie durch den Korridor zurück. »Kobalt wird bald mit zwei von ihren Leuten hier auftauchen, aber ich bezweifle ernsthaft, dass die drei zur selben Zeit und am selben Ort erscheinen.« Sie warf ihrer Gefährtin einen bedeutsamen Blick zu.

»Ich verstehe, Mutter.« Damit wandte Hel sich zu einer Abzweigung des Korridors und schritt energisch davon. »Wir werden vorbereitet sein«, rief sie über die Schulter zurück.

Als Hel um die Ecke verschwunden war, begab Anna sich zum neuen Schlafquartier der Kinder, einem hochmodernen Operationssaal, der hinter der Steinwand der Kapelle des Brennenden Schwertes Gottes verborgen lag.

52

Moskau, Russische Föderation

Kobalt stand unter Katas Dusche und verzog gequält das Gesicht, als das warme Wasser über ihre Wunden lief. Blutrinnsale flossen über ihren Oberkörper und ihre Beine hinunter und verwandelten sich auf dem Weg zum Abfluss in rosige Bäche. Ihre Augen waren geschlossen und ihr Gesicht zum Duschstrahl gewandt, trotz des Schmerzes, den die Wunde im Nasenrücken ihr verursachte. Eine vielfarbige Quetschung erblühte auf ihrer Kehle, doch wenigstens waren die Abdrücke von Katas kräftigen Fingern nur eine Erinnerung.

Alle paar Sekunden wurde ihr ganzer Körper von einem unwillkürlichen Schauder überlaufen, und trotz des dampfend heißen Wassers fröstelte sie innerlich. Inzwischen hatte sie wieder Gefühl im rechten Fuß, doch das Knie pulsierte bei jedem Herzschlag, der das Blut unter dem Knorpel durch die Adern trieb.

Sie hatte ihre ganze Willenskraft gebraucht, um sich auf dem Weg zum SUV nicht zu übergeben, doch am Ende konnte sie verhindern, dass sich ihr der Magen umdrehte. Sie musste sich allerdings gegen den Wagen lehnen, als sie versuchte, sich zu sammeln. Zwar wusste sie mit einem Teil ihrer selbst, dass sie einen Schock erlitten hatte, doch ansonsten hatte sie vergessen, wie sie in diese ihr vollkommen fremde Gegend Moskaus gelangt war. Sie hatte keine Ahnung, wo sie sich befand.

Der SUV. Natürlich. Seufzend öffnete sie die Fahrertür und kroch vor Schmerz stöhnend hinein. Eine Weile saß sie einfach nur da, den Kopf gegen die Kopfstütze gelehnt, während sie das Lenkrad mit aller Macht umklammerte, als könnte sie ihren geschwächten Körper durch reine Willenskraft wieder stark machen.

Nach einer Zeit, von der sie nicht wusste, ob sie lang oder kurz gewesen war, hob sie den Kopf, betrachtete ihre Umgebung und entdeckte sofort Katas Handy, das auf dem Beifahrersitz lag. Sie holte es aus dem Ruhemodus, schaltete das Navi ein und fand Katas Adresse.

Auf der Fahrt dorthin kam sie an Zherovs Wohngebäude vorbei. Die Front war abgesperrt, und auf der Betontreppe leuchtete Blut, doch kein Umriss der Leiche war mit Kreide aufgezeichnet. Nirgends war das Fahrzeug eines Gerichtsmediziners zu sehen, genauso wenig ein Spurensicherungsteam. Tatsächlich stand nur ein einziger Polizist Wache, und dessen Aufgabe schien allein darin zu bestehen, die Bewohner des Gebäudes hinein- oder herauszulassen. Wie für Moskau typisch, hatte sich keine Menge von Schaulustigen versammelt. Auf dem Bürgersteig eilten die Passanten mit gesenkten oder abgewandten Gesichtern vorbei. Keiner wollte Ärger bekommen oder, Gott bewahre, sogar angehalten und befragt werden.

Sie biss die Zähne zusammen und stellte das warme Wasser ab. Als die Dusche erst kühler und dann unvermittelt kalt wurde, machte sie mit ein paar tiefen, reinigenden Atemzügen ihren Kopf frei. Auf Nase und Knien fühlte sich das kalte Wasser gut an, doch auf der blutunterlaufenen Stelle unmittelbar über ihrer linken Brust, wo Kata sie beim ersten Mal mit dem Viehtreiber getroffen hatte, stach der Duschstrahl wie Nadelstiche.

Sie verließ die Duschkabine und hüllte sich in ein dickes, weiches Badetuch. Das Wasser ließ sie laufen, weil das Prasseln sie beruhigte. Sie hatte nach Verbandszeug gesucht und im Schrank unter dem Waschbecken den professionellen Erste-Hilfe-Kasten eines Arztes gefunden. Jetzt stand sie vor dem Spiegel und nahm sich der Wunde auf dem Nasenrücken zwischen ihren Augen an. Sie brauchte fünf Stiche – mit einem selbst auflösenden Faden –, um die Wunde zu nähen, und als sie ihre Nase vor dem Auftragen des Sprühverbands musterte, bezweifelte sie, dass sie jemals wieder so aussehen würde wie zuvor. Nicht, dass ihr das besonders viel ausmachen würde; diese Erinnerung an die verletzliche Grenze zwischen Leben und Tod war ihr durchaus willkommen.

Als sie mit ihrer Nase fertig war, ging sie mit behutsamen Schritten in Katas Schlafzimmer, öffnete die verspiegelte Schiebetür eines Wandschranks, der größer war als die meisten Wohnungen im Zentrum Moskaus, und wählte einen seidenen Morgenmantel, den sie statt des feuchten Badehandtuchs überwarf.

Dann setzte sie sich ans Fußende von Katas riesigem Bett, kramte ihr eigenes Handy aus ihren blutigen Klamotten und gab die Schnellwahl für Dimas private Handynummer ein.

»*Moya malen'kaya osa!*«, rief Dima, als er ihre Stimme hörte. *Meine kleine Wespe!* »Ich war außer mir. Sobald ich hörte, dass man Zherov ins Krankenhaus gebracht hat, habe ich nur noch an Sie gedacht. Sind Sie unverletzt?«

»Mir geht es gut« antwortete Kobalt. »Wo ist Zherov? Ich habe ihn vor seinem Wohngebäude abgesetzt.«

»Jemand hat ihm in den Rücken geschossen«, antwortete Dima.«

»Ist er am Leben?«

»Im Moment jedenfalls ja«, erwiderte Dima. »Er wird gerade operiert.«

Sie empfand große Erleichterung.

»Ihr Auftrag?«, fragte Dima.

Es war klar, dass er diese Frage stellen würde, doch sie war darauf vorbereitet. »Omega ist neutralisiert worden.«

»Herzlichen Glückwunsch. Und Ihre Kinder?«

»Die sind in Sicherheit.«

»Das muss eine Erleichterung sein.« Als sie nichts erwiderte, änderte er den Kurs. »Wer hat auf Zherov geschossen?«

»Das weiß ich nicht. Ich habe niemanden gesehen. Wer immer es war, muss gewartet haben, bis ich losfuhr.«

Ein kurzes Schweigen. »Und das Motiv?«

»Es kann so viele geben.«

Dima knurrte zustimmend. »Morgen um Punkt neun in meinem Büro zur Einsatzabschlussbesprechung.«

In der Küche stellte sie mit Eiswürfeln, die sie in ein Geschirrtuch wickelte, eine Kaltkompresse her, nahm eine Flasche Wodka aus dem Gefrierschrank, setzte sich, das Bein hochgelegt, an den ovalen Tisch und legte die Kompresse aufs Knie.

Sie bereute nicht, Dima wegen Omega belogen zu haben. Ihre Hoffnung war, dass Lyudmila die Sekte inzwischen neutralisiert hatte oder ihr das zumindest bald gelingen würde. Sollte sie scheitern, würde es für niemanden eine Zukunft geben. Nicht zum ersten Mal bedauerte sie ein Stück weit, dass sie Lyudmila zurückgelassen hatte und hierhergekommen war. Doch wie Lyudmila ja gesagt hatte, lag Kobalts eigene Zukunft in Moskau. Außerdem hatte Lyudmila recht, bei Omega erwartete man Kobalt. Ihr Versuch, die gestellte Falle zu umgehen, würde die Infiltration nur noch schwieriger machen, als sie es ohnehin schon war. Dennoch machte es ihr zu schaffen, dass sie nicht mit von der Partie war. Lyudmila hatte sie um ihr Vertrauen gebeten, und so etwas war für Kobalt nicht leicht zu akzeptieren. Falls sie aber überhaupt jemandem vertrauen könnte, dann Lyudmila, die es ihr ermöglicht hatte, die Frage, wer ihre leiblichen Eltern waren, zu beantworten. Sie dachte an die beiden und rief sich in Erinnerung, wie sie an ihrem Grab gestanden und eine Nähe empfunden hatte wie noch nie zuvor im Leben. Sie war Lyudmila etwas schuldig.

Daraufhin wandte sie sich naheliegenderen Dingen zu und nahm sich den Wodka vor. Sie trank ihn direkt aus der Flasche. Feuer und Eis rannen ihr die Kehle hinunter, verbreiteten Wärme in ihrem Magen und milderten den Schmerz. Von dort, wo sie saß, konnte sie ins Wohnzimmer schauen, und wenn sie den Hals ein wenig reckte, war auch ein Ausschnitt von Katas Privatzimmer zu sehen. Wer immer zum Teufel Kata Romanovna Hemakova auch war, die Schlampe hatte sich in ein schön gemachtes Nest gesetzt, denn es war ausgeschlossen, dass sie sich diesen luxuriös ausgestatteten Palast von ihrem eigenen Geld leisten konnte. Also ... Der erste Name samt Telefonnummer, den Kobalt beim Scrollen durch Katas Handy entdeckte, war der des SVR-Generaldirektors Stanislav Budimirovich Baev. Was nur eine von zwei Möglichkeiten bedeuten konnte. Entweder war Kata Baevs Geliebte, oder er hatte Kata beauftragt, Kobalt zu eliminieren. Oder beides, nach den drei Nachrichten mit Lageberichten zu schließen, die er ihr geschickt hatte. Wer konnte das bei diesen Leuten schon wissen?

Als sie Katas Handy weiter durchforschte, stieß sie auf eine Serie von Nacktaufnahmen – Selfies, die Kata Baev geschickt hatte. Na, wer sagt's denn. Lyudmila hatte recht mit den Männern in dieser Schlangengrube. Kobalt musste die Kontrolle erlangen. Sie hatte einen unfehlbaren Hebel gegen Dima. Und nun hatte sie die perfekte Methode, um Baev außerhalb seines Büros zu treffen. Sie trank einen weiteren großen Schluck Wodka und bewunderte die nackte Kata. *Eigenartig, wie das Leben spielt*, dachte sie. *Meine Be-*

gegnung mit Kata erweist sich als eine der glücklichsten Fügungen, seit ich den Atlantik überquert habe.

Sie stand auf, ohne den Eisbeutel zu beachten, dessen Inhalt sich auf den gefliesten Boden ergossen hatte. Zeit, sich bereit zu machen.

Für Generaldirektor Baev war es ein langer, anstrengender Tag gewesen: Er hatte sich um zahlreiche Verwaltungsaufgaben kümmern müssen, die normalerweise von seinem Adjutanten Ilya Ivanovich Gurin erledigt worden wären, der nun aber tot und vergessen war. Und da war das immer kontroversere Hin und Her mit Darko Kusnetsov. Dem Leiter des FSB zufolge, Baevs Chef, war Evan Ryder noch immer quicklebendig. *Wieso hatte Kata sich noch nicht mit ihr befasst?*, fragte sich Baev. *Und wieso hatte sie nicht auf seine Nachrichten reagiert?* Der Nachmittag wurde von neuen Informationen und Lageberichten überflutet, die aber alle nicht Kata betrafen. Doch der Auftrag, mit dem sie unterwegs war, würde niemals in einem normalen FSB-Informationskanal auftauchen oder überhaupt irgendwo.

Gerade als er das Büro verließ, kam die Nachricht von Kata. Er schaute auf das Display seines Privathandys und las die knappen Worte.

Überraschung! Heute Abend! Ich warte

Endlich eine gute Nachricht, dachte er. Und er spürte die damit einhergehenden Regungen im Schritt.

Als Baev in Katas Zufahrt einbog, herrschte Dunkelheit in Moskau. Wie üblich musterte er die Straße mit einem flüchtigen Blick. Sie war wie immer, ein paar Fahrzeuge parkten am Rand, darunter ein schwarzer SUV ein Stück den Bürgersteig hinunter.

Mit dem Schlüssel, den Kata ihm gegeben hatte, schloss er

die Wohnungstür auf. Sofort roch er das Parfum, das sie immer für ihn auflegte. Mit geweiteten Nasenflügeln folgte er ihrem Duft vom Eingang durch den Flur bis in ihr Wohnzimmer.

Und dort lag sie lang ausgestreckt auf dem geschwungenen roten Samtsofa und sah ihm entgegen, ein rätselhaftes Lächeln im schönen Gesicht. Nur dass es nicht Katas Gesicht war. Er verharrte mitten im Schritt und starrte die verbundene Nase und dann die ganze Frau an, die in Katas Kleidern steckte – und zwar in ihrem schwarzen Kunstlederkleid.

Sein Gesicht verfinsterte sich, und er zog die Augenbrauen zusammen. »Wo ist Kata?«, fragte er scharf. »Wer zum Teufel sind Sie?«

Kobalt hob die rechte Hand und zeigte ihm den riesigen, kubisch geschliffenen Smaragd, der an ihrem Mittelfinger funkelte. »Sie möchten wissen, wer ich bin, Herr Generaldirektor Baev? Ich bin Kata Romanovna Hemakova.«

Sein Lachen verriet äußerstes Unbehagen. »Das ist doch absurd.«

»Ich bin die neue Kata Romanovna Hemakova.«

Sein Stirnrunzeln vertiefte sich. »Kommen Sie schon. Wo ist Kata?«

»Kata ist tot«, antwortete Kobalt. »Ich habe sie getötet.« Mit der anderen Hand hob sie den Viehtreiber hoch. »Ich habe ihr das hier in die Kehle geschoben.«

Baev starrte sie lange an. Dann holte er die kleine Pistole hervor, die er immer bei sich trug. Doch bevor er sie auf Kobalt richten konnte, war sie aufgesprungen. Der Viehtreiber berührte seine Brust, und er zuckte zurück.

»Zwingen Sie mich nicht dazu, den hier einzusetzen, Herr Direktor. Ich möchte Sie wirklich nicht verletzen.« Keine Sekunde wandte sie den Blick von seinem Gesicht. »Aber glauben Sie mir, ich verwende die Waffe, wenn Sie mir keine andere Wahl lassen.«

Er atmete keuchend. »Ich ...«

»Sie wissen, dass ich jetzt nicht in Katas Haus wäre, das Sie bezahlt haben, und die Kleider tragen würde, die Sie ebenfalls bezahlt haben, wenn sie nicht tot wäre ...«

Sein Keuchen wurde nicht leiser. »Ich ... ich glaube Ihnen.«

Sie löste die Pistole aus seinen widerstandslosen Fingern.

»Was die Frage angeht, wer ich wirklich bin, überrascht es mich, dass Sie mich nicht erkennen. Vor fünf Tagen hatte Dima einen Termin mit Ihnen ausgemacht, an dem ich Sie aufsuchen sollte.«

Ganz kurz schaute er fragend, dann dämmerte ihm die Erkenntnis, und er flüsterte: »Kobalt? Sie sind Kobalt.«

»Nicht mehr. Kobalt ist tot. Sie werden dafür sorgen, dass mein Name von morgen an Kata Romanovna Hemakova lautet.«

»Aber Sie ...« Ihm war schwindelig. »Wie haben Sie ...«

»Wie ich Kata getötet habe? Mein lieber Stanislav Budimirovich – oder sollte ich Sie Slava nennen? Das gefällt mir eigentlich besser. Mein lieber Slava, Sie haben den fatalen Fehler begangen, Kata mit meiner Eliminierung zu beauftragen.«

»Ich ...« Er schüttelte nachdrücklich den Kopf. »Aber das habe ich nicht.«

»Sie hat mich angegriffen.« Kobalt legte den Kopf schief. »Wie würden Sie das erklären, Slava?«

Er strich sich mit den Fingern durchs schweißfeuchte Haar.

»Das können Sie nicht. Weil Sie lügen.« Sie zuckte mit den Schultern. »Doch selbst wenn Sie wider Erwarten die Wahrheit sagen sollten, spielt das eigentlich keine Rolle, weil wir jetzt zusammen hier sind, Sie und ich.«

Er breitete die Hände aus. »Nein, nein, ich lüge nicht. Lassen

Sie mich bitte kurz nachdenken ...« Er stützte den Kopf in die Hände und verstummte.

Der Ausdruck seiner Augen veranlasste sie, ihm zu glauben. Sie wartete ab, beobachtete ihn und konnte praktisch sehen, wie er im Geist die Teile eines Puzzles zusammensetzte.

Gleich darauf hob er den Kopf. »Ich sage Ihnen jetzt die Wahrheit, Kobalt. Ich habe meinen Adjutanten Ilya Ivanovich Gurin zu Kata geschickt, um ihr den Auftrag zu übermitteln, Evan Ryder zu töten. Und um gleichzeitig Kata das Signal zu geben, ihn selbst zu eliminieren. Das hat sie getan. Ich war der Meinung, dass er schon bald in Versuchung sein würde, seine Kompetenzen zu überschreiten.« Er warf ihr einen durchdringenden Blick zu. »Jetzt glaube ich, dass das bereits geschehen war. Gurin muss derjenige gewesen sein, der Sie, Kobalt, an Omega verraten hat. Er hatte die Mittel dazu und das Motiv. Und hinter meinem Rücken hat er Kata den Auftrag erteilt, Sie zu töten statt Evan Ryder.«

Sie warf ihm einen skeptischen Blick zu. »Und dann hat Gurin auch noch in Istanbul einen Mordanschlag auf mich angezettelt? Warum sollte er sich in diesem Ausmaß mit mir beschäftigen?«

»Istanbul?« Baev machte ein verblüfftes Gesicht, wischte seine Verwirrung dann aber mit einer Handbewegung beiseite. »Sie sind hier, das allein ist wichtig. Er ist gescheitert. Was das Warum angeht ... Neid ist eine starke Triebfeder, gerade auch bei Menschen, die übermäßig ehrgeizig sind. Er wusste, dass ich Sie gern selbst zu meinen Agenten gezählt hätte. Er wusste, dass ich vorhatte, Sie Dima wegzuschnappen.«

Sie legte den Kopf schief. »Ich höre zu.« Denn jetzt ergaben seine Worte unbedingt Sinn.

Baev nickte. »Gurin hatte Angst, dass ich ihn ersetzen würde. Er nahm an, wenn ich erst einmal Sie hätte, wäre kein Platz mehr für ihn. Und damit hatte er recht.«

»Sie sagten doch, er sei Ihr Adjutant gewesen.«

»Das stimmt.«

»Ich bin kein Schreibtischmensch.«

Baev schnaubte. Er gewann allmählich sein Gleichgewicht zurück. »Ich habe das Verhör satt. Worauf läuft das alles hinaus?«

Sie zeigte ihm das, was sie in Ermis Büro entdeckt hatte. »Ihr Chef wird sich gewiss dafür interessieren, wie wenig Sie Ihren eigenen Laden im Griff haben. Und was Dima direkt vor Ihrer Nase getan hat.«

Bei der Durchsicht des belastenden Kassenbuchs wurde Baev bleich. Dann dachte er an Kusnetsovs blutiges Hackbeil: Stahl, Fleisch und Knochen. *Zack!* »Das ... das«, stotterte er, eindeutig erneut aus der Fassung gebracht. Mit wildem Blick schaute er zu ihr hoch. »Was ist das, eine Erpressung?«

»Nur in gewisser Weise«, antwortete sie. »Es geht nicht um das, was ich Ihnen antun möchte, Slava.« Sie lächelte wie ein Raubtier. »Sondern um das, was ich *für* Sie tun möchte.«

Er war noch immer bestürzt über Dimas Verrat, der zum Tod so vieler seiner Leute und dem Scheitern zahlreicher Aufträge geführt hatte ... Ein Schauder durchlief ihn. »Und im Gegenzug?«, fragte er heiser. »Was wollen Sie?«

53

Burg I

Das heimliche Eindringen in eine Örtlichkeit war stets von vier Apokalyptischen Reitern bedroht, die auf jeden Fall zu vermeiden waren: Nicht überstürzt vorgehen. Nicht mit massiver Gewalt vorgehen. Nicht ohne Absicherung vorgehen. Und nicht ohne Fluchtplan. Ben hatte erfahren, natürlich immer im Nachhinein, dass Evan mit zwei, manchmal sogar mit drei der Reiter geflirtet hatte und nicht nur lebendig aus der Mission herausgekommen war, sondern auch siegreich. Er dagegen hatte bei ihren gemeinsamen Einsätzen alle derartigen Abwege vermieden. Wenn er vollkommen ehrlich war, musste er sich eingestehen, dass verstohlenes Operieren nicht seine Stärke war. Evan wusste das, und doch hatte sie ihn damit beauftragt, die Omega-Burg von der Rückseite her zu infiltrieren. Vermutlich blieb ihr keine andere Wahl. Das änderte aber nichts daran, dass Ben maßlose Angst hatte. Diese Situation lag so weit außerhalb seines beruflichen Erfahrungshorizonts, dass er sich fühlte wie der Elefant in der Munitionsfabrik. Während er sich behutsam durchs dichte Gestrüpp voranarbeitete, konnte er nur hoffen, dass Lyudmila sich besser aufs Anschleichen verstand als er.

Da LEDs zu weit sichtbar waren, verwendeten sie altmodische Stiftlampen. Sie kamen aus Lyudmilas geräumigem Rucksack, in dem sich so ziemlich alles befand, was sie brauchten. Sie waren noch etwa hundert Meter von der Stelle entfernt, an der der Regenwasserkanal sich öffnen sollte, da wurde der schwarze Himmel noch drohender, und ein heftiger Schauer brach über sie herein. Man konnte kaum noch die Hand vor Augen sehen. Positiv war allerdings, dass die Blätter rund um sie herum Dunst verbreiteten, der sie beide so gründlich verdeckte wie dichter Nebel. Als sie jedoch an der Mündung des Kanals ankamen, strömte Regenwasser heraus, überflutete alles und machte den Boden rutschig. Mehr als einmal nötigte der steile Hang einen von ihnen, sich am Stamm eines Schösslings festzuhalten und den anderen von dieser sicheren Position aus hochzuziehen. Doch eine sichere Position war es nur relativ gesehen, denn unter dem Gewicht von gleich zwei Menschen bogen sich die Schösslinge gefährlich. Einen rissen sie tatsächlich aus, sodass sie mehrere Meter zurückrutschten.

Schließlich gelangten sie jedoch zur betonierten Öffnung des Kanals, verharrten kurz an ihrem Rand und beobachteten beim Atemschöpfen, wie das Wasser in Kaskaden den Hang hinunterrauschte.

»Nun?«, schrie Ben Lyudmila ins Ohr, damit sie ihn über das Rauschen des Wassers hinweg hören konnte. Es prasselte so laut herab, als stünden sie hinter dem Vorhang eines Wasserfalls.

Lyudmila wandte ihm den Kopf zu und schrie zurück: »Wir sind ohnehin schon patschnass.«

Mit diesen Worten drehte sie sich um, drückte die Hände von innen gegen das niedrige Gewölbe des Kanals und zog sich daran vorwärts. Sofort standen ihre Beine bis fast zu den Knien im Wasser. Ben folgte ihr. Er verwendete dieselbe Technik, und so arbeiteten sie sich langsam durch den Kanal. Gut war immerhin, dass der wilde Regenguss allen Schlamm weggeschwemmt hatte, dachte Ben. Daher war der Boden hier weniger glitschig als draußen. Der Kanal wurde jedoch immer enger, als wäre er eher ein Trichter als ein Rohr. Schließlich mussten sie auf Händen und Knien krabbeln. Dabei schwappte das Wasser immer wieder über ihre Köpfe hinweg und erschwerte ihnen das Atmen.

Schließlich schafften sie es. Sie mussten sich erst mit den Händen und dann mit den Schuhsohlen gegen die Backsteineinfassung stemmen, um aus der heftigen Strömung hinauszugelangen. Jetzt schwammen sie jedoch in tieferem Wasser und stießen sich zur Oberfläche hoch. Keuchend und würgend kletterten sie heraus und stellten rasch fest, dass sie sich in einer von drei miteinander verbundenen Zisternen befunden hatten – Regenwasserspeicher für die Burg über ihnen.

Ermattet lagen sie auf dem Boden, minutenlang, so schien es ihnen, schöpften Atem und gewannen ihr Gleichgewicht zurück. Dann plötzlich ragten drei bewaffnete Gestalten über ihnen auf, die sie nicht hatten kommen hören.

Eine kleine untersetzte Frau mit pechschwarzen Augen und einem Raubtierlächeln, an deren Hals ein Goldkreuz baumelte, beugte sich vor, riss Lyudmila den Rucksack ab und warf ihn in eine Ecke. »Ich heiße Hel. Willkommen in der Zita…«

Lyudmila umklammerte Hels Fußknöchel so heftig mit den Beinen, dass Hel umfiel. Lyudmila sprang auf und stürzte sich auf den zweiten Angreifer, während Ben neben ihr sich die dritte Angreiferin vorknöpfte. Gerade hatte Lyudmila den gestürzten Mann entwaffnet, da entdeckte sie Hels Wurfmesser an deren Hüfte und zog es heraus. Hel trat sie in die Flanke, und Lyudmila taumelte zurück. Als Hel ihre Pistole zog, schnappte Lyudmila Ben am Arm und rannte mit ihm los.

Hinter ihnen hatte eine Angreiferin sich aufgerappelt und zielte auf die Fliehenden. Sie wollte schon abdrücken, da spürte sie Hels Hand auf dem Arm.

»Lass«, befahl Hel und drückte ihre Schulter.

Die ihr unterstellte Soldatin gehorchte sofort, blickte aber fragend zu ihr auf.

»Jetzt haben wir, was wir wollen.« Hel grinste die anderen beiden an. Beide standen inzwischen wieder aufrecht da. »Was wir alle lieben, ist die Jagd, oder?«

Und lautlos wie Tiger setzten sie sich auf die Spur ihrer Beute.

54

Dinner im Turandot

Dima erhielt die Textnachricht von Generaldirektor Baev, als er gerade Feierabend machen wollte. Leicht verstimmt schnappte er sich seinen Mantel und verließ sein Büro. Für den heutigen Abend hatte er große Pläne. Es war das dreimonatige Jubiläum seiner Liebschaft mit Nadya. Drei Monate waren in der heutigen Zeit aus seiner Sicht eine Art Rekord, oder auch aus ihrer Sicht, wie immer man es betrachten wollte. Dima lachte in sich hinein. Er musste zugeben, dass Nadya etwas Besonderes an sich hatte, ein *je ne sais quoi*, das einen so mächtigen Schauder in ihm auslöste, dass seine durchkreuzte Leidenschaft für Kobalt dahinter zurückwich. Vielleicht lag es daran, wie sie unmittelbar vor einem Orgasmus die Beine hob, oder daran, wie hart ihre Nippel beim Sex wurden, oder an ihrem Stöhnen, von dem es seine Lenden heiß und kalt überlief. Was auch immer es war, ihm schien, dass er verrückt nach ihr war. Vielleicht würde er sie zu einem dauerhaften Bestandteil seines Lebens machen, denn in letzter Zeit konnte er sich eine Existenz ohne ihren Moschusduft und ihren sexy Körper nicht mehr vorstellen.

Baev erwartete ihn in der Eingangshalle. Worum immer es ging, dachte Dima, hoffentlich dauerte es nicht lange. Er hatte im Bolschoi-Theater eine Loge gemietet, und anschließend würde ein Dinner im luxuriösen Fin-de-Siècle-Restaurant Turandot auf sie warten. Als wäre das noch nicht genug, hatte er für die Nacht ein Schiff gemietet. Darin würden sie über die Moskwa gleiten, während sie sich in der Kapitänskajüte miteinander wälzten, bis die Sonne aufging.

Er hatte drei komplette Tage gebraucht, um alles exakt zu planen. Jetzt war der Abend da, doch statt nach Hause zu eilen und sich fürs Ballett umzuziehen, hastete er hinter seinem Chef her. Auf dem Weg zur Tür hallten ihre Schritte laut im Eingangsbereich.

Mit brummendem Motor stand ein schwarzer, gepanzerter Escalade am Straßenrand. Sergey, einer aus Baevs Kohorte von Leibwächtern, die auch als Fahrer fungierten, hielt ihnen die hintere Tür auf. Baev glitt hinein, und Dima folgte ihm. Die Tür schloss sich mit einem dumpfen Laut. Sobald Sergey hinter dem Steuer saß, rollte der Escalade los.

»Was für eine Woche«, sagte Baev im Plauderton. »Extrem anregend.« Er klappte einen eingebauten Humidor auf seiner Seite des SUVs auf, reichte Dima eine Zigarre, biss das Ende seiner eigenen ab und steckte sie an. Als sie zur Zufriedenheit zog, reichte er das dicke Silberfeuerzeug mit dem eingravierten FSB-Siegel weiter, und Dima setzte seine eigene Zigarre in Brand.

»Kusnetsovs jüngste Säuberung hat alle das Fürchten gelehrt.« Baev blies Rauch zur Decke, sodass sich eine Wolke bildete. »Hin und wieder müssen selbst wir, die Hüter des Staates, die Lektion lernen, welcher Lohn uns für tiefste moralische Korruption erwartet – für das Verkaufen von Geheimnissen, das Ausnutzen der eigenen Position und den Verrat von Agenten.« Unvermittelt wandte er sich Dima zu. »Stimmen Sie mir zu, Dima Nikolaevich?«

»Oh … Aber ja, Herr Direktor.« Dimas Kopf nickte heftig, wie bei einer dieser amerikanischen Wackelkopffiguren, die bei russischen Teenagern beliebt geworden waren.

»Was für ein Glück, dass wir beide, Sie und ich, moralisch auf sicherem Grund stehen. Ich kann Ihnen nicht sagen, Dima Nikolaevich, wie viel Vergnügen mir das Tag für Tag bereitet, während wir uns durch den Sumpf des inländischen Verbrechens und der internationalen Spionage arbeiten.«

Dima räusperte sich. »Herr Direktor, darf ich fragen, wohin wir fahren?«

»Was ist los, Dima, mögen Sie keine Überraschungen?«

»Die mag doch jeder«, antwortete Dima, keineswegs überzeugt, dass er es auch so meinte. »Nur habe ich diesen Abend schon seit fast einer Woche geplant.«

Inzwischen war Baev ganz in Qualm gehüllt. »Ach ja, die schlüpfrige Nadya.«

»Ein kleines Jubiläum«, sagte Dima lakonisch.

»Dann sind Glückwünsche angebracht, mein Freund!« Baev nickte. »Und natürlich auch eine Feier. Die ist sehr berechtigt.« Er seufzte. »Wissen Sie, in vieler Hinsicht beneide ich Sie, Dima. Sie haben alles: keine Frau, keine Kinder und eine junge Gespielin, ein Spielzeug von unschätzbarem Wert. Sie sind – wie alt? Sechs oder sieben Jahre jünger als ich?«

»Sieben, Herr Direktor.«

»Mhm.« Baev nickte. »Das Leben ist gut, oder?«

»Ja«, stimmte Dima ihm zu.

Ein paar Minuten lang genossen die Männer ihre Zigarren in geselligem Schweigen.

»Übrigens«, sagte Baev, scheinbar ohne Bezug zu irgendetwas. »Haben Sie von Kobalt gehört?«

»Ja, das habe ich«, antwortete Dima, erleichtert, dass sie nun über Berufliches redeten. »Sie ist nach Moskau zurückgekehrt. Morgen früh habe ich sie zur Einsatzabschlussbesprechung einbestellt.«

»Und die Klette, die Sie ihr als Begleiter mitgeschickt hatten?«

»Zherov. Nun ja, er hat auf der Treppe vor seinem Wohngebäude eine Kugel in den Rücken bekommen.«

Baev wandte sich Dima mit finsterer Miene zu. »Hier in Moskau? Haben Sie den Mörder gefunden?«

»Noch nicht. Als Kobalt Zherov vor seiner Tür abgesetzt hat, hat sie niemanden gesehen.« Er fand es interessant, dass sein Chef nicht fragte, ob Zherov noch am Leben war, sondern gleich vom Schlimmsten ausging. »Zherov lebt, Herr Direktor, und ist nach einer Operation außer Gefahr. Sobald er ansprechbar ist, werde ich ihn persönlich befragen.«

»Ausgezeichnet.« Baev entspannte sich sichtlich. »Wir dürfen nicht dulden, dass einer der Unseren angegriffen wird, noch dazu innerhalb der Grenzen der Föderation.«

Der SUV hatte sich aus dem Verkehrsfluss gelöst und hielt am Straßenrand.

»Nun, da wären wir, Dima Nikolaevich.« Die hintere Tür schwang auf. »Ich habe Ihnen eine Überraschung versprochen, und Sie werden eine Überraschung bekommen.«

Das wässrige Blaugrün, die drückende Schwüle und die mineralhaltige Luft trafen Dima wie ein körperlicher Schlag. Er schlüpfte sofort aus seinem Mantel und legte ihn über den linken Arm. Was um alles in der Welt machten sie im Moskauer Aquarium? Die Öffnungszeit war vorbei, und alle Besucher waren gegangen. Von den Mitarbeitern war nur noch eine Minimalbesetzung da. Keiner der Leute beachtete Baev und Dima, als wären sie an begleitete VIP-Besucher zu dieser abendlichen Stunde gewöhnt. Der Mann, der sie hinter der Seitentür empfangen hatte, kannte Baev offensichtlich gut. Er lächelte schmallippig, als dieser Dima vorstellte. »Guten Abend«, erwiderte er. »Kollegen von Stanislav Budimirovich sind auf dieser kleinen Zufluchtsinsel stets willkommen.« Sein Lächeln wurde breiter. »Im geschäftigen Treiben der Großstadt bieten wir eine Oase der Entspannung und des Friedens.«

Und tatsächlich wirkte die Atmosphäre gelassen und heiter, dachte Dima, als ihr Begleiter sie durch die Gänge mit Aquarien voller Meeresgeschöpfe führte, manche vertraut und manche, die Dima noch nie gesehen hatte. Alles im Meer war ihm ein Rätsel und beängstigte ihn ein wenig.

Sie bogen scharf nach rechts ab, in einen dunklen, verschatteten Gang. Der Weg wurde nur von kleinen rötlichen Leuchten matt erhellt. Ihr Begleiter begann, eine senkrechte Metallleiter hinaufzusteigen. Baev winkte Dima höflich voran und folgte dann hinter beiden. Mit zunehmender Höhe wurde der mineralische Hauch stärker, vermischt mit einem eindeutigen Fischgeruch.

Schließlich kamen sie ganz oben an, und ihr Begleiter half Dima auf dem letzten kurzen Stück.

»Hier bitte vorsichtig«, sagte er. »Für jemanden, der nicht daran gewöhnt ist, hier oben zu sein, kann der Steg über dem Becken recht schmal wirken.«

Dima runzelte die Stirn. »Wo befinden wir uns?«

»Oh, Sie werden etwas ganz Besonderes erleben«, rief ihr Begleiter begeistert aus. »Die Haie sind heute noch nicht gefüttert worden. Das ist ein Anblick, der sich lohnt, glauben Sie mir.«

Auf dem Weg über den Steg spürte Dima Baev hinter sich. »Ist das die Überraschung?«, fragte er über die Schulter zurück. Aber kaum dass die Worte aus seinem Mund waren, kam er sich dumm vor. Natürlich war das die Überraschung! Was denn sonst?

Mitten über dem Becken blieb ihr Begleiter stehen. »Stanislav Budimirovich, ich habe viele Pflichten. Ich verlasse Sie hier.« Damit ging er davon, mit bestürzend raschen Schritten, wie Dima empfand. Doch er musste daran gewöhnt sein, sich hier oben zu bewegen.

Unmittelbar bevor er im Dunkeln verschwand, sah Dima, wie er einer anderen Person auswich, die auf dem Weg zu ihnen war.

»Nun, Dima«, sagte Baev ganz in der Nähe. »Was halten Sie von der Aussicht, die man von hier oben genießt?«

Dima, der es bewusst vermieden hatte, nach unten zu schauen, folgte der Aufforderung mit beträchtlichem Widerstreben. Der Ausblick war schwindelerregend. Er entdeckte einige Haie, eigentlich waren sie nicht allzu groß. Doch ziemlich weit unten glitten ein paar Schatten, die erschreckend riesig waren, durchs Dämmerlicht.

»Bullenhaie«, sagte Baev. Er deutete auf einen von ihnen. »Das dort ist Ongendus. Er ist der größte von allen, der König des Haifischbeckens.« Er hob den Blick. »Was halten Sie von ihm, Dima?«

Dazu hatte Dima nichts zu sagen. Vielleicht hatte Baev das vorhergesehen. »Ach, nun schauen Sie einmal, wer uns mit seiner Anwesenheit beehrt«, fügte er nahtlos hinzu.

Dima blickte auf und erkannte die Gestalt, die nun aus dem tiefen Schatten ins rötliche Leuchten einer der Lampen trat.

»Kobalt.« Er riss die Augen auf. »Was machen Sie hier?«

»Heute Abend bin ich eine Botin, Dima.« Sie trat zu ihm und reichte ihm ein Päckchen.

»Was ist das?«

»Machen Sie es auf.« Baevs Stimme hinter ihm ließ ihn zusammenfahren.

Er zögerte. Etwas rief ihm aus der Tiefe seines Inneren zu, er solle das Päckchen nicht öffnen, denn sobald er es täte, wäre alles mit einem Schlag anders für ihn. Und doch lösten seine Finger die Lasche, als hätten sie einen eigenen Willen, und zogen das Kassenbuch heraus. Er schlug es auf und stieß auf den Beweis für seinen ersten Verrat an FSB-Agenten.

»Was ... was?« Seine Stimme war nur noch ein Piepsen. Seine Knie waren wie Watte. »Lügen ... nichts als Lügen!« Wie demütigend, seine Hände zitterten sichtbar. »Woher haben Sie ...«

Kobalt grinste spöttisch. »Ich habe dieses Kassenbuch in einem Versteck im Istanbuler Büro Ihres Verbindungsmannes entdeckt. Sie hatten ein grässliches Nebengeschäft am Laufen – und haben vom Tod Ihrer Genossen profitiert.«

Dima setzte seinen Protest mit erstickter Stimme fort, doch Baev schnitt ihm das Wort ab. »Nicht, Dima. Demütigen Sie sich durch Ihre Lügen nicht noch mehr.«

In Panik geraten, blickte Dima von Baev zu Kobalt und wieder zurück. »Was ... was haben Sie vor?«

»Dima«, sagte Kobalt und nahm ihm das Kassenbuch aus der Hand. »Ich habe Ihnen gesagt, dass ich heute Abend eine Botin bin. Aber ich habe außerdem ein besonderes Privileg erhalten. Genau in diesem Moment bin ich auch Kali, die Göttin des Todes.«

Ihr Arm fuhr blitzschnell vor. Die Kante des Smaragdrings schnitt ihm seitlich in den Hals. Dima fuhr mit der Hand zur Wunde, und das Blut quoll zwischen seinen Fingern hervor. Dabei warf er den Mantel ab und zückte mit seiner freien Hand ein Faustmesser. Doch bevor er es einsetzen konnte, rammte ihm Kobalt den elektrischen Viehtreiber in die Nierengegend. Dima taumelte vom Steg und stürzte ins Haibecken.

»Nun«, erklärte Minister Kusnetsov und trat nun ebenfalls aus dem Schatten. »Schauen wir einmal, wer den ersten Bissen frisst, Slava. Meine Gruppe von Tigerhaien oder Ongendus.«

»Zehntausend für den Gewinner«, bot Baev an.

»Abgemacht«, antwortete Kusnetsov, offensichtlich in Feierlaune.

Dann beobachteten alle drei – nicht alle gleich habgierig –, wie die hungrigen Haie auf den zappelnden Dima zuschossen, angelockt vom Geruch seines Bluts. Schon bald brodelte das Wasser, und das Innere des Beckens trübte sich, doch zuvor hatten die beiden Männer ihre Wette geklärt.

»Es ist Ongendus!«, jubelte Baev.

»Gut gemacht, Slava.« Kusnetsov wandte sich Kobalt zu. »Und auch Sie haben Ihre Sache gut gemacht, Kata Romanovna.« Denn Bobbi war nun Kata. Kobalt war offiziell tot. Baev hatte ihren Namen, ihre Akte und die wenigen Hinweise in den relevanten Bereichen des FSB-Servers sowie alle Back-ups gelöscht, alle Dateien zehnmal überschrieben und keine elektronischen Spuren zurückgelassen, keine Möglichkeit, die ursprünglichen Einträge wiederherzustellen.

»Slava hatte die ganze Zeit recht mit Ihnen.« Sein Lächeln vertiefte sich. »Er hat Sie zur neuen Leiterin von Zaslon ernannt. Sie werden dieses Amt zunächst einmal für eine Probezeit von einem Jahr ausüben, natürlich unter Slavas Aufsicht.« Er sog die Luft ein, als witterte er das Blut im Wasser. »Danach werde ich eine abschließende Entscheidung treffen.«

Er ergriff kurz ihre Hand, und als sie spürte, welcher gewaltige Machtstrom von ihm zu ihr floss, dachte sie sofort an die fressenden Haie unter ihren Füßen.

»Ihr erster Auftrag lautet, die ganze Abteilung zu säubern. Slava wird die persönlichen Akten in Dimas ... in Ihr Büro schicken lassen. Sie können jeden Fall einzeln prüfen.«

»Überflüssig.« Kobalt steckte den Viehtreiber sicher unter ihren langen, schwarzen Mantel. »Alle müssen gehen. Zaslon wird komplett gesäubert.«

»Sicher?« Kusnetsov legte den Kopf schief, als sähe er sie plötzlich in einem anderen Licht.

»Ja.«

Er warf Baev einen Blick zu. »Wenn Ihre Entscheidung so lautet.«

»Sie ist gefallen«, erklärte sie abschließend.

Baev räusperte sich. »Was ist mit Zherov?«

»Zherov ist ein Sonderfall. Außerdem wird er nicht in der Verfassung sein, in den Dienst zurückzukehren.«

Kusnetsov stieß ein bellendes Lachen an. »Die Frau gefällt mir, Slava. Ja, wirklich.«

Einen Moment herrschte Schweigen, und nur das Schwappen des Salzwassers war zu hören. Dann schürzte er die Lippen. »Übrigens, ich habe erfahren, dass die Millionen, die Ermi für Dima gehortet hat, verschwunden sind.« Er machte eine Handbewegung. »Nicht mehr aufzufinden.«

»Da Ermi und Dima nun beide tot sind, werden wir niemals erfahren, was geschehen ist«, erwiderte Baev.

Kusnetsov zuckte mit den Schultern. »Kriegsbeute«, bemerkte er. Dann, mit einem Blick auf Kobalt: »Nun, Slava, ist diese Frau nun ungewöhnlich intelligent oder ungewöhnlich gefährlich?«

»Möglicherweise beides«, sagte Kobalt, bevor Baev auch nur den Mund aufgemacht hatte.

Kusnetsov lachte erneut. »Ja, das könnte durchaus sein. Und nun ...« Sein Tonfall veränderte sich und wurde herzlicher. »Anscheinend haben wir heute Abend viel zu feiern.« Er wandte sich um. »Slava?«

»Oh ja.« Baev rieb sich die Hände. »Ich glaube, im Turandot ist für uns reserviert, im besten Restaurant der ganzen Föderation.«

55

Burg II

Evan stand im prasselnden Regen und wartete darauf, dass ihre Schwester die Tür der Burg öffnete. Sie spürte ein Prickeln im Nacken, und tief unten im Bauch, wo ihre Kraft wohnte, entrollte sich eine Schlange. Das war nicht gut, und sie wusste es. Sie würde in den kommenden Stunden jedes Quäntchen ihrer Kraft brauchen, daran hegte sie keinen Zweifel. Sie würde bis an ihre Grenzen und darüber hinaus gefordert werden. Es war sehr gut möglich, dass sie die Burg nicht lebend verlassen würde. Ben wusste das so gut wie sie, was der Grund dafür war, dass er auf dem Flugfeld in Graz das Gespräch mit ihr gesucht hatte.

Die Tür – aus dickem Holz und von schweren Eisenbändern gehalten – schwang langsam auf, und dahinter kam eine schlanke Frau zum Vorschein, schön, mit tiefblauen Augen und von unglaublich hohem Wuchs. Aus dem Schutz ihres Heims betrachtete sie Evan mit einem steten, durchdringenden Blick.

»Nun, Robin. Du bist von sehr weit hergekommen, um deine Kinder zu holen.« Ihre Worte durchdrangen das Prasseln des Regens. Sie klangen süß und webten ein hypnotisierendes Netz.

Evan war fasziniert. Obgleich ihre Eltern sie auf Anna vorbereitet hatten. »So ungefähr.«

Anna grinste spöttisch. »So spricht eine wahre Mutter.«

Evan legte den Kopf ein wenig schief. »Aber meine liebe Schwester, woher um alles in der Welt solltest du das wissen?«

Du musst dich bemühen, sie immer wieder aus dem Gleichgewicht zu bringen, hatte ihr Vater während ihres Vorbereitungsgesprächs gesagt. *Nur dieser Weg wird dich zu ihr hineinführen.*

Ein Zucken von Annas Augenlidern, das eine weniger scharfe Beobachterin auf einen Regentropfen zurückgeführt hätte, bestätigte, dass Evan einen Treffer gelandet hatte.

Doch gleich darauf war das schiefe Grinsen zurück. Der eine Mundwinkel wanderte nach oben. »Wie fühlt es sich an, meine liebe Schwester, im Regen zu stehen, während ich knochentrocken bleibe?«

»Knochentrocken im Inneren wie auf der Haut«, schoss Evan zurück.

Wenn sie auch nur für einen Moment das Gefühl bekommt, die Stärkere zu sein, ist es zu spät, hatte ihr Vater sie gewarnt. *Dann verspeist sie dich zum Frühstück.*

Wieder das Zucken von Annas Augenlidern, flackernd wie eine Flamme, die kurz vom Wind zur Seite geweht wird.

Evan trat vor und sprach erneut, bevor ihre Schwester etwas erwidern konnte – wie eigenartig es doch war, eine Schwester zu konfrontieren, von deren Existenz sie gar nichts gewusst hatte! »Ich bin mir nicht einmal sicher, dass die Reveshvilis wirklich meine Eltern sind«, sagte sie. »Ich sehe ihnen überhaupt nicht ähnlich.« Ein weiterer Schritt vorwärts; inzwischen betrug der Abstand zwischen ihnen höchstens noch zwei Meter. »Aber du … du bist das Ebenbild deiner Mutter.«

Das war eine Spitze, die tief eindringen würde, hatte ihr Vater ihr vorhergesagt. Evan sah sofort, dass er recht hatte. Anna atmete schnaubend aus.

»Ich habe nicht die geringste Ähnlichkeit mit ihr«, spie sie heraus.

Da troff Gift – Evan hörte es und meinte es fast zu spüren. Ihre Schwester war so toxisch, dass es Evan fröstelte. Sie staunte über die extreme Gespaltenheit in Annas Denken. Sie war eine ausgebildete Biologin, die sich auf die wissenschaftliche Methode verließ, aber gleichzeitig war sie ein Möchtegern-Messias, an den man nur mit psychologischen Tricks herankam.

»Ich verstehe vollkommen, warum du dieser Meinung bist«, sagte Evan. »Aber objektiv gesehen seid ihr beide euch erschreckend ähnlich.«

»Was weißt denn du darüber?«, höhnte Anna.

Evan überging die Frage. »Du bist ihre dunkle Seite, Anna.«

»Sie ist vollkommen verrückt.«

»Du bist das Kind, das nie zur Welt hätte kommen sollen.«

Anna zog die Augen zusammen. »Fick dich ins Knie.«

»Mama hatte recht«, legte Evan nach. »Auf dir liegt ein Schatten, das Zeichen des Bösen.«

Anna lachte, doch jeder einzelne ihrer Muskeln war angespannt. »Ich bin das Licht.« Die Sehnen seitlich an ihrem Hals traten hervor wie Stahlseile. »Ich bin die lebende Verkörperung Gottes.«

»Nein, sondern du bist ein Scharlatan – eine Schlächterin, die sich als Wissenschaftlerin ausgibt. Du hältst dich für einzigartig? Im Dritten Reich hat es massenhaft Leute wie dich gegeben. Gefangenen und sogar Kindern haben sie unaussprechliches Leid zugefügt. Und jetzt trittst du in ihre Fußstapfen.«

Anna schüttelte den Kopf. »Du könntest nicht falscher liegen. Wir sind hier Betende Krieger. Wir sind eins.«

»Aber du selbst hast entschieden, an jenen ›Betenden Kriegern‹ herumzuexperimentieren, die wieder zu Verstand gekommen waren und sich geweigert hatten, dir weiterhin zu folgen.«

Annas Gestalt war starr vor Entschlossenheit, ergriffen von einer angespannten Energie, als wäre sie eine Schlange, die gleich zustößt. Sie hob den Arm, und jetzt fielen Regentropfen auf ihre Hand. »Siehst du dieses Land? Diesen Ort? Dies ist mein Reich – der Wald zwischen den Welten.«

Ihr Gesicht war eine Maske, halb in Licht und halb in Schatten getaucht. »Du bist hier fremd. Du weißt nichts von meiner Welt.«

»Du glaubst, dass Gott dich erhöht hat, genau wie Noah. Und du bist überzeugt, genau wie Noah Gottes Instrument zur Erneuerung des Menschengeschlechts zu sein. Darum geht es bei deinen Experimenten an den menschlichen Fortpflanzungsorganen, oder?«

Es erfolgte keine Antwort, und Evan hätte auch keine hören können. Sie schlug sich mit der Hand seitlich an den Hals, weil sie einen Pieks fühlte, als hätte eine Mücke sie gestochen. Doch das hier war keine Mücke. Gleich darauf verschwamm die Welt um sie. Das Letzte, was sie sah, war Annas grinsendes Gesicht, groß wie ein Herbstvollmond. Dann verlor sie das Bewusstsein.

Sie erwachte so fix und fertig, als hätte sie eine dreitägige Sauftour hinter sich. Der Kopfschmerz hinter den Augen erinnerte sehr daran, doch das Stechen seitlich am Hals war ganz anders. Ihr Körper kam ihr unglaublich schwer vor, und es bereitete ihr große Mühe, den Kopf zu heben. Lange konnte sie nicht bewusstlos gewesen sein; sie war noch immer klatschnass.

Als sie wieder halbwegs klar sehen konnte, stellte sie fest, dass sie sich in einem Saal befand, der von Chromapparaturen glänzte, dazwischen niedrige Trennwände aus Strukturglas. Es war hier ganz anders, als sie sich das Innere der Burg vorgestellt hatte. Sie war mit den Händen und den Fußknöcheln an einen Edelstahltisch gefesselt. Überall blinkten und piepten Geräte. Mit geblähten Nasenflügeln registrierte sie das Desinfektionsmittel und die Kälte der klimatisierten Raumluft. Einen sterilen Raum erkannte sie am Geruch.

»Ah, du bist wach, Robin.«

Anna trat in Evans Gesichtsfeld. Ihr Grinsen war so breit, dass es verzerrt wirkte. »Jetzt können wir uns in Ruhe weiter unterhalten.« Unwillkürlich schauderte Evan, und Anna reagierte darauf. »Uns ist kalt, ja? Das überrascht mich nicht. Okay, dann wollen wir dich mal wärmen.« Sie griff nach links und breitete eine Decke über Evan aus.

»Ist es jetzt besser? Ja.« Anna beugte sich vor, das Gesicht nur noch Zentimeter von Evans entfernt. »Was den Beginn unseres Gesprächs angeht, so habe ich kein Wort von dem geglaubt, was du gesagt hast. Warum sollte ich? Ich glaube kaum, dass du die Reveshvilis richtig kennst.« Sie sprach den Namen aus, als wäre sie mit diesen Menschen nicht verwandt. Aus ihrer Sicht war sie das vermutlich auch nicht. »Ich kann mir nicht vorstellen, warum du sie hättest kennenlernen wollen, Robin. Sie haben dich und deine Schwester im Stich gelassen. Rebecca hat euch in die Welt gesetzt und dann an Fremde weggegeben – an Fremde! Dazu noch in einem fremden Land. Was könnten die beiden dir überhaupt bedeuten? Nichts. Und noch weniger als nichts, wenn du recht darüber nachdenkst.«

Sie zog den Kopf zurück wie eine Natter, die es sich anders überlegt hat und nun doch nicht zustößt. »Trotzdem bist du hier und sprichst mit mir, wie sie mit mir sprechen würden. Plapperst nach, was sie in ihrer verbrecherischen, verzerrten Sicht denken.«

Evan war von sich selbst enttäuscht. Da hatte sie nun geglaubt, den psychologischen Krieg gegen Anna zu gewinnen, während ihre Schwester nur mit ihr gespielt und sie abgelenkt hatte, damit sie in Regen und Sturm den Betenden Krieger überhörte, der sich hinter sie geschlichen hatte. Wie dumm sie doch gewesen war. Ihr Vater hatte sie gewarnt, doch sie hatte selbstgefällig auf ihre Überlegenheit vertraut. Ihr blieb nur noch die Hoffnung, dass ihr eigener Taschenspielertrick Ben und Lyudmila den unentdeckten Zugang in die Burg ermöglicht hatte.

Sie trennten sich. Als der Gang in einen Quergang mündete, rannte Ben in die eine Richtung und Lyudmila in die andere. Keiner der beiden wusste, wohin die Gänge sie führen würden, doch das war im Moment zweitrangig. Das Wichtigste war erst einmal, am Leben zu bleiben.

Ben war unbewaffnet. Seines Wissens befand sich alles, was sie brauchten, in Lyudmilas Rucksack. Es gab nur eine einzige Möglichkeit, das Problem zu lösen. Er verharrte und lauschte aufmerksam nach sich nähernden Schritten. Als diese unvermeidlich herankamen, hielt er die Stellung. Sobald der Omega-Mann auftauchte, stürzte er sich auf ihn. Es war das Letzte, was der Kerl erwartet hatte, und diese Schrecksekunde reichte Ben.

Ben rannte gegen den großen, breit gebauten Mann mit dem militärischen Bürstenhaarschnitt an. Der Kerl war ein Muskelpaket; von Ben mit voller Wucht getroffen, trat er einen Schritt zurück, mehr nicht. Ben stellte ihm allerdings ein Bein, und Bürstenhaar fiel krachend auf den Rücken. Sofort warf Ben sich auf ihn, doch Bürstenhaar versetzte ihm einen Hieb aufs Brustbein. Ben wurde es weiß vor Augen und dann schwarz. Als er wieder etwas sehen konnte, hatte er seinen Vorteil verloren.

Bürstenhaar packte ihn vorn am Hemd, zerrte ihn hoch und schmetterte ihn gegen die gemauerte Wand. Ben bekam keine Luft mehr, und dort, wo der erste Hieb ihn getroffen hatte, loderte

Schmerz. Ein weiterer Hieb zielte mit tödlicher Wucht auf Bens schmerzendes Brustbein, doch es gelang ihm, ihn mit einem Handkantenschlag auf die Innenseite des Handgelenks abzuwehren. Das verschaffte ihm die Chance, die er brauchte. Hart wie ein Kantholz rammte er die zusammengelegten Fingerspitzen seitlich gegen Bürstenhaars Hals. Bürstenhaars Kopf schwang zur Seite wie ein Pendel. Sein Blick war so leer wie der eines Schwergewichtsboxers, der zu Boden gegangen ist.

Ben drang vor. Das war ein Fehler. Bürstenhaar spielte seine Hilflosigkeit nur. Er packte Bens zuschlagende Faust, drehte sie herum und schleuderte Ben erneut gegen die Wand. Gleich darauf schlug er zu ... Doch im letzten Moment drehte Ben sich zur Seite und schwächte so den Hieb ab, der ihn sonst von den Beinen gefegt hätte. Es reichte ihm allmählich mit diesem Scheißkerl. An die Wand gelehnt, ließ er Bürstenhaar herankommen. Er wich einem Roundhouse-Kick aus, traf den Kerl mit zwei schnellen Jabs in die Nieren und rammte ihm das Knie in den Schritt. Als Bürstenhaar sich reflexhaft krümmte, packte Ben seinen Kopf und verdrehte ihn so kräftig, dass er die Halswirbel knacken hörte, bis sie auseinanderrissen.

Bürstenhaar brach zusammen. Ben beugte sich über ihn und nahm seine Waffen an sich: eine Beretta M12 – eine kompakte Maschinenpistole – und zusätzlich mit einer CZ 75 eine Pistole aus tschechischer Fabrikation. Benommen ließ er sich an der Wand nach unten gleiten. Alles tat ihm weh, und er bekam kaum Luft. Er musste sich zusammenreißen. Er ging zur Prana-Atmung über – langsame, tiefe Atemzüge, die bis in den unteren Bereich seines Bauchs reichten, wo die Wurzel seiner Kraft saß.

Los geht's, dachte er, als er aufstand und unsicher vorwärtsging. Mit jedem Schritt durch den Gang kehrte seine Kraft zurück.

56

Burg III

Lyudmila wurde erwischt, als sie versuchte, zu ihrem Rucksack zurückzukehren. Aber vielleicht entsprach das auch ihrem Plan. Ein Mann und eine Frau standen grinsend vor ihr. Der Mann winkte ihr mit dem Lauf einer Maschinenpistole, die Frau mit einem gefährlich aussehenden Messer. Lyudmila hob gehorsam die Hände.

»Lasst uns darüber reden«, sagte sie auf Russisch. Die verblüffte Miene der beiden bewies, dass sie die Sprache nicht beherrschten. »Wieso lasst ihr Arschgesichter euch von Zarin Anna herumkommandieren? Sie ist komplett psycho, das wisst ihr doch, oder?«

Beim Sprechen kam sie näher, verhielt sich aber so wenig bedrohlich, dass der Mann keinen Grund hatte, die auf sie gerichtete Waffe abzufeuern.

»Hört mal, in meinem Rucksack steckt eine volle Schachtel mit Schokoriegeln, und darauf habe ich riesigen Appetit. Ich geb euch gern welche ab.« Sie trat noch einen Schritt näher. »Ihr mögt doch Schokoriegel, oder, wer mag sie nicht?«

Keine Reaktion. Sie näherte sich weiter, mit winzigen Schritten, um sie nicht aufzuschrecken.

»Moment noch, der wird euch gefallen.« Wieder ein Schritt vor. »Der ist urkomisch, versprochen! Wladimir Putin hat gerade einen brandneuen Wirtschaftsplan verkündet. Das Ziel? Die Menschen reich und glücklich zu machen. Die Liste der betreffenden Menschen liegt bei.« Sie grinste. »Nein? Nichts?« Sie schüttelte den Kopf. »Also ehrlich, Leute!« Damit packte sie den kurzen Lauf der Maschinenpistole und schlug dem Mann mit dem Handballen kräftig auf die Nase.

Blut spritzte heraus, er stieß einen verblüfften Schmerzschrei aus, und sie entriss ihm die Pistole und parierte damit den Messerangriff, den die Frau gegen sie richtete. Mit dem rechten Fuß trat sie seitlich gegen deren linkes Knie. Sofort knickte das Bein ein, und Lyudmila brachte ihr mit einem Hieb des Pistolenlaufs eine tiefe Wunde an der Schläfe bei. Sie schnappte sich auch die Waffen der Frau und beförderte den Mann mit einem kräftigen Tritt in die Bewusstlosigkeit.

»Gut gemacht!«

Als sie sich umdrehte, erblickte sie Hel, die untersetzte Kriegerin mit dem Goldkreuz am Hals.

»Doch nun ist deine Reise leider zu Ende.«

»Damit kommst du nicht durch«, sagte Anna. »Du hast nicht das Recht, sie Vater und Mutter zu nennen.«

»Was schert dich das?«, erwiderte Evan. »Du und deine Schwester Luzida, ihr habt euch von ihnen losgesagt.«

»Spielt keine Rolle.« Anna beugte sich erneut vor, das Kinn vorgereckt und mit funkelnden Augen. »Du bist ein Eindringling, ein Störenfried. Für uns alle nichts als ein verdammter Fremdling.« Ein Mundwinkel zuckte nach oben. »Und nur zur Information, meine Schwester heißt richtig Lucinda, die hässliche Version, die Konstantin sich ausgedacht hat, ist Unsinn.«

»Mir egal, wie oft ihr eure Namen ändert, Anna, ihr beide seid und bleibt vollkommen verrückt.«

Anna verpasste ihr eine Ohrfeige – ein Schlag mit dem Handrücken, von dem Evans Kopf zur Seite flog. *Sie ist stark*, dachte Evan. *Stärker, als sie aussieht.* Die Ohrfeige war kein Angriff aus dem Nichts, sondern Vergeltung. Endlich hatte Evan ihre Schwester doch noch aus der Fassung gebracht. Kostya und Rebecca hatten gesagt, sie sei verrückt, und damit hatten sie recht. *Jeder hat eine Schwachstelle*, dachte sie, *ich selbst eingeschlossen.* Sie konnte nur hoffen, dass sie an Annas Schwachpunkt ansetzen konnte, um von hier zu entkommen, bevor ihre Schwester den ihren herausfand.

Anna drückte einen Schalter, sodass die Tischplatte, auf die Evan gefesselt war, sich schräg stellte. »Ich möchte dir etwas zeigen.« Sie zog ihr Shirt über den Bauchnabel hoch, schob die Hose nach unten und entblößte sich, während Evan fasziniert und entsetzt zusah.

»Im Gegensatz zu der Story, die meine Familie verbreitet, bin ich nicht von Geburt an unfruchtbar.«

Evans Blick haftete auf dem wie eine Zikkurat geformten Narbengewebe, das über dem Bauch ihrer Schwester verlief. Zunächst eine vertikale Narbe vom Zentrum des Schambeins bis halb hinauf zum Nabel. Eine kleinere, horizontale Narbe kreuzte sie unmittelbar oberhalb des Schambeins, wodurch ein auf dem Kopf stehendes Kruzifix entstand. Auf beiden Seiten formten kleinere, eckige Narben die Zikkurat.

Evan schüttelte den Kopf, sie konnte es kaum fassen. Als sie schließlich sprach, war ihre Stimme nur ein raues Flüstern. »Anna, du hast an dir selbst experimentiert.«

»Während meiner Zeit in der Klinik. Jon Pine hat mir so assistiert, wie es sich für einen braven kleinen Majordomus gehört. Schließlich bin ich die Tochter seines Chefs.« Sie zog ihre Kleidung zurecht, trat vor und verpasste Evan eine weitere Ohrfeige. »Du bemitleidest mich? Jeder Wissenschaftler, der kurz vor einem größeren Durchbruch steht, experimentiert zunächst mit sich selbst. Ich wollte eine neue Art von Baby erschaffen – ein besseres Kind, das ohne Ursünde zur Welt kommt, ohne irgendeine Beziehung zu Adam und Eva.«

Evan leckte sich über die Lippen. »Wie wäre das überhaupt möglich?« Sie war entsetzt. Allein die Tatsache, dass sie diese vernünftige Frage stellte, war Beweis dafür, dass sie immer tiefer in der Welt der wahnsinnigen Anna versank.

»Genmanipulation. Mit der Technik CRISPR Cas9 verbessere ich das menschliche Genom, nehme alle nicht wünschenswerten Eigenschaften heraus, füge neue hinzu und erschaffe so den vollkommenen Menschen. Der wird nicht unter den sieben Todsünden leiden, die immer wieder Katastrophen verursacht haben, jede schlimmer als die vorhergehende.

»Du bist aber doch keine Genetikerin.«

»Wie naiv du bist.« Anna gab ein missbilligendes Zungenschnalzen von sich. »Konstantin und Rebecca wissen nicht, dass ich Genetik studiert habe. Hätte Konstantin Bescheid gewusst, hätte er mir die Stelle niemals gegeben. Genetik gehört nicht zum Tätigkeitsfeld der Klinik. Doch ich brauchte einen sicheren Ort, um mit meinen vorläufigen Ergebnissen zu experimentieren.«

Anna betätigte einen zweiten Schalter, und das Kopfende der Tischplatte hob sich so weit, dass Evan über die Strukturglas-Trennwand links ihrer eigenen Nische schauen konnte. Unwillkürlich sog sie die Luft ein. »Wendy ... Michael«, flüsterte sie, als sie die beiden nebeneinander auf zwei Operationstischen liegen sah. Ihr schlimmster Albtraum war Wirklichkeit geworden.

»Ganz allerliebst, findest du nicht?«

»Was immer du mit ihnen anstellen möchtest, ich bitte dich, es sein zu lassen.« Evan bewegte sich unauffällig unter der Decke und bearbeitete ihre Fesseln mit der kleinen, scharfkantigen Waffe, die sie wohlverborgen hereingeschmuggelt hatte.

»Ich will dir was sagen, Robin, es gibt nichts Schlimmeres als das Wissen, dass man als Kind ausgesetzt wurde. Erst sickert die Ahnung in dich ein, dann bohrt sich die Erkenntnis in dein Inneres, und wenn sie erst ihre Klauen in dich geschlagen hat, lässt sie dich nie wieder los.

Genau das ist mir passiert, Robin. Rebecca hat mich abgelehnt. Meine erste Erinnerung ist, dass sie sich von mir abwendet, während eine Krankenschwester mich auf den Arm nimmt. Keiner meiner Eltern hat mich gewiegt, mich gefüttert oder mich getröstet, wenn ich krank war und Albträume hatte. Nicht einmal, als ich auf die Berg-und-Tal-Bahn der Schübe von freudiger Erregung und Verzweiflung geriet und davon so krank wurde, dass keiner mehr Verständnis hatte, haben sie sich meiner angenommen. Sie haben mich einfach nur mit Medikamenten vollgestopft.«

Anna senkte die Tischplatte wieder ab, und die Kinder verschwanden hinter der Trennwand.

Mit einer Enthüllung über ihre Familie nach der anderen konfrontiert, stand Evan kurz vor dem Zusammenbruch. Sie fühlte sich zerschlagen und erschöpft. Doch ihr blieb keine andere Wahl, als weiterzumachen. »Nimm mich, Anna. Aber lass die Kinder laufen.«

»Hm, nein.« Anna trat näher und schaute auf Evan hinunter. »Ich sage dir, wie es weitergeht, Schwesterherz. Ich nehme mir die beiden vor. Damit sollte ich gut fünf oder sechs Stunden beschäftigt sein, und du Glückspilz hast die perfekte Sicht auf den ganzen Vorgang.«

»Nein, nein, nein.«

»Und dann, nach einer kurzen Erholungspause und einem

Snack fange ich mit dir an.« Sie grinste. »Das sollte besonders interessant sein, da wir ja Schwestern sind und so.«

Die Klinge hatte den Lederriemen durchschnitten, und Evans rechte Hand war frei. Doch das genügte nicht. Ob sie es wollte oder nicht, sie war gezwungen, zu warten, bis Anna in die Nachbarnische ging, um ihre Experimente an Wendy und Michael vorzubereiten. Dann aber konnte es zu spät sein. Verzweiflung stieg in ihr auf. Sie fühlte sich wie eine atemlose Schwimmerin ohne jede Kondition, die gleich zum letzten Mal untergeht. Energisch kämpfte sie gegen das Gefühl der Hoffnungslosigkeit an, damit es sie nicht überwältigte.

Wo zum Teufel blieben Ben und Lyudmila?

Während Ben auf Gegner lauerte und von ihnen belauert wurde, hatte Lyudmila alle Hände voll zu tun.

»Kämpfe wie ein Mensch«, sagte sie ohne besondere Betonung und gewiss ohne jede Schärfe in der Stimme. Beim Sprechen waren Nuancen entscheidend, diese Erfahrung hatte sie gemacht, vor allem am Anfang. Nun übernahm reiner Instinkt die Kontrolle – das Eidechsenhirn. Die Situation konnte aus dem Ruder laufen, bevor sie überhaupt begann. »Nicht wie ein Mann.«

Hel beobachtete sie mit nachtdunklen Augen. Ihre ganze Gestalt wirkte dunkel, als bestünde sie nur aus Schatten. Die einzige Ausnahme war der Goldschimmer ihres kleinen Kreuzes. Als Hel ihre Pistole – eine halbautomatische PB – absetzte, ohne den Blick von Lyudmila zu wenden, wusste diese, dass ihre Bemühungen sich lohnten.

»Okay, dann nehmen wir eben den schmerzhafteren Weg.« Hel zuckte mit den Schultern. »Das hier ist dein Begräbnis.«

Zwischen ihrem letzten Wort und dem Sprung, mit dem sie auf Lyudmila zuflog, war keine Pause. Das war okay. Lyudmila hielt die Stellung, die Füße wie im Boden verwurzelt, reglos. Die Zeit verlangsamte sich für sie, wie immer in solchen Situationen. Auf keinen Fall wollte sie voreilig handeln. Sie wartete bis zum letzten Moment, als Hels Angriff – das eine Bein zum Sprung nach vorn gereckt, das andere fürs Gleichgewicht nach hinten ausgestreckt – die maximale Geschwindigkeit erreicht hatte. Dann der Übergang aus absoluter Reglosigkeit zu blitzschneller Bewegung. Lyudmila packte Hels Handgelenk, schubste deren Hüfte und deren Oberkörper in die Richtung, in die sie den Arm zog, nutzte den Schwung der Angreiferin gegen diese selbst aus, zerrte sie herum und katapultierte sie auf den Boden. Sie hörte, wie Hel mit dem Hinterkopf aufschlug, empfand aber keine Genugtuung. Für so ein Gefühl war es noch zu früh – für jedes Gefühl. Lyudmilas Kopf war ganz leer, nur ihr Körper zählte.

Sie stampfte mit dem Fuß auf Hels Brust – ein Fehler. Hel packte ihren Fußknöchel und verdrehte ihn so kräftig, dass Lyudmila hinfiel. Sie rollte sich ab, doch Hel, die wieder aufgesprungen war, hielt Lyudmilas Fußknöchel immer noch gepackt und verdrehte ihn weiter. Lyudmila warf ihren Körper herum und kassierte dabei einen wilden Tritt gegen den Oberschenkel. Kurze Zeit war ihr Bein taub. Das hatte Hel erwartet, denn sie hatte nach dem Hauptnerv gezielt, der außen am Knochen entlanglief. Sie grinste von Siegesfreude erfüllt.

Und genau das wollte Lyudmila. Sie verschränkte die Hände hinter Hels Knie und brachte sie zu Fall. Die Wucht des Aufpralls zwang Hel, Lyudmilas Fußknöchel loszulassen. Auf den Knien schlug Lyudmila Hel ins Gesicht und drosch dann wieder und wieder darauf ein, bis es nur noch eine blutige Masse war.

Mühsam kam sie auf die Beine, schnappte sich die PB, warf einen letzten Blick auf Hels reglose Gestalt und zögerte nur einen Augenblick. Jetzt war keine Zeit mehr, den Rucksack zu holen.

Ben und sie waren in einen Hinterhalt geraten. Es hatte zu viel Zeit gekostet, an den Wächtern vorbeizukommen. Evan brauchte sie, vorausgesetzt Ben lebte noch und war unverletzt.

Als sie leise Schritte hörte, fuhr sie herum, bereit zur Aktion. Doch dann sah sie Ben, blutig und merklich ramponiert. Sie blieben in drei Meter Abstand voneinander stehen und musterten sich mit einem professionellen Blick. Plötzlich begannen sie gleichzeitig, zu grinsen.

»Der Fleischwolf«, sagte Lyudmila.

»Und doch sind wir hier.« Ben blickte auf den am Boden ausgestreckten Körper. Er beugte sich darüber. Das blutig zerschlagene Gesicht war unkenntlich, doch er bemerkte die kreuzweise über Hels Brust verlaufenden Patronengurte und dazwischen einen Schimmer von Gold. Im Gedanken an Leonard Pine und seine verzweifelte Bitte kniete er sich nieder. Er griff nach dem kleinen Anhänger, riss ihn Hel mitsamt dem schmalen Kettchen vom Hals und steckte ihn ein.

Beim Aufstehen stöhnte er.

»Alles in Ordnung?«, fragte Lyudmila, eine Hand auf seine Schulter gelegt.

Ben streckte den Arm aus. »Da entlang.«

Als er sich umdrehte, bemerkte sie die Prellungen und Platzwunden auf seinem Rücken, die durch die Risse seiner Jacke und seines Shirts hindurchschimmerten.

57

Drinnen

»Sie hat Angst vor dir.«

Anna hatte gerade wegtreten und sich in die Nische begeben wollen, in der die Kinder ahnungslos schliefen. »Was?« Jetzt drehte sie sich um und sah Evan an.

»So ist es«, fuhr Evan fort, die keine andere Möglichkeit sah, ihre Schwester gründlich genug aufzuwühlen, um den Ausgang dieser Nacht zu ändern. »Sie war sogar außer sich vor Entsetzen.« Sie schüttelte den Kopf. »Es ist nicht so, dass sie dich nie geliebt hätte, Anna. Sie hatte Angst vor dem, was mit ihr geschehen würde, wenn sie es täte.«

»Das glaube ich dir nicht.« Doch der Ausdruck von Annas Augen, die sich plötzlich umwölkten, verriet Evan, dass das Gegenteil zutraf.

»Glaub, was du willst«, erklärte Evan. »Das hast du doch schon immer getan, oder?«

Anna zog die Augen zusammen. »Wie kannst du es wagen, anzunehmen, dass du mich kennst!«

Da war er wieder, der verbale Schlag und ihr Gebrauch von »Wie kannst du es wagen!« Diese unverstellte Empörung, voll des Schmerzes, den nur ein Kind fühlen kann, das ohne Liebe aufwächst. »Du kennst mich nicht im Geringsten.«

»Oh, aber ja doch. Denkst du, du bist der erste Mensch, der

sich danach gesehnt hat, in den Arm genommen zu werden, und das nie erlebt hat?«

Wieder reckte Anna den Kopf schlangenartig vor, das Gesicht nur Zentimeter von Evan entfernt. »Neun Monate lang war ich ein Teil von ihr. Neun Monate lang musste ich sie mit anderen teilen, obwohl ich noch in ihr war. Dann ist sie aufgebrochen wie eine Melone, und was wurde dann aus mir? Was habe ich ihr jemals bedeutet?«

Evans rechte Hand schlängelte sich unter der Decke hervor, die Klinge, die sie verborgen gehalten hatte, blitzte auf. Gleich darauf strömte Blut aus Annas Wange. Anna taumelte keuchend zurück, die Hände vors Gesicht gepresst. Evan sägte den Riemen durch, der ihre linke Hand fesselte, doch sie hing immer noch mit den Füßen am Tisch fest. Als sie sich aufsetzte, um sich den rechten Riemen vorzunehmen, verdrehte Anna Evans Handgelenk. Das Messer fiel klappernd zu Boden. Wie Klauen schlang Anna die blutigen Hände um Evans Hals, die Daumen fest auf ihre Luftröhre gedrückt. Evan würde bald ersticken. Ihr blieben nur noch Sekunden, gewiss weniger als eine Minute.

Während der Sauerstoff in ihrer Lunge zur Neige ging und ihr wild klopfendes Herz seine Warnung schrie, begriff Evan, dass ihre Absicht richtig war und sie gut gezielt hatte: Sie war durch den einen Riss in Annas psychischem Panzer geschlüpft, hatte ihr Inneres erreicht und hielt die verletzliche Stelle nun fest gepackt.

»Hältst du dich etwa für etwas Besonderes?« Ihre Stimme klang wie Kies in einem Zementmischer. »Glaubst du etwa, du seist anders als alle anderen?«

»Natürlich. Dazu hat Mutter mich gemacht.«

In ihrer Verzweiflung hatte Anna einen Riesenfehler begangen.

Schwarze Punkte tanzten vor Evans Augen. »Wie wir beide

wissen, ist Mutter verrückt, Anna«, log sie, aber etwas anderes als Lügen hatte sie nicht mehr. »Genau wie du.« Lügen, die in all das eindrangen, was Anna sich eingeredet hatte. Dann eine scharfe Kehre, um Annas tiefste Angst zu erreichen. »Ihr beide seid auf genau dieselbe Weise verrückt. Ihr seid beide Ungeheuer.«

Von Annas Schrei konnte einem das Blut in den Adern gefrieren. Ihre Erbitterung erreichte einen Höhepunkt. Sie nahm die Hand von Evans Kehle und holte aus, um ihr eine weitere Ohrfeige mit dem Handrücken zu versetzen. Diese Gelegenheit nutzte Evan sofort und schlug mit der Handkante auf die Stelle, wo der Hals das Schlüsselbein berührte.

Ein Knacken, als würde ein trockener Zweig auf dem Waldboden zertreten.

Und dann ging das Pistolenfeuer los, ein kurzes, schnelles Knattern wie der Wirbel, den Soldaten auf Kriegstrommeln schlugen.

Drei weniger, dachte Ben.

Und Lyudmila dachte: *Wie viele sind es noch?*

Wie sich herausstellte, waren es sechs, doch Ben und Lyudmila hatten den Omega-Fleischwolf bereits hinter sich und waren noch auf den Beinen. Außerdem waren sie inzwischen bewaffnet, und sie setzten die Pistolen wirkungsvoll ein, gaben sich gegenseitig Feuerschutz oder teilten sich auf und nahmen den Feind von zwei Seiten in die Zange. Dieser Trick funktionierte allerdings nur einmal, danach mussten sie zum nächsten übergehen: Flankenfeuer. In einem Raum mit Deckengewölbe, an dessen hinterem Ende ein Schwert und ein Betonkreuz aufragten, hielt Lyudmila die Stellung gegen drei Omega-Leute, die sie gemeinsam angriffen. Ben trat durch eine Tür zu ihrer Linken ein und mähte sie mit drei Feuerstößen nieder.

Zwischen den qualmenden Leichen sagte Lyudmila: »Wo zum Teufel sind sie?«

Ben ging an den hingestreckten Körpern entlang und fand eine Frau, die noch lebte. Er hockte sich neben sie und fragte: »Wo sind sie?«

Die Frau blickte mit blutunterlaufenen Augen zu ihm auf. Er hatte sie in die Brust geschossen. Blut rann aus ihrem Mundwinkel. Sie leckte sich die trockenen Lippen und schmeckte ihr eigenes Blut. »Fick dich.«

Ben spürte, wie viel Kraft diese zwei Wörter sie kosteten, und begriff, dass ihm nicht mehr viel Zeit mit ihr blieb.

»Ich heiße Ben. Und wie heißt du?«

»W … Warum?«

»Weil …« Er beugte sich tiefer über sie. »Du hast es verdient, mit deinem Namen zu Gott gerufen zu werden.«

»Jo … Johanna«, flüsterte sie.

»Also Johanna, ich muss es dir begreiflich machen. Ich suche nach den Kindern. Den Kindern, verstehst du. Ich bin ihr Onkel. Sie gehören zu meiner Familie. Deine Mutter Suspiria wird sie operieren und ermorden. Willst du das? Zwei unschuldige Kinder tot?«

Johanna blinzelte, und Tränen stiegen ihr in die Augen, flossen über und hinterließen Spuren auf ihren Wangen. Sie schauderte. »Mir ist kalt … so kalt.«

Ben zog seine zerrissene Jacke aus und breitete sie über sie. »So, jetzt ist es besser.« Er lächelte sie an. »Johanna, bitte sag mir, wo sie sind.«

Johannas Augen wurden glasig, ihre Atemzüge rasselten. »Sie sind …« Sie krampfte sich zusammen, hustete heftig und erbrach einen Schwall Blut.

»Johanna, bleib bei mir.«

»Ben.« Lyudmila stand an seiner linken Schulter. »Es kommen noch mehr. Ich höre sie.«

Er beachtete sie nicht und packte Johanna an den Schultern. »Nur … sag mir bitte, wo ich sie finde.«

Ihre Augenlider flackerten. Die bebenden Schauder, die sie durchliefen, wanderten seine Hände und seine Arme hinauf und erfüllten ihn mit einem Gefühl, als schwinde sein Bewusstsein. Er spürte das Nahen ihres Todes, als wäre es sein eigener. Er zitterte am ganzen Körper.

Er beugte sich noch tiefer vor, das Ohr fast an ihren blutigen Lippen. »Im … im Operationssaal.«

»Ben, um Himmels willen!« Lyudmila zerrte an ihm. »Sie sind gleich da!«

Doch er beachtete sie noch immer nicht, ganz auf das konzentriert, was zu tun war. »Wo?« Seine Stimme bebte von einer schrecklichen Dringlichkeit. Er war so dicht dran; er durfte den Kontakt jetzt nicht verlieren. »Johanna, wo?«

»Hinter …« Ein tiefer Seufzer: Gleich würde sie sterben. »Hinter dem Kreuz.« Ein leises Zischen, als würde eine Membran durchstochen. Ein Krampf durchlief sie. Ihre Fersen schlugen auf den Boden. Ihr linkes Bein zuckte, aber vielleicht war sie da schon aus dem Leben geschieden.

Sie würde nicht aufgeben. Der menschliche Körper, der doch in vieler Hinsicht so verletzlich ist, empfindlich für Krankheiten, Strahlung oder Gift, war in anderer Hinsicht schwer zu töten. Instinktiv kämpfte der Körper darum, am Leben zu bleiben, ungeachtet aller möglichen Misshandlungen.

Trotz ihres gebrochenen Schlüsselbeins schien Anna nur noch stärker zu werden. Und Evan, die an den Füßen immer noch gefesselt und dadurch behindert war, befand sich im Nachteil, obgleich Annas linker Arm sehr geschwächt war und sie ihn nicht auf Schulterhöhe heben konnte.

»Du bist vielleicht verrückt«, sagte Evan mit einem schwachen Husten. »Aber dumm bist du nicht.«

Anna, die ganz darauf konzentriert war, den rechten Daumen auf die Luftröhre ihrer Schwester zu drücken, schien sonst nichts um sie herum wahrzunehmen. Evan rang würgend um Luft. Sie packte Annas Handgelenk und versuchte, ihre Hand gewaltsam zu lösen, doch der Mangel an Sauerstoff hatte sie entkräftet. Sie fühlte sich so schwach und wacklig wie ein neugeborenes Fohlen.

»Die Schüsse bedeuten, dass meine Leute in der Nähe sind. Sie haben sich durch den Regenwasserkanal eingeschlichen.«

Etwas glomm in Annas Augen. »Ich habe dort Betende Krieger aufgestellt. Rate mal, wer mir Bescheid gegeben hat.«

Evan konnte sich vorstellen, wer sie verraten hatte, doch das hatte Zeit. Vorausgesetzt, es gab überhaupt noch Zeit für sie. »Und doch sind meine Leute hier«, sagte sie. »Sie kommen immer näher.«

»Aber nicht schnell genug, um dich zu retten, Schwesterherz.« Anna drückte mit aller Kraft Evans Luftröhre zusammen. »Ich presse das Leben aus dir heraus.«

Weitere Salven, lauter, näher.

»Und ...« Evan hustete und rang nach Luft, doch ihre Luftröhre war nun vollkommen dicht. Es war, als befände sie sich ohne Sauerstoffflasche unter Wasser, ohne Hoffnung, je wiederaufzutauchen. Ihre Schwester hielt sie dort unten fest. Sie dachte an ihren wiederkehrenden Traum von Bobbi, in dem diese sich im Fluss auf sie warf und sie unter Wasser drückte. »Und du betrachtest mich als deine Feindin.« Ihre Stimme war dünn und brüchig. »Deine einzige Feindin bist du selbst. Schau doch in den Spiegel, Anna. Was siehst du da? Nicht dich selbst, nein. Du siehst deinen Wahnsinn. Du siehst deine Mutter. So wird es auch dir ergehen. Das ist dein Schicksal, die Gefangenschaft in deinem eigenen Irrsinn.«

Anna schrie auf, die Augen so weit aufgerissen, dass Evan den weißen Ring des Augapfels sah. Dann taumelte sie mit einem Ruck vor, krachte gegen Evan und ließ ihre Kehle los.

Evan hatte keine Ahnung, was geschehen war, bis Blut aus Annas Mund quoll.

»Nein!«, schrie sie. »Nein! Anna!«

Und da stand Ben, die CZ 75, die er Bürstenhaar abgenommen hatte, direkt auf Anna gerichtet. Evan roch das Kordit, das der Schuss freigesetzt hatte. Sie schlang die Arme um ihre Schwester und holte tief und bebend Atem. »Genug! Um Himmels willen, Ben, lass sie.«

Doch es war zu spät. Die Kugel hatte Annas Herz durchbohrt, und die Schwester lastete schwer auf Evan, regte sich nicht und atmete nicht. Leblos wie eine Marionette, deren Fäden man durchschnitten hat.

58

Exit-Strategie

Wendy und Michael lagen auf nebeneinanderstehenden Operationstischen, reglos und so blass wie Gipsfiguren. Aber sie lebten, und soweit Evan es beurteilen konnte, waren sie unverletzt. Sie sahen so friedlich aus, wie eine Prinzessin und ein Prinz in tiefem Schlaf. Evan eilte mit ausgestreckter Hand zu ihnen. Sie musste sie berühren, um sicher zu sein, dass sie real waren und nicht nur ein Fantasiegespinst. Dann beugte sie sich über sie, küsste beide auf die Stirn und sog ihren süßen Atem ein.

»Sie wurden sediert«, sagte sie zu Ben, der neben ihrer rechten Schulter stand. Lyudmila hielt in der Tür Wache und lauschte aufmerksam, ob sich in der Nähe irgendetwas regte.

»Gut für sie«, sagte Ben mit einem Blick auf den Rollwagen, der mit Skalpellen, Zangen, Scheren, Klammern, Wundhaken, Nadeln, Nähmaterial und einer schimmernden Versammlung weiterer eigenartig wirkender Instrumente beladen war, die er noch nie zuvor gesehen hatte – kurz, eine erschreckend große Auswahl an chirurgischem Besteck, das mit äußerster Präzision ausgelegt war.

Evans Augen waren voller Tränen. »Meine Liebsten. Wie schön sie sind, Ben. Wie unschuldig.«

»Möglicherweise nicht mehr so unschuldig, wie sie einmal waren.«

Sie tat seine Worte mit einem Schulterzucken ab, gestattete ihren Gedanken noch nicht, in diese Richtung zu gehen. »Lass sie uns hier rausschaffen. Ich möchte nicht, dass sie im Operationssaal aufwachen.«

Sie trug Wendy, und Ben, der seine Schmerzen stoisch ignorierte, nahm Michael auf den Arm. Den drei Erwachsenen war nur zu bewusst, was sie seit ihrem Eindringen in die Burg alles erlitten hatten, doch als hätten sie sich abgesprochen, erkundigten sie sich nicht nach den Verletzungen der anderen und verloren kein Wort darüber. Sie waren ganz auf die Kinder konzentriert. Was mochten die beiden durchgestanden haben? Sie mussten sie so schnell wie möglich aus diesem gemauerten Labyrinth herausschaffen.

»Ben«, sagte Evan, als sie durch die Gänge eilten.

»Wir haben uns mit der unmittelbaren Bedrohung befasst«, antwortete er auf ihre unausgesprochene Frage. »Es waren, glaube ich, zehn Kämpfer, und wir haben keine Ahnung, wie viele weitere noch hier sind. Wir wissen nur, dass wir seit dem letzten Angriff keinen lebenden Menschen mehr gesehen haben.«

Die Räume waren so groß wie Ballsäle und ebenso reich dekoriert, wie die Gänge nüchtern waren – offene Kamine, groß genug, um zwei Wildschweine darin zu braten oder einen ausgewachsenen Hirsch, behauene Kaminaufsätze, Deckengewölbe, Gesimse, die Jagdszenen darstellten, und darüber wenig passende Deckengemälde, auf denen Engel und Putten über einen rosaroten und hellblauen Himmel tollten.

Lyudmila ging voran, da sie den Weg in Erinnerung hatte, auf dem sie nach einigem Umherirren Evan endlich gefunden hatten. Sie begegneten niemandem; in der Burg war es unheimlich still. Als sie sich dem Eingangsgewölbe näherten, hinter dem die schwere Tür nach draußen lag, begriffen sie, warum.

»Mindestens ein Dutzend«, flüsterte Lyudmila, die hinter die Ecke zurückwich, vor der die anderen stehen geblieben waren. »Vielleicht mehr.«

»Wir schaffen es niemals an ihnen vorbei«, sagte Ben mit rauer Stimme.

»Oh du Kleingläubiger.« Lyudmila griff nach ihrem Handy. Mit einem Blick auf Evan fragte sie: »Bereit?« Als Evan nickte, tippte sie drei Nummern in ihr Handy. »Sechzig Sekunden«, sagte sie und steckte das Gerät ein.

»Mach dich bereit, beschütze Michael um jeden Preis«, sagte Evan zu Ben, die Stimme noch heiser und brüchig, nachdem ihre Schwester sie um ein Haar erwürgt hätte. Ihr Hals fühlte sich schrecklich wund und geschwollen an. »In fünfzig Sekunden ist hier der Teufel los.«

»Was wird geschehen?«, fragte er.

Lyudmila grinste. »Jetzt kommt unsere Exit-Strategie.«

»Countdown«, sagte Evan. »Vierzig Sekunden.«

Lyudmila drehte sich kurz zu ihr um. »Die Kinder?«

»Schlafen wie die Murmeltiere«, antwortete sie leise und küsste Wendy auf den Kopf.

Genau fünfunddreißig Sekunden später gingen die Päckchen mit C4-Sprengstoff, die verlassen, aber nicht vergessen in Lyudmilas Rucksack in den Gängen unter ihnen lagen, mit einer Serie donnernder Explosionen hoch, die die ganze Burg in den Grundfesten erschütterten. Die Betenden Krieger, die ihnen den Weg versperrt hatten, stoben auseinander wie Fische, zwischen die ein Orca fährt.

»Los!«, schrie Lyudmila. »Jetzt!«

Sie rannten um die Ecke, und Lyudmila schoss auf jeden, der dumm genug war, die Stellung zu halten.

Noch während sie die schwere Holztür aufschob, breitete sich ein unheimliches Zischen in der Burg aus. Das Feuer fraß sich durch die C4-Behälter, und die Hitze, die vom Thermit abstrahlte, das Lyudmila dem Sprengstoff beigemischt hatte, breitete sich wie in einem Hochofen aus. Selbst auf diese Entfernung spürten sie es noch. Die Wände erbebten und stürzten schließlich ein, als der Thermitbrand alles erfasste.

Mit der Tür im Rücken rannten sie, so schnell sie konnten, durch den niederprasselnden Regen, der von nach Westen abziehendem, fernem Donner begleitet wurde. Sie hasteten durch den Hof, verließen die Ummauerung und strebten dem Schutz des dichten Unterholzes zu, hinter dem die Zuflucht des Waldes lag. Hinter ihnen durchbrachen Feuerbälle die Dächer der Burg, was den Brand mit neuer Zufuhr von Sauerstoff anfachte und unablässig nährte. Nichts und niemand im Inneren konnte eine solche Feuersbrunst überleben. Unter ihnen erzitterte der Boden, während Decken rumpelnd einbrachen, Wände einstürzten und schwere Deckenbalken orangerot und schließlich weißglühend loderten und zerbrachen.

»Runter!«, schrie Evan mit ihrer brüchigen Stimme.

Gerade noch rechtzeitig. Luft wie aus einem Hochofen schoss über die gebeugten Rücken der Kauernden hinweg. Das Gestrüpp um sie her legte sich flach, wurde schwarz und starb auf der Stelle ab. Der Himmel war hochrot und kohleschwarz. Der Geruch von verbogenem Metall, zerbröckeltem Mörtel, Asche und Schlacke durchdrang alles. Dann erfüllte der widerlich süßliche Gestank von verbranntem menschlichen Fleisch die überhitzte Luft und brachte die Fliehenden zum Würgen. Ein Ascheregen, durchsetzt von verkohlten Holzstücken und weißglühenden Metallzacken, die sich in Geschosse verwandelten, zerriss die Nacht.

Evan eilte voran, Ben folgte ihr, und Lyudmila bildete die Nachhut, was allerdings fast überflüssig wirkte. Mit einem donnernden Tosen stieg erneut ein Feuerball auf, entflammte den Nachthimmel und schleuderte eine weitere Ladung Trümmerstücke wohl hundert Meter in die Luft. In der Burg mussten Unmengen von Munition lagern. Unter den Rennenden geriet der nasse Boden ins Rutschen, und lose Steine rollten unter ihren Füßen weg. Ben stolperte, fiel auf die Knie, barg aber Michaels Kopf mit der Hand, damit er nicht auf die Erde schlug.

Dort kauerte er und versuchte, zu Atem zu kommen, während Regen und flammende Trümmerstücke auf sie niederfielen. In seinem Kopf hämmerte es, und sein von Wunden übersäter Rücken bereitete ihm unerträgliche Schmerzen. Evan, die weiter vorn war, merkte nichts davon und schickte eine SMS an den Hubschrauber der Klinik. Doch Lyudmila eilte herbei und half Ben wieder auf die Beine.

»Vielleicht sollte ich den Jungen tragen«, bot sie an.

Er wollte ihr gerade antworten, da hörte er einen lauten Knall. Im ersten Moment des Schocks fühlte er gar nichts, doch dann loderte in seiner linken Hüfte ein verzehrender Schmerz auf. Er stürzte zu Boden, schaute zurück und erblickte Hel in einer großen Lücke der hohen, efeubewachsenen Mauer des Burghofs. Ihr Gesicht war eine blutige Masse, doch sie hatte die Waffe zu einem zweiten Schuss auf ihn angelegt. Lyudmila war allerdings schneller als sie. Eine Feuergarbe aus ihrer Maschinenpistole riss Hel um, und sie stürzte rückwärts aufs Kopfsteinpflaster des Hofs und verschwand in dem Inferno, das hinter dem herausgerissenen Tor der Burg loderte.

»Evan!«, rief Lyudmila, die sich bei Ben niedergekniet hatte. »Evan!« Sie hatte ihm Michael aus dem Arm genommen. Ben lag flach auf dem Rücken. Blut sickerte aus seiner Hüftwunde.

Evan eilte herbei, legte sich Wendy sicher über die linke Schulter und kniete sich dann ebenfalls bei Ben nieder. Sanft tastete sie den Bereich um die Wunde ab. Ben stöhnte mit zusammengebissenen Zähnen. »Ich glaube, der Beckenknochen ist zerschmettert. In wenigen Minuten ist der Hubschrauber da. An Bord gibt es eine Krankentrage.«

Lyudmila nickte, die Hand auf Bens Schulter gelegt. »Halt durch«, sagte sie zu ihm.

Evan, von einem Strudel wechselnder Emotionen ergriffen, merkte, dass sie nicht mehr zusammenhängend denken konnte. *Ben*. Ihr Blick heftete sich auf seinen, und als sie lächelte, lächelte er zurück.

59

Nachspiel I

Schneller Psychiatrische Klinik, Deutschland

Sobald alle im Hubschrauber waren, setzte der Pilot sich mit der Klinik in Verbindung. Evan und Lyudmila stellten Bens Tragbahre ab und taten mithilfe des gut ausgestatteten Erste-Hilfe-Sets des Hubschraubers alles in ihrer Macht Stehende, damit Bens Wunde gut versorgt war und er auf dem langen Rückflug nach Deutschland keine Schmerzen litt. Inzwischen waren Wendy und Michael aufgewacht, allerdings immer noch benommen. Sie hingen wie Kletten an Evan und weigerten sich, sie auch nur einen Moment loszulassen.

»Tante Evan, bist du es wirklich?«, riefen sie, als wären sie aus einem verstörenden, sehr intensiven Albtraum aufgewacht. »Du klingst anders als sonst.«

Evan berührte ihren immer noch wunden Hals. Die Behandlung, die Anna ihr zugefügt hatte, hatte ihre Stimmbänder in Mitleidenschaft gezogen, vielleicht dauerhaft. Ihre Stimme war jetzt ein wenig tiefer und klang rau. Ihre Schwester hatte bei ihr Spuren hinterlassen.

Als sie ankamen, stand Kostya bereit. Rasch verarztete er Bens Rücken und überließ ihn dann der Kunstfertigkeit eines orthopädischen Chirurgen, der gleich nach einem Anruf von Kostya aus

Köln hergefahren war. Dann untersuchte er die Kinder gründlich auf ihr körperliches Befinden und erklärte sie für unverletzt und in guter Verfassung. Das war das Einzige, was Evan interessierte. Abgesehen von Ben. Wie es Ben ging, interessierte sie selbstverständlich ebenfalls. Anschließend wurden die Kinder zu Bett gebracht, und schließlich richtete Kostya seine ärztliche Kunst auf Evans Verletzungen.

Evan hatte Kostya und Rebecca gebeten, sich ihren Enkeln nicht als Großeltern vorzustellen – nach allem, was Wendy und Michael wussten, war der Arzt, der sie untersuchte, einfach nur das: ein Arzt. Für Rebecca war das schwer zu ertragen, denn sie wollte sie unbedingt sehen, mit ihnen reden und sie umarmen, doch wie Evan richtig erklärte, brauchten sie Zeit, um sich an ihre Befreiung und das Zusammensein mit ihrer Tante zu gewönnen – um sich überhaupt wieder ans Dasein zu gewöhnen. Doch Rebeccas Sorge brauchte ein Objekt, und so drückte sie sich wie ein unruhiger Geist hinter Kostya herum, während er sich Evans Verletzungen annahm und sich vergewisserte, dass ihr Hals und ihre Kehle keinen ernsthaften Schaden davongetragen hatten. Außerdem rieb er ihre Hand- und Fußgelenke sanft mit Salbe ein.

»Sie hat dich wirklich auf einen Operationstisch gefesselt?«, fragte Rebecca, nachdem Evan ausführlich von den Geschehnissen in der Omega-Burg berichtet hatte.

Evan sah, dass Rebecca um Beherrschung kämpfte, doch der Schrecken, der sie bei dem Gedanken ergriff, dass Evan in so großer Gefahr geschwebt hatte, war unübersehbar. Vergleichbare Albtraumszenarien musste sie sich immer wieder vorgestellt haben, seit die drei im Hubschrauber der Klinik losgeflogen waren. Als Evan ihren Eltern berichtete, dass Anna tot war, zeigte Kostya keine erkennbare Reaktion; Rebecca jedoch seufzte erleichtert auf, und der Schrecken in ihren Augen legte sich allmählich.

Tod. Ich sehe nichts als Tod. So hatte sie es vorhergesagt, dachte Evan. Sie hatte sich nicht getäuscht.

»Ich hatte überhaupt keine Angst! Ich wusste, dass du kommen würdest!«, erklärte Michael am nächsten Morgen. »Du bist wirklich eine Superheldin!«

»Wonder Woman«, machte Wendy weiter.

»Batman!«, rief Michael.

Wendy verdrehte die Augen. »Batman ist ein Kerl, du Dummkopf.«

Evan lachte. »Hier bin einfach nur ich, Tante Evan.«

»Für uns bist du Superheldin genug«, riefen die beiden im Chor.

Sie befanden sich in Kostyas Arbeitszimmer, Evan, Lyudmila und die Kinder. Ben wurde für seine Operation am Nachmittag vorbereitet. Das Arbeitszimmer war ein gemütlicher Raum voller Bücher und riesiger Möbelstücke. Auf einem Tischchen vor dem langen Sofa standen Getränke und alles mögliche Essbare, serviert durch Leonard Pine.

Wendy war verstummt, während Michael aufgeregt weiterplapperte. Jetzt begann sie unvermittelt, zu weinen. Nachdem sie ihre Gefühle während der ganzen Dauer ihrer Gefangenschaft kontrolliert hatte, um für ihren Bruder stark zu sein, brach nun, da sie begriff, dass die Prüfung vorbei und alles wieder in Ordnung war, der Damm, und Schrecken, Angst und Wut schufen sich in einem reißenden Strom Bahn.

Als Michael den Zusammenbruch seiner Schwester bemerkte, flossen natürlich auch seine Tränen, wenn seine Gründe auch wirrer und weniger greifbar waren.

Evan nahm die beiden in die Arme und hielt sie fest, während sie unablässig schluchzten. Über ihre Köpfe hinweg warf sie einen

Blick auf Lyudmila und schüttelte betrübt den Kopf. Nach allem, was die Kinder durchgemacht hatten, waren solche extremen Stimmungsschwankungen zu erwarten, darauf hatte Kostya sie vorbereitet. Das sei vollkommen normal. Entscheidend sei, sich dadurch nicht aus der Ruhe bringen zu lassen.

»Jetzt hört mal, ihr Schätze«, sagte sie, hielt sie auf Armlänge von sich und blickte in ihre tränennassen Gesichter. »Ich würde schrecklich gern etwas essen – ich komme um vor Hunger! Und ihr bestimmt auch. Kommt, schlagen wir zu.« Sie grinste wie ein Clown, um sie zum Lachen zu bringen. »Und nachher eine Cola, zur Feier des Tages, okay?«

»Juhu!« Sie nickten begeistert.

»Das hier ist Lyudmila«, sagte Evan auf ihre Freundin deutend. »Sie hat mit uns im Hubschrauber gesessen, erinnert ihr euch?«

Bei diesen Worten wischte Wendy sich die Augen und starrte sie an. »Lyudmila«, sagte sie. »Bedeutet das, dass du Russin bist?«

»Ja, stimmt.« Obgleich Lyudmila beide Kinder anlächelte, wandte Wendy sich bestürzt ab und vergrub den Kopf an Evans Schulter. Sie hatte genug von Tante Evans Arbeit und ihren Feinden mitbekommen, um nun wieder voller Angst und Schrecken zu sein.

Lyudmila, die intuitiv begriff, was Wendy so verstörte, reagierte: »Aber ich bin eine *gute* Russin, nicht wahr, Tante Evan?«

Evan nickte. »Das stimmt.« Sie drehte Wendy so, dass sie Lyudmila ansah. »Lyudmila ist meine Freundin. Eine sehr gute Freundin. Sie hat mir und Ben geholfen, euch zu befreien. Nicht wahr?«

Wendy rieb sich kurz die Augen und öffnete sie dann weit. Lyudmila saß im Schneidersitz auf dem Teppich und fütterte Michael, der den Angstanfall seiner Schwester nicht beachtete, mit kleinen Happen, die er wie ein kleiner Fresssack verschlang.

Jetzt wandte Lyudmila sich wieder Wendy zu, ihr Lächeln fast so breit wie der ganze Raum. »Wendy, darf ich dir einen Witz erzählen? Es ist ein russischer Witz, aber ich glaube, er wird dir gefallen.«

Als Wendy nach kurzem Zögern nickte, begann Lyudmila: »Okay, hör zu. Warum sind russische Spione immer zu dritt unterwegs?« Als Wendy mit den Achseln zuckte, fuhr sie fort: »Der eine kann lesen, der andere kann schreiben, und der dritte behält die beiden Intellektuellen im Auge.« Es dauerte einen Moment, doch dann brach Wendy in Gelächter aus, und Evan sah plötzlich Bobbi vor sich, wie sie in ihrer Kindheit gewesen war, vor dem Hass, dem Verrat und dem Schmerz.

60

Nachspiel II

Moskau, Russische Föderation

»Prognose?«, fragte die neu erstandene Kata Romanovna, nun Direktorin von Zaslon. Kobalt gewöhnte sich allmählich an ihren neuen Namen und reagierte ohne das geringste Zögern darauf.

»Er macht gute Fortschritte«, erklärte der zuständige Arzt, ein Lungenfachmann. Er war blond und hatte ein Gesicht wie ein Schiffsschnabel. Er konnte von Glück sagen, dass er sich den größten Teil seines Arbeitstags hinter einer Maske verstecken durfte, dachte Kobalt. »Die gute Nachricht ist, dass die Kugel seine Wirbelsäule verfehlt hat. Er wurde im oberen rechten Quadranten getroffen. Die Kugel hat sein Schulterblatt durchschlagen und ist in seinen Brustmuskel eingedrungen. Der war so kompakt, dass er das Geschoss gestoppt hat.« Er zuckte mit den Achseln. »Die Operation an seinem Schulterblatt erwies sich als sehr schwierig, und als wir tiefer vordrangen, fanden wir eine kollabierte Lunge vor.« Er warf einen Blick auf seinen Pager. »Die Reha wird lang und schmerzhaft sein, aber dass er im Prinzip außergewöhnlich gut in Form ist, wird sich positiv auswirken.« Er schaute erneut auf seinen Pager. »Tut mir leid, ich muss los.«

Das Gespräch mit dem Arzt hatte Kata vor der Tür zu Zherovs Zimmer geführt. Im Gang ging es zu wie in jedem anderen Krankenhausflur. Da war das Flüstern gesenkter Stimmen, das Quietschen von Schuhsohlen auf dem Linoleumboden, wenn Pfleger oder Pflegerinnen vorbeigingen, und das leise Klackern der vorbeifahrenden Rollwagen und Rolltragen. Nichts von alldem beachtete sie. Doch den Geruch konnte sie nicht ausblenden – den widerlich süßlichen Dunst von Antiseptika, Angst, Krankheit und Tod.

Ohne sich einen weiteren Gedanken zu gestatten, schob sie sich durch die Tür. Ein Einzelzimmer, wie es Zherovs Rang entsprach. Das Krankenbett stand an der rechten Wand, neben dem Fenster, das Blick auf den großen Parkplatz bot. Zherov lag unter einer Decke auf seiner linken Seite und war an eine Reihe piepender Geräte angeschlossen, die seine Herzfrequenz, den Blutdruck, die Sauerstoffsättigung seines Bluts und Ähnliches maßen. Von Plastikbeuteln, die an Ständern hingen, führten Schläuche in seine Handrücken. Wahrscheinlich wurden so Schmerzmittel verabreicht.

»Hallo.« Sie trat mit einem Lächeln zu ihm.

»Hallo zurück.« Sein Lächeln war breiter als ihres, aber schließlich hatte es für ihn keinen Grund zum Lächeln gegeben, seit er angeschossen worden war. »Was gibt es Neues?«

Er war dünner als bei ihrem letzten Zusammensein und blasser. »Zunächst einmal deinen Bart.«

»Ich finde, damit sehe ich distinguierter aus.« Er versuchte, auf dem Kopfkissen nach oben zu rutschen, und zuckte dabei zusammen.

»Hast du große Schmerzen?«

»Definiere groß.«

Als sie zum Wandschrank trat und Plastikfolie von einem Kopfkissen riss, fragte er: »Omega?«

»Existiert den Berichten zufolge nicht mehr. Das Hauptquartier in den Karpaten ist mit einer Reihe von Explosionen in die Luft geflogen, die über Meilen zu sehen waren.« Was bedeutete, dass Lyudmila ihr Versprechen gehalten hatte. Kata hatte auch nichts anderes erwartet. Doch seit ihrer Trennung in Rumänien hatte sie nichts mehr von ihr gehört. Sie wusste nicht, ob sie verärgert sein oder sich Sorgen machen sollte.

»Gut.« Er runzelte die Stirn. »Hast du herausgefunden, wer mich angeschossen hat?«

»Sie ist tot.« Kata grinste. »Ich habe ihr einen elektrischen Viehtreiber in den Schlund gestoßen.«

»Erfinderisch.«

Sie lachte lässig. »Den hatte ich ihr vorher abgenommen.«

»Ich hätte gern das Mäuschen gespielt«, sagte er wehmütig.

Sie nickte. »Dir hätte gefallen, was du gesehen hättest.«

»Darauf wette ich.«

»Anton.« Sie wurde nun ernsthaft und zog einen Stuhl an sein Bett. Sie wollte ihm das Kissen reichen, doch er schüttelte den Kopf, und so legte sie es sich beim Hinsetzen auf den Schoß. »Wie sich herausstellte, war Baevs Adjutant der Mann, der mich an Omega verpfiffen hat.«

»Dann ist anzunehmen, dass Ermi ebenfalls auf sein Konto geht.«

»Mhm.«

»Und wie ist es ihm ergangen?«, fragte er. »Dem Adjutanten, meine ich.«

»Ilya Gurin?« Sie zuckte mit den Schultern. »Der hat ein schlimmes Ende gefunden. Ihm wurde die Kehle durchgeschnitten.«

»Oh.«

Sie stand auf, legte das Kissen auf den Stuhlsitz und stellte sich ans Fenster. Durch die Lücken in der Jalousie sah sie, wie die

Sonne sich glitzernd in den Windschutzscheiben der Autos spiegelte.

»Die Theorie, dass Gurin mich verpfiffen hat, hat nur einen einzigen Haken.«

»Ach ja?«

»Ja. Gurin hatte keinen Zugang zur Kobalt-Akte. Er konnte nichts über meine Mission bei Omega wissen und schon gar keine Informationen darüber besitzen, wie er die Sekte in Odessa kontaktieren sollte.« Sie wartete einen Moment, doch als er nichts erwiderte, fuhr sie fort: »Und da ist noch etwas. Gurin hatte keine Ahnung, dass wir in Istanbul waren. Woher denn auch? Nicht einmal Dima wusste darüber Bescheid.«

Sie wandte sich um. »Aber du schon, Zherov. Du warst bei mir, als wir Ermi getroffen haben, und du hast mir selbst erzählt, dass du die Kobalt-Akte gesehen hattest. Du warst also über meine Omega-Mission informiert.«

»Ich? Aber … aber warum sollte ich so etwas tun?«

»Gurin war dein Bauernopfer, oder?« Sie trat auf ihn zu. »Du hast ihn die schmutzige Arbeit für dich erledigen lassen, damit du ihn anschmieren konntest, wenn etwas schieflief.«

Zherov wandte den Kopf ab. »Komm schon, Bobbi. Wir waren zu dem Schluss gelangt, dass jemand, der einen Groll hegte, Ermi bestochen hat, damit er die Adresse hergibt.«

»Aber wir wissen beide, dass das nicht stimmt.« Sie hielt inne, damit er ihre Worte verarbeiten konnte, und fuhr dann fort: »Du kannst es mir genauso gut selbst sagen. Ich springe sanfter mit dir um als die Verhörspezialisten des FSB, die ich hinzuziehen müsste.« Sie packte die Rücklehne des Stuhls. »Dein Leben ist auch so schon ziemlich am Arsch. Ich kann das Nachspiel viel leichter für dich machen. Aber wenn ich diesen Raum verlasse …«

Ein schreckliches Schweigen folgte, nicht für sie, aber für ihn. »Okay.« Zherov seufzte. »Die Wahrheit.«

»Und nichts als die Wahrheit.«

Er erwiderte ihr Lächeln nicht. »Also, Ilya war verliebt in mich. Wahnsinnig verliebt. Er hat alles getan, worum ich ihn gebeten habe, ohne jemals Fragen zu stellen.«

»Und hast du ihn deinerseits auch geliebt?«

»Ich habe geliebt, dass er mir nützlich war«, erklärte Zherov.

Katas Fingerknöchel um den Stuhlrücken färbten sich weiß. »Sprich weiter.«

»Na gut, ich wollte dich loswerden. Es war nichts Persönliches. Aber dein Stern war im Aufsteigen begriffen. Dima wusste es, Baev wusste es, und ich wusste es ebenfalls. Du standst meinem Ehrgeiz im Weg. Ich konnte meine Ziele nicht erreichen, solange du mir immer ein paar Schritte voraus warst. Zaslon war nicht groß genug für uns beide. Ich meckerte darüber bei Ilya, und er übernahm meinen Blickwinkel hundertprozentig. Nun wurdest du ein Hindernis für *ihn*. Das war typisch für ihn.«

Sie bemühte sich, die Verachtung in seiner Stimme zu überhören. »Und der Messerladen in Istanbul?«

»Nun, ich wusste natürlich, was bevorstand. Ilya hatte einen Ex-Sträfling für mich aufgetrieben, und den rief ich an, als ich reinging, um das Frühstück zu bezahlen. Ich gab ihm Ermis Adresse. Aber ich muss zugeben, dass der Kerl ein härterer Brocken war, als ich erwartet hatte. Trotzdem ist es gut gelaufen, oder?«

»Wirklich? Ich war noch immer am Leben.«

»Eine Weile, nachdem ich ihn angerufen hatte, und noch bevor wir im Messerladen ankamen, wurde mir klar, dass ich dich zu faszinierend fand, um dich so schnell töten zu lassen. Aber da war es natürlich schon zu spät, um ihn aufzuhalten.«

»Und du konntest es nicht selbst erledigen.«

»Nicht mehr, nachdem du mich vor Istanbul auf diese Sandbank gebracht hast.«

»Sehr galant.« Sie kam hinter dem Stuhl vor. »Ist das alles?«

»Ja, das ist alles.«

»Nein, tatsächlich nicht. Da bleibt noch der Mord an Ermi.« Sie ließ die Schultern kreisen, um ihre angespannten Muskeln zu lockern. »Zu Omegas Mordritual – mit dem Anna ihren Jüngern mahnend den Preis eines Verrats ins Gedächtnis rief – gehörte es, das Opfer zu enthaupten und ihm einen Todesknebel in den Mund zu schieben. Mir fiel auf, dass bei Ermi nur das halbe Ritual ausgeführt worden war – nämlich der Teil, den ich in meinem Einsatzabschlussbericht erwähnt hatte. Und den hast du gelesen. Also musst du auch Ermis Ermordung arrangiert haben. Aber wie hattest du das angestellt? Dein Ex-Sträfling hatte im Messerladen zu tun, er konnte ja nicht an zwei Orten gleichzeitig sein. Da kam mir die Erkenntnis: Du hattest zwei Killer angeheuert. Der eine sollte mich im Messerladen abschlachten, der andere Ermi aufs Korn nehmen.« Sie starrte ihn an. »Das stimmt doch, oder?«

»Fick dich, Kobalt.«

Ohne ein weiteres Wort packte sie das Kissen und drückte es auf sein Gesicht. »Ich bin nicht Kobalt, du beschissener Drecksack«, presste sie zwischen zusammengebissenen Zähnen hervor. »Ich bin Kata Romanovna Hemakova.«

Sie hielt das Kissen fest, bis er aufhörte zu zappeln und die Displays der Geräte nur noch flache Linien zeigten.

»Kobalt ist tot.«

Sie warf das Kissen in den Wandschrank zurück, öffnete die Zimmertür und trat hinaus. Als drei Krankenschwestern in den Raum eilten, war sie bereits hinter einer Ecke des Gangs verschwunden.

61

Nachspiel III

Schneller Psychiatrische Klinik, Deutschland

Evan traf Leonard Pine in der Küche an, wo er einen Happen aß, den er für sich selbst zubereitet hatte. Anscheinend war jede Tageszeit für eine Teemahlzeit geeignet, insbesondere in stressigen Phasen. Als sie eintrat, schenkte er ihr aus einer sehr schönen Meissen-Kanne eine Tasse Tee ein. Ben war noch immer unter dem Messer. Sie konnte nichts für ihn tun, außer zu beten. Was nicht ihre größte Stärke war.

»Setzen Sie sich doch«, sagte Pine. »Ich habe Sie erwartet.«

Er saß an einer der Arbeitsplatten und schaute aus dem Fenster. Die Nacht rückte näher, und der bereits im Dunkeln versunkene Wald war nur noch eine Silhouette. Sie zog einen Hocker heran und ließ sich nieder.

Er deutete vor sich. »Milch? Zucker?«

»Jetzt streichen wir mal die Englischer-Butler-Show«, erklärte sie knapp. »Zeit für Geständnisse.«

»Wie Sie wünschen.«

Er trank einen Schluck Tee. Sein Gesicht verriet nichts. Für seine Verhältnisse war er lässig gekleidet – legere Hose aus einem grauen Wollstoff und ein cremeweißer Pullover über einem himmelblauen Hemd mit gestreifter Krawatte. Die Schuhe waren jedoch die üblichen Oxford-Brogues, auf Hochglanz poliert.

Sie nahm das Goldkreuz mit seinem dünnen Kettchen, das Ben ihr übergeben hatte, und warf es zwischen ihnen auf die Arbeitsplatte. Das Kettchen war dunkel von Hels Blut.

Er hob es auf und legte es auf den gewölbten Handteller. Mit den Fingerspitzen strich er über das Kreuz. »Sie ist tot. Meine arme Schwester.«

Evan starrte ihn aufgebracht an. »Nachdem Ihre arme Schwester meinen Freund in die Hüfte geschossen hat.«

»Das tut mir leid.«

Da schlug Evan ihn. Er flog vom Hocker, der ebenfalls umkippte. Dann saß Pine am Boden, betastete aber nicht seinen Kiefer, der bereits wund und rot vom Schlag war.

»Es tut Ihnen leid?« Sie sah ihn angewidert an. »Tut es Ihnen vielleicht auch leid, dass Sie uns an Anna verraten haben?«

Er wollte aufstehen, doch sie sagte: »Bleiben Sie sitzen.« Da ließ er sich auf den Boden zurücksacken.

»Mir blieb keine andere Wahl«, antwortete er. »Anna sagte, sie würde Hel töten, sollte ich nicht tun, was sie von mir verlangte.« Er streckte die Hand aus. »Aber Sie selbst habe ich wenigstens nicht verraten. Ich habe Anna nicht erzählt, dass Sie nicht Robin waren.«

Das stimmte in der Tat. »Ihre Handlungen hätten dennoch unser aller Tod bedeuten können.« Als er nichts erwiderte, fuhr sie fort: »Sie waren der perfekte Maulwurf. Sie haben alles gesehen und gehört, was hier geschah.« Als er weiter schwieg, fügte sie hinzu: »Jetzt stehen Sie schon auf.«

Sie wartete ab, bis er wieder auf seinem Hocker saß und Hemd und Krawatte geordnet hatte. Dann sagte sie: »Nun gut, Herr Maulwurf, was können Sie mir berichten?«

Er trank einen Schluck Tee. Dabei zitterte er so schlimm, dass er die Tasse mit beiden Händen festhalten musste.

Dann räusperte er sich. »Lassen Sie mir einen Moment Zeit, bitte?«

»Sicher, immer mit der Ruhe.« Evans Stimme troff vor Verachtung. »Sie haben zehn Sekunden.«

Er warf ihr einen verstohlenen Blick zu, oder vielleicht war er auch einfach nur beschämt. »Werden Sie es den Reveshvilis erzählen?«

»Nein, das machen Sie selbst.«

Er brauchte eine Weile, um das zu verdauen, und nickte schließlich. Dann holte er bebend Atem und begann: »Eines Nachts, vermutlich kurz nach Mitternacht, war ich draußen und schöpfte frische Luft. Hinter einer Ecke hörte ich Annas Stimme. Sie sprach in ihr Handy.«

»Wann war das?«

»Kurz bevor der Herr Doktor sie weggeschickt hat.«

»Erzählen Sie weiter.«

»Als ich mich näher schlich, hörte ich, dass sie sich mit ihrer Schwester unterhielt. ›Hör zu, Lucinda, du musst eine Möglichkeit finden‹, sagte sie.«

In ihrem inneren Ohr vernahm Evan erneut Annas schneidende Stimme: *Und nur zur Information, meine Schwester heißt richtig Lucinda, die hässliche Version, die Konstantin sich ausgedacht hat, ist Unsinn.*

»Was haben Sie sonst noch gehört?«

»Das Gespräch ging um Millionen von Dollar.«

»Millionen?« Evans Nackenhaare sträubten sich.

Leonard nickte. »Das stimmt.«

Evan schüttelte den Kopf. »Millionen von Dollar? Wo sollte Annas Schwester so viel Geld herbekommen?«

»Genau dasselbe hat Anna sie auch gefragt, allerdings weniger höflich.«

»Und was hat ihre Schwester darauf erwidert?«

»Das konnte ich natürlich nicht verstehen. Aber Anna hörte zu und antwortete dann: ›Wann?‹ Und anschließend: ›Wie reich, sagtest du, ist er?‹«

Leonard seufzte. »Wie sich herausstellte, hat Luzida auch ihren Namen geändert, als sie nach Slowenien zog und sich dort einbürgern ließ.« Er verzog vor Schmerz das Gesicht. Seine Kieferpartie schwoll zunehmend an.

Den Rest des Abends, beim Abendessen und bei der Gutenachtgeschichte, sorgte Evan dafür, dass sie mit den Kindern allein war. Meistens wirkten sie glücklich, froh über das Zusammensein mit ihr, doch es entstanden immer wieder Pausen des Verstummens, in denen sie sich an Evan festklammerten und diese sie einfach nur wortlos wiegte. Sie fragte sie nicht nach dem, was sie bei der Entführung und der Gefangenschaft in der Burg erlebt hatten, da sie annahm, sie würden ihr davon berichten, wenn sie so weit wären. Sie ließ ihnen ihr eigenes Tempo. Was sie selbst betraf, so kam es ihr so vor, als müsste ihr Herz vor Glück platzen – nur mit den beiden zusammen zu sein, machte sie schon euphorisch, was auch immer sie taten oder sagten. Flackernde Emotionen durchliefen sie. Manchmal fühlte sie sich den beiden unerträglich nah, als wären sie ihre eigenen Kinder. Sonderbar, sehr sonderbar.

Als Gutenachtgeschichte erbaten sie sich Peter Pan. Sie hatte ihnen das Buch schon so oft vorgelesen, dass ihr das Wesentliche und auch viele Details der Geschichte in Erinnerung waren. Wo sie etwas vergessen hatte, bediente sie sich aus dem Disney-Film. Die beiden baten sie, das Kapitel mit dem Flug zu erzählen, in dem Peter die Kinder nach Nimmerland brachte. Sie versuchten, wach zu bleiben, doch schließlich übermannte sie der Schlaf, ihre Augen fielen zu, und ihr Atem wurde langsam und gleichmäßig. Eng umschlungen lagen sie im Bett, beide Evan so kostbar. Sie hatten sie gebeten, die Lampen anzulassen, und sie dabei »Nachtleuchten« genannt, so wie ihre Namensvettern in der Geschichte die Straßenlaternen vor dem Londoner Stadthaus der Darlings nannten.

Nachdem sie eingeschlafen waren, blieb Evan noch eine Weile an ihrem Bett sitzen, behütete sie, wünschte ihnen schöne Träume und sandte ihnen all ihre Liebe. Dennoch stellte sie sich unwillkürlich die Frage, wie tief die ganze Tortur die beiden erschreckt haben mochte. Sie hatten bereits den Verlust ihrer Eltern erlitten. Sie würden die Hilfe eines Psychologen brauchen, um ihre Gefühle von Angst, Hilflosigkeit und Zorn zu verarbeiten, so viel war sicher. Für eine solche Art von Unterstützung konnte sie sich niemand Besseren vorstellen als Kostya. Und solange Ben sich erholte und seine Reha machte, würde sie hier sein, um die Kinder bei ihrer seelischen Genesung zu begleiten. Danach hätten sie die Wahl, ob sie bei ihren Großeltern verweilen oder lieber in die Staaten zurückkehren wollten. Wenn sie ihren Gefühlen irgendwann unvermeidlich Luft verschafften und in Tränen ausbrachen, wäre sie hier, um ihnen beizustehen und sie im Arm zu halten. Und wenn sie lachten, würde sie mit ihnen zusammen lachen und ihnen die Richtung zum Glück weisen.

Glück.

Wann ihr eigener innerer Wandel eingetreten war, war im Rückblick schwer zu sagen, doch irgendwann stellte sich bei ihr ein Gefühl ein, als wäre der Blick auf die beiden wie ein Blick in ihr eigenes Inneres. Ihr wurde klar, dass die erfolgreiche Suche nach ihnen und das Bemühen, die Kinder notfalls um den Preis ihres eigenen Lebens oder des Lebens von Ben und Lyudmila in Sicherheit zu bringen, die wichtigste Mission war, die sie jemals ausgeführt hatte. Auf den ersten Blick wirkte das eigenartig, denn sie hatte immer darum gekämpft, die Welt zu retten. Doch das war etwas Abstraktes. Wendy und Michael in Sicherheit zu bringen, war dagegen ein reales Bedürfnis, ein tief sitzender Instinkt. Sie empfand es bis in ihren innersten Kern: Die Kinder waren ein Teil von ihr, und sie war ein Teil der Kinder. Auch Bobbi lebte im Inneren der Kinder weiter, das wusste sie. Leider hatte Evan nach dem Verscheiden ihrer Schwester festgestellt, dass der Tod die Gefühle von Hass oder Groll wegen des Verrats nicht milderte. Doch je mehr Zeit sie mit den Kindern verbrachte, desto mehr verblasste ihr Groll, und desto eher erschien ein Verzeihen möglich.

Glücklich sein. Für Evan war das nicht einfach.

Sie setzte ihre stumme Wacht fort und dachte dabei: *Sie sind hier, sie sind wohlbehalten, sie sind in Sicherheit.* Sie sah wieder vor sich, wie vernünftig die beiden sich in der Nacht ihrer Flucht verhalten hatten, als sie, die mutigen Gesichter vom flackernden Feuerschein beleuchtet, die ausgeworfene Strickleiter des Hubschraubers hinaufgeklettert waren, hinauf zu diesem mechanischen Peter Pan, der nur darauf wartete, sie ins Nimmerland mitzunehmen.

»›It's not on any chart‹«, sang sie leise. »›You can find it in your heart …‹« War das eigentlich der genaue Wortlaut? Egal. Sie sang den Refrain erneut.

Tränen rannen ihr die Wangen hinunter. Sie bemühte sich nicht, sie aufzuhalten.

»Wie geht's dem Patienten?«, fragte Evan, als sie ins Krankenzimmer trat.

Ben lächelte. »Ich habe keine Schmerzen. Zumindest vorläufig nicht.« Sein Gesicht verdüsterte sich. »Die Prognose?«

»Du siehst beschissen aus.«

»Vielen verfickten Dank.«

Sie lachte. Es war natürlich scherzhaft gemeint gewesen, aber sie nahm entsetzt wahr, wie blass und erschöpft er wirkte. Falten, die sie noch nie zuvor bemerkt hatte, waren tief in sein Gesicht gegraben. Waren sie schon vorher da gewesen, oder hatte ihn dieser Einsatz ebenso sehr gezeichnet wie sie?

»Ich sprach von den Kindern«, sagte er.

»Sie werden über das alles hinwegkommen, Ben. Ich habe sie gerade ihren Großeltern richtig vorgestellt; in diesem Moment frühstücken sie zusammen. Schon jetzt wirkt Rebecca wie ausgewechselt; sie ist lebendig, lächelt viel und freut sich über alles, was die Kinder tun oder sagen. Wendy hat den Witz über die russischen Spione erzählt, den sie von Lyudmila gehört hat.«

Ben lächelte. »Den kenne ich auch.«

»Als sie zur Pointe kam, musste Kostya so heftig lachen, dass ihm die Tränen kamen.«

»Das tut ihnen allen gut.« Er freute sich unübersehbar, die Neuigkeiten lenkten ihn eine Weile von sich selbst ab. »Ich habe mit Zoe geredet. Wir beide fehlen ihr, aber sie hat viel Spaß mit ihren Freundinnen.«

»Wunderbar, wie gut sie damit zurechtkommt, wenn du für längere Phasen weg bist.« Kaum dass die Worte heraus waren, wusste sie, dass sie einen Fehler begangen hatte.

Er runzelte die Stirn. »Nun ja …«

»Mir fehlt sie auch«, sagte Evan hastig. »Ich rufe sie heute Nachmittag an.«

»Da wird sie sich freuen.«

Evan räusperte sich. »Ich habe gerade mit dem Chirurgen gesprochen. Ein netter Kerl. Sieht auch gut aus.«

»Ach, Herrgott noch mal!«

»Die letzten Tests sind alle gut. Ganz sicher ist es noch nicht, aber doch äußerst wahrscheinlich, dass du wieder laufen kannst.«

Ben schloss einen Moment lang die Augen.

»Was würdest du also von einem Gehstock halten?«, fragte sie mit betont fröhlicher Stimme. Er verzog das Gesicht, und sie reagierte mit einem extrabreiten Lächeln. »Ich finde den besten für dich, den es überhaupt gibt. Vielleicht lasse ich ihn sogar maßfertigen. Was gefällt dir am besten? Ebenholz, Schwarzdorn, Malakkaholz? Ich glaube, ein geschnitzter Löwenkopf als Griff würde gut zu dir passen. König des Dschungels, was meinst du?«

»Das heißt ...« Er seufzte. »Meine Zeit im aktiven Einsatz ist vorbei.«

Sie schwieg kurz. »Hör mal, Ben, vielleicht ist es gut s...«

»Hilf mir, es zu verstehen, verdammt noch mal«, blaffte er sie an.

Er hatte jeden Grund, wütend zu sein. »Tatsache ist, dass du als Führungsoffizier besser bist als als Agent.«

»Aua.«

Sie hob die Hand. »Warte. Hör mich ganz an. Ich bin immer so stark auf einen Einsatz und seinen endlosen Strom von Problemen konzentriert, dass ich oft das Gesamtbild aus den Augen verliere. Zum Beispiel war es mir wichtiger, Wendy und Michael zu befreien, als die Bedrohung durch Omega zu beseitigen. Das aber habt ihr beide getan, Lyudmila und du.« Sie lächelte. »Ben, mein Ben, du bist derjenige, der immer den Wald sieht und nicht nur die Bäume. Genau das kannst du, das ist deine Stärke. Deshalb gelingt es dir so gut, deine Schachfiguren in die richtige Stellung zu bringen.«

Er betrachtete sie mit einer Mischung aus Verärgerung und Dankbarkeit.

»Wir sind ein Team, du und ich. Das beste Team, in dem ich

je gearbeitet habe. Das wird sich um kein Jota ändern. Ich werde verdammt noch mal nicht zulassen, dass du aufs Altenteil gehst.«

Ein Schweigen entstand. Man hörte nur noch das rhythmische Piepen der Überwachungsgeräte, das selbst ein Kind am Weihnachtsabend hätte deprimieren können.

Gerade als sein Blick sich nach innen kehrte, sprach sie erneut. »Also. Zurück zum Geschäft. Wie sich herausstellt ...« Sie näherte sich seinem Bett. »Wir haben etwas Neues herausgefunden. Du wirst niemals erraten, wer Annas Zwillingsschwester ist.«

»Heilige Madonna«, spöttelte er. »Wer denn?«

»Genau wie Anna hat sie ihren Namen geändert, aber sie ist noch weiter gegangen. Jetzt heißt sie Lucinda Horvat.«

Ben konnte es fast nicht glauben. »Was? Samuel Wainwright Wells' Frau?«

»Keine andere.« Sie beugte sich weiter vor. »Und hör mal, die beiden Schwestern standen miteinander in Kontakt. Leonard Pine hat Anna dabei belauscht, wie sie Lucinda um Geld bat – Millionen.«

»Aber ... wann war das?«

»Vor zwei oder drei Jahren. Und das bedeutet ...«

Trotz seiner düsteren Stimmung trat ein Funkeln in Bens Augen, und sein Atem beschleunigte sich. »Und das bedeutet, dass Lucinda Horvat Wells verführt und ihn geheiratet hat, um Geld für ihre Schwester und Omega abzuzapfen.«

Evan nickte. »Und dass Lucinda Wells inzwischen die Führerin des US-Zweigs von Omega ist.«

»Wahrscheinlich ist sie diejenige, die deine Entführung und unser beider Tod befohlen hatte«, sagte Ben.

Er spitzte die Lippen. Dann bat er knapp: »Gib mir mein Handy.« Als sie seiner Aufforderung folgte, tippte er eine Schnellwahlnummer. »Wir brauchen einen Geldgeber, dem wir vertrauen können. Jemanden, der von den Behörden unabhängig ist und tiefe Taschen hat.«

Sie wusste genau, wen er meinte, und während er mit Isobel Lowe telefonierte, trat sie weg. Sowohl, damit er ungestört war, als auch, um ihm ihr Vertrauen zu beweisen. Doch im tiefsten Inneren ihres Herzens fragte sie sich, ob sie seiner langjährigen Freundin tatsächlich vertraute. War sie, Evan, wirklich überzeugt, dass die beiden eine rein geschäftliche Beziehung hatten, wie Ben es ihr wiederholt versichert hatte?

Doch diese Befürchtungen würde sie sich für später aufheben. Vorläufig erschien es ihr klug, sich Isobels Unterstützung zu verschaffen. Wie General Aristides klipp und klar erklärt hatte, würde kein staatlicher Geheimdienst Ben und sie selbst je wieder einstellen. Und außerdem wollte sie dort auch gar nicht arbeiten. Und Ben gewiss genauso wenig.

»So, erledigt.« Ben reichte ihr sein Handy zurück. »Sobald ich die Reha hier hinter mir habe und wieder in Form bin, erwartet einer ihrer Jets uns in Köln.«

Evan nickte und legte ihm die Hand auf die Schulter. Sie lächelte. »Dann zieh deine Reha besser schnell durch, Ben. Wir haben viel zu tun.«

Anmerkungen zu diesem Roman

Wie in allen meinen Büchern habe ich versucht, so nah am Leben wie möglich zu bleiben. Gewissen Hinweisen zufolge gibt es tatsächlich eine streng geheime Abteilung des russischen SVR, die unter dem Namen Zaslon geführt wird, auch wenn die russische Regierung das energisch bestreitet. Zaslon unterscheidet sich zum Beispiel von *spetsnaz*, das in etwa den amerikanischen Special Forces entspricht, insoweit es sich nicht an militärischen Aktionen beteiligt, sondern streng geheime Operationen durchführt, deren Kenntnis der SVR dann problemlos bestreiten kann. Auf jeden Fall stimmt es, dass der SVR dazu übergegangen ist, Ex-Sträflinge anzuheuern, die in den Gefängnissen bezahlte Auftragsmorde durchführen, wodurch die politisch heikle Eliminierung von Gegnern verschleiert werden kann. Der Hafen von Odessa entspricht der Beschreibung im Roman.

Ich bin jedoch im Herzen ein Romancier und kein Reporter, und so haben sich hier und da Erfindungen eingeschlichen. Einige Beispiele: Mir ist bewusst, dass Reveshvili ein georgischer Name ist. Er geht darauf zurück, dass Kostyas Urgroßvater nach Russland einwanderte, aber darauf verzichtete, seinen Namen nach dem Beispiel anderer Migranten zu russifizieren. Rebeccas Familie stammt aus Sankt Petersburg.

Es gibt zwar tatsächlich eine Klinik in der Nähe von Bergisch

Gladbach, doch diese weist keinerlei Ähnlichkeit mit Reveshvilis Klinik auf. Die Gegend ist jedoch sehr schön, daher habe ich sie ausgewählt. Kostyas Theorie bezüglich des Charakters von Zwillingen mag zwar interessant sein, ist aber seine eigene. Meines Wissens wird sie real von niemandem vertreten.

Dank

Großen Dank schulde ich meinem wunderbaren Team:

Victoria Schochet Lustbader – der Kaiserin der Lektorinnen;

Linda Quinton – Alter Ego und leidenschaftlichste Fürsprecherin bei Forge Books – eine bessere Maestra im Publishing könnte ich mir nicht vorstellen;

Eileen Lawrence, Jennifer McClelland-Smith und dem gesamten Marketingteam für eure Ideen und eure wunderbaren Einfälle;

Patrick Canfield – meinem verlagseigenen Gewissen;

Lani Meyer – meiner großartigen Redakteurin;

Alexis Saarela – meinem unermüdlichen Presseagenten;

Robert Allen, Steve Wagner und Emily Dyer bei Macmillan Audio;

Lauren Fortgang – der starken Stimme Evans in *Das Nemesis-Manifest;*

Mitch Hoffman – meinem Agenten. Ich weiß nicht, wie du das alles hinkriegst, aber es ist großartig!

Ein ganz besonderer Dank geht wie immer an Tom Doherty – meinen Freund und Mentor.